W0291175

Anne Rice

Tanz der Hexen

Anne Rice

Tanz der Hexen

Roman

Aus dem Amerikanischen
von Rainer Schmidt

Goldmann Verlag

Die Originalausgabe erschien unter dem Titel
»Lasher« bei Alfred A. Knopf, Inc., New York

Umwelthinweis:
Dieses Buch und der Schutzumschlag
wurden auf chlorfrei gebleichtem Papier gedruckt.
Die Einschrumpffolie (zum Schutz vor Verschmutzung)
ist aus umweltschonender und recyclingfähiger
PE-Folie.

Der Goldmann Verlag
ist ein Unternehmen der Verlagsgruppe Bertelsmann

1. Auflage
Copyright © 1993 by Anne O'Brien Rice
All rights reserved
including the rights of reproduction
in whole or in part in any form
Copyright © der deutschsprachigen Ausgabe 1995
by Wilhelm Goldmann Verlag, München
Satz: Uhl + Massopust, Aalen
Druck: Graphischer Großbetrieb Pößneck
Printed in Germany
ISBN 3-442-30654-X

In Liebe für die folgenden:

Stan Rice,
Christopher Rice und
John Preston

Vicky Wilson,
mit ewigem Dank
für ihren Mut,
ihre Vision, ihre Seele

Patricia O'Brien Harberson,
meine Patin und Tante,
die Lady mit dem liebevollen Herzen,
die mich in die Kirche trug

und

zum Gedenken an
Alice Allen Daviau,
die Schwester meiner Mutter,
die mir so viel gegeben hat

1

Am Anfang war die Stimme des Vaters. »Emaleth!« wisperte er nah am Bauch ihrer Mutter, als diese schlief. Und dann sang er für sie, die langen Lieder der Vergangenheit. Lieder vom Glen von Donnelaith und von der Burg, wo sie eines Tages zusammensein würden, sang davon, wie sie geboren werden und alles wissen würde, was Vater wußte. Es ist unsere Art, sagte er zu ihr in der schnellen Sprache, die andere nicht verstehen konnten.

Für andere klang es wie ein Summen, wie ein Pfeifen. Es war ihre Geheimsprache, denn sie vermochten Silben zu hören, die so schnell dahinströmten, daß die andern sie nicht fassen konnten. Sie konnten einander singend rufen. Emaleth konnte es beinahe, konnte fast schon sprechen ...

»Emaleth, mein Liebling, Emaleth, meine Tochter, Emaleth, meine Gefährtin.« Vater wartete auf sie. Sie mußte schnell wachsen und stark werden für ihn. Und wenn die Zeit kam, würde Mutter ihr helfen müssen. Sie würde Mutters Milch trinken müssen.

Mutter schlief. Mutter weinte. Mutter träumte. Mutter war krank. Und wenn Vater und Mutter stritten, dann bebte die Welt.

Aber nachher kam Vater dann immer und sang für sie, und er erinnerte sie daran, daß die Worte seines Liedes zu schnell waren, als daß Mutter sie verstehen könnte.

Und bei der Melodie hatte Emaleth das Gefühl, die winzige Welt, in der sie lebte, habe sich gedehnt, und sie schwebe an einem Ort ohne Grenzen, hierhin und dorthin geschoben von Vaters Gesang.

Vater sprach Gedichte, die schön waren, Worte vor allem, die sich reimten. Bei Reimen ging ein Kribbeln durch Emaleth. Sie streckte die Beine und die Arme und drehte den Kopf hierhin und dorthin, so wohl war ihr bei diesen Reimen.

Mutter sprach nicht mit Emaleth. Mutter sollte gar nicht wissen, daß Emaleth da war. Emaleth war winzig, sagte Vater, aber vollkommen geformt. Emaleth hatte schon ihr langes Haar.

Aber wenn Mutter sprach, verstand Emaleth sie; wenn Mutter schrieb, sah Emaleth die Wörter. Emaleth hörte Mutter häufig flüstern. Sie wußte, daß Mutter Angst hatte. Manchmal sah sie Mutters Träume. Sie sah Michaels Gesicht. Sie sah Streit. Sie sah Vaters Gesicht, wie Mutter es sah, und es machte Mutter traurig.

Vater liebte Mutter, aber Mutter machte ihn wild und wütend, und wenn er Mutter schlug, dann litt Mutter, fiel sogar, und Emaleth schrie oder versuchte doch, zu schreien. Aber nachher, wenn Mutter schlief, kam Vater immer und sagte, Emaleth solle sich nicht fürchten. Sie würden zusammenkommen im Kreis der Steine zu Donnelaith, und dann erzählte er ihr Geschichten von den alten Zeiten, als all die schönen Geschöpfe auf einer Insel gelebt hatten; es war das Paradies gewesen, bevor die anderen und die kleinen Leute gekommen waren. War es nicht besser, wenn sie von der Erde vertrieben wurden?

»Ich sage dir alles, was ich jetzt weiß. Und alles, was mir erzählt wurde«, sagte er. Und Emaleth sah den Kreis der Steine, und Vaters große Gestalt, wie sie die Saiten der Harfe schlug. Alle tanzten. Sie sah die kleinen Leute, die sich im Schatten versteckten, erbost und zornig. Sie mochte sie nicht, sie wollte nicht, daß sie sich in die Stadt hinunterstahlen. Sie verabscheuten uns instinktiv, sagte Vater von den kleinen Leuten. Wie sollten sie auch nicht? Aber jetzt kommt es auf sie nicht mehr an. Sie sind nur ein Nachhall jener Träume, die es nicht vermocht haben, wahr zu werden.

Jetzt ist die Stunde. Die Stunde für Emaleth und Vater.

Sie sah Vater in den alten Zeiten, mit ausgebreiteten Armen. Es war Weihnachten, und das Hochlandtal lag tief verschneit. Die schottischen Kiefern waren ganz nah. Fromme Lieder erklangen allerorten. Die Menschen sangen. Emaleth liebte das Auf und Ab ihrer Stimmen. Es gab so viel, was sie noch sehen und lernen mußte.

»Wenn wir getrennt werden, meine Geliebte, dann komme zum Glen von Donnelaith. Du kannst es finden. Du kannst es tun. Es gibt Leute, die suchen nach Mutter, Leute, die uns voneinander trennen wollen. Aber vergiß nicht, wenn du in diese Welt geboren wirst, dann wirst du alles wissen, was du wissen mußt. Kannst du mir jetzt antworten?«

Emaleth versuchte es, aber sie konnte es nicht.

»Taltos«, sagte er und küßte Mutters Bauch. »Ich höre dich, Liebling, ich liebe dich.« Und solange Mutter schlief, war Emaleth glücklich, denn wenn Mutter erwachte, würde Mutter weinen.

»Glaubst du, ich würde ihn nicht augenblicklich töten?« sagte Vater zu Mutter. Sie stritten sich über Michael. »Ich würde ihn töten, einfach so. Was bringt dich auf den Gedanken, es würde nicht passieren, wenn du mich verläßt?«

Emaleth sah diese Person, Michael, den Mutter liebte und Vater nicht. Michael wohnte in New Orleans in einem großen Haus. Vater wollte wieder zurück in dieses große Haus. Er wollte es besitzen; es war sein Haus, und es erzürnte ihn zutiefst, daß dort jetzt Michael wohnte. Aber er wußte, er mußte sich gedulden. Emaleth mußte zu ihm kommen, groß und stark. Erst mußte der Anfang sein. Er wollte, daß sie im Glen von Donnelaith zusammenkamen. Der Anfang war alles. Es gab nichts, wenn es keinen Anfang gab.

Gedeihe, meine Tochter.

Taltos.

Niemand wohnte mehr in Donnelaith. Aber sie beide würden dort wohnen, Vater und Emaleth, und ihre Kinder. Hunderte von Kindern. Es würde der Tempel des Anfangs sein. »Unser Bethlehem«, flüsterte er ihr zu. Und es wäre der Anfang aller Zeit.

Es war dunkel. Mutter weinte ins Kopfkissen. Michael, Michael, Michael.

Emaleth wußte, daß die Sonne aufging.

Alles um sie herum wurde heller, und sie sah Mutters Hand hoch über sich, dunkel und schmal und unermeßlich, und sie bedeckte die ganze Welt.

2

Im Haus war es jetzt ganz dunkel. Die Autos waren fort, und nur in Michael Currys Fenster brannte noch ein Licht, in dem alten Zimmer, in dem Cousine Deirdre gestorben war. Mona begriff genau, was heute abend geschehen war, und sie mußte zugeben, daß sie froh war. Fast hatte sie es geplant, fast...

Ihrem Vater hatte sie gesagt, sie würde mit Onkel Ryan und Cousine Jenn und Clancy nach Metairie zurückfahren. Aber Onkel Ryan war längst weg und hatte wie jedermann angenommen, daß Mona mit ihrem Vater nach Hause in die Amelia Street gehen würde, was sie freilich nicht getan hatte.

Sie war auf dem Friedhof gewesen und hatte die Wette verloren, daß David es nicht gleich an Ort und Stelle mit ihr treiben würde, am Abend des Mardi Gras, vor dem Mausoleum der Mayfairs. David hatte es getan. Nicht besonders toll, ehrlich gesagt, aber für einen Fünfzehnjährigen nicht übel. Und Mona hatte es genossen – sich mit ihm zu verdrücken, und dann seine Angst und ihre Erregung zu spüren, wie sie zusammen die weißgestrichene Friedhofsmauer hinaufgeklettert und durch die Gassen zwischen den hohen Marmorgrabmälern dahingeschlichen waren. Sich in klammer Kälte auf den Kiesweg zu legen, war kein unbedeutender Teil dieser Mutprobe gewesen, aber sie hatte es getan, hatte den Rock unter sich glattgestrichen, damit sie den Slip herunterziehen konnte, ohne sich schmutzig zu machen. »Jetzt mach schon!« hatte sie zu David gesagt, aber der hatte zu diesem Zeitpunkt schon keine weitere Ermutigung oder direkte Anweisung mehr nötig gehabt. Sie hatte an ihm vorbei in den kalten, bewölkten Himmel hinaufgestarrt, zu dem einzigen sichtbaren Stern, und dann hatte sie den Blick an der Wand mit den kleinen, rechteckigen Grabplatten bis zu dem Namen hinaufwandern lassen: Deirdre Mayfair.

Dann war David fertig gewesen. Einfach so.

»Du hast vor gar nichts Angst«, hatte er hinterher gesagt.

»Als ob ich vor dir Angst haben müßte, wie?« hatte sie gemeint. Unbefriedigt, wie sie war, hatte sie nicht mal so getan, als habe es ihr Spaß gemacht; sie konnte ihren Cousin David eigentlich nicht mal besonders gut leiden, aber sie war doch zufrieden, daß es geschehen war.

Mission ausgeführt, würde sie später in ihren Computer schreiben, in das geheime Verzeichnis /WS/MONA/AGENDA, wo sie alle ihre Triumphe verzeichnete, die sie mit niemandem auf der Welt teilen konnte. Niemand konnte ihr Computersystem knacken, nicht mal Onkel Ryan oder Cousin Pierce, die sie beide schon verschiedentlich dabei erwischt hatte, wie sie das Gerät eingeschaltet und die verschiedenen Directories durchsucht hatten.

Ja, dies war ein Augenblick, bei dem nur der Computer Zeuge sein würde. Vielleicht würde so etwas jetzt regelmäßig passieren, wo Vater und Mutter sich nun wahrhaftig zu Tode tranken. Und es gab so viele Mayfairs zu erobern. Ja, in diesem Augenblick enthielt ihre Liste noch nicht einmal irgendwelche Nicht-Mayfairs, mit Ausnahme von Michael Curry natürlich, aber der war ja jetzt ein Mayfair, ganz entschieden. Die ganze Familie hatte ihn in den Klauen.

Michael Curry allein in diesem Haus. Bestandsaufnahme: Es war der Abend von Mardi Gras, zweiundzwanzig Uhr, drei Stunden nach der Comus-Parade, und Mona Mayfair stand allein an der Ecke First und Chestnut und schaute hinüber zu *dem* Haus, und sie hatte die ganze sanfte dunkle Nacht vor sich, um zu tun, was ihr gefiel.

Ihr Vater war inzwischen sicher schon hinüber; ja, wahrscheinlich hatte ihn jemand nach Hause gefahren. Wenn er die dreizehn Häuserblocks zur Amelia Street, Ecke St. Charles, zu Fuß geschafft hätte, wäre das ein Wunder gewesen. Schon bevor die Comus-Parade vorbei war, war er so betrunken gewesen, daß er sich auf den bloßen Boden der St. Charles Avenue gesetzt hatte, mit angezogenen Knien, die Hände um eine nackte Flasche Southern Comfort gelegt; er hatte getrunken, vor den Augen von Onkel Ryan und Tante Bea, und Mona hatte er in ganz unmißverständlicher Weise aufgefordert, ihn in Ruhe zu lassen.

Mona war das recht. Michael Curry hatte sie hochgehoben, als wiege sie gar nichts, und hatte sie während der ganzen Parade auf den Schultern getragen. Wie gut sich das angefühlt hatte, auf diesem starken Mann zu reiten, die eine Hand in seine weichen, schwarzen Locken gegraben. Es war himmlisch gewesen, sein Gesicht an ihren Schenkeln zu fühlen, und sie hatte ihn ein kleines bißchen umschlungen, soweit sie es eben gewagt hatte, und hatte die linke Hand an seiner Wange ruhen lassen.

Ein toller Mann, dieser Michael Curry. Und ihr Vater viel zu betrunken, um zu merken, was sie tat.

Was Monas Mutter anging, so war sie schon am Nachmittag des Mardi Gras weggedämmert. Sollte sie noch einmal aufwachen, um den Comus auf St. Charles und Amelia vorüberziehen zu sehen, wäre auch das ein Wunder. Die uralte Evelyn war natürlich da, wie immer stumm wie ein Fisch, aber wenigstens wach. Sie wußte, was los war und würde sich im Notfall um ihre Mutter kümmern. Denn eigentlich konnte man Alicia nicht mehr allein lassen.

Der springende Punkt war: Für alles war gesorgt. Sogar Michaels Tante Vivian war nicht zu Hause in der First Street. Sie war für die Nacht mit Tante Cecilia hinausgefahren. Mona hatte sie gleich nach der Parade weggehen sehen. Und Aaron Lightner, dieser mysteriöse Gelehrte, war mit Tante Bea verschwunden. Mona war glücklich bei dem Gedanken daran, daß Beatrice Mayfair und Aaron Lightner zusammen waren. Aaron Lightner wirkte zehn Jahre jünger, wenn Beatrice in seiner Nähe war, und sie gehörte zu jener Art von grauhaarigen Frauen, nach der sich die Männer immer und überall umdrehen. Es war beinahe ein Witz, wie Tante Bea die Männer anzog, aber Aaron Lightner war ein Mann, den sie auch wollte, und das war etwas Neues.

Wenn das alte Hausmädchen da war, Eugenia – das war okay, denn sie war im äußersten hintersten Schlafzimmer untergebracht, und es hieß, wenn sie einmal ihr abendliches Glas Portwein getrunken hatte, dann könne sie nichts mehr aufwecken.

Also niemand da in diesem Haus – praktisch – außer ihrem Mann. Und jetzt, nachdem Mona die Geschichte der Mayfair-Hexen kannte – nachdem sie Aaron Lightners langes Dokument endlich in die Hände bekommen hatte –, würde nichts sie noch länger aus dem Haus in der First Street heraushalten können. Natürlich hatte sie Fragen zu dem, was sie da gelesen hatte. Über die dreizehn Hexen, die aus einem schottischen Dorf namens Donnelaith stammten, wo die erste, eine arme weise Frau, im Jahr 1659 auf dem Scheiterhaufen verbrannt war. Das war genau die Sorte saftige Vergangenheit, von der man träumte. Na ja, sie jedenfalls.

Aber es waren Dinge in dieser langen Familiengeschichte zur Sprache gekommen, die eine besondere Bedeutung für sie hatten, und der ausführliche Bericht über das Leben Onkel Juliens hatte sie von allem am meisten fasziniert.

Selbst Monas geliebte Tante Gifford war an diesem Abend weit weg von New Orleans, in ihrem Haus in Destin, Florida, wo sie sich vor allem und jedem versteckte und sich Sorgen um den ganzen Clan machte. Gifford hatte die Familie angefleht, nicht zu Mardi Gras zum Haus hinaufzufahren. Arme Tante Gifford. Sie hatte die Geschichte der Mayfair-Hexen, die von der Talamasca zusammengestellt worden war, aus ihrem Haus und aus ihrem Bewußtsein verbannt. »Ich glaube an diese Dinge nicht!«

Manchmal war Mona so tief und hoffnungslos traurig um Tante Gifford, daß sie beinahe in Tränen ausbrach. Es schien, als leide Tante Gifford für die ganze Familie, und niemand war über Rowan Mayfairs Verschwinden betrübter als Gifford. Nicht einmal Ryan. Tante Gifford war im Grunde eine zärtliche und liebevolle Seele, und es gab niemanden, mit dem man besser über die praktischen Dinge des Lebens reden konnte – was für ein Kleid man zu einem Schulball anziehen sollte, ob man sich schon die Beine rasieren sollte oder nicht, welches Parfüm am besten zu einem dreizehnjährigen Mädchen paßte (Laura Ashley No. 1).

Nun, aber was würde sie jetzt anfangen, wo sie in der Nacht des Mardi Gras draußen war, frei, und ohne daß jemand etwas davon wußte oder auch wissen würde? Sie wußte es natürlich schon. Sie war bereit. Die First Street gehörte ihr! Es war, als flüstere das große dunkle Haus mit den weißen Säulen ihr zu: Mona, Mona, komm herein. Hier hatte Onkel Julien gelebt, hier war er gestorben. Es ist das Haus der Hexen, und du bist eine Hexe, Mona, so sicher wie all die anderen! Du gehörst hierher.

Vielleicht war es Onkel Julien selbst, der da mit ihr sprach. Nein, das war Einbildung.

Aber wußte man's? Wenn sie erst drinnen wäre, vielleicht würde sie dann wirklich Onkel Juliens Geist sehen! Ah, das wäre wunderbar. Vor allem, wenn es derselbe heitere und verspielte Onkel Julien wäre, von dem sie unablässig träumte.

Sie überquerte die Kreuzung unter dem schweren dunklen Dach der Eichenäste und kletterte flink über den alten schmiedeeisernen Zaun. Schwer plumpste sie zwischen dichtem Gebüsch und Elefantenohren auf den Boden; sie fühlte das kalte, nasse Laub im Gesicht, und es gefiel ihr nicht. Sie schob den rosaroten Rock herunter und trat auf Zehenspitzen von der feuchten Gartenerde auf den mit Steinplatten gepflasterten Weg.

Lampen brannten matt zu beiden Seiten der schlüssellochförmigen Haustür. Die Veranda lag im Dunkeln; die Schaukelstühle waren kaum zu sehen, schwarzlackiert, wie sie waren, passend zu den Fensterläden. Es war, als ziehe der Garten sich ringsherum zusammen und rücke näher heran.

Das Haus selbst sah aus wie immer: schön, geheimnisvoll und einladend. Im Grunde ihres Herzens mußte sie allerdings zugeben, daß es ihr als spinnwebdurchzogene Ruine besser gefallen hatte, bevor sich Michael mit seinem Hammer und seinen Nägeln daran zu schaffen gemacht hatte. Es hatte ihr gefallen, als Tante Deirdre ewig in ihrem Schaukelstuhl auf der Seitenveranda gesessen hatte und als die Ranken das ganze Anwesen zu verschlucken drohten.

Natürlich, Michael hatte es gerettet – aber hätte sie doch nur einmal hineinkommen können, als es noch eine Ruine gewesen war. Sie hatte alles über die Leiche gewußt, die sie oben auf dem Speicher gefunden hatten. Sie hatte ihre Mutter und Tante Gifford darüber streiten hören, jahrelang. Monas Mutter war erst dreizehn gewesen, als Mona zur Welt gekommen war, und Gifford war immer dagewesen, solange sie zurückdenken konnte.

Ja, tatsächlich hatte es eine Zeit gegeben, da war Mona nicht mal sicher gewesen, welche von beiden eigentlich ihre Mutter war – Gifford oder Alicia. Gifford war als Mutter die nächstliegende Wahl gewesen, denn Alicia hatte zu jener Zeit bereits mächtig getrunken, aber Mona hatte alles im Griff, und zwar schon seit Jahren. Mona war die Herrin des Hauses in der Amelia Street.

Sie hatten damals viel über die Leiche dort oben gesprochen. Sie hatten über Cousine Deirdre gesprochen, die Erbin, die im Zustand der Katatonie dahinsiechte. Sie hatten über all die Geheimnisse der First Street gesprochen.

Bei ihrem allerersten Besuch in der First Street – kurz vor Rowans Hochzeit mit Michael – hatte sie sich eingebildet, sie könne die Leiche noch riechen. Sie wäre gern nach oben gegangen und hätte die Stelle, wo sie gelegen hatte, mit den Händen berührt. Michael Curry hatte das Haus restauriert, und oben waren Handwerker beim Anstreichen gewesen. Tante Gifford hatte Mona befohlen, sich »nicht von der Stelle zu rühren!«, und ihr jedesmal, wenn sie versuchte, umherzuwandern, einen strengen Blick zugeworfen.

Gerüche. Sie wollte auch diesem anderen Geruch auf die Spur kommen – dem Geruch, der im Flur und im Wohnzimmer der First Street hing. Der hatte nichts mit einer Leiche zu tun. Der Geruch war mit der Katastrophe an Weihnachten gekommen, und niemand sonst konnte ihn riechen, wie es schien – es sei denn, Tante Gifford hatte gelogen, als Mona sie gefragt hatte.

Das tat Tante Gifford manchmal. Sie gab nicht zu, daß sie »Dinge« sah oder seltsame Gerüche witterte. »Ich rieche nichts!« hatte sie verärgert gesagt. Na ja, vielleicht stimmte das ja auch. Die Mayfairs konnten nicht selten die Gedanken anderer lesen, aber sie verstanden sich auch gut darauf, einander auszusperren.

Mona wollte alles berühren. Und sie wollte nach dem Victrola suchen. Die Perlen interessierten sie nicht. Sie wollte das Victrola. Und sie wollte dem GROSSEN FAMILIENGEHEIMNIS auf die Spur kommen – was war am Weihnachtstag mit Rowan Mayfair passiert? Wieso hatte Rowan ihren frischangetrauten Ehemann Michael verlassen? Und wieso hatten sie ihn halb ertrunken im eiskalten Swimmingpool gefunden? Fast tot war er gewesen. Danach hatten alle gedacht, er würde sterben, alle außer Mona.

Natürlich konnte Mona sich wie alle anderen einen Reim auf das machen, was geschehen war. Aber sie wollte mehr als das.

Sie wollte Michael Currys Version. Und bis heute gab es diese Version nicht. Wenn er überhaupt jemandem erzählt hatte, was Weihnachten passiert war, dann seinem Freund Aaron Lightner von der Talamasca, und der würde es niemandem weitersagen.

Oh, es gab so viel zu lernen, so viel zu entdecken. Und dreizehn zu sein, das war eine Art schlechter Witz für sie. Ihrer Ansicht nach war sie genausowenig dreizehn, wie Johanna von Orleans jemals dreizehn gewesen war. Oder Katharina von Siena. Natürlich waren die beiden Heilige geworden, aber nur um ein Haar. Beinahe wären sie Hexen gewesen.

Der springende Punkt war: Als sie heute abend von der Comus-Parade zurückgekommen waren, da hatte sie gewußt, daß Michael stark genug war, um mit ihr zu schlafen, wenn sie ihn nur dazu bringen könnte. Aber das würde nicht leicht sein.

Männer in Michaels Alter verfügten über die beste Kombination von Gewissen und Selbstbeherrschung. Bei einem alten Mann wie ihrem Großonkel Randall war es ein Kinderspiel gewesen, und kleine Jungen wie Cousin David waren überhaupt nicht der Rede wert.

Aber ein dreizehnjähriges Mädchen, das Michael Curry hinterherlief? Das war wie eine Besteigung des Mount Everest, dachte Mona lächelnd. *Ich werde es tun, und wenn ich dabei umkomme.* Und dann, wenn sie ihn gehabt hatte, würde sie vielleicht wissen, was er über Rowan wußte, warum er und Rowan sich am Weihnachtstag gestritten hatten und warum Rowan verschwunden war. Schließlich war das ja nicht wirklich ein Betrug an Rowan. Rowan war mit irgend jemandem verschwunden, soviel stand so gut wie fest, und alle in der Familie, ob sie darüber redeten oder nicht, hatten schreckliche Angst um Rowan.

Mona starrte noch einen Augenblick lang zu der großen, wie ein Schlüsselloch geformten Haustür hinauf und dachte an all die Bilder, die es gab und auf denen die unterschiedlichsten Familienmitglieder zu sehen waren, wie sie vor dieser Haustür gestanden hatten. Großonkel Juliens Porträt hing noch immer in der Amelia Street, auch wenn Monas Mutter es jedesmal abnehmen mußte, wenn Tante Gifford kam, wenngleich dies eine schreckliche Beleidigung gegen die uralte Evelyn war. Die uralte Evelyn sprach kaum je ein Wort – nur die furchtbare Sorge um Mona und Monas Mutter riß sie gelegentlich aus ihren Gedanken, die Sorge, daß Alicia sich am Ende wirklich zu Tode trinken könnte und daß es mit Patrick schon so weit gekommen war, daß er gar nicht mehr mit Sicherheit wußte, wer er eigentlich war.

Sie starrte die Schlüssellochtür an und hatte fast das Gefühl, sie könne Onkel Julien jetzt sehen mit seinem weißen Haar und den blauen Augen. Und wenn man sich vorstellte, daß er einmal da oben getanzt hatte mit der uralten Evelyn ... Davon hatte die Talamasca nichts gewußt. Über die uralte Evelyn und ihre Enkelinnen Gifford und Alicia war die Geschichte hinweggegangen, und über Alicias einzige Tochter Mona auch.

Aber das war ein Spiel, das sie da spielte: Visionen heraufbeschwören. Onkel Julien stand nicht in der Tür. Man mußte aufpassen. Diese Visionen waren nicht das Eigentliche. Aber das würde kommen.

Mona ging den Plattenweg entlang, vorbei an der Seitenveranda, auf der Tante Deirdre so viele Jahre lang in ihrem Schaukelstuhl gesessen hatte. Arme Tante Deirdre. Mona hatte sie vom Zaun aus oft gesehen, aber sie hatte es nie geschafft, durchs Tor hineinzukommen. Und jetzt die schreckliche Geschichte zu kennen und zu wissen, wie sie sie unter Drogen gesetzt hatten ...

Jetzt war die Veranda sauber und hübsch und ohne das Drahtgitter, aber Onkel Michael hatte Deirdres Schaukelstuhl wieder aufgestellt und benutzte ihn auch, als sei er jetzt genauso verrückt wie sie einst; stundenlang saß er da in der Kälte. Die Fenster im Wohnzimmer waren mit Spitzengardinen und feinen Seidenvorhängen verhangen. Ah, solche Reichtümer.

Und hier, wo der Weg um die Ecke bog und sich verbreiterte, hier war Tante Antha zu Tode gestürzt, vor vielen, vielen Jahren, eine dem Unheil geweihte Hexe, wie ihre Tochter Deirdre eine werden sollte; hier hatte sie sich den Schädel eingeschlagen, und das Blut war aus ihrem Kopf und aus ihrem Herzen geströmt.

Jetzt war niemand hier, der Mona daran gehindert hätte, sich hinzuknien und die Hände auf die Steinplatten zu legen. Einen blitzartigen Augenblick lang glaubte sie Antha zu sehen, ein achtzehnjähriges Mädchen mit großen, toten Augen, und eine Smaragdkette, mit Blut und Haaren verklebt.

Aber auch das war nichts als Bildermachen. Man konnte nicht sicher sein, daß es mehr als Fantasiebilder waren, zumal wenn man die Geschichten sein Leben lang gehört hatte, wie Mona sie gehört hatte, und wenn man so viele seltsame Träume träumte. Gifford, schluchzend am Küchentisch in der Amelia Street. »Dieses Haus ist böse, böse. Ich sage es dir. Laß Mona nicht hingehen.«

»Ach, Unfug, Gifford. Sie möchte Brautjungfer bei Rowan Mayfairs Hochzeit sein. Das ist eine Ehre.«

Eine Ehre war es auf alle Fälle gewesen. Die größte Familienhochzeit aller Zeiten. Und Mona war hingerissen gewesen. Wenn Tante Gifford sie nicht im Auge behalten hätte, dann hätte Mona noch am selben Nachmittag das ganze Haus in der First Street heimlich durchstöbert.

Aber Mona wäre überhaupt nicht bei der Hochzeit dabei gewesen, wenn die uralte Evelyn nicht von ihrem Stuhl aufgestanden wäre und Gifford überstimmt hätte. »Laß das Kind den Gang hinauf zum Altar schreiten«, hatte sie in ihrem trockenen Flüsterton gesagt. Sie war jetzt einundneunzig Jahre alt. Und der Umstand, daß sie fast nie sprach, hatte den großen Vorzug, daß alle verstummten und zuhörten, wenn sie es doch einmal tat.

Es gab Zeiten, da haßte Mona Tante Gifford wegen ihrer Angst und ihrer Sorgen, wegen des beständigen Ausdrucks von Furcht in ihrem Gesicht. Aber eigentlich konnte man Tante Gifford nicht hassen. Sie war zu gut zu ihrer Umgebung, vor allem zu ihrer Schwester Alicia, Monas Mutter, die alle inzwischen als hoffnungslosen Fall betrachteten, nachdem sie wegen ihrer Trinkerei dreimal in der Klinik gewesen war, ohne daß es etwas genutzt hätte. Und unweigerlich kam Gifford jeden Sonntag in die Amelia Street, um ein bißchen sauberzumachen, den Gehweg zu fegen und bei der alten Evelyn zu sitzen. Und sie kaufte Kleider für Mona, der das Einkaufen ein Greuel war.

Mona kniete lange auf den Steinplatten, bis ihr die Kälte in den Knien unangenehm wurde.

»Arme Antha«, flüsterte sie; sie stand auf und strich sich erneut den rosa Rock glatt. Dann streifte sie sich das Haar über die Schultern zurück und vergewisserte sich, daß die Satinschleife immer noch ordentlich am Hinterkopf befestigt war. Onkel Michael liebte diese Satinschleife; das hatte er ihr gesagt.

»Solange Mona ihre Schleife hat«, hatte er heute abend auf dem Weg zur Comus-Parade gesagt, »ist alles in Ordnung.«

»Ich bin im November dreizehn geworden«, hatte sie ihm flüsternd erzählt und sich näher an seine Seite geschoben, um seine Hand zu nehmen. »Sie wollen, daß ich meine Schleife abgebe.«

»Du? Dreizehn?« Sein Blick war über sie hinweggewandert, hatte einen Sekundenbruchteil auf ihren Brüsten verharrt, und dann war er tatsächlich rot geworden. »Tja, Mona, das war mir nicht klar. Aber nein, wage ja nicht, diese Schleife abzulegen. Ich sehe dieses rote Haar und die Schleife in meinen Träumen.«

Natürlich hatte er das alles poetisch und spielerisch gemeint. Er war ein unschuldiger, gesunder Mann, einfach wirklich nett. Das konnte jeder sehen. Aber andererseits, ein bißchen rot war er geworden, nicht wahr?

Nun, sie würde noch ein bißchen mehr über ihre Strategie nachdenken, wenn sie erst einmal im Haus und in seiner Nähe war. Erst einmal wollte sie um den Swimmingpool herumgehen. Sie schritt die Stufen hinauf auf die breite Steinterrasse. Die Lichter unter dem Wasserspiegel waren eingeschaltet und tauchten das Wasser in ein leuchtendes Blau. Feiner Dampf stieg von der Oberfläche auf; warum der Pool allerdings geheizt wurde, konnte Mona sich nicht erklären. Michael würde nie wieder darin schwimmen. Das hatte er gesagt.

Sie folgte der Terrasse bis ans hintere Ende, wo man vor der Cabana das Blut im Schnee gefunden hatte, was bedeutete, daß ein Kampf stattgefunden hatte. Jetzt war alles sauber gefegt; nur ein paar verstreute Blätter lagen herum. Die Jalappen trieben schon wieder hervor. Sie konnte sie riechen und die winzigen kleinen Blüten in der Dunkelheit sehen. Schwer, sich all das von Schnee und Blut bedeckt vorzustellen, und Michael Curry, wie er unter der Wasseroberfläche trieb, mit blutigem, zerschlagenem Gesicht und stillstehendem Herzen.

Dann stieg ihr noch eine andere Witterung in die Nase – der gleiche seltsame Geruch, den sie schon im Hausflur bemerkt hatte und auch im vorderen Salon, wo früher der chinesische Teppich gelegen hatte. Er war nur matt, aber er war vorhanden. Als sie sich der Balustrade näherte, roch sie ihn deutlicher. Er mischte sich mit dem Duft der kalten Jalappen. Ein sehr verführerischer Geruch. Irgendwie, na ja, köstlich, dachte sie. Wie Karamel oder Toffee köstlich duften konnte, nur daß es sich hier um nichts Eßbares handelte.

Plötzlich flammte in ihr ein leiser Zorn auf den hoch, der Michael Curry verletzt hatte. Sie hatte ihn vom ersten Augenblick an gemocht. Auch Rowan Mayfair hatte sie gemocht. Sie hatte sich danach gesehnt, für ein Paar Augenblicke mit ihnen allein zu sein, um ihnen Fragen zu stellen und Dinge zu sagen – vor allem, um sie zu bitten, ihr das Victrola zu schenken, wenn sie es finden könnten. Aber solch eine Gelegenheit hatte sich nie ergeben.

Sie kniete sich auf die Steinplatten wie zuvor. Sie berührte den kalten Stein, der ihren bloßen Knien weh tat. Ja, der Geruch war da. Aber sie sah nichts. Sie schaute hinauf zur dunklen Dienstbotenveranda des Haupthauses. Nirgends war Licht. Dann spähte sie durch den Eisenzaun zur Remise hinter Deirdres Eiche. Ein Licht. Das bedeutete, daß Henri noch wach war. Na und? Mit Henri würde sie fertig werden. Heute abend beim Essen nach der Comus-Parade hatte sie erkannt, daß Henri bereits Angst vor diesem Haus hatte und nicht gern darin arbeitete; wahrscheinlich würde er nicht mehr lange bleiben.

Lange Zeit stand sie am Pool und dachte an all die kleinen Häppchen der Geschichte – Rowan war weggelaufen, hatte vorn im Flur so etwas wie eine Fehlgeburt gehabt, überall Blut, und Michael blaugeschlagen und bewußtlos im Pool. War die Fehlgeburt die Erklärung für den Geruch? Sie hatte Pierce gefragt, ob er es riechen könnte. Nein. Sie hatte Bea gefragt. Nein. Sie hatte Ryan gefragt. Natürlich nicht. Hör auf, herumzulaufen und nach geheimnisvollem Kram zu suchen! Sie dachte an Tante Giffords ernstes Gesicht, als sie am Weihnachtsabend im Krankenhauskorridor gestanden hatten und alle dachten, Michael würde sterben, und wie sie Onkel Ryan angeschaut hatte.

»Du weißt, was passiert ist!« hatte sie gesagt.

»Das ist Aberglaube und Irrsinn«, hatte Ryan geantwortet. »Ich werde mir das nicht anhören. Und ich erlaube nicht, daß du vor den Kindern davon redest.«

»Ich will nicht vor den Kindern davon reden«, hatte Tante Gifford gesagt, und ihr Unterkiefer hatte gezittert. »Ich will nicht, daß die Kinder es wissen! Halte sie fern von diesem Haus, ich flehe dich an. Ich habe dich immer schon angefleht, sie fernzuhalten.«

»Als ob es meine Schuld wäre!« hatte Onkel Ryan geflüstert. Der arme Onkel Ryan. Anwalt der Familie, Beschützer der Familie. Das war ein gutes Beispiel dafür, was Konformität aus einem machen konnte, denn Onkel Ryan war in jeder Hinsicht ein super aussehendes männliches Tier, der heroische Typ im Grunde, mit kantigem Kinn, blauen Augen, guten, starken Schultern, einem flachen Bauch und Musikerhänden. Aber das sah man nie. Alles, was man sah, wenn man Onkel Ryan anschaute, waren sein Anzug und sein Oxfordhemd und der Glanz seiner Church's-Schuhe. Jeder Mann in der Kanzlei von Mayfair und Mayfair kleidete sich haargenauso. Ein Wunder, daß die Frauen es nicht taten; sie hatten einen Stil entwickelt, zu dem Perlen und Pastelltöne sowie Absätze von unterschiedlicher Höhe gehörten. Echt aufregend, dachte Mona. Wenn sie erst Multimillionärin und Mogul wäre, dann würde sie ihren eigenen Stil entwickeln. Aber bei diesem Streit im Flur hatte Onkel Ryan sich anmerken lassen, wie verzweifelt er war und wie besorgt um Michael Curry. Er hatte Tante Gifford nicht kränken wollen. Das wollte er nie.

Dann war Tante Bea dazugekommen und hatte sie beide beruhigt. Mona hätte Tante Gifford gerne an Ort und Stelle erzählt, daß sie wußte, daß Michael Curry nicht sterben würde, aber dann hätte Gifford nur noch mehr Angst bekommen. Mit Tante Gifford konnte man über nichts reden.

Und jetzt, wo Monas Mutter die ganze Zeit ziemlich betrunken war, konnte man mit ihr auch nicht mehr reden, und die uralte Evelyn gab oft gar keine Antwort, wenn Mona mit ihr sprach. Freilich, wenn sie es tat, war sie mit hellwachem Geist dabei. »Mental durchaus auf der Höhe«, sagte ihr Arzt.

Mona würde nie vergessen, wie sie einmal darum gebeten hatte, das Haus besuchen zu dürfen, als es noch verfallen und schmutzig war und Deirdre in ihrem Schaukelstuhl auf der Veranda saß. »Ich hatte letzte Nacht einen Traum«, hatte sie zu ihrer Mutter und Tante Gifford gesagt. »Onkel Julien kam darin vor, und er hat gesagt, ich soll über den Zaun klettern, ob Tante Carlotta da ist oder nicht, und ich soll mich auf Deirdres Schoß setzen.«

Es hatte alles gestimmt. Tante Gifford war hysterisch geworden. »Du darfst nicht einmal in die Nähe von Cousine Deirdre kommen.« Und Alicia hatte gelacht und gelacht und gelacht. Die uralte Evelyn hatte sie nur beobachtet.

»Hast du bei deiner Tante Deirdre schon mal jemanden gesehen, wenn du bei ihr vorbeikamst?« hatte Alicia gefragt.

»CeeCee, wie kannst du nur!« hatte Gifford geschimpft.

»Nur den jungen Mann, der immer bei ihr ist.«

Da war Tante Gifford durchgedreht. Mona hatte jetzt regelrecht schwören müssen, daß sie sich von der First Street fernhalten und nie wieder einen Blick auf das Haus werfen würde. Natürlich hatte sie das nicht gekümmert. Sie ging weiter dort vorbei, wann immer sie die Gelegenheit dazu hatte. Zwei ihrer Freundinnen aus dem Heiligen Herzen wohnten ziemlich nah bei der Ecke First und Chestnut Street, und manchmal begleitete sie sie nach Hause, nur um einen Vorwand zu haben. Die beiden waren entzückt darüber, daß sie ihnen bei den Schularbeiten half, und sie tat es gern. Und sie erzählten ihr alles mögliche über das Haus.

»Der Mann ist ein Geist«, hatte ihre Mutter ihr vor Tante Gifford zugeflüstert. »Sag den anderen niemals, daß du ihn gesehen hast. Aber mir kannst du es erzählen. Wie hat er ausgesehen?« Und dann war Alicia wieder in kreischendes Gelächter ausgebrochen, bis Gifford tatsächlich angefangen hatte zu weinen. Die uralte Evelyn hatte nichts gesagt, aber sie hatte die ganze Zeit zugehört. Man merkte an dem wachen Blick ihrer kleinen blauen Augen, daß sie zuhörte. Was, um Himmels willen, dachte sie wohl über ihre beiden Enkelinnen?

Gifford hatte Mona nachher beiseite genommen, als sie zu Giffords Wagen gegangen waren (Jaguar-Limousine, typisch

Gifford, typisch Metairie). »Bitte glaube mir, daß es mir ernst ist, wenn ich sage, du sollst von da wegbleiben«, hatte sie gesagt. »Aus diesem Haus kommt nur Böses.«

Mona hatte versucht, es ihr zu versprechen. Aber es hatte sie nicht besonders interessiert; für sie war der Würfel gefallen. Schon da war ihr klar gewesen, daß sie alles über dieses Haus wissen mußte. Und jetzt, nach dem Streit zwischen Rowan und Michael, war es oberste Priorität: Sie mußte hineinkommen und es selbst sehen.

Daß sie das Dokument der Talamasca auf Ryans Schreibtisch in der City gefunden hatte, hatte ihre Neugier nur verdreifacht. Die Akte über die Mayfair-Hexen. Sie hatte sie an sich genommen und war in eine Snackbar gerannt, um das ganze Ding zu lesen, bevor jemand merkte, was sie da tat; sie war nicht zu halten gewesen. Donnelaith, Schottland. Hatte die Familie nicht immer noch ein Anwesen dort? Oh, was für eine Geschichte. Die Einzelheiten über Antha und Deirdre waren natürlich ein echter Skandal. Nur über Michael und Rowan Mayfair hatte sie nichts Neues herausgefunden. Aaron Lightner hatte seine »Erzählung«, wie er es auf diesen Blättern nannte, abgebrochen, bevor er zur Geburt der »gegenwärtigen Auserwählten« gekommen war, um die Privatsphäre der noch lebenden Personen nicht zu verletzen.

Hmmm. Diese Talamasca-Leute waren erstaunlich. Und Tante Bea wird einen von ihnen heiraten, dachte Mona. Es war, als erfahre man, daß einem eine fette, saftige Fliege ins klebrige Netz gegangen war.

Daß Rowan Mayfair ihr durch die Lappen gegangen war, daß Mona nicht einmal fünf Minuten allein mit ihr hatte verbringen können, das war eine Tragödie, die unter WS/MONA/PLEITE abzuspeichern war.

Aber Mona hatte den starken Eindruck gehabt, daß Rowan Angst vor der Macht gehabt hatte, die sie womöglich besaß, genau wie die anderen Angst hatten.

Nun, Mona machte diese Macht keine angst. Mehr und mehr fühlte sie sich wie eine Tänzerin, die soeben in einen Lebensabschnitt vollkommener Kraft eintrat. Gut, dann war sie eben nur eins dreiundfünfzig groß, und wahrscheinlich würde sie nicht mehr viel größer werden. Aber ihr Körper wurde mit jedem Tag reifer.

Es gefiel ihr, stark und ungewöhnlich zu sein. Es machte ihr Spaß, die Gedanken anderer Leute zu lesen und Dinge zu sehen, die andere nicht sehen konnten. Die Tatsache, daß der Mann, den sie gesehen hatte, ein Geist war, faszinierte sie. Und sie war eigentlich nicht überrascht gewesen, als sie es gehört hatte. Wenn sie nur damals schon in das Haus gekommen wäre ...

Nun, aber das war Vergangenheit, nicht wahr? Und jetzt war jetzt. Und die Gegenwart war wirklich toll. Rowan Mayfairs Verschwinden hatte die Familie in Unruhe versetzt; die Leute gaben jetzt so mancherlei preis. Und hier war dieses große Haus, leer bis auf Michael Curry – und sie.

Und der Augenblick gehörte ihr allein.

Sie ging zur Glasveranda an der Rückseite und überprüfte die Schlösser der vielen Küchentüren eines nach dem anderen. Dieser steifnackige Henri hatte das Haus verrammelt wie eine Festung. Na, kein Problem. Mona wußte, wie sie hineinkam.

Sie schlich sich ganz ums Haus herum nach hinten, bis zum Ende der alten Küche, in der jetzt ein Bad war, und schaute hinauf zum Badezimmerfenster. Wer würde so hoch oben ein Fenster verriegeln? Aber wie würde sie hinaufkommen? Sie würde eine der großen Mülltonnen aus Kunststoff herüberziehen, die fast nichts wogen. Sie ging in den Hofgang hinein, packte die Tonne beim Griff – und was sagte man dazu? Sie lief auf Rollen. Wie praktisch! Dann kletterte sie hinauf, auf den Knien erst, und dann drückten ihre Füße den elastischen schwarzen Plastikdeckel ein, und sie hebelte die grünen Fensterläden auf und schob das Fenster hoch.

Es ließ sich schieben, ganz leicht. Es klemmte erst, als die Öffnung schon groß genug war, daß sie durchklettern konnte. Auf dem staubigen Fenstersims würde sie sich das Kleid schmutzig machen, aber das war nicht wichtig. Sie stützte sich mit beiden Händen ab und glitt durch das Fenster hinein, und beinahe wäre sie drinnen auf den Teppichboden gepurzelt.

Sie war im Haus in der First Street! Und es war ein Kinderspiel gewesen! Einen Augenblick lang stand sie da in dem kleinen

Bad und starrte auf das schimmernde, weiße Porzellan der alten Toilette und auf die Marmorplatte am Waschbecken, und sie erinnerte sich an den letzten Traum mit Onkel Julien, in dem er sie mit in dieses Haus genommen hatte und sie zusammen die Treppe hinaufgegangen waren.

Onkel Julien hatte das Victrola spielen lassen, das Mona haben sollte, und er hatte in seinem langen, gesteppten Hausmantel getanzt. Michael sei zu gut, hatte er gesagt. Engel hätten ihre Grenzen. »Reine Herzensgüte hat mich noch selten besiegt, verstehst du, Mona«, hatte er mit seinem charmanten französischen Akzent gesagt; er hatte Englisch mit ihr gesprochen, wie er es immer in ihren Träumen tat, obwohl sie perfekt Französisch sprach. »Aber sie geht unweigerlich allen außer diesem so vollkommen guten Menschen schrecklich auf die Nerven.«

Vollkommen gut. »Vollkommen hinreißend. Vollkommen entzückend. Ein vollkommener Leckerbissen!« hatte Mona getippt, und dann hatte sie diese Eintragungen in der Datei »Michael« abgespeichert.

»Gedanken zu Michael Curry: Jetzt, nachdem er den Herzanfall gehabt hat, ist er noch attraktiver – wie ein großes Tier mit einer verletzten Pfote, ein Ritter mit gebrochenem Arm, Lord Byron mit seinem Klumpfuß.«

Sie hatte Michael immer schon »zum Sterben« gefunden, wie man so sagte. Sie hatte ihre Träume nicht gebraucht, um das zu wissen, obgleich sie dadurch ein bißchen kühner geworden war; Onkel Julien hatte mit all seiner Dramatik nahegelegt, daß Michael eine prachtvolle Eroberung sei, und er hatte ihr erzählt, wie er mit der uralten Evelyn, als sie gerade dreizehn war – so alt wie Mona jetzt – auf dem Dachboden in der First Street geschlafen hatte, und aus dieser unrechtmäßigen Vereinigung sei die arme Laura Lee geboren worden, Giffords und Alicias Mutter. Damals hatte Onkel Julien der uralten Evelyn das Victrola gegeben und gesagt: »Bring es aus dem Haus, bevor sie kommen. Bring es weg und behalte es ...«

»... Es war ein verrückter Plan. Ich habe nie an Hexerei geglaubt, mußt du wissen, Mona. Aber ich mußte einen Versuch wagen. Mary Beth hatte angefangen, meine Bücher zu verbrennen, noch bevor es mit mir zu Ende ging. Sie verbrannte sie draußen auf dem Rasen, als wäre ich ein Kind ohne Rechte und ohne Würde. Das Victrola war ein bißchen Voodoo, Magie, ein Sammelpunkt meines Willens.«

All das war sehr klar und verständlich gewesen, während sie es träumte, aber schon am nächsten Tag war der »verrückte« Plan großenteils schleierhaft. Okay. Das Victrola. Onkel Julien will, daß ich es habe. Hexerei, mein Lieblingsspaß.

Und man mußte sich ja nur anschauen, was bis jetzt mit dem verfluchten Victrola passiert war.

1914 hatte er sich all die Mühe gemacht, es aus dem Haus zu schaffen – einmal angenommen, daß es eine Mühe gewesen war, mit der dreizehnjährigen uralten Evelyn zu schlafen –, und als die uralte Evelyn versucht hatte, das Victrola an Mona zu vererben, da hatten Gifford und Alicia einen schrecklichen Streit gehabt. Oh, das war ein schrecklicher Tag gewesen!

Mona hatte noch nie einen Streit gesehen wie den zwischen Alicia und Gifford. »Du gibst ihr dieses Victrola nicht!« hatte Gifford gekreischt. Sie hatte sich auf Alicia gestürzt, sie wieder und wieder geschlagen und versucht, sie aus dem Schlafzimmer zu stoßen, in das sie das Victrola getragen hatte.

»Das kannst du nicht machen, sie ist meine Tochter, und die uralte Evelyn hat gesagt, es soll ihr gehören!« hatte Alicia gekreischt.

Als Kinder haben sie sich immer so geprügelt, denk dir nichts dabei, hatte die uralte Evelyn gesagt. Sie war im Wohnzimmer sitzengeblieben. »Gifford wird das Victrola nicht kaputtmachen. Die Zeit wird kommen, da darfst du es haben. Keine Mayfair würde Onkel Juliens Victrola kaputtmachen. Was die Perlen angeht, die kann Gifford einstweilen behalten.«

Die Perlen waren Mona egal.

Aber für Mona bestand der wirklich schreckliche Teil darin, daß Tante Gifford ihr das Victrola nie gegeben hatte! Als Mona sie schließlich in die Enge getrieben und zu wissen verlangt hatte, wo es sei, hatte Tante Gifford gesagt: »Ich habe es in die First Street gebracht. Die Perlen auch. Ich habe alles wieder an einen sicheren Ort gebracht. Dorthin gehören alle Sachen von Onkel Julien, in dieses Haus, zusammen mit der Erinnerung an ihn.« Und Alicia hatte gekreischt, und sie hatten wieder angefangen zu streiten.

In einem der Träume hatte Onkel Julien zu der Platte auf dem Victrola getanzt und gesagt: »Der Walzer ist aus *La Traviata,* mein Kind. Gute Musik für eine Kurtisane.« Julien hatte getanzt, und die gequetschte kleine Sopranstimme hatte gesungen und gesungen.

Sie hatte die Melodie so deutlich gehört. Selten konnte man ein Lied summen, das man im Traum hörte. Hübsch, der kratzige Klang des Victrola. Später hatte die uralte Evelyn das Lied erkannt, das Mona summte. Es war von Verdi – Violettas Walzer.

»Das war Juliens Platte«, hatte sie gesagt.

»Ja, aber wie komme ich an das Victrola?« hatte Mona in ihrem Traum gefragt.

»Kann denn keiner in dieser Familie mal selbst etwas herausfinden?« Onkel Julien hatte beinahe geweint. »Ich bin so müde. Siehst du es denn nicht? Ich werde schwächer und schwächer. *Chérie,* bitte trage eine violette Schleife. Rosa Schleifen mag ich nicht, obwohl sie zu rotem Haar sehr *shocking* aussehen. Trag Violett für deinen Onkel Julien. Ich bin so müde ...«

»Warum?« hatte sie gefragt. Aber da war er schon verschwunden gewesen.

Das war im letzten Frühling gewesen, dieser Traum. Sie hatte sich ein violettes Band gekauft, aber Alicia hatte geschimpft, es bringe Unglück, und es ihr wieder weggenommen. Heute abend war Monas Schleife rosa, genau wie das Kattunkleid mit der Spitze.

Anscheinend war Cousine Deirdre im letzten Mai gestorben, gleich nachdem Mona diesen Traum gehabt hatte; die First Street war in Rowans und Michaels Hände übergegangen, und die großen Restaurierungsarbeiten hatten begonnen. Immer wenn sie vorbeigekommen war, hatte sie Michael oben auf dem Dach gesehen, oder wie er gerade die Leiter hinaufstieg, oder wie er über einen hohen Eisenzaun kletterte, oder wie er mit dem Hammer in der Hand oben auf der Dachkante entlangging.

Sie öffnete die Badezimmertür und trat hinaus in die Küche. Draußen vor den Glastüren glitzerte der Pool ganz deutlich für einen Augenblick, als habe ein verirrter Windhauch den Wasserspiegel berührt. Als sei er lebendig. Sie ging weiter, und ein winziges rotes Licht blitzte auf dem Bewegungsmelder auf, aber an der Schaltkonsole auf der Küchentheke sah sie gleich, daß der Alarm nicht eingeschaltet war. Deshalb war er auch nicht losgegangen, als sie das Fenster hochgedrückt hatte. Was für ein Glück! Die verdammte Alarmanlage hatte sie ganz vergessen, und es war doch der Alarm gewesen, der Michael das Leben gerettet hatte. Er wäre ertrunken, wenn die Feuerwehrleute nicht gekommen wären und ihn gefunden hätten – Männer aus der Feuerwache seines Vaters, obgleich Michaels Vater schon vor langer Zeit gestorben war.

Michael. Ja, es war *fatal attraction* gewesen, vom ersten Augenblick an, als sie ihn gesehen hatte. Und die schiere Größe des Mannes hatte sehr viel damit zu tun – Dinge wie die perfekte Breite seines Halses. Mona hatte ein scharfes Wahrnehmungsvermögen für die Hälse von Männern. Sie konnte sich einen ganzen Film ansehen, nur um ausgiebig Tom Berengers Hals betrachten zu können.

Dann war da diese ständige gute Laune. Wann hätte sie einmal kein Lächeln von Onkel Michael bekommen? Und oft auch ein Zwinkern. Sie liebte diese unermeßlich großen und erstaunlich unschuldigen blauen Augen. »Regelrecht knallig«, hatte Bea einmal gesagt, aber sie hatte es als Kompliment gemeint. »Der Mann ist irgendwie einfach zu lebendig!« Sogar Gifford hatte das verstanden.

Meistens war ein Mann, der so gut gebaut war, ein Idiot. Richtige Mayfair-Männer waren immer perfekt proportioniert. Wenn Brooks Brothers oder Burberry's einem nicht paßten, war man ein Fehltritt. Sie schütteten einem Gift in den Tee. Und sie benahmen sich wie Aufziehspielzeug, wenn sie von Harvard nach Hause kamen; stets gekämmt und sonnengebräunt, schüttelten sie den Leuten die Hände.

Mayfair und Mayfair waren eine Anwaltskanzlei voller Vinylmenschen.

»Macht nichts«, hatte ihre Mutter auf ihre Kritik einmal erwidert. »Sie kümmern sich um das ganze Geld, so daß du und ich uns um nichts Sorgen zu machen brauchen.«

»Ich frage mich, ob das so eine gute Idee ist«, hatte Mona gesagt und dabei beobachtet, wie ihre Mutter mit der Zigarette den Mund verfehlte und dann nach dem Weinglas auf dem Tisch herumtastete. Mona hatte es ihr entgegengeschoben, und sie hatte sich dabei selbst nicht leiden können, es hatte ihr nicht gefallen, daß sie es tat, weil es eine Folter war, ihrer Mutter dabei zuzusehen, wie sie es selbst nicht fand.

Aber Michael Curry war ein ganz anderer Schlag als die Mayfair-Männer – kraftvoll und entspannt, auf eine schönere Art rauh, gänzlich frei von jener unvergänglichen gelackten Eleganz, die Männer wie Ryan zur Vollendung brachten, aber überaus anbetungswürdig auf eine bestialische Weise, wenn er seine dunkel geränderte Brille trug und Dickens las, wie er es heute nachmittag getan hatte, als sie oben in seinem Zimmer gewesen war. Mardi Gras hatte ihn überhaupt nicht interessiert. Er hatte nicht herunterkommen wollen. Daß Rowan ihn verlassen hatte, ließ ihn immer noch taumeln. Zeit bedeutete ihm einfach nichts, denn wenn er anfinge, darüber nachzudenken, dann müßte er auch darüber nachdenken, wie lange Rowan jetzt weg war.

»Was liest du da?« hatte sie gefragt.

»Oh, *Große Erwartungen*«, hatte er geantwortet. »Das lese ich immer wieder. Ich bin gerade bei der Stelle über Joes Frau, Mrs. Joe. Wie sie immer das *T* auf die Tafel malt. Schon mal gelesen? Ich lese gern Sachen noch einmal, die ich schon kenne. Es ist, wie wenn du dein Lieblingslied immer wieder hörst.«

Ein brillanter Neandertaler schlummerte in seinem Körper und wartete nur darauf, einen bei den Haaren in seine Höhle zu schleifen. Ja, ein Neandertaler mit dem Gehirn eines Cro-Magnon, der strahlend lächeln und sich wie ein Gentleman benehmen konnte, so wohlerzogen, wie nur irgend jemand in der Familie es sich wünschen konnte. Er verfügte über ein großartiges Vokabular, sofern er es zu benutzen beliebte. Mona bewunderte sein Vokabular. Ihr eigenes entsprach etwa dem einer College-Studentin im letzten Jahr. In der Schule hatte mal jemand gesagt, bei ihr kämen die größten Wörter aus dem kleinsten Körper der Welt.

Michael konnte sich anhören wie ein Polizist aus New Orleans und im nächsten Augenblick wie ein Schuldirektor. »Unschlagbare Kombination von Elementen«, hatte sie in ihr Computertagebuch geschrieben. Dann fiel ihr Onkel Juliens Ermahnung wieder ein. »Der Mann ist einfach zu gut.«

»Bin ich böse?« flüsterte sie laut in die Dunkelheit. »Befehl oder Datei unbekannt.« Eigentlich hatte sie nicht den leisesten Zweifel daran, daß sie böse war. Solche Gedanken fand sie altmodisch und typisch für Onkel Julien, besonders so, wie er sich in ihren Träumen benahm.

Sie durchquerte die Küche und ging langsam durch die kleine Geschirrkammer; hübsches weißes Licht fiel von der Veranda draußen auf den Dielenboden. Ein so großartiges Eßzimmer. Michael vermutete, daß der Hartholzfußboden in den dreißiger Jahren gelegt worden war, aber Julien hatte Mona erzählt, er stamme aus der Zeit um 1890, es war ein Boden, den man Holzteppich nannte und der in einer Rolle geliefert worden war. Was sollte Mona mit all den Dingen anfangen, die Julien ihr in diesen Träumen erzählt hatte?

Die dichten, düsteren Wandgemälde waren im Dunkeln überraschend deutlich zu sehen – die Plantage Riverbend, wo Julien geboren war, und ihre altertümliche Welt mit der Zuckerrohrmühle, den Sklavenhütten und Stallungen und den Kutschen, die auf der alten Uferstraße entlangfuhren. Aber sie hatte ja auch Katzenaugen, nicht wahr? Immer schon. Sie liebte die Dunkelheit. Sie fühlte sich darin sicher und heimisch. Sie bekam dann Lust zu singen. Es war unmöglich, anderen zu erklären, wie wohl ihr dabei war, wenn sie allein in der Dunkelheit umherstreifte.

Sie ging um den langen Tisch herum, der jetzt abgeräumt und abgedeckt und blankpoliert war, obgleich hier erst vor wenigen Stunden das letzte Mardi-Gras-Bankett stattgefunden hatte, einschließlich Zuckergußtorten und einer silbernen Punschbowle voll Champagner. Junge, die Mayfairs fraßen sich wirklich krank, wenn sie in die First Street kamen, dachte sie. Alle waren einfach glücklich darüber, daß Michael bereit war, das Haus weiter zu bewohnen, obwohl Rowan einfach verschwunden war, noch dazu unter so mysteriösen Umständen. Ob Michael wußte, wo sie war?

Tante Bea hatte mit Tränen in den Augen gesagt: »Sein Herz ist gebrochen!«

Nun, hier kommt die Kleine mit dem Wunderkleber für gebrochene Herzen! Mach Platz, Welt: Es ist die kleine Mona.

Sie trat durch die hohe, schlüssellochförmige Tür in den vorderen Flur, und dort blieb sie stehen und legte die Hände an den Türrahmen, wie Onkel Julien es auf so vielen alten Bildern tat, bei dieser und bei der anderen Tür; sie fühlte die Stille und die Größe des Hauses um sich herum, und sie roch das Holz.

Und dieser andere Geruch. Da war er wieder und machte sie ... was? Beinahe hungrig. Es duftete köstlich, was immer es war. Kein Toffee, nein, kein Karamel, keine Schokolade, aber doch etwas Dickes, ein Duft wie hundert Düfte, zu einem einzigen zusammengepreßt. Wie wenn man zum ersten Mal in eine schokoladenumhüllte Kirschpraline biß. Oder in ein Cadbury-Osterei.

Sie bewegte sich durch den Flur und bemerkte die blinkenden Lichtpunkte anderer Alarmgeräte, die alle nicht scharfgestellt waren, die alle warteten, und der Geruch wurde am stärksten, als sie am Fuße der Treppe stehenblieb.

Sie wußte, Onkel Ryan hatte die ganze Umgebung hier untersucht; als man alles Blut weggewischt und den chinesischen Teppich aus dem Wohnzimmer weggeschafft hatte, war er mit einer Chemikalie angekommen, die noch eine Menge anderes Blut im Dunkeln leuchten ließ. Na, aber jetzt war alles weg. Einfach weg. Dafür hatte er gesorgt, bevor Michael aus dem Krankenhaus gekommen war. Und er hatte geschworen, er könne jetzt keinen Geruch mehr wahrnehmen.

Sie schaute ins Wohnzimmer und sah, verblüfft wie schon einmal, wie Michael alles verändert hatte, nachdem Rowan verschwunden war. Natürlich war der chinesische Teppich weggeschafft worden; er war voller Blut gewesen. Aber er hätte ja die alte Einrichtung des Doppelsalons nicht abschaffen müssen, oder? Hatte er aber. Eine Blasphemie gegen das Haus Mayfair.

Es war jetzt ein einziger endloser Raum mit einem riesigen Sofa unter dem Bogen an der Innenwand. Hübsche französische Stühle, überall verstreut – sie gehörten alle Onkel Julien, wie er behauptete –, jetzt mit neuem Golddamast oder mit einem gestreiften Stoff bezogen, was unheimlich teuer aussah. Durch eine gläserne Tischplatte sah man die dunklen Bernsteinfarben des großen alten Teppichs. Er mußte sieben, acht Meter lang sein, dieser Teppich, wie er so durch beide Räume reichte und den Boden vor beiden Kaminen bedeckte. Und wie alt er aussah – wie etwas vom Dachboden oben, aber daher kam er ja höchstwahrscheinlich auch. Vielleicht hatte Michael ihn zusammen mit den goldenen Stühlen heruntergeholt.

Sie hatten erzählt, nach seiner Heimkehr habe er nur eine einzige Anordnung gegeben: Dieser Doppelsalon solle umgestaltet werden. Stellt Juliens Sachen hier unten hin. Es soll ganz anders aussehen.

Klang plausibel. Offensichtlich hatte er alle Spuren von Rowan austilgen wollen; die Räume, in denen sie ihre glücklichsten Augenblicke verbracht hatten, sollten nicht mehr existieren. Ein paar der Stühle waren ausgeblichen, und hier und da war das Holz abgesplittert. Und der Teppich lag unmittelbar auf dem Kiefernholzboden; dünn und seidig sah er aus.

Vielleicht waren die anderen Möbel auch alle voll Blut gewesen. Niemand hatte Mona genau erzählen wollen, was passiert war. Überhaupt wollte niemand außer Onkel Julien ihr viel erzählen. Und in ihren Träumen war sie selten so traumgeistesgegenwärtig, Onkel Julien Fragen zu stellen. Onkel Julien redete und redete nur, oder er tanzte und tanzte.

Jetzt steht kein Victrola hier im Zimmer. Was für ein Glück wäre es gewesen, wenn sie es mit all diesem anderen Kram heruntergebracht hätten. Aber das hatten sie nicht getan. Sie hatte auch niemanden davon reden hören, daß sie ein Victrola gefunden hatten.

Das Zimmer war immer noch schön. Es hatte Spaß gemacht, sich nachmittags auf das große weiche Sofa fallen zu lassen; von dort aus konnte man alle Spiegel sehen, die beiden weißen Marmorkamine gegenüber, den einen links, den anderen rechts, und die beiden Türen direkt auf der anderen Seite, die zu Deirdres Veranda hinausführten. Ja, hatte Mona gedacht, ein guter Aussichtsposten, und immer noch ein bezauberndes Zimmer. Manchmal tanzte sie auf dem blanken Fußboden des Doppelsalons in der Amelia Street, und dann träumte sie von Spiegeln, träumte davon, ein Vermögen mit Investmentfonds zu verdienen, mit Geld, das sie sich von Mayfair und Mayfair leihen würde.

Gebt mir nur noch ein Jahr, dachte sie; ich werde den Markt knacken, und wenn ich dann nur einen einzigen Spieler in dieser verknöcherten Anwaltsfirma finde . . .! Es hatte keinen Sinn, sie jetzt zu bitten, das Haus in der Amelia Street in Schuß zu bringen. Die uralte Evelyn hatte Zimmerleute und Arbeiter stets weggeschickt. Sie liebte ihre »Ruhe«. Und welchen Sinn hatte es auch, ein Haus in Schuß zu bringen, in dem Patrick und Alicia ständig nur betrunken herumhingen und die uralte Evelyn wie ein Möbelstück dasaß?

Mona hatte ihren eigenen Bereich, wie es hieß: das große Schlafzimmer oben mit Blick auf die Avenue. Und dort hatte sie auch ihre Computerausrüstung, alle ihre Disketten und Ordner und Bücher. Ihr Tag würde kommen. Und bis dahin hatte sie nach der Schule jeden Tag reichlich Zeit, um Aktien, Anleihen, Schuldverschreibungen und dergleichen zu studieren.

Ihr eigentlicher Traum war es, einen eigenen Investmentfonds zu leiten, der Mona eins heißen sollte. Sie würde nur Mayfairs einladen, sich daran zu beteiligen, und jedes Unternehmen, in das der Fonds investierte, würde sie auf der Basis von Kriterien des Umweltschutzes handverlesen.

Mona wußte aus dem *Wall Street Journal* und aus der *New York Times*, was los war. Unternehmen, die sensibel für den Umweltschutz waren, machten das große Geld. Jemand hatte eine Mikrobe erfunden, die ausgelaufenes Erdöl fraß und einem sogar die Heizung blitzblank putzte, wenn man sie darin losließ. Das war der Trend der Zukunft. Mona eins würde unter den Investmentfonds zu einer Legende werden, wie Fidelity Magellan oder Nicholas II. Mona hätte jetzt schon anfangen können, wenn jemand das Risiko mit ihr eingegangen wäre. Wenn sich nur das Reich der Erwachsenen endlich auftun wollte, nur ein ganz kleines Stückchen, um sie hereinzulassen!

Onkel Ryan war interessiert, ja, amüsiert und erstaunt und verwirrt, aber riskieren wollte er nichts. »Studier nur weiter«, hatte er gesagt. »Aber ich muß sagen, ich bin beeindruckt von deinen Marktkenntnissen. Woher weißt du dieses ganze Zeug?«

»Willst du mich veralbern? Woher du es auch weißt«, hatte sie erwidert. »Aus dem *Journal* und aus *Barron's*, und weil ich jederzeit tagsüber und nachts online gehe und mir die neuesten Statistiken herhole.« Sie hatte von dem Modem in ihrem Computer gesprochen und von den vielen Bulletin Boards, die sie anwählen konnte. »Willst du mitten in der Nacht etwas über irgendwelche Papiere wissen? Dann ruf nicht in der Firma an. Ruf mich an.«

Onkel Ryan war fasziniert gewesen, so müde er auch vom Mardi Gras war – aber nicht fasziniert genug, um sich nicht mit einer weiteren lahmen Bemerkung aus der Affäre zu ziehen. »Na, es freut mich, daß du für all das Interesse aufbringst.«

»Interesse!« hatte Mona gesagt. »Ich bin bereit, das Kommando zu übernehmen! Wieso bist du so ein Schlappschwanz, Onkel Ryan, wenn es um aggressive Wachstumsfonds geht? Und was ist mit Japan? Kennst du nicht den simplen Grundsatz, wonach du nur ein Gegengewicht zu deinen Investitionen an der US-Börse schaffen mußt, und schon hast du globale –«

»Halt!« hatte er sie unterbrochen. »Wer wird denn in einen Fonds namens Mona eins investieren?«

Mona hatte blitzschnell geantwortet. »Jeder!«

Mona hätte weiter über den Investmentfonds geredet, aber es war Mardi Gras, die Leute waren müde, und Onkel Ryan hatte sich in den bodenlosen Abgrund einer Unterhaltung mit Onkel Randall ziehen lassen. Onkel Randall hatte ihr den Rücken zugewandt, um sie vom Gespräch auszuschließen. So benahm er sich dauernd, seit Mona ihn ins Bett gelockt hatte. Ihr war es egal. Es war ein Experiment gewesen, nichts weiter, um einen Mann um die achtzig einmal mit den Jungen zu vergleichen.

Jetzt war ihr Ziel Michael. Zum Teufel mit Onkel Randall. Onkel Randall war interessant gewesen, weil er so alt war, und ein wirklich alter Mann hat in den Augen eines jungen Mädchens etwas an sich, das sie sehr erregend fand. Aber Onkel Randall war kein freundlicher Mann. Michael war einer. Und Mona mochte Freundlichkeit.

Nun, morgen würde sie zu den Aktien kommen.

Morgen oder übermorgen würde sie vielleicht das tatsächliche Portefeuille für Mona eins ausarbeiten, auf der Grundlage der Papiere, die in den letzten fünf Jahren an der Börse die beste Performance geboten hatten. Es passierte so leicht, daß ihre Fantasie mit ihr durchging und sie sich vorstellte, wie Mona eins so groß wurde, daß sie einen zweiten Investmentfonds namens Mona zwei daraus klonen mußte, und dann Mona drei, und wie sie dann mit ihrem eigenen Flugzeug um die Welt jettete und mit den Managern der Unternehmen zusammenkam, in die sie investiert hatte.

Sie würde sich Fabriken in China ansehen, Verwaltungen in Hongkong, wissenschaftliche Forschungseinrichtungen in Paris. Sie stellte sich vor, daß sie dabei einen Cowboyhut trug. Im Moment hatte sie gar keinen Cowboyhut. Die Schleife war ihr Stil. Aber irgendwie hatte sie immer den Hut auf, wenn sie in ihren Visionen aus dem Flugzeug stieg. Und das alles würde kommen. Das wußte sie.

Vielleicht wurde es Zeit, daß sie Onkel Ryan den Computerausdruck mit den Aktien zeigte, die sie im letzten Jahr verfolgt hatte. Wenn sie da wirklich Geld hineingesteckt hätte, dann hätte sie jetzt ihr eigenes Vermögen. Ja, sie mußte diese Datei ausdrucken.

Ah, aber im Augenblick vertat sie ihre Zeit.

Heute abend war sie hier, und sie hatte ihr wichtigstes Ziel im Sinn. Die Eroberung dieses Leckerbissens namens Michael. Und die Suche nach dem mysteriösen Victrola.

Die blattgoldverzierten Stühle schimmerten im Schatten, anmutige, geradlehnige Stühle. Gobelinbestickte Kissen türmten sich in unordentlichen Bergen auf dem tiefen Damastsofa. Ein Schleier der Stille lag über allem, als habe sich die Welt hinter alldem in Rauch aufgelöst. Staub auf dem Flügel. Die arme alte Eugenia, sie taugte nicht viel, nicht wahr? Und Henri war sich wahrscheinlich zu fein zum Staubputzen und Wischen und Fegen. Und zwischen ihnen Michael, zu krank und zu gleichgültig, als daß es ihn wirklich interessiert hätte, was sie taten.

Sie ließ den Doppelsalon hinter sich und begab sich zum Fuße der Treppe. Sehr dunkel da oben, wie es sich gehörte, wie auf einer Leiter, die in den Schattenhimmel führt. Sie legte die

Hand auf den Treppenpfosten und begann den Aufstieg. Sie war im Haus, sie lief darin umher, frei und allein im Dunkeln! »Onkel Julien, ich bin hier!« sang sie in feinem Flüsterton. Oben angekommen, sah sie, daß Tante Vivs Zimmer leerstand, ganz wie sie es erwartet hatte.

»Armer Michael, du bist mein«, sagte sie leise. Und als sie sich umdrehte, sah sie, daß die Tür zum großen Schlafzimmer offen war, und das matte Licht einer kleinen Nachtlampe schien heraus in den hohen, schmalen Korridor.

Du bist also allein da drin, Big Boy, dachte sie. Hast keine Angst, in dem Zimmer zu sein, in dem Deirdre gestorben ist. Und wir wollen auch Großtante Mary Beth nicht vergessen, und all die Leute, die die Geister um sie herum gesehen haben, als sie dort in demselben Bett lag; und wer weiß, was da vorher schon alles passiert ist?

Gifford hatte es als beklagenswerte Entscheidung empfunden, daß Michael wieder in dieses verfluchte Zimmer gezogen war. Aber Mona verstand es. Warum sollte er im Brautzimmer bleiben, nachdem Rowan ihn verlassen hatte? Außerdem war es das hübscheste und schickste Zimmer im Haus, das große nördliche Schlafzimmer. Er selbst hatte die Stuckdecke restauriert. Er hatte das riesige Himmelbett mit dem Halbbaldachin poliert.

Oh, sie verstand Michael. Michael mochte die Dunkelheit auf seine Weise ebenfalls. Wieso hätte er sonst in diese Familie einheiraten sollen? dachte sie. Irgend etwas in ihm ließ sich von der Dunkelheit verführen. Er fühlte sich wohl im Zwielicht und im Dunkeln, genau wie sie. Das hatte sie gewußt, als sie ihn im nächtlichen Garten hatte spazierengehen sehen. Das war etwas für ihn. Wenn er den frühen Morgen überhaupt ausstehen konnte, was sie bezweifelte, dann nur, weil das Licht dann trüb war und alles verzerrte.

»Er ist einfach zu gut.« Wieder kamen ihr Onkel Juliens Worte in den Sinn. Nun, das werden wir ja sehen.

Sie schlich sich zum Türrahmen und sah das winzige Nachtlicht, das drüben an der Wand gegenüber in der Steckdose saß. Das Licht der Straßenlaternen schimmerte sanft durch die Spitzengardinen, und da lag Michael, das Gesicht abgewandt, in seinem makellos weißen Baumwollpyjama, den Henri so sorgfältig gebügelt hatte, daß ein präziser Knick am Ärmel entlanglief. Michaels Hand lag halb geöffnet auf dem Oberbett, als wolle er ein Geschenk entgegennehmen. Sie hörte, wie er tief Luft holte, rauh und unruhig.

Aber er hatte sie nicht gehört. Er träumte. Er drehte sich auf die Seite, weg von ihr, und versank tiefer in einen murmelnden Schlaf.

Sie schlüpfte ins Zimmer.

Sein Tagebuch lag auf dem Nachttisch.

Sie erkannte es am Einband; sie hatte erst heute abend gesehen, wie er etwas hineingeschrieben hatte. Oh, es wäre unverzeihlich, da hineinzuschauen. Das durfte sie nicht, aber wie gern hätte sie nur ein paar Worte gelesen.

Und wenn sie nur einen ganz kurzen Blick riskierte?

Komm nach Hause, Rowan. Ich warte auf dich.

Mit einem lautlosen Seufzer klappte sie es wieder zu.

Sieh dir bloß die ganzen Tablettenröhrchen an. Sie bombardierten ihn mit dem Zeug. Die meisten Namen kannte sie, weil es verbreitete Medikamente waren, und andere alte Mayfairs hatten sie oft genug genommen. Blutdruckmittel größtenteils, und Lasix, dieses bösartige Diureticum, das seinem Körper wahrscheinlich das ganze Kalium entzog, und noch drei andere, gefährlich klingende Arzneien, die vermutlich der Grund dafür waren, weshalb er dauernd so aussah, als bemühe er sich, endlich aufzuwachen.

Ich sollte dir einen großen Gefallen tun und diesen ganzen Dreck für dich in den Müll schmeißen, dachte sie. Was du brauchst, ist ein Mayfairscher Hexentrank. Wenn sie nach Hause käme, würde sie alle diese Medikamente in einem der großen pharmazeutischen Lexika nachschlagen, die sie in ihrer Bibliothek stehen hatte. Ach, sieh an, Xanax. Damit konnte man jeden in einen Zombie verwandeln. Wieso bekam er das viermal täglich? Ihrer Mutter hatten sie das Xanax weggenommen, weil Alicia es handvollweise zu Wein und Bier genommen hatte.

Hmmm, es fühlte sich wirklich an wie ein Unglückszimmer. Die feinen Verzierungen über den Fenstern und der Kronleuchter gefielen ihr, aber es war ein Unglückszimmer. Und dieser Geruch war hier auch.

Sehr schwach, aber er war da, dieser köstliche Geruch, der Geruch, der nicht ins Haus gehörte und der etwas mit Weihnachten zu tun hatte.

Sie trat dicht ans Bett. Er stand unter Drogen, jawohl. War völlig hinüber.

Wahrscheinlich hatte er deswegen die Gabe in seinen Händen verloren. Bis Weihnachten hatte er die meiste Zeit Handschuhe getragen und allen Leuten erzählt, er habe sehr empfindliche Hände. Oh, Mona hatte sich heftig bemüht, ihn dazu zu bringen, daß er mit ihr darüber redete! Und heute abend hatte er ein paarmal bemerkt, daß er die Handschuhe jetzt nicht mehr brauche. Natürlich nicht, wenn du alle vier Stunden zwei Milligramm Xanax nimmst, zusätzlich zu all diesem anderen Scheiß! So hatten sie auch Deirdres Fähigkeiten ausgeschaltet – mit Drogen.

Und was war in diesem niedlichen kleinen Fläschchen? Elavil? Das war doch auch ein Sedativum, oder? Und, wow, was für eine Dosis. Ein Wunder, daß Michael heute abend überhaupt die Treppe hatte herunterkommen können.

Sie berührte leicht seine Wange. Sehr glatt rasiert. Er wachte nicht auf. Wieder tat er einen tiefen Atemzug, ein Gähnen war es fast, und es klang sehr männlich.

Aber sie wußte, sie konnte ihn wecken; er lag schließlich nicht im Koma. Und dann kam ihr ein höchst beunruhigender Gedanke! Sie war heute abend schon mit David zusammengewesen! Verdammt! Sie hatte sich geschützt; das war hygienisch, aber trotzdem eine Sauerei. Sie konnte Michael nicht wecken, nicht bevor sie sich in eine schöne warme Badewanne gelegt hatte.

Hmmm. Und das fiel ihr erst jetzt ein. Ihre Sachen waren immer noch schmutzig.

Vielleicht war dies doch nicht die Nacht, um mit ihm ins Bett zu gehen. Nein, lieber wäre es ihr, wenn für diesen Angriff alles vollkommen wäre. Sie war ja nicht nur mit David zusammengewesen, sondern sie hatte sich auch noch mit Friedhofserde beschmutzt. Ja, sie hatte sogar noch ein paar welke Blätter im Haar, ganz wie Ophelia, was aber wahrscheinlich nicht sehr sexy wirkte.

Vielleicht eignete sich diese Nacht besser dafür, den Dachboden abzusuchen. Das Victrola zu finden und es aufzuziehen. Vielleicht waren alte Platten dabei, die Platte, die die uralte Evelyn immer gespielt hatte. Vielleicht war es an der Zeit, Onkel Julien hier im Dunkeln zu begegnen, und überhaupt nicht der richtige Augenblick, um mit Michael ins Bett zu gehen?

Sie berührte Michaels Kinn, den Rand seines Ohrs, den Hals. Sie fühlte sein schwarzes, lockiges Haar. Oh, es gab nichts Weicheres, Feineres als schwarzes, lockiges Haar. Ihre Mutter und Gifford hatten so feines schwarzes Haar. Monas rote Haare würden niemals weich sein. Sie roch den Duft seiner Haut, sehr fein und schön warm, und sie beugte sich hinunter und küßte ihn auf die Wange.

Seine Augen klappten auf, aber anscheinend sah er nichts. Sie ließ sich neben ihn sinken – konnte einfach nicht anders, obwohl sie wußte, daß sie in seine Privatsphäre eindrang –, und er drehte sich um. Was *war* denn ihr Plan? Hmmm ... Sie fühlte plötzlich ein solches Verlangen nach ihm. Es war nicht mal erotisch. Es war alles irgendwie schwindelerregend romantisch. Sie wollte seine Arme um sich fühlen; sie wollte, daß er sie hochhob; sie wollte, daß er sie küßte. Normale Dinge eben. Männerarme, keine Knabenarme. Sie sollten tanzen. Ja, es war einfach wunderbar, daß an ihm nichts Knabenhaftes war; er war durch und durch wildes Tier, auf eine Art, wie manche Männer es niemals sein würden, rauh und zerklüftet und überwuchert, mit hautfarbenen Lippen und leicht wilden Brauen.

Sie merkte, daß er sie anschaute, und im gleichmäßigen Licht von der Straße war ihr Gesicht blaß, aber klar.

»Mona!« flüsterte er.

»Ja, Onkel Michael. Sie haben mich vergessen. Es ist etwas drunter und drüber gegangen. Kann ich hier übernachten?«

»Aber Honey, wir müssen deine Eltern anrufen.«

Er wollte sich aufsetzen, herrlich zerzaust wie er war. Schwarzes Haar fiel ihm über die Augen. Aber er stand wirklich unter Drogen; daran war kein Zweifel.

»Falsch, Onkel Michael«, sagte sie schnell, aber sanft. Sie legte ihre Hand auf seine Brust. Ah, Wahnsinn. »Dad und Mom schlafen. Sie glauben, ich bin bei Onkel Ryan draußen in Metairie. Und Onkel Ryan denkt, ich bin bei meinen Eltern zu Hause. Ruf niemanden an. Sonst regen sich bloß alle auf, und ich muß ganz allein mit dem Taxi nach Hause fahren, und das will ich nicht. Ich möchte über Nacht hierbleiben.«

»Aber sie werden merken . . .«

»Wer, meine Eltern? Du kannst mir glauben, sie werden überhaupt nichts merken. Hast du meinen Dad heute abend gesehen, Onkel Michael?«

»Ja, Honey.« Er versuchte ein Gähnen zu unterdrücken, aber es gelang ihm nicht. Plötzlich sah er sehr besorgt um sie aus, als gehöre es sich nicht, zu gähnen, während man über ihren alkoholkranken Vater sprach.

»Er wird nicht mehr sehr lange leben«, sagte sie in gelangweiltem Ton. Sie wollte auch nicht über ihn reden. »Ich kann es in der Amelia Street nicht aushalten, wenn sie beide betrunken sind. Es ist niemand da außer der uralten Evelyn, und die schläft nicht mehr. Sie beobachtet nur.«

»Die uralte Evelyn«, sagte er versonnen. »Was für ein hübscher Name. Kenne ich die uralte Evelyn?«

»Nein. Sie geht nie aus dem Haus. Sie hat ihnen einmal gesagt, sie sollten dich mitbringen, aber sie haben es nie getan. Sie ist meine Urgroßmutter.«

»Ach ja, die Mayfairs aus der Amelia Street«, sagte er. »Das große rosarote Haus.« Wieder gähnte er ein bißchen und zwang sich zu einer aufrechteren Position. »Bea hat mir das Haus mal gezeigt. Hübsch. Im Italianatenstil. Bea sagt, Gifford ist da großgeworden.«

Italianaten. Eine Architekturbezeichnung. Spätes neunzehntes Jahrhundert. »Yeah, na ja, New-Orleans-Konsolenstil, so nennen wir das«, sagte sie. »1882 erbaut, einmal von einem Architekten namens Sully umgestaltet. Vollgestopft mit allem möglichen Mist von einer Pflanzung namens Fontrevault.«

Er war fasziniert. Aber sie wollte nicht über Geschichte und Stuck reden.

»Also, läßt du mich bitte hierbleiben?« fragte sie. »Ich muß jetzt wirklich, wirklich, wirklich hierbleiben, Onkel Michael. Ich meine, es gibt eigentlich keine andere Möglichkeit mehr, logisch gesehen, meine ich. Ich sollte hierbleiben.«

Er lag in den Kissen und hatte Mühe, die Augen offenzuhalten. Sie griff plötzlich nach seinem Handgelenk. Er schien nicht zu wissen, was sie da tat – daß sie seinen Puls fühlte, wie ein Arzt es tun würde. Seine Hand war schwer und ein bißchen kalt, zu kalt. Aber der Herzschlag war gleichmäßig. Das war okay. Er war nicht annähernd so krank wie ihr Vater. Ihr Vater würde keine sechs Monate mehr leben. Aber bei dem war es nicht das Herz, sondern die Leber.

Wenn sie die Augen schloß, konnte sie die Kammern von Michaels Herz sehen. Dann sah sie Dinge, die so brillant und unbenennbar und komplex waren wie ein modernes Gemälde – ein Gewirr von gewagten Farben und Klumpen und Linien und schwellenden Formen! Ah. Er war okay, dieser Mann. Wenn sie es tatsächlich schaffte, heute nacht mit ihm ins Bett zu gehen, dann würde es ihn nicht umbringen.

»Weißt du, was im Moment dein Problem ist?« fragte sie. »Diese ganzen Medizinfläschchen. Schmeiß sie in den Müll. Soviel Medizin, davon wird jeder krank.«

»Meinst du?«

»Du sprichst mit Mona Mayfair, einem zwanzigfachen Mitglied der Familie Mayfair, die Dinge weiß, die andere nicht wissen. Onkel Julien war dreimal mein Urgroßvater. Weißt du, was das bedeutet?«

»Drei Abstammungslinien von Julien?«

»Ja. Und dann die ganzen verflochtenen Linien von allen anderen. Ohne Computer würde das kein Mensch mehr zusammenbekommen. Aber ich habe einen Computer, und ich habe es entwirrt. Ich habe mehr Mayfair-Blut in meinen Adern als irgend jemand sonst in der ganzen Familie. Das kommt alles daher, weil meine Eltern als Cousin und Cousine eigentlich zu eng miteinander verwandt waren, um zu heiraten, aber mein Vater hat meine Mutter geschwängert, und damit hatte sich's. Außerdem sind wir alle so quer durch die Betten miteinander verheiratet, daß es darauf auch nicht mehr ankommt . . .«

Sie brach ab; sie verfiel in ihre Schwatznummer. Zuviel Gerede für einen Mann in diesem Alter, der so schläfrig war. Sie mußte listiger sein. »Du bist ganz in Ordnung, Big Boy«, sagte sie. »Schmeiß die Medikamente weg.«

Er lächelte. »Du meinst, ich werde es überleben? Ich werde wieder auf Leitern klettern und den Hammer schwingen?«

»Du wirst den Hammer schwingen wie Thor«, sagte sie. »Aber du mußt diese ganzen Beruhigungsmittel absetzen. Ich weiß nicht, warum sie dich so unter Drogen setzen; wahrscheinlich haben sie Angst, daß du dich wegen Tante Rowan zu Tode grämst, wenn sie es nicht tun.«

Er lachte leise und nahm mit sichtlicher Zuneigung ihre Hand. Aber ein dunkler Schatten lag auf seinem Gesicht, in seinen Augen und für einen Moment auch in seiner Stimme. »Aber du hast mehr Vertrauen zu mir, nicht wahr, Mona?«

»Absolut. Aber ich bin auch verliebt in dich.«

»O nein!« sagte er spöttisch.

Sie hielt seine Hand fest, als er sie wegziehen wollte. Nein, seinem Herzen fehlte überhaupt nichts mehr. Es waren die Medikamente, die so auf ihn wirkten.

»Ich bin verliebt in dich, aber du brauchst dir deswegen keine Sorgen zu machen, Onkel Michael. Du mußt dich nur als würdig erweisen.«

»Genau. Erweise dich als würdig, das dachte ich auch gerade. Ein nettes kleines Mädchen von der Schule zum Heiligen Herzen.«

»Onkel Michael, biiiitte!« sagte sie. »Ich habe mein erstes erotisches Abenteuer mit acht erlebt. Ich bin eine erwachsene Frau, die nur so tut, als sei sie das kleine Mädchen, das hier an deiner Bettkante sitzt. Glaub mir, ich bin nicht das, was ich zu sein scheine.«

Er lachte überaus wissend, überaus ironisch.

»Und was ist, wenn meine Frau, Rowan, nach Hause kommt und dich hier findet, wie du mit mir über Sex und Politik plauderst?«

»Deine Frau Rowan kommt nicht nach Hause«, sagte sie und bereute es sofort. Sie hatte nicht vorgehabt, etwas so Bedrohliches, so Deprimierendes zu sagen. »Ich meine . . . sie ist . . .«

»Sie ist was, Mona? Sag's mir.« Er sprach leise und todernst. »Was weißt du? Sag mir, was in deinem kleinen Mayfair-Herzen ist. Wo ist meine Frau? Zeig mir ein bißchen Hexenkunst.«

Mona seufzte. Sie bemühte sich, ebenso gedämpft und leise

zu sprechen wie er. »Das weiß niemand«, sagte sie. »Sie haben reichlich Angst, aber niemand weiß etwas. Und ich habe das Gefühl, daß sie . . . sie ist nicht tot, aber . . . na ja, vielleicht wird es nie wieder so sein wie früher.« Sie schaute ihn an. »Weißt du, was ich meine?«

»Du hast kein gutes Gefühl, wenn du an sie denkst? Daß sie noch einmal zurückkommt? Das willst du doch sagen.«

»Ja, irgendwie schon. Aber ich weiß ja auch nicht genau, was hier Weihnachten passiert ist – nicht, daß ich dich auffordern möchte, es mir zu erzählen. Eins kann ich dir immerhin sagen. Ich halte dein Handgelenk fest, nicht wahr? Wir sprechen über das alles, und du machst dir Sorgen um sie, und dein Puls ist prima. So krank bist du gar nicht. Sie haben dich unter Drogen gesetzt. Was du brauchst, ist eine Entgiftung.«

Er seufzte und machte ein resigniertes Gesicht.

Sie beugte sich vor und küßte ihn auf den Mund. Die Verbindung war auf der Stelle da. Es erschreckte sie ein bißchen, und es erschreckte sogar ihn. Aber danach kam nicht mehr viel. Dafür sorgten die Medikamente; es war, als wickelten sie den Kuß in eine Wolldecke.

Das Alter machte einen so großen Unterschied aus. Einen Mann zu küssen, der schon tausendmal mit einer Frau im Bett gewesen ist, war etwas ganz anderes, als einen Jungen zu küssen, der es vielleicht gerade zweimal getan hatte. Die ganze Maschinerie war da. Sie brauchte nur einen stärkeren Stromstoß, um sie einzuschalten.

»Langsam, Honey, langsam«, sagte er sanft, faßte sie bei der linken Schulter und schob sie zurück.

Fast tat es plötzlich weh, daß dieser Mann nun da war und sie ihn wahrscheinlich nicht dazu bringen konnte, zu tun, was sie wollte, und daß es ihr vielleicht nie gelingen würde.

»Ich weiß, Onkel Michael. Aber du mußt verstehen, daß wir unsere Familientraditionen haben.«

»Ist das wahr?«

»Onkel Julien hat in diesem Haus mit meiner Urgroßmutter geschlafen, als sie dreizehn war. Deshalb bin ich so clever.«

»Und so hübsch«, sagte er. »Aber ich habe auch etwas von meinen Vorfahren geerbt. Man nennt es eine moralische Ader.«

Er zog die Brauen hoch und lächelte sie langsam an; jetzt nahm er ihre Hand und tätschelte sie, als wäre sie tatsächlich ein Kätzchen oder ein kleines Kind.

Am besten, sie zog sich zurück. Er sah jetzt benommener aus als zu Anfang. Es kam ihr wirklich falsch vor, jetzt zu versuchen, ihn an sich zu ziehen. Zugleich empfand sie schmerzliches Verlangen nach ihm. Es war wirklich so; sie sehnte sich nach Intimität mit ihm und nach der ganzen Welt der Erwachsenen, die er für sie verkörperte. So in der Kindheit gestrandet, fühlte sie sich plötzlich wie eine Mißgeburt und war sehr verwirrt. Sie hätte weinen können.

»Eigentlich könnte ich dich im vorderen Schlafzimmer unterbringen«, sagte er. »Rowans Zimmer. Willst du da schlafen? Es ist ein hübsches Zimmer.« Seine Stimme klang gepreßt. Er hatte die Augen beim Sprechen geschlossen. Zärtlich streichelte er ihre Hand.

»Das vordere Schlafzimmer ist mir recht«, sagte sie.

»Es sind ein paar Flanellnachthemden da drin. Sie gehören Rowan. Ich habe sie ihr geschenkt. Sie werden dir zu lang sein. Aber Moment mal, vielleicht ist Tante Viv noch wach. Vielleicht sollte ich ihr sagen, daß du hier bist.«

»Tante Viv ist draußen bei Tante Cecilia«, sagte sie und wagte es, seine Hand noch einmal zu drücken. Sie fühlte sich allmählich ein wenig wärmer an. »Sie sind famose Freundinnen geworden, Tante Viv und Tante Cecilia. Ich glaube, Viv ist inzwischen eine Ehren-Mayfair.«

»Aaron. Aaron ist im zweiten Schlafzimmer.« Es hörte sich an, als denke er laut.

»Aaron ist bei Tante Bea. Er und Tante Bea haben was miteinander. Sie sind in seine Suite im Pontchartrain gegangen, weil sie viel zu wohlerzogen ist, um ihn mit zu sich nach Hause zu nehmen.«

»Ist das wahr? Bea und Aaron. Du liebe Güte, das habe ich gar nicht bemerkt.«

»Na, das wundert mich nicht. Ich wette, Aaron ist bald auch ein Ehren-Mayfair.«

»Wäre das nicht prima? Beatrice eignet sich vorzüglich. Aaron braucht eine Frau, die einen Gentleman zu schätzen weiß;

meinst du nicht?« Seine Augen schlossen sich wieder, als könne er nichts dagegen tun.

Was für ein böses Zeug diese Drogen doch waren. Sie haßte sie. Nie würde sie Alkohol oder Drogen in irgendeiner Form anrühren.

Sie wollte, daß ihr Verstand scharf war wie eine Sense.

Er lachte plötzlich. »Wie eine Sense!« flüsterte er.

Ah, er hatte es also mitbekommen. Sie unterließ es gerade noch, darauf zu antworten, denn ihm war gar nicht klar, daß sie nicht gesprochen hatte. Sie lächelte. Sie hätte ihn gern noch einmal geküßt, aber vermutlich würde das nichts nützen. Wahrscheinlich eher schaden. In ein paar Minuten würde er wieder schlafen wie ein Murmeltier. Dann würde sie ein schönes langes Bad nehmen und danach vielleicht oben nach dem Victrola suchen.

Zu ihrer Überraschung warf er das Oberbett zurück und stieg aus dem Bett. Unsicher, aber sichtlich um Ritterlichkeit bemüht, ging er vor ihr her.

»Komm, ich zeige dir, wo alles ist«, sagte er. Er gähnte wieder und atmete tief, als er vor ihr zur Tür hinausging.

Das vordere Schlafzimmer war noch genauso schön, wie es am Tag der Hochzeit gewesen war. Auf dem Marmorkamin stand sogar ein Strauß roter und gelber Rosen. Und Rowans weißer Seidenmantel war auf der blassen Damastdecke des Vierpfostenbetts zurechtgelegt, als werde sie wirklich wieder nach Hause kommen.

Er blieb kurz stehen und sah sich um, als habe er vergessen, was er vorhatte. Er erinnerte sich nicht. Sie hätte es gespürt, wenn er sich erinnert hätte. Er mühte sich um den Kontext. Das war es, was die Drogen mit einem machten: Sie nahmen einem den Kontext der vertrauten Dinge.

»Die Nachthemden«, sagte er mit einer halbherzigen kleinen Geste zur offenen Badezimmertür.

»Ich finde sie schon, Onkel Michael. Geh wieder ins Bett.«

Er starrte sie eine ganze Weile an, als könne er sich nicht einmal auf das, was sie sagte, konzentrieren. Aber er war entschlossen, den Beschützer zu spielen, entschlossen, sich entsprechend besorgt zu zeigen. »Falls du Angst bekommst . . .«

»Werde ich nicht, Onkel Michael.« Sie konnte nicht anders; sie mußte unwillkürlich lächeln. »Ich bin diejenige, vor der man Angst haben muß – meistens jedenfalls.«

Daraufhin konnte auch er ein Lächeln nicht unterdrücken. Kopfschüttelnd ging er hinaus und warf ihr einen letzten, sehr blauäugigen und anbetungswürdigen Blick zu, dessen Feuer die Drogen für einen Moment überstrahlte. Dann schloß er die Tür.

Das Badezimmer war mit einer kleinen hübschen Gasheizung ausgestattet. Sie schaltete sie sofort ein. Auf dem Korbregal lagen Dutzende von dicken, weißen Frotteehandtüchern. Dann fand sie auch die Flanellnachthemden; sie lagen in Reihen auf dem obersten Bord im Wandschrank – dicke, altmodische Nachthemden mit fröhlichen Blumenmustern. Sie suchte sich das grellste aus – ein pinkfarbenes Hemd mit roten Rosen – und ließ dann das Wasser in die lange, tiefe Badewanne laufen.

Sorgfältig löste sie die rosa Taftschleife an ihrem Hinterkopf und legte das Band auf die Kommode neben Haarbürste und Kamm.

Ah, was für ein Traumhaus, dachte sie. So ganz anders als die Amelia Street mit den klauenfüßigen Badewannen und den feuchten, verrotteten Bodendielen, wo die paar Handtücher, die es noch gab, abgenagt und verschlissen waren. Mona war die einzige, die sie jemals wusch. Sie war überhaupt die einzige, die jemals etwas wusch; die uralte Evelyn fegte allerdings jeden Tag das Trottoir, wie sie den Gehweg nannte.

Dieses Haus zeigte, was man mit Liebe alles fertigbrachte. Alte weiße Kacheln, ja, aber ein neuer, dicker, pflaumenfarbener Teppich. Messingarmaturen, die wirklich funktionierten, pergamentene Schirme an den Wandlampen neben dem Spiegel. Ein Stuhl mit rosa Kissen. Ein kleiner Kronleuchter, der von der Decke hing, mit vier Kerzenglühbirnen aus rosa gefärbtem Glas.

»Und Geld, vergiß das Geld nicht«, hatte Alicia vor nicht langer Zeit gesagt, als sie sich laut gewünscht hatte, das Haus in der Amelia Street wäre wieder schön.

»Wieso bitten wir Onkel Ryan nicht um das Geld? Wir sind Mayfairs. Da ist ein Erbteil. Verflucht, und ich bin alt genug, um einen Handwerker zu beauftragen, den Klempner zu bestellen. Wieso muß dauernd alles auseinanderfallen?«

Alicia hatte voller Widerwillen abgewunken. Leute um Geld zu bitten, das bedeutete, daß man sie einlud, sich überall einzumischen. Und niemand in der Amelia Street wollte die Mayfair-Polizei auf dem Gelände haben, oder? Die uralte Evelyn mochte den Lärm nicht, und sie mochte auch keine fremden Männer. Monas Vater wollte nicht, daß ihm jemand Fragen stellte. Und so gingen sie weiter und immer weiter, die Ausflüchte.

Und alles verrostete und verrottete und zerbrach, und niemand tat etwas dagegen. Zwei der hinteren Badezimmer waren schon seit Jahren nicht mehr benutzbar. Die Fensterrahmen waren gebrochen oder mit Farbe verklebt, so daß sie sich nicht mehr öffnen ließen. Ach, die Liste war endlos lang.

Als sie ihre Sachen abgestreift hatte, war das Zimmer von köstlich warmem Dampf erfüllt. Sie schaltete das Licht aus, so daß die einzige Beleuchtung von den orangenfarbenen Flammen der Gastherme kam. Dann ließ sie sich in das heiße Badewasser gleiten, und ihr Haar floß nach außen, als sei sie wieder Ophelia – so jedenfalls hatte sie es sich immer vorgestellt –, die in dem berühmten Fluß in den Tod trieb.

Sie drehte den Kopf hin und her, um die langen Haare im Wasser in Bewegung zu bringen, damit sie wirklich sauber wurden, und sie sah den roten Wirbel ringsherum. Sie zupfte Fasern und tote Laubstückchen heraus. O Gott! Da hätte auch ein Käfer dabei sein können! Wie grauslich. Dies Hin- und Herwirbeln im Wasser war es, was ihr Haar nachher so dick und glänzend aussehen ließ, das lange Einweichen und das Drehen. Eine Dusche würde alles nur flachdrücken. Sie liebte es, wenn ihr Haar so locker und dick wie möglich war.

Parfümierte Seife. Hatte man sich's nicht gedacht? Und eine Flasche dickes, perlmuttfarbenes Shampoo. Diese Leute verstanden zu leben. Es war wie in einem feinen Hotel.

Sie wusch sich langsam Haar und Körper und genoß jede Minute; sanft schäumte sie sich am ganzen Leibe ein und ließ sich dann ins Wasser sinken, um Seife und Shampoo abzuspülen. Vielleicht könnte sie das Haus in der Amelia Street irgendwie restaurieren, ohne all die neuen Besen der Familie einzuladen. Vielleicht konnte sie Onkel Michael erklären, daß die Sache vorsichtig und in aller Stille angegangen werden mußte, daß er nicht über Patrick und Alicia reden durfte, daß sowieso alle Bescheid wüßten. Aber was würden sie machen, wenn die uralte Evelyn anfinge, den Handwerkern zu erklären, sie sollten nach Hause gehen, oder sie dürften keine lärmenden Werkzeuge benutzen?

Es war ein wohliges Gefühl, sauber zu sein. Wieder dachte sie an Michael, den schlafenden Riesen dort im Bett der Hexe.

Sie stand auf und langte nach dem Handtuch, um sich rauh das Haar abzutrocknen; sie warf es nach vorn und wieder zurück und genoß dabei die Freiheit des Nacktseins. Dann stieg sie aus der Wanne. Das weiche, saubere Flanellhemd fühlte sich behaglich und sicher an, obwohl es natürlich zu lang war. Sie würde es eben hochraffen, wie ein kleines Mädchen auf einem altmodischen Bild. So fühlte sie sich darin. So fühlte sie sich auch mit der Schleife. Kleines, altmodisches Mädchen – das war ihre Lieblingsverkleidung, so sehr, daß es überhaupt keine Verkleidung war.

Noch einmal rubbelte sie sich heftig das Haar, und dann nahm sie die Bürste von der Kommode, betrachtete sich einen Augenblick lang im Spiegel und fing an, sich das Haar kräftig aus der Stirn und hinter die Ohren zu bürsten, damit es so ordentlich trocknete, wie es sollte.

»Onkel Julien, die Stunde ist gekommen«, flüsterte sie und schloß fest die Augen. »Gib mir einen Hinweis. Wo soll ich das Victrola suchen?« Sie wippte hin und her wie Ray Charles und versuchte, aus all den verblaßten Träumen ein lebendiges Bild zu erhaschen.

Ein dünner, ferner Klang kam durch das Tosen der Gasheizung an ihr Ohr, eine Melodie, die sie kaum hören konnte. Geigen? Der Klang war zu dünn, als daß man Instrumente hätte erkennen können, aber es waren viele, und es war ... es war ... Sie öffnete die Badezimmertür. Weit, weit weg, aber es war der Walzer aus *La Traviata*. Es war ... die Sopranstimme. Sie fing an mitzusummen, es war unwiderstehlich, aber dann konnte sie nichts mehr hören! Mein Gott, wenn das Victrola nun unten im Wohnzimmer war!

Sie tappte barfuß, das Handtuch wie einen Schal um die Schultern gelegt, in den Flur hinaus und spähte über das Geländer nach unten. Ganz deutlich hörte sie die Klänge des Walzers, lauter als je in ihren Träumen. Die Frauenstimme sang fröhlich auf Italienisch, und jetzt ertönte der Chor im Hintergrund, der auf der ganzen verkratzten Platte klang wie eine Schwarm Vögel. Plötzlich hatte sie Herzklopfen. Sie hob die Hand und berührte ihre Schleife, um sich zu vergewissern, daß sie fest im Haar saß. Dann ließ sie das Handtuch achtlos zerknüllt zu Boden fallen und trat oben an die Treppe. Und im selben Augenblick fiel ein sanfter Lichtschein durch die Tür aus dem Doppelsalon und wurde lautlos heller, als sie die Treppe hinunterging. Der Wollteppich fühlte sich unter ihren nackten Füßen ein bißchen rauh an.

Sie blieb stehen und schaute zu Boden, und sie sah, daß sie nicht mehr auf einem roten Wollteppich stand, sondern auf einem orientalischen Läufer, sehr verschlissen, sehr dünn. Sie spürte auch den veränderten Stoff unter den Füßen – besser gesagt, sie merkte, daß sie auf etwas Fadenscheinigerem stand, und sie folgte der Kaskade aus persischen blauen und rosa Rosen die Treppe hinunter. Die Wände ringsum hatten sich auch verändert. Die Tapeten waren von dunklem, staubigem Gold, und ganz unten hing ein ungewohnter Kronleuchter an dem ovalen Blätterbündel aus Stuck an der Hausflurdecke – schaumig und venezianisch sah er aus, und sie konnte sich nicht erinnern, ihn je gesehen zu haben. Und es brannten echte Kerzen an diesem kleinen Kronleuchter.

Sie konnte das Wachs riechen. Der Soprangesang fuhr fort in seinem zuverlässigen, swingenden Rhythmus, und wieder hätte sie am liebsten mitgesungen. Das Herz ging ihr über.

»Onkel Julien!« flüsterte sie und wäre fast in Tränen ausgebrochen. Oh, das war die größte Vision, die sie je gehabt hatte.

Sie schaute in den Flur hinunter. Noch mehr hübsche Muster, die sie noch nie gesehen hatte. Und durch die erste der hohen Türen zum Salon, durch die vor langer Zeit ein Cousin auf dieser Treppe erschossen worden war, sah sie, daß das Zimmer nicht mehr das Zimmer von heute war. Winzige Gasflämmchen tanzten in anmutigen Kristallampen.

Ah, aber der Teppich war noch derselbe. Und da waren Onkel Juliens Golddamaststühle.

Sie eilte die Treppe hinunter und warf Blicke nach links und nach rechts, wo ihr Einzelheiten ins Auge fielen – alte Gaslampen mit gerieften Kristallschirmen und ein bleigefaßtes Glasfenster rings um die große Haustür, das auch nicht da gewesen war.

Die Musik war jetzt vielleicht so laut, wie ein Victrola spielen konnte. Und, ah, sieh nur das Nippesregal, vollgestopft mit winzigen Keramikfiguren, und die Messinguhr auf dem vorderen Kaminsims, und die griechischen Statuen auf dem hinteren, und die Draperien aus mürbem, altem Samt, die glänzend und mit Fransen besetzt auf den blankgebohnerten Boden fielen.

Die Türrahmen waren so gestrichen, daß sie wie Marmor aussahen! Die Fußleisten ebenfalls. Es war diese alte Maserung, so beliebt gegen Ende des Jahrhunderts, und das Gaslicht flakkerte stetig an der dunkel tapezierten Decke, als ob die kleinen Düsen im Takt der Walzermusik tanzten.

Sie hob die Arme und tanzte unversehens auf den Zehenspitzen im Kreis, immer rundherum, daß das schmale Nachthemd sich um sie herum zu einer Glocke blähte. Bezaubert von der Musik wiegte sie sich wild vor und zurück, beugte sich tief hinunter, daß ihr Haar nach vorn flog und ihr ins Gesicht fiel, und warf es dann nach hinten, daß es ihr über den Rücken flutete. Ihr Blick wanderte über die geäderte, gelbliche Tapete an der Decke, und dann sah sie verschwommen das große Sofa, Michaels neues Sofa, nur daß es jetzt nicht den beigen Damastbezug hatte, sondern einen aus verschossenem Goldsamt wie die Vorhänge an den Fenstern, prachtvoll und warm im flakkernden Schein der Lampen.

Michael saß bewegungslos auf dem Sofa und sah sie an. Sie hielt mitten im Tanzschritt inne, die Arme abwärts gebogen wie eine Ballerina, und fühlte, wie ihr Haar nachschwang und auf ihre Schultern fiel. Er hatte Angst. Er saß mitten auf der Couch in seinem Baumwollpyjama und starrte sie an, als wäre sie unglaublich furchterregend oder grotesk. Die Musik spielte weiter und weiter, und sie atmete langsam tief durch, brachte ihren Pulsschlag wieder unter Kontrolle und näherte sich ihm.

Wenn sie im Leben je etwas Furchterregendes gesehen hatte, dachte sie, dann war er es, wie er hier im Zimmer saß und sie anstarrte, als wolle er den Verstand verlieren.

Er zitterte nicht. Er war wie sie. Er hatte vor nichts Angst. Er war nur erregt und durcheinander und erschrocken von der Vision; er sah sie auch, er mußte sie sehen, und er hörte die Musik, und als sie näherkam und neben ihm auf das Sofa sank, drehte er sich um und sah sie an. Seine Augen standen weit offen vor Erstaunen. Sie drückte ihren Mund auf den seinen, zog ihn zu sich herunter, und mit einem Knall war die Verbindung hergestellt, und die Kettenreaktion durchzuckte sie. Sie hatte ihn. Er gehörte ihr.

Er wich für einen Augenblick zurück, als wolle er sie noch einmal ansehen und sich vergewissern, daß sie auch da war. Seine Augen waren immer noch durchwölkt von den Drogen. Vielleicht halfen sie ihm jetzt auch, indem sie sein edles katholisches Gewissen einschläferten. Sie küßte ihn noch einmal, schnell und ein bißchen feucht, und dann griff sie ihm zwischen die Beine. Ah, er war bereit!

Seine Arme umschlossen sie, und er gab einen leisen Klagelaut von sich, der sehr zu ihm paßte – als wolle er sagen: zu spät, oder: Gott verzeih mir. Fast war es, als könnte sie die Worte hören.

Sie zog ihn auf sich herunter und versank tief im Polster des Sofas; sie roch Staub, während der Walzer anschwoll und der Sopran immer weiter sang. Sie streckte sich unter ihm aus, als er sich beschützerisch aufrichtete, und dann fühlte sie seine Hand, die auf betörende Weise ein wenig zitterte, als sie unter dem Flanell hinauffuhr und ihren nackten Bauch und dann ihren nackten Schenkel berührte.

»Du weißt, was da noch ist«, flüsterte sie und zog ihn hart auf sich herunter. Aber er hielt die Hand vor sich und drang damit leicht in sie ein, und das weckte sie auf, als löse es eine Alarmanlage aus, und sie fühlte ihre eigenen Säfte an ihren Beinen hinunterlaufen.

»Komm schon, ich kann mich nicht mehr zurückhalten«, sagte sie und fühlte, wie die Hitze ihr Gesicht überflutete. »Gib's mir.« Es klang wahrscheinlich wild, aber das kleine Mädchen konnte sie keinen Augenblick länger spielen. Er drang mit einem köstlichen Schmerz in sie ein und begann dann mit einer Kolbenbewegung, daß sie den Kopf in den Nacken warf und beinahe schrie. »Ja, ja, ja.«

»Okay, Molly Bloom!« stieß er mit heiserem Flüstern hervor, und sie kam und kam und kam – knirschte mit den Zähnen, konnte es kaum ertragen, stöhnte und schrie dann mit zusammengepreßten Lippen – genau wie er.

Sie fiel zur Seite, außer Atem, naß am ganzen Körper, als wäre sie Ophelia, und sie hätten sie eben gefunden im blütenübersäten Bach. Ihre Hand war in sein Haar gekrallt, zerrte daran, zu fest womöglich. Dann ließ ein kreischendes Geräusch sie zusammenfahren, und sie öffnete die Augen.

Jemand hatte die Victrola-Nadel von der Schallplatte genommen. Sie drehte sich um, und er ebenfalls, und beide starrten sie die gebeugte kleine Gestalt Eugenias an. Das schwarze Hausmädchen stand grimmig neben dem Tisch, die Arme verschränkt, das Kinn vorgereckt.

Und plötzlich war kein Victrola mehr da. Das Sofa war damastbezogen. Das matte Licht war elektrisch.

Und Eugenia stand neben keinem Tisch, sondern hatte sich nur selbstgerecht in Positur gestellt, unmittelbar den beiden gegenüber, die ineinander verknäult auf dem Sofa lagen, und sie sagte: »Mr. Mike, was glauben Sie, was Sie mit diesem Kind hier tun?«

Er war verblüfft, bestürzt, beschämt, verwirrt, wahrscheinlich bereit zum Selbstmord. Er stieg von ihr herunter, zog die Kordel an seinem Baumwollpyjama stramm und starrte erst Eugenia, dann sie an.

Es war Zeit, sich wie eine Mayfair zu benehmen. Zeit, sich als Juliens Urenkelin zu zeigen. Sie stand auf und ging auf die alte Frau zu.

»Du willst deinen Job in diesem Haus behalten, Eugenia? Dann geh sofort hinauf in dein Zimmer und mach die Tür zu.«

Das dunkle, runzlige Gesicht der alten Frau erstarrte für einen Moment in bewußter Empörung und wurde gleich darauf sanft, als Mona ihr in die Augen schaute. »Tu, was ich dir sage. Es gibt keinen Grund zur Beunruhigung. Mona tut, was

Mona will. Mona ist gut für Onkel Michael, und das weißt du! Jetzt geh!«

War sie verzaubert oder nur überwältigt? Egal. Hexenmacht war Hexenmacht. Die Frau gab nach. Sie gaben immer nach. Es war beinahe ein feiger Akt, sie zu zwingen, ihr zu gehorchen, und sie auf diese Art niederzustarren. Aber sie mußte es tun.

Eugenia senkte unsicher den Blick; sie hastete mit verrückten, verrenken, neurotischen Schritten aus dem Zimmer und lief raschelnd die Treppe hinauf. Erstaunlich, wie schnell das ging.

Und Michael saß auf dem Sofa und starrte sie mit schmalen Augen sehr ruhig an, als versuche er sich zu erinnern, was passiert war; an seinem Blinzeln sah man, wie verwirrt er war. »O Gott, Mona!« flüsterte er.

»Es ist passiert, Onkel Michael«, sagte sie, und plötzlich versagte ihre Stimme. Ihre Kräfte verließen sie. Sie hörte das Stokken, als sie weitersprach, hörte das Zittern. »Und jetzt laß mich mit dir hinauf ins Bett gehen«, sagte sie, kurz davor, zusammenzubrechen. »Denn jetzt hab' ich wirklich wirklich irgendwie Angst.«

Sie lagen im Dunkeln in dem großen Bett. Sie starrte zu dem plissierten Satin des Halbbaldachins hinauf und fragte sich, was Mary Beth dort wohl einst für ein Muster gesehen haben mochte. Er lag still neben ihr, betäubt und erschöpft. Die Tür war verschlossen.

»Bist du wach?« flüsterte sie. Es drängte sie danach, ihn zu fragen, was er gesehen hatte. Aber sie wagte es nicht. Sie bewahrte das Bild des Doppelsalons im Kopf wie ein heiliges Sepiafoto – hatte sie solche Bilder nicht schon gesehen, mit den Gaslampen und mit genau den gleichen Sesseln?

»Es darf nicht noch einmal passieren, Honey«, sagte er benommen. »Nie, nie wieder.« Er zog sie an sich, aber er war sehr schläfrig, und sein Herz quälte sich jetzt ein bißchen, ein kleines bißchen nur, aber das war okay.

»Wenn du es sagst, Onkel Michael«, flüsterte sie. »Aber ich wünschte, ich hätte dabei auch etwas mitzureden.« *In Mary Beths Bett, in Deirdres Bett.* Sie kuschelte sich an ihn und fühlte seine warme Hand reglos auf ihrer Brust.

»Honey«, flüsterte er, »was war das für ein Walzer? War das Verdi? *La Traviata?* Es klang so, aber ...« Und dann war er eingeschlafen.

Sie lag im Dunkeln und lächelte. Er hatte es gehört! Er war mit ihr dort gewesen. Sie drehte sich zu ihm um und küßte ihn auf die Wange, vorsichtig, damit er nicht aufwachte, und dann schlief sie ein an seiner Brust, den einen Arm unter seinen Pyjama auf seine warme Haut geschoben.

3

Ein öder, endloser Winterregen strömte auf San Francisco herab und überflutete sanft die steilen Straßen von Nob Hill; seine Nebelschwaden verschleierten die kuriose Mischung der Gebäude dort – die graue, geisterhafte gotische Fassade der Grace Cathedral, die wuchtig imposanten Stuckbauten der Apartmenthäuser, die stolzen, modernen Türme, die aus der alten Silhouette des Fairmont Hotels aufragten. Der Himmel verfinsterte sich zusehends bleischwer, und der Fünf-Uhr-Verkehr war fast so unangenehm, wie er nur werden konnte.

Dr. Samuel Larkin fuhr langsam am Mark Hopkins vorbei – er hatte keine Ahnung, wie das Hotel heute heißen mochte – und die California Street hinunter. Geduldig kroch er hinter einer rumpelnden, überfüllten Cable Car her und wunderte sich beiläufig über die Hartnäckigkeit der Touristen, die sich hier bei dieser Dunkelheit und Kälte völlig durchnäßt daran festklammerten. Er achtete darauf, daß er nicht auf den Gleisen ins Schleudern geriet und ließ dem Cable Car einen kleinen Vorsprung, als die Ampel grün wurde.

Dann fuhr er hinunter in Richtung Market Street, Block für Block, vorbei an der hübschen, exotisch wirkenden Einfahrt zur Chinatown, eine Strecke, die er immer ein bißchen beängstigend und sehr schön fand und die ihn oft an seine ersten Jahre in dieser Stadt erinnerte, als man noch ganz bequem mit dem Cable Car zur Arbeit fahren konnte; damals war das Top of the

Mark wirklich der höchste Punkt der Stadt gewesen, und es hatte hier noch kein solches Wolkenkratzer-Manhattan gegeben.

Wie hatte Rowan Mayfair diesen Ort nur je verlassen können? fragte er sich. Aber Lark war auch nur zweimal in New Orleans gewesen. Trotzdem, es war gewesen, als verlasse man Paris und ziehe in die Provinz, und es war nur ein Teil dessen, was er an Rowans Geschichte nicht verstand.

Beinahe wäre er am unauffälligen Tor des Keplinger Institute vorbeigefahren. Er bog scharf ab, schoß ein bißchen zu schnell die Zufahrt hinunter und in die trockene Dunkelheit der Tiefgarage. Es war jetzt zehn nach fünf. Und sein Flugzeug nach New Orleans ging um halb neun. Er hatte keinen Augenblick Zeit zu verschwenden.

Er zeigte seinen Ausweis dem Pförtner, der sogleich oben anrief und ihn dann mit einem Kopfnicken passieren ließ.

Vor dem Aufzug mußte er sich noch einmal ausweisen – diesmal forderte ihn eine Frauenstimme dazu auf, die wie stranguliert aus einem winzigen Lautsprecher unter einer Videokamera ertönte. Lark verabscheute das: gesehen zu werden, ohne zu sehen, von wem.

Der Aufzug brachte ihn lautlos und schnell in den fünfzehnten Stock, wo Mitchell Flanagans Labor lag. In Sekundenschnelle hatte er die Tür gefunden und das Licht hinter der Rauchglasscheibe gesehen. Er klopfte laut.

»Lark hier, Mitchell«, sagte er, als drinnen jemand murmelte.

Mitchell Flanagan sah aus wie immer, halb blind und völlig inkompetent, als er Lark durch seine dicke Drahtgestellbrille entgegenspähte.

Rowans Lieblingsgenie, dachte Lark. Na, ich war ihr Lieblingschirurg. Warum bin ich also eifersüchtig? Seine Verliebtheit in Rowan Mayfair wollte nicht nachlassen. Das änderte sich nicht einfach dadurch, daß sie in den Süden gegangen war, geheiratet hatte und jetzt in irgendein erschreckendes medizinisches Chaos verwickelt war. Er hatte sich wirklich gewünscht, mit ihr ins Bett zu gehen, und er hatte es nie geschafft.

»Kommen Sie herein«, sagte Mitch und widerstand sichtlich dem Drang, Lark auf der Stelle in den teppichbelegten Korridor hineinzuzerren, wo Reihen von winzigen kleinen Lampen mit sanftem Licht die Decke und den Fußboden säumten.

Dieser Laden würde mich wahnsinnig machen, dachte Lark.

Mitch führte ihn vorbei an zahlreichen Stahltüren mit kleinen, erleuchteten Fenstern, hinter denen diverse elektronische Geräusche zu hören waren.

Lark wußte, daß es keinen Zweck hatte, zu fragen, ob er diese inneren Heiligtümer einmal betreten dürfe. Die Genforschung bei Keplinger war streng geheim. Dieses Vier-Augen-Gespräch mit Mitchell Flanagan hatte Rowan Mayfair gekauft und bezahlt – oder doch die Familie Mayfair –, und zwar zu einem exorbitanten Preis.

Mitchell führte Lark in ein geräumiges Büro mit großen Fenstern, die einen Ausblick auf die dicht gedrängt stehenden Gebäude der Lower California Street und auf die Bay Bridge boten.

Eine Wand aus Computermonitoren erhob sich auf der einen Seite des großen Mahagonischreibtisches. Mitchell nahm auf dem hochlehnigen Stuhl Lark gegenüber Platz und winkte ihn zu dem bequemeren Polstersessel vor dem Schreibtisch. Der Polsterstoff hatte die Farbe von rotem Wein, ein schwerer Seidenstoff wahrscheinlich, und der Stil des Mobiliars wirkte irgendwie orientalisch. Entweder das, oder es war überhaupt kein Stil.

Unter den Fenstern mit dem spektakulären Blick in die beängstigende Nacht standen Reihen um Reihen von Aktenschränken, ein jeder mit einem digitalen Codeschloß gesichert. Der Teppich war von der gleichen tiefen Burgunderfarbe wie der Sessel, in dem Lark es sich bequem gemacht hatte. Andere Sessel hier und dort hatten die gleiche Farbe, so daß sie mit dem Boden und den dunkel getäfelten Wänden beinahe verschmolzen.

Die Schreibtischplatte war leer. Hinter Mitchells Kopf hing ein großes abstraktes Gemälde; was immer es darstellte, sah aus wie ein Spermatozoon, das wie verrückt auf eine Eizelle zuschwamm. Aber die Farben waren wunderbar – Unmengen von Kobaltblau und brennendem Orange und Neongrün –, als sei es von einem haitianischen Künstler gemalt, der in einer wissenschaftlichen Zeitschrift zufällig auf eine Zeichnung von Sperma und Ei gestoßen war und sie als Vorlage genommen hatte, ohne je zu ahnen oder sich dafür zu interessieren, was es war.

Das Büro stank nach Geld. Das Keplinger Institute stank nach Geld. Da war es beruhigend, daß Mitchell schlampig, unfähig und sogar ein bißchen schmuddelig aussah – ein verrückter Wissenschaftler, der keine Konzessionen an Unternehmensziele oder Wissenschaftstyrannei machte. Seit mindestens zwei Tagen hatte er sich nicht mehr rasiert.

»Gott, bin ich froh, daß Sie endlich da sind«, sagte Mitch. »Ich wäre bald verrückt geworden. Vor zwei Wochen kippen Sie mir das hier vor die Füße, ohne eine Erklärung, außer daß Rowan Mayfair es Ihnen geschickt hat ... und daß ich herausfinden soll, soviel ich kann.«

»Und – haben Sie?« fragte Lark. Er fing an, seinen Regenmantel aufzuknöpfen, besann sich dann aber. Er ließ seinen Aktenkoffer auf den Boden gleiten. Darin war ein Kassettenrecorder, aber den wollte er nicht benutzen; er würde ihn hemmen und Mitchell wahrscheinlich zu Tode ängstigen.

»Was erwarten Sie denn in zwei Wochen? Es wird noch fünfzehn Jahre dauern, das menschliche Gehirn zu entschlüsseln; haben Sie das noch nicht gehört?«

»Was können Sie mir erzählen? Dies ist kein Interview mit dem Wissenschaftsredakteur der *New York Times*. Geben Sie mir eine Vorstellung. Womit haben wir es hier zu tun?«

»Sind Sie auf solche Spekulationen aus?« Mitch deutete auf den Computer. »Wollen Sie etwas Dreidimensionales sehen, in lebensechten Farben?«

»Erzählen Sie erst. Ich mißtraue Computersimulationen.«

»Hören Sie, bevor ich etwas sage, brauche ich mehr Proben. Ich brauche mehr Blut, Gewebe, alles, was ich kriegen kann. Ich habe meine Sekretärin deshalb jeden Tag in Ihrem Büro anrufen lassen. Warum haben Sie mich nicht zurückgerufen?«

»Weil es unmöglich ist, noch mehr zu kriegen.«

»Was soll das heißen?«

»Sie haben die einzigen Proben, die mir zur Verfügung stehen. Sie haben alle Daten, die ich bekommen habe. In New York gibt es noch etwas, aber dazu kommen wir später. Der springende Punkt ist: Ich kann Ihnen nicht mehr bieten, kein Blut, kein Gewebe, kein Fruchtwasser und auch sonst nichts. Sie haben alles, was Rowan Mayfair mir geschickt hat.«

»Dann muß ich mit Rowan Mayfair reden.«

»Unmöglich.«

»Wieso?«

»Können Sie diese flimmernden Leuchtstofflampen da oben nicht abschalten? Das macht mich noch verrückt. Haben Sie keine Glühbirnen in diesem schicken Zimmer?«

Mitchell machte ein erschrockenes Gesicht und wippte zurück, als habe man ihn geschlagen. Einen Augenblick lang schien es, als habe er rein gar nichts verstanden; dann sagte er: »O doch.« Er berührte eine Schalttafel unter der Schreibtischkante. Die Deckenbeleuchtung erlosch jäh und endgültig, und zwei kleine Lampen auf dem Schreibtisch leuchteten auf, sanft, gelb, angenehm, und erweckten das dunkle Grün der Schreibtischunterlage zum Leben.

Lark hatte die makellose, unbefleckte Löschblattunterlage mit den Lederecken gar nicht bemerkt, ebensowenig wie das stumme, seltsam geformte schwarze Telefon, das mit seinen zahlreichen und geheimnisvollen Knöpfen dort hockte wie eine dicke, fette Kröte.

»Schon besser. Ich hasse dieses Licht«, sagte Lark. »Und jetzt erzählen Sie mir genau, was Sie wissen.«

»Erst sagen Sie mir, weshalb ich nicht mit Rowan Mayfair sprechen kann und wieso ich keine weiteren Daten bekomme. Warum hat sie Ihnen keine Fotos von diesem Ding geschickt? Ich muß mit ihr sprechen –«

»Niemand weiß, wo sie ist. Ich versuche seit Wochen, sie zu finden. Ihre Familie versucht es seit Weihnachten; da ist sie nämlich verschwunden. Ich fliege heute abend um zwanzig Uhr dreißig nach New Orleans zu ihrer Familie. Ich bin der letzte, der von Rowan gehört hat. Ihr Anruf bei mir vor zwei Wochen ist derzeit der einzige Hinweis darauf, daß sie überhaupt noch lebt. Ein Anruf, und dann die Proben. Als ich wegen finanzieller Mittel mit ihrer Familie Kontakt aufnahm, worum sie mich gebeten hatte, erzählten sie mir von ihrem Verschwinden. Seit Weihnachten hat man sie nur ein einziges Mal gesehen...

möglicherweise ... in einer schottischen Kleinstadt namens Donnelaith.«

»Und was ist mit dem Kurierservice, der Ihnen die Proben gebracht hat? Wo hat sie sie abgegeben? Haben Sie das zurückverfolgt?«

»Natürlich. Sackgasse. Der Kurier hat sie bei einem Concierge in einem Genfer Hotel abgeholt; ein weiblicher Gast hatte sie bei der Abreise dort hinterlassen. Rowans Beschreibung paßt einigermaßen auf diese Frau, aber es gibt keinen Beweis, daß Rowan Gast dieses Hotels war, zumindest nicht unter ihrem eigenen Namen. Die ganze Sache ist sehr geheimnisvoll. Sie hatte dem Concierge schon mehrere Tage vorher gesagt, wohin das Päckchen geliefert werden sollte. Hören Sie, die Familie hat das alles schon untersucht, glauben Sie mir. Den Leuten liegt was daran, Rowan zu finden. Als ich sie anrief und ihnen das alles erzählte, wären sie fast übergeschnappt. Deshalb fliege ich ja jetzt hinunter. Sie wollen mich persönlich sprechen; es ist ihr Geld, also tue ich ihnen den Gefallen gern. Aber diese Leute haben ganz Genf von Detektiven durchkämmen lassen. Keine Spur von Rowan. Glauben Sie mir, wenn diese Familie jemanden nicht findet, dann *ist* er nicht zu finden.«

»Wieso sind Sie da so sicher?«

»Geld. Mayfair-Geld. Sie müssen doch von Rowans Plänen vom letzten Herbst gehört haben, von den Plänen zu Mayfair Medical. Aber jetzt reden Sie, Mitch. Was sind das für Proben? Ich muß mein Flugzeug erwischen. Verlassen Sie sich auf meinen gesunden Menschenverstand. Wenn Sie den Ausdruck gestatten: Lassen Sie sich einmal gehen.«

Mitchell Flanagan überlegte stumm einen Moment lang. Er verschränkte die Arme und schob die Unterlippe ein wenig vor. Er nahm abwesend die Brille ab, starrte ins Leere und setzte die Brille wieder auf, als könne er nicht denken, wenn er sie nicht auf der Nase hatte. Er starrte Lark eindringlich an.

»Okay. Es ist so, wie Sie gesagt haben«, sagte er. »Oder wie Rowan gesagt haben soll.«

Lark antwortete nicht. Aber er wußte, daß er sich seine Reaktion hatte anmerken lassen, ehe er es hatte verhindern können. Er biß sich auf die Zunge. Mitch sollte weiterreden.

»Dieser Sprößling ist nicht Homo sapiens«, fuhr Mitch fort. »Ein Primat, ja, männlich, ja, Säuger, ja, fortpflanzungsfähig, mit einem Immunsystem wie Dynamit, und nach den letzten Tests scheint er ausgereift zu sein, aber das steht noch keineswegs fest. Und das Ding hat eine verblüffende Art, mit Mineralien und Proteinen umzugehen. Hat etwas mit seinen Knochen zu tun. Das Gehirn ist enorm. Hat aber möglicherweise profunde Schwächen. Solange ich keine weiteren Tests machen kann, weiß ich es nicht.«

»Beschreiben Sie mir, wie es aussieht.«

»Allein auf der Grundlage von Röntgenbildern würde ich sagen, es wiegt hundertfünfzig Pfund oder weniger, und als Ende Januar die letzten Tests vorgenommen wurden, war es eins fünfundneunzig groß. Zwischen den Röntgenbildern, die am achtundzwanzigsten Dezember in Paris gemacht wurden, und denen vom fünften Januar aus Berlin hat sich seine Größe bemerkenswert geändert. Zwischen dem fünfzehnten und dem siebenundzwanzigsten Januar hat keine Veränderung stattgefunden. Deshalb sage ich, daß es vielleicht ausgereift ist, aber ich weiß es nicht. Der Schädel ist nicht voll entwickelt, aber vielleicht entwickelt er sich einfach nicht weiter.«

»Um wieviel ist es zwischen Dezember und Januar gewachsen?«

»Um acht Zentimeter. Überwiegend in den Oberschenkeln; ein wenig Wachstum aber auch an den Unterarmen und geringfügig auch an den Fingern. Die Hände sind übrigens sehr lang. Der Kopf ist ein bißchen gewachsen. Nicht genug, um Aufmerksamkeit zu erregen, vermutlich. Aber er ist größer als ein normaler Kopf. Ein Wort von Ihnen, und ich zeige Ihnen auf dem Computer, was ich meine. Ich zeige Ihnen, wie es aussieht, wie es sich bewegt . . .«

»Nein, erzählen Sie's mir nur. Was sonst noch?«

»Was sonst noch?« wiederholte Mitch.

»Ja. Was gibt es sonst noch?«

»Genügt das nicht? Lark, *Sie* müssen *mir* das alles erklären. Wann wurden diese Untersuchungen durchgeführt? Das Material stammt aus Kliniken in ganz Europa. Wer hat diese Untersuchungen gemacht?«

»Rowan. *Glauben* wir. Die Familie arbeitet noch daran. Aber die Kliniken wußten nie, was da eigentlich vorging. Anscheinend hat Rowan sich mit diesem Wesen hineingeschlichen, die Röntgenaufnahmen gemacht und sich wieder hinausgeschlichen, ehe jemand merkte, daß eine unbefugte Ärztin auf dem Gelände war oder daß ihr männlicher Schützling überhaupt kein Patient war. Ja, in Berlin kann sich niemand erinnern, sie überhaupt gesehen zu haben. Nur aus dem computermäßig angelegten Datum und der Uhrzeit auf dem Röntgenfilm ist ersichtlich, daß sie da gewesen sein muß. Das gleiche gilt für die Gehirn-Scans, die EEGs und die Thallium-Streß-Tests. In Genf ist sie in die Klinik marschiert und hat dem Labor selbst die Untersuchungen aufgetragen, die sie haben wollte. Aus naheliegenden Gründen – weißer Kittel, Autorität, spricht Deutsch – hat man nicht nachgefragt. Sie hat die Resultate entgegengenommen und ist verschwunden.«

»Muß unglaublich einfach gewesen sein.«

»War es auch. Es waren lauter öffentliche Einrichtungen, und Sie kennen ja Rowan. Wer würde Rowans Autorität in Frage stellen?«

»Allerdings.«

»Die Leute in Paris, die sich an sie erinnern, erinnern sich übrigens sehr gut. Aber sie wissen nicht, woher sie kam und wohin sie ging. Was ihren männlichen Freund betrifft, so war er ›groß und dünn, hatte langes Haar und trug einen Hut‹.«

»›Langes Haar‹. Dessen sind Sie sicher?«

»So sicher, wie die Frau in Paris es den Detektiven der Familie erzählt hat.« Lark zuckte mit den Achseln. »Als Rowan in Donnelaith gesichtet wurde, hatte sie ebenfalls einen großen, dünnen männlichen Begleiter mit langen schwarzen Haaren.«

»Und seit dem Abend, an dem sie Ihnen das Zeug geschickt hat, haben Sie nichts mehr von ihr gehört?«

»Richtig. Sie sagte, sie würde sich melden, sobald sie könnte.«

»Was ist mit dem Anruf? Gibt es eine Bandaufnahme? Wer hat bezahlt?«

»Sie sagte, sie sei in Genf. Und sie sagte, was ich Ihnen schon erzählt habe. Sie war verzweifelt darauf bedacht, mir das Material zukommen zu lassen. Sie wollte noch am selben Tag versuchen, es abzuschicken, und ich sollte es Ihnen bringen. Sie sagte, sie habe das fragliche Subjekt geboren. Das Fruchtwasser befand sich in den Handtuchfetzen. Ihr eigenes Blut, Sputum und Haar lagen zur Analyse ebenfalls bei. Sie haben diese Analysen hoffentlich gemacht.«

»Darauf können Sie wetten.«

»Wie konnte sie etwas gebären, das kein Mensch ist? Ich muß alles wissen, was Sie entdeckt haben, wie beliebig oder widersprüchlich es auch erscheinen mag. Morgen muß ich der Familie das alles erklären. Und vorher brauche ich selbst eine Erklärung.«

Mitchell ballte die rechte Faust und drückte sie auf den Mund, um ein leichtes Hüsteln zu unterdrücken. Er räusperte sich.

»Wie gesagt, Homo sapiens ist es nicht«, begann er und sah Lark ins Gesicht. »Aber es sieht vielleicht aus wie Homo sapiens. Seine Haut ist viel plastischer – eigentlich findet man solche Haut nur bei menschlichen Föten, und anscheinend wird das Wesen diese Plastizität bewahren, aber das wird sich erst mit der Zeit herausstellen. Der Schädel scheint formbar wie der eines Säuglings zu sein, und auch das ist vielleicht von Dauer, aber das läßt sich zum gegenwärtigen Zeitpunkt unmöglich mit Sicherheit sagen. Bei den letzten Röntgenaufnahmen hatte er die weiche Stelle noch, die Fontanelle, und es gibt in der Tat Hinweise darauf, daß die Fontanelle dauerhaft ist.«

»Guter Gott!« sagte Lark. Unwillkürlich berührte er seinen eigenen Scheitel. Die Fontanellen von Babys machten ihn immer nervös! Aber Lark hatte auch keine Kinder; Mütter gewöhnten sich anscheinend daran, kleine Krabbler mit hautbedeckten Löchern im Schädel um sich zu haben.

»Das Ding war übrigens nie ein konventioneller Fötus«, fuhr Mitch fort. »Die Zellen aus dem Fruchtwasser deuten darauf hin, daß es als vollentwickeltes, winziges männliches Wesen geboren wurde. Es hat sich wahrscheinlich mit bemerkenswerter Elastizität gestreckt und ist von der Mutter wegspaziert wie ein kleines Fohlen oder eine junge Giraffe.«

»Eine totale Mutation«, sagte Lark.

»Nein, dieses Wort müssen Sie sich gleich aus dem Kopf

schlagen. Es ist keine Mutation. Es scheint sich um das Produkt eines separaten und sehr komplexen Evolutionsprozesses zu handeln. Das Endprodukt einer ganz anderen Serie von Zufallsmutationen und Entwicklungsstadien über ein paar Millionen Jahre hinweg. Wenn Rowan Mayfair es nicht geboren hätte – und auf Grund des Probenmaterials steht für mich fest, daß sie es getan hat –, dann hätten wir es, schätze ich, mit einem Wesen zu tun, das sich in absoluter Isolation auf irgendeinem unbekannten Kontinent entwickelt hätte, älter als Homo erectus oder Homo sapiens, sogar viel älter, und mit einem umfassenden Spektrum von genetischem Erbgut anderer Spezies, das Menschen nicht besitzen.«

»Andere Spezies?«

»Genau. Das Ding ist seine eigene Evolutionsleiter hinaufgeklettert. Es ist nicht außerirdisch; es hat sich aus derselben Ursuppe entwickelt wie wir. Aber seine DNS ist viel komplexer. Wenn man seine Doppelhelix ausbreiten könnte, wäre sie zweimal so lang wie die eines Menschen. Das Wesen scheint, oberflächlich betrachtet wenigstens, auf der Leiter alle möglichen Ähnlichkeiten mit niederen Lebensformen mitgenommen zu haben, die wir Menschen nicht mehr besitzen. Ich habe gerade erst angefangen, das alles zu entschlüsseln. Das ist das Problem.«

»Können Sie nicht schneller arbeiten? Können Sie nicht mehr herausfinden?«

»Lark, das ist nicht nur eine Frage des Tempos. Wir fangen gerade erst an, das menschliche Genom zu verstehen – was Schrottgene sind und was echte. Wie sollen wir den Genotyp dieses Dings entschlüsseln? Es hat übrigens zweiundneunzig Chromosomen – doppelt so viele wie ein normaler Mensch. Die Beschaffenheit seiner Zellmembranen ist offensichtlich völlig anders als bei uns – aber inwiefern, das kann ich Ihnen nicht sagen, weil ich Ihnen nicht sehr viel über unsere eigenen Zellmembranen sagen kann. Die Grenzen dessen, was ich über dieses Wesen weiß, sind die Grenzen dessen, was ich über uns selbst weiß. Aber es ist nicht wie wir.«

»Ich begreife immer noch nicht, warum es kein Mutant sein kann.«

»Lark, es ist zu weit weg von uns. Es ist weit außerhalb der Sphäre einer Mutation. Es ist hoch organisiert und in sich stimmig. Es ist kein Unfall. So, wie es ist, ist es einfach zu wunderschön entwickelt. Denken Sie einmal in Kategorien von prozentualer Chromosomenähnlichkeit. Mensch und Schimpanse sind einander zu siebenundneunzig Prozent gleich. Aber die Ähnlichkeit mit diesem Ding beträgt nicht mehr als allerhöchstens vierzig Prozent. Ich habe bereits einfache immunologische Untersuchungen mit seinem Blut angestellt, die das beweisen. Das bedeutet, daß es sich schon vor Jahrmillionen vom menschlichen Entwicklungsstamm abgespalten hat, wenn es je dazugehört hat, was ich bezweifle. Ich glaube, es gehört an einen ganz anderen Baum.«

»Aber wie konnte Rowan seine Mutter sein? Ich meine, man kann doch nicht einfach –«

»Die Antwort ist ebenso überraschend wie einfach. Rowan hat ebenfalls zweiundneunzig Chromosomen. Die exakt gleiche Zahl von Exons und Introns. Blut-, Fruchtwasser- und Gewebsproben, die sie geschickt hat, bestätigen das. Ich bin sicher, so viel hatte sie auch schon herausbekommen.«

»Aber was ist mit Rowans früheren medizinischen Checks? Hat denn niemand je gemerkt, daß die Frau doppelt so viele menschliche Chromosomen hat wie normal?«

»Niemand hat je etwas gemerkt, weil nie jemand einen Chromosomenplan von Rowan angefertigt hat. Wer hätte das auch machen sollen? Wozu? Rowan war nicht einen Tag ihres Lebens ernsthaft krank.«

»Aber irgend jemand . . .«

»Lark, die DNS-Entschlüsselung steckt noch in den Kinderschuhen. Manche Leute sind absolut dagegen, in dieser Richtung überhaupt zu forschen. Es gibt Millionen Ärzte auf der Welt, die keine Ahnung haben, was in ihren Genen steckt. Manche von uns wollen es gar nicht wissen. Ich will es nicht wissen. Mein Großvater ist am Veitstanz gestorben. Meine Brüder wollen nicht wissen, ob sie es in den Genen haben, und ich auch nicht. Natürlich werde ich mich früher oder später untersuchen lassen müssen. Aber der entscheidende Punkt ist: Die Genforschung hat eben erst begonnen. Wäre dieses Wesen vor zwanzig Jahren zum Vorschein gekommen, dann wäre es als Mensch durchgegangen. Man hätte es für eine Art Mißgeburt gehalten.«

»Soll das heißen, Rowan ist kein Mensch?«

»Doch, sie ist ein Mensch. Absolut. Ich habe schon versucht zu erklären, daß jede andere Untersuchung, die im Laufe ihres Lebens gemacht worden ist, einen normalen Befund ergeben hat. Kinderkrankheiten alle normal, Wachstumsrate normal. Das bedeutet, daß dieser zusätzliche Chromosomensatz während ihrer Entwicklung nicht aktiv war . . . bis dieses Kind in ihrem Leib zu wachsen anfing.«

»Und was ist da passiert?«

»Ich vermute, die Empfängnis hat mehrere komplexe chemische Reaktionen in Rowan ausgelöst. Deshalb war das Fruchtwasser voll mit allen möglichen Nährstoffen. Es war reich an Proteinen und Aminosäuren. Es gibt Hinweise darauf, daß lange nach dem Embryonalstadium ein beträchtlicher Dottersack bei dem Wesen verblieb. Und die Muttermilch. Wußten Sie, daß Muttermilch dabei war? Nicht von normaler Dichte und Zusammensetzung – sie enthielt unendlich viel mehr Proteine als menschliche Muttermilch. Aber nochmals: Ich werde Monate, wenn nicht Jahre brauchen, um das alles zu entschlüsseln. Es ist ein völlig neuer Typ von Plazenta, mit dem wir es hier zu tun haben.«

»Rowan war normal«, sagte Lark. »Rowan schleppte ein Paket von anscheinend nutzlosen Genen mit sich herum. Bei der Empfängnis wurden diese Gene aktiviert, um bestimmte Prozesse in Gang zu setzen.«

»Ja. Das normale menschliche Genom in ihr hat ordnungsgemäß funktioniert, aber es waren zusätzliche Gene in die Doppelhelix eingeflochten, die auf irgendeinen Auslöser warteten, damit die DNS mit ihren Anweisungen beginnen konnte.

Aber selbst bei der Geschwindigkeit, mit der sich diese Zellen vervielfältigen, braucht das seine Zeit. Und übrigens gibt es noch einen seltsamen Aspekt bei diesen Zellen. Sie sind resistent gegen jedes Virus, mit dem ich sie attackiert habe, und sie sind resistent gegen jeden Bakterienstamm. Aber sie sind auch extrem elastisch. Es liegt alles an der Membran, wie ich schon sagte. Es ist keine menschliche Membran. Und wenn die Zellen absterben – bei intensiver Hitze oder Kälte –, hinterlassen sie praktisch keine Überreste.«

»Sie schrumpfen weg? Verschwinden?«

»Sagen wir, sie ziehen sich zusammen. Und da haben Sie einen der provokantesten Aspekte dieser Geschichte. Wenn es auf der Erde noch andere von dieser Art gibt, dann haben sie aus einem einfachen Grund keine Spuren im fossilen Material hinterlassen: Ihre Überreste kontrahieren und zerfallen sehr viel schneller als menschliche Überreste.«

»Fossiles Material? Wieso reden wir plötzlich über fossiles Material? Gerade hatten wir es noch mit einem Monster zu tun . . .«

»Nein, nicht mit einem Monster. Wir haben hier eine andere Art von lebendgebärenden Primaten, eine mit enormen Vorteilen. Es scheint, daß die eigenen Enzyme es im Augenblick des Todes auflösen. Und die Knochen – das ist noch mal eine ganz andere Frage. Die Knochen sind anscheinend nicht gehärtet. Ich weiß es nicht sicher; ich wünschte, ich könnte ein ganzes Team daran arbeiten lassen.«

»Ist das Zeug kompatibel mit unserer eigenen DNS? Ich meine, kann man den Strang splitten und mit unserer kombinieren . . .?«

»Nein. Mein Gott, ihr Chirurgen seid genial. Vierzig Prozent Ähnlichkeit genügen euch noch nicht. Man kann Ratten nicht zu Affen umzüchten, Lark. Aber es ist noch irgendeine andere heftige Reaktion im Gange. Vielleicht gibt seine DNS zu viele widersprüchliche genetische Instruktionen. Wenn ich das wüßte, verdammt. Aber kombinierbar ist sie nicht, das steht fest. Es ist mir nicht gelungen, sie mit irgendwelchen menschlichen Zellen zu kultivieren. Das heißt allerdings nicht, daß es nicht gehen könnte. Könnte sein, daß das Ding durch äußerst schnelle repetitive Mutationen in den Nukleotiden eines beliebigen Gens zustande gekommen ist.«

»Langsam. Da kann ich nicht folgen. Wie Sie gerade sagten, ich bin nur ein Chirurg.«

»Ich habe immer gewußt, daß ihr Kerle im Grunde nicht wißt, was ihr tut.«

»Mitch, wenn wir wüßten, was wir tun, wie könnten wir es dann tun? Wenn Sie uns brauchen – und beten Sie zu Gott, daß es niemals dazu kommt –, dann werden Sie uns segnen für unsere Unwissenheit und unseren Humor und unseren Wagemut. Aber . . . dieses Ding . . . es kann sich nicht mit Menschen kreuzen?«

»Es kann es nur, wenn sie sind wie Rowan. Sie müssen die sechsundvierzig schlummernden Chromosomen haben. Deshalb müssen wir Rowan finden und sie auf jede erdenkliche Art und Weise untersuchen.«

»Also mit Rowan könnte das Ding sich kreuzen, ja?«

»Mit seiner Mutter? Ja, wahrscheinlich! Aber dazu ist sie sicher nicht verrückt genug.«

»Sie sagt, es habe sie bereits befruchtet, und sie habe den Fötus verloren. Aber sie hatte den Verdacht, daß es noch einmal passiert war.«

»Das hat sie Ihnen erzählt?«

»Ja. Und ich muß jetzt entscheiden, ob ich es der Familie erzählen kann oder nicht, der Familie Mayfair, die gerade im Begriff ist, das größte unabhängige neurochirurgische Forschungszentrum der Vereinigten Staaten zu bauen.«

»Ja . . . Rowans großer Traum. Aber zurück zu dieser Familie. Wie viele davon gibt es? Gibt es Brüder und Schwestern, die man untersuchen könnte? Was ist mit Rowans Mutter? Lebt sie noch? Lebt der Vater noch?«

»Sie hat keine Geschwister. Die Eltern sind tot. Aber es gibt zahlreiche Vettern und Cousinen in der Familie, und Inzucht war an der Tagesordnung. Nein, diese Inzucht wurde beinahe kalkuliert betrieben, und diese Leute sind nicht eben stolz darauf. Sie wollen keine genetischen Untersuchungen. Man hat sie schon früher darauf angesprochen.«

»Aber es könnte noch andere geben, die dieses zusätzliche Chromosomenpaket haben. Was ist mit dem Vater dieses Wesens . . . mit dem Mann, der Rowan geschwängert hat? Der muß die zweiundneunzig Chromosomen doch auch haben!«

»Muß er? Der Mann war ihr Ehemann. Sind Sie dessen sicher?«

»Ja, absolut sicher.«

»Zu ihm kommen wir gleich. Es gibt Unmengen von Daten über ihn. Aber erzählen Sie mir etwas über das Gehirn des Wesens. Was haben Sie bei der Tomographie gesehen?«

»Es ist anderthalbmal so groß wie ein menschliches Gehirn. In den Stirnlappen hat zwischen den beiden Scans in Paris und Berlin ein phänomenales Wachstum stattgefunden. Ich wette, es besitzt eine unglaubliche Sprach- und Redebegabung. Aber das ist nur eine Vermutung. Und sein Gehör ist extrem komplex. Oberflächlich deutet alles darauf hin, daß es Laute hören kann, die ein Mensch nicht hört. Wie eine Fledermaus oder ein Meerestier. Das ist übrigens ein sehr wichtiger Punkt. Sein Geruchssinn ist ebenfalls hochentwickelt; zumindest wäre genügend Platz dafür vorhanden. Wissen kann man es nicht. Wissen Sie, was an diesem Ding so wunderbar ist? Daß sein Phänotyp anderen so ähnlich ist. Es hat sich auf eine völlig andere Weise entwickelt, braucht dreimal soviel Protein wie ein Mensch, schafft sich einen eigenen, sehr viel saureren Typ von Laktase – und am Ende sieht es uns doch ziemlich ähnlich.«

»Und was schließen Sie aus alldem?«

»Nichts. Kehren wir zu dem Mann zurück, der Rowan geschwängert hat. Was wissen wir über ihn?«

»Alles, was uns interessieren könnte. Er hat in San Francisco gewohnt. Er war berühmt, bevor er Rowan heiratete. Das General Hospital in San Francisco hat ihn auf jede erdenkliche Weise untersucht. Er hat in New Orleans kürzlich einen schweren Herzanfall erlitten. Wir haben unmittelbaren Zugriff auf seine Krankenakten. Wir werden ihn natürlich offiziell um Erlaubnis bitten, darin Einsicht zu nehmen. Wenn er die zweiundneunzig Chromosomen hat ... tja, wenn er –«

»Er muß sie haben.«

»Aber Rowan hat etwas von einem äußeren Faktor gesagt. Sie hat gesagt, der Vater sei normal, und sie hat sogar gesagt, sie liebe den Vater. Er sei ihr Mann. Dann geriet sie am Telefon in Aufregung und beendete das Gespräch. Sie sagte noch, ich sollte mich wegen finanzieller Mittel an die Familie wenden, und legte auf. Das heißt, ich bin bis heute nicht sicher, ob das Gespräch nicht von jemand anders unterbrochen wurde.«

»Oh, ich weiß, wer dieser Mann ist. Jeder hat damals darüber geredet. Es ist der Mann, den Rowan aus dem Meer gezogen hat.«

»Genau. Michael Curry.«

»Ja, Curry. Der Mann, der von den Toten zurückkehrte und übersinnliche Kräfte in den Händen hatte. Oh, wir hätten so gern ein paar Tests mit ihm gemacht. Ich habe sogar versucht, Rowan deshalb anzurufen. Ich habe die Artikel über ihn in den Zeitungen gelesen.«

»Ja. Das ist er.«

»Er ist dann mit Rowan nach New Orleans gezogen.«

»Mehr oder weniger.«

»Und sie haben geheiratet.«

»Das auf jeden Fall.«

»Übersinnliche Fähigkeiten. Ist Ihnen klar, was das heißt?«

»Na ja, ich weiß, daß Rowan welche haben soll. Ich hielt sie immer für eine großartige Chirurgin, aber andere bestanden darauf, daß sie heilende Hände und die Gabe der Diagnostik und Gott weiß was noch alles besitze. Aber was heißt denn ›übersinnliche Fähigkeiten‹?«

»Vergessen Sie den Voodoo-Quatsch. Ich denke an genetische Marker. Diese übersinnliche Fähigkeit könnte ein solcher Marker sein. Er könnte auftreten, wo die zweiundneunzig Chromosomen auftreten. Oh, das ist wirklich die Frage nach dem Huhn und dem Ei. Gott, wenn es nur Unterlagen über die Eltern dieser Leute gäbe! Hören Sie, Sie *müssen* die Familie zu ein paar Tests überreden.«

»Schwierig. Sie sind vertraut mit den genetischen Untersuchungen, die man an den Amish durchgeführt hat. Sie haben von den Untersuchungen an Mormonen in Salt Lake City gehört. Sie wissen, was der Founders-Effekt ist, und sie sind nicht stolz auf all die Inzucht in der Familie. Im Gegenteil, es ist ein großer Witz und zugleich eine mächtige Peinlichkeit für sie alle. Und die Inzucht geht weiter. Dauernd heiraten Cousins und Cousinen, ganz wie bei den Wilkes in *Vom Winde verweht*.«

»Sie müssen einfach ihre Zustimmung geben. Es ist zu wichtig. Ich frage mich, ob das verdammte Ding eine Generation überspringen kann. Ich meine ... bei dem Gedanken an die

Möglichkeiten wird mir schwindlig. Was Rowans Mann angeht – seine Krankenberichte können wir unverzüglich bekommen?«

»Ich frage ihn. Es ist immer am besten, wenn man versucht, höflich zu sein. Aber sie befinden sich im San Francisco Hospital, und nichts hindert Sie daran, zum Telefon zu greifen, sobald ich weg bin. Curry hat den Ärzten erlaubt, ihn zu studieren. Er wollte wissen, was es mit dieser Gabe in seinen Händen auf sich hatte. Er hätte vielleicht auch Ihnen erlaubt, ihn zu untersuchen, wenn Sie rechtzeitig an ihn herangetreten wären. Die Presse hat ihn scheu gemacht. Er sah ständig Bilder und wußte alles mögliche über andere Leute. Ich glaube, am Ende hat er Handschuhe getragen, damit er nicht dauernd diese Bilder in den Kopf bekam.«

»Ja, ja, ich habe die ganze Geschichte in den Akten«, sagte Mitch. Er verstummte, einen Augenblick lang ratlos, wie es schien. Dann öffnete er seine Schreibtischschublade und nahm einen großen gelben Schreibblock mit gekritzelten Notizen heraus. Er zog einen Stift aus der Tasche und begann, etwas vor sich hinzuschreiben. Er murmelte etwas, räusperte sich.

Lark stand auf und umklammerte fest den Griff seines Aktenkoffers.

»Moment mal«, sagte Mitch. »Sie haben etwas von New York erwähnt. Daß es in New York noch anderes Material gibt.«

»Ach ja, New York. Als Rowan dieses Ding zur Welt brachte, gab es eine große Menge Blut. Dann kam die Sache ihres Verschwindens. Das alles geschah am Weihnachtstag. Der Coroner in New Orleans hat alle möglichen gerichtsmedizinischen Beweismittel gesammelt. Und das Material ist an International Genome in New York gelangt.«

»Du lieber Himmel. Die müssen verrückt werden.«

»Keine Ahnung, ob die dort schon die Puzzleteile zusammengefügt haben. Bis jetzt hat die Familie nur vereinzelte Berichte, die bestätigen, was Sie herausgefunden haben – genetische Abnormalität bei Mutter und Kind. Ungeheure Mengen von menschlichen Wachstumshormonen; abweichende Enzyme. Aber Sie sind ihnen allen um eines voraus: Sie haben die Röntgenbilder und die Knochenscans.«

»Die Familie teilt Ihnen das alles mit?«

»O ja, seit ihnen klar ist, daß ich direkt mit Rowan gesprochen habe. Sie hat mir ein Codewort genannt, damit sie Ihre Arbeit hier finanzieren. Als sie begriffen, daß ich wirklich mit Rowan gesprochen hatte, wurden sie sehr kooperativ. Aber ich glaube nicht, daß sie wirklich begreifen, worum es hier geht, und vielleicht werden sie nicht mehr so kooperativ sein, wenn ich anfange, ihnen all das zu erklären. Aber vorläufig werden sie alles tun, um Rowan zu finden. Sie sind zutiefst besorgt um sie. Sie wollen mich am Flughafen abholen. Ich muß jetzt los.«

Mitch kam hastig um den Schreibtisch herum und folgte Lark hinaus in den halbdunklen Korridor mit den langgestreckten, dekorativen waagerechten Lichtstreifen.

»Aber was haben sie denn in New York? Haben sie, was ich habe?«

»Sie haben weit weniger als Sie«, sagte Lark, »mit einer Ausnahme: Sie haben ein Stück Plazenta.«

»Das muß ich auch haben.«

»Werden Sie. Die Familie wird es für Sie freigeben. Und niemand in New York hat das Puzzle schon zusammengesetzt; das sagte ich Ihnen bereits. Aber da ist noch eine andere Gruppe im Spiel.«

»Was heißt das?«

Lark blieb vor der Tür zum äußeren Korridor stehen. Er legte seine Hand auf den Türgriff. »Rowan hatte ein paar Freunde in einer Organisation namens Talamasca. Eine historische Forschergruppe. Auch sie haben Materialproben am Schauplatz der Geburt und des Verschwindens genommen.«

»Wirklich?«

»Ja. Ich weiß nicht, was daraus geworden ist. Ich weiß nur, daß diese Organisation ein extrem großes Interesse an der Geschichte der Familie Mayfair hat. Sie rufen mich Tag und Nacht an, seit ich Kontakt mit der Familie aufgenommen habe. Einen von ihnen – Aaron Lightner – werde ich morgen früh in New Orleans treffen.«

Lark öffnete die Tür und ging zum Aufzug. Mitch hastete unbeholfen hinter ihm her und starrte auf seine gewohnte konfuse und blicklose Art vor sich hin, als Lark auf den Knopf drückte und die Aufzugtür aufglitt.

»Muß jetzt los, alter Junge«, sagte Lark. »Wollen Sie etwa mitkommen?«

»Im Leben nicht. Ich gehe sofort wieder ins Labor.«

»Ich werde Sie anrufen. Aber einstweilen bleibt das alles –«

»Völlig geheim. Gibt es irgend etwas im Keplinger Institute, das nicht geheim ist? Es ist ein Geheimnis, vergraben in einem Wald von Geheimnissen. Machen Sie sich deswegen keine Sorgen. Niemand hat Zugang zu dem Computer in meinem Büro außer mir. Und wenn er doch herankäme, könnte keiner die Dateien finden. Keine Angst. Das ist bei Keplinger normal. Eines Tages werde ich Ihnen ein paar von unseren Geschichten erzählen . . . mit geänderten Namen und Daten natürlich.«

»Gut so. Ich rufe Sie morgen an.« Er reichte Mitch die Hand.

»Lassen Sie mich nicht hängen, Lark. Dieses Ding könnte sich mit Rowan vermehren! Und wenn es dazu käme . . .«

»Ich rufe Sie an.«

Er warf noch einen letzten Blick auf Mitch, der dort mit starrem Blick stand, ehe die Aufzugtür sich schloß. Er erinnerte sich, was Rowan am Telefon gesagt hatte. »Es gibt einen Mann im Keplinger Institute, dem man in dieser Sache vertrauen kann. Den müssen Sie gewinnen. Mitch Flanagan. Sagen Sie ihm, ich hätte gesagt, es lohnt sich für ihn.«

Rowan hatte absolut recht gehabt. Mitch Flanagan war wirklich der richtige Mann. In dieser Richtung hatte Lark keine Befürchtungen.

Aber während er zum Flughafen fuhr, plagten ihn eine Menge Befürchtungen im Hinblick auf Rowan. Er hatte zunächst gedacht, sie sei verrückt geworden, als sie ihn angerufen hatte, ihn gewarnt hatte, daß das Gespräch abrupt unterbrochen werden könne.

Das Problem dabei war, daß Lark das alles sehr aufregend fand. Das war von Anfang an so gewesen. Rowans Anruf, die Proben, die Serie von Entdeckungen, die bei den folgenden Untersuchungen gemacht worden waren, ja, sogar diese bizarre Familie in New Orleans. Lark hatte in seinem ganzen Leben noch nichts Vergleichbares erlebt. Er wünschte, er hätte dabei mehr Sorge und weniger Begeisterung empfinden können. Aber er hatte hier ein Abenteuer begonnen, hatte unbefristeten Urlaub von seinem Leben in der Universitätsklinik genommen, und er konnte es kaum erwarten, die Leute in New Orleans kennenzulernen – das Haus zu sehen, das Rowan dort geerbt hatte, den Mann, den sie geheiratet hatte –, die Familie, für die Rowan ihre gesamte medizinische Karriere aufgegeben hatte.

Der Regen war stärker geworden, als er am Flughafen eintraf. Aber Lark reiste seit Jahren unter allen möglichen Wetterbedingungen, und es machte ihm nichts aus, ebensowenig wie Schnee in Chicago oder Monsun in Japan.

Er eilte zum Erster-Klasse-Schalter, um sein Ticket abzuholen, und war wenig später auf dem Weg zum Gate, auf die Minute pünktlich. Die Passagiere nach New Orleans gingen gerade an Bord.

Lark kam als letzter am Gate an. Erstklassiges Timing, dachte er – kein Warten, kein Schlangestehen.

Gerade reichte er der jungen Stewardeß sein Ticket, als jemand seinen Arm ergriff.

»Dr. Larkin.«

Er sah einen großen, robusten, sehr jungen Mann, blond mit beinahe farblosen Augen.

»Ja, ich bin Dr. Larkin«, antwortete er. *Nicht jetzt,* hätte er am liebsten gesagt.

»Erich Stolov. Wir haben miteinander telefoniert.« Er hielt Lark ein weißes Kärtchen vors Gesicht. Lark hatte keine Hand frei, um es ihm abzunehmen. Dann nahm die Stewardeß sein Ticket, und er nahm die Karte in Empfang.

»Talamasca, haben Sie gesagt.«

»Wo sind die Proben?«

»Was für Proben?«

»Die Rowan Ihnen geschickt hat.«

»Hören Sie mal, ich kann nicht . . .«

»Sagen Sie mir, wo sie sind. Bitte. Jetzt gleich.«

»Ich bitte um Entschuldigung, aber ich werde nichts dergleichen tun. Wenn Sie mich in New Orleans anrufen möchten – ich werde dort morgen mit Ihrem Freund Aaron Lightner zusammentreffen.«

»Wo sind die Proben?« fragte der junge Mann, und plötzlich

schob er sich vor Lark und versperrte ihm den Eingang zum Flugzeug.

Lark senkte die Stimme zu einem Flüstern. »Gehen Sie mir aus dem Weg.« Er war auf der Stelle und unwiderruflich wütend. Am liebsten hätte er den Kerl an die Wand gestoßen.

»Bitte, Sir«, sagte die Stewardeß sehr ruhig zu Stolov, »wenn Sie kein Ticket für diesen Flug haben, müssen Sie das Gate jetzt verlassen.«

»So ist es. Verlassen Sie das Gate«, sagte Lark, und seine Wut nahm zu. »Wie können Sie es wagen, mich so anzusprechen?« Er drängte sich an dem jungen Mann vorbei und stürmte die Passagierbrücke entlang; er hatte Herzklopfen, und der Schweiß rann ihm unter den Kleidern am Leib herunter.

»Verdammter Mistkerl, wie kann er es wagen?« murmelte er laut.

Fünf Minuten nach dem Start hatte er das Funktelefon in der Hand. Die Verbindung war entsetzlich, und bei den Flugzeugtelefonen konnte er sowieso nie etwas hören, aber es gelang ihm trotzdem, Mitch zu erreichen.

»Erzählen Sie bloß niemandem etwas davon«, sagte er immer wieder.

»Hab's ja verstanden«, sagte Mitch. »Niemand weiß etwas; das versichere ich Ihnen. Ich habe fünfzig Fachkräfte, und sie arbeiten an fünfzig verschiedenen Teilen des Puzzles. Ich bin der einzige, der das ganze Bild zu sehen bekommt. Niemand kommt in dieses Gebäude, in dieses Büro, an diese Daten.«

»Morgen rufe ich Sie an, Mitch.« Lark legte auf. »Arroganter Drecksack«, flüsterte er dann. Dabei war Aaron Lightner ein so netter Mann gewesen. Sehr britisch, sehr europäisch, sehr förmlich, als sie miteinander telefoniert hatten. Wer waren diese Leute, diese Talamasca?

Und waren sie wirklich Freunde von Rowan Mayfair, wie sie behaupteten? Es hatte nicht den Anschein.

Er lehnte sich zurück und versuchte, sich seine lange Unterredung mit Mitch noch einmal durch den Kopf gehen zu lassen, und auch sein Telefongespräch mit Rowan. Molekulare Evolutionen, DNS, Zellmembranen. Das alles war beängstigend und faszinierend zugleich.

Die Stewardeß reichte ihm einen frischen Drink, einen schönen doppelten Martini, um den er nicht einmal hatte bitten müssen. Er nahm einen kräftigen Schluck von dem eiskalten Getränk.

Dann fiel ihm siedendheiß ein, daß Mitch ihm erzählt hatte, er könne eine dreidimensionale Computerprojektion von dem Wesen erstellen. Warum, zum Teufel, hatte er sich das nicht angesehen? Natürlich wäre es nichts weiter gewesen als irgendeine verrückte Zeichnung auf dem Monitor, bloße Umrisse. Was wußte Mitchell über das wirkliche Aussehen der Kreatur? War sie zum Beispiel häßlich? Oder war sie schön?

Unversehens versuchte er, es sich vorzustellen, dieses schilfdünne Wesen mit dem großen Gehirn und den unglaublich langen Händen.

4

Noch eine Stunde bis Aschermittwoch. Alles war still in dem kleinen Haus am Golf mit den vielen offenen Türen zum weißen Strand. Die Sterne hingen tief über dem fernen, dunklen Horizont, einer hellen Linie zwischen Himmel und Meer. Der sanfte Wind wehte durch die kleinen, niedrigen Zimmer des Hauses und brachte tropische Frische in jedes Eckchen, obgleich es kalt war in dem kleinen Haus.

Gifford störte das nicht. In einen langen, weiten Shetlandpullover mit Rollkragen gepackt und mit behaglichen Wollstrümpfen an den Beinen, genoß sie die kühle Brise ebenso wie die wilde und ganz eigentümliche Hitze des munteren Kaminfeuers. Die Kälte, der Geruch des Wassers, der Geruch des Feuers – für Gifford bedeutete das alles Florida im Winter: ihr Versteck, ihre Zuflucht, ihren sicheren Unterschlupf.

Sie lag auf der Couch vor dem Kamin, starrte an die weiße Decke, sah zu, wie das Licht darauf spielte, und fragte sich unbeteiligt und ohne Neugier, was Destin eigentlich an sich hatte, das sie so glücklich machte – wieso es ihr immer eine so vorzügliche Zuflucht vor der beständigen Düsternis ihres Lebens zu Hause bot. Sie hatte dieses kleine Strandhaus von ihrer Urgroßmutter väterlicherseits, Dorothy, geerbt, und im Laufe der Jahre hatte sie hier ihre zufriedensten Augenblicke erlebt.

Jetzt jedoch war Gifford nicht glücklich. Sie hätte sich nur noch elender gefühlt, wenn sie zum Mardi Gras in New Orleans geblieben wäre, und das wußte sie. Sie kannte dieses Elend. Sie kannte diese Anspannung. Und sie wußte, daß sie am Mardi Gras nicht in das alte Haus in der First Street hätte gehen können, so gern sie es vielleicht gewollt hätte, und auch, wenn sie jetzt Gewissensbisse hatte, weil sie weggelaufen war.

Mardi Gras in Destin, Florida. Hätte ebensogut jeder andere Tag im Jahr sein können. Sauber und still, fern von all der Häßlichkeit der Paraden, der Menschenmassen, des Mülls, der die St. Charles Avenue übersäte, fern von den trinkenden und streitenden Verwandten und ihrem geliebten Gatten Ryan, der sich benahm, als wäre Rowan Mayfair nicht weggelaufen und hätte ihren Mann Michael Curry nicht verlassen, als hätte es am Weihnachtstag kein blutiges Handgemenge in der First Street gegeben, als könnte man alles beschönigen und übertünchen, wenn in Wirklichkeit alles auseinanderbrach.

Michael Curry wäre am Weihnachtstag beinahe gestorben. Niemand wußte, was mit Rowan passiert war. Das alles war zu schrecklich, und das wußte jeder, aber trotzdem wollten alle an Mardi Gras im Haus in der First Street zusammenkommen. Nun, jetzt würden sie Gifford erzählen müssen, wie es gewesen war.

Natürlich war das große Mayfair-Erbe an sich nicht ernstlich in Gefahr. Giffords gewaltiges Treuhandvermögen war nicht ernstlich in Gefahr. Der Geisteszustand der Mayfairs war es, der bedroht war – der kollektive Geist von etwa sechshundert in der Gegend ansässigen Mayfairs, manche im dritten oder vierten Grad miteinander verwandt, die erst kürzlich durch die Hochzeit der Erbin des Mayfair-Vermächtnisses, Rowan Mayfair, in himmlische Höhen erhoben und dann durch ihr plötzliches Verschwinden und das offenkundige Leiden Michael Currys in tiefste Verzweiflung gestürzt worden waren, während Michael sich immer noch von der Herzattacke erholte, die er am fünfundzwanzigsten Dezember erlitten hatte. Armer Michael. Er war in dem einen Januar um zehn Jahre gealtert, fand Gifford.

Sich am Mardi Gras in dem Haus zu versammeln, war kein Akt des Vertrauens, sondern der Verzweiflung gewesen – der Versuch, sich einen Optimismus und eine Erregung zu bewahren, die man nach diesem Nachmittag des Grauens nicht mehr bewahren konnte. Und wie schrecklich hatten sie alle Michael behandelt. Kümmerte es irgend jemanden, was dieser Mann empfand? Man mußte sich das vorstellen: Sie umgaben ihn mit Rowans Familie, als herrsche *business as usual*, während Rowan doch verschwunden war. Die ganze Sache war typisch für die Mayfairs: schlechte Menschenkenntnis, schlechte Manieren, schlechte Moral, und das alles im Gewand irgendeiner hehren Familienfeier.

Ich bin nicht als Mensch geboren, ich bin als Mayfair geboren, dachte Gifford. Ich habe einen Mayfair geheiratet, und ich habe Mayfairs geboren; ohne Zweifel werde ich als Mayfair sterben, und sie werden ins Bestattungsinstitut strömen und im Mayfair-Stil weinen, und das wird dann mein Leben gewesen sein? Daran dachte Gifford in letzter Zeit oft, aber Rowans Verschwinden hatte sie fast an den Rand des Abgrunds getrieben. Wieviel konnte sie noch ertragen? Und wieso hatte sie Rowan und Michael nicht davor gewarnt, zu heiraten, in diesem Haus zu leben, ja, auch nur in New Orleans zu bleiben?

Und dann die ganze Sache mit Mayfair-Medical – diesem gigantischen neurologischen Forschungskomplex, den Rowan vor ihrem Verschwinden entworfen hatte, ein Unternehmen, das bei Hunderten von Verwandten Begeisterung hervorgerufen hatte, vor allem bei Giffords ältestem und liebstem Sohn Pierce, dem es jetzt das Herz brach, daß die Arbeit für das medizinische Zentrum wie alles andere, was Rowan betraf, auf unabsehbare Zeit auf Eis lag.

Selbst Lilia, Giffords jüngste und ihr am meisten fremdgewordene Tochter, die jetzt in Oxford war, hatte nach Hause geschrieben und darauf bestanden, daß sie das medizinische Zentrum – koste es, was es wolle – weiterführten.

Und dann Michaels letztendliches Schicksal. Wie sollte es aussehen? Er war auf dem Wege der Genesung, sagten alle.

Aber wie konnten sie Michael sagen, wie schlecht die Dinge wirklich standen, ohne daß er einen Rückfall erleiden würde? Michael könnte noch einen Herzanfall bekommen, und diesmal könnte er tödlich sein.

Also hat das Erbe der Mayfairs wieder mal einen unschuldigen Mann vernichtet, dachte Gifford verbittert. Kein Wunder, daß wir alle unsere Vettern heiraten; wir wollen keine Unschuldigen mehr mit hineinziehen.

Was den Gedanken anging, daß Rowan in echter Gefahr war, daß sie irgendwie gezwungen worden sein könnte, am Weihnachtstag zu verschwinden, daß ihr etwas zugestoßen sein könnte – dieser Gedanke war beinahe so schrecklich, daß Gifford ihn nicht ertragen konnte. Und dennoch war sie ziemlich sicher, daß Rowan etwas passiert war. Etwas wirklich Schlimmes. Sie spürten es alle. Mona spürte es, und wenn Giffords Nichte Mona etwas spürte, dann mußte man darauf achten. Mona war nie eine melodramatisch veranlagte, großspurige Mayfair gewesen, die behauptete, sie habe in der Straßenbahn in der St. Charles Avenue einen Geist gesehen. Und Mona hatte letzte Woche gesagt, sie glaube nicht, daß man mit Rowans Rückkehr rechnen könne, und wenn sie das Medical Center haben wollten, sollten sie ohne sie weitermachen.

Was Gifford insgeheim am meisten bereute, war die Tatsache, daß sie Rowan nicht mit Mona zusammengebracht hatte, als noch Zeit dazu gewesen war. Vielleicht hätte Mona etwas gespürt und den Mund aufgemacht. Aber Gifford bereute so vieles. Manchmal kam es ihr so vor, als bestehe ihr ganzes Leben aus einem einzigen reuevollen Seufzer. Unter der reizenden Oberfläche, hinter dem Bilderbuchhaus in Metairie, ihren prachtvollen Kindern, ihrem gutaussehenden Ehemann und ihrem eigenen gedämpften Südstaatenstil – hinter alldem lag nichts als Reue, als sei ihr ganzes Leben über einem großen, geheimen Kellerverlies erbaut.

Sie wartete nur noch darauf, die Nachricht zu hören. Rowan tot. Und zum ersten Mal seit Hunderten von Jahren keine Nachfolgerin für das Vermächtnis. Ah, das Vermächtnis . . . und wie sollte sie es jetzt, nachdem sie Aaron Lightners langen Bericht gelesen hatte, je wieder so sehen wie früher? Wo war der kostbare Smaragd, fragte sie sich. Sicher hatte ihr tüchtiger Ehemann Ryan ihn in einem angemessenen Tresor versteckt. Da hätte er auch diese entsetzliche »Geschichte« verstecken sollen. Sie könnte ihm nie verzeihen, daß er so nachlässig war, sie in Monas Hände fallen zu lassen, diese lange Erörterung der Talamasca über Generationen der Hexerei.

Vielleicht hatte Rowan sich mit dem Smaragd davongemacht. Oh, das erinnerte sie an etwas anderes, an einen der eher zweitklassigen Anlässe zur Reue: Sie hatte vergessen, Michael das Medaillon zu schicken.

Sie hatte es am Pool gefunden, gerade zwei Tage nach Weihnachten, als Kriminalpolizei und Coroner mit ihren Untersuchungen im Innern des Hauses beschäftigt waren, und während Aaron Lightner und sein merkwürdiger Kollege, dieser Erich Sowieso, Proben von den Blutspuren nahmen, die Wände und Teppiche bedeckten.

»Ist dir klar, daß sie das alles in diese Akte schreiben werden?« hatte Gifford protestiert, aber Ryan hatte den beiden Männern freie Hand gelassen. Es war Lightner. Jeder hatte Vertrauen zu ihm. Ja, Beatrice war sogar verliebt in ihn; Gifford würde sich nicht wundern, wenn sie ihn heiratete.

Das Medaillon zeigte den Erzengel Michael. Ein prachtvolles altes Silbermedaillon an einer gerissenen Kette. Sie hatte es in die Handtasche gesteckt und sich schon tausendmal vorgenommen, es ihm zu schicken – natürlich erst, wenn er aus dem Krankenhaus wieder nach Hause gekommen wäre, denn er sollte sich ja nicht aufregen. Na, sie hätte es Ryan geben sollen, bevor sie weggefahren war. Andererseits, wer konnte wissen, ob er das Medaillon nicht am Weihnachtstag getragen hatte, als er beinahe im Pool ertrunken wäre? Armer Michael.

Das Holz im Feuer verrutschte geräuschvoll, und das milde, beruhigende Licht flackerte über die schmucklose, schräge Decke. Es machte ihr bewußt, wie ruhig die Brandung den ganzen Tag über gewesen war. Manchmal legte sich die Brandung am Golf von Mexiko vollständig. Ob das auf dem offenen Meer auch passierte? Eigentlich liebte sie das Geräusch der Wellen. Sie wünschte, sie wollten donnern da draußen, als drohe der Golf damit, das Land zu überfluten. Als schlage die

Natur zurück, gegen Strandhäuser und Apartmentkomplexe und Wohnwagenparks, um sie alle daran zu erinnern, daß sie jeden Augenblick vom glatten, sandigen Antlitz der Erde hinweggefegt werden konnten, wenn ein Hurrikan oder eine Flutwelle käme. Und sicher würde das eine oder das andere auch unweigerlich kommen.

Gifford gefiel diese Idee. Sie schlief immer gut, wenn die Wellen wild und schnell heranbrandeten. Ihre Angst und ihr Jammer rührten nicht aus der Furcht vor irgend etwas Natürlichem. Sie kamen aus Legenden und Geheimnissen, den Geschichten aus der Vergangenheit ihrer Familie. Ihr kleines Refugium liebte sie wegen seiner Zerbrechlichkeit; ein Unwetter würde es zweifellos zusammenklappen lassen wie ein Kartenhaus.

Am Nachmittag war sie ein paar Meilen weit südwärts gewandert, um das Haus zu besichtigen, das Rowan und Michael erst kürzlich gekauft hatten, ein hohes, modernes Gebäude, gebaut, wie man es bauen sollte – auf Pfählen und mit Blick hinunter auf ein menschenleeres Stück Strand. Es war kein Lebenszeichen dort zu sehen gewesen, aber was hatte sie erwartet?

Sie war zurückgewandert, zutiefst deprimiert vom bloßen Anblick des Hauses – wie sehr hatten Rowan und Michael es geliebt; sie hatten ihre Flitterwochen dort verbracht.

Noch eine Stunde bis Aschermittwoch; sie wartete darauf, als warte sie auf die Hexenstunde, angespannt und voller Widerwillen gegen den Mardi Gras, einen Festtag, der sie nie besonders glücklich gemacht und zu dem immer sehr viel mehr gehört hatte, als sie ertragen konnte.

Sie wollte wach sein, wenn er zu Ende wäre; sie wollte spüren, wie die Fastenzeit begann. Am Abend hatte sie das Feuer angefacht und sich einfach auf die Couch fallen lassen, um sich die Stunden mit Nachdenken zu vertreiben, als arbeite sie an etwas; sie hatte die Minuten gezählt und natürlich ein schlechtes Gewissen gehabt, weil sie nicht zur First Street gegangen war und nicht alles mögliche unternommen hatte, um diese Katastrophe zu verhindern.

Ich hätte Michael Curry warnen sollen, dachte sie. Ich hätte

Rowan Mayfair warnen sollen. *Aber sie hatten die Geschichte gelesen! Sie hätten es wissen müssen!* Niemand konnte in dem Haus in der First Street glücklich sein. Es wiederherzurichten – das war der blanke Unsinn gewesen. Das Böse in diesem Haus wohnte in jedem Mauerstein, in jedem Bröckchen Mörtel. Dreizehn Hexen – und wenn man bedachte, daß all die alten Sachen von Julien oben auf dem Dachboden standen. Das Böse wohnte in diesen Dingen, es wohnte in den Stuckdecken, unter den Veranden und Dachrinnen wie Bienennester, die in den Kapitellen korinthischer Säulen verborgen waren. Für das Haus gab es keine Hoffnung, keine Zukunft. Und Gifford hatte es schon immer gewußt.

Da hatten nicht erst diese Talamasca-Gelehrten aus Amsterdam kommen müssen, um es ihr zu erzählen. Sie wußte es.

Sie hatte es gewußt, als sie das erste Mal in der First Street gewesen war – als kleines Mädchen, mit ihrer geliebten Großmutter, der uralten Evelyn, die schon damals so genannt worden war, weil sie so alt war und weil es mehrere junge Evelyns gab, eine, die mit Charles Mayfair, und eine andere, die mit Bryce verheiratet war . . . was allerdings aus denen geworden war, wußte sie nicht mehr.

Sie und die uralte Evelyn waren in die First Street gefahren, um Tante Carlotta und die arme, dem Unheil geweihte Deirdre Mayfair zu besuchen, die Erbin auf ihrem Schaukelstuhlthron. Gifford hatte den berühmten Geist der First Street gesehen – klar und deutlich –, eine Männergestalt, die hinter Deirdres Stuhl gestanden hatte. Die uralte Evelyn hatte ihn auch gesehen; daran hatte Gifford keinen Zweifel. Und Tante Carlotta, die stählerne, kalte und bösartige Tante Carlotta, hatte in diesem trostlosen Salon mit ihnen geplaudert, als wäre da nichts gewesen.

Was Deirdre anging, so war sie zu dieser Zeit schon katatonisch gewesen. »Armes Kind«, hatte die uralte Evelyn gesagt. »Julien hat alles vorausgesehen.« Das war eine dieser Bemerkungen, die Evelyn nie hatte erläutern wollen, obwohl sie sie oft wiederholt hatte. Und später hatte sie zu ihrer kleinen Enkelin Gifford gesagt: »Deirdre hat all den Jammer kennengelernt, aber nie den Spaß, den es macht, eine von uns zu sein.«

»Es hat Spaß gemacht?« Das fragte Gifford sich heute wie damals. Was meinte die uralte Evelyn mit Spaß? Gifford hatte den Verdacht, daß sie es wußte. Man sah es auf den alten Fotos, die sie mit Onkel Julien zeigten. Julien und Evelyn an einem Sommertag im Stutz Bearcat, mit weißen Mänteln und Rennbrillen. Julien und Evelyn unter den Eichen im Audubon Park. Julien und Evelyn in Juliens Zimmer im zweiten Stock. Und dann das Jahrzehnt nach Juliens Tod, als Evelyn mit Stella nach Europa gereist war und sie ihre »Affäre« gehabt hatten, von der Evelyn mit großer Feierlichkeit sprach.

Bevor die uralte Evelyn verstummt war, in Giffords Jugendjahren, da war sie stets bereit gewesen, diese Geschichten zu erzählen, in festem, wenn auch flüsterndem Ton – wie Julien mit ihr ins Bett gegangen war, als sie dreizehn gewesen war, wie er zur Amelia Street gekommen und vom Gehweg heraufgerufen hatte: »Evelyn, komm herunter, komm herunter!«, und wie er Evelyns Großvater Walker gezwungen hatte, sie aus der Dachkammer zu befreien, in der er sie eingeschlossen hatte.

Böses, böses Blut zwischen Julien und Evelyns Großvater – und es reichte weit zurück, bis zu jenen Tagen in Riverbend, als Julien noch ein Junge gewesen war und sich versehentlich ein Pistolenschuß gelöst und seinen Cousin Augustin getroffen hatte.

»Ich wäre gestorben in dieser Dachkammer«, hatte die uralte Evelyn erzählt, »wenn Julien nicht gewesen wäre – wahnsinnig und stumm, und weiß wie eine Pflanze, die nie die Sonne gesehen hat. Julien hat mir ein Kind gemacht, und das war deine Mutter, das arme Ding, das aus ihr geworden ist.«

»Aber warum, warum hat Onkel Julien es mit einem so jungen Mädchen getrieben?« hatte Gifford einmal gefragt – nur einmal, denn die Antwort darauf war ein machtvolles Donnerwetter gewesen.

»Sei stolz auf dein Mayfair-Blut. Sei stolz. Julien hat alles vorausgesehen. Die Blutlinie des Vermächtnisses verlor ihre Kraft. Und ich liebte Julien. Und Julien liebte mich. Versuche nicht, diese Leute zu verstehen – Julien und Mary Beth und Cortland –, denn sie waren Giganten auf Erden, wie es sie jetzt nicht mehr gibt.«

Giganten auf Erden. Cortland, Juliens Sohn, war der Vater der uralten Evelyn gewesen, obgleich die uralte Evelyn es niemals zugeben würde! Und Laura Lee, Juliens Kind! Du lieber Gott, Gifford konnte die Blutlinien gar nicht verfolgen, wenn sie nicht Stift und Papier zur Hand nahm und sie nachzeichnete; das aber wollte sie, offen gesagt, nie tun. Giganten auf Erden! Die Wahrheit war eher, daß sie Teufel aus der Hölle waren.

»Oh, wie absolut köstlich«, hatte Alicia gesagt; genußvoll hatte sie zugehört, und immer war sie bereit gewesen, sich über Gifford und ihre Angst lustig zu machen. »Erzähl weiter, uralte Evelyn. Was ist dann passiert? Erzähl uns von Stella.«

Alicia war schon mit dreizehn eine Trinkerin gewesen. Sie hatte älter ausgesehen, auch wenn sie dünn und schmächtig wie Gifford war. Sie war durch die Kneipen in der Stadt gezogen und hatte mit fremden Männern getrunken, und dann hatte Granddaddy Fielding sie mit Patrick »verbandelt«, um sie wenigstens ein bißchen unter Kontrolle zu halten. Von allen Cousins ausgerechnet mit Patrick. Eine grausige Idee, obwohl er an sich damals gar keinen so schlechten Eindruck gemacht hatte.

Das ist mein Blut, dachte Gifford, all diese Leute sind von meinem Blut. Das ist meine Schwester, verheiratet mit ihrem Cousin zweiten oder dritten Grades, mit Patrick – was immer er sein mag. Nun, eins läßt sich mit Sicherheit sagen: Mona ist keine Idiotin. Ein Kind der Inzucht, ja, die Tochter einer Alkoholikerin, ja, aber davon abgesehen, daß sie ziemlich »petite« war – wie man im Süden von kleinen Mädchen sagte –, war sie in jeder Hinsicht eine Siegerin.

Wahrscheinlich weit und breit die hübscheste der ganzen Mayfair-Generation, und sicher die intelligenteste, skrupelloseste und streitbarste, auch wenn Gifford nicht aufhören konnte, Mona zu lieben, ganz gleich, was Mona anstellte. Sie mußte lächeln, wenn sie daran dachte, wie Mona einmal auf dem Schießstand ihre Pistole abgefeuert und ihr durch die Ohrenschützer zugebrüllt hatte: »Komm schon, Tante Gifford, du weißt nie, wann du sie vielleicht mal benützen mußt. Komm schon – mit beiden Händen.«

Selbst Monas sexuelle Reife – diese irrwitzige Idee, daß sie viele Männer kennen müsse – war ein Teil ihrer Altklugheit.

Und Gifford mußte sich ihrem Beschützerinstinkt zum Trotz eingestehen, daß sie für die Männer fürchtete, die Monas Aufmerksamkeit erregten. Mona, die Herzlose. Mit dem alten Randall zum Beispiel war etwas Scheußliches passiert; es war beinahe sicher, daß Mona ihn verführt und dann das Interesse an dem ganzen Unternehmen verloren hatte. Aber niemand rückte natürlich mit der Sprache heraus. Bestimmt nicht Randall, der fast einen Schlaganfall bekam, wenn man bloß Monas Namen erwähnte; er lamentierte dann immer herum, er könne nun wirklich »keiner Fliege etwas zuleide tun«, von einem Kind ganz zu schweigen, und so weiter. Als ob sie ihn ins Gefängnis werfen wollten.

Und wenn man bedachte, daß die Talamasca mit ihrer ganzen Gelehrsamkeit nichts von Mona wußte! Und auch nicht von der uralten Evelyn und von Onkel Julien. Nichts wußte von dem einen kleinen Mädchen von heute, das womöglich eine echte Hexe war – ganz im Ernst.

Es erfüllte Gifford mit verwirrender, beinahe peinlicher Genugtuung, daran zu denken. Daß die Talamasca ebensowenig wußte wie die Familie, warum Julien damals Augustin erschossen hatte, oder was Julien im Schilde geführt und weshalb er so viele uneheliche Kinder hinterlassen hatte.

Mona immerhin konnte zwischen Wirklichkeit und Fantasie unterscheiden. Alicia nicht. Deshalb trank sie. Die meisten Mayfairs konnten es nicht. Ryan, Giffords Mann, konnte es nicht. In seiner Weigerung, an irgend etwas Übernatürliches oder in sich Böses zu glauben, war er ebenso unrealistisch wie eine alte Voodoo-Queen, die überall nur Geister sah.

Aber Mona hatte ihren eigenen Kopf. Selbst als sie Gifford letztes Jahr angerufen hatte, um ihr bekanntzugeben, daß sie, Mona Mayfair, keine Jungfrau mehr sei, und daß der eigentliche Augenblick der Defloration unwichtig gewesen, die Veränderung ihrer Sichtweise aber das Wichtigste von der Welt sei, da hatte sie nicht versäumt, noch hinzuzufügen: »Ich nehme die Pille, Tante Gifford, und ich habe einen genauen Plan. Er hat etwas mit Entdecken zu tun. Erfahrungen machen, aus dem Kelch trinken, du weißt schon, all das, was die uralte Evelyn immer gesagt hat. Aber ich bin dabei sehr gesundheitsbewußt.«

»Kannst du denn Recht von Unrecht unterscheiden, Mona?« hatte Gifford gefragt – überwältigt, und im tiefsten Herzen insgeheim auch ein bißchen neidisch.

»Ja, das kann ich, Tante Gifford, und das weißt du auch. Und ich gebe zu Protokoll, daß ich mich soeben wieder für die Ehrenurkunde qualifiziert habe. Ich habe das Haus geputzt. Und ich habe es geschafft, Mom und Dad dazu zu bringen, daß sie etwas essen, bevor sie ihre allnächtliche Party starten. Alles ist hübsch ruhig hier oben. Die uralte Evelyn hat heute gesprochen. Sie hat gesagt, sie wolle auf der Veranda sitzen und zugucken, wie die Straßenbahn vorbeifährt. Also, keine Sorge. Ich habe alles im Griff.«

Alles im Griff!

Mona war nicht unschuldig, außer im ernstesten Sinne des Wortes. Das heißt, sie hielt sich nicht für schlecht, und sie wollte auch nichts Böses tun. Sie war einfach nur ... eine Heidin.

Und Freiheit hatte sie in der Tat für ihr heidnisches Treiben, so betrunken, wie ihre Eltern immer waren, und das Geständnis ihrer beschleunigten sexuellen Aktivität war ebenfalls berechnet gewesen. Wenige Wochen nach ihrer Entscheidung, in dieser Hinsicht aktiv zu werden, hatte das Telefon nicht mehr aufgehört zu läuten, und die Geschichten von ihren verschiedenen Liaisons hatten kein Ende gehabt. »Weißt du, daß das Kind es gern auf dem Friedhof treibt?!« hatte Cecilia gerufen.

Aber was konnte Gifford da machen? Alicia war inzwischen ihr bloßer Anblick zuwider. Sie wollte Gifford nicht ins Haus lassen, obwohl Gifford natürlich trotzdem dauernd kam. Die uralte Evelyn erzählte niemandem, was sie sah und was sie nicht sah.

»Ich habe dir alles über meine Freunde erzählt«, hatte Mona gesagt. »Fang nicht an, dir deswegen Sorgen zu machen.«

Zumindest erzählte die uralte Evelyn nicht mehr Tag und Nacht diese Geschichten, wie sie und Julien einstmals zusammen zur Musik des Victrola getanzt hatten. Und vielleicht war es nie an Monas zarte Ohren gedrungen, daß ihre Urgroßmutter eine Affäre mit Cousine Stella gehabt hatte. Davon hatte schließlich noch nicht einmal der clevere Mr. Lightner etwas gewußt. In seinem Bericht stand kein Wort über Stellas Damen.

»Das war meine große Zeit«, hatte die uralte Evelyn Gifford und Alicia voller Genuß erzählt. »Wir waren in Europa, und Stella und ich waren zusammen in Rom, als es passierte. Ich weiß nicht, wo Lionel war, und diese schreckliche Kinderfrau, sie war mit der kleinen Antha unterwegs. Ich habe die Liebe nie so erlebt wie mit Stella. Stella war mit vielen Frauen zusammengewesen, das erzählte sie mir an jenem Abend. Sie konnte sie gar nicht mehr zählen. Sie sagte, die Liebe der Frauen sei so etwas wie die Crème de la Crème. Ich glaube, das stimmt auch. Ich hätte es wieder getan, wenn es je noch einmal eine gegeben hätte, die mein Herz stahl, wie Stella es gestohlen hatte. Ich weiß noch, als wir aus Europa zurückkamen, gingen wir zusammen ins French Quarter. Stella hatte da eine kleine Wohnung, und wir schliefen in dem großen Bett, und dann aßen wir Austern und Shrimps und tranken Wein zusammen. Oh, diese Wochen in Rom waren zu kurz gewesen. Oh . . .« Und so war es immer weiter gegangen, bis sie wieder beim Victrola angekommen waren. Julien hatte es ihr geschenkt. Stella hatte Verständnis. Stella wollte es nie zurückhaben. Mary Beth war es gewesen, die in die Amelia Street gekommen war und gesagt hatte: »Gib mir Juliens Victrola.« Da war er sechs Monate tot gewesen, und sie hatte seine Zimmer auf den Kopf gestellt.

»Natürlich habe ich es ihr nicht gegeben.« Und dann hatte die uralte Evelyn Gifford und Alicia immer mit in ihr Zimmer genommen und das kleine Victrola aufgezogen. Sie hatte viele alte Music-Hall-Songs gespielt, und dann die Arien aus *La Traviata*. »Diese Oper habe ich mit Stella in New York gesehen. Wie sehr ich Stella liebte . . .«

»Meine Liebe«, hatte sie irgendwann einmal zu jeder von ihnen gesagt – zu Alicia, zu Gifford und auch zur kleinen Mona, die da vielleicht noch zu jung war, um es zu verstehen – »Irgendwann mußt du die sanfte Nachgiebigkeit und die kostbare Liebe einer anderen Frau kennenlernen. Sei nicht töricht. Es ist nichts Abnormales. Es ist Zucker zum Kaffee. Es ist Erdbeereis. Es ist Schokolade.«

Kein Wunder, daß Alicia das geworden war, was man eine perfekte Schlampe nannte. Sie hatte nie gewußt, was sie tat. Sie hatte mit den Matrosen von den Schiffen geschlafen, mit Soldaten, mit jedem x-beliebigen Kerl, bis Patrick sie schwungvoll aufgehoben hatte. »Alicia, ich werde dich retten.«

In ihrer ersten Nacht hatten sie lange und ausgiebig getrunken, bis zum Morgengrauen, und dann hatte Patrick bekanntgegeben, daß er Alicia an die Hand nehmen werde. Sie sei eine verlorene Seele, das kleine Ding, und er werde jetzt für sie sorgen. Sie wurde schwanger von ihm, mit Mona. Aber das waren die Jahre des Champagners und des Lachens gewesen. Jetzt waren sie nur noch gewöhnliche Säufer; es war nichts Romantisches mehr da. Nur Mona.

Gifford schaute auf die Uhr – die winzige goldene Armbanduhr, die ihr die uralte Evelyn geschenkt hatte. Ja, noch weniger als eine Stunde dauerte der Mardi Gras, und dann, zur Hexenstunde, begann der Aschermittwoch, und sie konnte nach Hause fahren – zurück nach New Orleans.

Sie würde wahrscheinlich bis zum Morgen warten, vielleicht sogar bis Mittag. Dann würde sie in die Stadt fahren, fröhlich, und ohne den entsetzlichen Verkehr zu bemerken, der sich in Strömen in entgegengesetzter Richtung aus New Orleans hinauswälzte, und bis vier wäre sie zu Hause. Noch eine Stunde Mardi Gras, und dann kann ich nach Hause.

Was denn so furchterregend am Mardi Gras gewesen sei, hatte Ryan wissen wollen.

»Daß ihr euch alle dort in der First Street treffen wolltet, ganz so, als ob Rowan euch die Tür öffnen würde! Das war so furchterregend.«

Wieder fiel ihr das Medaillon ein. Sie mußte sich vergewissern, daß sie es wirklich in der Handtasche hatte. Nachher.

»Du mußt dir klarmachen, was dieses Haus für diese Familie bedeutet«, hatte Ryan gesagt. Ryan! Als ob sie keine Ahnung hätte, nachdem sie doch nur zehn Straßen weiter aufgewachsen war und die uralte Evelyn tagtäglich Geschichtsvorträge gehalten hatte.

Sie drehte das Gesicht zur Lehne des Sofas. Ach, wenn sie doch für immer in Destin bleiben könnte. Aber das war nicht möglich, und es würde nie möglich sein. Destin war ein Versteck, kein Ort zum Leben. Destin war nur ein Strand und ein Haus mit einem Kamin.

Das kleine weiße Telefon, das sich neben ihr in die Kissen schmiegte, klingelte plötzlich und schrill. Einen Augenblick lang wußte sie nicht mehr, wo es war. Der Hörer fiel von der Gabel, als sie hastig danach grabschte; dann hatte sie ihn in der Hand und hielt ihn ans Ohr.

»Gifford hier«, sagte sie müde. Gottlob war es Ryan, der antwortete.

»Ich habe dich nicht geweckt?«

»Nein.« Sie seufzte. »Wann schlafe ich denn noch? Ich habe gewartet. Sag mir, daß bei euch alles gut gegangen ist. Sag mir, daß es Michael besser geht, daß niemandem etwas passiert ist, und daß . . .«

»Gifford, um Himmels willen. Was denkst du dir eigentlich, wenn du so redest? Daß eine Litanei etwas an dem ändern könnte, was vielleicht schon passiert ist? Du schleuderst Zaubersprüche gegen mich. Was soll das nützen? Willst du die Worte hören, die planmäßig aus meinem Munde kommen müssen? Was soll ich denn tun? Dir behutsam beibringen, daß jemand von einem berittenen Polizisten zu Tode getrampelt oder von einem Prunkwagen zermalmt worden ist?«

Ah, es war also alles in Ordnung. Nichts war passiert. Gifford hätte jetzt auflegen können, aber das wäre nicht sehr rücksichtsvoll gegen Ryan gewesen, der ihr das Ganze gleich in eine Serie von Kleinberichten zerlegen würde, deren Zentralthema war: »Alles ist prima gelaufen, du Dummkopf; du hättest in der Stadt bleiben sollen.«

»Nach sechsundzwanzig Jahren weißt du nicht, was ich denke«, sagte sie mit halbem Herzen; sie wollte nicht wirklich streiten oder sich auch nur unterhalten. Die Erschöpfung schlug über ihr zusammen, jetzt, da der Mardi Gras wirklich fast vorüber war.

»Nein, zum Teufel, ich weiß wahrhaftig nicht, was du denkst«, antwortete er in gleichmütigem Ton. »Ich weiß nicht, warum du in Florida bist und nicht hier bei uns.«

»Weiter. Nächstes Thema«, sagte Gifford mild.

»Michael geht es gut, wirklich gut. Allen geht es gut. Jean hat mehr Perlen ergattert als sonst jemand in der Familie; Little CeeCee hat den Kostümpreis gewonnen, und Pierce ist fest entschlossen, Clancy jetzt jeden Augenblick zu heiraten. Wenn du willst, daß dein Sohn die Sache richtig und anständig angeht, dann solltest du lieber zurückkommen und anfangen, mit Clancys Mutter über die Hochzeit zu reden. Auf mich hört sie ganz bestimmt nicht.«

»Hast du ihr gesagt, daß wir die Hochzeit bezahlen?«

»Nein, dazu bin ich noch nicht gekommen.«

»Dann sieh zu, daß du dazu kommst. Mehr will sie gar nicht hören. Sprechen wir noch einmal von Michael. Was habt ihr ihm über Rowan gesagt?«

»So wenig wie möglich.«

»Gott sei Dank.«

»Er ist einfach noch nicht kräftig genug, um die ganze Geschichte zu hören.«

»Wer kennt denn die ganze Geschichte?« fragte Gifford verbittert.

»Aber wir werden es ihm erzählen müssen, Gifford. Wir können es nicht sehr viel länger hinausschieben. Er muß Bescheid wissen. Körperlich ist er auf dem Wege der Besserung. Aber geistig – ich kann es nicht sagen. Niemand kann es sagen. Er sieht so ... verändert aus.«

»Älter, meinst du«, sagte sie unglücklich.

»Nein, einfach anders. Es sind nicht nur die grauen Haare, die er bekommt. Es ist sein Blick, sein Verhalten. Er ist so gentlemanlike, so friedfertig und geduldig zu allen.«

»Du brauchst ihn nicht aufzuregen«, sagte Gifford.

»Na, überlaß es nur mir.« Das war einer von Ryans Lieblingssätzen, den er immer mit erlesener Zärtlichkeit vorbrachte. »Sieh dich nur vor da oben. Geh nicht allein ins Wasser.«

»Ryan, das Wasser ist eiskalt. Ich habe den ganzen Tag das Feuer an. Aber es war klar, klar und blau und still. Manchmal glaube ich, ich könnte ewig hierbleiben. Ryan, es tut mir leid. Ich konnte einfach nicht in die First Street fahren, ich konnte einfach nicht in diesem Haus sein.«

»Ich weiß, Gifford, ich weiß. Aber sei versichert, die Kids fanden, es sei der beste Mardi Gras aller Zeiten. Alle sind entzückt, wieder in der First Street zu sein. Es waren auch praktisch alle mal da, irgendwann im Laufe des Tages. Ich meine, mindestens sechs- oder siebenhundert Familienmitglieder marschierten da ein und aus. Offen gestanden, ich habe sie nicht mehr zählen können. Erinnerst du dich an die Mayfairs aus Denton, Texas? Sogar die sind dagewesen. Und die Gradys aus New York. Es war wunderbar von Michael, daß er alles seinen üblichen Gang hat nehmen lassen. Gifford, ich meine das nicht als Vorwurf, aber wenn du gesehen hättest, wie gut es ging, dann würdest du mich verstehen.«

»Und Alicia?« Das sollte heißen: Hat Alicia es geschafft, nüchtern zu bleiben? »Ging es ihr und Patrick gut?«

»Alicia hat es nicht geschafft, zum Haus zu kommen. Um drei Uhr war sie bereits sternhagelvoll. Und Patrick hätte nicht kommen sollen. Patrick ist krank. Wir müssen dafür sorgen, daß er medizinisch behandelt wird.«

Gifford seufzte. Sie hoffte, daß Patrick sterben würde. Warum sich etwas vormachen? Sie hatte Patrick nie gemocht, und jetzt war er für alle die schlimmste Last, die man sich denken konnte – ein bösartiger Trinker, dem es ein besonderes Vergnügen machte, niederträchtig zu seiner Frau zu sein, und zu seiner Tochter ebenfalls. Mona kümmerte das einen Dreck. »Ich habe keinen Respekt vor Dad«, erklärte sie eiskalt. Aber Alicia war ihm auf Gedeih und Verderb ausgeliefert. »Wieso siehst du mich so an? Was habe ich jetzt wieder getan? Hast du das letzte Bier getrunken? Du wußtest, daß es das letzte war, und du hast es mit Absicht ausgetrunken!«

»Nun, und wie hat Patrick sich benommen?« Gifford hoffte wider besseres Wissen, daß er gestürzt war und sich den Hals gebrochen hatte, und daß Ryan es ihr nur nicht gleich hatte erzählen wollen.

»Er hatte Streit mit Beatrice. Es ging um Mona. Ich bezweifle aber, daß er sich an irgend etwas erinnern wird. Nach der Parade ist er nach Hause gestürmt. Du kennst Bea, wenn es um Mona geht. Sie will Mona immer noch auf ein Internat schicken. Und ist dir klar, was zwischen Aaron und Bea im Gange ist? Michaels Tante Vivian sagt –«

»Ich weiß schon«, seufzte Gifford. »Man sollte meinen, seine eigenen Forschungen zu unserer Familie wären ihm eine Lehre gewesen.«

Ryan lachte höflich. »Ach, vergiß doch diesen Unsinn. Wenn du das könntest, dann würdest du hierbleiben und diese Zeit mit uns zusammen genießen. Weiß Gott, es kann nur schlimmer werden, wenn wir Rowan wirklich finden.«

»Wie kommst du darauf?«

»Weil wir dann Probleme haben werden, und zwar echte Probleme. Hör mal, ich bin jetzt zu müde, um damit anzufangen. Rowan ist seit genau siebenundsechzig Tagen verschwunden. Ich habe es satt, mit Detektiven in Zürich und Schottland und Frankreich zu reden. Der Mardi Gras hat Spaß gemacht. Wir haben uns alle amüsiert. Wir waren zusammen. Aber Bea hat recht, weißt du; Mona sollte auf ein Internat gehen, findest du nicht auch? Schließlich ist sie so was wie ein echtes Genie.«

Gifford wollte darauf antworten. Sie wollte wieder sagen, daß Mona nicht ins Internat gehen würde, und wenn sie versuchen sollten, sie zu zwingen, dann würde sie einfach das nächste Flugzeug, den Zug oder den Bus nehmen und schnurstracks wieder nach Hause kommen. Man konnte Mona nicht zwingen, ins Internat zu gehen! Wenn man Mona in die Schweiz schickte, wäre sie in achtundvierzig Stunden wieder zu Hause. Wenn man sie nach China schickte, käme sie auch zurück, vielleicht sogar schneller. Aber Gifford sagte jetzt nichts. Sie verspürte nur die gewohnte, wohlige und schmerzhafte Liebe zu Mona und das verzweifelte Vertrauen darauf, daß Mona schon irgendwie zurechtkommen würde.

Einmal hatte Gifford sie gefragt: »Was ist der Unterschied zwischen Männern und Frauen?«

Mona hatte gesagt: »Männer wissen nicht, was passieren kann. Sie sind glücklich. Aber Frauen wissen, was alles passieren kann. Sie machen sich dauernd Sorgen.«

Gifford hatte darüber gelacht. Ihre andere kostbare Erinnerung galt der sechsjährigen Mona. Alicia war auf der Veranda des Hauses in der Amelia Street zusammengeklappt und hatte auf ihrer Handtasche gelegen, und weil Mona den Schlüssel nicht herausbekommen hatte, war sie am Verandagitter hinauf zum Fenster hoch oben im ersten Stock geklettert; dort hatte sie mit dem Absatz ihres Schuhs vorsichtig ein ganz kleines, gezacktes Loch in die Fensterscheibe geschlagen, gerade groß genug, daß sie hineingreifen und den Riegel erreichen konnte. Natürlich hatte die ganze Scheibe ersetzt werden müssen, aber Mona war so ordentlich zu Werke gegangen, so selbstsicher. Nur sehr kleine Glassplitter lagen unten auf dem Rasen und oben auf dem Teppich. »Wieso klebt ihr nicht einfach Butterbrotpapier darüber?« hatte sie nachher gefragt, als Gifford den Glaser gerufen hatte, damit er das Fenster wieder in Ordnung brachte. »So werden hier in dieser Bude alle Löcher repariert.«

Wieso hatte Gifford zugelassen, daß das Kind so etwas durchmachte? Und Mona machte es immer noch durch. Das war noch so ein Karussell von Trauer und Schuldbewußtsein, auf dem sie stundenlang im Kreis fahren konnte. Genau wie das Michael-und-Rowan-Karussell. Und warum auch nicht? Es verging ja kein Monat, in dem Gifford nicht an jenes Ereignis denken mußte und wieder vor sich sah, wie die sechsjährige Mona die bewußtlose Alicia durch die Haustür schleifte. Und wie Dr. Blades aus der Klinik auf der anderen Straßenseite angerufen hatte.

»Gifford, Ihre Schwester ist wirklich krank, wissen Sie. Und das Kind und die uralte Evelyn haben alle Hände voll zu tun.«

»Mach dir keine Sorgen um Mona«, sagte Ryan jetzt, als könne er in ihrem unbehaglichen, müden Schweigen ihre Gedanken lesen. »Mona ist die geringste unserer Sorgen. Wir haben für Dienstag eine Konferenz zu Rowans Verschwinden anberaumt. Wir wollen uns alle zusammensetzen und entscheiden, was zu tun ist.«

»Wie könnt ihr entscheiden, was zu tun ist?« fragte Gifford. »Ihr habt keine Hinweise darauf, daß Rowan gezwungen wird, sich von Michael fernzuhalten. Ihr . . .«

»Doch, Honey, wir haben Hinweise darauf, sogar sehr nachdrückliche Hinweise. Das ist es ja. Wir sind jetzt sicher, daß die letzten beiden Schecks, mit denen Rowans Konto belastet wurde, nicht von ihr unterschrieben wurden. Und das ist es, was wir Michael sagen müssen.«

Schweigen. Das war die erste handfeste Erkenntnis. Und es traf Gifford so hart, als habe ihr jemand einen Schlag vor die Brust versetzt. Sie holte tief Luft.

»Wir wissen mit Sicherheit, daß die Unterschriften gefälscht sind«, sagte Ryan. »Und, Honey, das waren die letzten Schecks. Es gibt keinerlei Bankbewegungen mehr, seit sie vor zwei Wochen in New York eingelöst wurden.«

»In New York?«

»Ja. Da verläuft sich die Spur, Gifford. Wir sind nicht mal sicher, ob Rowan selbst in New York war. Weißt du, ich habe wegen dieser Sache heute dreimal am Telefon gehangen. Im Rest des Landes gibt es keinen Mardi Gras. Als ich nach Hause kam, war der Anrufbeantworter voller Nachrichten. Der Arzt, mit dem Rowan telefoniert hat, ist von San Francisco unterwegs hierher. Er hat Wichtiges zu berichten. Aber er weiß auch nicht, wo Rowan ist. Diese Schecks sind das letzte bißchen –«

»Ich kann dir schon folgen«, sagte Gifford matt.

»Schau, Pierce holt den Arzt morgen ab. Ich werde dich abholen kommen. Das habe ich mir schon überlegt.«

»Das ist absurd. Ich habe meinen Wagen hier. Ryan, geh zu Bett und schlaf. Ich bin morgen rechtzeitig zu Hause, um diesen Arzt aus San Francisco zu sehen.«

»Ich will dich aber abholen, Gif. Ich miete mir einen Wagen und fahre mit deinem nach Hause.«

»Das ist Unsinn, Ryan. Ich fahre am Mittag ab. Ich habe es schon geplant. Triff du dich mit dem Arzt. Geh in die Kanzlei. Tu, was immer du zu tun hast. Entscheidend ist, die Familie hat sich getroffen, und es war herrlich, ganz so, wie es sein sollte, ob mit oder ohne Rowan. Michael ist anscheinend kein Spielverderber. Und zwei gefälschte Schecks – na, was bedeutet das schon?«

Schweigen. Natürlich wußten sie beide, was es bedeuten konnte.

»Gifford.«

»Ja, Ryan?«

»Ich möchte dich etwas fragen. Ich habe dir noch nie eine solche Frage gestellt, und ich glaube, ich könnte es auch jetzt nicht tun, wenn wir nicht . . .«

». . . am Telefon miteinander sprächen.«

»Ja. Am Telefon.«

Sie hatten diesen merkwürdigen Aspekt ihrer langen Ehe schon oft erörtert: daß ihre besten Gespräche am Telefon stattfanden, daß sie aus irgendeinem Grunde am Telefon geduldiger miteinander umgingen und die Schlachten vermeiden konnten, die sie ausfochten, wenn sie zusammenwaren.

»Die Frage ist folgende«, sagte Ryan auf seine gewohnt direkte Art. »Was, glaubst du, ist am Weihnachtstag in diesem Haus *passiert*? Was ist mit Rowan passiert? Hast du einen Verdacht? Irgendeinen Hinweis? Ahnungen?«

Gifford war sprachlos. Es war nur zu wahr, daß Ryan ihr eine solche Frage im Leben noch nicht gestellt hatte. Ryan verwandte den größten Teil seiner Energie darauf, zu verhindern, daß Gifford Antworten auf schwierige Fragen suchte. Das hier war nicht nur noch nie dagewesen, es war auch erschreckend. Denn Gifford erkannte, daß sie dieser Situation nicht gewachsen war. Sie hatte keine Hexenantwort auf diese Frage. Sie dachte eine ganze Weile nach und lauschte auf das Knistern des Feuers und auf das sanfte Seufzen des Meeres draußen.

Eine Reihe von Gedanken ging ihr ziellos durch den Kopf. Fast hätte sie sogar gesagt: »Frag Mona.« Aber sie fing sich gerade noch, voller Scham darüber, daß sie ihre Nichte zu so etwas hatte ermutigen wollen. Und ohne Einleitung, ohne jegliche Überlegung, sagte Gifford:

»Der Mann ist durchgekommen am Weihnachtstag. Dieses Ding, dieser Geist – ich werde seinen Namen nicht nennen, denn du weißt, wie er heißt – ist in die Welt gekommen, und er hat Rowan etwas angetan. Das ist passiert. Der Mann ist nicht mehr in der First Street. Das wissen wir alle. Wir alle, die wir ihn schon gesehen haben, wissen, daß er nicht mehr da ist. Das Haus ist leer. Das Ding ist in der Welt. Es ...« Ihre Worte, schnell, schrill, ein bißchen hysterisch, brachen ab, wie sie begonnen hatten. Lasher, dachte sie. Aber sie konnte es nicht aussprechen. Vor vielen, vielen Jahren hatte Tante Carlotta sie geschüttelt und gesagt: »Nie, nie, nie sprichst du diesen Namen aus, hörst du?«

Und selbst jetzt, an diesem stillen, sicheren Ort, konnte sie den Namen nicht aussprechen. Etwas hinderte sie daran, fast so etwas wie eine Hand an der Kehle. Vielleicht hatte es etwas mit der speziellen Mischung aus Grausamkeit und Beschützertum zu tun, die Tante Carlotta ihr gegenüber immer gezeigt hatte.

Im Bericht der Talamasca hieß es, Antha sei aus dem Dachbodenfenster gestoßen und das Auge sei ihr aus dem Kopf gerissen worden. Du lieber Gott! Carlotta hätte so etwas nicht tun können.

Es wunderte sie nicht, daß ihr Mann zögerte, bevor er antwortete. In der Stille war sie selbst ganz überrascht. Das alles türmte sich bedrohlich vor ihr auf, und in solchen Augenblikken empfand sie auch die schreckliche Einsamkeit ihrer Ehe.

»Du glaubst das wirklich, Gifford. Du, meine geliebte Gifford, glaubst das im tiefsten Grunde deines Herzens wahrhaftig.«

Sie antwortete nicht. Sie konnte nicht. Sie fühlte sich besiegt. Es schien, als hätten sie ihr ganzes Leben lang gestritten. Würde es regnen, oder würde die Sonne scheinen? Würde Mona auf der St. Charles Avenue von einem Fremden vergewaltigt werden, wenn sie nachts dort allein herumspazierte? Würde die Einkommensteuer noch einmal steigen? Würde man Castro stürzen? Gab es Geister? Waren die Mayfairs Hexen? Konnte man wirklich mit den Toten sprechen? Warum benahmen die Toten sich so merkwürdig? Was, zum Teufel, wollten die Toten? Butter ist nicht ungesund, und dunkles Fleisch auch nicht. Trink deine Milch. Der Stoffwechsel von Erwachsenen kann Milch nicht richtig verdauen. Und so weiter und so fort, ohne Ende.

»Ja, Ryan«, sagte sie traurig und beinahe beiläufig. »Ich glaube es. Aber weißt du, Ryan, was man sieht, das glaubt man auch. Und ich habe ihn immer gesehen. Du konntest es nie.«

Sie hatte das falsche Wort benutzt. Konntest... Ein schwerer Fehler. Sie hörte die leisen kleinen Seufzer, mit denen er sich von ihr zurückzog, zurück in sein festgefügtes Universum, in dem Geister nicht existierten und die Hexerei der Mayfairs ein Familienscherz war, ein ebensolcher Spaß wie all die alten Häuser und altmodischen Treuhandfonds und der Schmuck und die Goldmünzen in den Tresoren. Ein ebensolcher Spaß wie der Umstand, daß Clancy Mayfair jetzt Pierce Mayfair heiratete, was wirklich, wirklich, wirklich nicht sein dürfte, da sie beide – wie Alicia und Patrick – von Julien abstammten. Aber was nützte es, ihm das zu sagen? Was nützte es? Es gab keine Argumente, es gab keinen Austausch von Ideen, es gab kein echtes Vertrauen.

Aber Liebe, dachte sie. Es gibt Liebe, und es gibt eine Form von Respekt. Sie war von niemandem auf der Welt so abhängig wie von Ryan. Und so sagte sie, was sie bei solchen Gelegenheiten immer sagte.

»Ich liebe dich, Darling.«

Es war wunderbar, ein solches Ingrid-Bergman-Zitat mit so viel Herz auszusprechen und es so vorbehaltlos ehrlich zu meinen. »Wirklich.« Gifford Glückspilz.

»Gifford . . .« Schweigen am anderen Ende. Ein Rechtsanwalt, der still nachdachte, der Mann mit den silberweißen Haaren und den blauen Augen, der mit ihr die Verantwortung für die Familie teilte. Warum sollte er an Geister glauben? Geister versuchten nicht, Testamente anzufechten, sie verklagten einen nicht, sie drohten nicht mit Steuerprüfungen, sie schrieben einem für einen Lunch mit zwei Martinis keine Rechnung.

»Was ist denn, Darling?« fragte sie leise.

»Wenn du das glaubst«, sagte er, »wenn du wirklich glaubst, was du mir da gerade gesagt hast . . . wenn dieser Geist durchgedrungen ist . . . und das Haus leer ist . . . warum wolltest du dann nicht hingehen, Gifford? Warum bist du heute nicht gekommen?«

»Das Ding hat Rowan weggelockt!« antwortete sie wütend. »Die Sache ist noch nicht vorbei, Ryan!« Plötzlich saß sie aufrecht auf dem Sofa. Alle Gutwilligkeit, die sie für ihren Mann empfunden hatte, war wie üblich verschwunden. Er war der ermüdende, unmögliche Kerl, der ihr Leben ruiniert hatte. Das war die Wahrheit. Es war auch die Wahrheit, daß sie ihn liebte. Und es war die Wahrheit, daß der Geist durchgedrungen war. »Ryan, fühlst du nichts in diesem Hause? Spürst du nichts? Es ist noch nicht vorbei, es hat gerade erst angefangen! Wir müssen Rowan finden!«

»Ich komme dich morgen früh holen«, sagte er. Er war jetzt wütend. Ihr Zorn hatte seinen Zorn hervorgelockt. Aber er gab sich Mühe. »Ich möchte kommen und dich nach Hause holen.«

»Okay, Ryan«, sagte sie. »Ich wünsche es mir.« Sie hörte den flehenden Unterton in ihrer Stimme, den flehenden Ton, der Kapitulation bedeutete.

Sie war nur froh, daß sie den Mut gehabt hatte, zumindest das wenige über »den Mann« zu sagen, was sie gesagt hatte. Sie hatte ihren Teil zu Protokoll gegeben, und jetzt konnte er mit ihr streiten, sie niedermachen, sie zu Tode kritisieren – später vielleicht. Morgen.

»Gifford, Gifford, Gifford . . .«, sang er leise. »Ich fahre zu dir. Ich bin da, bevor du wach wirst.«

Und plötzlich fühlte sie sich schwach und auf irrationale Weise bewegungsunfähig, bis er herkäme, bis sie ihn zur Tür hereinkommen sähe.

»Schließ das Haus bitte gut ab«, sagte er, »und geh schlafen. Ich wette, du hast dich wieder auf die Couch plumpsen lassen, und alles steht sperrangelweit offen.«

»Ich bin hier in *Destin*, Ryan.«

»Schließ ab, sieh nach, ob die Pistole im Nachttisch liegt, und bitte, bitte schalte die Alarmanlage ein.«

Die Pistole, du lieber Gott! »Als ob ich die benutzen würde, wenn du nicht dabei bist.«

»Aber genau dann brauchst du sie, Darling. Wenn ich nicht dabei bin.«

Sie lächelte wieder, als sie an Mona dachte. Peng, peng, peng.

Küsse.

Sie warfen einander immer noch Küsse zu, bevor sie auflegten.

Das erste Mal hatte sie ihn geküßt, als sie fünfzehn war und sie »miteinander gingen«, und später, als Mona zur Welt kam, hatte Alicia gesagt: »Du hast Glück. Du liebst deinen Mayfair. Ich habe meinen wegen dem hier geheiratet!«

Gifford wünschte, sie hätte das Baby zu sich genommen, gleich damals, auf der Stelle. Wahrscheinlich hätte Alicia es zugelassen. Sie hatte schon damals rund um die Uhr getrunken. Es war ein Wunder, daß Mona überhaupt geboren worden war, und erst recht, daß sie so robust und gesund war. Aber eigentlich hatte Gifford nicht daran gedacht, Alicia das Kind wegzunehmen; sie erinnerte sich noch an die Zeit, als

Ellie Mayfair, die sie nie gekannt hatte, Deirdre ihr Baby Rowan weggenommen und nach Kalifornien geschafft hatte, um es vor dem Familienfluch zu retten. Jetzt haßten sie alle deshalb. Es war in demselben schrecklichen Jahr gewesen, in dem Onkel Cortland gestorben war, nachdem er in der First Street die Treppe hinuntergefallen war.

Gifford war damals fünfzehn gewesen, und sie waren sehr verliebt gewesen, sie und Ryan. Nein, man nahm einer Mutter nicht einfach das Baby weg, was immer man sich dabei dachte. Deirdre hatten sie in den Wahnsinn getrieben, und Onkel Cortland hatte versucht, dem ein Ende zu machen.

Natürlich hätte Gifford sich besser um Mona kümmern können. Zum Teufel, jeder hätte sich besser um Mona kümmern können als Alicia und Patrick. Und auf ihre Art hatte Gifford sich auch immer um Mona gekümmert, ganz wie sie sich auch um ihre eigenen Kinder gekümmert hatte.

Das Feuer war heruntergebrannt. Die Kälte wurde allmählich ein ganz klein wenig unbehaglich. Sie fachte es besser wieder an. Viel Schlaf brauchte sie nicht mehr. Wenn sie irgendwann gegen zwei eindöste, würde sie frisch sein, wenn Ryan käme. Das war ein Vorteil, wenn man sechsundvierzig war. Man brauchte nicht mehr soviel Schlaf.

Sie ließ sich vor dem breiten Steinkamin auf die Knie nieder, nahm ein kleines Eichenholzscheit von dem säuberlichen Stapel daneben und warf es auf die schwache Glut. Zeitungspapier, zusammengeknüllt, und ein paar Späne – und schon flammte es wieder auf, züngelnd und lodernd vor den rußgeschwärzten Ziegelsteinen.

Dann stand sie im Wohnzimmer und schaute über den weißen Strand hinaus. Jetzt hörte sie die Wellen überhaupt nicht mehr. Der Wind hatte den schweren Vorhang der Stille über alles gezogen. Die Sterne leuchteten hell wie am Jüngsten Tag. Und die pure Reinheit des Windes war so köstlich, daß sie am liebsten geweint hätte.

So gern wäre sie geblieben, bis das alles zuviel würde. Bis sie sich nach den Eichen von Zuhause sehnte. Aber das war noch nie passiert. Sie war immer abgereist, bevor sie es wirklich gewollt hatte. Pflichtgefühl, Familie – irgend etwas hatte sie immer gezwungen, von Destin nach Hause zu fahren, bevor sie dazu bereit war.

Das sollte nicht heißen, daß sie die Spinnweben und die alten Eichen nicht liebte, die zerbröckelnden Mauern, die schiefen Stadthäuser und rissigen Gehwege, die entzückenden, endlosen Umarmungen ihrer Verwandten und Verwandten und Verwandten. Doch, sie liebte das alles, aber manchmal wollte sie auch einfach weg.

Und hier war sie weg.

Es schauderte sie. »Ich wünschte, ich könnte sterben«, flüsterte sie. Ihre zitternde Stimme verwehte im Luftzug. Sie ging in die offene Küche, ließ Wasser in ein Glas laufen und trank es aus. Dann ging sie durch die offene Glastür hinaus in den Garten, die Stufen hinauf, auf dem Holzsteg über die kleine Düne hinaus und hinunter auf den saubergewehten Sandstrand.

Jetzt hörte man den Golf. Das Geräusch erfüllte einen. Es gab nichts anderes auf der Welt. Der Wind riß einen los von allem anderen, los von allem Empfinden. Als sie zurückschaute, sah das Haus täuschend klein und unbedeutend aus, eher wie ein Bunker als wie ein hübsches kleines Häuschen hinter der sandigen Böschung.

Gifford fröstelte es; der Wind schüttelte sie plötzlich, als habe er die Fäuste geballt und versuche nun, sie grob zur Seite zu stoßen. Sie ging dagegen an zum Wasser hinunter, und ihr Blick war starr auf die sanfte Brandung gerichtet, deren Wellen kaum auf den glitzernden Strand heraufleckten. Gern hätte sie sich hingelegt und geschlafen. Als kleines Mädchen hatte sie das getan. Nirgends war ein Strand so sicher wie hier an dieser unbekannten Bucht bei Destin, wo keine Buggies oder sonstwelche Fahrzeuge je herkamen und einen mit ihren Rädern oder ihrer Scheußlichkeit oder ihrem Lärm verletzen konnten.

Wer war dieser Dichter noch, der vor langer Zeit am Strand bei Fire Island ums Leben gekommen war? Im Schlaf überfahren, glaubte man, obwohl niemand es genau wußte. Schreckliche Sache, ganz schrecklich. Sie konnte sich nicht an seinen Namen erinnern. Nur an seine Gedichte. College-Zeiten, Bier. Ryan, der sie an Deck des Vergnügungsdampfers küßte und ihr versprach, sie aus New Orleans wegzubringen. Was für Lügen! In China würden sie leben! Oder war es Brasilien gewesen? Ryan war dann sofort in die Firma Mayfair und Mayfair eingetreten, und sie hatte ihn mit Haut und Haaren verschluckt, noch vor seinem einundzwanzigsten Geburtstag. Sie fragte sich, ob er sich jetzt noch an ihre Lieblingsdichter erinnern konnte – an D. H. Lawrences Gedicht über den blauen Enzian, das sie so sehr geliebt hatten, oder an Wallace Stevens' »Sunday Morning«.

Aber sie konnte ihm deswegen keine Vorwürfe machen. Sie hatte nicht nein sagen können zur uralten Evelyn und zu Granddaddy Fielding und all den Alten, denen so viel daran gelegen war. Ryans Mutter hätte ihnen nie verziehen, wenn sie nicht in Weiß geheiratet hätten. Und Gifford hatte Alicia schon nicht mehr allein lassen können; sie war noch so jung und schon verrückt, und ständig geriet sie in Schwierigkeiten.

Nein, in Wirklichkeit war es nie in Frage gekommen, daß Gifford wegzog und ein Leben im Norden oder in Europa oder sonstwo auf dem Planeten führte. Der größte Streit hatte sich um die Kirche gedreht. Würden Gifford und Ryan in der Kirche vom Heiligen Namen heiraten oder nach St. Alphonsus im Irish Channel zurückkehren?

Gifford und Alicia waren auf die Schule vom Heiligen Namen gegangen, stadtauswärts auf der anderen Seite des Audubon Park gelegen, Welten entfernt von der alten St.-Alphonsus-Gemeinde. Die Kirche war damals noch weiß gewesen, bevor man das Kirchenschiff renoviert hatte, und die Statuen waren auf das feinste aus reinem Marmor gehauen.

In dieser Kirche an der Avenue war Gifford zur Kommunion und zur Konfirmation gegangen, und im letzten Collegejahr war sie hier in der Prozession mitgegangen, einen Blumenstrauß in der Hand, in einem weißen, knöchellangen Kleid und mit hochhackigen Schuhen – ein Ritual, einer Debütantin würdig.

Heiraten in der Kirche vom Heiligen Namen. Es erschien so natürlich. Was bedeutete ihr denn St. Alphonsus, die alte Kirche der Mayfairs? Und Deirdre Mayfair würde es nie erfahren. Sie war zu jener Zeit schon hoffnungslos wahnsinnig. Granddaddy Fielding war es, der sich aufregte. »St. Alphonsus ist unsere Kirche, und du als zehnfache Mayfair!«

Zehnfache Mayfair. »Ich hasse diesen Ausdruck. Er bedeutet nichts«, hatte Gifford oft genug erwidert. »Ich muß dabei an zehnfach gefaltete Servietten denken.«

»Unfug«, hatte die uralte Evelyn gesagt. »Es bedeutet, daß du zehnfach zur Familie gehörst. Eine zehnfache Abstammungslinie. Das bedeutet es. Und darauf solltest du stolz sein.«

Ja, wir haben den Alten gehört, dachte Gifford. Ihr Leben lang war ihre Mutter krank gewesen, eine leidende Einsiedlerin, die hinter geschlossenen Türen auf und ab gegangen und schließlich gestorben war, als Gifford und Alicia noch so jung waren.

Aber Gifford dachte immer noch mit einem Nachklang von Zärtlichkeit an dieses alte Leben, an die Spaziergänge auf der Avenue mit der uralten Evelyn, die immer ihren irischen Spazierstock dabeigehabt hatte. Und daran, wie sie Granddaddy Fielding vorgelesen hatte.

Nein, in Wirklichkeit wollte ich nie weg, dachte sie. Sie war nie lange in einer modernen amerikanischen Großstadt geblieben. Dallas, Houston, Los Angeles – das war nicht ihr Geschmack, obwohl die anfängliche Sauberkeit und Effizienz durchaus anziehend wirken konnten. Sie erinnerte sich, wie sie Los Angeles als Kind zum ersten Mal gesehen hatte. Was für eine Wunderstadt! Aber die anderen hatte sie bald satt gehabt. Und vielleicht bestand der Zauber von Destin darin, daß es so nah bei New Orleans lag. Man brauchte nichts aufzugeben, um herzukommen. Man konnte Vollgas geben, und bei Sonnenuntergang sah man die Eichen wieder. New Orleans, die Stadt der Schaben, die Stadt des Verfalls, die Stadt unserer Familie und so glücklicher, glücklicher Menschen.

Sie erinnerte sich an das Zitat von Hilaire Belloc, das sie nach dem Tod ihres Vaters in seinen Papieren gefunden hatte:

Überall im katholischen Sonnenschein
Gibt's Musik und Lachen und guten roten Wein.
Zumindest fand ich es immer so.
Benedicamus Domino!

»Ich will dir ein kleines Geheimnis verraten«, hatte ihre Mutter Laura Lee einmal gesagt. »Wenn du eine zehnfache Mayfair bist – und das bist du –, dann wirst du außerhalb von New Orleans niemals glücklich werden. Versuch's nicht erst.« Nun, sie hatte wahrscheinlich recht gehabt. Zehnfach, fünfzehnfach. Aber war Laura Lee denn glücklich gewesen? Gifford erinnerte sich noch an ihr Lachen, an den Riß in ihrer tiefen Stimme. »Ich bin zu krank, um ans Glücklichsein zu denken, mein liebes Töchterlein. Bring mir die *Times-Picayune* und eine Tasse heißen Tee.«

Und wenn man bedachte, daß Mona mehr Mayfair-Blut in sich hatte als irgend jemand sonst in der Sippe . . . Was war sie – eine zwanzigfache Mayfair? Hatte es in den letzten vier oder fünf Generationen überhaupt noch frisches Blut gegeben?

Es wurde allmählich lächerlich. Mayfairs heirateten Mayfairs. Sie machten sich nicht erst die Mühe, es anderen zu erklären. Und jetzt war Michael Curry ganz allein in diesem Haus, und Rowan war verschwunden, der Himmel wußte, wohin – das Kind, das einst zu seinem eigenen Wohl geraubt und verschleppt worden und wieder heimgekehrt war, um irgendeinem Fluch anheimzufallen . . .

Ryan hatte in einem Augenblick der Unbesonnenheit einmal gesagt: »Weißt du, Gifford, es gibt im Leben nur zwei Dinge, auf die es ankommt – Familie und Geld. Und das ist es eigentlich. Sehr, sehr reich zu sein, wie wir es sind, und seine Familie um sich zu haben.«

Wie hatte sie da gelacht. Es mußte um den fünfzehnten April herum gewesen sein, und er hatte gerade seine Einkommensteuererklärung abgegeben. Aber sie hatte gewußt, was er meinte. Sie konnte nicht malen, nicht tanzen, nicht singen, nicht musizieren. Und Ryan auch nicht. Ihre ganze Welt bestand aus Familie und Geld. Das galt für alle Mayfairs, die sie kannte. Die Familie war nicht bloß die Familie: Sie war Clan, Nation, Religion, Obsession.

Ein Leben ohne sie hätte ich nicht führen können, dachte sie und formte die Worte mit dem Mund, wie sie es gern hier draußen tat, wo der Wind, der vom Wasser her wehte, alles verschluckte, und wo das konturlose Tosen der Wellen ihr das beschwingte Gefühl gab, sie könne, ja, solle tatsächlich singen.

Und Mona wird ein gutes Leben haben! Mona wird aufs College gehen, wo sie will! Mona kann bleiben oder fortgehen. Sie wird wählen können. Es gab keinen geeigneten Cousin, den Mona heiraten könnte, oder? Aber natürlich gab es einen. Zwanzig würden ihr einfallen, wenn sie nachdächte, aber das tat sie nicht. Entscheidend war, daß Mona Freiheiten haben würde, die Gifford nie gehabt hatte. Mona war stark. Gifford hatte Träume, in denen Mona immer sehr stark war und Dinge tat, die niemand sonst tun konnte; sie ging beispielsweise oben auf einer hohen Mauer entlang und sagte: »Beeil dich, Tante Gifford.« Einmal hatte Mona in einem Traum auf der Tragfläche eines Flugzeugs gesessen und eine Zigarette geraucht, während sie durch die Wolken flogen, und Gifford hatte sich starr vor Entsetzen an eine Strickleiter geklammert.

Am Strand blieb sie ganz still stehen und legte den Kopf zur Seite. Der Wind wehte ihr das Haar fest ums Gesicht und bedeckte ihre Augen. Sie schwebte fast; der Wind hielt sie aufrecht. Ah, so schön das alles, dachte sie, so hinreißend schön. Und Ryan kam, um sie nach Hause zu holen. Ryan würde hier sein. Vielleicht war Rowan durch irgendein Wunder noch am Leben! Rowan würde nach Hause kommen! Alles würde sich aufklären, und das große, glänzende Wunder von Rowans erster Heimkehr würde von neuem zu leuchten beginnen.

Ja, laß dich niedersinken und schlafe im Sand. Träume davon. Denke an Clancys Kleid. Du mußt ihr mit dem Kleid helfen. Ihre Mutter versteht nichts von Kleidern.

War jetzt Aschermittwoch?

Im Licht des klaren Himmels konnte sie ihre Uhr nicht erkennen. Auch der Mond half nicht, obwohl er so hell aufs Wasser schien. Aber in den Knochen spürte sie, daß die Fastenzeit begonnen hatte. Die Fastnacht war vorüber.

Aber sie mußte ins Haus. Ryan hatte gesagt, sie solle ins Haus gehen, alles abschließen und die Alarmanlage einschalten. Sie wußte, sie würde es tun, weil er es gesagt hatte. Manchmal nachts, wenn sie wirklich wütend auf ihn war, dann schlief sie am Strand, sicher und frei unter den Sternen, wie eine Wanderin. An diesem Strand war man ganz allein mit dem ältesten Teil der bekannten Welt: mit dem Sand und dem Meer. Man konnte sich in jeder beliebigen Epoche befinden. In jedem beliebigen Buch, in biblischen Landen, im Atlantis der Legende. Aber heute würde sie tun, was Ryan sagte. Um Gottes willen, sie durfte nicht hier draußen schlafen, wenn er käme! Er würde toben vor Wut!

Ach, wenn er doch jetzt hier wäre.

An dem Abend vor einem Jahr, als Deirdre gestorben war, da war Gifford mit einem Schrei aufgewacht, und Ryan hatte sie in den Arm genommen. »Jemand ist gestorben«, hatte sie geweint, und er hatte sie festgehalten. Erst beim Klingeln des Telefons hatte er sie wieder losgelassen. »Deirdre. Es ist Deirdre.«

Würde sie eine solche Ahnung auch haben, wenn Rowan wirklich etwas zustieße? Oder war Rowan zu weit weg von der Herde? War sie schon auf irgendeine grausige und schäbige Weise gestorben, vielleicht schon wenige Stunden nach ihrem Verschwinden? Nein, anfangs waren ja noch Briefe und Botschaften von ihr gekommen. Alle Codes waren korrekt, hatte Ryan gesagt. Und dann hatte Rowan sogar diesen Arzt in Kalifornien angerufen.

Ah, morgen werden wir von diesem Arzt etwas erfahren – und wieder waren ihre Gedanken im Kreis zum Ursprungsort zurückgekehrt, und sie wandte dem Meer den Rücken zu und ging auf die dunkle Düne mit dem zarten Lichtsaum zu.

Niedrige Häuser reihten sich zu beiden Seiten aneinander, scheinbar ins Grenzenlose, und dann kamen die wuchtigen, bedrohlichen Massen eines Hochhauses, zur Warnung tieffliegender Flugzeuge mit winzigen Lichtern besetzt. Weit, weit weg, in der Biegung des Landstreifens funkelte die Stadt, und draußen über dem Meer ballten sich die Wolken im Mondschein.

Es war Zeit, abzuschließen und schlafenzugehen, ja. Aber vor dem Kaminfeuer. Zeit für diesen dünnen, wachsamen Schlaf, den sie immer genoß, wenn sie allein war und das Feuer brannte. Um halb sechs würde sie hören, wie die Kaffeemaschine sich klickend einschaltete, und sie würde das erste Boot hören, das in die Nähe des Strandes kam.

Sie war eben oben auf dem Plankensteg angekommen und

schaute auf ihr Haus hinunter, in das warme Rechteck des Wohnzimmers mit dem gleichmäßig flackernden Feuer und den ausladenden cremefarbenen Ledersofas auf den karamelbraunen Bodenfliesen.

Da war jemand in ihrem Haus. Jemand stand neben der Couch, auf der sie den ganzen Abend gedöst hatte, gleich vor dem Kaminfeuer. Ja, der Mann hatte einen Fuß auf die Feuerstelle gesetzt, wie Gifford es auch gern tat, vor allem, wenn sie barfuß war, um die unvermeidliche Kälte zu spüren, die in den Steinen hing.

Dieser Mann war nicht barfuß und überhaupt nicht lässig gekleidet. Er sah flott aus im Feuerschein, sehr groß und »kaiserlich schlank« wie Richard Cory in dem alten Gedicht von Edward Arlington Robinson.

Langsam bewegte sie sich auf dem Plankensteg entlang und trat dann hinunter, aus dem Wind in die relative Stille und Wärme des hinteren Gartens. Durch die Glastüren betrachtet, sah das Innere ihres Hauses aus wie ein Bild. Nur der Mann paßte nicht her. Und was eigentlich nicht paßte, war nicht etwa sein dunkles Tweedjackett oder der Wollpullover: Es war sein Haar, das lange, glänzend schwarze Haar.

Es hing ihm über die Schultern wie bei einer Christusfigur, fand sie. Und als er sich umdrehte und sie ansah, erinnerte er in der Tat an einen Kramladen-Christus – eines von diesen grellbunten Jesusbildern mit Augen, die sich öffnen und schließen, wenn man es hin und her kippt, strotzend vor krassen Farben und sofort zugänglicher Hübschheit: Jesus mit weichen Locken und weichen Gewändern und einem zärtlichen Lächeln ohne Geheimnis und ohne Schmerz. Der Mann hatte sogar den sauber gestutzten Bart dieses vertrauten Christus, was sein Gesicht großartig und gesegnet aussehen ließ.

Ja, so sah er aus, irgendwie – dieser Mann. Wer, zum Teufel, war er? Irgendein Nachbar, der zur Haustür hereinspaziert war, um sich eine 25-Ampère-Sicherung oder eine Taschenlampe auszuborgen? In einem Jackett aus Harris-Tweed?

Er stand in ihrem Wohnzimmer und schaute auf das Feuer hinunter mit seinem langen, fließenden Jesusprofil, und langsam drehte er sich um und sah sie an, als habe er sie die ganze

Zeit gehört, wie sie durch die windige Dunkelheit herangekommen war, als habe er gewußt, daß sie jetzt in Hörweite war und stumm und fragend dastand, die eine Hand an den stählernen Türrahmen gelegt.

Das Gesicht von vorn. Plötzlich hatte sie den Eindruck von strahlender, erlösender Schönheit, die die Last des extravaganten Haars und der kostbaren Kleidung tragen konnte – und noch ein Element drang in ihr Bewußtsein, über die Verführungskraft seines Gesichtes hinaus. Es war ein Duft, beinahe ein Parfüm.

Aber es war nicht süß, dieses Parfüm. Kein Blütenduft, kein Naschwerk, keine Gewürze. Nein. Aber es war so einladend. Am liebsten hätte sie tief eingeatmet. Und sie hatte diesen Duft schon irgendwoanders wahrgenommen, erst vor kurzem. Ja, und das gleiche seltsame Verlangen gespürt. Aber jetzt konnte sie sich nicht daran erinnern. Hatte sie nicht sogar eine Bemerkung darüber gemacht, über diesen seltsamen Duft . . .? Es hatte irgend etwas mit dem St.-Michaels-Medaillon zu tun. Ah, das Medaillon. Sieh nach, ob das Medaillon in deiner Handtasche ist. Aber das war ein törichter Gedanke. Hier war ein fremder Mann!

Sie wußte, daß sie vor ihm auf der Hut sein mußte. Sie mußte unverzüglich herausfinden, wer er war und was er wollte, vielleicht noch bevor sie das Haus betrat. Aber noch jedesmal im Leben, wenn ihr etwas solche angst gemacht hatte, war sie davongekommen, halbwegs verlegen, weil sie sich so angestellt hatte. Eigentlich war Gifford nie etwas wirklich Schlimmes zugestoßen.

Wahrscheinlich war es ein Nachbar oder jemand mit einer Autopanne. Er hatte das Licht ihres Feuers gesehen, oder die Funken, die über diesem einsamen, schlafenden Strand aus ihrem Kamin stoben.

Sie fand es weniger beunruhigend als vielmehr faszinierend, daß dieses seltsame Wesen dort in ihrem eigenen Haus vor ihrem eigenen Kamin stand und sie beobachtete. Es lag nichts Bedrohliches in seinem Gesicht oder in seiner Haltung; im Gegenteil, der Mann schien ihr die gleiche Neugier, das gleiche warme Interesse entgegenzubringen wie sie ihm.

Er beobachtete, wie sie ins Zimmer trat. Sie wollte die Glastür hinter sich schließen, überlegte es sich aber dann doch anders.

»Ja? Was kann ich für Sie tun?« fragte sie. Das Wispern des Golfes war wieder fast verstummt. Sie stand mit dem Rücken zum Ende der Welt, und am Ende der Welt war es still.

Der Duft war plötzlich überwältigend. Er schien das ganze Zimmer auszufüllen, mischte sich mit den brennenden Eichenscheiten im Kamin, mit dem verkohlten Geruch der Ziegelsteine und mit der kalten, frischen Luft.

»Komm zu mir, Gifford«, antwortete er mit geschmeidiger, verblüffender Schlichtheit. »Komm in meine Arme.«

»Ich habe Sie nicht ganz verstanden«, sagte sie; das gezwungene, unbehagliche Lächeln blitzte auf, ehe sie es verhindern konnte, und die Worte fielen ihr von den Lippen, als sie näherkam und die Hitze des Feuers spürte. Der Duft war so köstlich, daß sie plötzlich nur noch atmen wollte. »Wer sind Sie?« Sie bemühte sich, höflich zu klingen. Gelassen. Normal. »Kennen wir uns, Sie und ich?«

»Ja, Gifford. Du kennst mich. Du weißt, wer ich bin.« Seine Stimme klang lyrisch, als rezitiere er etwas in Versen, ohne daß es sich reimte. Er schien die einfachen Silben, die er sprach, zu genießen. »Du hast mich gesehen, als du ein kleines Mädchen warst.« Es klang sehr schön, wie er das sagte. »Ich weiß es. Ich kann mich nicht recht an den Augenblick erinnern. Du kannst dich für uns beide erinnern. Gifford, denke zurück, denke zurück an die staubige Veranda, an den überwucherten Garten.« Er sah traurig aus und versonnen.

»Ich kenne Sie nicht«, sagte sie, aber ihre Stimme klang nicht überzeugend.

Er kam näher. Seine Gesichtszüge waren fein geschnitten, und die Haut ... wie fein und makellos die Haut war. Er sah besser aus als ein Kramladen-Christus, das stand fest. Oh, eher wie Dürers berühmtes Selbstporträt. »*Salvator mundi*«, flüsterte sie. Hieß das Gemälde nicht so?

»Ich habe diese letzten Jahrhunderte verloren«, sagte er, »wenn ich sie denn je gehabt habe – sosehr mußte ich mich mühen, auch nur die einfachsten festen Dinge zu sehen. Aber jetzt nehmen mich ältere Erinnerungen und Wahrheiten in Beschlag, aus Zeiten vor meinen Mayfair-Schönheiten, die mich so zart ernährten. Und ich bin angewiesen auf meine Chroniken, ganz wie die Menschen – auf die Worte, die ich hastig schrieb, als der Schleier sich verdichtete, das Fleisch sich festigte und mich der Perspektive des Geistes beraubte, die mich den Triumph schneller und leichter hätte sehen lassen können, als ich es nun tun werde.

Gifford ist diejenige, die Lasher sah. Ist es nicht die Wahrheit?«

Beim Klang des Namens erstarrte sie. Und seine übrigen Worte, die weiter und weiter gingen wie ein Lied, verstand sie kaum noch.

»Ja, ich habe den Preis gezahlt, den jedes weinende Kindlein zahlt, doch nur, um ein kostbareres Geschick zu gewinnen, und für dich eine kostbarere, tragischere Liebe.«

Er sah aus wie Christus, als er sprach, wie Dürer auf dem Gemälde, mit Absicht vielleicht; er nickte ein wenig, um seine Worte zu unterstreichen, legte für einen flüchtigen Augenblick die Finger zu einem Spitzdach zusammen und spreizte sie dann auseinander, als appelliere er an die Luft. Ein Christus, der nicht weiß, wie er die Wandlung vollziehen soll und einen der zwölf Apostel fragt, während er doch weiß, daß er am Kreuze sterben wird.

Ihr Kopf war völlig leer; sie konnte nicht denken, konnte keine Antwort, keinen Plan formulieren. *Lasher.* Ihr Körper meldete ihr unversehens, wie groß ihre Angst vor diesem fremden Mann war. Sie hatte die Hände gehoben, rang sie fast, eine typische Geste bei ihr, und sie sah ihre eigenen Finger am Rande ihres Gesichtsfeldes wie verschwommene Flügel flattern.

Von rasenden Puls- und Hitzewallungen überwältigt, konnte sie ihn plötzlich nicht mehr klar erkennen – nur noch die Schönheit an sich: Es war wie ein durch Spiegelungen verzerrter Blick durch ein Fenster. Angst durchströmte und lähmte sie und zwang sie zugleich zu einer anderen Geste. Sie hob die Hand an die Stirn, und in einer blitzartigen Bewegung, alles verdunkelnd, kam seine Hand auf sie zu und schloß sich um ihr Handgelenk. Heiß, schmerzhaft.

Ihre Augen schlossen sich. Sie hatte so große Angst, daß sie einen Moment lang eigentlich gar nicht da war. Eigentlich lebte sie nicht mehr. Sie war losgelöst, außerhalb der Zeit und an keinem wirklichen Ort. Die Angst ebbte ab und schwoll gleich wieder an, peitschte sie zu neuem Grauen. Sie fühlte den harten Druck seiner Finger, und sie roch den schweren, warmen, verlockenden Duft.

Widerspenstig, von Entsetzen und Wut erfüllt, sagte sie:

»Laß mich los.«

»Was wolltest du denn tun, Gifford?« Die Stimme klang beinahe schüchtern, mild, singend wie zuvor.

Er stand jetzt dicht vor ihr. Seine Größe war fast monströs, ein Mann von knapp zwei Metern; sie konnte es nicht genau einschätzen – vielleicht gerade noch diesseits des Monströsen, ein Wesen mit schlanken Gliedmaßen, die Stirnknochen sehr ausgeprägt unter der glatten Haut.

»Was wolltest du tun?« fragte er. Kindlich, nicht quengelnd, einfach nur unschuldsvoll und sehr jung.

»Das Kreuzzeichen machen!« sagte sie in heiserem Flüsterton. Und sie tat es, krampfhaft, riß sich los von ihm und setzte noch einmal an: Im Namen des Vaters und des Sohnes und des Heiligen Geistes. Die Worte erklangen in ihr. Dann faßte sie sich und sah ihm ins Gesicht. »Sie sind nicht Lasher«, sagte sie, und das Wort erstarb fast auf ihren Lippen. »Sie sind nur ein Mann. Ein Mann, der hier steht.«

»Ich bin Lasher«, sagte er sanft, als wolle er sie vor der Härte seiner Worte beschützen. »Ich bin Lasher, und ich bin im Fleische, und ich bin wiedergekehrt, meine Schöne, meine Mayfair-Hexe.« Eine wundervolle Aussprache, akzentuiert, und doch so schnell. »Fleisch und Blut, ja, ein Mann, wiederum ja, und ich brauche dich, meine Schöne, meine Gifford Mayfair. Schneide mich, und ich werde bluten. Küß mich, und du weckst meine Leidenschaft. Sieh selbst.«

Und wieder stand sie irgendwie neben sich. Das Entsetzen konnte nicht alt oder ermüdend werden; es war nicht einmal zu bewältigen. Wer solche Angst hatte, mußte doch barmherzigerweise das Bewußtsein verlieren – und eine Sekunde lang glaubte sie, eben das werde geschehen. Aber sie wußte, wenn es passierte, wäre sie verloren. Dieser Mann stand vor ihr, und der Duft, der sie umflutete, kam von ihm. Er war nur eine Armlänge von ihr entfernt und schaute auf sie herab; seine Augen strahlten, sein Blick war fest und beschwörend, sein Gesicht war glatt wie das eines Babys, und seine Lippen waren fast so rosig wie Kinderlippen.

Er schien sich seiner Schönheit nicht bewußt zu sein; besser gesagt, er schien sie nicht bewußt einzusetzen, um sie zu blenden, zu trösten oder zu beruhigen. Er schien sich selbst in ihren Augen nicht zu sehen; er sah nur sie. »Gifford«, flüsterte er. »Juliens Enkelin.«

Sie zwang sich, zu Boden zu schauen, den Augenblick zu spüren, die Fliesen unter ihren Füßen zu fühlen, das lästige, beharrliche Flackern des Feuers, und seine Hände zu sehen, weiß und dick geädert wie die eines alten Menschen. Dann hob sie den Kopf und schaute auf die glatte, ruhige Christusstirn, umflossen von dunklem Haar. Gemeißelte Grate für die geschmeidigen, schwarzen Augenbrauen, feine Knochen, die die Augen umrahmten und ihren Blick noch lebhafter werden ließen. Ein männlicher Kiefer, der dem glänzenden, kurzgeschnittenen Bart Kraft und Form verlieh.

»Ich möchte, daß Sie jetzt gehen«, sagte sie. Es klang so unsinnig, so hilflos. Sie dachte an die Pistole im Schrank. Schon immer sehnte sie sich insgeheim nach einem Grund, sie zu benutzen, das wußte sie jetzt. In der Erinnerung roch sie das Kordit und die schmutzigen Zementwände des Schießstandes in Gretna. Hörte, wie Mona sie anfeuerte. Sie spürte, wie das große, schwere Ding in die Höhe tanzte, wenn sie abdrückte. Oh, wie gern hätte sie es jetzt in der Hand.

»Kommen Sie morgen früh wieder«, sagte sie und nickte dabei nachdrücklich. »Sie müssen mein Haus jetzt verlassen.« Sie dachte sogar an das Medaillon. O Gott, warum hatte sie das Medaillon nicht umgehängt? Sie hatte es doch vorgehabt. Heiliger Erzengel Michael, bewahre uns vor dem Bösen.

»Gehen Sie weg von hier.«

»Das kann ich nicht, meine Teure, meine Gifford.« Es hörte sich an, als singe er zu einer getragenen Melodie.

»Sie reden nur verrücktes Zeug. Ich kenne Sie nicht. Ich bitte Sie noch einmal, zu gehen.« Aber als sie einen Schritt zurückweichen wollte, wagte sie es nicht. Ein wenig von dem Zauber und Mitgefühl in seinem Gesicht war abrupt verflogen. Er starrte sie wachsam an, vielleicht sogar bitter. Es war das Gesicht eines Kindes, ja, beweglich und verführerisch, und gewinnend mit den kurzen, selbstvergessenen Gefühlsblitzen. Wie glatt und makellos die Stirn. Solche Proportionen. War Dürer so vollkommen geboren gewesen?

»Erinnere dich an mich, Gifford. Ich wünschte, ich könnte mich an dich erinnern. Ich stand unter den Bäumen, als du mich sahst. Bestimmt. Sag mir, was du gesehen hast. Hilf mir, mich zu erinnern, Gifford. Hilf mir, das Ganze zu einem großen Bild zu verweben. Ich bin verloren in dieser Hitze, und erfüllt von uraltem Haß und uraltem Groll. Erfüllt von uralter Unwissenheit und Pein. Gewiß hatte ich Weisheit, als ich unsichtbar war. Gewiß war ich den Engeln der Luft näher als den Teufeln der Erde. Aber, oh, das Fleisch ist so verlockend. Und ich werde es nicht wieder loslassen, ich werde nicht wieder zerstört werden. Mein Fleisch wird leben. Du kennst mich. Sag, daß du mich kennst.«

»Ich kenne Sie nicht!« erklärte sie. Sie war jetzt doch zurückgewichen, aber nur einen Schritt. Es war so wenig Raum zwischen ihnen. Hätte sie sich abgewandt, um wegzulaufen, er hätte sie beim Genick packen können. Das Grauen stieg erneut in ihr auf, das absolut irrationale Grauen davor, daß er seine langen Finger an ihren Hals legen könnte. Daß er es tun konnte, daß niemand ihn daran hindern würde, daß Menschen so etwas taten, daß sie allein mit ihm war – das alles stürzte lautlos über ihr zusammen. Dennoch sprach sie wieder. »Verschwinden Sie hier! Haben Sie nicht gehört, was ich sage?«

»Geht nicht, meine Schöne«, sagte er und zog die eine Braue hoch. »Sprich zu mir. Sag mir, was du gesehen hast, als du damals, vor so langer Zeit, zu jenem Hause kamst.«

»Warum soll ich das?« Sie wagte noch einen Schritt, äußerst vorsichtig. Der Strand lag hinter ihr. Was, wenn sie losliefe? Durch den Garten und über den Plankensteg? Und der weite Strand erschien ihr auf einmal wie die leeren, gottverlassenen Landschaften grausiger Träume. Hatte sie nicht vor langer Zeit von diesem Wesen geträumt? *Nie, nie sprichst du diesen Namen aus!*

»Ich bin jetzt unbeholfen«, sagte er mit plötzlicher, tiefempfundener Aufrichtigkeit. »Ich glaube, als Geist war ich anmutiger, nicht wahr? Ich kam und ging genau im rechten Augenblick. Jetzt tappe ich durchs Leben, wie wir es alle tun. Ich brauche meine Mayfairs. Ich brauche euch alle. Ich wünschte, ich sänge in irgendeinem stillen, schönen Tal, im Glen, dort unter dem Mond. Und ich könnte euch alle zurückbringen, zurück in den Kreis. Oh, aber dieses Glück werden wir jetzt nicht mehr haben, Gifford. Liebe mich, Gifford.«

Er wandte sich ab, als leide er. Es war nicht, als wolle er ihr Mitgefühl, oder als erwarte er es. Es war ihm gleichgültig. Lange Zeit schwieg er schmerzerfüllt und starrte dumpf und blicklos zur Küche. Es war etwas absolut Unwiderstehliches in seinem Gesicht, seiner Haltung. »Gifford«, bat er, »Gifford, sag, was siehst du in mir? Findest du mich schön?« Er drehte sich um. »Schau mich an.«

Er beugte sich nieder, um sie zu küssen, wie ein Vogel sich am Rande eines Weihers niederläßt, ebenso behende und mit schwindelerregendem Flügelschlag, und der Duft überflutete sie wie der Geruch eines Tieres, eine warme Witterung wie der gute Geruch eines Hundes oder eines Vogels, den man aus seinem Käfig nimmt. Seine Lippen bedeckten die ihren, und seine langen Finger schoben sich um ihren Nacken; die Daumen berührten sanft ihr Kinn und dann die Wangen, während sie versuchte, sich tief in sich selbst hinein zu flüchten, wo sie allein wäre, geborgen und sicher vor allem Schmerz. Sie fühlte, wie ein köstliches Gefühl sich rasch in ihren Lenden ausbreitete. Dies wird nicht geschehen, wollte sie sagen, aber es traf sie so unvorbereitet, daß er sie aufrechthalten mußte; seine Finger umfaßten zärtlich ihren Nacken, und vielleicht drückten seine Daumen sich in ihre Kehle. Schauer überliefen sie, den Rücken herauf und an den Rückseiten der Arme hinunter. Gott, sie wurde ohnmächtig. Ohnmächtig.

»Nein, nein, Darling. Ich werde dir nichts tun. Gifford, was ist mein Sieg ohne dies?«

Genau wie ein Lied. Fast hörte sie einen Takt darin, eine Melodie, wie die Worte im Dunkeln aus ihm hervorströmten. Wieder küßte er sie, und noch einmal, und seine Daumen zermalmten ihre Gurgel nicht. In ihren Armen kribbelte es. Sie wußte nicht, wo ihre Hände waren. Dann erkannte sie, daß sie sie an seine Brust gelegt hatte. Natürlich konnte sie ihn nicht fortschieben. Er war wirklich ein Mann, und ganz ohne Frage stärker als sie, und alle Versuche, ihn von sich zu drücken, waren vergebens. Dann überwältigte sie das tiefe, kribbelnde Gefühl vollends, ganz wie zuvor der Duft, und ein herrliches Zucken durchströmte sie, ein Höhepunkt fast, aber es verhieß nur eine machtvoll rollende Folge von weiteren Höhepunkten, und wenn man so viele Höhepunkte hatte, dann war es kein Höhepunkt. Es war nur eine andauernde Hingabe.

»Ja, gib dich nur hin«, sagte er, wiederum kindlich schlicht. »Du bist für mich. Du mußt es sein.«

Er ließ sie los, und dann umfaßten seine Hände ihre Arme, und er hob sie zärtlich vom Boden hoch, und ehe sie sich versah, lag sie auf den kalten Fliesen, und ihre Augen waren offen, und sie fühlte und hörte, wie er ihre Wollstrümpfe zerriß, und sie fragte sich, ob sein Pullover nicht kratzig und rauh sein würde. Wie war es wohl, jemanden zu umarmen, der einen so dicken, rauhen Pullover trug? Sie wollte sprechen, aber jetzt wurde ihr wirklich übel von diesem Duft, oder er verwirrte sie – ja, das war es vielleicht eher. Sein Haar fiel köstlich seiden auf ihr Gesicht.

»Ich werde das nicht tun«, sagte sie, aber ihre Stimme war fern und ohne Autorität, und sie hatte nicht einmal mehr die Kraft, zu sich selbst zu sprechen. »Geh weg von mir, Lasher, geh weg von mir. Ich sage es dir. Und Stella hat es Mutter gesagt...« Der Gedanke war weg, einfach weg. Ein Bild huschte ihr durch den Kopf, ein Bild aus lang vergangener Zeit, ein Bild der halbwüchsigen Deirdre, ihrer älteren Cousine: zurückgelehnt, die Augen geschlossen, die Hüften vorgereckt unter dem kleinen geblümten Kleid, im Gesicht der Ausdruck schlimmer Gedanken und böser Berührungen, der Ausdruck der Ekstase! Und sie, Gifford, hatte unter dem Baum gestanden, und sie hatte die nebelhaften Umrisse des Mannes gesehen, das Aufblitzen des Mannes, und der Mann war bei Deirdre gewesen.

»Erlöse uns von dem Bösen«, wisperte sie.

In ihren ganzen sechsundvierzig Jahren hatte nur ein einziger

Mann sie auf jene oder auch auf diese Weise berührt – nur ein einziger Mann hatte jemals, scherzhaft oder aus Ungeschicklichkeit, ihre Kleider zerrissen, jemals sein Organ in sie hineingetrieben und ihren Hals geküßt. Und das hier war Fleisch, kein Geist – ja, Fleisch. Durchgedrungen. Ich kann nicht. Gott helfe mir.

»Engel Gottes, du mein teurer Beschützer ...« Ihre eigenen Worte fielen von ihr ab. Sie hatte nicht eingewilligt. Und dann kam die entsetzliche Erkenntnis: Sie hatte sich auch nicht gewehrt. Sie würden sagen, sie habe sich nicht gewehrt. Da war nur diese grauenhafte Passivität, diese Verwirrung und ihre Versuche, ihn zu fassen und seine Schulter wegzudrücken, aber ihre Handfläche rutschte vom glatten Wollstoff seines Jacketts ab, und er kam wild in ihr, als auch ihr eigener Orgasmus über sie hinwegfegte und sie mit sich riß, nah zur Dunkelheit, zur Stille, zum Frieden.

Aber nicht ganz.

»Warum? Warum tust du das?« Hatte sie laut gesprochen? Sie trieb dahin, erfüllt von Schwindel und süßen, machtvollen Empfindungen, Empfindungen wie der Geruch und das machtvolle Gleiten seines Organs in ihr, das Pumpen in ihrem Leib, das sich so natürlich anfühlte, so durch und durch dringend, so gut! Sie glaubte, es habe aufgehört, und sie drehte sich auf die Seite, aber dann merkte sie, daß sie sich überhaupt nicht bewegt hatte. Er drang von neuem in sie ein.

»Entzückende Gifford«, sang er. »Gut genug, um meine Braut zu sein im Glen, im Zirkel dort, meine Braut.«

»Ich glaube, ich glaube, du tust mir weh ...«, sagte sie. »O Gott! O Mutter! Hilf mir. Gott. Irgend jemand.«

Er hielt ihr den Mund zu, als die heiße Flut seines Samens zum zweitenmal in sie strömte, überfloß, an ihr heruntertropfte, und die süßen, sanften, bezaubernden Empfindungen hoben sie hoch und warfen sie hin und her.

»Helft mir, irgend jemand ...«

»Es ist niemand hier, Darling. Das ist das Geheimnis des Universums«, sagte er. »Das ist mein Thema, das ist mein Ruf. Das ist meine Botschaft. Und es fühlt sich so gut an, nicht wahr? Dein Leben lang hast du dir gesagt, es sei nicht so wichtig ...«

»Ja . . .«

»Es gebe höhere Dinge, und jetzt weißt du es, jetzt weißt du, warum Menschen die Hölle dafür riskieren, für dieses Fleisch, diese Ekstase.«

»Ja.«

»Du weißt, was immer du gewesen sein magst, für alle Zeit und vorher, jetzt bist du lebendig und bei mir, und ich bin in dir, und du bist in diesem Körper, was immer du sonst noch sein magst. Meine kostbare Gifford.«

»Ja.«

»Mach du mein Kind. Sieh es, Gifford. Sieh es. Sieh seine winzigen Glieder, sieh, wie es ins Bewußtsein heraufschwimmt. Sieh es, und nimm es aus der Dunkelheit. Sei die Hexe meiner Träume, Gifford, sei die Mutter für mein Kind.«

Die Sonne schien auf sie herab, daß ihr heiß und unbehaglich wurde in ihrem dicken Pullover. Der Schmerz in ihr weckte sie plötzlich auf und trieb sie hoch, ganz hoch durch den Nebel, bis sie nicht mehr durch den Nebel blinzelte, sondern in den gleißenden Himmel.

Der Schmerz zuckte, pulsierte. Es waren Krämpfe, diese Schmerzen. Es waren Wehen! Mit einiger Willensanstrengung schob sie die Hand zwischen die Beine. Sie fühlte Nässe und hob die Hand, und sie sah Blut. Sie hielt die Hand dicht vors Gesicht, und das Blut tropfte auf sie herunter. Sie fühlte es. Trotz des grellen Lichtes konnte sie sehen, wie leuchtend rot es war.

Das Wasser prallte plötzlich gegen sie; große Wellen brachen sich an ihr, eiskalt und ungeheuer kraftvoll, und dann erstarben sie unvermittelt, als habe der Wind sie zurückgesaugt. Sie lag in der Brandung! Und im Osten stieg die Sonne über eine hohe Wand aus glutvollen Wolken und verbreitete ihr Licht allmählich über den blauen Himmel.

»Ah, siehst du es?« flüsterte sie.

»Es tut mir leid, mein Liebling«, sagte er zu ihr. Er stand abseits, weit, weit weg, ein Gespenst vor dem hellen Himmel, selbst so dunkel, daß sie nichts erkennen konnte, nur das lange Haar, das im Wind wehte. Und dann wußte sie es wieder, wie seiden sein Haar war, wie fein und schwarz, und wie gut es roch. Aber er war jetzt nur noch eine Gestalt in der Ferne. Der Duft war da, natürlich, und die Stimme, aber das war alles.

»Es tut mir leid, mein Schatz. Ich wollte, daß es lebt. Und ich weiß, du hast es versucht. Es tut mir leid, mein Liebling, du meine geliebte Gifford. Ich wollte dir nicht weh tun. Und wir haben es beide versucht. Herrgott, verzeih mir! Was soll ich nur tun, Gifford?«

Stille. Und wieder kamen die Wellen.

War er fort? Ihr gertenschlanker Christus mit dem weichen Haar, der so lange mit ihr gesprochen hatte? Das Wasser spülte über ihr Gesicht. Es fühlte sich so gut an. Was hatte er ihr erzählt – daß er in die kleine Stadt hinuntergegangen sei und die Krippe dort gesehen habe, mit dem kleinen Christkind aus Gips im Heu, und all die Brüder in den braunen Kutten. Er hatte nicht darum gebeten, Priester werden zu dürfen, sondern nur einer von den Brüdern ... »Aber du bist für Besseres bestimmt.«

Für einen Augenblick durchschnitt es den Schmerz, diese Ahnung von verlorenen Stunden, verlorenen Worten und Bildern; auch sie war in Assisi gewesen, das hatte sie ihm erzählt. Der Heilige Franziskus war ihr Heiliger. Könnte er ihr das Medaillon holen? Aus ihrer Handtasche? Es sei der Heilige Michael, aber sie wolle es haben. Er würde das verstehen. Wenn man St. Franziskus verstand, dann verstand man auch St. Michael. Dann verstand man alle Heiligen. Sie hatte ihn fragen wollen, aber er hatte geredet und geredet, von den Liedern, die er zu singen pflegte, Lieder in italienischer Sprache und natürlich das lateinische Kirchenlied, von sonnigen Hügeln Italiens, und dann von diesem dunklen, kalten Nebel über Donnelaith.

Sie fühlte Übelkeit und schmeckte Salz auf den Lippen. Und ihre Hände waren schmerzhaft kalt. Das Wasser tat ihr weh! Wieder kam es heran, rollte sie auf die linke Seite, so daß der Sand ihre Wange zerschrammte, und der Schmerz in ihrem Bauch war unerträglich. O Gott, man kann einen solchen Schmerz nicht spüren, ohne zu ... was? Hilf mir.

Sie fiel wieder nach rechts; sie schaute hinaus in den glitzernden Golf. Sie schaute in das lodernde Licht des Morgens. Guter Gott, das alles war wahr gewesen, und sie hatte es nicht aufhalten können, und jetzt hatte es durch die große, verfilzte Masse der gewisperten Geheimnisse und Drohungen nach ihr gegriffen, und es hatte sie getötet.

Aber was wird Ryan ohne mich anfangen? Was wird aus Pierce werden, wenn ich nicht mehr da bin? Clancy braucht mich. Sie können nicht heiraten, wenn das hier mit mir passiert! Es wird ihnen alles verderben! Wo, um Himmels willen, ist Rowan? Und in welche Kirche würden sie gehen? Sie sollten nicht wieder nach St. Alphonsus zurückkehren. Rowan!

Wie beschäftigt sie plötzlich war – sie machte Listen und Tabellen, hing ihren Gedanken nach und nahm sich vor, Shelby und Lilia anzurufen, und als das Wasser wiederkam, störte sie das Salz nicht mehr sosehr, oder die betäubende Kälte. Alicia wußte nicht, wo das Victrola war! Niemand wußte es, niemand außer Gifford. Und die Servietten für die Hochzeit. Hunderte von Leinenservietten waren auf dem Dachboden in der First Street, und man könnte sie für die Hochzeit nehmen, wenn nur Rowan nach Hause käme und sagte – du lieber Himmel, die einzige, um die sie sich keine Sorgen zu machen brauchte, war Mona. Mona würde zurechtkommen. Mona brauchte sie eigentlich gar nicht. Mona . . .!

Ah, das Wasser fühlte sich gut an. Nein, es störte sie nicht, kein bißchen, wie man so sagte. Wo war der Smaragd? *Hast du ihn mitgenommen, Rowan?* Er hatte ihr das Medaillon gebracht. Sie trug es um den Hals, aber die Hand zu heben, um die Kette zu umfassen, kam nicht mehr in Frage. Erforderlich war jetzt eine komplette Inventur, einschließlich Victrola und Perlen und Smaragd. Und die Schallplatten von Onkel Julien, all die alten Victrola-Stücke, und das Kleid in der Schachtel auf dem Speicher, das der uralten Evelyn gehört hatte. Diesmal drehte sie das Gesicht selbst ins Wasser und dachte, daß es wahrscheinlich das Blut abwaschen werde, und von ihrer Hand auch.

Nein, das kalte Wasser störte sie nicht. Es hatte sie nie gestört. Nur der Schmerz, dieser furchtbare mahlende Schmerz, der schärfer wurde. Glaubst du, es lohnt sich zu leben? Ich weiß es nicht. Was meinst du? Dieser Schmerz, es ist nicht besonders ungewöhnlich, weißt du, solche Schmerzen zu haben, solches Leiden zu fühlen, es ist nichts Besonderes, weißt du, es ist nur, ich weiß nicht, ob es sich lohnt. Ich weiß es wirklich nicht.

5

Mutter ging es jetzt jämmerlich. Sie konnte sich nicht von den Klebstreifen befreien, die ihre Arme fesselten. Sie sträubte sich dagegen. Emaleth warf sich elend hin und her und hörte ihre Mutter weinen. Mutter war übel von dem schmutzigen Bett, in dem sie lag; sie drehte den Kopf zur Seite, und die Übelkeit quoll ihr aus dem Mund. Emaleths Welt bebte. Emaleth litt um Mutter. Wenn Mutter nur wüßte, daß sie da war. Aber Mutter wußte es nicht. Mutter hatte geschrien und geschrien. Aber niemand war gekommen. Mutter war in Raserei verfallen und hatte an den Klebstreifen gerissen, aber sie hatte sich nicht befreien können. Mutter schlief lange und träumte dann seltsame Träume, und dann wachte sie auf und schrie wieder.

Wenn Mutter aus den fernen Fenstern schaute, sah Emaleth die Stadt der Türme und der Lichter. Sie hörte, was Mutter hörte – Flugzeuge oben und Autos weit unten –, und sie sah die Wolken, und wenn Mutter die Namen der Dinge kannte, kannte Emaleth sie auch. Mutter verfluchte diesen Ort, sie verfluchte sich, und sie betete zu Menschen, die tot waren. Vater hatte Emaleth gesagt, wer diese Menschen waren, und daß sie Mutter niemals helfen könnten.

Die Toten leben im Jenseits, sagte Vater. Er war bei den Toten gewesen, und er wollte nicht wieder bei ihnen sein, bis seine Zeit käme. Sie würde kommen, aber bis dahin würden er und Emaleth sich vermehrt und die Erde unterworfen haben. Die Erde würde ihren Kindern gehören.

»Der Augenblick unserer Rückkehr war vollkommen. Nie war die Welt so bereit. In der fernen Vergangenheit war das Überleben zu schwierig für uns. Das ist jetzt anders – wir sind die Sanftmütigen, und wir werden die Erde besitzen.«

Emaleth betete, daß Vater zurückkommen möge. Vater würde Mutter von dem Bett befreien, und Mutter würde nicht mehr weinen. Vater liebte Mutter. Er hatte gesagt: »Vergiß nicht, daß ich sie liebe. Wir brauchen sie. Sie hat die Milch, und ohne die Milch kannst du nicht zu deiner vollen Größe heranwachsen.«

Emaleth wartete darauf, aus diesem dunklen Ort hinaufzusteigen, ihre Glieder zu strecken und zu wachsen und zu gehen und zu lächeln und in Vaters Armen zu liegen. Arme Mutter. Mutter hatte Schmerzen. Und Mutter schlief immer mehr.

Es war einsam und still in dem Zimmer, in dem Mutter schlief. Tiefer und tiefer schlief Mutter. Emaleth hatte Angst, daß Mutter nicht mehr aufwachen würde. Sie drehte sich um und streckte die Hände aus, um die Ränder der Welt zu berühren. Sie sah, wie das Licht ringsumher erstarb. Ah, aber das war nur wieder die Dämmerung. Bald würde Emaleth das Licht sehen, wie es wirklich war, ganz deutlich, hatte Vater gesagt. Und es war prachtvoll.

Die Toten kennen das Licht nicht, hatte Vater gesagt. Die Toten kennen nur die Verwirrung.

Emaleth öffnete den Mund und versuchte, Worte zu formen. Sie preßte sich an das Dach der Welt. Sie stieß und wand sich in Mutter. Aber Mutter schlief, müde und hungrig und ganz allein. Vielleicht war es am besten so, wenn sie schlief. Denn dann kannte sie keine Angst. Arme Mutter.

6

Yuri mußte zu Aaron Lightner; so einfach war die Sache. Er mußte die Talamasca auf der Stelle verlassen, ganz gleich, wie seine Befehle lauteten. Er mußte Aaron in New Orleans suchen gehen und herausbekommen, was in den letzten Monaten geschehen war, warum sein geliebter Mentor und Freund so betrübt war.

Als der Wagen das Tor des Mutterhauses hinter sich ließ,

wußte Yuri, daß er vielleicht nie wieder in diese Mauern hineinkommen würde. Die Talamasca war unnachsichtig gegen Leute, die ihre Befehle nicht befolgten.

Und doch war es so einfach, all das hinter sich zu lassen – wegzufahren in der gedämpften grauen Einsamkeit des kalten Morgens und diesem gesegneten Ort vor den Toren Londons, wo Yuri einen so großen Teil seines Lebens verbracht hatte, Lebewohl zu sagen.

Yuri hatte seine Entscheidung getroffen. Das heißt, die Ältesten hatten sie für ihn getroffen, als sie ihm befohlen hatten, jeglichen Kontakt mit Aaron einzustellen, als sie ihm mitgeteilt hatten, die Akte über die Mayfair-Hexen sei nun geschlossen.

Etwas Schlimmes war bei den Mayfair-Hexen passiert, etwas Schlimmes, das Aaron verletzt und entmutigt hatte. Und Yuri würde jetzt zu Aaron fahren. In gewisser Weise war es das Einfachste, was Yuri je getan hatte.

Yuri war ein serbischer Zigeuner, groß, dunkelhäutig, mit sehr dunklen Wimpern und großen, kohlrabenschwarzen Augen. Er war von schlanker, beweglicher Erscheinung, eine ziemlich schmale Gestalt in seiner gewohnten, lässigen Wolljacke, dem weichen Polohemd und der zerknautschten Khakihose.

Seine Augen standen ein bißchen schräg; sein Gesicht war kantig, und sein sympathischer Mund lächelte oft. In vielen Ländern, von Indien bis Mexiko, hielt man ihn für einen Einheimischen, und selbst in Kambodscha oder Thailand fiel er nicht auf. Das lag an dem Hauch von Asien in seinen Zügen, in seiner glatten, goldenen Haut und vielleicht auch in seiner stillen Art. Seine Vorgesetzten bei der Talamasca nannten ihn den »Unsichtbaren Mann«.

Yuri war der beste Ermittler der Talamasca. Schon als Kind hatte er diesem Geheimorden der »Detektive des Übersinnlichen« angehört. Obwohl er selbst nicht über außergewöhnliche übersinnliche Kräfte verfügte, war seine Zusammenarbeit mit den Exorzisten, Medien, Sehern und Magiern der Talamasca bei ihren jeweiligen Fällen weltweit ausnahmslos gut. Er war überaus tüchtig im Aufspüren Vermißter, ein unermüdlicher, penibler Sammler von Informationen, als Privatdetektiv eine Naturbegabung. Er liebte die Talamasca. Es gab nichts, was er für den Orden nicht getan, kein Risiko, das er nicht eingegangen wäre.

Selten nur kam es vor, daß er Fragen stellte, wenn er einen Auftrag erhielt. Er versuchte nie, das, was er tat, in seinem ganzen Umfang zu verstehen. Er arbeitete nur für Aaron Lightner oder für David Talbot, die beide einen sehr hohen Rang im Orden inne hatten, und es machte ihm Freude, daß sie sich manchmal um ihn stritten, weil er seine Arbeit so gut machte.

Mit seiner geschmeidigen, niemals gehetzt klingenden Stimme sprach Yuri ein Dutzend Sprachen fast ohne eine Spur von Akzent. Englisch, Russisch und Italienisch hatte er von seiner Mutter – und ihren Männern – gelernt, ehe er acht Jahre alt gewesen war.

Noch manches andere kam Yuri aus seiner Zeit mit der Mutter zugute – daß sie clever gewesen war, von natürlicher Schönheit und ein wenig tollkühn. Sie hatte mit ihren Männern viel Geld verdient, aber sie war gesellig gewesen und hatte immer auf gutem Fuß mit den Bediensteten der Hotels gestanden, in denen sie ihre Männer empfangen hatte, und sie hatte Freundinnen gehabt, mit denen sie oft den Nachmittag verbrachte, um bei Kaffee oder englischem Tee über Gott und die Welt zu plaudern.

Ihre Männer hatten Yuri nie schäbig behandelt. Viele bekamen ihn gar nicht zu sehen, und diejenigen, die seine Mutter längere Zeit begleiteten, waren immer nett zu ihm, denn sonst hätte Yuris Mutter sie niemals geduldet. In dieser Atmosphäre der Freundlichkeit und des allgemeinen, nachsichtigen Durcheinanders war er erblüht; er hatte frühzeitig lesen gelernt, fast nur aus Illustrierten und Zeitungen, und er war gern durch die Straßen gestreunt.

Als die Zigeuner Yuri geholt hatten, hatten seine Bitterkeit und sein Schweigen begonnen. Er vergaß niemals, daß sie seine eigenen Verwandten waren, diese Diebesbande, die Kinder kaufte und sie zum Stehlen nach Paris und nach Rom verschleppte. Ihnen war Yuri in die Hände gefallen, nachdem seine Mutter in ihrem Heimatdorf gestorben war, einem erbärmlichen Flecken, in den sie sich zurückgezogen hatte, als ihr klargeworden war, daß es zu Ende ging.

Jahre später hatte Yuri versucht, das Dörfchen und was von der Familie übrig war, wiederzufinden, aber es gelang ihm nicht, seine Reise nordwärts durch Italien und nach Serbien zurückzuverfolgen.

Wieso war er so lange bei den Zigeunern geblieben? Wieso war er ein so guter kleiner Taschendieb geworden, der die Touristen umtanzte, sich an sie klammerte und ihnen die Brieftaschen entriß, wie man es ihn gelehrt hatte? Was stimmte nicht in seinem Kopf, daß er so etwas tat?

Diese Frage würde ihn wahrscheinlich bis zu seinem Tode quälen. Natürlich hatten sie ihn geschlagen; sie hatten ihn hungern lassen, ihn verhöhnt und bedroht, und zweimal hatten sie ihn eingefangen, als er versucht hatte, davonzulaufen. Schließlich hatten sie ihm klargemacht, daß sie ihn umbringen würden, wenn er es noch einmal versuchen sollte. Dann wieder waren sie auch sanft zu ihm gewesen, verführerisch, voller Versprechungen – auch das war wahr.

Aber mit neun Jahren hätte Yuri es besser wissen müssen. Das dachte er jedenfalls heute. Seine Mutter wäre auch als Kind nicht so dumm gewesen. Kein Zuhälter hatte Yuris Mutter je versklaven können. Kein Mann hatte sie je einschüchtern können, auch wenn sie sich ab und zu verliebt hatte... für ein Weilchen wenigstens.

Seinen Vater hatte Yuri nie kennengelernt, aber er wußte, wer es gewesen war – ein Amerikaner aus Los Angeles, und reich. Bevor Yuri und seine Mutter Rom verlassen und sich auf jene letzte Reise begeben hatten, da hatte sie den Paß von Yuris Vater, ein bißchen Geld, ein paar Fotos und eine vorzügliche japanische Uhr in einem Bankschließfach hinterlegt. Das war alles, was sie von Yuris Vater noch hatten; er war gestorben, als Yuri erst zwei Jahre alt gewesen war.

Er war zehn gewesen, als es ihm gelungen war, die alten Schätze abzuholen.

Die Zigeuner hatten ihn monatelang in Paris stehlen lassen, dann in Venedig und dann in Florenz, und erst als der Winter kam, waren sie nach Rom gezogen.

Als er die Ewige Stadt wiedersah, die Stadt, die er mit seiner Mutter erlebt hatte, da packte Yuri die Gelegenheit beim

Schopf. Er wußte, wo er hingehen mußte. Am Sonntag vormittag, als die Zigeuner im Gedränge auf dem Petersplatz bei der Arbeit waren, nahm er sich seine Freiheit. Mit einer frischgestohlenen Brieftasche voller Geld sprang er in ein Taxi, und wenig später spazierte er durch die überfüllten Touristencafés auf der Via Veneto und sah sich nach reicher Gesellschaft um, wie seine Mutter es immer so anmutig getan hatte.

Es war kein Geheimnis für Yuri, daß es Männer gab, die kleine Jungs den Frauen vorzogen. Und vieles hatte er durch eigene Anschauung gelernt, wenn er seine Mutter durch das Schlüsselloch oder den Türspalt beobachtete. Es war offenkundig, daß es leichter sein konnte, die Initiative zu ergreifen, als passiv zu sein, und daß Intimitäten mit Fremden in einer geschmackvollen Atmosphäre leichter zu ertragen waren.

Ein weiterer Vorteil war, daß er von Natur aus ebenso zärtlich sein konnte wie seine Mutter; das würde er sich jetzt zunutze machen, denn er brauchte es, und ihr hatte es immer so gute Dienste geleistet.

Nach der elenden Ernährung, die ihm seine Wärter gegönnt hatten, war er sehr mager, aber seine Zähne waren ebenmäßig, und es war ihm gelungen, sie weiß zu halten. Daß seine Stimme wohlklingend war, daran zweifelte er nicht. Vor dem Spiegel in einer öffentlichen Toilette übte er sein Lächeln, und dann machte er sich auf, um es an den Herren seiner Wahl zu erproben.

Er erwies sich als ausgezeichneter Menschenkenner.

Von zwei kleinen Irrtümern abgesehen, war er bald wieder umgeben von der vertrauten Staffage erstklassiger Hotelzimmer, im stillen dankbar für die köstlichen heißen Duschen und die luxuriösen Abendmahlzeiten, die der Roomservice auftrug. Mit überzeugender Mühelosigkeit – und einem leicht bitteren Lachen – spulte er die Geschichten herunter, die gerade nötig waren, um die Fragen seiner Bettgenossen zufriedenstellend zu beantworten und ihre offenkundigen, vorhersehbaren und mühelos erfüllbaren Wünsche von allen Hemmungen des Gewissens zu befreien.

Bei einem gab er sich als Hindu aus, bei einem anderen als Portugiese, und einmal behauptete er sogar, er sei Amerikaner.

Seine Eltern seien Touristen, erzählte er, und sie hätten ihn sich selbst überlassen, um einzukaufen und spazierenzugehen. Ja, wenn der nette Herr ihm unten in den Geschäften in der Hotelhalle Kleider kaufen wolle, dann werde er das mit Freuden annehmen. Seine Eltern würden es gar nicht merken; darum brauchte man sich keine Sorgen zu machen. Bücher und Zeitschriften, ja, durchaus, und Schokolade, die liebte er. Sein Lächeln und seine Dankesbezeugungen waren eine Mischung aus Verstellung und Wahrheit.

Er dolmetschte für seine Kunden, wenn sie es wünschten. Er trug ihr Gepäck. Er führte sie per Taxi zur Villa Borghese – einem seiner Lieblingsorte – und zeigte ihnen die Wandgemälde und Statuen und andere Besonderheiten, die ihm gefielen. Das Geld, das sie ihm gaben, zählte er nicht erst; mit strahlendem Lächeln und einem kleinen, wissenden Augenzwinkern steckte er es in die Tasche.

Aber er lebte in ständiger Angst davor, daß die Zigeuner ihn entdecken und wieder in ihre Gewalt bringen könnten. So sehr fürchtete er sich davor, daß es ihm manchmal den Atem verschlug. Er ging so selten wie möglich ins Freie. Manchmal stand er zitternd vor Angst in irgendeinem Hauseingang, rauchte eine Zigarette und fluchte vor sich hin, und dann fragte er sich, ob er es wagen konnte, Rom zu verlassen. Die Zigeuner hatten nach Neapel gewollt. Vielleicht waren sie schon weg.

Manchmal lungerte er in Hotelkorridoren herum und aß, so gut er konnte, von den Resten auf den Tabletts, die draußen vor den Zimmertüren standen.

Aber es wurde leichter und leichter. Er lernte, darum zu bitten, die Nacht hindurch in einem sauberen Bett schlafen zu dürfen, bevor er seine kleinen Vereinbarungen traf.

Ein reizender grauhaariger Amerikaner kaufte ihm eine Kamera, nur weil er sich nach solchen Dingen erkundigt hatte, und ein Franzose schenkte ihm ein kleines Radio und sagte, er selbst habe keine Lust mehr, es mit sich herumzuschleppen. Zwei junge Araber kauften ihm in einem englischen Importgeschäft einen dicken Pullover.

Am zehnten Tag seiner neugewonnenen Freiheit wurde sein papierner Reichtum allmählich zu unhandlich. Seine Taschen platzten aus allen Nähten. Er hatte sogar schon seinen ganzen Mut zusammengenommen, war mittags in ein feines Restaurant gegangen und hatte sich ganz allein etwas zu essen bestellt. »Mamma sagt, ich muß meinen Spinat essen«, sagte er in seinem besten Italienisch zum Kellner. »Sie haben doch Spinat?« – wobei er genau wußte, daß der Spinat in den römischen Restaurants zu den besten Speisen überhaupt gehörte. Er ließ ein stattliches Trinkgeld neben seinem Teller liegen, als er ging.

Aber wie lange konnte das so weitergehen?

Am fünfzehnten Tag seines Abenteuers – vielleicht auch ein bißchen später – begegnete er schließlich dem Mann, der den Lauf seines Lebens verändern sollte.

Es war inzwischen November und wurde allmählich kalt. Yuri war in der Via Condotti, nicht weit von der Spanischen Treppe; er hatte sich eben in einem der modischen Geschäfte einen Kaschmirschal gekauft. Die Kamera hing an seiner Schulter, und das kleine Radio steckte unter dem Pullover in der Hemdtasche. Er hatte die Taschen voller Geld. Er rauchte eine Zigarette und kaute Popcorn aus einer Zellophantüte, während er so dahinschlenderte und den frühen Abend genoß, die hellerleuchteten Cafés und die lärmenden Amerikaner. Er dachte inzwischen nicht mehr allzuoft an die Zigeuner, denn seit seiner Flucht hatte er sie nicht mehr gesehen.

Die schmale Straße war nur für Fußgänger; die hübschen Mädchen, die von der Arbeit nach Hause gingen, spazierten Arm in Arm daher, wie es in Rom Sitte war, oder sie schoben ihre bunt lackierten Vesparoller durch das Gedränge zur nächsten Verkehrsstraße. Yuri bekam Hunger. Popcorn genügte nicht. Vielleicht würde er in eines der Restaurants gehen und um einen Tisch für sich und seine Mutter bitten; er würde eine angemessene Zeit warten und dann etwas bestellen, und dabei würde er sorgfältig darauf achten, daß man sein Geld sah, damit der Kellner dachte, er sei reich.

Während er noch versuchte, sich zu entscheiden, sich das Salz vom Popcorn von den Lippen leckte und seine Zigarette ausdrückte, sah er einen Mann an einem Cafétisch sitzen, über ein Glas Wein und eine Karaffe gebeugt. Es war ein Mann von weniger als dreißig Jahren mit schulterlangem Zottelhaar, aber in gut geschnittener Kleidung. Das deutete auf einen jungen Amerikaner hin; aber ein Hippie ohne einen Penny in der Tasche war er anscheinend nicht. Ja, dort auf dem Tisch neben ihm lagen eine sehr teure japanische Kamera, ein Notizbuch und ein Aktenkoffer. Anscheinend versuchte der Mann, etwas in das ledergebundene Notizbuch zu schreiben, aber immer wenn er den Stift zur Hand nahm und ein paar Worte hingekritzelt hatte, begann er qualvoll zu husten, ganz wie Yuris Mutter auf jener letzten Reise gehustet hatte.

Yuri beobachtete ihn genau. Der Mann war nicht nur krank, er fror auch. Er zitterte. Und betrunken war er außerdem. Das fand Yuri ein wenig abstoßend, denn es erinnerte ihn an seine Peiniger, die immer betrunken gewesen waren: Yuri war es von Natur aus zuwider, benebelt zu sein, und seiner Mutter war es ebenso gegangen: Ihre einzige Sucht war der Kaffee gewesen, soweit er sich erinnern konnte.

Aber trotz seiner Betrunkenheit fand Yuri alles andere an dem Mann anziehend. Seine Hilflosigkeit, seine ersichtliche Jugend, seine klare Verzweiflung. Der Mann versuchte wieder, ein wenig zu schreiben, aber dann sah er sich um, als wisse er, daß er sich jetzt, da es vollends Abend geworden war, ein warmes Plätzchen suchen müsse. Er hob das Glas mit dem dunkelroten Wein, trank es langsam aus und lehnte sich zurück; wieder erfaßte ihn einer dieser qualvollen Hustenanfälle, die seine schmalen Schultern schüttelten, bis er kraftlos gegen die eiserne Stuhllehne sackte.

Er war vielleicht fünfundzwanzig Jahre alt, und sein zottiges Haar war sauber. Er trug eine wollene Weste unter dem blauen Jackett, und darunter ein weißes Hemd und eine seidene Krawatte. Und wenn er nicht so betrunken und so krank gewesen wäre, dann wäre dieser Mann sicher eine leichte Beute gewesen. Und eine fette Beute dazu.

Aber er war krank. Und es zerriß Yuri das Herz, wie er da saß, sichtlich elend und offenbar außerstande, sich von der Stelle zu rühren, obwohl er weg wollte. Yuri schaute sich um. Er sah nirgends Zigeuner, und auch niemanden, der ein Zigeuner hätte sein können. Und er sah keine Polizei. Es würde kein

Problem sein, dem armen Mann zu helfen, von der Straße ins Warme zu kommen.

Er trat an den Tisch und sagte auf englisch: »Sie frieren. Ich werde Ihnen helfen, ein Taxi zu bekommen. Oben an der Piazza di Spagna können Sie eines finden. Dann können Sie in Ihr Hotel fahren.«

Der Mann starrte ihn an, als verstehe er kein Wort. Yuri beugte sich vor und legte die Hand des Mannes auf seine Schulter. Der Mann hatte Fieber. Seine Augen waren blutunterlaufen. Aber was für ein interessantes Gesicht ... Die Gesichtsknochen waren groß, vor allem die Wangenknochen und die Wölbung seiner Stirn. Und so hellhaarig – vielleicht hatte Yuri sich ja geirrt, und der Mann vor ihm war Schwede oder Norweger und verstand überhaupt kein Englisch.

Aber da sagte er: »Kleiner Mann.« Er sagte es leise und lächelte. »Mein kleiner Mann.«

»Ich *bin* ein kleiner Mann«, sagte Yuri und spreizte die Schultern. Er lächelte und zwinkerte mit dem rechten Auge. Tatsächlich aber durchschoß ihn ein kribbelnder Schmerz, denn genau das hatte seine Mutter immer zu ihm gesagt. Und dieser Fremde sagte es genauso wie sie. »Ich will Ihnen helfen«, sagte Yuri. Er nahm die rechte Hand des Mannes, die leblos und feucht auf dem Tisch lag. »Sie frieren ja so.«

Der Mann wollte etwas sagen, aber er fing wieder an zu husten. Yuri erstarrte. Er fürchtete plötzlich, der Mann könnte Blut husten. Der Mann zog unbeholfen, als gehe diese Bewegung fast über seine Kraft, ein Taschentuch hervor und bedeckte sein Gesicht damit. Er erschauerte in vollkommener Stille, als schlucke er alles hinunter – Blut, Geräusche, Schmerz. Dann versuchte er auf seltsam unbeholfene, schiefe Art aufzustehen.

Yuri übernahm das Kommando. Er schlang seinen Arm um die schmale Taille des Mannes, zog ihn behutsam hoch und schleppte ihn zwischen den dichtgedrängten Eisentischen mit den schnatternden Touristen hindurch; langsam und geduldig führte er ihn die wunderbar saubere Via Condotti hinauf, vorbei an den bunten Blumenständen und den offenen Geschäften.

Es war jetzt dunkel.

Als sie an dem rauschenden Verkehrsstrom vor der Spanischen Treppe angelangt waren, flüsterte der Mann, gleich oben sei ein Hotel, aber er wisse nicht, ob er es schaffe, die Treppe hinaufzusteigen. Yuri überlegte. Die Taxifahrt außen herum würde sehr lange dauern. Aber es wäre das beste für diesen Mann, denn der Aufstieg über die Treppe könnte ihm wirklich schaden. Yuri winkte ein Taxi heran und gab rasch ein paar Anweisungen.

»Ja, das Hassler«, sagte der Mann mit großer Erleichterung; er ließ sich in den Sitz sinken und verdrehte plötzlich die Augen, als wolle er an Ort und Stelle sterben.

Aber als sie in das vertraute Foyer traten – Yuri hatte hier als Kind oft gespielt, aber doch nicht oft genug, als daß die hochnäsig und kritisch blickenden Angestellten ihn wiedererkannt hätten –, erwies sich, daß der Mann hier gar kein Zimmer hatte, sondern nur ein dickes Bündel italienischer Geldscheine und einen beeindruckenden Stapel internationaler Kreditkarten. In glattem, mühelosen Italienisch – unterbrochen nur von gelegentlichem Husten – erklärte der Mann, er wolle eine Suite. Die ganze Zeit lag sein rechter Arm schwer auf Yuris Schultern; er stützte sich auf ihn, als würde er sonst den Boden unter den Füßen verlieren.

Oben kippte er aufs Bett und lag lange Zeit schweigend da. Ein schwacher warmer, abgestandener Geruch stieg von ihm auf, und seine Augen schlossen und öffneten sich langsam.

Yuri rief den Roomservice an und bestellte Suppe, Brot, Butter und Wein. Er wußte nicht, was er für diesen Mann sonst noch tun sollte. Der Mann lag da und lächelte ihn an, als finde er etwas an Yuris Benehmen besonders liebenswürdig. Yuri kannte diesen Blick. Seine Mutter hatte ihn oft so angesehen.

Als die Suppe kam, fütterte er den Mann Löffel für Löffel. Es war schön warm im Zimmer. Er hatte nichts dagegen, dem Mann das Weinglas an die Lippen zu halten. Es tat gut, den Mann essen zu sehen.

Erst als ihm ein bißchen Wein über das schlecht rasierte Kinn rieselte, erkannte Yuri, daß der Mann teilweise gelähmt war. Er versuchte, den rechten Arm und die rechte Hand zu bewegen, aber er konnte es nicht – und richtig, im Café hatte er mit links geschrieben, und mit der Linken hatte er unten im Hotel auch das Geld aus der Tasche geholt und dann fallen gelassen. Der Arm, den er um Yuris Schultern gelegt hatte, war nutzlos und fast nicht zu gebrauchen. Und die eine Gesichtshälfte war ebenfalls gelähmt.

»Was kann ich für Sie tun?« fragte Yuri auf italienisch. »Soll ich einen Arzt rufen? Sie brauchen einen Arzt. Was ist mit Ihrer Familie? Können Sie mir sagen, wie ich sie erreiche?«

»Rede mit mir«, sagte der Mann auf italienisch. »Bleib bei mir. Geh nicht weg.«

»Reden? Aber wieso? Was soll ich denn sagen?«

»Erzähl mir Geschichten«, sagte der Mann leise. »Erzähl mir, wer du bist und woher du kommst. Und sag mir, wie du heißt.«

Yuri dachte sich eine Geschichte aus. Diesmal war er aus Indien, der Sohn eines Maharadscha. Seine Mutter war mit ihm weggelaufen. In Paris hatte eine Mörderbande sie entführt, und Yuri war ihnen mit knapper Not entronnen. Schnell und leichthin erzählte er das alles, fast ohne Gefühl, und dann merkte er, daß der Mann ihn anlächelte. Der Mann wußte, daß er sich das alles nur ausdachte, und als er lächelte und sogar ein bißchen lachte, fing Yuri an, seine Geschichte noch auszuschmücken und sie immer fantastischer und ein bißchen albern zu gestalten, mit so überraschenden Wendungen wie möglich, und entzückt sah er die aufblitzende gute Laune in den Augen des Mannes.

Yuris erfundene Mutter hatte einen sagenhaften Edelstein besessen, einen riesigen Rubin, den der Maharadscha zurückhaben wollte. Aber seine Mutter hatte ihn in einem Bankschließfach in Rom versteckt, und als die Mörder sie erwürgt und ihre Leiche in den Tiber geworfen hatten, da hatte sie Yuri mit ihrem letzten röchelnden Atemzug zugerufen, er dürfe niemals verraten, wo der Rubin sei. Er war dann in einen kleinen Fiat gesprungen und seinen Verfolgern in einer spektakulären Flucht entkommen. Und als er das Juwel geholt hatte, da hatte er die erstaunlichste Entdeckung gemacht: Es war überhaupt kein Edelstein, sondern ein kleiner Kasten mit einem Federschloß und kleinen Scharnieren, und darin lag eine Phiole mit einer Flüssigkeit, die einem ewige Gesundheit und Jugend verlieh.

Yuri brach plötzlich ab. Ein starkes, flaues Gefühl überkam ihn, und er glaubte schon, ihm werde übel. Panisch redete er weiter und bemühte sich, seinen Ton beizubehalten. »Natürlich war es zu spät für meine Mutter; sie lag schon tot im Tiber. Aber diese Flüssigkeit kann die ganze Welt retten.«

Er schaute nach unten. Der Mann lächelte ihn vom Kopfkissen her an; das Haar klebte ihm feucht auf Stirn und Hals, der Hemdkragen war fleckig durchgeschwitzt, und seine Krawatte war gelockert.

»Könnte sie auch mich retten?« fragte der Mann.

»O ja«, sagte Yuri. »Ja, nur . . .«

»Deine Verfolger haben sie dir abgenommen«, sagte der Mann.

»Ja. Sie schlichen sich in der Schalterhalle der Bank von hinten an mich heran und rissen mir die Phiole aus der Hand. Ich rannte zum nächsten Sicherheitsposten, nahm seine Pistole und erschoß zwei von ihnen. Aber der dritte rannte mit der Phiole weg. Und das Tragische, das Entsetzliche, jawohl, das Entsetzliche ist, daß er nicht weiß, was er in Händen hält. Er wird das Kästchen wahrscheinlich an irgendeinen Hehler verscherbeln. Er weiß es ja nicht! Der Maharadscha hat den bösen Männern nie gesagt, warum er meine Mutter wiederhaben wollte.«

Yuri verstummte. Wie konnte er so etwas daherreden? Eine Flüssigkeit, die ewige Jugend verlieh? Und hier lag dieser junge Mann todkrank, vielleicht im Sterben, und konnte seinen rechten Arm nicht bewegen, obwohl er immer wieder versuchte, ihn zu heben. Wie hatte Yuri so etwas erzählen können? Und er dachte an seine eigene Mutter, die tot auf dem kleinen Bett in Serbien lag, und an die Zigeuner, die plötzlich hereingekommen waren und behauptet hatten, sie seien seine Vettern und Onkel! Lügner! Und all der Dreck dort, dieser Dreck . . .

Sicher hätte sie ihn niemals, niemals dort zurückgelassen, wenn sie gewußt hätte, was passieren würde. Kalte Wut erfüllte ihn.

»Erzähle mir vom Palast des Maharadscha«, sagte der Mann leise.

»Ach ja, der Palast. Nun, er ist ganz aus weißem Marmor . . .«

Große, wohltuende Erleichterung erfüllte Yuri, als er alles beschrieb – Fußböden, Teppiche, Möbel . . .

Danach erzählte er noch viele Geschichten von Indien und Paris und von sagenhaften Orten, an denen er gewesen war.

Als er aufwachte, war es früh am Morgen. Er saß am Fenster, die Arme auf dem Sims verschränkt. So hatte er geschlafen, mit dem Kopf auf den Armen. Das große, weitläufige Rom lag unter einem grauen, dunstigen Licht. Lärm stieg aus den schmalen Straßen herauf. Er hörte das Donnern all der winzigen Autos, die da hin und her huschten.

Er schaute zu dem Mann hinüber. Der Mann blickte ihn starr an. Einen Moment lang glaubte Yuri, er sei tot. Dann sagte der Mann leise: »Yuri, du mußt jemanden für mich anrufen.«

Yuri nickte. Ihm fiel ein, daß er dem Mann nicht gesagt hatte, wie er hieß. Nun, vielleicht hatte er den Namen unwissentlich beim Geschichtenerzählen verraten. Es war nicht so wichtig. Er nahm das Telefon vom Nachttisch, kletterte neben den Mann auf das Bett und nannte der Vermittlung Namen und Nummer. Der Anruf galt einem Mann in London. Als er sich meldete, tat er es auf Englisch, und Yuri wußte, daß es eine kultivierte Stimme war, die er da hörte.

Yuri übermittelte die Botschaft; der Kranke lag da und sagte ihm leise und kraftlos in italienischer Sprache, was er wollte.

»Ich rufe für Ihren Sohn Andrew an. Er ist sehr krank. Sehr krank. Er ist im Hotel Hassler in Rom, und er bittet Sie, zu ihm zu kommen. Er sagt, er kann nicht mehr zu Ihnen kommen.«

Der Mann am anderen Ende wechselte sofort ins Italienische, und das Gespräch ging eine Weile weiter.

»Nein, Sir«, widersprach Yuri, Andrews Anweisungen folgend. »Er sagt, er will keinen Arzt. Jawohl, Sir, er wird hierbleiben.« Yuri nannte die Zimmernummer. »Ich werde dafür sorgen, daß er ißt.« Yuri beschrieb den Zustand des Mannes, so gut er konnte, während der Mann zuhörte. Er beschrieb auch die mutmaßlichen Lähmungen. Er merkte, daß der Vater vor Sorgen wie von Sinnen war; er würde die nächste Maschine nach Rom nehmen.

»Ich will versuchen, ihn zu überreden, daß er einen Arzt kommen läßt. Jawohl, Sir.«

»Danke, Yuri«, sagte der Mann am anderen Ende der Leitung. Und wieder wurde Yuri klar, daß er auch diesem Mann nicht gesagt hatte, wie er hieß. »Bitte bleib bei ihm«, sagte der Fremde. »Ich werde kommen, sobald ich kann.«

»Keine Sorge«, sagte Yuri. »Ich gehe nicht weg.«

Als er aufgelegt hatte, trug er die Diskussion, die er geführt hatte, sogleich noch einmal vor.

»Keinen Arzt«, beharrte Andrew. »Wenn du den Hörer abnimmst und einen Arzt rufst, springe ich aus dem Fenster. Hörst du? Keinen Arzt. Dafür ist es viel zu spät.«

Yuri war sprachlos. Ihm war, als müsse er gleich in Tränen ausbrechen. Er erinnerte sich, wie seine Mutter gehustet hatte, als sie zusammen im Zug nach Serbien gesessen hatten. Warum hatte er sie nicht gezwungen, einen Arzt zu rufen? Warum nicht?

»Sprich mit mir, Yuri«, sagte der Mann. »Erfinde Geschichten. Oder erzähl mir von ihr, wenn du willst. Erzähl mir von deiner Mutter. Ich sehe sie vor mir. Ich sehe ihr schönes schwarzes Haar. Ein Arzt hätte ihr nicht mehr helfen können, Yuri. Das wußte sie. Sprich mit mir, bitte.«

Ein leises Frösteln überlief Yuri, als er dem Mann in die Augen schaute. Er wußte, daß er seine Gedanken lesen konnte. Yuris Mutter hatte ihm von Zigeunern erzählt, die so etwas konnten. Yuri selbst hatte diese Begabung nicht. Seine Mutter hatte behauptet, sie zu haben, aber Yuri hatte es nicht geglaubt. Er hatte nie einen echten Beweis dafür gesehen. Er fühlte einen tiefen Schmerz, als er an sie dachte, wie sie im Zug gesessen hatte, und gern hätte er geglaubt, daß es für einen Arzt zu spät gewesen war, aber er würde es niemals sicher wissen. Diese Einsicht betäubte ihn und ließ ihn ganz still werden, innerlich schwarz und kalt.

»Ich werde Ihnen Geschichten erzählen, wenn Sie etwas frühstücken«, sagte er. »Ich bestelle Ihnen etwas Warmes.«

Der Mann starrte lustlos vor sich hin und lächelte dann. »Also gut, kleiner Mann. Wie du meinst. Aber keinen Arzt. Und, Yuri, wenn ich nicht mehr sprechen sollte, merk dir eins: Laß dich nicht von den Zigeunern einfangen. Bitte meinen Vater, dir zu helfen . . . wenn er kommt.«

Der Vater kam erst am Abend.

Yuri war gerade mit dem Mann im Badezimmer, und der Mann übergab sich in die Toilette und klammerte sich dabei an Yuris Hals, um nicht umzufallen. In dem Erbrochenen war Blut. Yuri hatte große Mühe, ihn festzuhalten; der Gestank des Erbrochenen bereitete ihm Übelkeit, aber er ließ den Mann nicht los. Dann blickte er auf und sah die Gestalt des Vaters, weißhaarig, aber nicht sehr alt, und offensichtlich reich. Neben ihm stand ein Hotelpage.

Ah, das ist also der Vater, dachte Yuri, und für einen Augenblick durchströmte ihn heiß eine lautlose Wut; dann aber fühlte er sich seltsam lustlos und bewegungsunfähig.

Wie gepflegt dieser Mann aussah mit seinem dichten, welligen weißen Haar, und was für schöne Kleider er hatte. Er kam herein, faßte seinen Sohn bei den Schultern, und Yuri wich zurück. Der junge Page half mit, und sie legten Andrew auf das Bett.

Andrew streckte in panischer Hast die Hände nach Yuri aus und rief seinen Namen.

»Ich bin hier, Andrew«, sagte Yuri. »Ich lasse Sie nicht allein. Keine Angst. Aber jetzt lassen Sie Ihren Vater einen Arzt rufen, bitte, Andrew. Tun Sie, was er sagt.«

Er setzte sich neben den Kranken, zog ein Knie an, nahm die Hand des Mannes und schaute ihm ins Gesicht. Der Stoppelbart des Kranken war dichter geworden, rauh und bräunlich, und sein Haar roch nach Schweiß und Fett. Yuri hatte Mühe, nicht zu weinen.

Würde der Vater ihm Vorwürfe machen, weil er keinen Arzt gerufen hatte? Er wußte es nicht. Der Vater redete mit dem Pagen. Dann ging der Page, und der Vater setzte sich in einen Sessel und schaute seinen Sohn nur an. Er wirkte nicht traurig oder beunruhigt, nur auf eine milde Art besorgt. Er hatte freundliche blaue Augen und Hände mit großen Knöcheln und dicken blauen Adern. Alte Hände.

Andrew döste eine ganze Weile. Dann bat er Yuri, ihm noch einmal vom Palast des Maharadscha zu erzählen. Die Anwesenheit des Vaters bekümmerte Yuri. Aber er verbannte sie aus seinem Bewußtsein. Dieser Mann lag im Sterben. Und sein

Vater rief nicht einmal einen Arzt! Er bestand nicht darauf! Was, in Gottes Namen, stimmte nicht mit diesem Vater, daß er sich nicht um seinen Sohn kümmerte? Aber wenn Andrew die Geschichte noch einmal hören wollte – schön.

Er erinnerte sich, wie seine Mutter einmal mit einem sehr alten deutschen Freund viele Tage lang im Hotel Danielli gewohnt hatte. Als eine ihrer Freundinnen sie gefragt hatte, wie sie einen so alten Mann ertragen könne, hatte sie gesagt: »Er ist gut zu mir, und er stirbt. Ich würde alles tun, um es ihm leicht zu machen.« Und Yuri erinnerte sich an den Ausdruck in ihren Augen, als sie schließlich in dem elenden Dorf angekommen waren und die Zigeuner ihr gesagt hatten, daß ihre eigene Mutter inzwischen gestorben sei.

Und Yuri erzählte alles über den Maharadscha. Er erzählte von seinen Elefanten und ihren wunderschönen Sätteln aus rotem, goldbetreßtem Samt. Er erzählte von seinem Harem, in dem Yuris Mutter die Königin gewesen war. Er erzählte von einer Schachpartie zwischen ihm und seiner Mutter, die fünf Jahre gedauert hatte, ohne daß einer gewonnen hätte; dabei hatten sie an einem reich drapierten Tisch unter einem Mangrovenbaum gesessen. Er erzählte von seinen kleinen Geschwistern und von einem zahmen Tiger an einer goldenen Kette.

Andrew schwitzte schrecklich. Yuri ging ins Bad, um einen Waschlappen zu holen, aber der Mann öffnete sogleich die Augen und rief nach ihm. Yuri hastete zurück und wischte dem Mann die Stirn und dann das ganze Gesicht ab. Der Vater rührte keinen Finger. Was, zum Teufel, stimmte nicht mit diesem Vater?

Andrew versuchte Yuri mit der linken Hand zu berühren, aber anscheinend konnte er diese Hand jetzt auch nicht mehr bewegen. Yuri verspürte jähe Panik. Mit festem Griff erfaßte er die Hand und strich mit den Fingern über sein Gesicht, und er sah, wie der Mann lächelte.

Etwa eine halbe Stunde später schlief der Mann ein. Und dann starb er. Yuri beobachtete ihn. Er sah, wie es geschah. Die Brust hörte auf, sich zu bewegen. Die Augenlider öffneten sich einen kleinen Spaltbreit. Dann nichts mehr.

Yuri warf einen Blick zum Vater hinüber. Der saß da und hatte den Blick starr auf den Sohn gerichtet. Yuri wagte nicht, sich zu bewegen.

Endlich trat der Vater zum Bett und schaute auf Andrew herab; dann beugte er sich nieder und küßte Andrew auf die Stirn. Yuri war verblüfft. Keinen Arzt holen, aber ihn jetzt küssen, dachte er erbost. Er spürte, wie sein eigenes Gesicht sich verzog, er wußte, daß er gleich weinen würde, und er konnte nichts dagegen tun. Und plötzlich weinte er.

Er ging ins Bad, putzte sich die Nase mit Toilettenpapier und nahm eine Zigarette aus der Tasche; er klopfte sie auf dem Handrücken fest, steckte sie in den Mund und zündete sie an, obwohl seine Lippen zitterten. In hastigen, aber genüßlichen Zügen rauchte er, während die Tränen seinen Blick umwölkten.

Im Zimmer hinter der Tür herrschte großer Aufruhr. Menschen kamen und gingen. Yuri lehnte sich an die weißen Kacheln und rauchte eine Zigarette nach der anderen. Bald hörte er auf zu weinen. Er trank ein Glas Wasser, stand mit verschränkten Armen da und dachte: Ich sollte mich verdrücken.

Den Teufel würde er tun und diesen Mann um Hilfe bitten. Er würde warten, bis der Trubel dort drinnen ein Ende hätte, und dann würde er sich verdrücken. Wenn ihn jemand zur Rede stellte, würde er sich eine raffinierte kleine Ausrede einfallen lassen und verschwinden. Kein Problem. Überhaupt kein Problem. Vielleicht würde er Rom ganz verlassen.

»Vergiß das Bankschließfach nicht«, sagte der Vater.

Yuri erschrak. Der weißhaarige Mann stand in der Tür. Das Zimmer hinter ihm schien leer zu sein. Andrews Leichnam war nicht mehr da.

»Wie meinen Sie das?« fragte Yuri auf italienisch. »Was reden Sie da?«

»Deine Mutter hat es dir hinterlassen – das Fach mit dem Paß deines Vaters und dem Geld. Sie wollte, daß du es bekommst.«

»Aber ich habe den Schlüssel nicht mehr.«

»Dann gehen wir zur Bank. Wir erklären alles.«

»Ich will nichts von Ihnen!« antwortete Yuri wütend. »Ich komme gut allein zurecht.« Er wollte sich an dem Mann vorbeidrücken, aber der faßte ihn bei der Schulter, und der Griff seiner Hand war überraschend kräftig für eine so alte Hand.

»Yuri, bitte. Andrew wollte, daß ich dir helfe.«

»Sie haben ihn sterben lassen! Ein feiner Vater sind Sie! Sie haben dagesessen und ihn sterben lassen!« Yuri stieß den Mann beiseite und wollte hinauslaufen, aber der Mann schlang den Arm um seine Taille und hob ihn hoch.

»Ich bin nicht wirklich sein Vater, Yuri«, sagte er, stellte Yuri wieder auf die Füße und drückte ihn sanft gegen die Wand. Dann sammelte er sich, zog das Revers seines Jacketts zurecht und seufzte tief. Ruhig sah er Yuri an. »Wir gehören zu einer Organisation. In dieser Organisation sah er mich als seinen Vater an, aber ich war in Wirklichkeit nicht sein Vater. Und er ist nach Rom gekommen, um hier zu sterben. Es war sein Wunsch, hier zu sterben. Ich habe getan, was er wollte. Hätte er gewollt, daß etwas anderes geschieht, dann hätte er es mir gesagt. Aber er hat mich nur um eines gebeten: Ich soll mich um dich kümmern.«

Schon wieder Gedankenleserei. So raffiniert, diese Männer! Was sie wohl waren? Eine Bande von reichen Zigeunern? Yuri verzog verächtlich den Mund. Er verschränkte die Arme, bohrte den Absatz in den Teppichboden und schaute den Mann argwöhnisch an.

»Ich will dir helfen«, sagte der Mann. »Du bist besser als die Zigeuner, die dich gestohlen haben.«

»Das weiß ich«, sagte Yuri. Er dachte an seine Mutter. »Manche Leute sind eben besser als andere. Viel besser.«

»Genau.«

Jetzt abhauen, dachte er. Und er versuchte es, aber wieder bekam der Mann ihn zu fassen und hielt ihn fest. Yuri hatte Kräfte für zehn, und der Mann hier war alt. Aber es nützte ihm nichts.

»Gib es doch vorläufig auf, Yuri«, sagte der Mann. »Gib so lange auf, bis wir zur Bank gegangen sind und das Schließfach öffnen konnten. Dann können wir entscheiden, was zu tun ist.«

Und bald darauf weinte Yuri und ließ sich von dem Mann aus dem Hotel und zu dem wartenden Wagen führen, einer edlen deutschen Limousine. Die Bank kam Yuri irgendwie bekannt vor, aber die Leute darin waren Fremde. In neugierigem Staunen sah Yuri zu, wie der weißhaarige Engländer alles erklärte; gleich darauf wurde das Schließfach geöffnet, und Yuri bekam den Inhalt präsentiert – mehrere Pässe, die japanische Uhr seines Vaters, einen dicken Umschlag mit Lire und amerikanischen Dollars und ein Bündel Briefe, von denen mindestens einer an seine Mutter in Rom adressiert war.

Es erfüllte Yuri mit machtvoller Erregung, diese Dinge zu sehen, sie zu berühren, in Gedanken wieder dem Augenblick nahe zu sein, da er und seine Mutter hergekommen waren und sie alles in dieses Tresorfach gelegt hatte.

Die Bankangestellten steckten alles für ihn in braune Umschläge, und dann drückte er diese Umschläge an die Brust.

Der Engländer führte ihn zurück zum Auto, und wenige Minuten später hielten sie schon wieder an. In einem kleinen Büro begrüßte der Engländer einen Bekannten. Yuri sah eine Kamera auf einem Stativ. Der Mann winkte ihm, sich davor aufzustellen.

»Wozu?« fragte er scharf. Noch immer hielt er die braunen Umschläge fest. Wütend starrte er den weißhaarigen Mann und seinen freundlichen Bekannten an, und dieser lachte, als finde er Yuri besonders niedlich.

»Für einen neuen Paß«, sagte der Engländer auf italienisch. »Von denen, die du hast, ist keiner so recht gültig.«

»Aber das hier ist kein Paßamt«, sagte Yuri verächtlich.

»Wir besorgen uns unsere Pässe selbst«, sagte der Engländer. »So gefällt es uns besser. Wie möchtest du heißen? Oder willst du es mir überlassen? Ich würde mich freuen, wenn du kooperieren wolltest; dann kannst du mit nach Amsterdam kommen und selber sehen, ob es dir gefällt.«

»Nein«, sagte Yuri. Er mußte daran denken, wie Andrew gesagt hatte: keinen Arzt. »Keine Polizei!« sagte er. »Keine Waisenhäuser, keine Klöster, keine Behörden. Nein!« Und er ratterte noch etliche andere Ausdrücke herunter, die er für dergleichen kannte, italienische, rumänische und russische. Sie liefen alle auf das gleiche hinaus: »Kein Gefängnis!«

»Nein, nichts davon«, sagte der Mann geduldig. »Du kannst mit mir in unser Haus in Amsterdam kommen, und dort kannst du kommen und gehen, wie du willst. Es ist ein sicherer Ort, unser Haus in Amsterdam. Du wirst dein eigenes Zimmer haben.«

Ein sicherer Ort. Ein eigenes Zimmer.

»Aber wer sind Sie?« fragte Yuri.

»Wir nennen uns Talamasca«, sagte der Mann. »Wir sind Gelehrte – Studierende, wenn du willst. Wir sammeln Aufzeichnungen, und wir sind dafür verantwortlich, Zeugen zu sein. Das heißt, wir fühlen uns dafür verantwortlich. Das ist unsere Tätigkeit. Ich erkläre dir das alles im Flugzeug.«

»Gedankenleser«, sagte Yuri.

»Ja«, sagte der Mann. »Und Ausgestoßene, Einsame, die manchmal ganz auf sich allein gestellt sind. Und Leute, die manchmal besser sind als andere, manchmal viel besser. Wie du. Mein Name ist Aaron Lightner. Ich wünschte, du würdest mit mir kommen.«

Im Mutterhaus in Amsterdam überzeugte Yuri sich zuerst davon, daß er entkommen konnte, wann immer er wollte. Wieder und wieder überprüfte er die vielen unverschlossenen Türen. Sein Zimmer war klein und makellos, und durch das Fenster sah man die Gracht und den kopfsteingepflasterten Kai. Er liebte es. Das helle Licht Italiens fehlte ihm; hier war es trüber, nördlicher – wie in Paris –, aber das war in Ordnung. Drinnen gab es warme Kaminfeuer, weiche Sofas und Sessel zum Dösen, feste Betten und eine Menge gutes Essen. Die Straßen von Amsterdam gefielen ihm, denn es gab viele alte Häuser aus dem siebzehnten Jahrhundert, eines neben dem anderen, die langgestreckte solide und schöne Fassaden bildeten. Die steilen Giebel gefielen ihm. Die Ulmen gefielen ihm. Die sauber duftende Kleidung, die er bekam, gefiel ihm, und nach einer Weile gefiel ihm sogar die Kälte.

Leute mit fröhlichen Gesichtern gingen im Mutterhaus aus und ein. Tagtäglich war immer wieder die Rede von den Ältesten, aber Yuri wußte nicht, wer diese Leute waren.

Und reden wollte er immer noch nicht. Dann, nach langem Drängen, erzählte er die Geschichte von dem Maharadscha.

»Nein«, sagte Aaron. »Erzähle mir, was wirklich passiert ist.«

»Warum sollte ich Ihnen irgend etwas erzählen?« wollte Yuri

wissen. »Ich weiß gar nicht, weshalb ich mit Ihnen hergekommen bin.« Es war jetzt ein Jahr her, daß er jemandem die Wahrheit über sich gesagt hatte. Auch Andrew hatte er nicht die Wahrheit gesagt. Warum dann diesem Mann? Und plötzlich tat er es: Er bestritt, daß er irgendein Bedürfnis habe, die Wahrheit zu sagen, sich jemandem anzuvertrauen oder irgend etwas zu erklären, aber er tat es. Er erzählte von seiner Mutter, von den Zigeunern, von allem ... Er erzählte und erzählte. Die Nacht ging dahin, der Morgen dämmerte, und noch immer saß Aaron Lightner ihm gegenüber am Tisch und hörte zu, und Yuri erzählte und erzählte und erzählte.

Und als er fertig war, kannte er Aaron Lightner, und Aaron Lightner kannte ihn. Und man entschied, daß Yuri die Talamasca nicht verlassen würde, zumindest jetzt noch nicht.

Sechs Jahre lang ging Yuri in Amsterdam zur Schule.

Er wohnte im Haus der Talamasca, verbrachte die meiste Zeit mit Lernen, und nach der Schule und an den Wochenenden arbeitete er für Aaron Lightner; er gab Aufzeichnungen in den Computer ein, ging in der Bibliothek obskuren Verweisen nach und erledigte manchmal auch einfache Botengänge – brachte dies zur Post, holte jenes wichtige Paket ab.

Nach und nach wurde ihm klar, daß die Ältesten überall um ihn herum waren, als ganz gewöhnliche Mitglieder des Ordens; aber niemand wußte genau, wer sie waren. Das ging so: Wenn man ein Ältester wurde, dann sagte man es niemandem. Und es war verboten, jemanden zu fragen: »Bist du ein Ältester?« oder »Weißt du, ob Aaron ein Ältester ist oder nicht?« Es war sogar verboten, über diese Fragen im stillen zu spekulieren.

Die Ältesten wußten, wer die anderen waren. Sie kommunizierten mit den übrigen per Computer und über die Faxgeräte im Mutterhaus. Ja, jedes Mitglied, auch ein inoffizielles Mitglied wie Yuri, konnte mit den Ältesten reden, wenn es wollte. Mitten in der Nacht konnte er seinen Computer einschalten und einen langen Brief an die Ältesten schreiben, und irgendwann am nächsten Morgen würde die Antwort aus dem Drucker kommen, würde Seite um Seite herausfließen.

Das bedeutete natürlich, daß es viele Älteste gab, und daß manche von ihnen immer »in Rufbereitschaft« standen. Sie hatten keine echte Persönlichkeit, soweit Yuri es beurteilen konnte, keine echte Stimme, an der man sie hätte erkennen können, aber sie waren freundlich und aufmerksam, und sie wußten alles. Oft gaben sie zu erkennen, daß sie auch über Yuri alles wußten – vielleicht sogar Dinge, derer er sich selbst nicht sicher war.

Sie faszinierte Yuri, diese stumme Kommunikation mit den Ältesten. Er fing an, sie nach vielem zu fragen. Und sie blieben ihm nie eine Antwort schuldig.

Morgens, wenn Yuri zum Frühstück hinunter ins Refektorium ging, schaute er sich um und fragte sich, wer wohl ein Ältester sein mochte, und wer von denen hier im Raum wohl in der Nacht seinen Brief beantwortet haben mochte. Natürlich hätte alles, was er schrieb, auch woandershin übermittelt werden können; das konnte er nicht wissen. Älteste gab es in allen Mutterhäusern, und man wußte lediglich, daß sie die alten Ordensmitglieder waren, die erfahrenen, diejenigen, die den Orden in Wirklichkeit führten, wenngleich der Generalobere, den sie ernannten und dem sie allein verantwortlich waren, das eigentliche Oberhaupt ihrer Gemeinschaft war.

Als Aaron nach London zurückkehrte, war es ein trauriger Tag für Yuri; das Haus in Amsterdam war sein erstes festes Heim gewesen. Er wollte sich nicht von Aaron trennen, und so verließen sie das Amsterdamer Mutterhaus zusammen und zogen in das große Haus vor den Toren Londons, das ebenso schön und warm und sicher war.

Yuri liebte bald auch London. Als er erfuhr, daß er nach Oxford gehen sollte, um zu studieren, war er entzückt über diese Entscheidung. Sechs Jahre verbrachte er dort, und an den Wochenenden kam er oft nach Hause, um sozusagen ins Geistesleben einzutauchen.

Mit sechsundzwanzig war Yuri bereit, ein ernsthaftes Mitglied des Ordens zu werden. Er hegte nicht den leisesten Zweifel. Die Reisen, mit denen Aaron und David ihn betrauten, waren ihm willkommen. Bald erhielt er Reisebefehle auch unmittelbar von den Ältesten. Ihnen erstattete er über den Computer Bericht, wenn er zurückkam.

»Auftrag von den Ältesten«, sagte er zu Aaron, wenn er

abreiste. Aaron stellte nie irgendwelche Fragen, und er schien auch nie besonders überrascht zu sein.

Aber wohin er auch reiste und was er auch tat, immer telefonierte Yuri mit Aaron. Auch David Talbot war er treu ergeben, aber es war kein Geheimnis, daß David Talbot alt war und des Ordens müde; vielleicht würde er bald als Generaloberer zurücktreten, und vielleicht würden die Ältesten ihn sogar höflich bitten, sein Amt niederzulegen.

Aaron war derjenige, auf den Yuri ansprach, und Aaron war es, der ihm wirklich am Herzen lag.

Yuri wußte, daß zwischen Aaron und ihm ein besonderes Band bestand. Für Yuri war es die machtvolle, irrationale Liebe, die ihre Wurzeln in der Kindheit bildet, in der Einsamkeit, in unauslöschlichen Erinnerungen an Zärtlichkeit und Errettung – eine Liebe, die niemand zerstören kann außer dem, der sie empfängt. Aaron ist mein Vater, dachte Yuri, wie er auch für Andrew ein Vater gewesen sein muß.

Als Yuri älter wurde, war er öfter unterwegs. Er liebte es, allein umherzureisen. Am wohlsten fühlte er sich in der Anonymität. Er brauchte eine Vielfalt von Sprachen um sich herum, mußte immer wieder eintauchen in Riesenstädte, die von Menschen aller Stände und Altersgruppen bevölkert wurden; wenn er dort eintauchen konnte, dann fühlte er sich so lebendig wie nie.

Aber an fast jedem Tag seines Lebens – wo immer er auch sein mochte – telefonierte Yuri mit Aaron. Aaron tadelte Yuri nie für diese Abhängigkeit. Im Gegenteil, Aaron war immer erreichbar und bereit für Yuri, und im Laufe der Jahre vertraute auch er Yuri mehr und mehr von seinen eigenen Gefühlen an, sprach von seinen eigenen kleinen Erfahrungen und Hoffnungen.

Manchmal redeten sie auf behutsame Weise über die Ältesten, aber Yuri konnte aus diesen Gesprächen nicht entnehmen, ob Aaron nun einer von ihnen war oder nicht. Natürlich sollte er es auch gar nicht wissen, aber er war doch ziemlich sicher, daß Aaron ein Ältester war. Wenn er keiner war, wer dann? Aaron war einer der ältesten und klügsten Männer, die weltweit in der Talamasca zu finden waren.

Als Aaron monatelang in den Vereinigten Staaten blieb und den Mayfair-Hexen nachspürte, war Yuri enttäuscht. Er hatte noch nie erlebt, daß Aaron dem Mutterhaus so lange ferngeblieben war.

Als Weihnachten näherkam, für Yuri eine Zeit der Einsamkeit wie für so viele, da setzte er sich an den Computer und rief die Datei über die Mayfair-Hexen auf; er druckte sie vollständig aus und studierte sie sehr sorgfältig, um zu begreifen, was Aaron in New Orleans so lange aufhielt.

Yuri las die Geschichte der Mayfair-Hexen mit Genuß, aber sie erweckte keine bestimmten Gefühle in ihm, nicht mehr als irgendeine andere Akte der Talamasca. Er suchte nach einer Rolle für sich – konnte er vielleicht für Aaron Informationen über Donnelaith sammeln? Ansonsten aber machte die Geschichte insgesamt keinen besonderen Eindruck auf ihn. Die Akten der Talamasca waren voll von seltsamen Geschichten, und manche davon waren weit seltsamer als diese hier.

In der Woche vor Weihnachten gaben die Ältesten bekannt, daß David Talbot von seinem Amt als Generaloberer zurücktrete und daß ein Mann von deutsch-italienischer Herkunft, Anton Marcus, sein Nachfolger sein werde. Niemand in London kannte Anton Marcus.

Auch Yuri wußte nicht, wer er war. Seine Hauptsorge war, daß er keine Gelegenheit gehabt hatte, sich von David Talbot zu verabschieden. Davids Verschwinden war einigermaßen geheimnisumwoben.

Anton Marcus traf einen Tag nach der Bekanntmachung ein. Mit seinem Charme und seinen intimen Kenntnissen über Geschichte und Herkunft eines jeden Mitglieds gewann er sofort alle für sich, und bald herrschte wieder Frieden im Londoner Mutterhaus.

Anton Marcus sprach nach dem Abendessen im großen Speiseraum zu allen Mitgliedern. Mit seiner großen Gestalt, seinem glatten Silberhaar und der dicken, goldgeränderten Brille bot er die saubere Erscheinung eines Managers, und er sprach mit dem geschmeidigen britischen Akzent, den die Talamasca anscheinend bevorzugte. Yuri sprach inzwischen selbst mit diesem Akzent.

Anton Marcus erinnerte alle daran, wie wichtig die Geheimhaltung und Diskretion hinsichtlich der Ältesten sei. Die Ältesten sind mitten unter uns. Aber sie können uns nicht wirkungsvoll lenken, wenn sie zur Rede gestellt und angezweifelt werden. Die Ältesten arbeiten am besten als anonymes Gremium, auf das wir alle vertrauen.

Yuri zuckte mit den Schultern.

Als er eines Morgens gegen zwei in sein Zimmer kam, fand er ein Kommuniqué der Ältesten in seinem Drucker vor. »Wir freuen uns, daß ihr Anton so herzlich willkommen geheißen habt. Wir glauben, daß Anton ein vorzüglicher Generaloberer sein wird. Wenn euch die Eingewöhnung Schwierigkeiten bereiten sollte, laßt es uns wissen: Wir sind für euch da.« Und ein Auftrag für Yuri war dabei. Er sollte nach Dubrovnik fahren, mehrere wichtige Pakete holen und nach Amsterdam bringen, und dann sollte er wieder nach Hause kommen. Routine. Ein Kinderspiel.

Yuri wäre nach New Orleans gefahren, um Weihnachten mit Aaron zu verbringen, wenn Aaron ihm nicht am Telefon gesagt hätte, das sei nicht möglich, und die Ermittlungsarbeit sei momentan höchst entmutigend, so entmutigend wie noch nie zuvor in seiner Laufbahn.

»Was ist denn bei den Mayfair-Hexen passiert?« fragte Yuri und ob er denn im Zusammenhang mit den Ermittlungen vielleicht eine kleine Aufgabe übernehmen könne. Aaron verneinte.

»Behalte deinen Glauben, Yuri«, sagte er. »Ich sehe dich wieder, wenn Gott es will.«

Solche Äußerungen waren nicht Aarons Art. Für Yuri war es das erste klare Signal, daß hier wirklich etwas ganz entschieden nicht in Ordnung war.

Es war früh am Heiligen Abend in New Orleans, als Aaron in London anrief. »Eine so schwierige Zeit habe ich noch nie erlebt«, sagte er. »Es gibt Dinge, die ich tun möchte und die der Orden mir nicht erlaubt. Ich muß hier auf dem Lande bleiben, und ich möchte doch in die Stadt. Was habe ich dir immer gepredigt, Yuri? Daß es von absoluter Bedeutung ist, den Regeln des Ordens zu gehorchen.«

»Was würdest du denn tun, wenn du könntest, Aaron?« fragte Yuri.

Aaron sagte, Rowan Mayfair werde in schreckliche Schwierigkeiten kommen; Rowan brauche ihn, und er müsse zu ihr und tun, was er könne. Aber die Ältesten hätten es ihm verboten. Die Ältesten hätten ihm befohlen, im Mutterhaus von Oak Haven zu bleiben, und er könne nicht »eingreifen«.

»Aaron«, sagte Yuri, »in der ganzen Geschichte der Mayfair-Hexen haben wir immer wieder – vergebens – versucht, einzugreifen. Es ist für dich bestimmt nicht ungefährlich, in der Nähe dieser Leute zu sein – ebensowenig, wie es das für Stuart Townsend oder Arthur Langtry war, die beide infolge ihrer Kontakte ums Leben kamen. Was kannst du denn tun?«

Aaron pflichtete ihm widerstrebend bei. Er sprach davon, daß David und Anton wahrscheinlich ganz recht daran taten, ihn vom Geschehen fernzuhalten. Gleichwohl sei es schwer.

»Ich bin nicht sicher, daß das Leben als Zuschauer am Spielfeldrand Vorzüge hat«, sagte Aaron. »Ich bin ganz und gar nicht sicher. Vielleicht habe ich immer auf den rechten Augenblick gewartet, und nun ist dieser Augenblick gekommen.«

Das waren höchst seltsame Reden für Aarons Verhältnisse. Yuri war zutiefst beunruhigt. Aber er hatte zwei neue Aufträge von Anton bekommen, und so reiste er erst nach Indien und dann nach Bali, um bestimmte Orte und Personen zu fotografieren; er war ständig beschäftigt und genoß seine Reisen, wie er es immer getan hatte.

Erst Mitte Januar hörte er wieder von Aaron. Aaron wollte, daß er nach Donnelaith in Schottland fuhr, um festzustellen, ob dort irgend jemand ein geheimnisvolles Paar gesichtet habe. Yuri machte sich hastig Notizen: »Du suchst nach Rowan Mayfair und einem männlichen Begleiter, sehr groß, schlank, dunkelhaarig.«

Yuri begriff im stillen, was geschehen war: Der Geist der Familie Mayfair, das Wesen, das sie seit Generationen heimsuchte, hatte auf irgendeine Weise Eingang in die sichtbare Welt gefunden. Yuri stellte keine Fragen dazu, aber insgeheim war er aufgeregt. Es kam ihm ebenso bedeutsam wie schrecklich vor, und er wollte dieses Wesen finden.

»Das also willst du, ja? Sie finden? Und du bist sicher, daß man mit dieser Suche am besten in Donnelaith beginnt?«

»Ich weiß sonst keinen Ort, an dem man damit beginnen könnte«, sagte Aaron. »Diese beiden Individuen könnten überall in Europa sein. Vielleicht sind sie sogar in die Vereinigten Staaten zurückgekehrt.«

Noch am selben Abend machte Yuri sich auf den Weg nach Donnelaith.

In Aarons Worten hatte eine tiefe Enttäuschung mitgeklungen.

Yuri setzte die Ältesten in der üblichen Form von seinem Auftrag in Kenntnis – schriftlich per Computer, der die Nachricht auf der Stelle nach Amsterdam faxen würde. Er teilte ihnen mit, was ihm aufgetragen worden war und daß er schon dabei sei, es auszuführen – und dann war er unterwegs.

Yuris Aufenthalt in Donnelaith war erfolgreich. Viele Leute hatten das geheimnisvolle Paar gesehen. Viele Leute konnten ihm den Mann beschreiben, und er konnte sogar eine Skizze anfertigen. Er konnte in dem Zimmer schlafen, das von dem Paar bewohnt worden war, und er konnte dort zahlreiche Fingerabdrücke nehmen, auch wenn er noch nicht sagen konnte, von wem sie stammten. Das sei in Ordnung so, teilten ihm die Ältesten in einer speziellen Faxnachricht aus London an sein Hotel in Edinburgh mit. Das Ganze habe oberste Priorität. Das bedeutete, daß keine Kosten gescheut werden durften. Wenn das mysteriöse Paar irgendwelche Gegenstände hinterlassen hatte, dann sollte Yuri sie finden.

Was Donnelaith anging, so nahm der Ort Yuris Fantasie gefangen. Zum ersten Mal erschienen ihm die Mayfair-Hexen real; ja, die ganze Untersuchung bekam eine Leuchtkraft, wie er sie noch nie gekannt hatte bei seinen Ermittlungen.

Er sammelte Bücher und Broschüren, die an Touristen verkauft wurden. Er fotografierte die Ruinen der Kathedrale von Donnelaith und der neuen, erst kürzlich entdeckten Überreste der Kapelle mit dem Sarkophag eines unbekannten Heiligen. Den letzten Nachmittag in Donnelaith verbrachte er damit, in den Ruinen herumzustöbern, und am Abend in seinem Hotel in Edinburgh rief er voller Eifer Aaron an und erzählte ihm von all seinen Empfindungen und versuchte Aaron irgendwelche Äußerungen über das geheimnisvolle Paar zu entlocken.

Konnte es sich bei dem männlichen Begleiter um den Geist Lasher handeln, der in menschlicher Gestalt in die Welt gekommen war?

Aaron antwortete, er brenne darauf, ihm alles zu erklären, aber jetzt sei nicht die rechte Zeit dazu. Michael Curry, Rowan Mayfairs Mann, war an Weihnachten beinahe ums Leben gekommen, und Aaron wollte in seiner Nähe bleiben, was immer auch passieren mochte.

Als Yuri wieder in London war, gab er Fingerabdrücke und Fotos zum Entwickeln und Bearbeiten ins Labor, und er schrieb einen umfassenden Bericht an Aaron und sandte ihn per Fax in die USA. Wie üblich faxte er eine vollständige Kopie an die Ältesten nach Amsterdam. Er druckte den Bericht aus, heftete ihn ab und ging schlafen.

Als er am nächsten Morgen das Quellenmaterial zum Fall der Mayfair-Hexen in den Computer laden wollte, stellte er fest, daß sich der Status der Ermittlungen geändert hatte. Sämtliche Primärquellen – unredigierte Zeugenaussagen, Inventarlisten von Asservaten, Fotos, Bilder usw. – waren geschlossen. Ja, die ganze Akte über die Mayfair-Hexen war geschlossen. Mit keinem Querverweis konnte Yuri noch irgend etwas finden.

Als er Aaron schließlich erreichte, um nachzufragen, warum dies passiert war, geschah etwas Merkwürdiges. Aaron hatte ganz offensichtlich nichts davon gewußt. Er war erbost und beunruhigt. Yuri merkte, daß er Aaron einen Schrecken eingejagt hatte.

Noch am selben Abend schrieb Yuri an die Ältesten. »Ich bitte um die Erlaubnis, Aaron bei seinen Ermittlungen zur Hand gehen und nach New Orleans reisen zu dürfen. Ich behaupte nicht, daß ich die Ereignisse in ihrer ganzen Tragweite verstehe, aber das brauche ich auch nicht. Ich spüre nur, es ist dringend notwendig, daß ich zu Aaron gehe.«

Die Ältesten sagten nein.

Wenige Tage später wurde Yuri von den Ermittlungen abgezogen. Er erfuhr, daß Erich Stolov seinen Platz übernehmen werde, ein erfahrener Experte »in diesen Dingen«; Yuri solle nach Paris fahren und ein bißchen Urlaub machen, denn er werde bald nach Rußland reisen, wo es trostlos und kalt sei.

»Man verbannt mich nach Sibirien?« fragte Yuri ironisch; er tippte seine Fragen in den Computer. »Was geschieht mit den Mayfair-Hexen?«

Die Antwort aus Amsterdam lautete, Erich werde alle europäischen Aktivitäten im Zusammenhang mit den Mayfair-Hexen übernehmen. Und noch einmal bekam Yuri den Rat, sich ein wenig auszuruhen. Außerdem machte man ihn darauf aufmerksam, daß alles, was er über die Mayfair-Hexen wisse, vertraulich sei, und er nicht einmal mit Aaron über diese Dinge reden dürfe. Dies, so erläuterten die Ältesten, sei eine routinemäßige Ermahnung, die immer dann erteilt werde, wenn es um Ermittlungen »dieser Art« gehe.

»Sie kennen unsere Gepflogenheiten«, las er. »Wir mischen uns nicht ein. Wir sind vorsichtig. Wir sind Beobachter. Wir haben unsere Grundsätze. In dieser Situation nun liegen Gefahren von beispielloser Art. Sie müssen den Fall erfahreneren Männern wie Erich überlassen. Aaron weiß, daß die Ältesten die Akte geschlossen haben. Sie werden nicht wieder von ihm hören.«

Das war der beunruhigende Satz, die Wortreihe, die alles aus der Bahn geworfen hatte.

Sie werden nicht wieder von ihm hören.

Mitten in der Nacht, während das Mutterhaus in der scharfen Winterkälte schlief, tippte Yuri eine Nachricht an die Ältesten in den Computer: »Ich stelle fest, ich kann diese Untersuchung nicht ohne gemischte Gefühle auf sich beruhen lassen. Ich mache mir Sorgen um Aaron Lightner. Er hat mich seit Wochen nicht mehr angerufen. Ich möchte Kontakt mit ihm aufnehmen. Bitte raten Sie mir.«

Gegen vier Uhr früh wurde Yuri vom Fax geweckt. Die Antwort aus Amsterdam kam. »Yuri, lassen Sie diese Sache auf sich beruhen. Aaron ist in guten Händen. Es gibt keine besseren Ermittler als Erich Stolov und Clement Norgan, die jetzt beide ausschließlich mit diesem Fall betraut sind. Die Ermittlungen schreiten rapide voran, und eines Tages werden Sie die ganze Geschichte hören. Bis dahin wird die Angelegenheit als geheim eingestuft. Bitten Sie nicht noch einmal darum, mit Aaron sprechen zu dürfen.«

Bitten Sie nicht noch einmal darum, mit Aaron sprechen zu dürfen.

Danach konnte Yuri nicht mehr schlafen. Er ging hinunter in die Küche. Die Küche bestand aus mehreren großen, höhlenartigen Räumen und war erfüllt vom Duft frischgebackenen Brotes. Nur die Nachtköche waren bei der Arbeit; sie formten Brotlaibe und schoben sie in die großen Öfen. Niemand nahm Notiz von Yuri, als er sich Kaffee und Sahne einschenkte und sich auf eine Holzbank am Feuer setzte.

Yuri erkannte, daß er sich nicht an die Anweisung der Ältesten halten konnte! Es war eine ganz einfache Sache: Er liebte Aaron – ja, er war so abhängig von Aaron, daß er sich ein Leben ohne ihn nicht vorstellen konnte.

Er ging hinauf und rief in aller Stille Aaron an.

»Die Ältesten haben mir verboten, noch einmal mit dir Kontakt aufzunehmen«, sagte er.

Aaron war verblüfft.

»Ich komme«, sagte Yuri.

»Das könnte deinen Ausschluß bedeuten«, sagte Aaron.

»Das werden wir sehen. Ich komme nach New Orleans, so schnell ich kann.«

Yuri buchte einen Flug, packte seine Sachen und ging hinunter, um auf den Wagen zu warten. Anton Marcus kam herunter, zerzaust, in einem dunkelblauen Hausmantel und ledernen Pantoffeln. Offensichtlich war er eben geweckt worden.

»Sie können nicht gehen, Yuri«, sagte er. »Diese Untersuchung wird mit jeder Minute gefährlicher. Aaron begreift das nicht.«

Er nahm Yuri mit in sein Büro.

»Unsere Welt folgt ihrer eigenen Zeit«, sagte er sanft. »Wir sind wie der Vatikan, wenn Sie so wollen. Ein oder zwei Jahrhunderte – das ist für uns keine lange Zeit. Wir beobachten die Mayfair-Hexen schon seit vielen hundert Jahren.«

»Das weiß ich.«

»Jetzt ist etwas geschehen, das wir befürchtet haben und das wir nicht verhindern konnten. Es bedeutet unermeßliche Gefahren für uns und für andere. Es ist erforderlich, daß Sie hierbleiben, auf Anweisungen warten und tun, was man Ihnen sagt.«

»Nein, es tut mir leid, aber ich gehe zu Aaron«, sagte Yuri. Er stand auf und ging hinaus. Er dachte nicht darüber nach. Er sah sich nicht um. Er interessierte sich kaum für Antons Reaktion.

Er warf auch keinen langen Abschiedsblick auf das Mutterhaus; als der Wagen nach Heathrow fuhr, ging ihm eigentlich nur ein Thema im Kopf herum, einer musikalischen Fuge gleich. Er sah Andrew vor sich, wie er in seinem römischen Hotelzimmer gestorben war. Er sah Aaron, wie er ihm, Yuri, gegenübersaß und sagte: »Ich bin dein Freund.« Und er sah auch seine Mutter vor sich, wie sie in jenem Dorf in Serbien starb.

Es gab keinen Konflikt in seinem Herzen.

Er fuhr zu Aaron. Er wußte, das war es, was er tun mußte.

7

Lark schlief fest, als das Flugzeug in New Orleans landete: Aufgeschreckt stellte er fest, daß sie schon am Gate waren. Ja, die Leute stiegen bereits aus. Die Stewardeß schaute strahlend auf ihn herunter, und sein Regenmantel baumelte an ihrem anmutigen Arm. Einen Augenblick lang war er ein bißchen verlegen, als habe er einen kostbaren Vorteil eingebüßt. Dann war er auf den Beinen.

Er hatte schreckliche Kopfschmerzen und Hunger, und dann kam ihm dieses Geheimnis, das Geheimnis um Rowan Mayfairs Nachkommenschaft, mit glutheißer Erregung ins Bewußtsein wie eine mächtige Last. Wie konnte man von einem rational denkenden Mann erwarten, daß er so etwas erklärte? Wie spät war es überhaupt? Acht Uhr morgens in New Orleans. Das hieß, zu Hause an der Küste war es erst sechs.

Sofort sah er den weißhaarigen Mann, der ihn erwartete, und er erkannte, daß es Lightner war, noch bevor der Mann seine Hand ergriffen und sich vorgestellt hatte. Ein sehr ansehnlicher alter Knabe, im grauen Anzug mit allem Drum und Dran.

»Dr. Larkin, es hat einen Notfall in der Familie gegeben. Weder Ryan noch Pierce Mayfair konnten herkommen. Gestatten Sie, daß ich Sie in Ihr Hotel bringe. Ryan wird sich bei uns melden, sobald er kann.« Die gleiche britische Geschliffenheit, die Lark schon am Telefon so sehr bewundert hatte.

»Freut mich, Sie zu sehen, Mr. Lightner. Aber ich muß Ihnen sagen, ich hatte einen nicht sehr schönen Zusammenstoß mit einem Ihrer Kollegen in San Francisco.«

Lightner war offensichtlich überrascht. Sie gingen nebeneinander durch die Halle, und Lightners Profil wirkte für einen Moment ernst und abwesend. »Ich frage mich, wer das wohl gewesen sein mag«, sagte er mit unverhohlenem Ärger. Er sah müde aus, als habe er die ganze Nacht nicht geschlafen.

Lark fühlte sich allmählich besser. Die Kopfschmerzen klangen ab. Er träumte von Kaffee und süßen Brötchen, einer Tischreservierung im Commander's Palace und vielleicht einem Nachmittagsschläfchen. Und dann dachte er an die Proben. Er dachte an Rowan. Diese peinliche Erregung überkam ihn, begleitet von dem häßlichen Gefühl, in eine ungesunde Sache verwickelt zu sein, die ganz und gar nicht in Ordnung war.

»Von unserem Hotel sind es nur ein paar Straßen bis zum Commander's Palace«, sagte Lightner leichthin. »Wir können Sie heute abend hinführen. Vielleicht können wir auch Michael überreden, mitzukommen. Es hat da einen . . . Notfall gegeben. Er betrifft Rowans Familie. Sonst wäre Ryan selbst hiergewesen. Aber dieser Kollege von mir . . .? Würden Sie mir erzählen, was passiert ist? Haben Sie Gepäck?«

»Nein, nur den kleinen Koffer hier, vollgepackt für eine Nacht.«

Sie gingen auf das helle, warme Tageslicht zu. Draußen vor den Glastüren herrschte ein geschäftiges Gedränge von Taxis und Limousinen. Es war nicht besonders kalt hier. Nein, nicht so schneidend kalt wie in San Francisco, überhaupt nicht. Aber der eigentliche Unterschied bestand im Licht. Es gab einfach mehr davon. Und die Luft stand bewegungslos um einen herum. Irgendwie angenehm.

»Dieser Kollege«, sagte Lark. »Er sagte, er hieße Erich Stolov. Er wollte wissen, wo die Proben wären.«

»Tatsächlich?« Lightner runzelte leicht die Stirn. Er machte eine Handbewegung nach links, und eine der vielen Limousinen, ein großer, langgestreckter grauer Lincoln, kroch aus der Reihe hervor und ihnen entgegen; seine Fenster waren schwarz und geheimnisvoll. Lightner wartete nicht, bis der Fahrer um den Wagen herumkam. Er öffnete eigenhändig die hintere Tür.

Dankbar kletterte Lark in das mit weichem grauem Samt ausgeschlagene Innere, rutschte hinüber auf die andere Seite – nicht ohne leises Mißfallen nahm er den Geruch von Zigarettenrauch wahr, der in den Polstern hing – und streckte in der luxuriösen Fülle des Raums behaglich die Beine aus. Lightner nahm neben ihm Platz, und der Wagen raste sofort davon.

»Was hat Erich zu Ihnen gesagt?« fragte Lightner mit vorgeblichem Gleichmut.

Lark ließ sich davon nicht täuschen. »Baute sich vor mir auf und wollte wissen, wo die Proben sind. Er war grob. Regelrecht aggressiv und grob. Ich begreife das nicht. Wieso wollte er mich einschüchtern?«

»Sie haben ihm aber nicht gesagt, was er wissen wollte«, sagte Lightner leise und mit Entschiedenheit und schaute durch die dunkle Scheibe hinaus. Sie waren auf dem Highway und bogen in die Autobahn ein; es sah hier ein bißchen aus wie überall – flache Vorstadtbauten mit schreienden Firmenschildern, Brachflächen, ungemähtes Gras, Motels.

»Nein, natürlich nicht. Ich habe ihm gar nichts gesagt«, antwortete Lark. »Mir gefiel das nicht. Es gefiel mir überhaupt nicht. Ich habe Ihnen gesagt, daß Rowan mich gebeten hat, die Sache vertraulich zu behandeln. Ich bin hier, weil Sie mir Informationen angeboten haben und weil die Familie mich gebeten hat, zu kommen. Ich bin eigentlich nicht befugt, diese Proben irgend jemandem auszuhändigen. Ja, ich glaube nicht einmal, daß es mir gelingen könnte, sie den Leuten abzunehmen, in deren Besitz sie zur Zeit sind. Rowan hat sich klar ausgedrückt. Sie wollte, daß sie an einem bestimmten Ort im Geheimen untersucht werden.«

»Im Keplinger Institute«, sagte Lightner sanft und höflich, als lese er es von einem Spickzettel auf Larks Stirn ab. Der Blick seiner hellen Augen war ruhig. »Mitch Flanagan, der geniale Genetiker, der Mann, der dort mit Rowan zusammengearbeitet hat, bevor sie den Entschluß faßte, die Forschung aufzugeben.«

Lark antwortete nicht. Der Wagen schwebte lautlos auf der Hochstraße dahin. Die Bebauung wurde dichter, das Gras struppiger.

»Wenn Sie es wissen, wieso fragt dieser Kerl mich dann danach?« fragte Lark. »Wieso stellt er sich mir in den Weg und versucht mich zu zwingen, ihm das alles zu erzählen? Wie haben Sie es übrigens herausbekommen? Das möchte ich gern wissen. Und wer sind Sie? Das möchte ich auch gern wissen.«

Lightner schaute hinaus, müde und betrübt.

»Ich habe Ihnen gesagt, daß es heute morgen in der Familie einen Notfall gegeben hat, nicht wahr?«

»Ja. Es tut mir leid, das zu hören. Ich wollte nicht taktlos sein. Ich war nur wütend über Ihren Freund.«

»Ich weiß«, sagte Lightner liebenswürdig. »Ich verstehe das. Er hätte sich nicht so benehmen dürfen. Ich werde das Mutterhaus in London anrufen und versuchen, herauszufinden, was passiert ist. Besser gesagt, ich will dafür sorgen, daß so etwas nicht noch einmal passiert.« Einen Moment lang loderte leiser Zorn in den Augen des Mannes, und dann trat etwas Säuerliches, Angstvolles in seinen Blick. Gleich darauf war es vorbei, und er lächelte freundlich. »Ich werde mich darum kümmern.«

»Ich danke Ihnen«, sagte Lark. »Woher wußten Sie von Mitch Flanagan und dem Keplinger Institute?«

»Man könnte sagen, ich habe es erraten«, antwortete Lightner. Das alles beunruhigte ihn zutiefst; man sah es ihm an, obwohl sein Gesicht die Miene heiterer Gelassenheit zur Schau trug.

»Was ist denn das für ein Notfall? Was ist passiert?«

»Ich weiß es noch nicht in allen Einzelheiten. Aber Pierce und Ryan mußten heute in aller Frühe nach Destin fahren. Sie haben mich gebeten, Sie abzuholen. Anscheinend ist Ryans Frau Gifford etwas zugestoßen. Aber, wie gesagt, ich bin nicht sicher. Ich weiß es nicht genau.«

»Dieser Erich Stolov – arbeiten Sie mit ihm zusammen?«

»Nicht direkt. Er war vor zwei Monaten hier. Er gehört zu einer neuen Generation in der Talamasca. Es ist die alte Geschichte. Ich werde feststellen, warum er sich so benommen hat. Das Mutterhaus weiß nicht, daß die Organproben im Keplinger Institute sind. Wenn die jüngeren Mitglieder bei der Lektüre der Akten soviel Eifer zeigen wollten wie im Außendienst, dann hätten sie es herausfinden können.«

»Was für Akten? Wovon reden Sie?«

»Oh, das ist eine lange Geschichte. Und nicht besonders leicht zu erzählen. Ich habe Verständnis dafür, daß es Ihnen widerstrebt, jemandem von den Proben zu berichten. Ich würde es an Ihrer Stelle auch nicht tun.«

»Gibt es denn Nachrichten über Rowans Aufenthalt?«

»Nicht die geringsten. Wir haben inzwischen nur die Bestätigung, daß sie und ihr Begleiter in Schottland waren, in Donnelaith.«

»Was hat das alles zu bedeuten? Wo ist Donnelaith in Schottland? Ich war schon überall in den Highlands, auf der Jagd und zum Angeln. Aber von Donnelaith habe ich noch nie gehört.«

»Es ist ein Ruinendorf. Im Augenblick wimmelt es dort von Archäologen. Es gibt ein Gasthaus, in dem hauptsächlich Touristen und Universitätsangehörige absteigen. Dort wurde Rowan vor ungefähr vier Wochen gesehen.«

»Na, das ist eine alte Nachricht. Das hilft uns nicht. Es gibt also nichts Neues?«

»Nichts Neues, nein.«

»Dieser Begleiter, wie sah er denn aus?« wollte Lark wissen.

Lightners Miene verfinsterte sich ein wenig. War das Müdigkeit oder Bitterkeit? Lark war ratlos.

»Oh, Sie wissen inzwischen mehr über ihn als ich, nicht wahr?« sagte Lightner. »Rowan hat Ihnen Röntgenfilme geschickt, EEG-Diagramme, all das. War nicht auch ein Bild dabei?«

»Nein«, sagte Lark. »Was für Leute seid ihr eigentlich?«

»Wissen Sie, Dr. Larkin, ich weiß ehrlich nicht, wie ich diese Frage beantworten soll. Ich glaube, ich wußte es noch nie. Ich gestehe es mir heute nur ehrlicher ein. Es geschieht so manches. New Orleans schlägt die Menschen in seinen Bann. Die Mayfairs ebenfalls. Was Ihre Untersuchungen angeht, so habe ich geraten; man könnte sagen, ich habe versucht, Ihre Gedanken zu lesen.«

Lark lachte. All dies wurde in so liebenswürdigem Ton gesagt, so philosophisch. Er verspürte plötzlich Sympathie für diesen Mann. Im Dämmerlicht des Wagens bemerkte er auch so einiges an ihm. Daß Lightner an einem leichten Emphysem litt. Daß er nie geraucht hatte und wahrscheinlich nie ein Trinker gewesen war. Daß er in einem Lebensjahrzehnt programmierter Gebrechlichkeit – über achtzig – noch ziemlich gesund war.

Lightner lächelte und schaute aus dem Fenster.

»Möchten Sie mir erzählen, was Ihr Freund Mitch Flanagan herausgefunden hat?« fragte er.

»Eigentlich nicht. Außer Rowan möchte ich es niemandem erzählen. Ich habe Ryan Mayfair wegen des Geldes angerufen. Das hat Rowan mir aufgetragen. Aber sie hat nicht gesagt, daß ich die Untersuchungsbefunde irgend jemandem aushändigen soll. Sie hat gesagt, sie würde sich wieder bei mir melden, wenn sie kann. Und Ryan Mayfair sagt, Rowan könnte etwas zugestoßen sein. Vielleicht ist sie sogar tot.«

»Das stimmt«, sagte Lightner. »Es ist sehr freundlich von Ihnen, daß Sie gekommen sind.«

»Zum Teufel, ich mache mir Sorgen um Rowan. Ich war nicht allzu glücklich, als Rowan die Universität verließ. Ich war nicht glücklich darüber, daß sie Hals über Kopf heiratete. Ich war nicht glücklich darüber, daß sie die Medizin aufgab. Im Gegenteil, ich war so verblüfft, als hätte jemand gesagt: ›Heute um drei geht die Welt unter.‹ Ich konnte es gar nicht glauben, bis Rowan selbst es mir immer wieder sagte.«

»Das weiß ich noch. Sie hat Sie im letzten Herbst oft angerufen. Ihre Mißbilligung lag ihr schwer auf der Seele.« Das sagte er in mildem Ton, wie alles andere. »Sie wollte Ihren Rat bei der Einrichtung von Mayfair Medical. Sie war sich sicher, wenn Sie erst eingesehen hätten, daß es ihr mit dem medizinischen Zentrum ernst war, würden Sie auch begreifen, weshalb sie nicht mehr praktizierte und daß es um sehr viel mehr ging.«

»Dann sind Sie ein Freund von ihr, nicht wahr? Ich meine nicht unbedingt diese Talamasca, aber Sie.«

»Ich glaube, ich war ihr Freund. Vielleicht habe ich sie im Stich gelassen. Ich weiß es nicht – vielleicht hat sie auch mich im Stich gelassen.« Ein Hauch von Bitterkeit, vielleicht sogar Zorn, klang durch seine Worte. Dann lächelte er wieder freundlich.

»Ich muß Ihnen etwas gestehen, Mr. Lightner«, sagte Lark. »Ich habe diese Sache mit Mayfair Medical für eine Spinnerei gehalten. Aber ich habe seitdem ein paar Erkundigungen eingezogen. Offensichtlich verfügt diese Familie über die Mittel zur Verwirklichung von Mayfair Medical. Das wußte ich einfach nicht. Ich hätte es wissen können, nehme ich an. Alle redeten davon. Rowan ist die geschickteste und beste Chirurgin, die ich je ausgebildet habe.«

»Das glaube ich Ihnen gern. Hat sie Ihnen denn etwas über die Proben gesagt, als sie mit Ihnen sprach? Sie haben gesagt, sie hat aus Genf angerufen, und zwar am zwölften Februar.«

»Ich sagte doch, ich möchte darüber nur mit Ryan sprechen, mit ihren nächsten Verwandten. Und mit dem Ehemann.«

»Die Proben dürften alle im Keplinger Institute sehr verblüfft haben«, meinte Lightner. »Ich wünschte, Sie wollten mir in all seinen Konsequenzen berichten, was es mit den Proben auf sich hat, die Rowan Ihnen geschickt hat. Ich will Ihnen erklären, weshalb es mich interessiert. War Rowan selbst bei schlechter Gesundheit, als sie mit Ihnen sprach? Hat sie Ihnen medizinisches Material geschickt, das sie selbst betraf?«

»Ja, sie hat Blut- und Gewebeproben von sich selbst geschickt, aber es weist nichts darauf hin, daß sie krank ist.«

»Nur verändert.«

»Ja, das kann man wohl sagen. Verändert. Da haben Sie recht.«

Lightner nickte. Er schaute wieder zum Fenster hinaus; was draußen vorbeizog, sah aus wie ein großer, weitläufiger Friedhof voll kleiner Marmorhäuschen mit spitzen Dächern. Der Wagen flog durch den spärlichen Verkehr. Hier schien so viel Platz zu sein. So viel Ruhe. Alles sah irgendwie schmuddelig aus, ja, heruntergekommen. Aber Lark gefiel die offene Landschaft, das Gefühl, nicht von einem Verkehrsstau in den nächsten zu geraten, wie es zu Hause immer war.

»Lightner, ich bin hier in einer wirklich schwierigen Lage«, sagte er. »Ob Sie nun ihr Freund sind oder nicht.«

Sie fuhren bereits von der Autobahn ab und glitten an einem alten Backsteinkirchturm vorbei, der scheinbar gefährlich nah an der hinunterführenden Abfahrt stand. Lark verspürte Erleichterung, als sie unten auf der Straße angelangt waren, so schäbig sie auch aussah. Auch hier gefiel ihm das Gefühl von Geräumigkeit in allem, wenngleich es ein bißchen gottverlassen wirkte. Die Dinge bewegten sich hier nur langsam. Der Süden. Eine kleine Stadt.

»Ich weiß das alles, Dr. Larkin«, sagte Lightner. »Und ich verstehe es. Ich weiß, was Vertraulichkeit und medizinische Ethik ist. Ich weiß, was anständiges Benehmen ist. Die Leute hier wissen es alle. Wir brauchen jetzt nicht über Rowan zu sprechen, wenn Sie nicht wollen. Lassen Sie uns im Hotel frühstücken, ja? Vielleicht möchten Sie auch erst etwas schlafen. Wir können uns später in der First Street treffen. Es ist nur ein paar Straßen weit entfernt. Die Familie hat alles für Sie arrangiert.«

»Wissen Sie, es ist wirklich sehr, sehr ernst«, sagte Lark plötzlich. Der Wagen hatte angehalten. Sie standen vor einem kleinen Hotel mit schicken blauen Markisen. Ein Page stand bereit, um die Wagentür aufzuhalten.

»Selbstverständlich«, sagte Aaron Lightner. »Aber es ist auch sehr einfach. Rowan hat dieses sonderbare Kind zur Welt gebracht. Ja, wie wir beide wissen, ist es überhaupt kein Kind. Es ist der männliche Begleiter, den man mit ihr in Schottland gesehen hat. Wir wollen jetzt wissen: Kann er sich fortpflanzen? Kann er sich mit seiner Mutter oder mit anderen menschlichen Wesen fruchtbar paaren? Die Fortpflanzung ist das einzige wirkliche Interesse der Evolution, nicht wahr? Wenn er eine schlichte, einmalige Mutation wäre, etwas, das durch die Einwirkung äußerer Kräfte entstanden ist – durch Strahlung etwa, oder durch irgendeine Art von telekinetischer Fähigkeit –, nun, dann wären wir nicht so besorgt, nicht wahr? Wir würden ihn vielleicht nur ausfindig machen und feststellen, ob Rowan aus freien Stücken bei ihm bleibt oder nicht, und dann würden wir ihn ... erschießen. Vielleicht.«

»Sie wissen schon alles, nicht wahr?«

»Nein, nicht alles. Das ist das Beunruhigende daran. Aber eins weiß ich. Wenn Rowan diese Proben geschickt hat, dann, weil sie befürchtet, daß dieses Ding sich fortpflanzen könnte. Lassen Sie uns hineingehen, ja? Ich würde gern die Familie anrufen und mich erkundigen, was in Destin passiert ist. Und ich möchte wegen Stolov die Talamasca anrufen. Ich habe hier auch ein Zimmer, wissen Sie. Man könnte sagen, es ist mein Hauptquartier hier in New Orleans.«

8

Es war nicht ihre Art, etwas zu sagen, wenn sie das Telefon abnahm. Sie nahm einfach den Hörer ab und hielt ihn ans Ohr, und wenn dann jemand etwas sagte, den sie kannte, dann würde sie vielleicht antworten.

Ryan wußte das. Und deshalb sagte er sofort in das Schweigen hinein: »Uralte Evelyn, es ist etwas Schreckliches passiert.«

»Was denn, mein Sohn?« fragte sie ungewohnt warmherzig. Ihre Stimme klang in ihren eigenen Ohren zerbrechlich und klein, nicht wie die Stimme, die sie immer gekannt hatte.

»Man hat Gifford am Strand in Destin gefunden. Es heißt –« Ryans Stimme brach, und er konnte nicht weitersprechen. Dann kam sein Sohn Pierce ans Telefon und sagte, er und sein Vater würden zusammen hinauffahren. Ryan meldete sich wieder: Sie müsse bei Alicia bleiben, denn Alicia würde verrückt werden, wenn sie es »hörte«.

»Ich verstehe«, sagte die uralte Evelyn. Und sie verstand es auch. Gifford war nicht bloß verletzt. Gifford war tot. »Ich werde Mona suchen«, sagte sie leise. Sie wußte nicht, ob sie es überhaupt gehört hatten.

Ryan sagte unbestimmt, verwirrt, gehetzt, daß man sie später wieder anrufen werde und daß Lauren »die Familie« informierte. Dann war das Gespräch zu Ende, und die uralte Evelyn legte den Hörer auf die Gabel und ging zum Schrank, um ihren Gehstock herauszuholen.

Sie mochte Lauren Mayfair nicht besonders. Für die uralte Evelyn war Lauren Mayfair eine spröde, arrogante Anwältin, eine sterile, frostige Geschäftsfrau der schlimmsten Sorte, die juristische Dokumente immer schon den Menschen vorgezogen hatte. Aber sie eignete sich vorzüglich dazu, alle Welt zu informieren. Nur nicht Mona. Und Mona war nicht da. Aber Mona mußte es erfahren.

Mona war im Haus in der First Street. Das wußte die uralte Evelyn. Vielleicht suchte sie das Victrola und die wunderschönen Perlen.

Die uralte Evelyn hatte die ganze Nacht gewußt, daß Mona nicht da war. Aber sie brauchte sich nie ernsthaft Sorgen um Mona zu machen. Mona würde all das tun, was jeder im Leben gern tun wollte. Sie würde es für ihre Großmutter Laura Lee und für ihre Mutter CeeCee und für die uralte Evelyn tun. Und für Gifford ...

Gifford tot. *Wieso habe ich nichts gespürt, als es passierte? Wieso habe ich ihre Stimme nicht gehört?*

Aber zurück zu praktischen Dingen. Die uralte Evelyn stand im Flur und überlegte, ob sie allein hinuntergehen und sich auf die Suche nach Mona begeben sollte, hinaus auf die holprigen Straßen, auf die mit Kopfstein und Platten gepflasterten Gehwege, auf denen sie hinfallen konnte, aber nie hingefallen war; und dann dachte sie, daß sie es mit ihren neuen Augen wohl schaffen könnte. Ja, und wußte man's? Vielleicht würde sie zum letzten Mal wirklich etwas sehen.

Vor einem Jahr hätte sie nicht zu Fuß in die Stadt gehen können. Aber der junge Dr. Rhodes hatte ihr den Star aus den Augen operiert. Und jetzt konnte sie so gut sehen, daß es die Leute verblüffte. Das heißt, wenn sie ihnen sagte, was sie sah, was sie aber nicht oft tat.

Die uralte Evelyn wußte genau, daß es auf das Reden kaum ankam. Sie redete manchmal jahrelang nicht. Die Leute nahmen es beiläufig zur Kenntnis. Die Leute machten, was sie wollten. Ohnehin würde ihr niemand erlauben, Mona ihre Geschichten zu erzählen.

Außerdem, was hatte es genützt, Alicia und Gifford ihre Geschichten zu erzählen? Was war aus ihrem Leben geworden? Und Giffords Leben war vorbei.

Es war unglaublich, daß Gifford tot sein konnte. Ganz und gar tot.

Die uralte Evelyn ging in Alicias Zimmer. Alicia schlief, zusammengekrümmt wie ein kleines Kind. In der Nacht war sie aufgestanden und hatte eine halbe Flasche Whiskey getrunken, als wäre es Medizin. Diese Art zu trinken konnte tödlich sein. Alicia hätte sterben sollen, dachte die uralte Evelyn. So war es gedacht. Das Pferd ist durch das falsche Tor gelaufen. Sie legte die Strickdecke über Alicias Schultern und ging hinaus.

Langsam bewegte sie sich die Treppe hinunter, sehr, sehr langsam, und sorgfältig prüfte sie jede Stufe mit dem Gummistopper ihres Gehstocks, stieß und stocherte im Teppich herum, um sicherzugehen, daß dort nichts lauerte, worüber sie stolpern und fallen könnte. An ihrem achtzigsten Geburtstag war sie gefallen. Das war die schlimmste Zeit im Alter gewesen, als sie im Bett gelegen und darauf gewartet hatte, daß ihre Hüfte wieder heilte. Aber ihrem Herzen hätte es gutgetan, hatte Dr. Rhodes gesagt. »Sie werden noch hundert Jahre alt.«

Dr. Rhodes hatte sich gegen die anderen zur Wehr gesetzt, als sie meinten, sie sei zu alt für die Augenoperation. »Sie wird blind, begreifen Sie das nicht? Ich kann dafür sorgen, daß sie wieder sehen kann. Und ihr Denkvermögen ist noch tadellos.«

Ihr Denkvermögen – das Wort hatte ihr gefallen, und das hatte sie ihm gesagt.

»Warum sprechen Sie nicht öfter mit ihnen?« hatte er sie im Krankenhaus gefragt. »Sie wissen doch, daß sie Sie für ein schwachsinniges altes Weib halten.«

Sie hatte sich ausgeschüttet vor Lachen. »Aber das bin ich doch auch«, hatte sie gesagt. »Und die, mit denen ich gern gesprochen habe, sind alle nicht mehr da. Jetzt gibt es nur noch Mona. Und Mona redet die meiste Zeit selber.«

Wie hatte er darüber gelacht.

Schon als Heranwachsende hatte die uralte Evelyn so wenig wie möglich gesprochen. Die Wahrheit war, sie hätte womöglich überhaupt nie viel mit irgendeiner Menschenseele gesprochen, wenn Julien nicht gewesen wäre. Und eines wollte sie auf jeden Fall noch tun: Sie wollte Mona eines Tages alles über Julien erzählen. Vielleicht sollte dieser Tag heute sein. Es durchfuhr sie mit schimmernder Macht: Erzähle es Mona! Das Victrola und die Perlen sind in jenem Haus. Mona kann sie jetzt haben.

Vor dem Spiegel mit dem Hutständer im Alkoven blieb sie stehen. Sie war zufrieden: Ja, sie war bereit zum Ausgehen.

Sie ging den langen, hohen Hausflur hinunter und öffnete die Haustür. Ein Jahr war es her, daß sie die vordere Treppe mit eigener Kraft hinuntergegangen war. Es gab nichts zum Festhalten. Das Geländer war schon vor Jahren einfach verrottet, und Alicia und Patrick hatten nichts unternommen; sie hatten es einfach nur abgerissen und weggeworfen.

»Mein Urgroßvater hat dieses Haus gebaut!« hatte sie erklärt. »Er hat diese Geländer selbst ausgesucht, hat sie persönlich aus dem Katalog gewählt. Und seht euch an, was ihr daraus habt werden lassen.« Zum Teufel mit ihnen allen.

Und zum Teufel auch mit ihm, wenn sie darüber nachdachte. Wie hatte sie ihn gehaßt, den Riesenschatten, der über ihrer Kindheit gelegen hatte, den rasenden Tobias, der ihre Hand gepackt und festgehalten und sie angezischt hatte: »Hexe, Hexenmal, schau's nur an.« Und er hatte diesen winzigen sechsten Finger gezwickt. Sie hatte nie darauf geantwortet, hatte ihn nur stumm gehaßt. Sein Leben lang hatte sie kein einziges Wort mit ihm gesprochen.

Aber wenn ein Haus zur Ruine verfiel, war das wichtiger als die Frage, ob man den Menschen gehaßt hatte, der es gebaut hatte. Vielleicht war es ja das einzig Gute, was Tobias Mayfair je getan hatte: dieses Haus zu bauen. Fontrevault, die einstmals schöne Pflanzung, war im Sumpfland draußen eingegangen; das hatte man ihr jedenfalls immer erzählt, wenn sie hingewollt hatte, um sie anzuschauen. »Das alte Haus? Der Bayou hat es überflutet.« Aber vielleicht hatten sie auch gelogen. Wenn sie nun den ganzen Weg bis Fontrevault zu Fuß gehen und das Haus dort stehen sehen könnte?

Das war sicher nur ein Traum. Aber das Haus in der Amelia Street stand mächtig und schön an der Ecke der Avenue. Und man mußte etwas tun, etwas tun, etwas tun ...

Mit oder ohne Geländer, mit ihrem Gehstock kam sie tadellos zurecht, zumal jetzt, da sie wieder so gut sehen konnte. Mühelos brachte sie die Treppe hinter sich, ging geradewegs den Gartenweg hinunter und öffnete das Eisentor. Was für eine Vorstellung! Zum ersten Mal seit all den Jahren verließ sie das Haus.

Wie deutlich und klar sah sie die schwarzborkigen Eichen

und das niedergedrückte Gras zwischen den Bäumen in den Parkanlagen. Sie sah, daß immer noch Müll und Überreste vom Mardi Gras die Gossen verstopften und daß die Mülltonnen, die nie groß genug waren, davon überquollen.

Sie ging weiter, vorbei an den tristgrauen, schäbigen Mobiltoiletten, die sie jetzt zum Mardi Gras immer aufstellten, und der elende Gestank von all dem Dreck drang ihr in die Nase. Weiter und immer weiter, bis zur Louisiana Avenue. Abfall, wohin sie auch blickte, und von den hohen Ästen der Bäume hingen die Mardi-Gras-Halsketten aus Plastikperlen, die sie jetzt von den Prunkwagen warfen, und glitzerten im Sonnenlicht. Es gab nichts so Klägliches auf der Welt, dachte sie, wie die St. Charles Avenue am Tag nach Mardi Gras.

Sie wartete, daß die Ampel umsprang. Eine alte Schwarze, sehr ordentlich gekleidet, wartete ebenfalls. »Guten Morgen, Patricia«, sagte die uralte Evelyn, und die Frau riß unter ihrem schwarzen Strohhut die Augen auf.

»Ja, Miss Evelyn! Was machen Sie denn so weit hier unten?«

»Ich gehe in den Garden District. Ich kann es schon, Patricia. Ich habe ja meinen Stock. Meine Nichte ist oben im Garden District. Ich muß ihr das Victrola geben.« Und dann wurde ihr klar, daß Patricia nichts von all diesen Dingen wußte. Patricia war zwar viele Male am Tor stehengeblieben, um zu plaudern, aber sie kannte nicht die ganze Geschichte. Wie konnte sie auch? Einen Moment lang hatte die uralte Evelyn geglaubt, sie spreche mit jemandem, der Bescheid wußte.

Patricia redete immer noch, aber die uralte Evelyn hörte nichts mehr. Die Ampel war grün. Sie mußte hinüber.

Sie ging los, so schnell sie konnte, außen um den erhöhten Zementstreifen herum, der die Straße in der Mitte teilte, denn dort hinauf- und wieder hinunterzusteigen wäre eine unnötige Strapaze gewesen.

Für die Ampel war sie natürlich zu langsam; das war schon vor zwanzig Jahren so gewesen, als sie diesen Weg noch regelmäßig gemacht hatte, um an dem Haus in der First Street vorbeizugehen und einen Blick auf die arme Deirdre zu werfen.

All die Jungen aus dieser Generation zum Unheil verdammt, dachte sie – sozusagen ein Opfer der Bosheit und der Dummheit

Carlotta Mayfairs. Carlotta Mayfair hatte ihre Nichte Deirdre mit Drogen betäubt und ermordet. Aber warum jetzt daran denken?

Anscheinend gab es tausend verwirrende Gedanken, die die uralte Evelyn jetzt plagten.

Cortland, Juliens geliebter Sohn: tot nach einem Treppensturz – das war auch nur Carlottas Schuld gewesen, nicht wahr?

Und wenn man bedachte, daß Cortland der Vater der uralten Evelyn gewesen war. Na ja, das war nie so wichtig gewesen, im Grunde wenigstens nicht. Julien war wichtig gewesen, ja, und Stella, aber Eltern – nein.

Barbara Ann war bei der Geburt der uralten Evelyn gestorben. Sie war eigentlich keine Mutter. Eine Kamee nur, ein Scherenschnitt, ein Porträt in Öl. »Siehst du? Das ist deine Mutter.« Eine Truhe mit alten Kleidern, ein Rosenkranz und eine unvollendete Stickerei, ein Parfümbeutel vielleicht.

Wie ihre Gedanken umherschweiften ... Aber sie hatte Morde gezählt, nicht wahr? Die Morde, die Carlotta Mayfair begangen hatte. Inzwischen war sie tot, Gott sei dank, tot und dahin.

Der Mord an Stella, das war der schlimmste von allen. Das war Carlotta gewesen, kein Zweifel. Ganz sicher lag diese Tat auf Carlottas Gewissen. Und in den rosigen Tagen von 1914 hatten Evelyn und Julien gewußt, daß so schreckliche Dinge bevorstanden, aber sie hatten beide nichts dagegen tun können.

Einen kurzen Augenblick lang sah die uralte Evelyn die Worte des Gedichtes wieder vor sich, wie sie sie an jenem längst vergangenen Tag gesehen hatte, als sie es Julien in seinem Schlafzimmer unter dem Dach vorgetragen hatte. »Ich sehe es. Ich weiß nicht, was es bedeutet.«

Schmerz und Leiden, da sie noch stolpern,
Blut und Angst, eh sie noch gelernt.
Wehe diesem Frühlings-Eden,
Das nun ist ein Jammertal.

Ah, was für ein Tag das war. So vieles fiel ihr wieder ein, und doch war auch die Gegenwart frisch und süß. Und der Wind war so gut zu ihr.

Und die uralte Evelyn ging weiter und immer weiter.

Sie hatte fest geglaubt, daß sie in dem Jahr sterben würde, in dem Stella gestorben war. Und beim Tode Laura Lees war es genauso gewesen. Ihre einzige Tochter. Sie hatte gedacht, wenn sie nicht mehr spräche, würde der Tod kommen und sie holen.

Aber er war nicht gekommen. Alicia und Gifford hatten sie gebraucht. Dann hatte Alicia geheiratet. Und Mona brauchte sie auch. Monas Geburt hatte der uralten Evelyn eine neue Stimme gegeben.

Oh, sie wollte die Dinge nicht aus dieser Perspektive betrachten. Nicht an einem so wundervollen Morgen.

Welches war die größte Liebe ihrer Blütejahre gewesen? Julien in dem verschlossenen Zimmer oder Stella mit den großen Abenteuern? Sie konnte sich nicht entscheiden.

Eines stimmte. Julien war derjenige, der sie heimsuchte, Julien war es, den sie in ihren Wachträumen sah, und Juliens Stimme hörte sie. Es gab eine Zeit, da war sie sich sicher, daß Julien gleich die Vordertreppe heraufkommen würde, wie er es getan hatte, als sie dreizehn gewesen war, als er ihren Urgroßvater beiseite gestoßen hatte. »Laß das Mädchen frei, du verdammter Trottel!« Und sie da oben auf dem Dachboden hatte vor Angst gezittert. Julien will mich fortbringen, umbringen. Es würde einleuchten, oder? Und Julien umschwebte sie immer noch. »Zieh das Victrola auf, Evelyn. Sag meinen Namen.«

Stellas Verschwinden mit ihrem tragischen Tod war abrupter und totaler; sie verlor sich in süßer, quälender Trauer, als sei sie mit ihrem letzten Atemhauch wirklich und wahrhaftig zum Himmel aufgefahren. Bestimmt war Stella im Himmel. Wie konnte jemand, der so viele Menschen glücklich gemacht hatte, in die Hölle kommen? Die arme Stella; sie war nie eine richtige Hexe gewesen, nur ein Kind. Vielleicht wollten sanfte Seelen wie Stella niemanden heimsuchen; vielleicht fanden sie rasch ins Licht und hatten Besseres zu tun. Stella war Erinnerung, ja, aber ein Geist war sie nie.

Und in einem wahren und tiefen Sinne war das Leben der uralten Evelyn in jener Nacht im Jahre 1929 zu Ende gewesen, als Stella erschossen wurde.

Sie hatte Stella im Wohnzimmer zu Boden fallen sehen, und sie hatte gesehen, wie dieser Mann von der Talamasca, dieser Arthur Langtry, sich auf Lionel Mayfair gestürzt hatte, um ihm den Revolver abzunehmen. Der Mann von der Talamasca war nur wenig später auf See gestorben. Der arme Dummkopf, dachte sie. Und Stella hatte gehofft, mit ihm fliehen zu können, nach Europa zu entkommen und Lasher mit ihrem Kind zurückzulassen. Oh, Stella, welch ein Gedanke, so etwas zu tun, so töricht und so schrecklich. Die uralte Evelyn hatte versucht, Stella vor diesen Männern aus Europa zu warnen, mit ihren geheimen Büchern und Verzeichnissen; sie hatte versucht, ihr zu erklären, daß sie nicht mit ihnen sprechen dürfe. Carlotta hatte es gewußt, das mußte Evelyn ihr lassen – wenn auch aus den falschen Gründen.

Und jetzt war wieder einer von diesen Männern unterwegs, und niemand hatte einen Verdacht. Aaron Lightner hieß er; sie redeten von ihm wie von einem Heiligen, denn er hatte Unterlagen über die Sippe, die zurückreichten bis Donnelaith. Was wußte einer von ihnen schon über Donnelaith? Julien hatte andeutungsweise und mit gedämpfter Stimme von schrecklichen Dingen gesprochen, als sie beieinander gelegen waren und im Hintergrund die Musik gespielt hatte. Julien war an diesem Ort in Schottland gewesen. Die andern nicht.

Auch als er dahingegangen war, hätte die uralte Evelyn sterben mögen, wenn die kleine Laura Lee nicht gewesen wäre. Aber sie wollte ihre Tochter nicht verlassen. Immer gab es ein Baby, das sie festhielt und sie ins Spiel zurückzog. Laura Lee. Jetzt Mona. Und würde sie Monas Kind noch erleben?

Stella war mit einem Kleidchen für Laura Lee gekommen und um sie in die Schule zu bringen. Plötzlich hatte sie gesagt: »Darling, vergiß diesen Unsinn mit der Schule. Das arme kleine Ding. Ich habe die Schule immer gehaßt. Ihr beide kommt mit uns nach Europa. Mit mir und Lionel. Du kannst dein Leben doch nicht in einem einzigen Winkel der Welt verbringen.«

Evelyn hätte Rom oder Paris oder London oder sonst einen von diesen wunderbaren Orten, zu denen Stella sie mitnahm, sonst niemals zu Gesicht bekommen, Stella, ihre Geliebte,

Stella, die nicht treu war, aber hingebungsvoll, und die sie lehrte, daß das letztere das Entscheidende sei.

Evelyn hatte ein graues Seidenkleid getragen, als Stella starb, mit Perlenketten, Stellas Perlen, und sie war auf den Rasen hinausgegangen und weinend niedergesunken, als sie Lionel abführten. Das Kleid war vollständig ruiniert gewesen. Überall im Haus war Glas zerbrochen gewesen. Und da lag Stella, ein Häuflein auf dem gebohnerten Boden, und Blitzlichter explodierten ringsumher. Stella lag da, wo sie alle getanzt hatten, und dieser Mann von der Talamasca, der von Grauen gepackt davonrannte. Von Grauen gepackt...

Julien, hast du das vorausgesehen? Hat das Gedicht sich erfüllt? Evelyn hatte geweint und geweint, und später, als niemand mehr da war, als sie Stellas Leichnam weggeschafft hatten, als alles still war und das Haus in der First Street im Dunkeln lag, da hatte Evelyn sich in die Bibliothek geschlichen und die Bücher herausgezogen und Stellas Geheimversteck in der Bibliothekswand geöffnet.

Hier hatte Stella all ihre Bilder versteckt, ihre Briefe, all das, was sie vor Carlotta verbergen wollte. »Wir wollen nicht, daß sie von uns weiß, mein Entchen, aber ich will doch verdammt sein, wenn ich unsere Bilder verbrenne.«

Evelyn hatte die langen Perlenschnüre abgenommen, die Stella gehörten, und sie dort in den dunklen Hohlraum gelegt, zu den kleinen Erinnerungsstücken ihrer sanften und glänzenden Romanze.

»Warum können wir uns nicht mehr lieben, Stella?« hatte sie auf dem Schiff geweint, als sie nach Hause zurückfuhren.

»Oh, Darling, die wirkliche Welt wird das nie akzeptieren«, hatte Stella gesagt, und da hatte sie bereits eine Affäre mit einem Mann an Bord gehabt. »Aber wir werden uns sehen. Ich werde für uns beide eine kleine Wohnung in der Stadt einrichten.«

Stella hatte Wort gehalten – und was für ein bezauberndes kleines Liebesnest es gewesen war, nur für sie beide.

Laura Lee war wieder den ganzen Tag zur Schule gegangen und hatte keine Schwierigkeiten gemacht. Laura Lee hatte nie etwas geahnt.

Evelyn hatte es ziemlich amüsant gefunden – sie und Stella

liebten sich in dieser kleinen, vollgestopften Wohnung mit den kahlen Ziegelwänden, durch die der Lärm eines Restaurants drang, und der ganze Mayfair-Clan hatte nichts davon gewußt. *Ich liebe dich, Darling.*

Stella war die einzige, der Evelyn Juliens Victrola je gezeigt hatte. Nur Stella wußte, daß Evelyn es auf Juliens Befehl aus dem Haus in der First Street weggeholt hatte. Julien, der Geist, der immer in ihrer Nähe war, wenn sie sich ihn vorstellte – wie sich sein Haar anfühlte, die Berührung seiner Haut.

Nach seinem Tod hatte sich Evelyn jahrelang heimlich in ihr Zimmer geschlichen und das Victrola aufgezogen. Sie hatte die Platten aufgelegt und den Walzer gespielt; sie hatte die Augen geschlossen und sich vorgestellt, wie sie mit Julien tanzte – so behende und anmutig trotz seines Alters, stets bereit, über die Ironie zu lachen, die in allen Dingen lag, stets geduldig angesichts der Schwächen und Irrtümer anderer. Und sie hatte den Walzer für die kleine Laura Lee gespielt.

»Dein Vater hat mir diese Platte geschenkt«, hatte sie ihrer Tochter erzählt. Das Gesicht des Kindes war so traurig gewesen, daß es zum Weinen war. Hatte Laura Lee je das Glück gekannt? Frieden hatte sie gekannt, und vielleicht war das genauso gut.

Konnte Julien das Victrola hören? War er wirklich durch seinen eigenen Willen an die Erde gebunden? »Dunkle Zeiten liegen vor uns, Evie. Aber ich werde nicht aufgeben. Ich werde nicht fromm zur Hölle fahren und ihn triumphieren lassen. Ich werde über den Tod hinausreichen, wenn ich kann, genauso, wie er es getan hat. Ich werde im Schatten blühen. Spiel das Lied für mich, damit ich es höre, damit es mich vielleicht zurückruft.«

Stella war so verwirrt gewesen, als sie es Jahre später gehört hatte, während sie in dem kleinen Lokal im French Quarter Spaghetti aßen und Wein tranken und Dixieland hörten – Evelyns alte Geschichten von Julien.

»Du warst es also, die das kleine Victrola genommen hat! Ah ja, ich erinnere mich – aber, Evie, ich glaube, den Rest bringst du ziemlich durcheinander. Er war immer so fröhlich, wenn er mit uns zusammen war. Bist du sicher, daß er solche Angst hatte?

Ich entsinne mich natürlich noch, wie Mutter seine Bücher verbrannte. Er war so wütend! So wütend. Und dann sind wir dich holen gegangen. Weißt du noch? Ich glaube, ich habe ihm erzählt, daß du in der Dachkammer in der Amelia Street eingesperrt warst. Aber danach war er glücklich, Evie, vor allem, als du dann anfingst vorbeizukommen. Glücklich bis zum Ende.«

»Ja, glücklich«, hatte Evelyn erklärt. »Er war ganz richtig im Kopf, bis zu dem Tag, als er starb.«

Vor ihrem geistigen Auge sah sie die Zeit vor sich. Sie packte die verfilzten, dornigen Ranken und kletterte die Stuckfassade hinauf, höher und immer höher. Oh, noch einmal so stark zu sein, und wäre es nur für einen Augenblick – das Rankengitter Sprosse um Sprosse zu erklimmen, mit den Fingern die Ranken zu umklammern, sich durch die nassen Blüten zu drängen, bis sie das Dach der Veranda im ersten Stock erreicht hatte, hoch oben über den Steinplatten, und Julien durch das Fenster auf seinem Messingbett liegen sah.

»Evalynn!« Er hatte durch die Scheibe gespäht, sie willkommengeheißen und die Hände nach ihr ausgestreckt. All das hatte sie Stella nie erzählt.

Evelyn war dreizehn gewesen, als Julien sie das erste Mal in dieses Zimmer geführt hatte.

In gewisser Weise war dieser Tag der erste Tag ihres wahren Lebens gewesen. Mit Julien konnte sie sprechen, wie sie es mit anderen Leuten nicht konnte. Wie machtlos war sie in ihrem Schweigen gewesen, das sie nur ab und zu gebrochen hatte, wenn der Großvater sie schlug oder wenn die andern sie anflehten – und dann hatte sie zumeist in Versen geredet. Ja, sie hatte eigentlich gar nicht geredet; sie hatte die Worte aus der Luft gelesen.

Julien hatte ihre seltsame Lyrik hören wollen, ihre Prophezeiungen. Julien hatte Angst gehabt. Er hatte gewußt, daß dunkle Zeiten bevorstanden.

Aber, oh, auf ihre Art waren sie so sorglos gewesen, der alte Mann und das stumme Kind. Nachmittags hatte er sie geliebt, sehr langsam, ein bißchen schwerer und schwerfälliger als Stella später, ja, aber er war auch ein alter Mann gewesen, nicht wahr? Er hatte sich dafür entschuldigt, daß er so lange gebraucht hatte, um zum Ende zu kommen, aber welche Freuden hatte er ihr geschenkt mit seinen Küssen dort unten, mit seinen Umarmungen und seinen geschickten Fingern und den geheimen kleinen, erotischen Worten, die er ihr ins Ohr raunte, während er sie berührte. Das war es, was die beiden auszeichnete: Sie hatten gewußt, wie man sie berühren und küssen mußte.

Sie machten die Liebe zu einem sanften, reichen Erlebnis. Und wenn die Gewalt dann kam, war man bereit. Man wollte sie.

»Dunkle Zeiten«, sagte er. »Ich kann dir nicht alles erzählen, mein hübsches Mädchen. Ich wage nicht, es dir zu erklären. Sie hat meine Bücher verbrannt, weißt du, da draußen auf dem Rasen. Sie hat verbrannt, was mir gehörte. Damit hat sie mein Leben verbrannt. Aber ich möchte, daß du etwas für mich tust. Bring das Victrola aus dem Haus. Du mußt es behalten, zur Erinnerung an mich. Es gehört mir, dieses Ding. Ich habe es geliebt, berührt, mit meinem Geist erfüllt, so gut ein täppischer Sterblicher einen Gegenstand mit Geist erfüllen kann. Bewahre es sicher auf, Evelyn, und spiele den Walzer für mich. Und dann gib es denen weiter, die Gefallen daran haben können, wenn Mary Beth dahingegangen ist. Mary Beth kann ebensowenig ewig leben wie ich. Laß niemals zu, daß Carlotta es bekommt. Es wird eine Zeit kommen ...«

Und er war wieder in Trauer versunken.

»Ich kann es nicht ändern«, hatte er gesagt. »Ich sehe es, aber ich kann nichts tun. Ich weiß nicht mehr als andere, was wirklich möglich ist. Was ist, wenn die Hölle absolute Einsamkeit bedeutet? Was ist, wenn da niemand ist, den man hassen kann? Wenn sie ist wie die dunkle Nacht über Donnelaith? Dann kommt Lasher aus der Hölle.«

»Hat er das jetzt wirklich alles gesagt?« hatte Stella Jahre später gefragt, und nur einen Monat nach diesem Gespräch war Stella selbst erschossen worden. Im Jahr 1929 schlossen Stellas Augen sich für immer.

»Weißt du, Entchen, es könnte sein, daß ich mit diesem Mann von der Talamasca nach England durchbrenne«, hatte Stella in jenen letzten Wochen ihres Lebens gesagt. Sie hatte aufgehört, ihre Spaghetti zu essen, als sei dies eine Entscheidung, die auf der Stelle getroffen werden müsse, mit der Gabel in der Hand. Aus der First Street fliehen, vor Lasher fliehen, Hilfe bei diesen seltsamen Gelehrten suchen.

»Aber Julien hat uns vor diesen Leuten gewarnt, Stella. Er sagt, sie sind die Alchimisten in meinem Gedicht. Er sagt, auf lange Sicht werden sie uns nur schaden. Stella, das hat er gesagt; wir sollten lieber nie wieder mit ihnen sprechen!«

»Weißt du, dieser Talamasca-Mann, oder was immer er ist, wird herausfinden, was mit diesem anderen passiert ist und daß die Leiche auf dem Dachboden liegt. Wenn du Mayfair heißt, kannst du umbringen, wen du willst, und niemand wird etwas unternehmen. Niemand ahnt, was du treibst.« Sie hatte mit den Achseln gezuckt, und einen Monat später hatte ihr eigener Bruder Lionel sie umgebracht. Keine Stella mehr.

Und niemand mehr, der von dem Victrola wußte, oder von Julien und Evelyn in Juliens Schlafzimmer. Evelyns einzige lebende Zeugin war ins Grab gelegt worden.

Es war kein Kinderspiel gewesen, das Victrola während Juliens letzter Krankheit aus dem Haus zu schaffen. Er hatte einen Zeitpunkt abgewartet, als Mary Beth und Carlotta nicht zu Hause waren, und dann hatte er die Jungen hinuntergeschickt, damit sie ihm eine andere »Musicbox«, wie er es hartnäckig nannte, aus dem Eßzimmer heraufholten.

Und erst als der große Plattenspieler mit voller Lautstärke lief, hatte er gesagt, sie solle das kleine Victrola nehmen und weglaufen. Sie sollte im Gehen singen dabei, singen, laut singen, bis sie zu Hause wäre.

»Die Leute werden mich für verrückt halten«, hatte sie leise gesagt, und sie hatte auf ihre Hände geschaut, auf den kleinen sechsten Finger an der linken – das Hexenmal.

»Kümmert es dich, was sie denken?« Sein Lächeln war immer so wunderschön gewesen. Nur im Schlaf sah er so alt aus, wie er war. Er hatte die große »Musicbox« aufgezogen. »Du nimmst diese Platten von meiner Oper – ich habe noch andere – und klemmst sie dir unter den Arm; das kannst du. Bring sie in die Vorstadt, Darling. Wenn ich dir die ganze Fracht selbst auf deinen Dachboden tragen könnte, dann würde ich es tun, da kannst du sicher sein. Also, wenn du an der Avenue bist, rufst du ein Taxi. Gib dem Chauffeur das hier. Er soll dir das Ding hineintragen.«

Wie ein Ministrant in einer Prozession war sie hinausmarschiert und hatte das kostbare Ding vor sich hergetragen.

Sie hatte es geschleppt, bis ihre Arme so weh getan hatten, daß sie keinen Schritt mehr hatte weitergehen können. Hatte ihre Bürde an der Ecke Prytania und Fourth Street abstellen und sich auf den Randstein setzen müssen, die Ellbogen auf die Knie gestützt, um sich ein bißchen auszuruhen. Der Verkehr war an ihr vorbeigerauscht. Schließlich hatte sie ein Taxi angehalten, was sie noch nie getan hatte, und zu Hause hatte ihr der Mann das Victrola für die fünf Dollar, die Julien ihr gegeben hatte, bis auf den Dachboden hinaufgetragen. »Danke, Ma'am!«

Die dunkelsten Tage waren die gleich nach seinem Tod gewesen, als Mary Beth zu ihr gekommen war und sie gefragt hatte, ob sie »irgend etwas von Julien« hätte oder ob sie etwas aus seinem Zimmer genommen hätte. Sie hatte den Kopf geschüttelt und wie immer keine Antwort gegeben. Aber Mary Beth hatte gewußt, daß sie log. »Was hat Julien dir gegeben?« wollte sie wissen.

Evelyn hatte auf dem Boden ihrer Dachkammer gesessen, mit dem Rücken zu dem großen, verschlossenen Schrank, in dem das Victrola stand, und sich geweigert, zu antworten. Julien ist tot, mehr konnte sie nicht denken. Julien ist tot.

Daß sie ein Kind in sich trug, hatte sie da nicht geahnt – Laura Lee, die arme, dem Unheil geweihte Laura Lee. Nachts war sie stumm durch die Straßen gewandert und hatte sich in brennender Sehnsucht nach Julien verzehrt, und sie hatte nicht gewagt, das Victrola zu spielen, solange in dem großen Haus in der Amelia Street noch irgendein Licht brannte.

Jahre später, als Stella starb, war es, als öffne die alte Wunde sich wieder, und alles wurde eins – der Verlust ihrer beiden funkelnden Geliebten, der Verlust des einzigen warmen Lichtes, das je die Geheimnisse ihres Lebens durchdrungen hatte, der Verlust der Musik, der Verlust allen Feuers.

»Versuche nicht, sie zum Reden zu bringen«, hatte der Urgroßvater zu Mary Beth gesagt. »Verschwinde von hier. Geh du zurück zu deinem Haus. Laß du uns in Frieden. Wir wollen dich hier nicht. Wenn irgend etwas von diesem abscheulichen Mann in meinem Hause sein sollte, werde ich es zerstören.«

Oh, ein so grausamer, grausamer Mann! Er hätte Laura Lee umgebracht, wenn er es gekonnt hätte. »Hexen!« Einmal hatte er ein Küchenmesser genommen und gedroht, Evelyn den kleinen sechsten Finger von der linken Hand abzuschneiden. Wie hatte sie da geschrien. Die andern hatten ihn aufhalten müssen – Pearl und Aurora und all die Alten aus Fontrevault, die noch dagewesen waren.

Aber Tobias war der Schlimmste gewesen, nicht nur der Älteste. Wie hatte er Julien gehaßt, und nur wegen eines Pistolenschusses im Jahr 1843, als Julien seinen Vater Augustin in Riverbend erschossen hatte; Julien war noch ein Knabe gewesen, Augustin ein junger Mann, und Tobias, der entsetzte Zeuge, fast noch ein Baby im Kleidchen. So hatte man Jungen damals angezogen. Kleidchen. »Ich habe meinen Vater zu meinen Füßen tot umfallen sehen!«

»Ich habe ihn nie umbringen wollen«, hatte Julien ihr im Bett erzählt. »Ich habe nie gewollt, daß sich ein ganzer Zweig der Familie in Bitterkeit und Wut von den anderen abwendet. Es tut mir so leid, wenn ich an all das denke. Ich war noch ein Kind, und der Dummkopf hatte keine Ahnung, wie man eine Pflanzung führen mußte. Ich habe keine Skrupel, einen Menschen zu erschießen, wohlgemerkt, aber in dem Fall hatte ich es wirklich nicht geplant. Ehrlich nicht. Ich wollte deinen Urgroßvater nicht umbringen. Es war ein großer, tölpelhafter Irrtum.«

Ihr war es gleichgültig gewesen. Sie haßte Tobias. Sie haßte sie alle. Alte Männer.

Und doch war es ein alter Mann gewesen, bei dem sie die Liebe zum ersten Mal berührt hatte, oben in Juliens Dachstube.

Und dann die Nächte, da sie im Dunkeln in die Stadt hinein und zu diesem Haus gelaufen, über die Mauer und am Spaliergitter hinaufgeklettert war. Es war so leicht gewesen, so hoch hinaufzuklettern, sich hinauszulehnen und auf die Steinplatten hinunterzustarren.

Es würde immer eine angenehme Erinnerung sein: die weichen grünen Ranken, das weiche Gefühl unter den Sohlen beim Klettern.

»Ah, *Chérie*«, sagte er dann. »Mein Entzücken, mein wildes Ding.« Er schob das Fenster hoch, um sie zu empfangen, sie hereinzulassen. »*Mon dieu*, Kind, du hättest doch fallen können.«

»Niemals«, flüsterte sie, sicher in seinen Armen.

Nicht einmal Richard Llewellyn, der Bursche, den er sich hielt, kam zwischen sie. Richard wußte, daß er bei Julien anzuklopfen hatte; darüber hinaus konnte man nie mit Sicherheit sagen, was Richard eigentlich wußte. Vor Jahren hatte Richard mit dem letzten Mann von der Talamasca gesprochen, obgleich Evelyn ihn davor gewarnt hatte. Am nächsten Tag war Richard zu ihr gekommen.

»Nun, Sie haben ihm ja wohl nichts von mir erzählt, oder?« hatte sie ihn gefragt. Richard war so alt. Er hatte nicht mehr viel Zeit.«

»Nein, diese Geschichte habe ich ihm nicht erzählt. Ich wollte nicht, daß er denkt . . .«

»Was? Daß Julien mit einem Mädchen in meinem Alter ins Bett ging?« Sie hatte gelacht. »Sie hätten überhaupt nicht mit dem Mann reden sollen.« Richard hatte das Jahr nicht mehr überlebt, und als er gestorben war, hatten sie ihr seine alten Schallplatten gebracht. Er mußte also von dem Victrola gewußt haben.

Evelyn hätte Mona das kleine Victrola schon vor langer Zeit geben sollen. Sie hätte nicht so ein Trara vor den beiden anderen, ihren idiotischen Enkelinnen Gifford und Alicia, darum machen sollen. Typisch Gifford, alles zu konfiszieren – das Grammophon selbst und die wunderschöne Halskette.

»Wag es nicht!«

Typisch Gifford, haargenau die falsche Entscheidung zu treffen, und typisch Gifford, alles mißzuverstehen. Entsetzt nach Luft zu schnappen, als die uralte Evelyn das Gedicht aufgesagt hatte. »Wieso soll er gewollt haben, daß du es bekommst? Was dachte er denn, was es bewirken kann? Er war ein Hexenmeister, und das weißt du. Ein Hexenmeister, genau wie die anderen.«

Und dann das schreckliche Geständnis von Gifford: daß sie die Sachen genommen und wieder in der First Street versteckt hatte, in dem Haus, aus dem sie gekommen waren.

»Du dummes Ding, wie konntest du so etwas tun?« hatte die uralte Evelyn gefragt. »Mona hätte sie haben müssen! Mona ist seine Urenkelin! Nicht wieder in das Haus, Gifford, wo Carlotta sie finden und vernichten wird!«

Und plötzlich fiel es ihr wieder ein. Gifford war heute morgen gestorben!

Sie ging die St. Charles Avenue hinauf zur First Street, und ihr verdrießliches, ärgerliches, unangenehmes, nervenverschleißendes Enkelkind war tot!

»Warum wußte ich das nicht? Julien, warum bist du nicht gekommen und hast es mir gesagt?«

Vor mehr als einem Jahrhundert hatte sie eine Stunde vor Juliens Tod seine Stimme gehört. Er hatte unter ihrem Fenster gerufen. Sie war aufgesprungen und hatte es weit aufgerissen, und da hatte er unten im Regen gestanden, aber sie hatte sofort gewußt, daß es nicht wirklich Julien war. Sie hatte schreckliche Angst gehabt, er könnte schon tot sein. Er hatte ihr zugewinkt, fröhlich und munter, und ein großes, dunkles Pferd hatte neben ihm gestanden. *»Au revoir, ma chérie!«* hatte er gerufen.

Und dann war sie zu ihm gelaufen, war den ganzen Weg gerannt, zehn Straßen weit in die Stadt, und sie war am Spaliergitter hinaufgeklettert und hatte für einen kostbaren Moment seine Augen gesehen; es war noch Leben darin gewesen, und sie hatten sie angeschaut. Oh, Julien, ich habe dich rufen hören, ich habe dich gesehen. Ich habe die Verkörperung deiner Liebe gesehen. Sie hatte das Fenster hochgeschoben, und sie hatte ihn gestützt.

»Eve«, hatte er gewispert, »Evie, ich möchte sitzen. Hilf mir. Ich sterbe, Evie! Es passiert, es ist soweit!«

Sie hatten nie erfahren, daß sie dagewesen war.

Sie hatte im wütenden Unwetter draußen auf dem Verandadach gekauert und ihnen gelauscht. Sie hatte sich draußen an den Kamin geschmiegt, den Blitzen zugesehen und gedacht: Warum erschlagt ihr mich nicht? Warum sterbe ich nicht? Julien ist tot.

»Was hat er dir gegeben?« hatte Mary Beth jedesmal gefragt, wenn sie sie gesehen hatte. Und sie kam Jahr für Jahr.

Mary Beth hatte die kleine Laura Lee angestarrt – ein so schwaches, dünnes Baby, und nie eines, das die Leute in den Arm nehmen wollten. Mary Beth hatte immer gewußt, daß Julien der Vater gewesen war. Und wie die andern sie gehaßt hatten. »Juliens Sprößling, schau sie an, mit dem Hexenmal an der Hand, schau doch, genau wie du!«

Es war nichts Schlimmes, nur ein winziger sechster Finger. Ja, die meisten Leute hatten ihn gar nicht bemerkt, obwohl Laura Lee so befangen deshalb gewesen war, und niemand im Heiligen Herzen hatte gewußt, was es bedeutete.

»Das Mal der Hexe«, hatte Tobias immer gesagt. »Davon gibt es viele. Rotes Haar ist das schlimmste, der sechste Finger das zweitschlimmste und Riesengröße das drittschlimmste. Und du mit dem sechsten Finger. Zieh doch in die First Street und wohne bei den Verdammten, die dir deine Talente gegeben haben. Verschwinde aus meinem Haus.«

Natürlich war sie nicht gegangen – nicht, solange Carlotta da war! Es war besser, die alten Männer zu ignorieren, während sie und ihre Tochter sich um ihre eigenen Angelegenheiten kümmerten. Laura Lee war so kränklich gewesen, daß sie die High School nie hatte abschließen können. Die arme Laura Lee, die ihr Leben damit zubrachte, streunende Katzen aufzulesen und mit ihnen zu reden, um den Block zu gehen, sie zu suchen und zu füttern, bis die Nachbarn sich beschwerten.

Waren wir denn die mächtigen Hexen, diejenigen von uns, die mit dem sechsten Finger geboren wurden? Und Mona mit den roten Haaren?

Die Jahre waren vergangen, und das große Vermächtnis der Mayfairs war an Stella gefallen, und dann an Antha und dann an Deirdre . . .

Alle verloren, sie alle, die sie in den Zeiten der Schatten gelebt hatten. Sogar Stellas hell funkelndes Licht – ausgelöscht, einfach so!

»Aber es wird eine andere Zeit kommen, eine Zeit der Schlachten und der Katastrophe.« Das hatte Julien ihr an dem Abend versprochen, als sie das letzte Mal wirklich mit ihm geredet hatte. »Das ist der Sinn deines Gedichtes, Evelyn. Ich werde versuchen, hier zu sein.«

Die Musik wimmerte und stampfte. Er spielte sie immer.

»Weißt du, *chérie,* ich habe ein Geheimnis, was *ihn* und die Musik betrifft. Er kann uns nicht so gut hören, wenn wir Musik machen. Es ist ein altes Geheimnis; meine Grandmère Marie Claudette hat es mir selbst anvertraut. Der böse Dämon wird angezogen von der Musik. Musik kann ihn ablenken. Er kann Musik noch hören, wenn er sonst nichts hören kann. Rhythmen und Reime können ihn auch bannen. Alle Geister finden dergleichen unwiderstehlich, genauso wie sichtbare Muster. In ihrer Düsternis sehnen sie sich nach Ordnung, nach Symmetrie. Ich benutze die Musik, um ihn anzulocken und zu verwirren. Mary Beth weiß es auch. Weshalb, glaubst du, steht ein Musikkasten in jedem Zimmer? Warum, glaubst du, liebt sie ihre vielen Victrolas? Sie geben ihr Ruhe vor diesem Wesen, die sie ab und zu haben möchte wie jeder andere auch.

Und wenn ich nicht mehr bin, mein Kind, dann spiele das Victrola. Spiele es und denke an mich. Vielleicht kann ich es hören, vielleicht kann ich zu dir kommen, vielleicht wird der Walzer die Dunkelheit durchdringen und mich wieder zu mir und zu dir bringen.«

»Julien, warum nennst du *ihn* böse? Daheim sagen sie immer, der Geist in diesem Hause hört auf deinen Befehl. Tobias hat es zu Walker gesagt. Lasher ist der magische Sklave von Julien und Mary Beth, haben sie gesagt, und er gewährt ihnen jeden Wunsch.«

Er hatte den Kopf geschüttelt und im Schutze eines neapolitanischen Liedes gesagt: »Er ist böse; denke an meine Worte. Und seine Bosheit ist von der schlimmsten Sorte, aber er weiß es selbst nicht. Sag das Gedicht noch einmal auf. Erzähle es mir.«

Evelyn war es ein Greuel gewesen, das Gedicht aufzusagen. Das Gedicht erklang aus ihr, als wäre sie das Victrola und als habe sie jemand mit einer unsichtbaren Nadel berührt; die Worte kamen aus ihrem Mund, und sie wußte nicht, was die Worte bedeuteten. Worte, die Julien angst machten und vorher schon seine Nichte Carlotta erschreckt hatten, Worte, die Julien wieder und wieder sprach, als die Monate vergingen.

Wie kraftvoll er ausgesehen hatte, die weißen Locken immer noch sehr dicht, die klugen Augen klar auf sie gerichtet. Er hatte nie unter der Blindheit und Taubheit des Alters leiden müssen, nicht wahr? Waren es die vielen Liebesgeschichten, die ihn jung gehalten hatten? Vielleicht. Er hatte seine zarte, trockene Hand auf die ihre gelegt und sie auf die Wange geküßt. »Bald werde ich sterben wie jeder andere, und ich kann nichts dagegen tun.«

Oh, dieses kostbare Jahr, diese kostbaren paar Monate.

Und daß er dann zu ihr gekommen war, eine Vision, ganz jung ... Daß sie seine Stimme gehört hatte bis herauf zu ihrem Fenster!

Später kamen dann kleinere Visionen, so schnell wie explodierende Blitzlichtbirnen. Julien in einer vorüberfahrenden Straßenbahn. Julien in einem Auto. Julien auf dem Friedhof bei Anthas Beerdigung. Vielleicht alles Einbildung. Ja, sie hätte schwören können, daß sie ihn auch auf Stellas Beerdigung gesehen hatte, eine kostbare Sekunde lang.

Hatte sie deshalb so mit Carlotta gesprochen, sie rundheraus beschuldigt, als die nebeneinander zwischen den Gräbern gestanden hatten?

»Es war die Musik, nicht wahr?« hatte Evelyn gesagt; zitternd hatte sie ihre verbale Attacke begonnen, angefeuert von Haß und Schmerz. »Du brauchtest die Musik. Als die Kapelle laut und wild spielte, da konnte Lionel zu Stella gehen und sie erschießen. Und ›der Mann‹ hat es nicht gemerkt, nicht wahr? Du hast die Musik benutzt, um ›den Mann‹ abzulenken. Du kanntest den Trick. Julien hat ihn mir erzählt. Du hast ›den Mann‹ mit Musik getäuscht. *Du* hast deine Schwester ermordet. Du warst es.«

»Hexe, geh weg von mir«, hatte Carlotta gezischt, kochend vor Wut. »Du und deinesgleichen, alle.«

»Ah, aber ich weiß es, und dein Bruder sitzt in der Zwangsjacke, ja, aber du bist die Mörderin! Du hast ihn angestiftet. Du hast die Musik benutzt, du kanntest den Trick.«

Es hatte ihre ganze Kraft erfordert, diese Worte auszusprechen, aber ihre Liebe zu Stella hatte es verlangt. Stella. Evelyn hatte allein in der kleinen Wohnung im French Quarter im Bett gelegen; sie hatte Stellas Kleid in den Händen gehalten und hineingeweint. Und die Perlen – niemals würden sie Stellas Perlen finden.

»Ich würde sie dir geben, mein Entchen«, hatte Stella gesagt und die Perlen gemeint, »weißt du, ich würde es wirklich tun, aber dann macht Carlotta einen Höllentanz! Sie hat gedroht, mich zu bestrafen, mein Entchen; ich darf keine Erbstücke und sonstige Dinge weggeben! Wenn sie je von dem Victrola erfährt – das Julien dir gegeben hat –, dann läßt sie es dir wegnehmen. Genaue Inventurlisten führt sie. Das sollte sie in der Hölle machen: darauf achten, daß niemand aus Versehen ins Fegefeuer rausgelassen wird oder etwa nicht seinen fairen Anteil an Feuer und Schwefel zu schlucken kriegt. Sie ist ein Biest. Kann sein, daß du mich so bald nicht wiedersiehst, mein liebes Entchen; es kann sein, daß ich mit diesem Talamasca-Menschen aus England durchbrenne.«

»Dabei kann nichts Gutes herauskommen!« hatte Evelyn gerufen. »Ich habe Angst.«

»Du mußt heute abend tanzen. Amüsier dich. Komm. Du darfst meine Perlen nicht tragen, wenn du nicht tanzt.«

Und nie wieder hatten sie miteinander gesprochen, sie und Stella. Oh, der Anblick des Blutes, das auf den gebohnerten Boden quoll.

Nun ja, hatte Evelyn später auf Carlottas Frage geantwortet, sie habe die Perlen allerdings, aber sie habe sie an diesem Abend zu Hause gelassen. Und danach beantwortete sie nie wieder eine Frage nach den Perlen.

Im Laufe der Jahrzehnte fragten andere. Sogar Lauren kam irgendwann damit an. »Es waren unbezahlbare Perlen. Du erinnerst dich wirklich nicht, was aus ihnen geworden ist?«

Und der junge Ryan, den Gifford liebte und den sie liebte, war irgendwann gezwungen gewesen, das unangenehme Thema zur Sprache zu bringen.

»Uralte Evelyn, Tante Carlotta ist nicht bereit, die Frage nach den Perlen fallenzulassen.« Zumindest da hatte Gifford den Mund gehalten, Gottlob, und dabei hatte sie so elend ausgesehen. Nie hätte sie Gifford die Perlen zeigen dürfen. Aber Gifford hatte kein Wort gesagt.

Tja, wenn Gifford nicht gewesen wäre, dann wären die unbezahlbaren Perlen für alle Zeit in der Wand geblieben. Gifford, Gifford, Gifford, Miss Heiligenschein, Miss Naseweis! Aber jetzt waren sie wieder in der Wand, nicht wahr? Das war das Schöne. Sie waren jetzt wieder in der Wand.

Um so mehr Grund, geradeaus zu gehen, aufrecht zu gehen, vorsichtig zu gehen. Die Perlen sind auch da oben, und sicher muß Mona sie bekommen, denn Rowan Mayfair ist fort und kommt vielleicht nie wieder.

Mona war ihr Schatz, und jetzt, da Gifford fort war, ja, da würde sie mit Mona sprechen, und sie könnten allein zusammensitzen und das Victrola spielen lassen. Und die Perlen. Ja, die würde sie Mona um den Hals legen.

Wieder diese böse, furchtbare Erleichterung. Nie wieder Gifford mit dem hageren Gesicht und den angstvollen Augen, wie sie mit gedämpfter Stimme von Gewissen und Recht redete.

War die Avenue noch die Avenue? Sicher mußte sie doch bald zur Ecke Washington kommen; aber es gab so viele neue Gebäude hier, daß sie die Orientierung verloren hatte.

Das Leben war so laut geworden. Das Leben war unkultiviert. Müllwagen verschlangen brüllend die Abfälle. Lastzüge donnerten durch die Straßen. Den Bananenmann gab es nicht mehr, den Eismann gab es nicht mehr. Die Schornsteinfeger kamen nicht mehr. Die alte Frau mit den Brombeeren kam nicht mehr. Laura Lee war unter Schmerzen gestorben. Deirdre war wahnsinnig geworden, und ihre Tochter Rowan war nur einen Tag zu spät gekommen, um ihre Mutter noch lebend zu sehen, und am Weihnachtstag war etwas Grauenhaftes geschehen, und niemand wollte darüber sprechen. Und Rowan Mayfair war verschwunden.

Wenn Rowan Mayfair und ihr neuer Mann nun das Victrola und die Schallplatten gefunden hatten? Aber Gifford hatte gesagt, das hatten sie nicht. Und Gifford war auf der Hut. Gifford hätte ihnen die Sachen wieder weggenommen, wenn es nötig gewesen wäre.

Und Giffords Versteck hatte Stella gehört, und Gifford hatte es nur gekannt, weil Evelyn es ihr gezeigt hatte. Dummheit war es gewesen, je ein Lied oder eine Geschichte oder einen Vers an

Gifford oder Alicia zu verschwenden. Sie waren bloße Glieder in einer Kette, aber das Juwel war Mona.

»Sie werden sie nicht finden, uralte Evelyn. Ich habe die Perlen wieder in das alte Geheimversteck in der Bibliothek getan. Das Victrola auch. Der ganze Kram ist da für alle Zeit in Sicherheit.«

Gifford, die Country-Club-Mayfair, war allein in das dunkle Haus gegangen und hatte die Sachen dort versteckt. Hatte sie den Mann gesehen bei diesem Ausflug in die Dunkelheit?

»Man wird sie nie finden. Sie werden mit dem Haus verrotten«, hatte Gifford gesagt. »Du weißt es. Du hast mir das Versteck selbst gezeigt, als wir in der Bibliothek waren.«

»Du machst dich über mich lustig, du böses Kind.«

Aber sie *hatte* der kleinen Gifford die geheime Nische gezeigt, und zwar am Nachmittag nach Laura Lees Beerdigung. Das mußte das letzte Mal gewesen sein, daß Carlotta ihnen das Haus geöffnet hatte.

Das war 1960 gewesen. Deirdre war schon krank gewesen, und nachdem sie ihr Baby Rowan verloren hatte, war sie für lange Zeit ins Krankenhaus zurückgegangen. Cortland war gerade ein Jahr tot gewesen.

Warum war sie mitgegangen? Sie wußte es eigentlich nicht. Vielleicht, um Juliens Haus wiederzusehen. Vielleicht hatte sie auch die ganze Zeit vorgehabt, sich in die Bibliothek zu schleichen und nachzusehen, ob die Perlen noch da waren oder ob jemand sie gefunden hatte.

Und als alle andern sich versammelt hatten und untereinander von Laura Lees Leiden tuschelten, und von der armen kleinen Gifford und der armen kleinen Alicia, und von all den traurigen Dingen, die sie alle heimsuchten, da hatte Evelyn Gifford bei der Hand genommen und war mit ihr in die Bibliothek gegangen.

»Hör auf, um deine Mutter zu weinen«, hatte Evelyn gesagt. »Laura Lee ist im Himmel. Jetzt komm her, und ich zeige dir ein geheimes Versteck. Ich zeige dir etwas Schönes. Ich habe eine Halskette für dich.«

Gifford hatte sich die Augen abgewischt. Seit dem Tode ihrer Mutter war sie irgendwie benommen gewesen, und die Benommenheit war erst wieder von ihr gewichen, als sie Jahre später Ryan geheiratet hatte. Aber bei Gifford war immer Hoffnung gewesen. Am Nachmittag von Laura Lees Begräbnis hatte es eine Menge Hoffnung gegeben.

Wahrhaftig, Gifford hatte ein gutes Leben gehabt, das mußte man zugeben; sie hatte sich zwar unablässig Sorgen gemacht, aber sie hatte Ryans Liebe gehabt, ihre wunderbaren Kinder, und sie war beherzt genug gewesen, Mona zu lieben und sie in Ruhe zu lassen, obwohl Mona ihr Todesangst einjagte.

Tod. Gifford tot. Unmöglich. Alicia hätte es sein müssen. Alles durcheinander. Pferd durchs falsche Tor. Hat Julien das vorausgesehen?

Es schien nur einen Augenblick her zu sein – Laura Lees Begräbnis. Denke noch einmal an die Bibliothek – staubig, vernachlässigt. Frauen, die sich nebenan unterhalten.

Evelyn hatte die kleine Gifford zum Bücherschrank geführt und die Bücher beiseite geschoben. Dann hatte sie die lange Perlenschnur herausgezogen. »Die nehmen wir jetzt mit nach Hause. Ich habe sie vor dreißig Jahren hier versteckt, an dem Tag, als Stella hier im Salon ums Leben gekommen ist. Carlotta hat sie nie gefunden. Und das hier, das sind Bilder von Stella und von mir. Die nehme ich auch mit. Eines Tages werde ich diese Dinge dir und deiner Schwester geben.«

Gifford hatte sich auf die Fersen gehockt und staunend die lange Kette betrachtet.

Es war ein so gutes Gefühl für Evelyn, Carlotta derart überlistet zu haben und die Perlen zu behalten, als alles andere verloren schien. Die Perlen und den Musikkasten, ihre Schätze.

Ah, hier war die Washington Avenue. Das war sie. Kein Zweifel. Und siehe da, den Blumenladen gab es auch noch, und das bedeutete, daß die uralte Evelyn vorsichtig diese paar kleinen Stufen hinaufgehen und selbst die Blumen für ihr kostbares kleines Mädchen bestellen konnte.

Sie wußte, welche Blumen sie schicken wollte. Sie wußte, welche Blumen Gifford geliebt hatte.

Sie würden sie nicht zur Totenwache nach Hause bringen. Natürlich nicht. Nicht die Mayfairs aus Metairie. Die würden so etwas nie tun. Wahrscheinlich wurde der Leichnam bereits geschminkt in irgendeinem gekühlten Bestattungsinstitut liegen.

»Versucht nicht, mich in einem solchen Laden auf Eis zu legen«, hatte Evelyn im vergangenen Jahr nach Deirdres Beerdigung gesagt, als Mona dagestanden und ihr das Ganze geschildert hatte. Wie Rowan Mayfair aus Kalifornien gekommen war und sich über den Sarg gebeugt hatte, um ihre tote Mutter zu küssen. Wie Carlotta am selben Abend tot in Deirdres Schaukelstuhl gekippt war, als wolle sie mit Deirdre zusammen tot sein und die arme Rowan Mayfair aus Kalifornien ganz allein in diesem unheimlichen Haus zurücklassen.

»O Leben, o Zeit«, hatte Mona gesagt; sie hatte die dünnen, bleichen Arme ausgestreckt und das lange rote Haar nach links und nach rechts schwingen lassen. »Es war schlimmer als Ophelias Tod.«

»Wahrscheinlich nicht«, hatte die uralte Evelyn erwidert. Denn Deirdre hatte schon vor Jahren den Verstand verloren, und wenn diese kalifornische Ärztin, Rowan Mayfair, auch nur ein bißchen Mumm gehabt hätte, dann wäre sie schon längst nach Hause gekommen und hätte diejenigen, die ihre Mutter unter Drogen gesetzt und gequält hatten, zur Rede gestellt. Nichts Gutes konnte von diesem kalifornischen Mädchen kommen, das wußte die uralte Evelyn, und deshalb hatten sie sie nie in die Amelia Street gebracht, so daß die uralte Evelyn sie nur einmal gesehen hatte, nämlich bei der Hochzeit, als sie überhaupt keine Frau gewesen war, sondern ein Opferlamm für die Familie, ganz in Weiß ausstaffiert. Der Smaragd hatte auf ihrer Brust gebrannt.

Nicht weil Rowan Mayfair, der das Vermächtnis bestimmt war, in der Kirche von St. Mary einen jungen Mann namens Michael Curry heiratete, war sie zu dieser Hochzeit gegangen, sondern weil Mona die Blumen streuen sollte, und es hatte Mona glücklich gemacht, daß die uralte Evelyn kam und in der Kirchenbank saß und Mona vorüberziehen sah und ihr zunickte.

So schwer war es gewesen, das Haus nach all den Jahren zu betreten und es wieder so schön zu sehen, wie es damals gewesen war, als sie mit Julien hier gewesen war. Das Glück Dr.

Rowan Mayfairs und ihres unschuldigen Bräutigams Michael Curry zu sehen.

Und Braut und Bräutigam vom vergangenen Jahr hatten in diesem Doppelsalon getanzt. Und das Victrola war in der Bibliothek in der Wand versteckt, und niemand würde es je finden. Sie selbst hatte nicht daran gedacht, denn sonst wäre sie vielleicht hingegangen, während alle anderen sangen und tanzten und miteinander lachten. Vielleicht hätte sie es dann dort unter diesem Dach wieder aufgezogen und gesagt: »Julien!«, und dann wäre er zur Hochzeit gekommen, ein unerwarteter Gast.

Hatte einfach nicht daran gedacht.

Spät in der Nacht war Gifford in Alicias Schlafzimmer in der Amelia Street gekommen. Sie hatte der uralten Evelyn eine Hand auf die Schulter gelegt. »Ich bin froh, daß du zur Hochzeit gekommen bist«, hatte sie freundlich gesagt. »Ich wünschte, du würdest jetzt wieder öfter herauskommen.« Und dann hatte sie gefragt: »Du warst doch nicht an dem Versteck? Du hast es ihnen doch nicht erzählt?«

Die uralte Evelyn hatte sich nicht die Mühe gemacht, darauf zu antworten.

»Rowan und Michael werden glücklich sein!« Gifford hatte ihr einen Kuß auf die Wange gegeben und war gegangen. Im Zimmer hatte es nach Alkohol gestunken. Alicia stöhnte, wie ihre Mutter gestöhnt hatte, entschlossen, um jeden Preis zu sterben und bei Mutter zu sein.

Washington Avenue. Ja, das war sie. Da drüben das Queen-Anne-Haus mit den weißen Schindeln, genau wie immer. Es war natürlich das einzige an den vier Ecken, das noch stand, aber es war unverändert, ganz unverändert.

Und hier das Blumengeschäft. Ja, sie hatte Blumen kaufen wollen, nicht wahr? Für ihr geliebtes Mädchen, ihren Liebling ...

Sie ging weiter, bog von der Avenue ab in den Garden District und auf den Friedhof zu. Das hier war immer einer ihrer Lieblingsspaziergänge gewesen; man sah die Mayfair-Gruft, wenn man am Tor vorbeiging, und siehe da, Commander's Palace war auch noch da! Schon von hier aus konnte sie die Markisen sehen. Wie viele Jahre war es her, daß sie da drinnen gespeist hatte! Natürlich hatte Gifford immer darum gebettelt, daß sie mit ihr hinging.

Lunch mit Gifford im Commander's, und Ryan war ein so ordentlicher Junge gewesen, mit einem so glänzenden Gesicht. Schwer zu glauben, daß ein solches Kind ein Mayfair sein sollte, ein Urenkel Juliens. Aber die Mayfairs hatten zusehends dieses glänzende Aussehen angenommen. Gifford bestellte immer die Shrimps-Remoulade, und nie kleckerte sie auch nur einen Tropfen Sauce auf ihren Schal oder ihre Bluse.

Gifford. In Wirklichkeit konnte Gifford nichts zugestoßen sein.

Sie war plötzlich so erschöpft.

An der Ecke pflanzte sie beide Füße fest auf den Boden, umklammerte ihren Stock mit beiden Händen und spähte in den Blätterkorridor der Washington Avenue. Die besten Eichen der Stadt, dachte sie oft, bis hinunter zum Fluß. Sollte sie aufgeben? Irgend etwas Schreckliches war geschehen, etwas sehr, sehr Schreckliches, und ihre Mission ... was war es gewesen? Gütiger Gott, sie konnte sich nicht erinnern.

Ein alter, weißhaariger Gentleman stand da drüben – war er so alt wie sie? Und er lächelte. Er lächelte und winkte ihr zu, weiterzukommen. Was für ein Dandy! Und in diesem Alter. Sie mußte lachen beim Anblick so bunter Kleider. Eine gelbe Seidenweste! Bei Gott, das war Julien, Julien Mayfair! Ein mächtiger und angenehmer Schreck durchfuhr sie, den sie im ganzen Gesicht spürte, als habe sie jemand mit einem kühlen Tuch berührt und aufgeweckt. Sieh ihn an. Julien! Er winkte ihr, weiterzukommen und sich zu beeilen.

Und dann war er weg, einfach weg, mitsamt der gelben Weste, weg wie immer, der hartnäckige Tote, der verrückte Tote, der verwirrende Tote! Aber ihr war alles wieder eingefallen. Mona war oben im Haus, Gifford hatte einen tödlichen Blutverlust erlitten, und Evelyn mußte in die First Street. Julien wußte, daß sie weitergehen mußte. Das genügte ihr.

»Du hast dich von ihm berühren lassen?« hatte Gifford staunend gefragt, und CeeCee hatte auf ihre hämische, alberne Weise gelacht.

»Ihr Lieben, ich hab's genossen!«

Hätte sie so etwas doch nur zu Tobias und zu Walker sagen können. Ein paar Nächte vor Laura Lees Geburt hatte sie die Tür der Dachkammer aufgeschlossen und war allein zum Krankenhaus gelaufen. Die alten Männer hatten es erst erfahren, als das Kind sicher in ihren Armen lag.

»Siehst du denn nicht, was der Dreckskerl getan hat?« hatte Walker geschrien. »Er will die Hexensaat aussäen! Das hier ist auch eine Hexe!«

Wie zerbrechlich Laura Lee gewesen war. War das etwa Hexensaat? Wenn ja, dann hatten nur die Katzen es gewußt. Wie sie sich um Laura Lee gedrängt hatten, wie sie ihre Buckel gemacht hatten und ihr um die dünnen Beinchen gestrichen waren. Laura Lee mit dem Hexenfinger, den sie nicht an Alicia oder Gifford weitergegeben hatte, Gott sei Dank.

Die Ampel wurde grün.

Die uralte Evelyn begann die Straße zu überqueren. Sie ging weiter an der weißgestrichenen Mauer entlang, vorbei an den stillen und unsichtbaren Toten, den ordentlich begrabenen Toten, und als sie das Tor in der Mitte des Blocks erreicht hatte, blieb sie stehen. Sie sah gerade noch den Rand der Mayfairschen Gruft in der Mitte des Blocks; sie ragte ein kleines Stück weit in den Weg hinein. Sie kannte sie alle, die dort lagen; sie hätte an jedes der steinernen Rechtecke klopfen und sagen können: »Hallo da drinnen, Darling.«

Gifford würde nicht dort bestattet werden, o nein. Gifford würden sie draußen in Metairie begraben. Country-Club-Mayfairs, dachte sie. Sie hatten sie immer schon so genannt, schon zu Cortlands Zeiten, oder war es überhaupt Cortland gewesen, der diese Bezeichnung in die Welt gesetzt hatte, um seine eigenen Kinder zu beschreiben? Cortland, der ihr einmal ins Ohr geflüstert hatte: »Tochter, ich liebe dich«, so rasch, daß die Country-Club-Mayfairs es nicht hatten hören können.

Gifford, mein Liebling Gifford.

Sie stellte sich Gifford in ihrem hübschen roten Wollkostüm vor, mit einer weißen Bluse und einer weichen Seidenschleife am Hals. Gifford trug Handschuhe, aber nur beim Autofahren; jetzt hatte sie sie gerade angezogen, sehr behutsam, karamelfarbene Lederhandschuhe. Sie sah jetzt jünger aus als Alicia, obwohl sie es nicht war. Sie achtete auf sich, pflegte sich, liebte andere Menschen.

»Ich kann dieses Jahr nicht zum Mardi Gras bleiben«, hatte sie gesagt. »Ich kann es einfach nicht.« Sie war gekommen, um ihnen zu sagen, daß sie nach Destin fahren würde.

»Na, du erwartest hoffentlich nicht, daß *ich* hier alle empfange!« hatte Alicia gerufen. Totale Panik. Sie hatte ihre Zeitschrift auf die Veranda fallen lassen. »Ich kann das nicht allein. Ich kann es nicht. Ich mache es auch nicht. Ich schließe das Haus ab. Ich fühle mich nicht wohl. Und die uralte Evelyn sitzt bloß immer da und sitzt und sitzt. Wo ist Patrick? Du solltest hierbleiben und mir helfen. Warum unternimmst du nichts wegen Patrick? Weißt du nicht, daß Patrick jetzt schon morgens trinkt? Er trinkt den ganzen Vormittag. Wo ist Mona? Verdammt noch mal, Mona ist weggegangen, ohne mir etwas zu sagen. Jemand sollte Mona mal an die Leine legen! Ich brauche sie! Mach die verfluchten Fensterläden zu, ehe du gehst, ja?«

Gifford war ganz ruhig geblieben.

»Sie gehen dieses Jahr alle in die First Street, CeeCee«, hatte sie gesagt. »Du brauchst nur das zu tun, was du immer tust.«

»Oh, du bist so gemein zu mir. Bist du nur hergekommen, um mir so etwas zu sagen? Und was ist mit Michael Curry? Es heißt, er wäre Weihnachten fast gestorben; darf ich fragen, weshalb er dann am Fastnachtsdienstag eine Party gibt?« Inzwischen zitterte Alicia vor Wut und Empörung über den blanken Wahnsinn des Lebens, über die absolute Abwesenheit der Logik in allen Dingen und darüber, daß irgend jemand irgend etwas von ihr erwarten konnte. Hatte sie nicht schließlich praktisch Selbstmord begangen, um dafür zu sorgen, daß sie für alle Zeit von jeglicher Verantwortung befreit wurde? Wieviel Schnaps war denn dafür noch nötig?

»Dieser Michael Curry ertrinkt fast, und was macht er? Er gibt eine Party? Weiß er denn nicht, daß seine Frau verschwunden ist? Sie könnte tot sein! Was ist das für ein Mann, dieser verrückte Michael Curry? Und wer, zum Teufel, hat eigentlich gesagt, daß er in diesem Haus wohnen darf? Was haben sie denn mit dem Vermächtnis vor? Was ist, wenn Rowan Mayfair nie mehr zurückkommt? Fahr nur, fahr nach Destin. Was kümmert dich das alles? Laß mich hier nur allein. Es macht nichts. Geh zum Teufel!«

Vergeudete Wut, verschwendete Worte, am Thema vorbei, immer am Thema vorbei. Hatte Alicia in den letzten zwanzig Jahren etwas Aufrichtiges oder Ehrliches gesagt? Höchstwahrscheinlich nicht.

»Sie wollen sich in der First Street treffen, CeeCee. Das ist nicht meine Idee. Ich fahre weg.« Giffords Stimme war so leise gewesen, daß Alicia sie wahrscheinlich gar nicht gehört hatte, und es waren die letzten Worte gewesen, die ihre Schwester an sie richten sollte.

Gifford.

Giffords Wagen war davongefahren, und Alicia hatte fluchend auf der Veranda gestanden, barfuß und frierend. Sie hatte die Zeitschrift mit einem Tritt zur Seite geschleudert. »Sie fährt also einfach weg. Fährt einfach weg. Ich kann es nicht glauben. Fährt einfach weg. Was soll ich jetzt machen?«

Die uralte Evelyn hatte kein Wort gesagt. Worte, die man an Trinker richtete, waren Worte, die man ins Wasser schrieb. Sie verschwanden in der endlosen Leere, in der der Trinker sich suhlte. Konnte es einem Geist schlimmer ergehen?

Gifford hatte es wieder und wieder versucht. Gifford war eine Mayfair durch und durch. Gifford hatte geliebt. Sich Sorgen gemacht, ja, aber geliebt.

Ein kleines Mädchen mit einem Gewissen, in der Bibliothek auf dem Boden. »Aber dürfen wir diese Perlen denn einfach nehmen?«

Allesamt dem Untergang geweiht, die ganze Generation, die Mayfair-Kinder aus der Zeit der Naturwissenschaft und der Psychologie. Besser hatte man in der Zeit der Krinolinen gelebt, der Kutschen und der Voodoo-Zauberinnen. Unsere Zeit liegt hinter uns. Julien wußte das.

Aber Mona war nicht verdammt, oder? Sie war eine Hexe für die heutige Zeit. Mona an ihrem Computer, kaugummikauend und schneller tippend als irgend jemand sonst im Universum. »Wenn das Tippen eine olympische Disziplin wäre, würde ich sie gewinnen.« Und auf dem Monitor all die Tabellen und

Grafiken. »Siehst du das? Das ist ein Stammbaum der Familie Mayfair. Weißt du, was ich herausgefunden habe?«

Kunst und Magie werden am Ende triumphieren, hatte Julien gesagt. Ich weiß es. War der Computer Kunst und Magie? Schon die Art, wie der Monitor im Dunkeln glühte, und der kleine Stimmapparat im Innern, den Mona programmiert hatte, so daß er nun in gespenstisch flachem Ton sagte:

»Guten Morgen, Mona. Hier spricht dein Computer. Vergiß nicht, dir die Zähne zu putzen.« Es war richtig beängstigend zu sehen, wie Monas Zimmer um acht Uhr zum Leben erwachte; der Computer redete, die Kaffeemaschine gurgelte und zischte, die Mikrowelle schaltete sich ein und erhitzte die Brötchen mit leisem Piepen, und die CNN Headline News begannen im Fernsehen zu plaudern. »Wenn ich aufwache, bin ich gern mit allem verbunden«, sagte Mona. Der Zeitungsjunge hatte gelernt, das *Wall Street Journal* auf die Veranda im ersten Stock vor ihr Fenster zu werfen.

Mona, ja, Mona suchen.

Um Mona zu finden, kam sie jetzt zur Chestnut Street.

Im Garden District war es totenstill. Es war wirklich, als ob hier niemand wohnte. Der Lärm auf der Avenue war so viel besser. An der Avenue war man nie allein; sogar spät nachts strahlten die Scheinwerfer zum Fenster herein und warfen ihren fröhlich gelben Glanz in die Spiegel.

Sie ging weiter und immer weiter. Aber auch hier hatten sie die alten Häuser zerstört, ein paar wenigstens. Es stimmte wahrscheinlich, was Mona bemerkt hatte, was immer es gewesen war; es hatte etwas mit Architektur zu tun gehabt. Ein atemberaubender Mangel an Vision. Ein greller Kontrast zwischen Wissenschaft und Imagination. »Ein Mißverständnis«, hatte Mona gesagt, »in bezug auf das Verhältnis von Form und Funktion.« Manche Formen sind erfolgreich, andere scheitern. Alles ist Form. Das hatte Mona gesagt. Mona hätte Julien geliebt.

Sie war jetzt an der Third Street. Halb geschafft. Es war nichts dabei, diese kleinen Straßen zu überqueren. Hier war überhaupt kein Verkehr. Es war noch niemand wach. Sie ging weiter und fühlte sich sicher auf dem Asphalt, der in der Sonne glänzte, frei von bösartigen Rissen oder Spalten, die ihr Fallen stellten.

Julien, warum kommst du nicht zurück? Warum hilfst du mir nicht? Warum mußt du immer mit mir spielen? Gütiger Gott, Julien. Ich kann das Victrola jetzt in der Bibliothek spielen lassen. Es ist keiner da, der mich daran hindern könnte, bloß Michael Curry, dieser reizende Mann, und Mona. Ich kann das Victrola spielen lassen und deinen Namen sagen.

Ah, was für ein herrlicher Duft, der blühende Liguster. Den hatte sie ganz vergessen. Und da war das Haus – mein Gott, sieh dir die Farbe an. Sie hatte nie bemerkt, daß es irgendeine besondere Farbe hatte, und jetzt war es von oben bis unten leuchtend grau-violett, die Läden waren grün gestrichen, und der Zaun hob sich sehr schwarz davon ab.

Oh, es war wirklich restauriert worden! Und wie gut hatte Michael Curry seine Sache gemacht.

Und da, da oben auf der Veranda, stand er und schaute auf sie herab. Michael Curry. Ja, das war der Mann.

Er war im Pyjama, sehr zerknautscht; sein Bademantel war offen, und er rauchte eine Zigarette. Wie Spencer Tracy sah er aus, klobig und irisch und rauh; nur sein Haar war schwarz. Ein netter, gutaussehender Mann mit dichtem schwarzem Haar. Und waren seine Augen nicht blau? Jedenfalls sah es so aus.

»Hallo, Michael Curry«, sagte sie. »Ich wollte Sie besuchen. Und ich will mit Mona Mayfair sprechen.«

Gütiger Gott, das war ein Schock für ihn. Wie erschrocken er aussah. Aber sie rief mit lauter und klarer Stimme: »Ich weiß, daß Mona da drinnen ist. Sagen Sie ihr, sie soll herauskommen.«

Und dann war da das schlaftrunkene Mädchen im weißen Nachthemd, zerzaust und gähnend wie ein kleines Kind, das niemand zur Verantwortung ziehen kann.

Oben zwischen den Baumwipfeln standen sie hinter dem schwarzen Geländer, und plötzlich begriff sie, was passiert war und wo sie zusammen gewesen waren. Oh, gütiger Gott – und Gifford hatte sie davor gewarnt: Mona sei »auf dem besten Wege«, sozusagen, und man müsse sie im Auge behalten. Das Kind hatte überhaupt nicht nach dem Victrola gesucht, sie hatte nach einem Irish Boy gesucht, nach Rowan Mayfairs Ehemann: nach Michael Curry.

Die uralte Evelyn empfand das köstliche Verlangen, zu lachen und zu lachen.

Wie hätte Stella gesagt? »Was für ein Knaller!«

Aber die uralte Evelyn war müde, und ihre Finger krallten sich um den schwarzen Draht des Zauns, und sie war erleichtert, als sie den Kopf senkte und hörte, wie die große Haustür sich öffnete und wie nackte Füße über die Veranda tappten, dieses vertraute und unverwechselbare Getrippel, und als sie dann Mona vor sich stehen sah – bis ihr einfiel, was sie ihr zu sagen hatte.

»Was gibt's denn, uralte Evelyn?« fragte Mona. »Was ist passiert?«

»Hast du nichts gesehen, Kind? Hat sie nicht deinen Namen gerufen? Denk nach, mein kostbares Kind, bevor ich es dir sage. Nein, es ist nicht deine Mutter.«

Dann zerbrach Monas Mädchengesicht und wurde naß von Tränen; sie öffnete das Tor und wischte sich mit dem Handrükken über die Augen.

»Tante Gifford!« rief sie mit dünner Stimme, zerbrechlich und jung und gar nicht wie Mona die Starke und Mona die Geniale. »Tante Gifford! Und ich war so froh gewesen, daß sie nicht hier ist.«

»Du hast es nicht getan, mein liebstes Kind«, sagte Evelyn. »Blut im Sand. Heute morgen. Vielleicht hat sie nicht gelitten. Vielleicht ist sie jetzt im Himmel und schaut auf uns herab und fragt sich, warum wir traurig sind.«

Michael Curry stand oben auf der Marmortreppe, den Bademantel jetzt ordentlich geschlossen, mit Pantoffeln an den Füßen, die Hände in den Taschen – sogar das Haar hatte er gekämmt.

»Dieser junge Mann sieht aber gar nicht krank aus«, sagte sie.

Mona brach in Schluchzen aus, und ihr Blick ging hilflos von der uralten Evelyn zu dem dunkelhaarigen Mann mit der kräftigen Gesichtsfarbe dort auf der Veranda.

»Wer hat denn überall herumerzählt, daß er an einem kranken Herzen stirbt?« fragte die uralte Evelyn, als sie ihn die

Treppe herunterkommen sah. Sie ergriff die Hand des jungen Mannes und hielt sie fest. »Diesem strammen jungen Mann fehlt überhaupt nichts!«

9

Er hatte sie gebeten, sich in der Bibliothek zu versammeln. Das kleine braune tragbare Grammophon stand in der Ecke, und dort lagen auch die prachtvolle, lange Perlenkette und das kleine Päckchen Bilder von Stella und der uralten Evelyn, als sie beide noch jung gewesen waren. Aber darüber wollte er jetzt nicht reden. Er mußte über Rowan reden.

Sie waren eben von Ryan zurückgekommen, vom Leichenschmaus. Zwei Stunden hatten sie nach Giffords Beerdigung in seinem Haus geplaudert und getrunken. Dann waren sie hierher zurückgekommen – zu dieser Konferenz.

Während der Totenwache am Abend zuvor und bei der Beerdigung heute hatte er ihre erstaunten Gesichter gesehen, wenn sie ihm die Hand geschüttelt und ihm gesagt hatten, er sehe »soviel besser« aus, und wenn sie einander zugeflüstert hatten: »Sieh dir Michael an! Michael ist von den Toten auferstanden.«

Er und Dr. Rhodes hatten sich im Foyer des Bestattungsinstituts wegen der Medikamente gestritten, und Michael hatte gewonnen. Schlimme Entzugserscheinungen hatte er nicht. Er hatte die Röhrchen ausgeschüttet und weggelegt. Später würde er die Etiketten studieren. Dann würde er feststellen, was er genommen hatte – aber erst später. Die Krankheit war vorüber. Er hatte zu arbeiten.

Und immer sah er Mona im Augenwinkel; sie starrte ihn an und flüsterte hin und wieder: »Ich hab's dir gesagt.« Mona mit den etwas rundlichen Wangen und den blassen, blassen Sommersprossen und den langen, üppigen roten Haaren. Niemand nannte einen solchen Rotschopf je »Karottenkopf«. Die Leute verdrehten immer nur die Hälse und starrten sie an.

Und dann das Haus. Wie konnte man das mit dem Haus

erklären? Daß es sich wieder lebendig anfühlte. Daß er in dem Augenblick, als er in Monas Armen aufgewacht war, wieder das alte Empfinden gehabt hatte – daß etwas unsichtbar Anwesendes ihn beobachtete. Das Haus ächzte wie vorher. Es sah aus wie vorher. Und dann war da natürlich die geheimnisvolle Musik im Salon, und was er mit Mona gemacht hatte. War seine Fähigkeit, das Unsichtbare zu sehen, tatsächlich zurückgekommen?

Er und Mona hatten nicht einen Augenblick lang über das Vorgefallene gesprochen. Auch Eugenia hatte kein Wort gesagt. Die arme alte Seele. Zweifellos hielt sie ihn für einen Vergewaltiger und ein Monstrum. Technisch gesehen war er wahrscheinlich beides, und anscheinend war er noch mal davongekommen. Aber er würde den Anblick nie vergessen, wie sie dagestanden hatte, so real, so vertraut, und neben ihr ein kleines tragbares Grammophon, ein Grammophon, das genauso aussah wie das, das später in der Wand in der Bibliothek gefunden worden war.

Nein, über nichts von alldem hatten sie bisher gesprochen. Giffords Tod hatte alles beiseite gefegt.

Die uralte Evelyn hatte Mona gestern den ganzen Vormittag in den Armen gehalten, während Mona um Gifford weinte und mühsam versuchte, sich an einen Traum zu erinnern, in dem sie ihre Tante niedergeschlagen zu haben glaubte, absichtlich und voller Haß. Natürlich war das alles irrational. Sie wußte es. Alle wußten es. Schließlich hatte Michael Monas Hand genommen und gesagt: »Was immer hier geschehen ist, es war meine Schuld, und du hast deine Tante nicht umgebracht. Du warst es nicht. Es war Zufall. Wie könnte das, was du getan hast, sie töten?« Und tatsächlich hatte es so ausgesehen, als komme Mona mit dem wilden Überschwang der ganz Jungen blitzartig wieder zu sich. Sie war kein gewöhnliches kleines Mädchen, diese Mona. Trotzdem war es unrecht gewesen – ein Mann seines Alters mit einer Dreizehnjährigen. Wie hatte er das tun können? Aber das Merkwürdige war: Das Haus verachtete ihn nicht dafür, und das Haus schien es zu wissen.

Einstweilen jedoch war die Sünde im Trubel verlorengegangen. Einfach fort. Gestern abend, vor der Totenwache, hatten

Mona und die uralte Evelyn die Bücher aus dem Regal genommen und die Perlen und das Grammophon und Violettas Walzer auf einer glänzenden alten RCA-Victor-Platte entdeckt. Es war dasselbe Grammophon. Er hatte Fragen stellen wollen, aber sie hatten in hastigem, aufgeregtem Ton miteinander gesprochen.

»Wir können es jetzt nicht spielen lassen«, hatte die uralte Evelyn gesagt. »Nicht, wenn Gifford tot ist. Klappt das Klavier zu und verhängt die Spiegel. Gifford hätte es so gewollt.«

Henri hatte Mona und die uralte Evelyn nach Hause gefahren, damit sie sich zur Totenfeier umziehen konnten, und dann war er hinaus zum Bestattungsinstitut gegangen. Michael war mit Bea, Aaron, seiner Tante Vivian und ein paar anderen gefahren. Die Welt hatte ihn verblüfft und herausgefordert und beschämt in ihrer lebendigen Schönheit; die Nacht hatte gestrotzt vor neuen Blüten, und die Bäume hatten geächzt unter der Last des frischen Laubes. Die sanfte Nacht des Frühlings.

Gifford sah im Sarg nicht wie sie selbst aus. Das kurze Haar war zu schwarz, das Gesicht zu schmal, der Mund zu rot.

Aber es war eine Mayfair-Totenfeier gewesen, das stand fest, mit viel Wein und Gesprächen und Tränen; etliche katholische Würdenträger waren gekommen, um zu kondolieren, Schwärme von Nonnen, Vögeln gleich in ihrem blau-weißen Habit, und Dutzende von befreundeten Geschäftsleuten und Anwälten und Nachbarn aus Metairie, die in ihren blauen Anzügen ebenfalls aussahen wie Blauhäher.

Schock, Elend, Alptraum. Mit wächsernen Gesichtern hatten die nächsten Anverwandten jeden trauernden Verwandten und Freund empfangen. Und draußen erstrahlte die Welt in frühlingshafter Pracht, wann immer er zwischendurch einmal ins Freie trat.

Um elf war er allein nach Hause zurückgekehrt; er hatte seine Garderobe durchforstet, seinen Koffer gepackt und einen Plan gemacht. Er hatte das ganze Haus durchstreift, und dabei hatte er es vollends gespürt: Das Haus sprach wieder mit ihm, das Haus selbst reagierte.

Es war vielleicht Wahnsinn zu glauben, das Haus sei lebendig, aber er hatte es schon früher erlebt, in einer Mischung aus

Glück und Bedauern, und jetzt erlebte er es wieder, und das war besser als zwei elende Monate der Einsamkeit und der Krankheit, in denen er von Medikamenten benebelt dahingesiecht war.

Lange hatte er das Grammophon und die Perlen angestarrt, die nachlässig wie Mardi-Gras-Tinnef auf dem Teppich gelegen hatten. Unbezahlbare Perlen. Noch immer klang ihm die seltsame Stimme der uralten Evelyn im Ohr, dunkel und leise und zugleich hübsch, wie sie unaufhörlich mit Mona redete.

Niemand sonst schien von diesen Schätzen aus dem Fach hinter der Bücherwand zu wissen oder sich dafür zu interessieren; sie lagen in einer dunklen Ecke neben dem Bücherstapel, als sollten sie weggeworfen werden. Niemand berührte oder bemerkte sie.

Und jetzt fand die Konferenz nach dem Begräbnis statt. Es mußte sein. Er hätte sie in Ryans Haus abgehalten, wenn das nicht so schwierig gewesen wäre. Aber Ryan und Pierce hatten gesagt, sie müßten in die Kanzlei; es ginge nicht anders. Sie gestanden, daß sie die Besuche jetzt satt hätten.

Aber Michael konnte diese Zusammenkunft nicht aufschieben. Wirklich nicht. Er hatte soviel Zeit vertan. Wie ein Gespenst hatte er hier gehaust, seit er aus dem Krankenhaus gekommen war. War es Giffords Tod, willkürlich, schrecklich und sinnlos, was ihn aus seinem Stumpfsinn gerissen hatte? Er wußte, daß es nicht der Fall war. Es war Mona gewesen.

Nun, jetzt würden sie sich versammeln, und er würde ihnen erklären, daß er wegen Rowan etwas unternehmen mußte, daß er gepackt habe und reisefertig sei. Das war es, was sie verstehen mußten. Wie unter einem Bann hatte er hier gelegen, ein Mann in einem Traum, im Herzen tief verletzt, weil Rowan fortgegangen war. Er hatte versagt.

Und dann das Medaillon. Das Medaillon mit dem Erzengel. Es war in Giffords Handtasche gewesen. Und als Ryan es ihm ausgerechnet am Grab in die Hand gedrückt hatte, als sie sich umarmt hatten, da hatte er es gewußt. Ich muß Rowan finden. Ich muß das tun, wozu ich hergeschickt wurde. Ich muß tun, was ich tun will. Ich muß etwas unternehmen. Ich muß wieder stark sein.

Das Medaillon. Gifford hatte es irgendwann vor kurzem draußen am Pool gefunden, vielleicht sogar am Weihnachtstag – Ryan war sich nicht sicher. Sie hatte immer wieder vorgehabt, es Michael zu geben, aber sie hatte Angst gehabt, daß es ihn aufregen könnte. Sie war sich sicher gewesen, daß das Medaillon ihm gehörte. Es war Blut daran gewesen. Und hier war es nun, blankgeputzt und glänzend. Es war aus ihrer Handtasche gefallen, als Ryan sie durchsucht hatte. Ein paar kurze Worte am Grab, nicht mehr als ein paar Sekunden in dem kühlen Marmormausoleum, während die Mittagssonne hereinströmte und Hunderte darauf warteten, Ryan die Hand zu drücken. »Gifford würde wollen, daß ich dir das ohne weitere Verzögerung gebe.«

Wie hätte er also Zeit haben sollen, ein angemessen schlechtes Gewissen zu haben, weil dieser kleine Rotschopf in seinen Armen gelegen hatte, das Kind, das gesagt hatte: »Wirf diese Medikamente weg; du brauchst sie nicht.«

Er hielt ihnen die Tür auf, als sie in die Bibliothek kamen.

»Kommt herein«, sagte er und fühlte sich dabei wie immer ein bißchen sonderbar, weil er nun der Herr in diesem, ihrem Hause war. Er winkte Ryan und Pierce und Aaron Lightner, sich vor den Schreibtisch zu setzen, während er sich selbst auf seinen gewohnten Platz dahinter begab. Er sah, daß Pierce den kleinen Phonographen und die lange Perlenkette anschaute, aber darauf würde er erst später zu sprechen kommen.

»Tja, ich weiß, wie schlimm es ist«, sagte er zu Ryan. Jemand mußte den Anfang machen. »Du hast heute deine Frau begraben. Und du hast mein ganzes Mitgefühl. Ich wünschte, ich könnte hiermit noch warten. Alles müßte jetzt warten. Aber ich muß über Rowan reden.«

»Selbstverständlich mußt du das«, sagte Ryan sofort. »Und wir sind hier, um dir zu sagen, was wir wissen. Viel ist es allerdings nicht.«

»Ich verstehe. Aus Randall oder Lauren bekomme ich kein Wort heraus. Sie sagen: Sprich mit Ryan, Ryan weiß alles. Deshalb habe ich euch gebeten, herzukommen und mir zu sagen, was passiert ist. Ich war wie im Koma. Ich muß Rowan finden. Ich habe gepackt und bin startbereit.«

Ryan sah erstaunlich gefaßt aus. Seine Haltung verriet keinerlei Bitterkeit oder Unwillen. Pierce hingegen war immer noch niedergeschmettert; untröstliche Trauer lag in seinem Blick. Es war zweifelhaft, ob er Michaels Worte überhaupt hörte.

Auch Aaron hatte Giffords Tod hart getroffen. Er hatte Bea unter seine Fittiche genommen und ihr über die Strapazen des Bestattungsinstituts und des Friedhofs und des Mausoleums in Metairie hinweggeholfen. Er sah abgespannt, müde und ziemlich elend aus, und noch soviel britische Wohlerzogenheit konnte das nicht mehr verbergen. Alicia war hysterisch geworden, und man hatte sie endlich in eine Klinik eingeliefert. Auch dabei hatte Aaron geholfen; Seite an Seite mit Ryan hatte er Patrick beigebracht, daß Alicia unterernährt und krank war und versorgt werden mußte. Patrick hatte versucht, Ryan zu schlagen. Und Bea hatte aus ihrer wachsenden Zuneigung zu Aaron kein Geheimnis mehr gemacht; sie habe einen Mann gefunden, auf den sie sich verlassen könne, hatte sie auf der Heimfahrt leise zu Michael gesagt.

Aber jetzt brach alles über diesen anderen Mann herein, über Ryan Mayfair, diesen Anwalt, der alles bis ins letzte Detail für die andern zu regeln pflegte – aber nun hatte er Gifford nicht mehr an seiner Seite, die mit ihm stritt, die an ihn glaubte, die ihm half. Und er war schon wieder bei der Arbeit. Es war noch zu früh, um zu sagen, wie schlimm es wirklich für ihn sein würde, überlegte Michael. Es war zu früh für diesen Mann, wirklich Angst zu haben.

»Ich muß gehen«, sagte Michael. »So einfach ist das. Was muß ich wissen? Wohin sollte ich fahren? Was sind unsere letzten Informationen über Rowan? Was sind unsere brauchbarsten Hinweise?«

Schweigen senkte sich über das Zimmer. Mona kam herein; eine weiße Schleife fiel sittsam über ihre Locken, und sie trug ein schlichtes weißes Kattunkleid, die angemessene Kleidung für Kinder bei einem Trauerfall. Sie schloß die Tür zum Flur hinter sich. Sie sprach mit niemandem, niemand sah sie an, und niemand schien zu bemerken, daß sie sich in den Ledersessel an der Wand gegenüber setzte und Michael über die staubige Weite des Zimmers hinweg anschaute. Michael konnte sich dadurch nicht aus dem Konzept bringen lassen, und eigentlich war es auch nicht wichtig. Hier war nichts im Gange, wovon Mona nichts wußte oder was sie nicht hören durfte. Und überdies stand dieses Geheimnis zwischen ihnen wie ein unsichtbares Band. Das Kind faszinierte ihn ebenso, wie es ihm Gewissensbisse bereitete; sie war einfach Teil der Aufregung, die sich mit seiner Genesung und dem verband, was er jetzt zu tun hatte.

»Sie können nicht gehen«, sagte Aaron.

Sein fester Tonfall traf Michael ganz unvorbereitet. Er merkte, daß seine Gedanken abgeschweift waren, zurück zu Mona und ihren Liebkosungen und zu der traumähnlichen Erscheinung der uralten Evelyn unten auf der Straße.

»Sie kennen den vollständigen Sachverhalt nicht«, sagte Aaron.

»Welchen Sachverhalt?«

»Wir hatten das Gefühl, wir sollten dir nicht alles erzählen«, sagte Ryan. »Aber bevor wir weitermachen, will ich es dir erklären. Wir wissen nicht, wo Rowan ist, und wir wissen nicht, was mit ihr passiert ist. Das soll nicht heißen, *daß* ihr etwas zugestoßen ist. Ich möchte, daß dir das klar ist.«

»Hast du mit deinem Arzt gesprochen?« fragte Pierce; er war plötzlich hellwach und schaltete sich ein, als wolle er gleich zur Sache kommen. »Hat er gesagt, daß deine Rekonvaleszenz vorüber ist?«

»Meine Herren, sie *ist* vorüber. Ich werde meine Frau suchen. Und jetzt sagt mir, wer die Suche nach Rowan leitet. Wer hat die Akte über Rowan Mayfair?«

Aaron räusperte sich nach beredter britischer Art, und dann begann er: »Die Talamasca und die Familie Mayfair haben sie nicht finden können. Das heißt, ein beträchtlicher Aufwand an Nachforschungen und Kosten hat in Frustration geendet.«

»Aha.«

»Wir wissen folgendes: Rowan ist von hier mit einem großen, dunkelhaarigen Mann weggefahren. Wir haben Ihnen schon gesagt, daß man sie mit ihm im Flugzeug nach New York gesehen hat. Sie war zum Jahresende ohne Zweifel in Zürich; von dort aus reiste sie nach Paris, und von Paris nach Schottland.

Später war sie in Genf. Von Genf ist sie möglicherweise nach New York zurückgekehrt, aber das wissen wir nicht mit letzter Sicherheit.«

»Das heißt, sie könnte wieder im Lande sein.«

»Sie könnte«, sagte Ryan. »Aber wir wissen es nicht.« Er schwieg, als habe er nichts weiter zu sagen oder als müsse er einfach seine Gedanken ordnen.

»Sie und dieser Mann«, sagte Aaron, »wurden in Donnelaith in Schottland gesehen. Daran gibt es anscheinend keinen Zweifel. Die Augenzeugenberichte aus Genf sind weniger schlüssig. Daß sie in Zürich war, wissen wir nur, weil sie bestimmte Banktransaktionen vorgenommen hat, und in Paris hat sie mehrere medizinische Untersuchungen veranlaßt, deren Ergebnisse sie später an Dr. Samuel Larkin in Kalifornien geschickt hat. Genf ist die Stadt, aus der sie den Arzt angerufen und ihm dann das Untersuchungsmaterial geschickt hat. Sie hat dort in einer Klinik Tests durchgeführt und die Befunde ebenfalls an Dr. Larkin geschickt.«

»Sie hat diesen Arzt angerufen? Er hat tatsächlich mit ihr gesprochen?«

Das hätte ihm Hoffnung machen müssen; es hätte ihm nicht einen solchen Stich versetzen dürfen. Aber er wußte, daß er rot wurde. Sie hat angerufen, aber sie hat nicht mich angerufen, sondern ihren alten Medizinerfreund aus San Francisco. Er bemühte sich, ruhig, aufmerksam, unvoreingenommen auszusehen.

»Ja«, sagte Aaron. »Sie hat Dr. Larkin am zwölften Februar angerufen. Sie teilte ihm mit, sie schicke ihm eine Zusammenstellung von medizinischen Untersuchungsbefunden, Gewebs- und anderen organischen Proben et cetera, und er solle das alles im Keplinger Institute analysieren lassen. Sie werde sich wieder bei ihm melden. Es sei streng vertraulich. Sie deutete an, daß das Gespräch jeden Augenblick unterbrochen werden könne. Es klang, als sei sie in Gefahr.«

Michael saß unbewegt da und bemühte sich, das alles zu verarbeiten. Zu einem bestimmten Zeitpunkt hatte seine geliebte Frau mit einem anderen Mann telefoniert. Jetzt sah das Bild völlig anders aus.

»Das ist es, was ihr mir nicht erzählen wolltet.«

»Ja«, sagte Aaron. »Und daß die Leute, die wir in Genf und in Donnelaith befragt haben, andeuteten, daß sie vielleicht unter Zwang stand.«

»Verstehe. Aber sie hat gelebt und war wohlauf, als sie mit Samuel Larkin telefonierte. Und das war am zwölften Februar«, sagte Michael.

»Ja . . .«

»Okay – was haben diese Leute gesehen? Und was haben die Leute in den Kliniken gesehen?«

»In den Kliniken hat keiner irgend etwas bemerkt. Aber Sie müssen bedenken, daß wir es da mit riesigen Einrichtungen zu tun haben. Es gibt anscheinend kaum Zweifel daran, daß Rowan und der Mann sich hineinschmuggelten, wobei Rowan sich als Stationsärztin oder Technikerin ausgab, wie es die Situation gerade verlangte. Sie führte diverse Tests durch und verschwand wieder, bevor irgend jemand etwas merkte.«

»Und das wissen Sie durch das Material, das sie an diesen Dr. Larkin geschickt hat?«

»Ja.«

»Erstaunlich. Aber eine Ärztin könnte das wohl fertigbringen, nicht wahr?« Michael bemühte sich, seine Stimme nicht zittern zu lassen. Aber sein Kopf war leer.

»Es gibt noch eine weitere kleine Erkenntnis«, sagte Ryan. »Eine, die uns gar nicht gefällt.«

»Sag schon.«

»Rowan hat gewaltige Überweisungen veranlaßt, während sie in Europa war. Gewaltige Transfers über Banken in Frankreich und in der Schweiz. Aber die Transfers hörten Ende Januar auf, und danach wurden nur noch zwei Schecks eingelöst, in New York, am vierzehnten Februar. Inzwischen wissen wir, daß die Unterschriften auf beiden Schecks gefälscht waren.«

»Aha.« Michael lehnte sich zurück. »Er hält sie gefangen. Er hat die Schecks gefälscht.«

Aaron seufzte. »Das wissen wir nicht . . . nicht sicher. Die Zeugen in Donnelaith – und in Genf – beschreiben sie als blaß und kränklich. Ihr Begleiter, heißt es, war sehr aufmerksam; tatsächlich wurde sie nie ohne ihn gesehen.«

»Ich verstehe«, flüsterte Michael. »Was haben sie sonst noch gesagt? Erzählen Sie mir alles.«

»Donnelaith ist heute eine archäologische Forschungsstätte«, sagte Aaron.

»Ja, das wußte ich, glaube ich«, sagte Michael. Er sah Ryan an. »Hast du die Mayfair-Geschichte gelesen?«

»Wenn du die Akte der Talamasca meinst, ja, die habe ich mir angesehen, aber ich glaube, unsere Sorge ist jetzt einfach diese: Wo ist Rowan, und wie können wir sie erreichen?«

»Erzählen Sie mir mehr von Donnelaith«, sagte Michael zu Aaron.

»Anscheinend haben Rowan und Lasher dort vier Tage im Gasthaus gewohnt. Sie haben beträchtlich viel Zeit mit der Erforschung der Burgruinen, der Kathedrale und des Städtchens verbracht. Lasher hat mit vielen, vielen Leuten gesprochen.«

»Müssen Sie ihn bei diesem Namen nennen?« fragte Ryan. »Der gesetzliche Name, den er verwandte, lautete anders.«

»Der gesetzliche Name hat nichts damit zu tun«, sagte Pierce. »Dad, bitte, laß uns diese Informationen loswerden. Dieses Donnelaith ist ein archäologisches Projekt, das anscheinend vollständig durch unsere Familie finanziert wird. Ich habe erst bei der Lektüre der Talamasca-Akte davon erfahren. Dad ebenfalls. Verwaltet wurde das alles von . . .«

»Lauren«, sagte Ryan mit einem leisen Unterton des Abscheus. »Aber um all das geht es jetzt nicht. Man hat sie dort seit Januar nicht mehr gesehen.«

»Laßt uns weitermachen«, sagte Michael so sanft, wie er nur konnte. »Wie haben die Leute den Mann und die Frau beschrieben?«

»Sie beschreiben eine Frau von knapp eins siebzig, sehr blaß und von schlechter Gesundheit, und einen Mann von extremer Größe, möglicherweise eins fünfundneunzig, mit langem, glänzend schwarzem Haar. Beide Amerikaner.«

Michael wollte etwas sagen, aber sein Herz begann zu rasen. Kein Zweifel: Er spürte den beschleunigten Herzschlag und einen leisen Schmerz in der Brust. Niemand sollte es merken. Er zog sein Taschentuch heraus, faltete es zusammen und betupfte sich die Oberlippe. »Sie lebt. Sie ist in Gefahr. Dieses Wesen hält sie gefangen«, flüsterte er.

»Das Material taugt nicht viel«, sagte Ryan. »Vor Gericht hätte es keinen Bestand. Wir stellen Schlußfolgerungen auf. Die Sache mit den gefälschten Schecks ist etwas völlig anderes. Sie machen es unerläßlich, daß seitens der Vermögensverwaltung etwas unternommen wird.«

»Die gerichtsmedizinischen Befunde sind rätselhaft«, sagte Aaron.

»Ja, das ist eine ärgerlich trübe Brühe«, sagte Pierce. »Wir haben Proben der hier gesicherten Blutspuren an zwei verschiedene genetische Institute geschickt, und beide wollten uns keine klare Antwort geben.«

»Sie geben durchaus eine Antwort«, sagte Aaron. »Sie sagen, die Proben müßten verunreinigt oder manipuliert worden sein, weil sie auf eine nichtmenschliche Primatenspezies hinweisen, die sie nicht identifizieren können.«

Michael lächelte bitter.

»Aber was sagt dieser Dr. Larkin? Rowan hat ihm ihr Probenmaterial direkt zugeschickt. Was weiß er? Was hat sie am Telefon zu ihm gesagt? Ich muß alles wissen.«

»Rowan war erregt«, sagte Pierce. »Sie befürchtete, das Gespräch könne unterbrochen werden. Und sie war verzweifelt bemüht, sicherzustellen, daß Larkin das Material tatsächlich erhielt und ins Keplinger Institute brachte. Die ganze Sache hat Larkin sehr beunruhigt. Deshalb kooperiert er mit uns. Er ist Rowan treu ergeben und will ihr Vertrauen nicht mißbrauchen, aber er teilt unsere Sorge um sie.«

»Dieser Dr. Larkin ist hier«, sagte Michael. »Ich habe ihn bei der Beerdigung gesehen.«

»Ja, er ist hier«, bestätigte Ryan. »Aber er möchte nicht über das medizinische Material reden, das im Keplinger Institute untersucht wurde.«

»Aus dem, was der Doktor bereit ist zu sagen«, fügte Aaron leise hinzu, »kann man schließen, daß er über umfangreiches Probenmaterial von dieser Kreatur verfügt.«

»Kreatur . . .«, sagte Ryan. »Schon sind wir wieder im Reich der Fantasie.« Er war wütend. »Wir wissen nicht, ob dieser

Mann eine Kreatur ist oder ein... subhumanes Wesen oder sonst etwas. Und wir wissen nicht, wie der Mann heißt. Wir wissen, daß er freundlich, gebildet und intelligent ist, daß er schnell und mit amerikanischem Tonfall spricht. Die Leute, die in Donnelaith mit ihm gesprochen haben, fanden ihn interessant.«

»Was, um alles in der Welt, hat das mit alldem zu tun?« fragte Pierce. »Dad, um Himmels willen...«

Michael fiel ihm ins Wort. »Was hat Rowan Dr. Larkin geschickt? Und was hat man im Keplinger Institute festgestellt?«

»Nun, das ist es ja«, sagte Aaron. »Er will uns keinen vollständigen Bericht geben. Aber Ihnen vielleicht doch. Er will Sie sprechen. Und er will Sie genetisch untersuchen.«

Michael lächelte. »Will er das?«

»Du hast ganz recht, wenn du darauf mißtrauisch reagierst«, meinte Ryan. Er schien zwischen wütender Ungeduld und Erschöpfung hin und her zu schwanken. »Man ist schon öfter wegen genetischer Untersuchungen an uns herangetreten. Man nimmt uns als geschlossene Gruppe wahr. Wir willigen niemals ein.«

»Wie die Mormonen oder die Amish«, sagte Michael.

»Genau«, sagte Ryan. »Und es gibt zahlreiche ausgezeichnete juristische Gründe, diese Art von Untersuchungen nicht zuzulassen. Was hat das überhaupt mit der Familie Curry zu tun?«

»Ich glaube, wir kommen vom Thema ab«, sagte Aaron und schaute Michael vielsagend an. »Ganz gleich, wie wir diesen Begleiter Rowans nennen, er ist aus Fleisch und Blut und wird offenbar für einen Menschen gehalten.«

»Hören Sie eigentlich selbst, was Sie da reden?« rief Ryan sichtlich erbost.

»Aber natürlich«, antwortete Aaron.

»Ich möchte das medizinische Beweismaterial selbst sehen«, erklärte Ryan.

»Wie willst du es denn interpretieren können?« fragte Pierce.

»Halt den Mund«, erwiderte Ryan.

»Dad, wir müssen darüber reden.«

Michael hob die Hand, um Ruhe herzustellen. »Wißt ihr, die medizinischen Befunde werden überhaupt nichts klären. *Ich habe ihn gesehen. Ich habe mit ihm gesprochen.*«

Es war still im Zimmer.

Michael begriff, daß er der Familie gegenüber zum ersten Mal so etwas geäußert hatte, seit der Zwischenfall sich ereignet hatte. Niemals, niemals hatte er Ryan oder Pierce und schon gar nicht einem anderen Mayfair erzählt, was am Weihnachtstag passiert war. Unversehens warf er einen Blick zu Mona hinüber. Und dann richtete sich sein Blick auf den Mann, dem er die ganze Geschichte erzählt hatte: Aaron.

Die anderen starrten ihn in klarer und unverhohlener Erwartung an.

»Ich hatte nicht den Eindruck, daß er einen Meter fünfundneunzig groß war«, sagte Michael und bemühte sich wieder, seine Stimme fest klingen zu lassen. Er fuhr sich mit der Hand durchs Haar und unterbrach sich, als er merkte, daß er nach einem Stift griff, den er nicht brauchte. Er ballte die rechte Hand zur Faust, öffnete sie wieder und spreizte die Finger. »Aber ich hatte auch hart mit ihm zu kämpfen, als er hier war. Ich schätze, er war damals so groß wie ich, eins fünfundachtzig. Sein Haar war kurz, schwarz wie meins, und er hatte blaue Augen.«

»Willst du damit sagen«, fragte Ryan mit trügerischer Ruhe, »daß du den Mann gesehen hast, der mit Rowan weggefahren ist?«

»Und du sagst, du hast tatsächlich mit ihm gesprochen?« fügte Pierce hinzu.

Ryan war bleich vor Wut. »Du kannst diese Person beschreiben oder sogar identifizieren?«

»Lassen Sie uns mit dem weitermachen, was wir tun müssen«, unterbrach Aaron. »Wir hätten Michael am Weihnachtstag beinahe verloren. Michael konnte uns wochenlang gar nichts sagen. Er war –«

»Es ist gut, Aaron«, sagte Michael. »Es ist gut. Ryan, was wollen Sie wissen? Sie ist mit einem Mann weggefahren. Er war eins fünfundachtzig groß, dünn, trug meine Sachen. Er hatte schwarzes Haar. Ich glaube nicht, daß er jetzt noch genauso aussieht. Sein Haar war nicht lang, und er war nicht so groß wie jetzt. Glaubst du mir? Glaubst du überhaupt irgend etwas, das man dir erzählt? Ryan, ich weiß, wer das ist. Und die Talamasca weiß es auch.«

Ryan schien außerstande, darauf zu antworten. Auch Pierce war wie vom Donner gerührt.

»Onkel Ryan, es war ›der Mann‹«, sagte Mona schlicht. »Herrgott, laßt doch Michael in Ruhe. Er hat ›den Mann‹ nicht durchdringen lassen. Das war Rowan.«

»Du hältst dich da raus, Mona«, schoß Ryan zurück. Es sah so aus, als werde er die Beherrschung gleich völlig verlieren. Pierce legte seine Hand auf die seines Vaters. »Was suchst du überhaupt hier drinnen?« fragte Ryan. »Mach, daß du rauskommst.« Mona rührte sich nicht.

Pierce bedeutete ihr, ruhig zu sein.

»Dieses Wesen«, sagte Michael, »unser ›Mann‹, unser Lasher – erscheint er anderen Leuten normal?«

»Ein ungewöhnlicher Mann«, sagte Ryan. »Das ist die Beschreibung, die wir bekommen haben. Ein ungewöhnlicher Mann mit guten Manieren, ziemlich gesellig.« Er schwieg, und es war, als müsse er sich zwingen, weiterzureden. »Ich habe die Aussagen für dich zusammengestellt. Übrigens haben wir Paris, Genf, Zürich und New York nach ihm durchkämmt. Die Archäologen in Donnelaith hatten den meisten Kontakt mit ihm. Sie sagten, er sei faszinierend gewesen, ein bißchen eigenartig, und er habe sehr schnell gesprochen. Und er habe seltsame Vorstellungen von der Stadt und den Ruinen gehabt.«

»Okay, ich kann mir denken, was passiert ist. Sie ist nicht mit ihm weggelaufen; er hat sie mitgenommen. Er hat sie gezwungen, ihn dort hinzubringen. Er hat sie gezwungen, das Geld zu beschaffen. Sie hat ihn zu diesen medizinischen Untersuchungen überredet, und dann hat sie das Material an ihm vorbeigeschmuggelt und an diesen Dr. Larkin geschickt.«

»Ist nicht sicher«, sagte Ryan. »Absolut nicht sicher. Aber mit der Scheckfälschung haben wir eine rechtliche Handhabe. Außerdem ist das Geld, das für Rowan auf ausländischen Banken deponiert wurde, inzwischen verschwunden. Wir müssen etwas unternehmen. Wir haben gar keine andere Wahl. Wir müssen das Vermächtnis schützen.«

Aaron unterbrach ihn mit einer knappen Geste. »Dr. Larkin sagt, Rowan wisse, daß die Kreatur kein Mensch sei. Sie wollte, daß er den genetischen Bauplan studierte. Sie wollte speziell wissen, ob die Kreatur sich mit Menschen und vor allem mit ihr fortpflanzen könne. Sie hat auch eigenes Blut zur Analyse mitgeschickt.«

Es folgte unbehagliches Schweigen.

Eine Sekunde lang sah Ryan fast so aus, als sei er in Panik geraten. Dann richtete er sich auf, schlug die Beine übereinander und legte eine Hand auf Michaels Schreibtischkante.

»Ich weiß nicht, was ich von diesem seltsamen Mann halten soll«, sagte er. »Ich weiß es ehrlich nicht. Diese ganze Talamasca-Geschichte, die Kette der dreizehn Hexen, all das – ich glaube nicht daran. Das ist die schlichte Wahrheit. Ich glaube es nicht. Und ich nehme an, der größte Teil der Familie glaubt es auch nicht.« Er sah Michael an. »Aber eines ist sicher. Es gibt einen Ort, wo du jetzt hingehen könntest, um Rowan zu suchen. Nach Genf zu fliegen wäre Zeitverschwendung. Genf haben wir abgesucht. In Donnelaith haben wir rund um die Uhr einen Privatdetektiv im Einsatz. Die Talamasca ebenfalls, die sich übrigens auf solche Dinge sehr gut versteht. New York? Da haben wir keine richtige Spur, abgesehen von den gefälschten Schecks. Und die waren nicht groß. Sie haben keinen Verdacht erregt.«

»Ich verstehe«, sagte Michael. »Wo sollte ich hingehen? Was sollte ich tun? Das sind die entscheidenden Fragen.«

»Absolut richtig«, sagte Ryan. »Wir wollten dir aus naheliegenden Gründen nicht alles sagen, was wir herausgefunden haben. Aber jetzt weißt du es, und du weißt, daß es am besten ist, wenn du hierbleibst, dich an Dr. Rhodes Ratschlag hältst und abwartest. Das ist in absolut jeglicher Hinsicht vernünftig.«

»Da ist noch etwas«, sagte Pierce.

Sein Vater machte ein verärgertes Gesicht; aber dann schien er doch wieder zu erschöpft zu sein, um zu protestieren. Er hob eine Hand vor die Augen, und sein Ellbogen ruhte auf der Schreibtischkante.

Aber Pierce fuhr fort.

»Du mußt uns genau erzählen, was hier an Weihnachten

passiert ist. Ich will es wissen. Mayfar Medical liegt praktisch in meinen Händen. Ich möchte damit weitermachen. Viele andere möchten, daß es weitergeht. Aber es muß jeder mit jedem sprechen. Was ist passiert, Michael? Wer ist dieser Mann? Und was ist er?«

Michael wußte, daß er darauf etwas antworten sollte, aber im Moment war es ihm fast unmöglich. Er lehnte sich zurück und starrte an ihnen vorbei auf die unzähligen Bücherreihen. Den Stapel auf dem Boden und das mysteriöse Grammophon konnte er von seinem Platz aus nicht sehen. Sein Blick wanderte fast verstohlen zu Mona.

Mona war im Sessel zusammengesackt und hatte ein Bein über die Armlehne gelegt. Sie sah zu alt aus für das weiße Trauerkleidchen, das sie sich sittsam zwischen die Beine geknüllt hatte. Sie beobachtete ihn mit diesem gleichmütigen und irgendwie ironischen Blick – sie war wieder die, die sie vor der Nachricht von Giffords Tod gewesen war.

»Sie ist mit dem Mann weggegangen«, sagte Mona leise, aber sehr deutlich. »Der Mann ist durchgedrungen.«

Es war ihre flache Teenagerstimme, gelangweilt von der Dummheit der anderen, und bar aller Konzessionen ans Wunderbare.

»Sie ist mit ihm weggegangen. Dieser langhaarige Typ, das ist der Mann. Dieser dünne Mutant, der ist es. Der Geist, der Teufel. Lasher. Michael hat draußen am Pool mit ihm gekämpft, und er hat Michael ins Wasser geworfen. Da draußen ist ein Geruch, der von ihm kommt. Und der Geruch ist auch im Wohnzimmer, wo er geboren wurde.«

»Du hast zuviel Fantasie«, sagte Ryan so erzürnt, daß er fast flüsterte. »Ich habe dir gesagt, du sollst dich da raushalten.«

»Als er und Rowan weggingen«, sagte Mona, »da schaltete Rowan die Alarmanlage ein, damit Hilfe für Michael käme. Oder er war es selbst, der Mann. Jeder Trottel kann aus alldem schließen – daß es so gewesen sein muß.«

»Mona, ich befehle dir, dieses Zimmer jetzt zu verlassen«, sagte Ryan.

»Nein«, antwortete sie.

Michael sagte gar nichts. Er hatte all die Worte gehört, aber er wußte nicht, was er darauf antworten sollte. Er wollte sagen, daß Rowan versucht hatte, den Mann daran zu hindern, ihn in den Pool zu werfen. Aber was hätte es genützt? Rowan hatte ihn im Pool ertrinken lassen, oder? *Aber Rowan wurde gezwungen!*

Ryan gab einen leisen Laut der Verdrossenheit von sich.

»Lassen Sie mich noch ergänzen«, sagte Aaron geduldig, »daß Dr. Larkin über eine Menge Informationen verfügt, die wir nicht kennen. Er hat Röntgenaufnahmen von Händen, Füßen, Wirbelsäule und Becken sowie Tomogramme vom Gehirn und anderes derartige Material. Die Kreatur ist kein Mensch. Die genetische Zusammensetzung ist verwirrend. Es ist ein Säuger. Es ist ein Primat. Es ist ein Warmblüter. Es sieht aus wie wir. Aber es ist kein Mensch.«

»Dad«, sagte Pierce, »wenn du dir die gerichtsmedizinischen Untersuchungsergebnisse ansiehst, findet du das gleiche Bild. Sie sagen, das Material sei kontaminiert oder manipuliert oder verdorben, denn sonst wäre es Blut und Gewebe von nichtmenschlicher genetischer Beschaffenheit.«

»Das hat Mona ja gesagt«, erklärte Michael. Seine Stimme war sehr leise geworden. Er richtete sich ein wenig auf und sah erst Ryan, dann Mona an.

Etwas in Aarons Verhalten beunruhigte ihn schon die ganze Zeit, aber er wußte nicht, was es war.

»Ich kam nach Hause«, sagte er, »und er war hier. Er sah aus wie sie. Und er sah aus wie ich. Vielleicht kam er aus . . . unserem Kind. Unserem Baby. Rowan war schwanger.«

Er brach ab und atmete lange und tief aus, schüttelte den Kopf und begriff dann, daß er weiterreden sollte.

»Dieses Mann-Ding war neugeboren«, sagte er. »Er war sehr stark. Er machte sich über mich lustig. Er . . . er bewegte sich wie die Vogelscheuche im *Zauberer von Oz* . . . täppisch, fiel immer wieder hin, lachte, rappelte sich wieder auf. Ich hätte in der Lage sein müssen, ihm den Hals umzudrehen, aber ich war es nicht. Er war viel stärker, als er aussah. Ich habe ihn geschlagen und mehr als einmal getroffen. Hätte ein paar Gesichtsknochen zersplittern müssen. Habe aber nur eine Platzwunde zustandegebracht. Rowan hat versucht, den Kampf zu beenden, aber mir war in dem Augenblick nicht klar ... und es ist mir immer noch nicht klar ... wen sie beschützen wollte. Mich? Oder ihn?«

Es war ihm zuwider, diese Worte aus seinem eigenen Mund zu hören. Aber es war an der Zeit, alles einmal auszusprechen, alles mitzuteilen, den Schmerz und die Niederlage eingeschlossen.

»Hat sie ihm geholfen, dich in den Pool zu werfen?« fragte Mona.

»Mona, halt den Mund«, sagte Ryan, aber Mona ignorierte ihn. Sie sah Michael an.

»Nein«, sagte Michael. »Und er hätte es allein eigentlich nicht schaffen dürfen. Ich bin ein oder zweimal im Leben verprügelt worden. Es hat große Männer und ein paar Glückstreffer erfordert. Er war dünn und zart, und er rutschte auf dem Eis da draußen aus; aber er gab mir einen Stoß, und ich flog ins Wasser. Ich erinnere mich, daß er mich ansah, als ich unterging. Er hat blaue Augen und sehr schwarzes Haar; das habe ich schon erzählt. Seine Haut ist sehr bleich und irgendwie schön. Zumindest war sie es.«

»Wie die Haut eines Säuglings«, sagte Aaron leise.

»Und ihr wollt mir alle erzählen«, sagte Ryan nervös und sehr beunruhigt, »daß es sich nicht um ein menschliches Wesen handelt?«

»Es geht um Naturwissenschaft«, sagte Aaron, »nicht um Voodoo. Es handelt sich sozusagen um eine Kreatur aus Fleisch und Blut. Aber der genetische Bauplan ist nicht menschlich.«

»Das hat Larkin Ihnen gesagt?«

»Nun ja, mehr oder minder«, erwiderte Aaron. »Sagen wir, ich habe seine Andeutungen so verstanden.«

»Gespenster, Geister, Kreaturen«, sagte Ryan. Es war, als beginne das Wachs, aus dem er bestand, vollends zu schmelzen.

»Jetzt komm schon, Dad, beruhige dich«, sagte Pierce, und einen Augenblick lang klang er wie der Ältere.

»Gifford hat mir gesagt, sie glaube, der Mann sei durchgedrungen«, berichtete Ryan. »Es war das letzte Gespräch, das ich mit meiner Frau geführt habe, und sie meinte ...« Er brach ab.

Schweigen.

»Ich glaube, in einem Punkt sind wir uns einig, Michael«, sagte Aaron mit einem Hauch von Ungeduld. »Daß Sie hierbleiben sollten.«

»Ja, das habe ich schon verstanden«, sagte Michael. »Ich bleibe ja. Aber ich möchte sämtliche Berichte sehen. Und ich will mit diesem Dr. Larkin sprechen.«

»Es gibt noch eine andere sehr wichtige Sache«, sagte Aaron. »Aus naheliegenden Gründen war Ryan nicht damit einverstanden, daß an Gifford eine Autopsie vorgenommen wurde.«

Ryan funkelte ihn an. Michael hatte Ryan noch nie so offenkundig feindselig gesehen. Aaron bemerkte es ebenfalls, und er zögerte und war offensichtlich einen Augenblick lang ratlos, ehe er dann fortfuhr.

»Aber es gibt blutbefleckte Kleidung, die man untersuchen kann.«

»Wozu?« wollte Ryan wissen. »Was geht Sie meine Frau an? Was hat sie mit alldem zu tun?«

Aaron konnte darauf nicht antworten. Er sah plötzlich verzweifelt aus und schwieg.

»Wollen Sie mir erzählen, daß meine Frau etwas mit diesem Wesen zu tun hatte? Daß es sie umgebracht hat?«

Aaron gab keine Antwort.

»Dad, sie hatte dort oben eine Fehlgeburt«, sagte Pierce. »Und du und ich, wir wissen beide . . .« Der junge Mann sprach nicht weiter, aber der Schlag hatte getroffen. »Meine Mutter war überspannt«, sagte er. »Sie und mein Vater . . .«

Ryan sagte kein Wort. Seine Wut hatte sich zu etwas Schlimmerem verhärtet. Monas Gesicht war unbeteiligt wie bisher.

»Es gab Hinweise auf eine Fehlgeburt?« fragte Aaron.

»Na ja, sie hatte eine Gebärmutterblutung«, sagte Pierce. »Der Arzt am Ort hat von einer Art Fehlgeburt gesprochen.«

»Der weiß nichts«, sagte Ryan. »Die Ärzte am Ort haben gesagt, sie sei an Blutverlust gestorben. Mehr wußten sie nicht. Eine große Menge Blut. Sie fing an zu bluten und konnte nicht um Hilfe rufen. Sie starb im Sand. Meine Frau war eine liebevolle und völlig normale Frau. Aber sie war sechsundvierzig Jahre alt. Es ist höchst unwahrscheinlich, daß sie eine Fehlgeburt hatte. Ja, die Idee ist beinahe lachhaft. Sie hatte Gebärmutterkrebs.«

»Dad, laß sie doch untersuchen, was sie hatte. Bitte. Ich will wissen, woran Mutter gestorben ist. Wenn es der Tumor war, will ich das wissen. Bitte. Wir alle wollen es wissen. Warum hatte sie diese Blutung?«

»Also gut«, sagte Ryan, innerlich kochend. »Du willst, daß die Kleidung deiner Mutter untersucht wird?« Er warf die Hände in die Luft.

»Ja«, sagte Pierce ruhig.

»Also gut. Wir lassen die Untersuchungen machen. Wir werden herausfinden, was die Blutung ausgelöst hat.«

Pierce war zufrieden, aber sichtlich besorgt um seinen Vater.

Ryan hatte noch mehr zu sagen.

»Ich werde tun, was ich unter diesen Umständen tun kann. Ich werde die Suche nach Rowan fortführen. Ich werde die blutigen Kleidungsstücke untersuchen lassen. Ich werde tun, was vernünftig und angebracht ist. Ich werde tun, was ehrenhaft ist. Was rechtlich geboten ist. Was notwendig ist. Aber ich glaube nicht an diesen Mann! Ich glaube nicht an dieses Gespenst. Ich habe es noch nie getan, und ich habe auch jetzt keinen Grund, daran zu glauben. Und was immer die Wahrheit ist, sie hat nichts zu tun mit dem Tod meiner Frau!

Aber wir wollen uns noch einmal der Sache mit Rowan zuwenden. Gifford ist in Gottes Hand, Rowan vielleicht noch in unserer. Aaron, wie kommen wir an diese wissenschaftlichen Daten aus dem Keplinger Institute heran? Das wird Punkt eins meiner Geschäftsordnung sein. Ich werde feststellen, wie wir das Material, das Rowan an diesen Larkin geschickt hat, beschlagnahmen können. Ich gehe jetzt ins Büro. Ich werde dieses Material an mich bringen. Die Erbin des Vermächtnisses ist verschwunden, es geht dabei womöglich nicht mit rechten Dingen zu, es sind bereits rechtsrelevante Handlungen bezüglich finanzieller Mittel, Konten, Unterschriften et cetera vorgenommen worden . . .« Er brach ab, als sei er so weit gegangen, wie er konnte, und blickte starr vor sich hin wie ein Roboter, dem der Strom ausgegangen war.

»Ich verstehe Ihre Empfindungen, Ryan«, sagte Aaron leise.

»Sie und Ihre Talamasca«, sagte Ryan leise. »Sie folgern. Sie beobachten. Sie sind Zeugen. Sie schauen sich all diese verwirrenden Dinge an, und dann geben Sie eine Interpretation ab, die in Ihre Überzeugungen paßt, in Ihren Aberglauben, Ihr dogmatisches Beharren darauf, daß die Welt der Gespenster und Geister real sei. Aber ich kaufe Ihnen das nicht ab. Ich halte Ihre Darstellung unserer Familiengeschichte für eine Art ... eine Art exzellenten Schwindel. Ich werde nicht ... Ich stelle selbst eigene Nachforschungen an, und zwar über Sie, wenn Sie es genau wissen wollen.«

Aarons Augen wurden schmal. Ein bitterer, saurer Unterton lag in seiner Stimme, als er sprach.

»Ich kann es Ihnen nicht verdenken«, sagte er.

Er sah plötzlich sehr verärgert aus. Da war unterdrückte Wut. Unterdrückte Verwirrung und Ratlosigkeit. Michael spürte es noch stärker als zuvor. Aaron war nicht er selbst, wie man so sagt.

»Haben Sie die Kleidungsstücke, Ryan?« Aaron stellte die unangenehme Frage hastig, als sei es ihm zutiefst zuwider, sie stellen zu müssen, und als lasse er diesen Widerwillen an Ryan aus. »Giffords Kleidung. Was trug sie bei ihrem Tod?«

»Gottverdammt«, flüsterte Ryan; er nahm den Telefonhörer ab und hatte seine Sekretärin in der City nach einigen Augenblicken erreicht. »Carla«, sagte er, »Ryan hier. Rufen Sie den Coroner in Walton County in Florida an. Und im Bestattungsinstitut. Was ist aus Giffords Kleidern geworden? Ich brauche sie.«

Er legte auf. Dann griff er noch einmal zum Telefon und tippte blitzschnell seine Kanzleinummer ein. Diesmal machte er sich nicht erst die Mühe, seinen Namen zu nennen, sondern befahl der Person am anderen Ende: »Schicken Sie einen Kurier mit einer Kopie sämtlicher Unterlagen über Rowan. Ja, alles, jedes Fetzchen Papier, das wir haben. Ihr Mann will es haben. Er hat ein Recht darauf, es zu sehen. Er ist der Ehemann. Er hat ... ein Recht.«

Schweigen. Er lauschte.

»Was soll das heißen?« fragte er dann.

Sein Gesicht wurde ausdruckslos, und dann lief er rot an; er legte auf und wandte sich Aaron zu. »Ihre Ermittler haben die Kleidung meiner Frau abgeholt? Sie haben sie in Walton aus der Gerichtsmedizin und aus dem Bestattungsinstitut geholt? Wer hat Ihnen erlaubt, das zu tun?«

Aaron gab keine Antwort. Aber Michael sah die Überraschung und die Verwirrung auf seinem Gesicht. Aaron hatte es nicht gewußt. Er war erschrocken und gedemütigt. Er schien das Ganze zu überdenken, und dann zuckte er kurz und behutsam mit den Schultern.

»Es tut mir leid«, sagte er. »Ich habe niemanden dazu befugt. Ich bitte Sie um Entschuldigung, und ich werde dafür sorgen, daß auf der Stelle alles zurückgegeben wird.«

Jetzt begriff Michael, weshalb Aaron nicht er selbst war. In seinen Reihen war etwas im Gange, etwas, das ihn und seinen Orden betraf. Gespürt hatte er, daß etwas nicht stimmte, aber er hatte es nicht deuten können.

»Das will ich Ihnen auch raten, verdammt!« schrie Ryan. »Ich habe genug von Gelehrten und Geheimnissen und Leuten, die sich gegenseitig bespitzeln!« Er stand auf, und Pierce erhob sich ebenfalls.

»Komm, Dad«, sagte Pierce und übernahm erneut die Führung. »Laß uns nach Hause fahren. Komm.«

Aaron stand nicht auf, und er sah Ryan auch nicht an. Sein Blick ging ins Leere, und er schien völlig in Gedanken versunken. Er war verdrossen, aber es steckte noch mehr dahinter.

Michael erhob sich und gab Ryan die Hand. Auch von Pierce verabschiedete er sich wie immer mit einem Händedruck. »Ich danke euch beiden.«

»Es war das mindeste, was du erwarten kannst«, meinte Ryan angewidert. »Wir beide, du und ich, treffen uns morgen mit Lauren und Randall. Wir werden Rowan finden, falls Rowan . . .«

». . . zu finden ist«, sagte Mona.

»Ich habe dir gesagt, du sollst den Mund halten«, sagte Ryan. »Geh jetzt nach Hause. Die uralte Evelyn ist ganz allein.«

»Ach ja? Irgend jemand ist dort immer ganz allein und braucht mich, nicht wahr?« Mona schwenkte das Bein herum, stand auf und strich sich das mädchenhafte Kattunkleid glatt.

Die beiden Schlaufen der weißen Haarschleife schauten hinter ihrem Kopf hervor. »Ich gehe schon nach Hause. Keine Angst.«

Ryan starrte sie an, als könne er das alles nicht einen Augenblick länger ertragen. Und dann ging er auf sie zu, nahm sie in die Arme und drückte sie heftig an seine Brust. Furchtbare Stille trat ein, und dann hörte man das noch furchtbarere Geräusch seines Weinens – das tiefe, erstickte, unterdrückte Schluchzen eines Mannes, erfüllt von Scham und Elend, ein Geräusch, wie man es selbst bei einer Frau nur selten erlebt, unnatürlich beinahe. Pierce legte seinem Vater den Arm um die Schultern. Ryan schob Mona zurück, gab ihr einen wilden Kuß auf die Wange, drückte ihre Schulter und ließ sie los.

Dann verließ er mit Pierce die Bibliothek.

Als die Tür sich öffnete und wieder schloß, hörte Michael aus dem Flur einen Chor von Stimmen – die gedämpfte Stimme Beatrices, Randalls dunklen Tonfall und andere, die in der allgemeinen Aufbruchsstimmung untergingen.

Michael merkte, daß er mit Aaron und Mona allein war. Aaron hatte sich nicht gerührt. Er sah völlig mutlos aus und schien von ebenso schwerer Hilflosigkeit erfaßt zu sein wie Michael noch vor wenigen Tagen.

Mona hatte sich in die Ecke gedrückt und leuchtete wie eine kleine Kerze mit ihrem flammendroten Haar; sie hatte die Arme verschränkt und dachte offensichtlich nicht daran, zu gehen.

»Sagen Sie mir, was Sie denken«, sagte Michael zu Aaron. »Es ist das erste Mal, daß ich Sie darum bitte, seit . . . seit es passiert ist. Was halten Sie davon? Sagen Sie's mir.«

»Sie meinen, Sie wollen meine wissenschaftliche Meinung dazu hören«, sagte Aaron; sein Ton war immer noch säuerlich, sein Blick ausweichend.

»Ich will Ihre unvoreingenommene Meinung hören«, antwortete Michael. »Ryans Weigerung, diese ganze Geschichte zu glauben, hat etwas von einer religiösen Haltung. Aber was haben Sie mir verheimlicht?«

Er sollte Mona bitten, zu gehen; er sollte sie hinausbegleiten, sie Bea überantworten, damit sie versorgt war. Aber das alles tat er nicht. Er sah nur Aaron an.

Aarons Gesicht straffte und entspannte sich dann wieder.

»Ich habe Ihnen nichts mit Absicht verheimlicht«, sagte er, aber seine Stimme klang nicht wie sonst. »Ich bin in großer Verlegenheit«, sagte er und sah Michael ins Gesicht. »Ich habe diese Untersuchung geführt, bis Rowan verschwand. Ich dachte auch, daß ich sie danach noch führte. Aber es gibt deutliche Hinweise darauf, daß die Ältesten jetzt die Leitung übernommen haben und daß die Untersuchung ohne mein Wissen ausgeweitet worden ist. Ich weiß nicht, wer Giffords Kleidungsstücke abgeholt hat. Es ist nicht der Stil der Talamasca. Sie wissen das. Nach Rowans Verschwinden haben wir Ryan um die Erlaubnis gebeten, in dieses Haus zu kommen, um Proben von dem blutbefleckten Teppich und der Tapete zu nehmen. Wir hätten Sie gefragt, aber Sie waren nicht . . .«

»Ich weiß, ich weiß.«

»So verfahren wir. Wir bewegen uns im Kielwasser der Katastrophe, handeln umsichtig, beobachten, ziehen keine Schlüsse.«

»Sie sind mir keine Erklärungen schuldig. Wir sind Freunde, Sie und ich. Das wissen Sie. Aber ich glaube, ich weiß, was passiert ist. Für Ihre Ältesten muß dies eine bedeutsame Untersuchung sein. Wir haben es jetzt nicht mehr mit einem Geist zu tun, sondern mit einem mutierten Wesen.« Michael lachte erbittert. »Und dieses Wesen hält meine Frau gefangen.«

»Das hätte ich dir gleich sagen können«, warf Mona ein.

Es war erschreckend zu sehen, daß Aaron überhaupt nicht reagierte. Er starrte ins Leere, zutiefst betrübt, aber außerstande, sich jemandem anzuvertrauen, weil es sich um Angelegenheiten seines Ordens handelte. Endlich schaute er Michael wieder an.

»Sie haben recht, Sie sind wirklich wieder wohlauf. Dr. Rhodes bezeichnet Sie als sein medizinisches Wunder. Sie werden wieder ganz gesund. Wir treffen uns morgen, Sie und ich, auch wenn ich bei dem Zusammentreffen mit Ryan nicht dabei sein darf.«

Mona beobachtete stumm, wie Michael mit Aaron in den Flur hinausging. Sie blieb in der Tür stehen, und er war sich ihrer Anwesenheit plötzlich schmerzlich bewußt, ihres Duftes, ihrer roten Haare, die im Schatten leuchteten, des zerknitterten weißen Haarbandes; sie und alles, was geschehen war, erfüllte sein Bewußtsein, und auch, daß die Leute das Haus verließen und daß er vielleicht bald mit ihr allein sein würde.

Dann waren alle weg. Mona stand in der schlüssellochförmigen Tür und winkte; das kindliche Kleid mit der Schärpe sah jetzt vollends unpassend aus, obwohl die weiße Schleife in ihrem Haar ein wesentlicher Teil von ihr zu sein schien.

Sie drehte sich um, sah Michael an und schlug die Tür hinter sich zu.

»Wo ist meine Tante Viv?« fragte Michael.

»Die kann dich nicht retten, Big Boy«, sagte Mona. »Sie ist draußen in Metairie und tröstet Giffords andere Kinder, zusammen mit Tante Bernadette.«

»Und wo ist Eugenia?«

»Würdest du mir glauben, wenn ich dir sage, daß ich sie vergiftet habe?« Mona ging an ihm vorbei durch den Flur und in die Bibliothek.

Er folgte ihr, unbeugsam und erfüllt von selbstgerechten Reden und Erklärungen. »Es wird nicht noch einmal passieren«, begann er, aber sie schloß die Bibliothekstür, sobald er hereingekommen war, und warf ihm die Arme um den Hals.

Er fing an, sie zu küssen; seine Hände glitten über ihre Brüste und fuhren plötzlich hinunter, um das Kattunkleid hochzuziehen. »Es darf nicht passieren!« sagte er dabei. »Ich erlaube es dir nicht. Du gibst mir ja nicht mal eine halbwegs anständige Chance –«

Ihre zarten, entzückenden jungen Glieder überwältigten ihn – reif und fest fühlten ihre Arme sich an, ihr Rücken, ihre Hüften unter dem Baumwollstoff. Sie war wild erregt, so erregt wie nur je irgendeine erwachsene Frau, mit der er geschlafen hatte. Er hörte ein leises Geräusch. Sie hatte die Hand ausgestreckt und die Bibliothekstür abgeschlossen.

»Tröste mich, großer Mann«, sagte sie. »Meine geliebte Tante ist soeben gestorben. Ich bin sozusagen ein Wrack. Im Ernst.« Sie trat einen Schritt zurück. In ihren Augen schimmerten Tränen. Sie schniefte und sah aus, als werde sie gleich zusammenbrechen.

Sie knöpfte ihr Kattunkleid auf, ließ es an sich heruntergleiten und trat aus dem Kreis des leuchtenden Stoffes heraus. Er sah den schneeweißen BH mit den vollen Körbchen aus teurer Spitze und die weiche, helle Haut ihres Bauches über dem Bund ihres schmalen Slips. Ihre Tränen flossen wie schon einmal, und sie weinte lautlos. Dann stürzte sie ihm entgegen, schlang ihm die Arme um den Hals, küßte ihn und schob ihre Hand zwischen seine Beine.

Es war ein *Fait accompli,* wie man so sagt. Und dann ihr leises Flüstern, als sie aneinandergeschmiegt auf dem Teppich lagen. »Mach dir keine Sorgen deshalb.«

Er war schläfrig; er geriet ins Trudeln; er schlief nicht ein; er konnte nicht; zuviel stand vor seinem geistigen Auge. Er begann zu summen. Wie sollte er sich bei alldem keine Sorgen machen? Er konnte die Augen nicht schließen. Er summte und sang leise.

»Violettas Walzer«, sagte sie. »Halte mich nur für ein Weilchen fest, ja?«

Es schien, als schlafe er doch; zumindest versank er in einen ähnlich friedlichen Zustand. Seine Finger lagen an ihrem anbetungswürdigen, schweißnassen Hals, und seine Lippen berührten ihre Stirn. Aber dann ertönte die Türglocke, und er hörte Eugenia im Flur. Sie ließ sich Zeit mit dem Öffnen und redete die ganze Zeit laut vor sich hin, wie sie es immer tat. »Bin schon unterwegs. Komme schon.«

Der Bericht war gebracht worden. Er mußte ihn sehen. Wie er ihn holen sollte, ohne das schlafende Kind auf dem Teppich preiszugeben, wußte er nicht. Aber er mußte den Bericht sehen. Es hatte nicht einmal eine halbe Stunde gedauert, bis die Akte hier eingetroffen war. Er dachte an Rowan und verspürte eine Angst, die er nicht in Worte fassen konnte; er konnte keine Entscheidung treffen, ja, nicht einmal darüber nachdenken.

Er setzte sich auf und versuchte, seine Kräfte wiederzufinden, die Trägheit von sich abzuschütteln und das nackte Mädchen nicht zu sehen, das da auf dem Teppich schlief, den Kopf in ein Nest von roten Haaren geschmiegt; ihr Bauch war ebenso glatt und makellos wie ihre Brüste, und ihr ganzer Körper war eine lustvolle Einladung an ihn. Michael, du Schwein – daß du so etwas tun konntest!

Mit dumpfem Vibrieren fiel die große Haustür ins Schloß. Eugenia ging wieder draußen vorbei. Gleichmäßige Schritte. Stille.

Er zog sich an und kämmte sich. Dann starrte er das Grammophon an. Ja, es war genau dasselbe, das er im Wohnzimmer gesehen hatte und das den Geisterwalzer für ihn gespielt hatte. Und da lag die schwarze Platte, auf der der Geisterwalzer vor vielen Jahrzehnten aufgezeichnet worden war.

Mona drehte sich um. Ihr Rücken war makellos und weiß, und ihre Hüften waren bei aller Zierlichkeit proportioniert wie die einer kleinen Frau. Trotz ihrer Jugend hatte sie nichts Knabenhaftes an sich; sie war entschieden weiblich.

Reiß deine Blicke von ihr los, Mann. Eugenia und Henri sind beide irgendwo in der Nähe. Du stellst dein Glück auf eine harte Probe. Du forderst es geradezu heraus, daß sie dich im Keller einmauern.

Es gibt keinen Keller.

Das weiß ich. Dann eben auf dem Dachboden.

Langsam öffnete er die Tür. Es war still in der großen Diele, still auch im Doppelsalon. Aber da lag ein Umschlag auf dem Tisch in der Diele – dort, wo man Post und Lieferungen immer zu deponieren pflegte. Er sah den Namen Mayfair und Mayfair in der vertrauten Prägeschrift. Auf Zehenspitzen ging er hinaus und nahm den Umschlag; jeden Augenblick, so fürchtete er, konnte Eugenia oder Henri erscheinen. Er ging ins Eßzimmer; dort konnte er sich an den Tisch setzen und die Akte lesen, und wenn sich jemand der Bibliothekstür nähern sollte, könnte er ihn aufhalten.

Früher oder später würde sie aufwachen und sich anziehen. Und dann? Er wußte es nicht. Er hoffte nur, sie würde nicht nach Hause gehen und ihn hier alleinlassen.

Du mieser Feigling, dachte er. Rowan, würdest du das alles verstehen? Das Komische war, Rowan würde es vielleicht wirklich verstehen. Rowan verstand Männer besser als sonst irgendeine Frau, die er je gekannt hatte, Mona eingeschlossen.

Er knipste die Stehlampe neben dem Kamin an und setzte sich ans Kopfende des Tisches. Dann nahm er den Stapel Fotokopien aus dem Umschlag.

Es war weitgehend das, was sie ihm schon erzählt hatten.

Die Genetiker in New York und Europa hatten sich leicht sarkastisch über die Proben geäußert. »Es scheint sich um eine genau kalkulierte Kombination von genetischem Material von mehr als einer Primatenspezies zu handeln.«

Die Augenzeugenprotokolle aus Donnelaith waren ein tödlicher Schlag für ihn. »Die Frau war krank. Sie blieb die meiste Zeit auf ihrem Zimmer. Aber wenn er ausging, ging sie mit. Es war, als bestehe sie darauf, mitzukommen. Sie sah krank aus, sehr krank. Einmal hätte ich fast vorgeschlagen, daß sie zu einem Arzt gehen soll.«

Ein Hotelangestellter in Genf beschrieb Rowan als ausgemergelte Frau von etwa hundertzwanzig Pfund. Michael war entsetzt.

Er starrte die Kopien der gefälschten Schecks an. Fälschungen! Nicht mal besonders gute. Es war eine große, altmodische elisabethanische Handschrift – bei Gott, wie von einem pergamentenen Dokument!

Zahlbar an: Oscar Aldrich Tamen.

Warum hatte er sich diesen Namen ausgesucht? Als Michael die Rückseiten der Schecks betrachtete, wurde es ihm klar. Der falsche Paß. Der Bankangestellte hatte sämtliche Informationen notiert.

Ohne Zweifel folgten sie dieser Spur. Dann sah er die Aktennotiz der Kanzlei. Oscar Aldrich Tamen war zuletzt am dreizehnten Februar in New York gesehen worden. Seine Frau hatte am sechzehnten Februar Vermißtenanzeige erstattet. Aufenthalt unbekannt. Schlußfolgerung? Gestohlener Paß.

Er klappte den Ordner zu. Er legte die Hände auf den Tisch, stützte sich darauf und bemühte sich, die feinen Stiche im Herzen nicht zu bemerken oder sich zumindest einzureden, daß es ein sehr sehr kleiner Schmerz war, kaum mehr als ein zartes Bohren, und das hatte er schon früher gehabt, jahrelang, nicht wahr?

»Rowan«, sagte er laut, als wäre es ein Gebet. Seine Gedanken kehrten zum Weihnachtstag zurück, zu dem letzten Bild, das er von ihr im Gedächtnis hatte – wie sie ihm die Kette vom Hals riß und wie das Medaillon herunterfiel.

Warum hast du mich verlassen? Wie konntest du das tun?

Und dann überkam ihn schreckliche Scham, Scham und Angst. In seinem selbstsüchtigen kleinen Herzen war er froh gewesen, als sie ihm gesagt hatten, daß dieses Dämonenwesen sie gezwungen habe, froh auch, weil die Ermittler dachten, sie stehe unter Zwang. Er war froh gewesen, daß man dies vor dem stolzen Ryan Mayfair erklärt hatte. Ah, denn das bedeutete, daß seine kluge Braut ihn nicht mit dem Teufel betrogen hatte! Sie liebte ihn!

Und was um Himmels willen bedeutete das für sie? Für ihre Sicherheit, ihr Schicksal, ihre Zukunft? Gütiger Gott, du selbstsüchtiger, verachtenswerter Kerl, dachte er. Aber der Schmerz war so groß gewesen – der Schmerz über ihr Fortgehen, der Schmerz des eiskalten Wassers im Swimmingpool, und dann die Mayfair-Hexen in seinem Traum, und das Krankenzimmer, und der Schmerz in seinem Herzen, als er das erste Mal die Treppe hinaufgegangen war ...

Er verschränkte die Arme vor sich auf dem Tisch und ließ leise weinend den Kopf darauf sinken.

Er wußte nicht, wieviel Zeit vergangen war. Aber er wußte trotzdem alles. Daß die Bibliothekstür sich nicht geöffnet hatte und Mona folglich noch schlafen mußte, und daß seine Dienstboten wußten, was er getan hatte, weil sie sich sonst in seiner Nähe aufgehalten hätten. Daß die Dämmerung gekommen war. Daß das Haus auf etwas wartete und etwas mitansah.

Schließlich lehnte er sich zurück und sah, daß das Licht draußen weiß leuchtete, wie es das an Frühlingsabenden tat, so daß jedes einzelne Blatt deutlich zu erkennen war. Das goldene Licht der Stehlampe verlieh dem weiten Zimmer mit den alten Gemälden ein wenig Fröhlichkeit.

Ein winziges Stimmchen drang an seine Ohren; es sang, fern und dünn. Er saß sehr still, und nach und nach erkannte er, daß es Violettas Lied war. Das Grammophon spielte. Das bedeutete, daß seine Nymphe aufgewacht war; sie war aufgestanden und hatte das alte Spielzeug aufgezogen. Er mußte sich zusammennehmen. Er mußte sich mit ihr über diese Todsünde, die sie begangen hatten, unterhalten.

Er stand auf, ging langsam durch das halbdunkle Zimmer

und zur Bibliothek. Die Musik drang kraftvoll durch die Tür, das fröhliche Lied der Violetta aus *La Traviata.* Der Walzer, den sie gespielt hatten, als Violetta noch stark und munter war und bevor sie dann so wundersam und opernhaft zu sterben begann. Ein Lichtschein drang unter der Tür hervor, golden und sanft.

Sie saß halb aufgerichtet auf dem Boden, die Hände hinter sich aufgestützt, die Brüste nackt, hoch angesetzt. Die Brustwarzen rosig wie die eines Babys.

Aber da war keine Musik. War es eine akustische Täuschung gewesen? Sie schaute durch das Fenster auf die gußeisenumfaßte Veranda hinaus. Michael sah, daß das Fenster offenstand. Ein lautes Geräusch schallte von der Straße herein; aber es war nur ein vorüberfahrendes Auto, das zu schnell über die schattige Kreuzung raste.

Sie war erschrocken; ihr Haar war zerwühlt, ihr Gesicht noch glatt von den Resten des Schlafes.

»Was soll das?« fragte er. »Ist da jemand durch das Fenster hereingekommen?«

»Er hat's versucht«, sagte sie, und ihre Stimme klang benommen vom Schlaf. »Riechst du das?« Sie drehte sich um und sah ihn an, und ehe er antworten konnte, fing sie an sich anzuziehen.

Michael ging zum Fenster und kurbelte sofort die grünen Blenden herunter. Die Hausecke dahinter lag verlassen im dunklen Schatten der Eichen. Die Quecksilberlaterne auf der Straße hing dort oben wie ein Vollmond gefangen zwischen den Ästen. Michael zog das Fenster herunter und drehte den Riegel herum. Es sollte doch immer verschlossen sein! Er war wütend.

»Riechst du's?« fragte sie noch einmal. Sie war angekleidet, als sie sich umdrehte. Das Zimmer lag jetzt im Dunkeln, nachdem er das Licht von der Ecklaterne ausgesperrt hatte. Sie kam zu ihm und wandte ihm den Rücken zu, damit er ihr die Schärpe am Kleid zuband.

»Verdammt, wer war das?« Der steif gestärkte Baumwollstoff fühlte sich gut an. Er band die Schärpe zu, so gut er konnte; er hatte so etwas bei einem kleinen Mädchen noch nie getan. Er bemühte sich, die Schleife hübsch zurechtzuziehen, als er fertig war. Sie drehte sich um und starrte an ihm vorbei zum Fenster.

»Du nimmst diesen Geruch nicht wahr, was?« Sie ging an ihm

vorbei und spähte durch die Fensterscheibe und die Holzlamellen. Dann schüttelte sie den Kopf.

»Du hast nicht gesehen, wer es war, oder?« Er hatte nicht übel Lust, hinauszugehen, durch den Garten zu stürmen und um den Block zu laufen; er wollte jeden Fremden zur Rede stellen, wollte die Chestnut Street hinauf- und die First Street hinunterlaufen, bis er jemanden Verdächtiges gefunden hätte.

»Ich muß jetzt weg«, sagte sie. »Ich muß zu meiner Mutter. Ich hätte schon eher gehen sollen. Es jagt ihr wahrscheinlich eine Todesangst ein, daß sie im Krankenhaus liegt.«

»Du hast überhaupt nichts gesehen?« fragte er.

Er folgte ihr, zur Tür hinaus und den Flur entlang.

»Ich habe den Geruch bemerkt«, sagte sie. »Ich glaube, es war der Geruch, der mich geweckt hat, und dann habe ich das Geräusch am Fenster gehört.«

Wie ruhig er wirkte. Seine Wut umgab ihn mit schützenden Flammen. Er öffnete die Haustür und ging als erster hinaus. Überall dort draußen konnte sich jemand verstecken, hinter den Eichen, auf der anderen Straßenseite, hinter der Mauer, ja, sogar geduckt unter den großen Elefantenohren und Palmbüschen in seinem eigenen Garten. *In meinem eigenen Garten.*

»Ich gehe jetzt, Michael. Ich rufe dich später an.«

»Du mußt verrückt sein, wenn du glaubst, ich würde dich so allein im Dunkeln nach Hause spazieren lassen. Bist du verrückt?«

Sie blieb auf der Treppe stehen. Sie hatte protestieren wollen, aber dann warf auch sie einen wachsamen Blick in die dunklen Schatten ringsum. Nachdenklich spähte sie ins Astwerk hinauf und dann hinüber zur dunklen Chestnut Street.

»Ich lasse dich nach Hause fahren.« Er zog sie ins Haus und machte die Tür zu.

Henri war in der Küche, wie es sich gehörte; in weißen Hemdsärmeln und Hosenträgern saß er da und trank seinen Whiskey aus einer Porzellantasse, damit niemand es merkte. Er legte seine Zeitung hin und stand auf. Er würde das Kind nach Hause bringen, natürlich. Oder ins Krankenhaus? Gewiß. Was immer Miss Mona wollte. Er langte nach seinem Jackett, das griffbereit hinter ihm über der Stuhllehne hing.

Michael ging mit ihnen hinaus in die Zufahrt, voller Mißtrauen gegen die Dunkelheit, und brachte sie sicher zum Wagen. Mona winkte. Als sie wegfuhr, erfüllte ihn schmerzendes Verlangen nach ihr, weil er sie ohne eine Abschiedsumarmung hatte gehen lassen. Dann schämte er sich dafür.

Er ging ins Haus und schloß die Küchentür hinter sich ab.

Er begab sich zum Wandschrank unter der Treppe in der Diele. Seine alte Werkzeugkiste stand dort. Das Haus war so groß, daß man in jedem Stockwerk eine Werkzeugkiste brauchte. Aber das hier war sein altes Werkzeug, waren seine Lieblingssachen, und das hier war der Klauenhammer mit dem verschlissenen alten Holzgriff, der ihm schon all die Jahre in San Francisco so treue Dienste geleistet hatte.

Ein seltsames Gefühl überkam ihn, als er jetzt den Hammer umklammerte und durch das Bibliotheksfenster spähte. Das hier war Dads Hammer gewesen. Er hatte ihn als Junge mit nach San Francisco genommen, zusammen mit dem gesamten Werkzeug seines Vaters. Es war schön, etwas von Dad hier zu haben, inmitten des großen, sorgfältig inventarisierten Reichtums der Familie Mayfair, ein oder zwei schlichte Werkzeuge. Er wog den Hammer in der Hand. Zu gern hätte er dem Eindringling damit den Schädel eingeschlagen. Als hätten wir nicht genug Ärger in diesem Haus, dachte er; da muß noch so ein Dreckskerl versuchen, durchs Bibliotheksfenster einzusteigen!

Es sei denn . . .

Er schaltete die Lampe in der Ecke ein und betrachtete das kleine Grammophon. Es war verstaubt. Niemand hatte es angerührt. Er wußte nicht, ob er es anfassen konnte oder nicht; er kniete nieder und legte die Finger auf den weichen Filzplattenteller. Die *La-Traviata*-Platten steckten in ihrem dicken alten, verschossenen Album. Neben dem Apparat lag die Kurbel. Das alles sah unglaublich alt aus. Wer hatte wohl zweimal hier im Haus den Walzer gespielt, als das Grammophon selbst bewegungslos und verstaubt in seinem Versteck gelegen hatte?

Ein Geräusch ging durchs Haus, ein Knarren, als ob jemand umherging. Vielleicht war es Eugenia. Vielleicht auch nicht.

»Verdammt«, sagte er. »Der Scheißkerl ist hier?«

Er machte sich sofort auf die Suche. Er durchforschte das

ganze Erdgeschoß, Zimmer für Zimmer, lauschte, spähte umher, beobachtete die kleinen Leuchtpunkte an den Schaltkästen der Alarmanlagen, die ihm verrieten, ob sich irgendwo in anderen Zimmern etwas bewegte. Dann ging er die Treppe hinauf und nahm sich auch den zweiten Stock vor; er schaute in Wandschränke und Badezimmer, die er die ganze Zeit nie von innen gesehen hatte, und sogar ins vordere Schlafzimmer, wo das Bett gemacht war und eine Vase mit gelben Rosen auf dem Kaminsims stand.

Alles schien in Ordnung zu sein. Eugenia war nicht hier. Aber von der Dienstbotenveranda aus konnte er weit hinten das Gästehaus sehen, das in voller Festbeleuchtung prangte. Das war Eugenia. Sie schaltete immer alle Lichter ein.

Die dunklen Bäume bewegten sich leise im Wind. Er konnte den stillen Rasen sehen, den Swimmingpool, die Fahnen. Nichts regte sich außer den Bäumen, die die Lichter vom fernen Gästehaus trügerisch funkeln ließen.

Weiter in den zweiten Stock. Er mußte jeden Winkel, jeden Spalt durchsuchen.

Das Stockwerk lag ganz still im Dunkeln. Der kleine Absatz oben an der Treppe war leer. Die Straßenlaterne schien durchs Fenster. Die Tür der Abstellkammer stand offen; die leeren Regale waren weiß und sauber und warteten auf etwas. Er drehte sich um und öffnete die Tür zu Juliens altem Zimmer, seinem Arbeitszimmer.

Das erste, was er sah, waren die beiden Fenster gegenüber – das Fenster zur Rechten, in dem Julien in seinem schmalen Bett gestorben war, und das Fenster zur Linken, durch das Antha sich geflüchtet hatte, nur um über die Kante des Verandadaches in den Tod zu fallen. Wie zwei Augen sahen sie aus, diese beiden Fenster.

Die Rolläden waren hochgezogen; das sanfte Licht des frühen Abends schien auf die blanken Dielen und seinen Zeichentisch.

Aber da waren keine blanken Dielen, sondern ein fadenscheiniger Teppich, und wo sein Zeichentisch hätte stehen müssen, stand das schmale Messingbett, das schon vor langer Zeit hinausgeschafft worden war.

Er tastete nach dem Lichtschalter.

»Bitte schalten Sie es nicht ein.« Die Stimme klang brüchig und leise, französisch.

»Wer, zum Teufel, sind Sie?«

»Julien«, war die geflüsterte Antwort. »Um des lieben Himmels willen, ich bin nicht der Mann, der zum Bibliotheksfenster hereingekommen ist! Kommen Sie herein, solange noch Zeit ist, und lassen Sie mit sich reden.«

Michael schloß die Tür hinter sich. Sein Gesicht glühte vor Hitze. Aber er wußte, daß es Juliens Stimme war, denn er hatte sie schon einmal gehört, hoch, hoch über dem Meer, in einem anderen Reich, genau dieselbe Stimme, die leise und schnell zu ihm gesprochen hatte, ihm sozusagen den Fall vorgetragen und ihm erklärt hatte, daß er auch ablehnen könne.

Es war, als wolle der Schleier sich heben; dann würde er den glänzenden Pazifik sehen, und seinen eigenen ertrunkenen Körper auf den wogenden Wellen, und er würde sich an alles erinnern. Aber nichts dergleichen geschah. Was geschah, war unendlich viel erschreckender und erregender! Er sah eine dunkle Gestalt mit langen, dürren Beinen am Kamin stehen, einen Arm auf das Sims gelegt. Er sah das weiche Haar, weiß im Lichtschein des Fensters.

»*Eh bien,* Michael. Ich bin so müde. Es ist sehr schwer für mich.«

»Julien! Haben die anderen Ihr Buch verbrannt? Ihre Lebensgeschichte?«

»*Oui, mon fils.* Meine geliebte Mary Beth hat alle meine Bücher verbrannt, jede Seite. Alle meine Schriften . . .« Seine Stimme klang sanft, und seine Brauen hoben sich ein wenig. »Kommen Sie, kommen Sie näher. Nehmen Sie den Sessel da. Bitte. Sie müssen mir zuhören.«

Michael gehorchte und setzte sich in den Ledersessel; er wußte, daß er real war, auch wenn er jetzt ganz verloren zwischen so vielen staubigen, fremden Gegenständen stand. Er berührte auch das Bett. Massiv. Er hörte sogar das Knarren der Sprungfedern! Er berührte die seidene Steppdecke. Real. Er war benommen und staunte.

Auf dem Kaminsims stand ein Paar silberner Kerzenleuchter. Die Gestalt hatte sich umgedreht; man hörte das jähe, scharfe

Kratzen eines Streichholzes, und dann brannten die Dochte. Juliens Schultern waren schmal, aber sehr gerade; er wirkte alterslos, groß und anmutig.

Als er Michael wieder anschaute, verbreitete sich hinter ihm warmes, gelbes Licht. Vollkommen leibhaftig stand er da; die blauen Augen blickten lebhaft und offen, und sein Gesichtsausdruck war beinahe hingerissen.

»Ja, mein Junge«, sagte er, »schauen Sie mich an! Und hören Sie mir zu. Sie müssen jetzt handeln. Aber ich will sagen, was ich zu sagen habe. Ah, hören Sie es? Meine Stimme wird stärker.«

Es war eine schöne Stimme, und nicht eine Silbe entging Michael, der schöne Stimmen sein Leben lang geliebt hatte.

»Ich weiß nicht, wieviel Zeit ich habe«, sagte der Geist. »Ich weiß nicht, wo ich gewesen bin, als ich auf diesen Moment gewartet habe. Ich bin ein erdgebundener Toter.«

»Ich bin hier und höre Ihnen zu. Gehen Sie nicht weg. Was immer Sie tun, gehen Sie nicht weg!«

»Wenn Sie nur wüßten, wie schwer es gewesen ist, durchzudringen, wie sehr ich mich bemüht habe, und wie Ihre Seele mich ausgesperrt hat!«

»Ich habe Angst vor Geistern«, sagte Michael. »Das ist ein irdischer Charakterzug. Aber das wissen Sie ja jetzt.«

Julien lächelte und lehnte sich an das Kaminsims; er verschränkte die Arme, und die kleinen Kerzenflammen tanzten, als wäre er wirklich aus festem Fleisch und Blut und habe die Luft in Bewegung gebracht. Und handfest genug sah er ja aus in seinem schwarzen Wollrock und dem seidenen Hemd. Er trug eine lange Hose und altmodische Knöpfstiefel, zu makellosem Glanz poliert. Als er lächelte, schien sein von feinen Falten durchzogenes Gesicht mit den blauen Augen, umrahmt von weißen Locken, noch lebendiger zu werden.

»Ich werde Ihnen meine Geschichte erzählen«, sagte er, wie es ein freundlicher Lehrer sagen würde. »Verurteilen Sie mich nicht. Nehmen Sie, was ich zu geben habe.«

Eine unerklärliche Mischung aus Vertrauen und Erregung durchflutete Michael. Das Ding, das er die ganze Zeit gefürchtet und das ihn verfolgt hatte, war jetzt hier, und es war sein

Freund, und er war mit ihm zusammen. Aber eigentlich war Julien nie etwas gewesen, was man hätte fürchten müssen.

»Sie sind ein Engel, Michael«, sagte Julien. »Sie sind derjenige, der noch eine Chance hat.«

»Dann ist die Schlacht noch nicht vorüber.«

»Nein, *mon fils,* ganz und gar nicht.«

Er sah plötzlich betrübt aus, wehmutsvoll und traurig, und suchend – eine Sekunde lang hatte Michael entsetzliche Angst, daß die Vision vergehen könnte. Aber sie wurde nur noch stärker, bekam sattere Farben. Julien deutete in die hintere Ecke und lächelte.

Da stand der kleine Holzkasten, das Grammophon, auf einem Tisch am Fußende des Messingbettes!

»Was ist real in diesem Zimmer?« fragte Michael leise. »Und was ist Phantom?«

»Mon dieu, wenn ich das nur wüßte. Ich hab's *nie* gewußt.« Juliens Lächeln wurde breiter, und wieder lehnte er sich an das Kaminsims, und in seinem Blick fing sich das Licht der Kerzen, als er beinahe träumerisch von links nach rechts über die Wand schaute. »Oh, könnte ich eine Zigarette und ein Glas Rotwein genießen!« flüsterte er. »Michael, wenn Sie mich nicht mehr sehen können, wenn wir getrennt werden ... Michael, spielen Sie den Walzer für mich. Ich habe ihn für *Sie* gespielt.« Sein Blick wanderte beschwörend unter der Decke entlang »Spielen Sie ihn jeden Tag, für den Fall, daß ich noch hier bin.«

»Das werde ich tun, Julien.«

»Jetzt hören Sie gut zu ...«

10

New Orleans war einfach fabelhaft, fand Lark; von ihm aus brauchte er nie wieder abzureisen. Das Pontchartrain Hotel war klein, aber überaus komfortabel. Er hatte eine geräumige Suite über der Avenue mit freundlichen, traditionellen Möbeln, und das Essen aus der Küche des »Caribbean Room« war das beste, das er je bekommen hatte. Er hatte heute bis Mittag geschlafen und dann ein sagenhaftes Südstaatenfrühstück zu sich genommen. Wenn er nach Hause käme, würde er lernen müssen, wie man diese Grütze zubereitete. Und der Zichorienkaffee war ein komisches Zeug – schmeckte beim ersten Mal grauenhaft, und dann konnte man nicht mehr darauf verzichten.

Aber diese Mayfairs trieben ihn zum Wahnsinn. Er war nun schon zwei Tage hier und hatte noch nichts zustandegebracht. Er saß auf der langen, goldfarbenen Samtcouch, einem sehr bequemen L-förmigen Ding, hatte den Fußknöchel aufs Knie gelegt und kritzelte in seinem Notizbuch, während Lightner nebenan irgendein Telefongespräch führte. Lightner war wirklich müde gewesen, als er ins Hotel zurückgekommen war. Vermutlich, dachte Lark, würde er jetzt lieber oben in seinem eigenen Zimmer ein bißchen schlafen. Und ein Mann in diesem Alter sollte das auch hin und wieder tun; man konnte sich nicht einfach Tag und Nacht vorantreiben, wie Lightner es tat. Lark hörte, wie Lightner die Stimme hob. Die Person am anderen Ende der Leitung, in London oder sonstwo, ärgerte ihn.

Natürlich war es nicht die Schuld der Familie, daß Gifford Mayfair so unerwartet gestorben war und daß die letzten Tage ausschließlich auf Totenwache, Beerdigung und eine nachhaltige Trauer verwandt worden waren, deren Ausmaß Lark im Leben noch selten erlebt hatte.

Lark war aus lüsterner Neugier gestern zur Totenwache gegangen. Er konnte sich nicht vorstellen, wie Rowan Mayfair mit diesen seltsamen, gesprächigen Südstaatlern gelebt hatte, die gleichermaßen begeistert über die Lebenden wie die Toten plauderten. Und was für eine hübsche, gutbetuchte Sippe sie waren. Anscheinend fuhren sie alle BMW oder Jaguar oder Porsche. Die Juwelen sahen auch echt aus. Und zur genetischen Mischung gehörte gutes Aussehen, was immer sonst noch drinnen stecken mochte.

Dann der Ehemann – alle schienen ihn zu beschützen, diesen Michael Curry. Der Mann sah durchaus normal aus; ja, er sah ebenso gut aus wie alle andern. Gut genährt, gut gepflegt. Bestimmt nicht wie ein Mann, der soeben einen Herzanfall erlitten hatte.

Aber Mitch Flanagan an der Westküste war gerade dabei, Currys DNS zu analysieren, und er meinte, sie sei extrem sonderbar und ebenso ungewöhnlich zusammengesetzt wie Rowans. Flanagan hatte es »geschafft« – wie es das Keplinger Institute immer schaffte –, die Unterlagen über Michael Curry zu bekommen, ohne daß der Mann es wußte oder genehmigt hatte.

Aber Flanagan hatte sich seit gestern abend nicht mehr gemeldet. Irgendeine Maschine speiste Lark mit ein paar dürren Worten ab und lud ihn auf gewohnte Weise ein, eine Nummer zu hinterlassen. Lark gefiel das überhaupt nicht. Wieso hielt Flanagan ihn hin? Lark wollte Curry treffen. Er wollte mit ihm sprechen und ihm bestimmte Fragen stellen.

Es machte Spaß, durch die Kneipen zu ziehen, und all das – er hatte gestern nach der Totenwache zu viel getrunken –, und heute abend würde er mit zwei Medizinerfreunden aus Tulane, zwei grandiosen Säufern, bei Antoine's essen gehen, aber jetzt hatte er Geschäfte zu erledigen, und nachdem Mrs. Ryan Mayfair jetzt begraben war, konnten sie damit vielleicht anfangen.

Er hörte auf mit seinem Gekritzel, als Lightner ins Zimmer kam.

»Schlechte Neuigkeiten?« fragte er.

Lightner setzte sich in seinen gewohnten Sessel, drückte sich die gekrümmten Finger ans Kinn und dachte einen Augenblick lang nach, bevor er antwortete.

»Nun«, sagte Lightner, »ich bin in einer heiklen Lage. Anscheinend war es Erich Stolov, der sich in Florida Giffords Kleidung hat geben lassen. Er war auch hier. Er hat ihre alten Sachen im Bestattungsinstitut abgeholt. Und jetzt ist er wieder weg, und wir haben überhaupt nicht miteinander darüber gesprochen.«

»Aber er ist ein Mitglied Ihrer Bande.«

»Ja.« Aaron zog eine leicht sarkastische Grimasse. »Er ist ein Mitglied meiner Bande. Und nach Auskunft des neuen Generaloberen lautet die Anweisung der Ältesten, ich habe ›diesen Teil‹ der Untersuchung nicht in Frage zu stellen.«

»Und was hat das alles zu bedeuten?«

Lightner wurde sehr still. Dann blickte er auf.

»Sie haben kürzlich etwas von genetischen Untersuchungen an der gesamten Familie erwähnt. Wollen Sie versuchen, dieses Thema bei Ryan zur Sprache zu bringen? Ich denke, es wäre nicht zu früh, wenn Sie es gleich morgen früh versuchen würden.«

»Oh, ich bin durchaus dafür. Aber es ist ihnen klar, worauf sie sich da einlassen würden. Ich meine, im wesentlichen sind sie es, die dabei Risiken eingehen. Wenn wir angeborene Krankheiten finden, wenn wir Prädispositionen zu bestimmten Zuständen nachweisen – nun, das wären Informationen, die alles mögliche beeinflussen könnten, von Versicherungsbedingungen bis zur Militärdiensttauglichkeit. Ja, ich möchte das tun, aber ich würde mich vorläufig viel lieber auf Michael Curry konzentrieren. Und diese Frau – Gifford. Ist es ausgeschlossen, daß wir Unterlagen über Gifford bekommen? Ich meine, wir wollen jetzt nichts überstürzen. Dieser Ryan Mayfair ist ein ziemlich gerissener Anwalt, wie ich es sehe. Er wird sich nicht darauf einlassen, seine ganze Familie *en gros* einer genetischen Untersuchung zu unterziehen. Er wäre auch dumm, wenn er dazu einwilligen oder es sogar fördern würde.«

»Und ich stehe im Moment nicht in seiner Gunst. Wenn meine Freundschaft mit Beatrice Mayfair nicht wäre, wäre er noch weit mißtrauischer, als er es eh schon ist, und das aus gutem Grund.«

Lark hatte die fragliche Frau gesehen. Sie war gestern mit der Nachricht von dem tragischen Todesfall in Destin ins Hotel gekommen – eine reizende Frau mit schmaler Taille und hochfrisiertem grauem Haar und einer der erfolgreichsten Facelift-Operationen, die er in den letzten Jahren gesehen hatte, obgleich es, wie er vermutete, nicht mal ihre erste gewesen war. Leuchtende Augen, perfekt geformte Wangen, nur eine winzige verräterische Einkerbung unter dem Kinn, und ein Hals, so glatt wie der einer jungen Frau. Aha – also sie und Lightner. Das hätte er sich schon seit der Totenfeier denken können; sie hatte sich so verzweifelt an Lightner geklammert, und ein paarmal hatte Lark gesehen, wie Lightner sie küßte. Lark hoffte, er werde auch soviel Glück haben, wenn er erst achtzig wäre – vorausgesetzt, daß er so alt wurde. Wenn er die Finger nicht vom Alkohol ließe, würde er es vielleicht nicht schaffen.

»Hören Sie«, sagte er jetzt, »wenn es in dieser Stadt medizinische Unterlagen über Gifford Mayfair gibt, dann kann ich, denke ich, über Keplinger herankommen – vertraulich, und ohne jemanden aufmerksam oder mißtrauisch zu machen.«

Lightner runzelte die Stirn und schüttelte den Kopf, als finde er das alles höchst widerwärtig. »Nicht wieder ohne ihre Zustimmung«, sagte er.

»Ryan Mayfair wird es gar nicht erfahren. Überlassen Sie das uns – dem medizinischen Secret Service, oder wie immer Sie es nennen wollen. Aber ich will mit Curry sprechen.«

»Ich verstehe. Das können wir ebenfalls für morgen arrangieren. Vielleicht sogar noch für heute abend. Ich muß nachdenken.«

»Worüber?«

»Über das alles. Warum die Ältesten erlauben, daß Stolov herkommt, sich auf diese Weise einmischt und damit den Unwillen der Familie riskiert.« Der Mann schien laut zu denken; offenbar erwartete er nicht, daß Lark seine Bemerkungen beantwortete. »Wissen Sie, ich habe mein ganzes Leben mit Ermittlungen des Übersinnlichen verbracht. Noch nie habe ich derart enge Beziehungen zu einer Familie entwickelt. Ich empfinde wachsende Loyalität ihnen gegenüber, und zunehmende Sorge. Ich bin sehr beschämt darüber, daß ich nicht eingeschritten bin, bevor Rowan verschwand, aber die Ältesten hatten mir sehr spezifische Anweisungen gegeben.«

»Nun, offensichtlich sind sie auch der Ansicht, daß diese Familie genetische Merkwürdigkeiten aufweist«, meinte Lark. »Sie suchen ebenfalls nach erblichen Zügen. Lieber Gott, mindestens sechs Leute haben mir gestern abend bei der Totenfeier erzählt, daß Gifford übersinnliche Fähigkeiten hatte. Sie sagten, sie habe ›den Mann‹ gesehen, so eine Art Familiengespenst. Und ihre Fähigkeiten seien mächtiger gewesen, als sie sich je habe anmerken lassen. Ich glaube, Ihre Freunde in der Talamasca sind einfach auf derselben Spur.«

Lightner antwortete nicht gleich. »Aber das ist es ja gerade«, sagte er dann. »Wir *sollten* auf derselben Spur sein, und ich bin nicht sicher, daß wir es sind. Es ist alles ziemlich ... verwirrend.« Das Telefon unterbrach ihn.

Lark nahm den Hörer ab. »Dr. Larkin«, sagte er, wie er es immer tat, wenn er sich am Telefon meldete.

»Hier ist Ryan Mayfair«, sagte der Mann am anderen Ende. »Sie sind der Arzt aus Kalifornien?«

»Ja. Freut mich, mit Ihnen zu sprechen, Mr. Mayfair. Ich wollte Sie nicht ausgerechnet heute stören. Ich kann auch bis morgen warten.«

»Ist Mr. Lightner bei Ihnen, Doktor?«

»Ja, allerdings. Wollen Sie ihn sprechen?«

»Nein. Bitte hören Sie zu. Edith Mayfair ist heute früh an einer Uterusblutung gestorben. Edith Mayfair war Lauren Mayfairs Enkelin, Tochter von Jaques Mayfair, meine und Giffords Cousine. Und Rowans Cousine. Ihr ist genau das gleiche wie meiner Frau passiert. Edith ist anscheinend verblutet, in ihrem Apartment in der Esplanade Avenue. Ihre Großmutter hat sie heute nachmittag nach der Beerdigung dort gefunden. Ich glaube, wir sollten uns über die Frage der genetischen Untersuchung unterhalten. Es könnte sein, daß in dieser Familie ... Probleme an die Oberfläche kommen.«

»O mein Gott«, flüsterte Lark.

Die Stimme des Mannes klang so gleichmütig, so kalt.

»Können Sie in mein Büro in die City kommen?« fragte Ryan Mayfair. »Und können Sie Lightner bitten, Sie zu begleiten?«

»Unbedingt. Wir kommen in –«

»Zehn Minuten«, sagte Lightner und stand schon. Er nahm Lark den Hörer aus der Hand.

»Ryan«, sagte er. »Informieren Sie die Frauen der Familie. Ich möchte niemanden beunruhigen, aber keine der Frauen sollte im Augenblick allein sein. Falls etwas geschehen sollte, wäre es gut, wenn jemand in der Nähe ist, der ärztliche Hilfe rufen kann. Offensichtlich war weder Edith noch Gifford dazu imstande. Ich weiß, worum ich da bitte ... Ja. Ja. Alle. Jede einzelne. Ja, wir sind in zehn Minuten bei Ihnen.«

Die beiden Männer verließen die Suite und nahmen die kurze Treppe zur Straße hinunter, statt auf den eleganten kleinen Aufzug zu warten.

»Was, zum Teufel, glauben Sie, ist da im Gange?« fragte Lark. »Ich meine, was hat das zu bedeuten – noch ein Todesfall wie bei Gifford Mayfair?«

Lightner antwortete nicht. Er sah grimmig und ungeduldig aus.

»Und, übrigens, haben Sie ein Supergehör? Woher wußten Sie, was er am Telefon zu mir gesagt hat?«

»Ein Supergehör«, murmelte Lightner unbestimmt.

Sie liefen zum Haupteingang hinaus und geradewegs in ein wartendes Taxi. Die Luft war immer noch kühl, aber es mischte sich ein bißchen balsamische Wärme hinein.

»Ich glaube, die Frage ist«, sagte Lightner, und wieder redete er ebenso mit sich selbst wie mit Lark, »was wir ihnen erzählen. Sie wissen ganz genau, was da im Gange ist. Sie wissen, daß es nichts mit einer genetischen Erkrankung zu tun hat, wenn man diese Worte nicht in ihrem weitesten Sinne verwenden will.«

Der Taxifahrer wendete und raste die Avenue hinunter, daß die beiden auf dem Ledersitz des Wagens ungemütlich gegeneinander geschleudert wurden.

»Ich kann Ihnen nicht folgen«, sagte Lark. »Nein, ich weiß nicht, was im Gange ist. Es ist irgendein Syndrom, ein toxischer Schock oder so was.«

»Ach, kommen Sie, Mann«, sagte Lightner. »Wir wissen es beide. Er versucht, sich mit ihnen zu paaren. Sie haben es mir doch selbst gesagt, oder? Rowan wollte wissen, ob sich die Kreatur mit Menschen oder mit ihr fortpflanzen könne. Sie wollte eine umfassende genetische Untersuchung des gesamten Materials.«

Lark war wie vom Donner gerührt. Er hatte nicht im Ernst an so etwas gedacht, und wieder wurde ihm klar, daß er nicht völlig sicher war, ob er an diese neue Spezies von Lebewesen glaubte, an dieses männliche Wesen, das Rowan Mayfair zur Welt gebracht hatte. Im Hinterkopf ging er immer noch davon aus, daß es für all das eine völlig »natürliche« Erklärung gab.

»Es ist ja natürlich«, sagte Lightner. »*Natürlich* ist ein trügerisches Wort. Ich frage mich, ob ich ihn je zu Gesicht bekommen werde, bevor meine Zeit um ist. Ich frage mich, ob er wirklich argumentieren kann, ob er menschliche Selbstbeherrschung besitzt, ob seinem Denken eine moralische Struktur innewohnt, vorausgesetzt, daß es ein Denken ist, wie wir es kennen . . .«

»Aber wollen Sie ernstlich andeuten, daß er diese Frauen überfällt?«

»Ja, natürlich«, sagte Lightner. »Es ist offensichtlich. Warum, glauben Sie, hat die Talamasca Giffords blutige Sachen an sich genommen? Er hat sie geschwängert, und sie hat das Kind verloren. Hören Sie, Dr. Larkin, Sie schenken mir jetzt besser reinen Wein ein. Ich habe Verständnis für Ihr wissenschaftliches Interesse und für Ihre Loyalität gegen Rowan. Aber es kann sein, daß wir Rowan nie wiedersehen werden.«

»O Gott.«

»Der springende Punkt ist: Sie sollten uns sagen, was Sie wissen. Wir müssen dieser Familie erklären, daß die Kreatur auf der Jagd ist! Wir haben keine Zeit mehr für vages Gerede über genetische Erkrankungen und genetische Untersuchungen. Wir haben keine Zeit mehr, großartig Daten zu sammeln. Ist Ihnen klar, daß diese Frau heute gestorben ist? Sie ist gestorben, während die Familie Gifford beerdigte!«

»Kannten Sie sie?«

»Nein. Aber ich weiß, daß sie fünfunddreißig Jahre alt war, von Natur aus zurückgezogen lebte und als Spinnerin galt. Ihre Großmutter Lauren Mayfair hielt nicht viel von ihr. Ja, ich bin ziemlich sicher, daß sie heute nachmittag zu ihr ging, um sie rundheraus zu schelten, weil sie nicht bei der Beerdigung ihrer Cousine war.«

»Na, da hatte sie jedenfalls eine gute Entschuldigung, nicht wahr?« sagte Lark. Sofort tat es ihm leid. »Gott, wenn ich doch nur den geringsten Hinweis darauf hätte, wo Rowan ist.«

»Was für ein Optimist Sie sind«, sagte Lightner erbittert. »Wir haben eine Menge Hinweise, nicht wahr, aber sie lassen alle nicht vermuten, daß Sie oder ich Rowan Mayfair je wiedersehen oder mit ihr sprechen werden.«

11

Die Nachricht erwartete ihn, als er sein Ticket nach New Orleans abholte. Rufen Sie sofort London an.

»Yuri, Anton will Sie sprechen.« Es war keine Stimme, die er kannte. »Er möchte, daß Sie in New York bleiben, bis Erich Stolov kommt. Erich kann sich morgen nachmittag dort mit Ihnen treffen.«

»Aus welchem Grund?« fragte Yuri. Wer war diese Frau? Er hatte die Stimme noch nie gehört, und doch redete sie, als kenne sie ihn.

»Er meint, Sie würden sich besser fühlen, wenn Sie mit Stolov sprechen.«

»Besser? Besser als was?«

Was ihn anging, so hatte er Stolov nichts zu sagen, was er nicht schon zu Anton Marcus gesagt hatte.

»Wir haben Ihnen ein Zimmer reserviert, Yuri«, sagte die Frau. »Ein Zimmer im St. Regis. Erich meldet sich morgen nachmittag bei Ihnen. Sollen wir Ihnen einen Wagen schicken? Oder nehmen Sie ein Taxi?«

Yuri überlegte. In knapp zwanzig Minuten würde die Airline seinen Flug aufrufen. Er warf einen Blick auf das Ticket. Er wußte nicht, was er dachte oder fühlte. Sein Blick wanderte durch die weitläufige Flughafenhalle und über das bunte Treiben der Passagiere. Koffer, Kinder, rundschultriges Personal in Uniform. Zeitungen in einem dunklen Plastikkasten. Flughäfen der Welt. An seiner Umgebung hätte er nicht erkannt, ob er in Washington DC oder in Rom war. Keine Spatzen. Das bedeutete, er war nicht in Kairo. Aber es hätte Frankfurt sein können oder L. A.

Inder, Araber, Japaner gingen an ihm vorbei. Und die zahllosen unklassifizierten Individuen, die ebensogut Kanadier, Amerikaner oder Briten wie Australier, Deutsche oder Franzosen sein konnten – wer wollte das wissen?

»Sind Sie noch da, Yuri? Bitte gehen Sie ins St. Regis. Erich will mit Ihnen sprechen und Sie persönlich über den neuesten Stand der Ermittlungen informieren. Anton ist sehr besorgt.«

Ah, das war es – der versöhnliche Tonfall, der den Eindruck erwecken sollte, er habe keinen Befehl mißachtet, sei nicht einfach davonspaziert. Die seltsame Vertraulichkeit und Höflichkeit einer Person, die er nicht einmal kannte.

»Anton brennt darauf, mit Ihnen zu sprechen«, sagte sie. »Er wird betrübt sein, wenn er erfährt, daß Sie angerufen haben, während er weg war. Erlauben Sie mir, ihm zu sagen, Sie seien ins St. Regis gegangen. Wir können Ihnen einen Wagen besorgen. Das ist kein Problem.«

Als ob er das nicht wüßte. Als hätte er nicht schon tausendmal ein Flugzeug, tausendmal ein Auto genommen, als wäre er nicht schon in tausend Hotelzimmern abgestiegen, die ihm der Orden besorgt hatte. Als wäre er kein Deserteur...

Nein, hier stimmte etwas nicht. Sie waren niemals grob, niemals, aber so sprachen sie nicht mit Yuri, der ihre Gewohnheiten genau kannte. War das der Tonfall für die Wahnsinnigen, die das Mutterhaus ohne Erlaubnis verließen? Für Leute, die nach Jahren des Gehorsams, des Engagements und der Gefolgschaft plötzlich einfach zur Tür hinausgingen?

Sein Blick verharrte bei einer Gestalt – einer Frau, die hinten an der Wand stand. Turnschuhe, Jeans, Wolljacke. Unauffällig, bis auf das kurze dunkle Haar. Zurückgebürstet, ziemlich hübsch. Kleine Augen. Sie rauchte eine Zigarette, hielt aber die Hände in den Taschen, so daß die Zigarette zwischen ihren Lippen hing. Sie sah ihn an. Und er verstand. Verstand nur teilweise, aber es genügte. Er senkte den Blick und murmelte, er werde es sich überlegen, ja, und wahrscheinlich werde er ins St. Regis gehen und dann von dort aus wieder anrufen.

»Oh, ich bin so erleichtert, das zu hören«, sagte die warme, einschmeichelnde Stimme. »Anton wird sich sehr freuen.«

»Darauf wette ich.« Er hängte ein, nahm seine Tasche und ging durch die Halle. Er sah die Nummern der einzelnen Gates nicht, und auch nicht die Namen der Imbißstände, der Buchläden, der Souvenirgeschäfte. Er ging und ging. Irgendwann wandte er sich nach links und ging weiter bis zu einem großen Gate am Ende dieses Terminal-Zweigs; dort machte er auf dem Absatz kehrt und ging sehr schnell den Weg zurück, den er gekommen war.

Er wäre beinahe mit ihr zusammengeprallt, so dicht war sie hinter ihm. Er stand ihr von Angesicht zu Angesicht gegenüber, und sie trat erschrocken zur Seite. Fast wäre sie gestolpert. Sie wurde rot. Einmal schaute sie sich noch um, als sie in einen kleinen Korridor hinunterlief; dann verschwand sie durch eine Betriebstür, und er sah sie nicht mehr. Er wartete. Sie kam nicht zurück. Sie wollte nicht, daß er sie noch einmal sah oder in ihre Nähe kam. Er spürte, daß seine Nackenhaare sich sträubten.

Ein Instinkt riet ihm, das Flugticket umzutauschen, zu einer anderen Airline zu gehen und auf einer anderen, weniger offenkundigen Strecke zu reisen. Er würde nach Nashville fliegen, dann nach Atlanta, und von dort aus nach New Orleans. Das würde länger dauern, aber er würde auch schwerer zu verfolgen sein.

Er blieb an einer Telefonzelle stehen und schickte ein Telegramm an sich selbst ins Hotel St. Regis, das man ihm aushändigen sollte, wenn er käme, was natürlich nicht geschehen würde.

Es war kein Spaß für ihn. Er war schon in verschiedenen Ländern von Polizisten verfolgt worden. Einmal war ein wütender und bösartiger junger Mann hinter ihm her gewesen. Ein paarmal war er sogar in Kneipenschlägereien geraten, wenn seine Arbeit ihn zum Abschaum der Slums oder der Hafenstädte geführt hatte. Einmal hatte die Polizei in Paris ihn verhaftet, aber das hatte sich aufklären lassen.

Mit solchen Dingen wurde er fertig.

Aber was war jetzt im Gange?

Er hatte ein schreckliches Gefühl im Bauch, eine Mischung aus Mißtrauen und Zorn, ein Gefühl des Verratenseins und des Verlustes. Er mußte mit Aaron reden. Aber er hatte keine Zeit, ihn anzurufen. Außerdem, wie konnte er ihn jetzt damit belasten? Er wollte zu Aaron, um ihm zur Seite zu stehen, nicht, um ihn mit irgendeiner wirren Geschichte durcheinanderzubringen, weil ihn jemand am Flughafen verfolgt hatte und weil er am Telefon eine Stimme aus London nicht erkannt hatte.

Eine Sekunde lang fühlte er sich versucht, in London anzurufen und Anton zu verlangen, um ihn zu fragen, was los war und wer diese Frau war, die ihn hier am Flughafen beschattete.

Aber dann hatte er nicht den Mut dazu, nicht das Vertrauen darauf, daß es klappen würde.

Das war das Furchtbare. Er hatte überhaupt kein Vertrauen mehr, daß etwas dabei herauskommen würde. Es war etwas passiert. Etwas hatte sich verändert.

Sein Flug wurde aufgerufen. Er schaute umher und sah sie nirgends. Aber das hatte nichts zu bedeuten. Er wandte sich um und ging an Bord.

In Nashville fand er einen Informationsschalter mit einem Faxgerät. Er schrieb einen langen Brief an die Ältesten direkt unter der Amsterdamer Nummer und berichtete ihnen, was passiert war. »Ich werde wieder Kontakt mit Ihnen aufnehmen. Ich bin loyal. Ich bin vertrauenswürdig. Ich verstehe nicht, was geschehen ist. Sie müssen mir persönlich eine Erklärung dafür geben, daß Sie mir verboten haben, mit Aaron Lightner zu sprechen; Sie müssen mir sagen, wer die Frau in London war und warum ich verfolgt werde. Ich habe nicht vor, mein Leben zum Fenster hinauszuwerfen. Ich mache mir Sorgen um Aaron. Wir sind Menschen. Was erwarten Sie von mir?«

Er las alles noch einmal durch. Es paßte zu ihm: sehr melodramatisch, genau die Art, die sie manchmal veranlaßte, eine humorvolle Bemerkung zu machen oder ihm den Kopf zu tätscheln. Ihm war plötzlich übel.

Er gab den Brief zusammen mit einem Zwanziger dem Mann hinter der Theke. »Schicken Sie das in drei Stunden ab. Nicht früher.« Der Mann versprach es ihm. Bis dahin würde Yuri nicht mehr in Atlanta sein.

Er sah die Frau noch einmal; es war dieselbe Frau in der Wolljacke und mit der Zigarette im Mund. Sie stand an der Information und starrte ihn kühl an, als er die Maschine nach Atlanta bestieg.

12

Habe ich mir das selbst angetan? Endet es so für mich, weil ich selbstsüchtig und eitel war? Wieder schloß sie die Augen, um das weite, leere Viereck des Zimmers nicht mehr sehen zu müssen. Steril und weiß blitzte es vor ihren Lidern. Michael, dachte sie. Sie sprach seinen Namen im Dunkeln: »Michael«, und sie versuchte, ihn vor sich zu sehen, ihn wie ein Bild im Computer ihres Geistes aufzurufen. Michael, den Erzengel.

Sie lag still und versuchte, sich nicht zu sträuben, nicht zu wehren, sich nicht anzuspannen, nicht zu schreien. Einfach dazuliegen, als sei es ihre eigene Entscheidung, auf diesem dreckigen Bett zu liegen, die Hände mit Schlaufen von Plastikklebstreifen an das Kopfende gefesselt. Sie hatte alle ihre Versuche aufgegeben, den Klebstreifen zu zerreißen.

Aber gestern am späten Abend war es ihr gelungen, den linken Fußknöchel freizubekommen; sie wußte nicht genau, wie. Sie hatte aus dem Klebstreifen herausrutschen können, der sich zu einer dicken, schlechtsitzenden Manschette verhärtet hatte. Und mit dem einen freien Fuß hatte sie in den langen Stunden der Nacht ihre Position ein paarmal verändern und langsam das oberste Bettlaken herauszerren können, das steif war von Urin und Erbrochenem, und sie hatte es hinunter und vom Bett schieben können.

Natürlich waren die Laken darunter genauso verdreckt. Lag sie seit drei oder seit vier Tagen hier? Sie wußte es nicht, und das machte sie wütend. Wenn sie nur an den Geschmack von Wasser dachte, wurde sie wahnsinnig.

Es konnte durchaus schon der vierte Tag sein.

Sie versuchte sich zu erinnern, wie lange ein Mensch ohne Nahrung und Wasser überleben konnte. Sie sollte es wissen. Jeder Neurochirurg sollte etwas so Einfaches wissen.

Sie durchforstete ihre Erinnerungen an heldenhafte Geschichten, die sie gelesen hatte, wunderbare Erzählungen von Leuten, die nicht verhungert waren, während andere ringsumher verschmachteten, die meilenweit durch schweres Schneegestöber gewandert waren, wo andere gestorben wären. Sie hatte einen starken Willen. Das stimmte. Aber etwas anderes bei ihr war ganz und gar nicht in Ordnung. Sie hatte sich übergeben, als er sie hier festgebunden hatte. Sie hatte sich ein paarmal übergeben, seit sie zusammen aus New Orleans weggegangen waren. Übelkeit, Schwindelgefühle – selbst wenn sie flach auf dem Rücken lag, hatte sie manchmal das Gefühl, zu fallen – und Gliederschmerzen.

Sie wand sich herum und bewegte die Arme, so gut sie konnte, ein kleines bißchen, auf und ab, auf und ab, und sie krümmte und streckte das freie Bein und drehte das andere in der Klebstreifenfessel. Würde sie aufstehen können, wenn er zurückkäme?

Und dann der naheliegende Gedanke: Wenn er nun nicht zurückkommt? Wenn er beschließt, nicht mehr herzukommen, oder wenn ihn etwas daran hindert? Er tappte dort draußen umher wie ein Wahnsinniger, berauscht von allem, was er sah, und ohne Zweifel beging er ohne Unterlaß seine typischen, komischen Fehleinschätzungen. Na, es gab eigentlich nicht viel zu überlegen: Wenn er nicht zurückkäme, würde sie sterben.

Niemand würde sie hier je finden.

Es war ein völlig abgeschiedener Ort. Ein leerstehendes Bürogebäude zwischen Hunderten von anderen – ein unvermietetes, unerschlossenes Bürogebäude, das sie sich selbst als Versteck ausgesucht hatte, tief im Herzen dieser ausgewucherten, häßlichen Südstaatenmetropole, einer Stadt, die vollgestopft war mit Krankenhäusern und Kliniken und medizinischen Bibliotheken, in der sie sich versteckt hatten, während sie ihre Experimente durchführten, wie zwei Blätter an einem Baum.

Dieser Raum war dunkel. Er hatte die Lampen abgerissen. Und im Laufe der Tage hatte sich das als eine Gnade erwiesen.

Wenn es dunkel wurde, sah sie die dicht beieinanderstehenden, reizlosen Wolkenkratzer durch die breiten Fenster. Manchmal ließ die ersterbende Sonne die silbrigen Glasbauten leuchten, als ständen sie in Flammen, und vor einem rubinroten Himmel stiegen hohe, dichte, endlos wallende Wolken empor.

Sie fing wieder an zu träumen, Gott sei Dank, und sie stellte sich vor, sie und Michael wären vereint, und sie spazierten gemeinsam über das Feld in Donnelaith, und sie erklärte ihm alles ...

»Es war eine Fehleinschätzung nach der anderen. Ich hatte immer nur bestimmte Wahlmöglichkeiten. Aber der Fehler lag in meinem Stolz – zu glauben, daß ich diese Sache bewältigen, daß ich damit fertig werden könnte. Es war immer der Stolz. Die Geschichte der Mayfair-Hexen besteht aus Stolz. Aber dies begegnete mir eingehüllt in die Geheimnisse der Naturwissenschaft. Wir haben eine so schrecklich, schrecklich falsche Vorstellung von Naturwissenschaft. Wir glauben, dabei dreht es sich um das Klare, das Präzise, das Bekannte; aber sie ist eine grauenhafte Reihe von Toren zu einem Unbekannten, das ebenso gewaltig ist wie das Universum – also endlos. Und ich wußte das. Ich wußte es und habe es vergessen. Das war mein Fehler.«

Sie stellte sich das Gras vor, beschwor die Ruinen herauf, sah die hohen, zerbrechlichen grauen Bögen der Kathedrale, die sich aus dem Glen erhoben, und es war, als sei sie wirklich dort und frei.

Ein Geräusch ließ sie zusammenzucken.

Es war der Schlüssel im Schloß.

Sie lag still und reglos. Ja, der Schlüssel drehte sich. Die Außentür wurde laut und furchtlos zugeschlagen, und dann hörte sie seinen Schritt auf dem Fliesenboden. Sie hörte ihn pfeifen, summen.

O Gott, danke, Gott.

Noch ein Schlüssel. Noch ein Schloß, und dieser Duft, sein weicher, guter Duft, als er auf das Bett zukam.

Sie bemühte sich, Haß zu fühlen, davon starr zu werden, dem mitfühlenden Ausdruck in seinem Gesicht zu widerstehen, seinen großen glitzernden Augen. Sein Bart war jetzt sehr schwarz und dicht; er sah aus wie der eines Heiligen auf einem Bild. Seine Stirn war von erlesener Form.

Ja, ein schönes Ding, unbestreitbar wunderschön. Vielleicht war er auch gar nicht da. Vielleicht träumte sie. Vielleicht bildete sie sich nur ein, daß er endlich zurückgekommen war.

»Nein, mein Liebling, meine Geliebte, ich liebe dich«, flüsterte er. Oder nicht?

Als er sich näherte, merkte sie, daß sie auf seinen Mund schaute. Eine kaum merkliche Veränderung war mit seinem Mund vor sich gegangen. Es war jetzt mehr ein Männermund, rosig und von entschlossener Form. Ein Mund mußte so sein, wenn er bestehen wollte unter dem dunkel glänzenden Schnurrbart und den krausen, kurzen Locken des Bartes.

Sie wandte sich ab, als er sich niederbeugte. Seine warmen Finger schlangen sich um ihre Oberarme, und seine Lippen streiften ihre Wange. Er berührte ihre Brüste mit seiner großen Hand, rieb die Warzen, und das unwillkommene Gefühl durchrieselte sie. Kein Traum. Seine Hände. Sie hätte das Bewußtsein verlieren können, um es auszusperren. Aber sie war da, hilflos, und sie konnte es nicht verhindern.

Es war so erniedrigend, diese jähe, überschwengliche Freude darüber zu empfinden, daß er hier war, unter seinen Berührungen in Glut zu geraten, als wäre er ein Liebhaber, kein Kerkermeister, und sich aus ihrer Isolation jeglicher Art von Freundlichkeit oder Zärtlichkeit bewußtlos entgegenzuheben, die der Wärter ihr bot.

»Mein Liebling, mein Liebling.« Sein Kopf ruhte auf ihrem Bauch, und er rieb das Gesicht an ihrer Haut, ohne auf das schmutzige Bett zu achten, und summte, wisperte und stieß dann einen lauten Schrei aus; er richtete sich auf und fing an zu tanzen, immer rundherum, einen Jig, das Bein erhoben, singend, klatschend. Es war, als sei er in Ekstase! Oh, wie oft hatte sie ihn dabei schon beobachtet, aber noch nie mit soviel Genuß. Und was für ein wunderliches Spektakel das war. So zart waren die langen Arme, die geraden Schultern; seine Handgelenke schienen doppelt so lang wie die eines normalen Mannes.

Sie schloß die Augen, und vor den dunklen Lidern hörte die Gestalt nicht auf, umherzuhüpfen und zu wirbeln. Sie hörte das Stampfen seiner Füße auf dem Teppich und das Perlen seines entzückten Gelächters.

»Gott, warum bringt er mich nicht um?« flüsterte sie.

Er wurde still, und er beugte sich wieder über sie.

»Es tut mir leid, mein Liebling, meine Liebe. Es tut mir leid.« Oh, diese hübsche Stimme. Die dunkle Stimme. »Ich wollte nicht so lange wegbleiben«, sagte er. »Ich habe ein bitteres, herzzerreißendes Abenteuer erlebt.« Seine Worte kamen jetzt schneller aus seinem Mund. Und dann verfiel er wie immer in Raunen und Summen, wiegte sich auf den Füßen vor und zurück, summte und murmelte, oder war es ein Pfeifen, das da aus seinen trockenen Lippen kam, ein feines Pfeifen?

Er kniete nieder, als sei er zusammengebrochen. Wieder legte er seinen Kopf auf ihren Leib; seine warme Hand baumelte zwischen ihren Beinen an ihrem Geschlecht, wiederum ohne auf den Schmutz im Bett zu achten, und er küßte die Haut ihres Bauches. »Mein Liebling, meine Liebe.«

Sie konnte einen Aufschrei nicht unterdrücken.

»Laß mich los, laß mich aufstehen. Ich liege hier im Dreck. Sieh doch, was du mit mir gemacht hast.« Und dann schnürte der Zorn ihr die Stimme ab, und sie lag bewegungslos und stumm da, vor Wut wie gelähmt. Wenn sie ihn kränkte, würde er womöglich stundenlang schmollen. Er würde vielleicht am Fenster stehen und weinen. Sei still. Sei clever.

Er stand da und betrachtete sie.

Dann zog er sein Messer hervor, klein und blitzend wie seine Zähne. So schnell durchschnitt er den Klebstreifen! Nichts dabei – der spindeldünne Riese beugte sich über sie – zipp, zipp, zipp.

Ihre Arme waren frei. Gefühllos, unbrauchbar, frei. Mit aller Kraft und Willensanstrengung versuchte sie, sie zu heben. Auch das rechte Bein konnte sie nicht rühren.

Sie fühlte seine Arme unter sich. Er hob sie hoch, richtete sich mit ihr auf, rollte sie gegen seine Brust.

Sie weinte. Sie schluchzte. Frei von diesem Bett, frei . . . wenn sie nur die Kraft hätte, ihm die Arme um den Hals zu schlingen und . . .

»Ich werde dich baden, mein Liebling, mein armer lieber Liebling«, sagte er. »Meine arme, geliebte Rowan.« Tanzten sie im Kreis herum? Oder war ihr nur so schwindelig? Sie roch das Badezimmer – Seife, Shampoo, saubere Sachen.

Er legte sie in die kalte Porzellanwanne, und dann spürte sie den ersten Strahl des heißen Wassers. »Nicht zu heiß«, wisperte sie. Die grellweißen Kacheln bewegten sich, marschierten ringsumher an den Wänden hinauf.

»Nein, nicht zu heiß«, sagte er. Seine Augen waren größer, strahlender, die Lider besser konturiert als beim letzten Mal, da sie sie gesehen hatte; die Wimpern waren kürzer, aber immer noch üppig und kohlschwarz. Sie nahm es zur Kenntnis, als tippe sie es in einen Computer ein. Vollendet? Wer konnte das sagen? Wem würde sie ihre Erkenntnisse je übergeben können? Lieber Gott, wenn Larkin das Paket nicht bekommen hatte...

»Keine Angst, mein Liebling«, sagte er. »Wir werden gut zueinander sein. Wir werden einander lieben. Du wirst mir vertrauen. Du wirst mich wieder lieben. Du hast keinen Grund, zu sterben, Rowan, überhaupt keinen Grund, mich zu verlassen. Rowan, liebe mich.«

Sie lag da wie tot und konnte ihre Glieder nicht rühren. Das Wasser umwirbelte sie. Er knöpfte ihre weiße Bluse auf, zog die Hose herunter. Das Wasser rauschte und zischte und war so warm. Und der schmutzige Geruch löste sich auf. Er schleuderte die schmutzigen Kleider weg.

Es gelang ihr, die rechte Hand zu heben, an ihrem Slip zu zerren und zu reißen, aber sie bekam ihn nicht herunter. Er war ins andere Zimmer gegangen. Sie hörte, wie die Laken vom Bett gerissen wurden; es war erstaunlich, was für Geräusche der Verstand zur Kenntnis nahm – Laken, die auf einen Haufen geworfen wurden. Wer hätte gedacht, daß so etwas überhaupt Geräusche macht? Und doch kannte sie es genau, und sie erinnerte sich töricht an einen Nachmittag zu Hause in Kalifornien, als ihre Mutter die Betten frisch bezogen hatte – genau die gleichen Geräusche waren das gewesen.

Eine Plastikverpackung wurde aufgerissen; ein frisches Laken fiel auseinander, wurde aufgeschüttelt, so daß die Falten sich lösten, bevor es auf dem Bett landete.

Sie rutschte herunter, und das Wasser stieg ihr bis zu den Schultern. Wieder versuchte sie, die Arme zu benutzen; sie drückte und stemmte sich gegen die Kacheln und konnte sich aufrichten.

Er stand neben ihr; er hatte seine schwere Jacke ausgezogen und trug einen schlichten Rollkragenpullover, und wie immer sah er erschreckend dünn aus. Aber er war stark und stattlich trotz seiner Magerkeit und hatte nichts von der verspannten, neurotischen Betretenheit der sehr Dünnen, Untergewichtigen, Übergroßen. Sein Haar war inzwischen so lang, daß es seine Schultern bedeckte. Es war so schwarz wie Michaels Haar, und je länger es wurde, desto weicher wurden die Locken, so daß es nun fast wellig aussah. In dem Dampf, der aus der Wanne stieg, kräuselte sich das Haar an seinen Schläfen ein wenig, und sie sah einen glitzernden Schimmer auf seiner scheinbar porenlosen Haut, als er sich niederbeugte, um sie zu liebkosen.

Er lehnte sie an die Rückwand der Badewanne, hob sein kleines Messer – ach, könnte sie wagen, danach zu greifen! – und schnitt ihren Slip auf, zog ihn aus dem sprudelnden Wasser und warf ihn beiseite. Dann kniete er neben der Wanne nieder.

Er sang wieder, schaute sie an und sang oder summte, oder was es sonst war, was er da hervorbrachte – dieser seltsame Klang, der sie fast an die Zikaden erinnerte, die man abends in New Orleans hörte.

Sein Gesicht war schmaler als vor ein paar Tagen noch, männlicher vielleicht – das war das Geheimnis. Seine Wangen hatten die letzten Rundungen verloren. Auch seine Nase war etwas schmaler geworden, runder an der Spitze, feiner. Aber sein Kopf war immer noch genauso groß.

Sein Kopf. War da immer noch die weiche Stelle in der Schädeldecke? Wie lange würde der Schädel brauchen, um sich zu schließen? Sie vermutete, daß das Wachstum sich verlangsamt, aber nicht aufgehört hatte.

»Wo bist du gewesen?« fragte sie. »Warum hast du mich allein gelassen?«

»Du hast mich dazu gebracht«, sagte er seufzend. »Du hast mich mit deinem Haß dazu gebracht, zu gehen. Und ich mußte auch wieder in die Welt hinausgehen, um Dinge zu lernen. Ich mußte die Welt sehen. Ich mußte wandern. Ich mußte meine Träume bauen. Ich kann nicht träumen, wenn du mich haßt. Wenn du mich anschreist und mich quälst.«

»Warum tötest du mich nicht?«

Sein Blick wurde traurig. Er wischte ihr mit dem warmen, zusammengefalteten Waschlappen durch das Gesicht, über die Lippen.

»Ich liebe dich«, sagte er. »Ich brauche dich. Die Welt wird bald uns gehören, mein Liebling, und du wirst meine Königin sein, meine schöne Königin. Wenn du mir nur helfen wolltest.«

»Helfen? Wobei?« fragte sie.

Sie sah ihn an und schöpfte tief aus ihrem Haß und ihrer Wut, und mit aller Macht versuchte sie, eine unsichtbare, tödliche Kraft gegen ihn zu richten. Die Zellen zerschmettern, die Adern zerschmettern, das Herz zerschmettern. Sie mühte und mühte sich, und dann sank sie erschöpft in die Wanne zurück.

Im Laufe ihres Lebens hatte sie mit solchem Haß unabsichtlich mehrere Menschen getötet, aber ihn konnte sie nicht töten. Er war zu stark.

Er beugte sich nieder und küßte sie wieder. Sie wandte sich ab. Ihr Haar war jetzt naß. Sie wollte sich ins Wasser hinuntergleiten lassen, aber sie fürchtete, nicht allein wieder hochzukommen. Er drückte den Waschlappen in der Hand aus und fing wieder an, sie zu waschen. Er wusch sie von oben bis unten. Er ließ ihr das Wasser ins Haar rinnen und wusch es ihr aus der Stirn.

Sie war an seinen Geruch so sehr gewöhnt, daß sie ihn eigentlich gar nicht mehr wahrnahm; sie empfand nur das warme Gefühl seiner Nähe und ein tiefes, enervierendes Verlangen nach ihm. Natürlich – Verlangen nach ihm.

»Laß mich dir wieder vertrauen, sag mir, daß du mich wieder liebst«, beschwor er sie, »und ich bin dein Sklave, nicht dein Gefängniswärter. Ich schwöre es dir, meine Liebe, meine Strahlende, meine Rowan. Unser aller Mutter.«

Sie gab keine Antwort. Er hatte sich aufgerichtet.

»Ich werde alles für dich saubermachen«, sagte er, stolz wie ein Kind. »Ich werde alles reinigen und frisch machen und schön. Ich habe Sachen für dich gekauft. Neue Kleider. Ich habe Blumen mitgebracht. Ich werde unseren geheimen Ort in eine Laube verwandeln. Es wartet alles bei den Aufzügen. Du wirst so überrascht sein.«

»Meinst du?«

»O ja, du wirst dich freuen, wart's nur ab. Du bist nur müde und hungrig. Ja, hungrig. Oh, du mußt etwas essen.«

»Und wenn du mich wieder alleinläßt, fesselst du mich dann mit einem weißen Satinband?« Wie schroff ihre Stimme klang, wie absolut verächtlich. Sie schloß die Augen. Ohne nachzudenken, hob sie die rechte Hand und berührte ihr Gesicht. Ja, die Muskeln und Gelenke funktionierten allmählich wieder.

Er ging hinaus, und sie fing mit einiger Mühe den schwimmenden Waschlappen ein und begann sich zu waschen. Das Badewasser war schmutzig. Zuviel Dreck. Flocken von menschlichen Exkrementen, ihren Exkrementen, schwammen auf der Wasseroberfläche. Wieder wurde ihr übel, und sie ließ sich zurücksinken, bis es vorüber war. Dann beugte sie sich vor, daß ihr Rücken weh tat, und zog den Stöpsel heraus; ihre Finger waren immer noch gefühllos und schwach und unbeholfen, und sie drehte den flutenden Hahn auf, um die winzigen, krausen Schmutzkrusten abzuspülen.

Sie lehnte sich zurück und fühlte die Kraft des Wassers, das sie umströmte und zu ihren Füßen aufschäumte; sie atmete tief und befahl erst der rechten, dann der linken Hand, sich zu krümmen und zu strecken, dann dem rechten, dann dem linken Fuß. Dann begann sie mit diesen Übungen von vorn. Das Wasser wurde heißer, und es war behaglich so. Das Rauschen übertönte alle Geräusche aus dem anderen Zimmer. Sie trieb in diesen Augenblicken des reinen und gedankenlosen Wohlbehagens, den letzten Augenblicken des Wohlbehagens, die sie vielleicht je erleben würde.

Und so war es geschehen:

Weihnachten, und die Sonne schien auf den Boden im Salon, und sie lag auf dem chinesischen Teppich in einer Lache ihres eigenen Blutes, und er saß neben ihr – neugeboren, staunend, unfertig.

Aber menschliche Säuglinge werden ja auch unfertig geboren, weit weniger vollendet, als er es gewesen war. So mußte man es sehen. Er war einfach viel vollendeter als ein menschliches Baby. Kein Ungeheuer, nein.

Sie half ihm gehen und stehen und bewunderte seine Sprechversuche und sein klingendes Lachen. Er war weniger schwach als unkoordiniert. Er schien alles zu erkennen, was er sah, und es korrekt zu benennen, sobald er den ersten Schock hinter sich gebracht hatte.

Er roch wie ein neugeborenes Baby. Er fühlte sich an wie ein neugeborenes Baby, nur daß die Muskulatur schon da war, und er wurde mit jeder Minute stärker.

Dann war Michael gekommen. Und es hatte den schrecklichen Kampf gegeben.

Sie war sich sicher, daß er Michael getötet hätte, wenn sie ihn nicht vom Kampfplatz weggezerrt hätte. Halb lockend, halb mit Gewalt hatte sie ihn in den Wagen gebracht; die Alarmanlage hatte kreischend um Hilfe geschrien, und sie hatte seine wachsende Angst vor diesem Geräusch und seine zunehmende Verwirrung ausgenutzt. Wie haßte er laute Geräusche.

Auf dem ganzen Weg zum Flughafen hatte er darüber geredet, wie alles aussah – die scharfen Konturen, das absolut lähmende Gefühl, genauso groß zu sein wie andere Menschen, und wie es war, aus dem Autofenster zu schauen und einen anderen Menschen auf gleicher Höhe zu sehen. In jenem anderen Reich hatte er von oben gesehen, oder sogar von innen, aber fast nie aus menschlicher Perspektive.

Seine Stimme war beredt, ganz wie ihre eigene oder wie Michaels; sie war akzentfrei und verlieh den Worten eine eher lyrische Dimension, und er lachte ständig.

Am Flughafen mußte sie ihn daran hindern, ständig an ihrem Haar und ihrer Haut zu schnuppern und zu versuchen, sie zu küssen. Aber inzwischen war sein Gang schon perfekt gewesen. Er rannte aus reinem Spaß am Laufen durch die Halle. Er sprang in die Höhe. Im Bann eines Radios, an dem sie vorüberkamen, hatte er sich hin und her gewiegt – eine Trance, die sie wieder und wieder erleben würde.

Sie nahm das Flugzeug nach New York, weil es gerade startete. Sie wäre überall hingeflogen, nur um von dort zu entkommen. Sie war von wilder Panik erfüllt, von dem Wunsch, ihn vor jedermann auf der ganzen Welt zu beschützen, bis sie ihn beruhigen und feststellen konnte, was er wirklich war; sie empfand Besitzergefühle und rasende Erregung, Angst und wilde Ambitionen. Sie hatte dieses Ding geboren; sie hatte es geschaffen. Sie würden es nicht in die Finger bekommen, es ihr wegnehmen, einsperren. Aber sie wußte, daß sie nicht geradlinig dachte. Sie war krank und geschwächt von der Geburt. Am

Flughafen war sie ein paarmal fast ohnmächtig geworden. Er hielt sie im Arm, als sie ins Flugzeug stiegen, und flüsterte ihr hastig ins Ohr, kommentierte unablässig alles, was sie im Vorübergehen sahen, und ergänzte es mit planlosen Erläuterungen zu Dingen aus der Vergangenheit.

»Ich erkenne alles. Ich erinnere mich noch, weißt du, wie Julien sagte, dies sei das Zeitalter der Wunder, und wie er voraussagte, daß genau die Maschinen, die sie als so lebensnotwendig empfanden, innerhalb eines Jahrzehnts veraltet sein würden. Sieh dir die Dampfschiffe an, sagte er, und wie schnell die Eisenbahn ihren Platz eingenommen hat. Und schon fahren die Leute in Automobilen herum. Er wußte das alles; er wäre von diesem Flugzeug entzückt gewesen, weißt du. Ich verstehe, wie das Triebwerk funktioniert . . .«

. . . und so war es immer weiter gegangen; von Zeit zu Zeit hatte sie versucht, ihn zum Schweigen zu bringen, und schließlich hatte sie ihn dazu ermuntert, es mit Schreiben zu versuchen, da sie so erschöpft war, daß sie nicht mehr verstand, was er da redete. Er konnte nicht schreiben; er hatte den Stift nicht in der Gewalt. Aber er konnte lesen, und sofort las er jedes Stück Geschriebenes, das er in die Hand bekam.

In New York verlangte er einen Kassettenrecorder, und sie schlief in einer Suite im Helmsley Palace ein, während er auf und ab ging, hin und wieder Kniebeugen vollführte oder die Arme streckte und in seinen Recorder sprach. »Ich mag die Kälte nicht. Ich weiß noch nicht, ob ich hungrig bin oder nicht. Rowan muß essen; Rowan ist schwach, und sie riecht krank . . .«

Die erotischste aller Empfindungen hatte sie geweckt; sein Mund an ihrer Brust saugte so fest an ihrer Brustwarze, daß es beinahe weh tat. Sie hatte geschrien, die Augen geöffnet und seinen Kopf dort gefühlt und seine Finger auf ihrem Bauch, während er saugte und saugte. Ihre Brust war hart und voll; auch die linke, die sie selbst in der Hand hielt, fühlte sich an wie aus Marmor.

Für einen Augenblick war sie in Panik geraten. Sie hatte um Hilfe schreien wollen. Sie hatte ihn beiseite gestoßen und ihm versichert, sie werde gleich etwas zu essen für sie beide bestellen. Nach diesem Anruf hatte sie weitertelefonieren wollen.

»Wozu?« hatte er wissen wollen. Sein Babygesicht war bereits ein wenig länglicher geworden, und seine blauen Augen wirkten nicht mehr so rund, als ob die Lider sich ein Stückchen senkten und natürlicher aussahen.

Er hatte ihr den Telefonhörer aus der Hand gerissen. »Ruf niemanden an.«

»Ich will wissen, ob es Michael gut geht.«

»Das ist ohne Bedeutung. Wohin werden wir gehen? Was werden wir tun?«

Sie war so müde, daß sie kaum die Augen offenhalten konnte. Er hob sie mühelos hoch, trug sie ins Bad und sagte, er müsse den Geruch von ihr abwaschen – den Geruch von Krankheit und Geburt und Michael. Vor allem von Michael, seinem »Vater wider Willen«. Von Michael, dem Iren.

Und irgendwann, als sie in der Badewanne einander gegenübersaßen, überkam sie einen Augenblick lang ein grenzenloses Grauen. Es war, als sei mit ihm das Wort im absoluten Sinne Fleisch geworden; er starrte sie an, und sein Gesicht war auf eine gesunde, rosige Weise rund und hell wie das eines Säuglings, seine Augen blickten sie staunend an, und seine Lippen kräuselten sich zu einem überirdischen Lächeln. Er hatte kein Haar auf der Brust. Fast hätte sie wieder angefangen zu schreien.

Das Essen war gekommen. Er wollte wieder ihre Milch, und er hielt sie im Bad fest und saugte an ihr, tat ihr weh, bis sie aufschrie.

Die Kellner nebenan würden es hören, sagte sie, und er solle aufhören. Er wartete, bis das Klappern der silbernen Kuppeln vorüber war. Dann saugte er heftig an ihrer anderen Brust; es war ein vollkommenes Gleichgewicht zwischen Schmerz und Lust, dieses brennende, kribbelnde Gefühl, das von ihren Brustwarzen ausstrahlte, vom Schmerz in ihren Brustwarzen. Sie flehte ihn an, behutsam zu sein.

Er erhob sich auf allen vieren über ihr im Wasser, und sein Schwanz war dick und leicht gekrümmt. Er hielt ihr den Mund zu und schob ihr sein Organ zwischen die Beine. Sie war wund von der Geburt, aber sie schlang ihm die Arme um den Hals, und es war, als müsse sie sterben vor Lust.

In Frotteemäntel gehüllt, lagen sie auf dem Boden und taten es wieder und wieder. Schließlich rollte er sich auf den Rücken und redete von der endlosen Dunkelheit und dem Gefühl des Verlorenseins und von Mary Beth und ihrer warmen Glut. Von Marie Claudette und ihrem machtvollen Feuer. Von Angéliques Strahlen und Stellas schwindelerregendem Glanz. Seine Hexen, seine Hexen! Er erzählte, wie er sich immer um Suzannes Körper gesammelt und ihr Schaudern gespürt und gewußt hatte, was sie fühlte; jetzt aber habe er ein klares und separates Empfinden ganz für sich, und das sei unendlich viel machtvoller, süßer, reicher. Das Fleisch, sagte er, sei den Preis des Todes wert.

»Glaubst du, du wirst sterben wie jeder andere auch?« fragte sie.

»Ja«, sagte er und schwieg, aber nur für einen Moment. Dann begann er zu singen oder zu summen oder beides in seltsamer Mischung hervorzubringen und damit Melodiefetzen zu imitieren, die ihr bekannt vorkamen.

Sie untersuchte seine Zähne. Sie waren makellos, und er hatte so viele wie ein erwachsener Mensch. Natürlich gab es keine Anzeichen von Abnutzung oder Verfall. Seine Zunge war sehr weich, aber er konnte diese Untersuchungen nicht sehr lange ertragen. Er brauchte Luft! Sie wisse gar nicht, sagte er, wieviel Luft er brauche – und er riß die Fenster auf.

»Erzähle mir von den andern«, sagte sie. »Erzähl mir von Suzanne und von Donnelaith«, sagte sie.

»Donnelaith«, sagte er und fing an zu weinen; er könne sich nicht erinnern, sagte er, was vorher gewesen sei, nur daß es Schmerz war, irgend etwas, eine Schar gesichtsloser Wesen, und als Suzanne seinen Namen gerufen hatte, war es nur ein Wort gewesen, hinausgeschleudert in die Nacht: Lasher! Lasher! Vielleicht auch ein Zusammenfluß von Silben, die nie dieses Wort hatten werden sollen – aber es hatte bekannt geklungen, in einem Kern seiner selbst, von dem er vergessen hatte, daß er ihn besaß, und er war für sie »zusammengekommen«, hatte sich ihr genähert und die Winde um sie herum peitschen lassen.

»Ich wollte, daß sie in die Ruinen der Kathedrale ging. Ich

wollte, daß sie das bunte Glas sah. Aber ich konnte es ihr nicht sagen. Und da war kein buntes Glas mehr.«

»Erkläre mir das alles langsamer.«

Aber er konnte es nicht entwirren. »Sie sagte, ich solle die Frau krank machen. Da machte ich sie krank. Ich stellte fest, daß ich Dinge in die Luft schleudern und auf das Dach schmettern konnte. Es war, als streckte ich mich durch einen langen dunklen Tunnel dem Licht entgegen, und jetzt ist es so scharf, ich spüre die Geräusche, rieche sie . . . sag' mir Reime, ich möchte Reime hören.«

Gegen drei Uhr früh gelang es ihr, allein ins Badezimmer zu fliehen; es war wie der größte aller Träume, dieser Augenblick des Ungestörtseins. Dies sollte das Muster der Zukunft sein. In Paris hatte sie bisweilen nur davon geträumt, ein Badezimmer für sich allein zu haben, ein Badezimmer, wo er nicht draußen vor der Tür stand, auf jedes Geräusch lauschte, sie rief, damit sie bekanntgab, daß sie noch da sei und nicht etwa zu fliehen versuchte, ob es nun ein Fenster gab, durch das sie hätte klettern können, oder nicht.

Den Paß beschaffte er sich am nächsten Tag selbst. Er sagte, er werde sich einen Mann suchen, der ihm ähnelte. »Und wenn er keinen Paß hat?« fragte sie.

»Nun, wir werden zu einem Ort für Reisende gehen, nicht wahr? Dort, wo die Menschen hingehen, um Pässe zu bekommen. Und dann warten wir auf einen geeigneten Kandidaten, wie man so sagt, und nehmen ihm den Paß ab. Du bist wohl nicht so gescheit, wie du denkst, hmmm? Das ist doch kinderleicht.«

Sie begaben sich zu der betreffenden Behörde, warteten draußen und folgten einem hoch gewachsenen Mann, der eben seinen Paß ausgehändigt bekommen hatte, und dann trat er dem Mann entgegen. Sie schaute voller Angst zu; er schlug den Mann und nahm ihm den Paß ab. Niemand schien etwas zu bemerken. Es war voll auf der Straße, und der Verkehrslärm machte ihr Kopfschmerzen. Es war kalt, sehr kalt. Er zerrte den Mann an seinem Mantel in einen Hauseingang. So einfach war das. Sie beobachtete alles. Er war nicht unnötig brutal. Er setzte den Mann außer Gefecht, und jetzt gehörte der Paß ihm.

Frederick Lamarr, Alter fünfundzwanzig, wohnhaft in Manhattan.

Das Bild war ihm ähnlich genug, und als er sich das Haar ein Stück abgeschnitten hatte, würde kein oberflächlicher Betrachter mehr einen Unterschied erkennen.

»Aber der Mann – er könnte tot sein«, sagte sie.

»Ich habe keine besonderen Gefühle für Menschen«, antwortete er. Und dann war er überrascht. »Bin ich denn kein Mensch?« Er griff sich an den Kopf, ging auf dem Gehweg vor ihr her und wirbelte alle paar Augenblicke herum, um sich zu vergewissern, daß sie noch da war, auch wenn er, wie er sagte, ihre Witterung hatte und sofort merken würde, wenn eine Menschenmenge sie voneinander trennte. Er sagte, er versuche sich jetzt an die Kathedrale zu erinnern. Suzanne wollte nicht hingehen. Sie fürchtete sich vor den Ruinen der Kirche – ein unwissendes Mädchen, unwissend und traurig. Das Hochlandtal war leer gewesen! Charlotte konnte schreiben. Charlotte war so viel stärker als Suzanne oder Deborah gewesen.

»Alle meine Hexen«, sagte er. »Ich habe ihnen Gold in die Hände gelegt. Als ich erst wußte, wie ich es beschaffen konnte, gab ich ihnen, was ich konnte. O Gott – zu leben, den Boden unter mir zu spüren, die Arme zu heben und zu fühlen, wie die Erde sie herunterzieht!«

Als sie wieder im Hotel waren, setzten sie den chronologisch geordneten Bericht fort. Er sprach Beschreibungen jeder Hexe auf sein Tonbandgerät, von Suzanne bis hinunter zu Rowan, und zu ihrer Überraschung war Julien dabei. Damit waren es vierzehn. Sie wies ihn nicht darauf hin, denn die Zahl dreizehn war etwas sehr Bedeutsames für ihn; er erwähnte es immer wieder: dreizehn Hexen, damit eine stark genug sein würde, sein Kind zu empfangen, sagte er, als hätte Michael nichts damit zu tun, als wäre er sein eigener Vater. Und er ließ seltsame Worte fallen: *Maleficium, Mutterkorn, Belladonna*. Einmal rasselte er sogar lateinische Sätze herunter.

»Was heißt das?« fragte sie. »Warum war ich in der Lage, dich zu gebären?«

»Ich weiß es nicht«, sagte er.

Als es dunkel wurde, war eines allmählich deutlich geworden. Er hatte kein Gefühl für Relationen. Er konnte eine Dreiviertelstunde lang beschreiben, was für Farben Charlotte getragen hatte, wie nebelhaft sie ausgesehen hatten. Und dann schilderte er in zwei Sätzen, wie die Familie von Saint-Domingue nach Amerika geflohen war.

Er weinte, als sie nach Deborahs Tod fragte, und er konnte nicht davon erzählen.

»Alle meine Hexen – ich habe ihnen den Untergang gebracht, auf diese oder jene Weise, mit Ausnahme der allerstärksten, und sie haben mich verletzt und geschlagen und mich gezwungen, ihnen zu gehorchen.«

»Welche?«

»Marguerite, Mary Beth, Julien. Verdammt soll er sein, Julien!« Und er lachte haltlos, und dann sprang er auf, um eine umfassende Julien-Imitation vorzuführen – der adrette Gentleman, wie er sich die seidene Vierspänner-Schleife band, den Hut aufsetzte und ausging, wie er das Ende einer Zigarre abschnitt und sie sich in den Mund steckte.

Es war eine spektakuläre kleine Aufführung, in der er sich in ein anderes Wesen verwandelte, so weit, daß er auch ein paar Worte in trägem Französisch näselte.

»Was ist eine Vierspänner-Schleife?« fragte sie.

»Weiß ich nicht«, gestand er. »Aber vor einem Augenblick wußte ich es noch. Ich bin mit ihm in seinem Körper umherspaziert. Er hatte es gern, wenn ich das tat. Die anderen nicht so sehr. Sie bewachten ihre Körper eifersüchtig und schickten mich zu denen, die sie fürchteten oder bestrafen wollten, oder zu denen, die sie benutzen wollten. Von ihnen sollte ich dann Besitz ergreifen.«

Er ließ sich niedersinken und versuchte wieder zu schreiben, auf Hotelpapier. Dann saugte er an ihren Brüsten, nährte sich, wechselte langsam von der einen zur anderen und wieder zurück. Und sie schliefen, und sie schliefen miteinander. Wenn sie aufwachte, nahm er sie, und die Orgasmen waren jene langen, traumartigen Orgasmen, die sie immer hatte, wenn sie beinahe zu erschöpft war, um sie zu haben.

Um Mitternacht starteten sie nach Frankfurt.

Es war der erste Transatlantikflug, den sie bekommen konnten. Sie hatte schreckliche Angst, daß wegen des gestohlenen Passes Anzeige erstattet worden sein könnte. Er sagte, so schlau seien die Menschen nicht, und die Maschinerie des internationalen Reisewesens bewege sich nur schwerfällig. Es sei nicht wie in der Welt der Geister, wo sich die Dinge mit Lichtgeschwindigkeit bewegten oder stillstanden. Er zögerte lange, bevor er seine Kopfhörer aufsetzte. »Ich habe Angst vor Musik«, sagte er. Dann setzte er sie auf und gab sich ganz hin, rutschte in seinem Sitz herunter und blickte starr vor sich hin, als sei er bewußtlos geschlagen worden. Aber seine Finger klopften den Takt zur Musik. Ja, die Musik nahm ihn so sehr gefangen, daß er sich bis zur Landung nicht mehr rührte.

Von Frankfurt flogen sie nach Zürich. Er ging mit ihr zur Bank. Sie war jetzt schwach und schwindlig, und ihre Brüste waren voller Milch und taten ständig weh.

Auf der Bank kam sie schnell und effizient zur Sache, und sie dachte keinen Augenblick an Flucht. Schützende Ausflüchte zu finden, das war ihre einzige Sorge – so dumm war sie gewesen.

Sie veranlaßte gewaltige Kapitaltransfers und richtete verschiedene Konten in Paris und London ein, die ihnen Geld geben, aber kaum aufzuspüren sein würden.

»Laß uns jetzt nach Paris fliegen«, sagte sie. »Denn wenn sie diese telegrafischen Anweisungen bekommen, werden sie uns suchen.«

In Paris entdeckte sie, daß zarter Flaum auf seinem Bauch gewachsen war und sich um den Nabel kräuselte, und feine Härchen sprossen auch rings um seine Brustwarzen. Ihre Milch floß jetzt leichter und sammelte sich mit ungeheurem Wohlgefühl. Lustlos und stumpfsinnig lag sie da und ließ ihn saugen, ließ sich von seinem seidigen Haar den Bauch und die Schenkel kitzeln.

Sie forderte ihn auf, von der Zeit *vor* den Mayfair-Hexen zu berichten, von den entlegensten und fremdartigsten Dingen, an die er sich erinnern konnte. Er redete von Chaos und Dunkelheit, vom Umherschweifen ohne Grenzen. Er redete davon, daß er keine organisierten Erinnerungen habe. Daß sein Bewußtsein sich zu organisieren angefangen habe, als er mit ... mit ...

»Suzanne«, sagte sie.

Er sah sie ausdruckslos an. Ja, sagte er, und dann spulte er die ganze Reihe der Mayfair-Hexen wie eine Melodie herunter: Suzanne, Deborah, Charlotte, Jeanne Louise, Angélique, Marie Claudette, Marguerite, Katherine, Julien, Mary Beth, Stella, Antha, Deirdre, Rowan!

Er begleitete sie in die Filiale der Schweizer Bank, und sie sorgte für weiteres Kapital und richtete die Überweisungswege so ein, daß das Geld über Rom und in einem Fall sogar über Brasilien geleitet wurde, ehe es sie erreichte. Die Mitarbeiter der Bank waren äußerst hilfsbereit. In einer Anwaltskanzlei schaute und hörte er geduldig zu, während sie ihre Anweisungen niederschrieb und Michael berechtigte, das Haus in der First Street zu bewohnen, solange er lebte, und von ihrem Vermögen zu zehren, soviel er wollte.

»Aber wir werden dorthin zurückkehren, oder nicht?« rief er aus. »Wir werden eines Tages dort wohnen, du und ich. In diesem Haus! Er bekommt es nicht für immer!«

»Das können wir jetzt nicht mehr.«

Oh, diese Dummheit.

Ehrfurcht senkte sich über die Anwälte der Kanzlei, als sie ihre Computer anwarfen und die Informationen in die Leitung hinausjagten, und kurz darauf bestätigten sie ihr, jawohl, Michael Curry in New Orleans, Louisiana, lag krank auf der Intensivstation des Mercy Hospital, aber er war ohne Zweifel am Leben!

Er sah, wie sie den Kopf hängen ließ und anfing zu weinen. Eine Stunde, nachdem sie die Anwaltskanzlei verlassen hatten, befahl er ihr, auf einer Bank in den Tuilerien sitzenzubleiben und ruhig zu sein; er werde stets in Sichtweite bleiben.

Als er zurückkam, hatte er zwei neue Pässe. Jetzt konnten sie das Hotel wechseln und sich in zwei andere Menschen verwandeln. Sie war wie betäubt und von Schmerz erfüllt. Als sie im neuen Hotel ankamen, im prächtigen George V., kippte sie auf die Couch ihrer Suite und schlief mehrere Stunden lang.

Wie sollte sie ihn studieren? Um Geld ging es dabei nicht; sie brauchte Apparate, die sie selbst nicht bedienen konnte. Sie brauchte medizinisches Personal, Computerprogramme, Hirntomographen, alles mögliche.

Er ging mit ihr Notizbücher kaufen. Er veränderte sich vor ihren Augen, aber es ging kaum merklich vonstatten. Ein paar Falten waren an seinen Fingerknöcheln entstanden, und seine Fingernägel sahen jetzt kräftiger aus, obgleich sie immer noch fleischfarben waren. Seine Augenlider hatten die erste zarte Falte, was sein Gesicht eigentlich nur ein bißchen reifer erscheinen ließ. Bartwuchs stellte sich ein, und er ließ die Stoppeln wachsen, obwohl es kratzte.

Sie schrieb in ihre Notizbücher, bis sie so müde war, daß sie nicht mehr sehen konnte, und hüllte alle ihre Beobachtungen in eine undurchdringliche wissenschaftliche Ausdrucksweise. Sie schrieb von seinem Bedürfnis nach Luft, und daß er überall, wo sie waren, die Fenster aufriß und manchmal nach Luft schnappte, daß er am Kopf schwitzte, wenn er schlief, und daß die weiche Stelle in der Schädeldecke nicht kleiner war als unmittelbar nach seiner Geburt, daß er unersättlich nach ihrer Milch gierte, und daß sie vor Erschöpfung ganz krank war.

Am vierten Tag in Paris bestand sie darauf, in ein großes Krankenhaus im Zentrum zu gehen. Er wollte nicht. Sie mußte ihn mehr oder weniger dazu verleiten; sie schloß Wetten darüber mit ihm ab, wie dumm die Menschen wirklich seien, und sie schilderte ihm, wieviel Spaß es machen würde, sich dort einzuschleichen und so zu tun, als gehörten sie wirklich dorthin.

Das gefiel ihm. »Allmählich habe ich den Bogen raus!« rief er, als habe diese Redensart eine besondere Bedeutung für ihn. Er benutzte viele solcher Floskeln. »Ahoi, mein Schatz, die Luft ist rein! Ach, Rowan! Besen, Besen, seids gewesen!« Und manchmal sang er einfach Verse, die er einmal gehört hatte und die irgendwie lustig waren.

Mutter, darf ich schwimmen gehn?
Ja, geliebte Tochter mein,
Häng dein Kleid an den Ahorn schon,
Doch geh nicht ins Wasser hinein . . .

Bei solchen Sachen brach er in perlendes Gelächter aus. Mary Beth hatte diesen Vers aufgesagt, und Marguerite auch. Und Stella hatte gesagt: »Fischers Fritze fischt frische Fische.« Er sprach diesen Satz schneller und immer schneller aus, bis es nur noch ein pfeifendes Flüstern war.

Nach einer Weile versuchte sie, ihn zu erheitern, stellte ihn mit verschiedenen kleinen Sprachstückchen auf die Probe und dergleichen mehr. Wenn sie ihm mit bizarren Sprachbildern wie »Wirf der Mama eine Kußhand zu!« kam, wurde er fast hysterisch. Sogar Alliterationen brachten ihn zum Lachen.

Nachts wachte er auf und redete von der Kathedrale. Von etwas, das dort geschehen war. Er war schweißgebadet. Sie müßten nach Schottland, sagte er.

»Dieser Julien, dieser raffinierte Teufel«, sagte er. »Er wollte all das herausfinden. Er sprach in Rätseln zu mir, aber ich verweigerte mich.« Er ließ sich zurücksinken und sagte leise: »Ich bin Lasher. Ich bin das Wort, das Fleisch geworden ist. Ich bin das Geheimnis. Ich bin in die Welt gekommen, und jetzt muß ich das Fleisch in all seinen Konsequenzen erleiden, und ich weiß noch gar nicht, wie das sein wird. Was bin ich?«

Mittlerweile sah er auffällig, aber nicht monströs aus. Sein Haar fiel ihm lose bis auf die Schultern. Er trug einen schwarzen Hut, den er tief in die Stirn zog, und noch die schmalsten schwarzen Jacken und Hosen saßen weit und locker, als sei er aus Besenstielen zusammengesetzt. Überall schienen die Leute auf ihn zu reagieren, auf seine Heiterkeit, seine unschuldigen Fragen, seine spontanen und oft überschwenglichen Begrüßungen. Er begann Gespräche mit Leuten in Geschäften; er stellte Fragen zu allem.

Wenn sie versuchte, mitten in der Nacht zu telefonieren, wachte er auf und riß ihr den Hörer aus der Hand. Wenn sie aufstand und aus dem Zimmer gehen wollte, stand er plötzlich neben ihr. Dann hatten die Hotelsuiten, die sie bezogen, nur noch Badezimmer ohne Fenster; andernfalls fand er sie inakzeptabel. Er riß die Telefone in den Badezimmern aus der Wand. Er ließ sie überhaupt nicht mehr aus den Augen, außer wenn es ihr gelang, die Badezimmertür hinter sich abzuschließen, ehe er sie erreichen konnte.

Schließlich versuchte sie mit ihm zu diskutieren. »Ich muß anrufen und herausfinden, was aus Michael geworden ist.« Da schlug er sie. Der Schlag kam wie aus heiterem Himmel. Sie flog rückwärts auf das Bett, und die eine Gesichtshälfte war blutunterlaufen. Er weinte. Er legte sich zu ihr, saugte an ihr, drang dann in sie ein, tat beides zugleich, und die Lust durchflutete sie. Er küßte den Bluterguß auf ihrer Wange, und sie fühlte, wie ein Orgasmus in ihr aufstieg, obwohl sein Glied nicht mehr in ihr war. Gelähmt vor Wonne lag sie da, krümmte die Finger und drehte die Füße zur Seite wie eine Tote.

Nachts sprach er vom Totsein, vom Verlorensein.

»Erzähl mir von deiner frühesten Erinnerung.«

Daß es da keine Zeit gegeben habe, sagte er.

»Und was hast du für Suzanne empfunden? War es Liebe?«

Er zögerte und sagte dann, er habe gedacht, es sei machtvoll brennender Haß.

»Haß? Warum denn das?«

Er wußte es ehrlich nicht. Er schaute aus dem Fenster und sagte, im allgemeinen habe er keine Geduld mit den Menschen. Sie seien ungeschickt und dumm und könnten mit ihren Hirnen keine Daten verarbeiten, wie er es könne. Er habe für Menschen den Trottel gespielt. Aber das werde er nicht wieder tun.

»Wie war das Wetter an dem Morgen, als Suzanne starb?« fragte sie.

»Regnerisch, kalt. Es regnete so heftig, daß sie eine Zeitlang dachten, sie müßten die Verbrennung verschieben. Gegen Mittag hörte es dann auf. Der Himmel war klar. Das Dorf war bereit.« Er machte ein ratloses Gesicht.

»Wer war damals König von England?«

Er schüttelte den Kopf. Er hatte keine Ahnung. Was die Doppelhelix sei, wollte sie wissen. In flinken Worten beschrieb er die beiden Chromosomenstränge der Doppelhelix, die die DNS enthielten, unsere Gene, sagte er. Sie merkte, daß er haargenau die Worte benutzte, die sie als Kind für eine Prüfung aus einem Schulbuch auswendig gelernt hatte. Er sprach sie in einer Kadenz, als sei es die Kadenz, die die Worte in seinen Verstand eingeprägt hatte, was immer sein Verstand sein mochte . . .

»Wer hat die Welt erschaffen?« fragte sie.

»Ich habe keine Ahnung! Und du? Weißt du, wer sie gemacht hat?«

»Gibt es einen Gott?«

»Wahrscheinlich nicht. Frag die andern Leute. Das Geheimnis ist zu groß. Wenn ein Geheimnis so groß ist, steckt nichts dahinter. Es gibt keinen Gott. Nein, absolut nicht.«

Eines Nachts stand sie, ohne darüber nachzudenken, auf und wollte ins Foyer hinuntergehen, um sich eine Schachtel Zigaretten zu holen. Er erwischte sie oben an der Treppe.

»Schlag mich nicht«, sagte sie. Sie empfand Wut, eine Wut, so tief und furchtbar, wie sie sie nur selten erlebt hatte.

»Das klappt nicht bei mir, Mutter!«

Ihre Nerven waren verschlissen; sie verlor alle Selbstbeherrschung und ohrfeigte ihn. Es tat ihm weh, und er weinte. Er weinte und weinte und wiegte sich in einem Sessel vor und zurück. Um ihn zu trösten, sang sie ihm neue Lieder vor.

Lange Zeit saß sie neben ihm auf dem Boden und betrachtete ihn, wie er mit offenen Augen dalag. Was für ein reines Wunder er doch war, mit seinem schwarzen, fließenden Haar, dem dichter werdenden Bartwuchs und den Händen, die immer noch aussahen wie Babyhände, nur daß sie größer als ihre eigenen waren. Ihr war schwindlig. In ihrem Kopf ging alles durcheinander. Sie mußte etwas essen.

Er bestellte ihr etwas und sah zu, wie sie aß. Er sagte, sie müsse von jetzt an regelmäßig essen, und dann kniete er vor dem Stuhl zwischen ihren Beinen nieder, riß ihr die Seidenbluse auf und quetschte ihre Brust, so daß die Milch ihm in den Mund spritzte wie aus einem Springbrunnen.

In anderen medizinischen Einrichtungen gelang es ihr, in die Röntgenabteilung einzudringen, und zweimal konnte sie ein komplettes Hirntomogramm von ihm anfertigen, nachdem sie alle anderen aus dem Labor geschickt hatte. Mit der Zeit wurde sie kühner. Sie gab Leuten Anweisungen, und sie halfen ihr. Sie tarnte sich mit ihrer eigenen Identität: »Dr. Rowan Mayfair, Neurochirurgin.« Unter Fremden übernahm sie das Kommando wie eine Spezialistin, die hier zu Gast war und deren Bedürfnisse Vorrang hatten.

Sie benutzte Tabellen und Schreibzeug und Telefone, wann immer sie sie brauchte. Sie hatte nur eins im Sinn: aufzeichnen, untersuchen, entdecken. Sie studierte Röntgenbilder seines Schädels und seiner Hände.

Sie selbst fühlte sich zunehmend erschöpfter. Sie hatte abgenommen. Schon ihr Bild im Spiegel in einer Hotelhalle erschreckte sie.

»Ich muß einen ruhigen Ort finden, ein Labor, einen Ort, wo wir arbeiten können«, sagte sie. »Gott helfe mir. Ich bin so müde, daß ich schon Dinge sehe.«

Und in Augenblicken reiner Erschöpfung packte sie das Grauen. Wo war sie? Was würde mit ihr passieren? Er beherrschte alle ihre Gedanken, wenn sie wach war. Sie sank in sich zurück und dachte: Ich bin verloren, es ist wie ein Drogentrip, eine Obsession. Aber sie mußte ihn studieren, mußte feststellen, was er war, und inmitten ihrer furchtbarsten Zweifel erkannte sie doch auch, daß sie leidenschaftlichen Besitzerstolz auf ihn empfand, daß sie ihn beschützen wollte und sich zu ihm hingezogen fühlte.

Was würden sie mit ihm machen, wenn sie ihn zu fassen bekämen? Er hatte schon Verbrechen begangen. Er hatte gestohlen, und vielleicht hatte er für die Pässe auch gemordet; sie wußte es nicht. Sie konnte nicht mehr geradlinig denken. Einen ruhigen Ort, ein Labor – wenn sie doch nur heimlich nach San Francisco zurückkehren könnte, und wenn sie Mitch Flanagan erreichen könnte. Aber im Keplinger Institute konnte man nicht einfach anrufen.

Der Sex zwischen ihnen war ein bißchen weniger geworden. Er trank immer noch die Milch aus ihren Brüsten, aber er tat es immer seltener. Er erkundete die Kirchen von Paris. Er zeigte sich verblüfft, feindselig und zutiefst erregt in diesen Kirchen. Er ging zu den Buntglasfenstern und reckte sich zu ihnen empor. Mit Haß und Abscheu starrte er die Heiligenstatuen und Tabernakel an.

Es sei nicht die richtige Kathedrale, sagte er.

»Nun, wenn du die Kathedrale von Donnelaith meinst – natürlich nicht. Wir sind in Paris.«

Er fuhr herum und sagte in scharfem Flüsterton: »Sie haben

sie angezündet.« Er wollte eine katholische Messe hören; er zerrte sie vor Tagesanbruch aus dem Bett und zur Kirche de la Madeleine, um die Meßfeier mitzuerleben.

Es war kalt in Paris. Sie konnte keinen Gedanken zu Ende bringen, ohne daß er sie unterbrach. Zu Zeiten schien es ihr, als wisse sie nicht mehr, ob es Tag oder Nacht war. Dann weckte er sie, trank an ihr oder schlief mit ihr, rauh, aber erregend; sie döste wieder ein, und er weckte sie und gab ihr zu essen, und er redete und redete über etwas, das er im Fernsehen in den Nachrichten gesehen hatte, oder von etwas anderem, das ihm irgendwo aufgefallen war. Es war planlos und immer bruchstückhafter.

Er nahm die Hotelspeisekarte vom Tisch und sang die Namen aller Gerichte. Dann schrieb er wieder wie rasend.

»Und Julien brachte Evelyn in sein Haus, und sie zeugten Laura Lee, die Alicia und Gifford gebar. Und von Julien war auch das uneheliche Kind Michael O'Brien, Sohn eines Mädchens aus dem Waisenhaus St. Margaret, das ihn fortgab und ins Kloster ging, um dort Schwester Bridget Marie zu werden, und von jenem Mädchen dann kamen drei Knaben und ein Mädchen, und das Mädchen heiratete Alaister Curry und gebar Tim Curry, der ...«

»Moment mal – was schreibst du da?«

»Laß mich in Ruhe.« Plötzlich starrte er das Geschriebene an. Er riß das Papier in kleine Fetzen. »Wo sind deine Notizbücher, was hast du hineingeschrieben?« wollte er wissen.

Sie entfernten sich nie weit von ihrem Zimmer. Sie war zu schwach, zu müde. Und wenn ihre Brüste sich mit Milch gefüllt hatten, so daß sie unter ihrer Bluse hervorzuquellen begann, kam er auch schon zum Trinken herbei. Dann wiegte er sie in seinen Armen. Die schwindelerregende Lust, die ihr sein Saugen bereitete, war so groß, daß nichts anderes mehr zählte, wenn es geschah. Alle Angst verging.

Das war seine Trumpfkarte, dachte sie: das Behagen, die Lust, der grelle Glanz und die Freude, einfach nur mit ihm zusammen zu sein, seinen schnellen, oft zusammenhanglosen Reden zu lauschen und zu beobachten, wie er auf Dinge reagierte.

Aber was war er? Diese Kreatur war hoch organisiert – kein Frankenstein-Monster aus einzelnen Teilen, keine groteske Kulmination von Hexenkünsten. Und er kannte seine Fähigkeiten – er konnte sehr schnell laufen, er konnte Gerüche wittern, die sie nicht wahrnahm, er verströmte einen Duft, den andere spürten, ohne es zu merken. Das alles stimmte.

Nach und nach ging sie dazu über, ihr Journal in erzählerischer Form zu führen; sollte ihr etwas zustoßen, so sollte derjenige, der es vielleicht fände, es auch verstehen können.

»Wir sind jetzt lange genug in Paris geblieben«, sagte sie. »Vielleicht kommen sie uns suchen.« Zwei telegrafische Überweisungen waren eingegangen. Sie hatten ein Vermögen zur Verfügung, und sie brauchte den ganzen Nachmittag – mit ihm an ihrer Seite –, um das Geld auf verschiedene Konten zu verteilen, damit sie es besser verstecken konnte. Sie wollte fort, vielleicht nur, um es wärmer zu haben.

In der Nacht stand er am Fenster und schaute hinaus auf die Lichter von Paris. Immer wieder schlief er mit ihr, ob sie wach war oder nicht. Sein Schnurrbart war dicht und jetzt ganz weich, und sein Unterkiefer war vollständig zugewachsen.

Aber die weiche Stelle in seiner Schädeldecke war noch da.

Überhaupt schien sein Wachstumsplan insgesamt anders programmiert zu sein. Sie fing an, Vergleiche mit anderen Spezies herzustellen, und stellte Listen seiner verschiedenen Merkmale auf. Zum Beispiel hatte er die Kraft eines niederen Primaten in den Armen, aber seine Finger und Daumen zeigten eine erhöhte Geschicklichkeit. Gern hätte sie gesehen, was passierte, wenn er vor einem Klavier säße. Sein Bedarf an Luft war seine Achillesferse. Es war durchaus vorstellbar, daß man ihn ersticken könnte. Aber er war so stark, so ungeheuer stark. Was würde passieren, wenn er ins Wasser fiele?

Sie reisten von Paris nach Berlin. Der Klang der deutschen Sprache gefiel ihm nicht; sie sei nicht häßlich, sagte er, aber »spitz«, und er könne ihre scharfen, durchdringenden Laute nicht von sich abhalten. Er wollte Deutschland wieder verlassen. In dieser Woche hatte sie eine Fehlgeburt. Anfallartige Krämpfe und Blut im ganzen Bad, bevor ihr klar wurde, was passiert war. Er starrte das Blut völlig verwirrt an.

Ich muß mich ausruhen, sagte sie wieder. Wenn sie nur Ruhe finden könnte – irgendeinen stillen Ort ohne Gesang und Gedichte und dergleichen. Nur Frieden. Aber sie schabte die winzige gallertige Masse inmitten des Blutes auf. Ein Embryo in diesem Stadium der Schwangerschaft wäre mikroskopisch klein gewesen. Aber da war etwas, und es hatte Glieder! Es war abstoßend und faszinierend zugleich. Sie bestand darauf, in ein Labor zu gehen, wo sie es weiter studieren könnte.

Drei Stunden konnte sie arbeiten, bevor die Leute anfingen, Fragen zu stellen. Sie machte umfangreiche Notizen.

»Es gibt zwei Arten von Mutationen«, sagte sie. »Solche die vererbt werden können, und solche, die es nicht können. Es ist kein singuläres Ereignis, deine Geburt; es ist vorstellbar, daß du ... eine Spezies bist. Aber wie könnte das sein? Wie könnte das geschehen? Wie könnte eine Kombination aus Telekinese ...?« Sie brach ab, denn sie griff wieder zu wissenschaftlicher Terminologie. Aus der Klinik hatte sie Instrumente zur Blutuntersuchung gestohlen, und jetzt nahm sie sich selbst Blut ab und versiegelte die Ampullen ordentlich.

Er lächelte sie grimmig an. »Du liebst mich in Wirklichkeit gar nicht«, sagte er kalt.

»Doch, natürlich.«

»Kannst du die Wahrheit mehr lieben als das Geheimnis?«

»Was ist Wahrheit?« Sie trat auf ihn zu, legte ihm ihre Hände ans Gesicht und schaute ihm in die Augen. »Was sind deine frühesten Erinnerungen, aus der Zeit des Anfangs, aus der Zeit, bevor die Menschen auf die Erde kamen? Erinnere dich. Ich weiß noch, daß du von solchen Dingen gesprochen hast, von der Welt der Geister, und wie die Geister von den Menschen gelernt hätten. Du hast erzählt ...«

»Ich erinnere mich an nichts«, sagte er mit großen Augen.

Er saß am Tisch und las, was er geschrieben hatte. Er streckte die langen Beine von sich, legte die Knöchel übereinander, verschränkte die Hände im Nacken über der Stuhllehne und hörte sich seine eigenen Tonbandaufnahmen an. Er stellte ihr Fragen, als wolle er sie prüfen. »Wer war Mary Beth? Wie hieß ihre Mutter?«

Immer wieder erzählte sie ihre Familiengeschichte, wie sie sie kannte. Sie wiederholte die Geschichten aus den Talamasca-Akten. Sie beschrieb – auf seinen Wunsch – alle lebenden Mayfairs, die sie kannte. Er war still geworden, hörte ihr zu, zwang sie, stundenlang zu reden.

Es war die Hölle.

»Ich bin von Natur aus still«, sagte sie. »Ich kann nicht . . . ich kann nicht . . .«

»Wer waren Juliens Brüder? Wie hießen sie, und wie hießen ihre Kinder?«

Schließlich war sie so erschöpft, daß sie sich nicht mehr rühren konnte; und die Krämpfe setzten wieder ein, als sei sie erneut schwanger und habe abermals einen Abort. »Ich kann das nicht länger«, sagte sie.

»Donnelaith«, sagte er. »Ich will nach Donnelaith.«

Er stand am Fenster und weinte. »Du liebst mich doch, oder? Du hast doch keine Angst vor mir?«

Sie dachte lange nach, ehe sie antwortete. »Ja, ich liebe dich. Du bist ganz allein . . . und ich liebe dich. Aber ich habe Angst. Dies ist Irrsinn. Es ist keine organisierte Arbeit. Es ist eine Manie. Ich habe Angst . . . vor dir.«

Als er sich über sie beugte, nahm sie seinen Kopf in beide Hände und führte ihn an ihre Brust, und dann kam die Trance, als er die Milch saugte. Würde er es nie satt haben? Würde er sich immer stillen lassen? Bei dem Gedanken mußte sie lachen und lachen. Er würde immer ein Säugling sein – ein Säugling, der gehen und reden und mit ihr schlafen konnte.

»Ja, und singen, vergiß das nicht!« fügte er hinzu, als sie es ihm erzählte.

Schließlich fing er an, in langen und ununterbrochenen Sitzungen fernzusehen. Jetzt konnte sie ins Bad gehen, ohne daß er sich um sie herumtrieb. Sie konnte in Ruhe baden. Sie blutete nicht mehr. Oh, könnte ich das Keplinger Institute erreichen, dachte sie. Wenn sie sich überlegte, was sie mit dem Mayfair-Geld anfangen konnte, wenn sie es nur wagte. Bestimmt suchten sie nach ihr, nach ihnen beiden.

Sie hatte alles ganz falsch angefangen! Sie hätte ihn in New Orleans verstecken und so tun sollten, als wäre er nie dagewesen! Sie hatte es verpatzt, war verrückt gewesen – aber sie hatte an diesem Tag nicht klar denken können, an diesem grauenvollen Weihnachtsmorgen! Gott, seitdem war eine Ewigkeit gekommen und gegangen!

Er funkelte sie an. Böse sah er aus, und angstvoll.

»Was ist los mit dir?« fragte er.

»Sag mir ihre Namen«, sagte sie.

»Nein, sag du sie mir . . .«

Er nahm eines der Blätter, die er so sorgfältig mit schmaler, gedrängter Schrift beschrieben hatte, und legte es wieder hin. »Wie lange sind wir jetzt hier?«

»Weißt du es nicht?«

Er weinte eine Zeitlang. Sie schlief, und als sie aufwachte, war er gefaßt und angezogen. Ihre Koffer waren gepackt. Er sagte, sie würden jetzt nach England fliegen.

Sie fuhren von London nordwärts nach Donnelaith. Die meiste Zeit saß sie am Steuer, aber dann hatte er es gelernt und kam auf einsamen Landstraßen ganz gut mit dem Wagen zurecht. Sie hatten ihre ganze Habe im Kofferraum. Hier fühlte sie sich sicherer als in Paris.

Donnelaith.

Es war keine Stadt. Es war nicht mehr als das Gasthaus und das nahegelegene Hauptquartier des archäologischen Projekts, wo eine kleine Gruppe von Archäologiestudenten schlief und aß. Es gab Führungen durch die Burgruine über dem See und die verfallene Stadt mit der Kathedrale unten im Glen – das man vom Gasthaus aus nicht sehen konnte – sowie weiter hinaus zu dem urzeitlichen Steinkreis, was ein ziemlicher Fußmarsch war, aber die Mühe wert. Man durfte allerdings nur bestimmte Bereiche betreten. Wenn man allein umherstreifte, mußte man sich an die Hinweisschilder halten. Führungen würde es am nächsten Morgen wieder geben.

Es überlief sie kalt, als sie im Gasthaus aus dem Fenster schaute und in trüber, verzerrter Ferne tatsächlich den Ort sah, wo alles angefangen hatte, wo Suzanne, die weise Frau aus dem Städtchen, einen Geist namens Lasher heraufbeschworen hatte, den Geist, der sich für alle Zeit an Suzannes weibliche Nachkommenschaft gebunden hatte. Es fröstelte sie. Die Dämmerung kam, dicht und glänzend in der feuchten Düsternis, und die ganze Welt dort unten war geheimnisvoll wie in einem Märchen.

Ein Auto, das hierherkam, konnte man schon von weitem sehen. Es gab nur eine Straße, und der Blick reichte meilenweit nach Norden und nach Süden. Die meisten Touristen kamen aus den Städten in der Umgebung und mit Bussen.

Nur wenige Hartgesottene stiegen im Gasthaus ab. Ein Mädchen aus Amerika, das einen Aufsatz über die zerstörten Kathedralen in Schottland schrieb. Ein alter Gentleman, der in diesen entlegenen Gegenden seinem Clan nachforschte; er war überzeugt, daß sein Stammbaum bis zu Robert the Bruce zurückreichte. Ein junges Liebespaar, das sich um niemanden kümmerte.

Und Lasher und Rowan. Beim Abendessen versuchte er, etwas von den festen Speisen zu sich zu nehmen. Er fand es scheußlich; er wollte an ihr trinken und starrte sie hungrig an.

Sie hatten die besten und geräumigsten Zimmer, sehr ordentlich und adrett eingerichtet, mit einem Rüschenbett unter der niedrigen, weißgestrichenen Balkendecke, einem dicken Teppich, einem kleinen Kaminfeuer, das die Kälte vertrieb, und einem endlos weiten Blick über das Tal unter ihnen. Er sagte dem Wirt, es dürfe kein Telefon im Zimmer sein, da sie ungestört sein wollten; er sagte ihm, was für Mahlzeiten zu welcher Zeit zubereitet werden müßten, und dann packte er ihr Handgelenk mit seinem schrecklichen, schmerzhaften Griff und sagte: »Wir gehen hinaus ins Tal.«

Der Marsch über den Hang hinunter und am Ufer des Sees entlang kam ihr endlos vor.

Ein Halbmond beleuchtete die zerklüfteten, verfallenen Mauern der Burg.

Die Felsen waren tückisch, aber es gab ausgetretene Pfade. Er kletterte voraus und zog sie hinter sich her. Die Archäologen hatten Absperrungen aufgestellt, Hinweisschilder, Warntafeln, aber es war kein Mensch in der Nähe. Sie gingen, wohin sie wollten. Neue Holztreppen waren in die hohen, halb eingestürzten Türme und hinunter in die Verliese gebaut worden. Er kroch vor ihr her, sicheren Tritts und beinahe hektisch.

Sie dachte plötzlich, daß dies vielleicht die beste Gelegenheit zur Flucht sei. Wenn sie nur den Mut aufbrächte, könnte sie ihn von einer dieser wackligen Treppen stoßen, und er würde hinunterfallen und unten aufklatschen, würde leiden müssen wie jeder Mensch! Und noch während sie es erwog, fing sie an zu weinen. Sie merkte, daß sie es nicht konnte. Sie konnte ihn nicht einfach so beseitigen. Ihn umbringen? Das konnte sie nicht.

Es war eine feige und unbedachte Idee, sehr viel unbedachter als ihre Flucht mit ihm. Auch die war unüberlegt gewesen, das war ihr jetzt klar. Es war verrückt gewesen, zu glauben, sie könnte ihn ganz allein im Zaum halten oder beherrschen oder studieren. Sie war so dumm gewesen, so dumm, so dumm. Das Haus allein mit diesem wilden und herrschsüchtigen Dämon zu verlassen, derart besessen von Stolz und Hybris angesichts ihrer eigenen Kreatur!

Aber hätte er etwas anderes zugelassen? Wenn sie zurückschaute: Hatte er sie nicht getrieben, hatte er sie nicht gedrängt, hatte er nicht unzählige Male gesagt, sie solle sich beeilen? Was hatte er gefürchtet? Michael, ja Michael war jemand, den er fürchten mußte.

Aber es war mein Fehler. Ich hätte die ganze Situation im Griff behalten können! Ich hätte dieses Wesen unter Kontrolle halten können!

Und im Licht des Mondes, der den grasbewachsenen Boden in der ausgehöhlten Haupthalle der Burg beschien, fiel es ihr leichter, sich selbst die Schuld zu geben, sich zu züchtigen, sich zu hassen, als ihn zu verletzen.

Es war ohnehin zweifelhaft, ob es ihr gelungen wäre. Er war stets auf der Hut. Er hatte keine Angst, zu fallen.

Aber etwas anderes in der Burg machte ihm angst.

Er zitterte und weinte, als sie hinausgingen. Er sagte, er wolle jetzt die Kathedrale sehen. Der Mond war hinter den Wolken verschwunden, aber das Glen war immer noch von gleichmäßigem, fahlem Licht überflutet, und er kannte den Weg; er kümmerte sich nicht um den vorgeschriebenen Weg, sondern lief am Fuße der Burg quer über den Hang hinunter.

Endlich erreichten sie das Städtchen selbst, die ausgegrabenen Fundamente der Mauern und Befestigungen, die Tore und die kleine Hauptstraße, alles mit Seilen abgesperrt und markiert, und dort vorn, dort ragte die ungeheure Ruine der Kathedrale empor, neben der alle anderen Gebäudereste winzig aussahen. Vier Mauern standen noch, und eingestürzte Bögen reckten sich wie Arme in die Höhe und umschlossen den tiefhängenden Himmel.

Er sank im Gras auf die Knie und starrte in das langgestreckte, dachlose Kirchenschiff. Man sah den Halbkreis dessen, was einst eine Fensterrosette hoch oben in der Wand gewesen war.

Er richtete sich auf, packte sie und zerrte sie mit sich an der Absperrung und den Schildern vorbei, bis sie in der eigentlichen Kirche standen und an den Bögen zu beiden Seiten vorbei in die Höhe schauten, hinauf zum bewölkten Himmel und zu einem Mond, der nur eine spöttische Andeutung von Licht durch formlose Wolken sandte. Die Kathedrale war gotisch gewesen, riesig und für eine solche Gegend vielleicht übertrieben groß, es sei denn, es hätte hier in jenen Tagen große Scharen von Gläubigen gegeben.

Er zitterte am ganzen Leibe. Er legte die Hände an den Mund, und dann gab er dieses Summen von sich, dieses Singen, und wiegte sich auf den Füßen vor und zurück.

Verbissen, und ganz gegen seine eigene Stimmung, ging er an der Mauer entlang und deutete dann zu einem hohen, schmalen, leeren Fenster hinauf. »Da, da!« rief er. Dann klang es, als spreche er andere Worte, und gleich darauf war er erschöpft und erregt. Er sank zu Boden, zog die Knie an und umarmte sie fest; er legte seinen Kopf an ihre Schulter, senkte ihn dann hinunter zu ihren Brüsten. Grob schob er den Pullover hoch und begann zu saugen. Sie sank hintenüber, und alle Willenskraft verließ sie. Sie starrte zu den Wolken hinauf, sehnte sich nach Sternen, aber da waren keine Sterne, nur das diffuse Licht des Mondes und die wunderbare Illusion, daß es nicht die Wolken waren, die sich bewegten, sondern die hohen Mauern und die leeren Spitzbogenfenster.

Als sie am nächsten Morgen erwachte, war er nicht im Zimmer! Aber ein Telefon war auch nicht da, und als sie das Fenster öffnete, sah sie, daß es bis zum Gras unten mindestens fünf Meter senkrecht hinunterging. Und was wollte sie auch machen, wenn sie dort unten ankäme? Er hatte die Autoschlüssel.

Er trug sie immer bei sich. Würde sie zu anderen Leuten laufen und sie um Hilfe bitten, ihnen erklären, daß er sie gefangenhielt? Und was würde er dann tun?

Ihre Gedanken gingen wie Karussellpferde im Kreis herum, bis sie aufgab.

Sie wusch sich, zog sich an und schrieb ihr Tagebuch. Wieder führte sie all die Kleinigkeiten auf, die sie beobachtet hatte: daß seine Haut reifer wurde, daß sein Kinn jetzt fest war, aber nicht seine Schädeldecke. Vor allem aber schrieb sie auf, was passiert war, seit sie nach Donnelaith gekommen waren, und berichtete auch, wie eigenartig er auf die Ruinen reagiert hatte.

Nachher fand sie ihn unten im großen Gastraum; er saß mit dem alten Gastwirt am Tisch, in ein schnelles Gespräch vertieft. Der Mann erhob sich respektvoll, als sie kam, und zog einen Stuhl für sie zurück.

»Setz dich«, sagte Lasher zu ihr. Man richte ihr gerade das Frühstück; er habe ihre Schritte oben gehört, als sie aufgestanden sei.

»Das glaube ich«, sagte sie grimmig.

»Reden Sie weiter«, sagte er zu dem alten Mann.

Der Wirt war kaum im Zaum zu halten; er nahm den Faden offensichtlich sofort wieder auf und erzählte, das archäologische Projekt werde seit neunzig Jahren – und beide Kriege hindurch – mit amerikanischem Geld finanziert. Irgendeine Familie in den Staaten sei am Clan von Donnelaith interessiert.

Aber erst in den letzten Jahren waren echte Fortschritte gemacht worden. Als man erkannt hatte, daß die Anfänge der Kathedrale bis in das Jahr 1228 zurückreichten, hatte man die Familie um Aufstockung der Mittel gebeten. Erstaunlicherweise war die alte Stiftung daraufhin vergrößert worden, und jetzt war schon seit zwanzig Jahren eine ganze Truppe aus Edinburgh hier, die verstreute Steine einsammelte und die kompletten Fundamente nicht nur der Kirche selbst, sondern eines Klosters und eines älteren Dorfes gefunden hatte, die wahrscheinlich aus dem achten Jahrhundert stammten. Aus der Zeit des ehrwürdigen Beda, erläuterte er – eine Art Kultstätte. Einzelheiten wußte er nicht.

»Daß es Donnelaith gab, wußten wir schon immer«, sagte der

alte Mann. »Aber die Earls waren in der großen Feuersbrunst von 1689 gestorben; danach war von der Stadt nicht mehr viel da. Als das archäologische Projekt begann, kam mein Vater her und baute dieses Gasthaus. Ein netter Gentleman aus den Vereinigten Staaten hat ihm das Grundstück verpachtet.«

»Wer war das?« fragte Lasher völlig verblüfft.

»Julien Mayfair. Die Stiftung heißt Julien-Mayfair-Trust«, sagte der alte Mann. »Aber eigentlich sollten Sie sich mit den jungen Burschen vom Projekt unterhalten. Sie sind eine wohlerzogene, ernsthafte Truppe, diese Studenten. Sie verhindern, daß die Touristen Steine und sonst was aufsammeln und damit verschwinden.«

»Julien Mayfair«, wiederholte er und starrte den Alten an. Er sah hilflos aus, verdutzt und wachsam. Und als ob ihm dieser Name nichts sagte. »Julien Mayfair . . .«

Bis zum Nachmittag hatten sie mehrere Studenten zum Essen eingeladen, und das Bild hatte sich vervollständigt; außerdem hatten sie Stapel von Broschüren, die von Zeit zu Zeit gedruckt und öffentlich verkauft worden waren, um Geld zu sammeln.

Der Mayfair Trust wurde heute in New York geführt, und die Stifterfamilie war überaus großzügig.

Die älteste Projektmitarbeiterin, eine blonde Engländerin mit einer Ponyfrisur und einem fröhlichen Gesicht, die in ihrer Tweedjacke und den Lederstiefeln ziemlich rundlich aussah, hatte nichts dagegen, all ihre Fragen zu beantworten. Sie arbeitete hier seit 1970. Zweimal hatte sie mehr Geld beantragt, und die Familie hatte sich überaus entgegenkommend gezeigt.

Ja, ein Familienmitglied sei auch einmal zu Besuch dagewesen. Eine Lauren Mayfair, ziemlich steif. »Man hätte sie niemals für eine Amerikanerin gehalten.« Die alte Dame wollte sich ausschütten vor Lachen. »Aber hier hat es ihr nicht gefallen, wissen Sie. Sie hat ein paar Fotos für die Familie gemacht und ist gleich nach London abgereist. Ich erinnere mich, daß sie sagte, sie wolle nach Rom. Sie liebte Italien. Die meisten Leute werden kaum beide Arten von Klima mögen – die feuchten Highlands und das sonnige Italien.«

»Italien«, flüsterte er. »Das sonnige Italien.« Seine Augen

füllten sich mit Tränen. Hastig wischte er sie mit seiner Serviette ab. Die Frau hatte nichts bemerkt. Sie redete und redete.

»Aber was wissen Sie über die Kathedrale?« fragte er. Zum ersten Mal in seinem kurzen Leben, wie Rowan es kannte, sah er erschöpft aus, beinahe gebrechlich. Sie sah, daß er vor einem Zusammenbruch stand.

»Das ist es eben; wir haben uns in bezug darauf schon einmal geirrt, und jetzt veröffentlichen wir nicht mehr viele Theorien. Ohne Zweifel wurde der großartige gotische Bau um 1228 erbaut, aber im Kern stand eine ältere Kirche, die möglicherweise Buntglasfenster hatte. Und das Kloster war ein Zisterzienserkloster, zumindest eine Zeitlang. Dann waren hier Franziskaner.«

Er starrte sie an.

»Es scheint eine Schule zur Kathedrale gehört zu haben, vielleicht sogar eine Bibliothek. Oh, der Himmel allein weiß, was wir noch finden werden. Wir haben erst kürzlich die Ruinen des südlichen Querschiffs aus dem dreizehnten Jahrhundert ausgegraben – und eine Kapelle, von deren Existenz wir nichts gewußt hatten, mit einer Grabkammer. Es handelt sich ohne Zweifel um einen Heiligen, aber wir können ihn nicht identifizieren. Sein Bildnis ist in den Grabdeckel gemeißelt. Wir diskutieren noch: Wagen wir es, das Grab zu öffnen? Wagen wir es, darin zu suchen?«

Er sagte nichts. Die Stille ringsumher war plötzlich bedrükkend.

»Wodurch wurde die Kathedrale zerstört?« fragte Rowan.

Er funkelte sie wütend an, als habe sie nicht das Recht zu sprechen.

»Das weiß ich nicht genau«, sagte die alte Frau. »Aber ich habe eine Ahnung. Es gab einen Krieg zwischen den Clans.«

»Falsch«, sagte er leise. »Suchen Sie tiefer. Es waren die Protestanten. Bilderstürmer.«

Hingerissen klatschte sie in die Hände. »Oh, Sie müssen mir sagen, was Sie auf diesen Gedanken bringt.« Und sie begann eine Tirade über die protestantische Reformation in Schottland und die Hexenverbrennungen, die über ein Jahrhundert gedauert hatten bis zum Ende der Geschichte von Donnelaith, grausame, so grausame Verbrennungen.

Er saß benommen da.

»Ich wette, Sie haben absolut recht!« sagte sie. »Es war John Knox mit seinen Reformatoren! Donnelaith war bis zu dem verfluchten Brand eine mächtige Hochburg der Katholiken geblieben. Nicht einmal der böse Heinrich VIII. hatte Donnelaith bezwingen können.«

Die Frau begann sich zu wiederholen; weitschweifig erzählte sie, wie verhaßt ihr die politischen und religiösen Mächte waren, die Kunst und Bauwerke zerstörten. »All die prachtvollen bunten Glasfenster – denken Sie nur!«

»Ja. Schönes Glas.«

Aber jetzt hatte er alles bekommen, was sie zu geben hatte.

Als es Abend wurde, gingen sie wieder hinaus. Er war schweigsam gewesen, hatte keinen Hunger und keine Lust auf Sex gehabt, aber er hatte sie auch nicht aus den Augen gelassen. Jetzt ging er vor ihr her über die grasbewachsene Ebene, bis sie zur Kathedrale kamen. Ein großer Teil der Ausgrabungsarbeiten im südlichen Querschiff lag hinter verschlossenen Türen unter einem großen, behelfsmäßigen Holzdach. Er zerschlug eine Fensterscheibe, öffnete eine Tür von innen und trat ein. Sie standen in den Ruinen einer Kapelle. Die Studenten hatten die Mauer wieder aufgerichtet. Rings um einen Sarkophag in der Mitte war die Erde entfernt worden. Oben in den Deckel war die Gestalt eines Mannes gehauen; sie war so abgeschliffen, daß sie beinahe geisterhaft aussah. Er starrte die Gestalt an und blickte dann hinauf zu den teilweise wiederhergestellten Fenstern. Rasend vor Wut begann er, mit den Fäusten gegen die Holzwand zu hämmern.

»Hör auf, sonst kommt noch jemand!« rief sie, aber dann wich sie zurück und dachte: Sollen sie doch kommen. Sollen sie ihn doch wie einen Verrückten in eine Zelle sperren. Er sah ihren verschlagenen Blick, den Haß, den sie einen Moment lang nicht mehr verhehlen konnte.

Als sie wieder im Gasthaus waren, begann er, sich seine Tonbänder anzuhören. Dann schaltete er den Recorder ab und wühlte in seinen Unterlagen. »Julien, Julien, Julien Mayfair«, sagte er.

»Du erinnerst dich nicht an ihn, nicht wahr?«

»Was?«

»Du erinnerst dich an gar nichts mehr – wer Julien war oder Mary Beth oder Deborah oder Suzanne. Du hast schon die ganze Zeit Dinge vergessen. Erinnerst du dich an Suzanne?«

Er starrte sie an, bleich und in stummer Wut.

»Du erinnerst dich nicht«, spottete sie. »Du hast in Paris angefangen, zu vergessen. Jetzt weißt du nicht mehr, wer sie *waren*.«

Er kam zu ihr und fiel vor ihr auf die Knie. Er schien in wilder Erregung zu sein; seine Wut mündete in eine überschwengliche Begeisterung.

»Ich weiß nicht, wer *sie* waren«, sagte er. »Ich weiß nicht mal sicher, wer *du* bist! Aber *ich weiß jetzt, wer ich bin!*« Nach Mitternacht weckte er sie mit einem Akt der Vergewaltigung, und als er fertig war, wollte er abreisen, ehe jemand käme, um sie zu suchen. »Diese Mayfairs müssen clevere Leute sein.«

Sie lachte erbittert.

»Und was für ein Monster bist du?« fragte sie. »Du bist nichts, was ich ins Leben gerufen habe. Das weiß ich jetzt. Ich bin nicht Mary Shelley.«

Er hielt den Wagen an, zerrte sie hinaus ins hohe Gras und schlug sie wieder und wieder. Er schlug so fest, daß er ihr fast den Kiefer gebrochen hätte. Sie schrie ihn warnend an; der Schaden würde irreparabel sein. Er hörte auf zu schlagen und blieb mit geballten Fäusten über ihr stehen.

»Ich liebe dich«, sagte er weinend, »und ich hasse dich.«

»Ich weiß genau, was du meinst«, antwortete sie dumpf. Ihr Gesicht tat so weh, daß sie dachte, er habe ihr vielleicht doch Nase und Kiefer gebrochen. Aber sie hatte Glück gehabt. Schließlich richtete sie sich auf.

Er hatte sich neben ihr auf Knie und Ellenbogen fallen lassen und begann sie mit seinen großen, warmen Händen zu liebkosen. Völlig verwirrt schluchzte sie an seiner Brust.

»O mein Gott, mein Gott, was sollen wir nur tun?« fragte sie. Er streichelte sie, bedeckte sie mit Küssen, trank wieder an ihr – alle seine alten Tricks, seine bösen Tricks.

Das nächste Mal wurde er wütend, als sie an einer Tankstelle anhielten und sie in die Nähe einer Telefonzelle schlenderte. Er fing sie ein, und da begann sie hastig einen alten Vers aufzusagen, den ihr ihre Mutter beigebracht hatte.

Ach weh, ach weh, die arme Miss Mackay,
Ihre Messer und Gabeln sagten adé.
Wenn Löffel und Tassen nun auch noch gehen,
Das ist weiß Gott nicht vorauszusehen.

Wie sie erhofft hatte, schüttete er sich aus vor Lachen. Er fiel sogar auf die Knie. Wie groß seine Füße waren! Sie stand vor ihm und sang:

Tom, Tom, des Pfeifers Sohn,
Stahl ein Schwein und rann davon,
Hat's alleine aufgefressen,
Und's Bezahlen ganz vergessen.

Halb lachend, halb weinend, flehte er sie an, aufzuhören. »Ich habe auch einen für dich!« rief er, und er sprang auf und tanzte umher, stampfte mit den Füßen auf den Boden und klatschte sich auf die Schenkel, und dabei sang er:

Die Sau kam mit dem Sattel herein,
In der Wiege schaukelt das Schwein.
Der Teller sprang über den Tisch blitzeschnelle
Und sah, wie der Topf verschluckte die Kelle.
Hinter der Tür der Bratenspieß,
Die Puddingstöcke zu Boden stieß.
»Potzblitz!« sagte der Ofenrost.
»Wißt ihr's nicht mehr?
Ich bin der Herr Wachtmeister.
Bringt sie nur her!«

Und dann packte er sie rauh und mit zusammengebissenen Zähnen und schleifte sie zurück zum Auto.

Als sie in London angekommen waren, war ihr Gesicht ganz geschwollen. Wer sie sah, erschrak. Er mietete sich mit ihr in einem vorzüglichen Hotel ein; sie hatte keine Ahnung, wo es lag. Er gab ihr heißen Tee und Süßigkeiten und sang ihr etwas vor.

Er entschuldigte sich für alles, was er getan hatte. Er sei wiedergeboren worden; sei ihr denn nicht klar, was das bedeutete? Ein Wunder wohne in ihm. Dann erfolgte erwartungsgemäß das Küssen und Trinken und ein grober, plumper Liebesakt, nicht besser als jeder andere auch.

Sie gingen zur Westminster Abbey, und er wanderte durch die ganze Anlage und studierte sie in allen Einzelheiten. Er beobachtete, wie die Gläubigen umhergingen. Schließlich sagte er: »Ich habe nur eine einzige, einfache Mission. So alt wie die Erde selbst.«

»Und die wäre?« fragte sie.

Er gab keine Antwort.

Als sie wieder im Hotel waren, sagte er: »Ich möchte, daß du deine Studien ernsthaft beginnst. Wir besorgen uns einen sicheren Ort ... nicht hier in Europa ... in den Staaten, so nah bei ihnen, daß sie es nie vermuten werden. Wir brauchen alles. Die Kosten dürfen kein Hindernis sein. Wir fahren nicht mehr nach Zürich. Sie werden dich dort suchen. Kannst du große Geldbeträge beschaffen?«

»Das habe ich schon getan«, erinnerte sie ihn. Diese und andere Bemerkungen machten ihr deutlich, daß er sich manches einfach nicht merken konnte, jedenfalls nicht in der richtigen Reihenfolge. »Der Bankenweg ist gut organisiert. Wir können zurück in die Staaten, wenn du willst.«

Tatsächlich machte ihr Herz bei diesem Gedanken einen Freudensprung.

»Es gibt ein neurologisches Institut in Genf«, sagte sie. »Da sollten wir hingehen. Es ist weltberühmt. Es ist riesig. Da können wir ein bißchen arbeiten. Und ich kann alles direkt bei der Schweizer Bank arrangieren. Dort können wir Pläne machen. Es ist am besten so, galube mir.«

»Ja«, sagte er. »Und von dort müssen wir in die Staaten zurückkehren. Sie werden dich suchen. Und mich auch. Wir müssen zurück. Ich denke an das Haus.«

Sie schlief ein und träumte nur von Labors, Objektträgern, Untersuchungen, Mikroskopen – von Wissen, als wäre es ein

Exorzismus. Sie wußte natürlich, daß sie es nicht allein schaffen konnte. Im besten Fall könnte sie eine Computerausrüstung beschaffen und ihre Befunde aufzeichnen. Sie brauchte eine ganze Stadt von Labors, eine Stadt, wo die Krankenhäuser auf den Bäumen wuchsen, wo sie von einem großen Zentrum zum anderen gehen konnte . . .

In Genf planten sie alles bis ins letzte Detail.

Die nächstliegende Wahl für ihr Ziel war Houston in Texas. Warum? Weil es dort ganz einfach überall Krankenhäuser und medizinische Zentren gab. Medizinische Forschung jeglicher Art wurden in Houston betrieben. Vielleicht würde sie ein Gebäude für sie ausfindig machen, irgendeine medizinische Einrichtung, die wegen der Ölkrise leerstand. Houston war ins Kraut geschossen; es habe drei Innenstädte, sagte man. Niemand konnte sie dort finden.

Geld war kein Hindernis. Die großen Beträge, die sie sich überwiesen hatte, waren bei der riesigen Schweizer Bank in Sicherheit. Sie brauchte nur noch ein paar Tarnkonten in Kalifornien und in Houston einzurichten.

Sie lag im Bett, hatte die Finger fest um die Handgelenke geschlossen und dachte: Houston. Nur eine Flugstunde von zu Hause. »Nur eine Stunde.«

»Ja, sie werden es nie erraten«, meinte er. »Ebenso könntest du uns zum Südpol bringen; ein raffinierteres Versteck könntest du dir nicht ausdenken.«

Aller Mut verließ sie. Sie schlief. Sie übergab sich. Als sie aufwachte, blutete sie. Wieder ein Abort, und diesmal war der viskose Kern fünf Zentimeter lang geworden, vielleicht länger, ehe er angefangen hatte, sich aufzulösen.

Am Morgen, als sie sich ausgeruht hatte, setzte sie ihren Willen durch: Sie wollte ins Institut gehen, dieses Ding untersuchen und sämtlichen Tests unterziehen, die sie durchführen konnte. Sie schrie und kreischte, und schließlich willigte er entsetzt ein.

»Du hast Angst davor, ohne mich zu sein, nicht wahr?« sagte sie.

»Stell dir vor, du wärest der letzte Mann auf der Erde«, sagte er. »Und ich wäre die letzte Frau.«

Sie wußte nicht, was er damit meinte. Aber er schien es zu wissen. Er brachte sie ins Institut.

Im Institut gelang es ihr, sich einen weißen Kittel zu beschaffen, eine Laborkarte, einen Stift, Dinge, die sie benötigte, Formulare aus einer Batterie von Schreibtischfächern, gelbe, rosa und blaue Zettel für die verschiedenen Tests, und dann begann sie die gefälschten Laboraufträge auszufüllen.

Zwischendurch konnte sie eine lange Mitteilung auf einem der Dreifach-Formulare verfassen, adressiert an den Concierge ihres Hotels; sie wies ihn an, eine medizinische Sendung vorzubereiten. Empfänger sei Samuel Larkin, M.D., University Hospital, San Francisco, Kalifornien. Das Material für die Sendung werde sie ihm sobald wie möglich zugehen lassen.

Als sie ins Hotelzimmer zurückkamen, packte sie eine Tischlampe und schlug ihn damit. Er taumelte und fiel zu Boden; Blut spritzte aus seinem Gesicht und lief ihm in die Augen. Aber Haut und Knochen waren wunderbar elastisch, und er kam gleich wieder zu sich wie ein Säugling, der einen schrecklich tiefen Fenstersturz überlebt. Er packte sie und schlug sie, bis sie das Bewußtsein verlor.

In der Nacht wachte sie auf. Ihr Gesicht war geschwollen, aber gebrochen war nichts. Das eine Auge war fast zugequollen. Jetzt würde sie tagelang im Zimmer bleiben müssen. Tagelang. Sie wußte nicht, ob sie das aushalten würde.

Am nächsten Morgen fesselte er sie zum erstenmal ans Bett. Er benutzte Fetzen und Streifen von Bettwäsche dazu und knüpfte starke Knoten; er war halb damit fertig, als sie erwachte und merkte, daß sie einen Knebel im Mund hatte. Er blieb stundenlang weg. Niemand kam. Sie strampelte und schrie, aber es half nichts.

Als er zurückkam, holte er das Telefon aus dem Versteck und bestellte ein Festmahl für sie, und wieder flehte er sie an, ihm zu vergeben. Er spielte auf seiner kleinen Flöte.

Als sie aß, beobachtete er jede ihrer Bewegungen. Sein Blick war nachdenklich und versonnen.

Sie wehrte sich nicht, als er sie am nächsten Tag wieder festband, und diesmal tat er es mit unzerreißbarem Klebstreifen, den er am Tag zuvor mitgebracht hatte. Er wollte ihr den

Mund zukleben, und sie machte ihn ruhig darauf aufmerksam, daß sie dann vielleicht ersticken werde. Er begnügte sich mit einem weniger schmerzhaften und wirkungsvollen Knebel. Als er weg war, bäumte sie sich auf, bis sie rasend war. Es half nichts. Nichts half. Die Milch quoll aus ihren Brüsten. Ihr war schlecht, und das Zimmer drehte sich um sie.

Am folgenden Nachmittag schlief er mit ihr und blieb dann auf ihr liegen, schwer und süßduftend, das weiche schwarze Haar zwischen ihren Brüsten, seine linke Hand auf ihrer rechten, träumend, summend. Sie war nicht gefesselt. Er hatte die Klebstreifen durchgeschnitten, und sie baumelten herunter. Er würde ihr neue anlegen, wenn es ihm paßte.

Sie betrachtete seinen Scheitel, seine glänzend schwarze Mähne, sie atmete seinen Duft und preßte ihren Körper gegen sein Gewicht, und dann versank sie für eine Stunde in Halbschlaf.

Er war immer noch nicht aufgewacht. Er atmete tief.

Sie griff mit der linken Hand zum Telefon und nahm den Hörer ab. Nichts sonst regte sich an ihr. Es gelang ihr, sich den Hörer ans Ohr zu legen und die Nummer der Rezeption einzutippen, und dann sprach sie so leise, daß sie sie kaum hören konnten.

Es war Nacht in Kalifornien. Lark hörte sich an, was sie zu sagen hatte. Lark war ihr Chef gewesen. Lark war ihr Freund. Lark war der einzige, der ihr vielleicht glauben würde, und der einzige, der ihr versprechen konnte, die Proben zum Keplinger Institute zu bringen. Was immer mit ihr passierte, diese Proben mußten ins Keplinger Institute. Mitch Flanagan war dort der Mann ihres Vertrauens, auch wenn er sich vielleicht gar nicht mehr an sie erinnerte.

Jemand mußte es erfahren.

Lark versuchte ihr alle möglichen Fragen zu stellen. Er konnte sie nicht verstehen; sprechen Sie lauter, sagte er. Sie sagte ihm, daß sie in Gefahr sei und jeden Augenblick unterbrochen werden könne. Sie wollte den Namen des Hotels heraussprudeln, aber sie war unsicher. Ihr Verstand war überdreht. Sie konnte nicht mehr vernünftig denken. Sie plapperte Lark etwas von den Fehlgeburten vor. Da blickte Lasher auf, riß ihr das Telefon aus der Hand, fetzte den ganzen Apparat aus der Wand und fing an, sie zu schlagen.

Er hörte wieder auf, als sie ihn daran erinnerte, daß man die Spuren sehen würde. Sie mußten nach Amerika. Sie würden morgen abreisen. Als er sie fesselte, bat sie ihn, alles ein bißchen lockerer zu machen. Wenn er sie weiter so stramm verschnürte, würde sie ihre Glieder nicht mehr benutzen können.

Er weinte tränenlos und still. »Ich liebe dich«, sagte er. »Wenn ich dir nur vertrauen könnte. Wenn du nur meine Gehilfin sein, wenn du mir deine Liebe und dein Vertrauen schenken könntest. Aber ich habe dich zu dem gemacht, was du bist: eine berechnende Hexe. Du schaust mich an und versuchst, mich zu töten.«

»Du hast recht«, sagte sie. »Aber wir sollten jetzt nach Amerika fliegen, wenn du nicht willst, daß sie uns finden.«

Wenn sie nicht aus diesem Zimmer hinauskäme, dachte sie, würde sie völlig wahnsinnig werden und nutzlos sein. Sie versuchte, einen Plan zu machen. Den Atlantik überqueren, dem Zuhause näher sein. Näher. Houston ist näher.

Eine dumpfe Hoffnungslosigkeit überlagerte alles. Sie wußte jetzt, was sie zu tun hatte. Sie mußte sterben, ehe sie von diesem Wesen erneut geschwängert wurde. Sie konnte nicht noch einen Fötus gebären, sie konnte es nicht. Aber er wollte sich mit ihr fortpflanzen; er hatte sie schon zweimal befruchtet. Ihr Kopf war leer vor lauter Angst. Zum erstenmal im Leben begriff sie, warum manche Menschen nicht handeln konnten, wenn sie Angst hatten, warum sie einfach erstarrten.

Was war aus ihren Aufzeichnungen geworden?

Am Morgen packten sie zusammen ihre Koffer. Alles Medizinische kam in eine Tasche für sich, und dazu legte sie Kopien der diversen Etiketten und Formulare, mit denen sie die einzelnen Untersuchungen in den Kliniken in Auftrag gegeben hatte. Zuoberst lagen die schriftlichen Anweisungen für den Concierge und Larks Adresse. Er schien es nicht zu bemerken.

Sie hatte beträchtliche Mengen von Verpackungsmaterial aus dem Labor mitgebracht, aber jetzt stopfte sie noch Handtücher um das Material. Und ihre alten, blutigen Kleidungsstücke zwängte sie auch noch mit dazu.

»Warum wirfst du das nicht weg?« wollte er wissen. »Dieser grausige Gestank.«

»Ich rieche nichts«, erwiderte sie eisig. »Und ich brauche all das Verpackungsmaterial; das habe ich dir schon gesagt. Aber ich kann meine Notizbücher nicht finden. Ich hatte doch so viele Notizbücher.«

»Ja. Ich habe sie gelesen«, sagte er ruhig, *»und ich habe sie weggeworfen.«*

Sie starrte ihn an.

Keine Unterlagen mehr; nur diese Proben. Keine Nachricht an irgend jemanden, daß dieses Ding lebte und atmete und sich vermehren wollte.

Während er in der Eingangshalle dafür sorgte, daß ein Wagen kam, der sie zum Flughafen brachte, gab sie dem Türpagen die Tasche mit dem medizinischen Untersuchungsmaterial und ein Bündel Schweizer Franken, und sie erklärte hastig auf deutsch, daß diese Tasche schleunigst an Dr. Samuel Larkin geschickt werden müsse. Dann wandte sie dem Mann sofort den Rücken zu und ging auf das wartende Auto zu. Lasher drehte sich lächelnd um und streckte ihr die Hand entgegen.

»Meine Frau – wie müde sie aussieht«, sagte er leise und mit schmalem Lächeln. »Wie krank sie war.«

»Ja, sehr«, sagte sie, und sie fragte sich, was der Page wohl sah, wenn er ihr in das schmale, blaugeprügelte Gesicht blickte.

»Laß dich umarmen, mein Liebling.« Er schlang ihr auf dem Rücksitz den Arm um die Schultern und küßte sie, als sie davonfuhren. Sie machte sich nicht die Mühe, sich umzudrehen und nachzusehen, ob der Page mit der Tasche ins Hotel gegangen war. Sie wagte es auch gar nicht. Der Concierge würde die Adresse darin finden. Er mußte.

Als sie in New York waren, merkte er, daß die Tasche mit dem medizinischen Material und allen Untersuchungsbefunden fehlte. Er drohte sie zu töten. Sie lag auf dem Bett und weigerte sich, mit ihm zu sprechen. Er fesselte sie behutsam und ließ ihr Spielraum, aber nicht so viel, daß sie sich hätte befreien können. Er deckte sie sorgfältig zu, damit sie sich nicht erkältete, schaltete die Lüftung im Bad ein und stellte den Fernseher laut, aber nicht zu laut, und dann ging er aus.

Es dauerte volle vierundzwanzig Stunden, bis er zurückkam. Sie hatte den Urin nicht halten können. Sie haßte ihn. Sie wünschte, er möge sterben. Sie wünschte, sie wüßte einen Zauber, mit dem sie ihn töten könnte.

Er saß neben ihr, als sie die Arrangements für Houston traf – ja, drei Etagen in einem fünfzigstöckigen Gebäude, in denen sie völlig ungestört sein würden. Ein Komplex wie dieser war klein für Houstoner Verhältnisse, aber er lag mitten in der Stadt, und in Houston standen einige davon leer. Hier war die Leitung eines Krebsforschungsprogramms untergebracht gewesen, bis das Geld ausgegangen war. Andere Mieter gab es zur Zeit nicht.

In den drei Stockwerken standen immer noch alle möglichen Apparate herum; sie mietete die gesamte Fläche mit Wohnungen, Büros, Empfangs- und Untersuchungsräumen und Labors. Sie sorgte für die nötigen Anschlüsse, Mietwagen und alles andere, was sie brauchen würden, um mit ernsthafter Forschung zu beginnen.

Sein Blick war sehr kalt, als er sie beobachtete. Er beobachtete ihre Finger, wenn sie auf die Telefontasten drückte. Er lauschte jeder Silbe, die über ihre Lippen kam.

Als sie in Houston angekommen waren, erkannte sie, daß sie sich ein Gefängnis eingerichtet hatte. Das Gebäude war verlassen, und sie hatte drei sehr hoch gelegene Stockwerke gemietet. Zwei Tage lang ließ er sie gewähren; sie kauften verschiedene Dinge, die ihnen das Dasein in diesem hohen Märchenturm inmitten von Neon und funkelnden Lichtern komfortabel gestalten sollten. Sie beobachtete ihn, sie wartete, war stets bereit, die winzigste Gelegenheit zu ergreifen – aber er war zu wachsam, zu schnell.

Und dann band er sie wieder fest. Es würde keine Forschung, kein Projekt geben. »Ich weiß, was ich wissen muß.«

Beim ersten Mal war er einen ganzen Tag weggeblieben. Beim zweiten Mal die ganze Nacht und den halben Vormittag. Und dies war das dritte Mal gewesen – vier Tage vielleicht.

Und was hatte er jetzt aus diesem kalten, modernen Schlafzimmer mit den weißen Wänden und großen Fenstern und laminierten Möbeln gemacht . . .

Ihre Beine taten so weh. Sie humpelte aus dem Bad ins Schlafzimmer. Er hatte das Bett saubergemacht; es war mit rosaroter Wäsche bezogen, und er hatte es mit Blumen umgeben. Das rief ihr ein seltsames Bild in Erinnerung. Eine Frau in Kalifornien, die Selbstmord begangen hatte, hatte sich Unmengen von Blumen bestellt, sie alle ums Bett drapiert und dann Gift genommen.

Dies hier sah aus wie ein Ort zum Sterben. Riesige Blumensträuße, Vasen, wohin sie schaute. Wenn sie stürbe, würde er vielleicht anfangen, Fehler zu begehen. Er war so töricht. Sie mußte Ruhe bewahren. Sie mußte nachdenken, am Leben bleiben und raffiniert sein.

»Solche Lilien. Und die Rosen. Hast du sie selbst heraufgebracht?« fragte sie.

Er schüttelte den Kopf. »Sie wurden alle geliefert und standen vor der Tür, bevor ich den Schlüssel ins Schloß steckte.«

»Du dachtest, du würdest mich tot finden, nicht wahr?«

»So sentimental bin ich nicht, außer wenn es um Musik geht«, sagte er und lächelte strahlend. »Nebenan ist etwas zu essen. Ich bringe es dir. Was kann ich tun, damit du mich liebst? Gibt es etwas, das ich dir sagen kann? Gibt es irgendeine Neuigkeit, die dich zur Vernunft bringen könnte?«

»Ich hasse dich absolut und vollständig«, sagte sie. Sie setzte sich auf das Bett, weil keine Stühle da waren und sie nicht mehr stehen konnte. Ihre Fußknöchel schmerzten. Die Arme taten ihr weh. Sie hatte einen mörderischen Hunger. »Warum hältst du mich am Leben?«

Er ging hinaus und kam mit einem großen Tablett zurück. Es war voller Salate aus dem Delikatessenladen und Fleischkonserven – verpackter, industriell verarbeiteter Müll.

Sie schlang alles gierig hinunter. Dann schob sie das Tablett weg. Ein Liter Orangensaft war da, und sie trank ihn ganz. Dann stand sie auf und taumelte zur Toilette. Beinahe wäre sie gefallen. Lange blieb sie in dem kleinen Raum; zusammengekrümmt hockte sie auf dem Klo, den Kopf an die Wand gelehnt. Sie fürchtete, sie müsse sich übergeben.

Müde öffnete sie die Tür. Er stand draußen mit verschränkten Armen; er hob sie auf und trug sie zum Bett. Er hatte es mit weißen Gänseblumen aus einem der Sträuße übersät, und als sie auf die steifen Stiele und duftenden Blüten sank, mußte sie lachen. Es war ein so gutes Gefühl, daß sie sich gehenließ, lachte und lachte, bis es wie ein Lied aus ihr hervorsprudelte.

Er beugte sich über sie, um sie zu küssen.

»Tu's nicht wieder. Wenn ich noch eine Fehlgeburt habe, werde ich sterben. Es gibt leichtere und schnellere Methoden, mich umzubringen. Du kannst kein Kind von mir bekommen, begreifst du das nicht? Wie kommst du auf die Idee, daß du überhaupt von jemandem ein Kind bekommen kannst?«

»Ah, aber du wirst diesmal keine Fehlgeburt haben.« Er legte sich neben sie und strich ihr mit der Hand über den Bauch. Er lächelte und stieß summend eine rapide Folge von Silben aus, wobei sein Mund sich für einen Augenblick grotesk verformte – es war eine Sprache!

»Ja, mein Liebling, meine Liebe, das Kind lebt, und das Kind kann mich hören. Das Kind ist weiblich. Das Kind ist da.«

Sie kreischte.

Ihre Wut richtete sich gegen das ungeborene Ding. Töte es, töte es, töte es. Und dann – als sie zurücksank, schweißgebadet, schon wieder stinkend, mit dem Geschmack von Erbrochenem im Mund – hörte sie ein Geräusch, als ob jemand weinte.

Er summte seinen seltsamen Gesang.

Dann kam das Weinen.

Sie schloß die Augen und versuchte, Sinn in die Laute zu bringen.

Sie konnte es nicht.

Aber sie hörte eine neue Stimme, und die neue Stimme war in ihr und sprach zu ihr in einer Sprache, die sie ohne Worte verstand. Sie suchte ihre Liebe, ihren Trost.

Ich werde dir nichts tun, dachte sie. Und die Stimme antwortete ihr, ohne Worte, in Dankbarkeit und Liebe.

Gütiger Gott, es lebte; er hatte recht. Es lebte, und es konnte sie hören. Es hatte Schmerzen.

»Es wird nicht sehr lange dauern«, sagte er. »Ich sorge für dich mit meinem ganzen Herzen. Du bist meine Eva, und doch bist du ohne Erbsünde. Und wenn es geboren ist, kannst du sterben, wenn du willst.«

Sie antwortete nicht. Warum sollte sie? Zum ersten Mal seit zwei Monaten gab es jemand anderen, mit dem sie reden konnte. Sie wandte den Kopf ab.

13

Anne Marie Mayfair saß steif auf der glatten, beigefarbenen Plastikcouch in der Eingangshalle des Krankenhauses. Mona sah sie gleich, als sie hereinkam. Anne Marie trug immer noch das marineblaue Kostüm, das sie auf der Beerdigung getragen hatte und die übliche hochgeschlossene Bluse mit dem Rüschenbesatz.

Sie blickte auf, als Mona herantrat. Mona gab ihr einen Kuß auf die Wange und plumpste dann neben ihr auf das Sofa.

»Hat Ryan angerufen?« fragte Anne Marie; ihr Tonfall war gedämpft und diskret, obwohl nur wenige Leute in dem hell erleuchteten Foyer unterwegs waren. Aufzugtüren öffneten und schlossen sich weit hinten in einer Nische. Die Aufnahme mit der hohen, unpersönlichen Theke war leer.

»Du meinst, wegen Mutter?« fragte Mona. Sie haßte diesen Ort. Wenn sie erst einmal reich wäre, ein gewaltiger Mayfair-Mogul mit Investmentfonds in allen Bereichen der Wirtschaft, dann würde sie sich eine Weile mit Innenarchitektur beschäftigen, um so sterile und kalte Orte wie diesen hier ein bißchen lebendiger zu gestalten. Dann fiel ihr Mayfair Medical ein. Natürlich mußte dieser Plan weitergeführt werden! Sie mußte Ryan helfen. Sie durften sie nicht ausschließen. Morgen würde sie mit Pierce darüber reden. Und mit Michael, sobald er sich ein bißchen wohler fühlte.

Sie schaute Anne Marie an. »Ryan sagt, Mutter ist hier drinnen.«

»Ja, na ja, das stimmt. Sie schläft, seit sie ihr heute morgen eine Nadel in den Arm gestochen haben. Aber ich meinte etwas anderes. Hat Ryan dich wegen Edith angerufen?«

»Nein. Was ist mit Edith?« Mona kannte Edith kaum. Edith war Laurens Enkelin, eine schüchterne, zänkische Einsiedlerin, die in der Esplanade Avenue wohnte und ihre ganze Zeit mit Katzen verbrachte – eine in allem vorhersehbare und langweilige Frau, die nie irgendwo hinging, anscheinend nicht mal zu Beerdigungen. Edith. Wie sah sie aus? Mona wußte es nicht genau.

Anne Marie richtete sich auf, warf die Zeitschrift auf den Tisch und schob sich die Brille vor die hübschen Augen. »Edith ist heute nachmittag gestorben. An einer Blutung, genau wie Gifford. Ryan sagt, die Frauen der Familie dürfen alle nicht mehr allein bleiben. Es könnte etwas Genetisches sein. Wir sollen immer in der Nähe anderer Leute bleiben. Wenn dann etwas passiert, können wir um Hilfe rufen. Edith war ganz allein, genau wie Gifford.«

»Du willst mich auf den Arm nehmen. Edith Mayfair ist tot? Das ist wirklich und wahrhaftig passiert?«

»Ja, glaub mir. Stell dir vor, wie Lauren zumute ist. Sie ist hingegangen, um ihr Vorwürfe zu machen, weil sie nicht auf Giffords Beerdigung war. Und da lag sie im Badezimmer auf dem Boden. Verblutet. Und ihre Katzen waren überall und leckten das Blut auf.«

Mona sagte eine Weile gar nichts. Sie mußte nachdenken – nicht nur über das, was sie wußte, sondern auch über die Frage, wieviel sie den andern erzählen könnte, und wozu es gut wäre.

»Soll das heißen, sie hatte auch eine Gebärmutterblutung?«

»Ja, möglicherweise eine Fehlgeburt, hieß es. Ich selbst würde ja sagen, das ist unmöglich, so wie ich Edith kenne. Es ist wie bei Gifford. Sie können beide nicht schwanger gewesen sein. Diesmal wird eine Autopsie vorgenommen. Zumindest tut die Familie also jetzt mehr, als nur Kerzen anzuzünden und Gebete zu sprechen und einander mit dem bösen Blick zu verfolgen.«

»Das ist gut«, sagte Mona mit dumpfer Stimme; sie zog sich in sich selbst zurück und hoffte, ihre Cousine werde mal für ein Weilchen den Mund halten.

Sie starrte die kahlen Wände der Halle an, die kargen Schilder und die großen, sandgefüllten Aschenbecher. Vor einer halben Stunde hatte sie fest geschlafen, als sie etwas geweckt hatte – ein Geruch, ein Lied von einem Victrola. Sie sah das offene Fenster vor sich, ganz hinaufgeschoben, und die Nacht draußen, die sich hereinbeugte mit ihren dunklen Eiben und Eichen. Sie versuchte, sich an den *Geruch* zu erinnern.

»Sprich mit mir, Kind«, sagte Anne Marie. »Ich mache mir Sorgen um dich.«

»Ja, ja, aber mir fehlt nichts. Alles okay. Ich gehe jetzt hinauf zu Mutter.«

»Weck sie nicht auf.«

»Du sagst, sie schläft seit heute morgen? Vielleicht ist sie im Koma. Vielleicht ist sie tot.«

Anne Marie lächelte und schüttelte den Kopf. Sie griff nach ihrer Zeitschrift und fing wieder an zu lesen. »Fang keinen Streit mit ihr an, Mona«, sagte sie, als Mona sich zum Gehen wandte.

Die Aufzugtüren öffneten sich leise im sechsten Stock. Dort wurden die Mayfairs immer untergebracht, wenn es keine dringenden Gründe gab, sie auf eine Spezialstation zu legen. Die Mayfairs hatten hier Zimmer mit Wohnräumen und kleinen Küchen, in denen sie sich Kaffee kochen oder ihre Eiscreme aufbewahren konnten. Alicia war schon hiergewesen – viermal genau gesagt: wegen Dehydrierung, wegen Unterernährung, mit einem gebrochenen Fußknöchel und wegen eines Selbstmordversuchs –, und sie hatte geschworen, sich nie wieder herbringen zu lassen. Wahrscheinlich hatten sie sie fixieren müssen.

Mona tappte leise den Korridor hinunter. Der Duft stieg ihr in die Nase, als sie die Tür zum Westflügel im sechsten Stock erreicht hatte. Das war er. Genau der gleiche Geruch.

Sie blieb stehen und atmete tief durch, und sie erkannte, daß sie zum ersten Mal im Leben wirklich Angst vor etwas hatte.

Wenn sie nur Michael bei sich hätte, dann würde sie die Ausgangstür einfach aufstoßen und nachsehen, ob jemand im Treppenhaus stand, der diesen Geruch verströmte.

Aber der Geruch war bereits schwach. Er verging. Und während sie noch dastand und darüber nachdachte und allmählich im stillen wütend wurde, weil sie nicht den Mumm hatte, die verfluchte Tür einfach aufzumachen, öffnete sie jemand anders, ließ sie wieder zuschwingen und ging den Gang hinunter. Ein junger Arzt mit dem Stethoskop über der Schulter.

Der Treppenabsatz war leer gewesen.

Sie stieß die Doppeltür zur Station auf. Der Geruch wurde stärker. Aber da saßen drei Schwestern in einer Insel aus Licht, umgeben von der hohen Holztheke, und schrieben; die eine sprach dabei leise in ein Telefon, und die andern beiden wirkten äußerst konzentriert.

Niemand nahm Notiz von Mona, als sie an der Stationsaufnahme vorbeiging und in den schmalen Korridor einbog. Der Geruch war hier sehr stark.

»Lieber Gott, sag, daß es nicht so ist«, flüsterte Mona. Sie blickte im Vorübergehen auf die Türen rechts und links, aber der Geruch verriet es ihr, bevor sie das Schild las: »Alicia (CeeCee) Mayfair«.

Die Tür stand offen, und es war dunkel im Zimmer; hinter dem einzigen Fenster lag ein Treppenhaus. Eine kahle Wand starrte durch die Scheibe zu der reglosen Frau herein, die unter der weißen Decke lag, das Gesicht zur Wand gedreht. Eine kleine digitale Anzeige zeigte die Tropfgeschwindigkeit der Infusion – aus einem Plastikbeutel rann glasklare Glukose durch einen dünnen Schlauch unter einem Wulst von Heftpflaster in den Handrücken der Frau. Die Hand lag flach auf der weißen Decke.

Mona blieb ganz still stehen und stieß die Tür dann vollends auf, bis an die Wand, so daß sie rechts ins Bad schauen konnte. Eine Toilette aus Porzellan. Eine leere Dusche. Rasch musterte sie den Rest des Zimmers. Als sie sich vergewissert hatte, daß sie und ihre Mutter allein waren, wandte sie sich wieder dem Bett zu.

Das Profil ihrer Mutter hatte bemerkenswerte Ähnlichkeit mit dem ihrer Schwester Gifford im Sarg. Ein ausgemergeltes Gesicht aus lauter Ecken und Kanten versank in dem großen, weichen, nachgiebigen Kopfkissen.

Die Decke türmte sich wie ein Berg über dem Körper. Sie war schneeweiß, bis auf einen unregelmäßigen roten Fleck in der Mitte, nicht weit entfernt von der Hand mit den Pflastern und dem Schlauch und der Kanüle.

Mona kam langsam näher, umklammerte mit der linken Hand die Chromstange am Fußende des Bettes und berührte mit der rechten den roten Fleck. Naß, sehr naß. Sie konnte sehen, daß der Fleck immer noch größer wurde. Etwas sickerte von unten durch die Decke. Grob riß Mona die Decke unter Alicias schlaffem linken Arm herunter. Ihre Mutter regte sich nicht, ihre Mutter war tot. Das Blut war überall. Das ganze Bett war naß.

Ein Geräusch war hinter Mona zu hören, und dann sagte eine Frauenstimme in rauhem, unfreundlichem Flüsterton: »Weck sie nicht auf, Liebes. Wir hatten's verdammt schwer mit ihr heute morgen.«

»In letzter Zeit mal die Vitalfunktionen kontrolliert?« fragte Mona und sah die Schwester an. Aber die Schwester hatte das Blut schon gesehen. »Ich glaube, die Chance, sie noch mal aufzuwecken, ist ziemlich klein. Wieso rufen Sie nicht meine Cousine Anne Marie? Sie sitzt unten in der Halle. Sagen Sie ihr, sie soll sofort raufkommen.«

Die Schwester war eine alte Frau. Sie nahm die Hand der Toten und ließ sie gleich wieder los, wich vor dem Bett zurück und verließ das Zimmer.

Innerhalb weniger Minuten war das Zimmer voll Personal. Anne Marie stand im Gang und wischte sich mit einem Papiertaschentuch die Augen. Mona drückte sich in den Hintergrund.

Lange Zeit stand sie im Stationszimmer und hörte nur zu. Ein Assistenzarzt mußte gerufen werden, der Alicia rechtmäßig für tot erklärte. Sie mußten auf ihn warten, und das würde zwanzig Minuten dauern. Inzwischen war es nach acht. Man hatte den Hausarzt gerufen, und natürlich Ryan. Der arme Ryan. Gott stehe ihm bei. Das Telefon klingelte jetzt unablässig. Und Lauren? In welcher Verfassung war sie wohl?

Benommen fuhr Mona hinunter ins Foyer und ging auf die Straße hinaus. Das Krankenhaus lag in der Prytania Street, nur einen Häuserblock weit von der Amelia Street, Ecke St. Charles Avenue, entfernt, wo Mona wohnte. Langsam ging sie im Mondlicht der Straßenlaternen den Gehweg entlang und dachte still nach.

»Ich glaube, ich möchte solche Kleider jetzt nicht mehr tragen«, sagte sie laut, als sie an der Straßenecke stand. »Nein, es ist Zeit, das Kleidchen und die Haarschleife wegzuschmeißen.«

Ihr Haus auf der anderen Straßenseite war ausnahmsweise hell erleuchtet. Leute stiegen aus Autos.

Mehrere Mayfairs hatten sie gesehen; einer zeigte zu ihr herüber. Jemand kam zur Ecke und streckte ihr die Arme entgegen, als bedeute dies, daß sie beim Überqueren der Straße nicht überfahren wurde.

»Ja, ich glaube, ich kann diese Kleider nicht mehr leiden«, sagte sie bei sich, als sie vor dem von fern herankommenden Verkehr eilig über die Straße lief. »Nein. Hab' die Nase voll davon.«

»Mona, Darling!« sagte ihr Cousin Gerald.

»Na ja, war nur eine Frage der Zeit«, sagte Mona. »Aber ich habe wirklich nicht damit gerechnet, daß sie beide sterben. Nein, das hab' ich nicht kommen sehen.« Sie ging an Gerald vorbei, und auch an den Mayfairs, die sich am Gartentor und am Weg zur Treppe versammelt hatten.

»Yeah, okay«, sagte sie zu denen, die versuchten, mit ihr zu sprechen. »Ich muß erst mal dieses alberne Kleid loswerden.«

14 Juliens Geschichte

Es ist nicht meine Lebensgeschichte, die Sie hören wollen, aber lassen Sie mich bitte kurz erläutern, wie ich auf meine diversen Geheimnisse gestoßen bin. Wie Sie wissen, bin ich im Jahr 1828 geboren, aber ich frage mich, ob Ihnen klar ist, was das heißt. Es waren die allerletzten Tage einer sehr alten Lebensart – die letzten Jahrzehnte, in denen die Großgrundbesitzer der Welt noch weitgehend so lebten, wie sie jahrhundertelang gelebt hatten.

Nicht nur, daß wir nichts wußten von Eisenbahnen, Telefonen, Victrolas oder pferdelosen Kutschen. Wir träumten nicht einmal von solchen Dingen!

Und Riverbend – das riesige Haupthaus, vollgestopft mit herrlichen Möbeln und Büchern, mit seinen zahlreichen Nebengebäuden, in denen Onkel, Tanten und Cousins wohnten, mit seinen Pflanzungen, die sich nach Süden, Osten und Westen erstreckten, so weit das Auge vom Flußufer aus reichte – Riverbend war wirklich das Paradies.

In diese Welt schlich ich mich beinahe unbemerkt. Ich war ein Knabe, und was diese Familie wollte, waren Hexen. Ich war nur ein Prinz des Blutes, und der Hof war ein liebevoller, freundlicher Ort, aber niemand bemerkte, daß ein kleiner Junge geboren worden war, der vermutlich größere Hexenkräfte besaß als irgendein Mann oder eine Frau jemals zuvor in der Familie.

Ja, meine Großmutter Marie Claudette war so enttäuscht, weil ich kein Mädchen war, daß sie nicht mehr mit meiner Mutter Marguerite sprach. Marguerite hatte schon einen Knaben geboren, meinen älteren Bruder Rémy, und nachdem sie nun die Kühnheit besessen hatte, noch einen zur Welt zu bringen, fiel sie vollends in Ungnade.

Natürlich korrigierte Marguerite diesen Fehler so bald wie möglich, indem sie 1830 Katherine bekam, die ihre Erbin und die Empfängerin des Vermächtnisses werden sollte – meine liebe kleine Schwester. Aber inzwischen hatte sich die Kälte zwischen Mutter und Tochter gefestigt, und zu Marie Claudettes Lebzeiten wollte sie nie mehr ganz vergehen.

Auch habe ich persönlich den Verdacht, daß Marie Claudette nur einen Blick auf Katherine warf und gleich dachte: »Was für eine Idiotin.« Denn das war Katherine, wie sich zeigen sollte. Aber eine weibliche Hexe wurde benötigt, und Marie Claudette wollte eine Enkeltochter sehen, ehe sie starb, und so war es dieses törichte Kind, das blökend in der Wiege lag, dem Marie Claudette den großen Smaragd hinterließ.

Als Katherine zur jungen Frau herangewachsen war, hatte ich, wie Sie wissen, selbst einigen Einfluß in der Familie erlangt; man schätzte mich sehr als Träger der Hexentalente, und ich war es, der – mit Katherine – Mary Beth Mayfair zeugte, die letzte der großen Mayfair-Hexen.

Ich war auch der Vater von Mary Beths Tochter Stella, wie Sie sicher ebenfalls wissen, und mit Stella zeugte ich ihre Tochter Antha.

Aber lassen Sie mich in die gefahrvollen Zeiten meiner frühen Kindheit zurückkehren, als Männer wie Frauen mich mit gedämpfter Stimme zu warnen pflegten: Ich solle mich gut benehmen, keine Fragen stellen, mich in jeglicher Hinsicht an die Bräuche der Familie halten und mich nicht darum kümmern, sollte ich einmal etwas Sonderbares gewahren, das ins Reich der Geister und Gespenster gehörte.

Man machte mir ganz unmißverständlich klar, daß starken Mayfair-Männern nichts Gutes blühte. Früher Tod, Wahnsinn, Exil – das war das Schicksal derer, die Unruhe stifteten.

Wenn ich daran zurückdenke, erscheint es mir absolut unmöglich, daß ich zu einem jener großartigen passiven Braven hätte werden können, wie mein Onkel Maurice und Lestan und zahllose andere Musterknaben der Familie.

Zunächst einmal sah ich andauernd Geister. Ich hörte sie, sah das Leben entweichen, wenn ein Körper starb, konnte die Gedanken anderer Leute lesen und manchmal sogar Dinge bewegen oder beschädigen, ohne daß ich wirklich wütend wurde oder es sonstwie beabsichtigte. Ich war ein naturbegabter kleiner Hexenmeister, oder wie immer die Bezeichnung dafür lauten mag.

Und ich kann mich an keine Zeit erinnern, da ich Lasher nicht hätte sehen können. Er stand so manchen Morgen neben dem Stuhl meiner Mutter, wenn ich hereinkam, um sie zu begrüßen. Ich sah ihn an Katherines Wiege stehen. Aber nie richtete er seinen Blick auf mich, und schon sehr früh hatte man mich davor gewarnt, je mit ihm zu sprechen oder nachzuforschen, wer er wohl sei, oder seinen Namen zu nennen oder seinen Blick auf mich zu lenken.

Meine Onkel, allesamt sehr glückliche Männer, sagten: »Bedenke stets, ein Mayfair-Mann kann alles haben, was er will – Wein, Weiber und Wohlstand weit über alle Vorstellungskraft hinaus. Aber er darf nicht danach trachten, die Familiengeheimnisse zu ergründen. Die laß in den Händen der großen Hexe, denn sie sieht alles und lenkt alles, und auf diesem Grundsatz ruht unsere gewaltige Macht.«

Nun, ich wollte wissen, was dahintersteckte. Ich hatte nicht die Absicht, diese Situation einfach hinzunehmen. Und meine Großmutter, ohnehin keine Frau, über die man einfach hinwegsah, wurde ein kraftvoller Magnet für meine Neugier.

Unterdessen entfernte sich meine Mutter Marguerite mehr und mehr von mir. Sie fuhr ständig in die Stadt, zum Einkaufen, in die Oper, zum Tanzen, zum Trinken, Gott weiß, wozu noch, oder sie schloß sich in ihrem Arbeitszimmer ein und kreischte, es solle ja niemand wagen, sie zu stören.

Ich fand sie natürlich überaus faszinierend. Aber meine Großmutter Marie Claudette war die beständigere Gestalt. Und in den Augenblicken meiner Muße – die freilich selten waren –, war sie eine große, unwiderstehliche Attraktion für mich.

Aber jetzt will ich noch von meinen anderen Studien berichten. Die Bücher. Sie waren überall. Das war im alten Süden nicht so selbstverständlich, glauben Sie mir. Das Lesen war bei den Reichen nie sehr verbreitet; es ist eher eine Obsession der Mittelklasse. Aber wir alle waren Bücherliebhaber.

Ich las alles. Ich las es, als ich noch nicht wußte, was es bedeutete, und ich las es, bis ich es verstand. Ich schleppte meine Bücher im Haus herum, zupfte an Röcken und Jackenärmeln und fragte: »Was bedeutet das?«, und ich bat Onkel, Tanten, Cousinen und Sklaven, mir besonders verwirrende Passagen laut vorzulesen.

Wenn ich nicht las, ging ich mit den älteren Jungen auf Abenteuer aus, mit weißen und mit schwarzen; wir ritten auf ungesattelten Pferden oder zogen in die Sümpfe, um Schlangen zu fangen, oder wir kletterten auf die Sumpfzypressen und die Eichen, um nach Piraten Ausschau zu halten, die vom Norden her eindringen wollten. Mit zweieinhalb Jahren verirrte ich mich bei einem Unwetter im Sumpf; ich nehme an, daß ich dabei fast ums Leben gekommen wäre. Ich werde es nie vergessen. Und nachdem ich gefunden worden war, hatte ich nie wieder Angst vor Gewittern. Ich glaube, Donner und Blitze haben mir in jener Nacht halbwegs den kleinen Verstand aus dem Schädel geblasen. Ich schrie und schrie, und nichts passierte. Das Gewitter ging immer weiter; ich starb nicht, und am nächsten Morgen saß ich mit meiner tränenüberströmten Mutter am Frühstückstisch.

Was ich sagen will: Ich lernte aus allem, und es gab so vieles, aus dem ich lernen konnte.

Mein wichtigster Lehrer in jenen ersten drei Jahren meines

Lebens war eigentlich der Kutscher meiner Mutter, Octavius, ein freier Farbiger und ein Mayfair durch fünffache Abstammungslinien von den Altvorderen durch ihre verschiedenen schwarzen Mätressen. Octavius war damals gerade achtzehn und lustiger als irgend jemand sonst auf der Plantage. Meine Hexenkräfte machten ihm keine große Angst, und wenn er mir nicht gerade einschärfte, ich müsse sie vor aller Welt verbergen, erklärte er mir, wie ich sie benutzen müßte.

Von ihm lernte ich zum Beispiel, wie ich die Gedanken anderer Leute erreichte, selbst wenn sie versuchten, sie bei sich zu behalten, und wie ich ihnen, ohne zu sprechen, Vorschläge machen konnte, die sie unweigerlich befolgten!

Aber zurück zu den Hexen, und wie ich mich ihnen bekannt machte.

Meine Großmutter Claudette war immer bei uns. Sie saß draußen im Garten mit einem kleinen Orchester aus schwarzen Musikern, die für sie spielten. Es waren zwei prächtige Fiedler darunter, Sklaven alle beide, und mehrere Pfeifer, wie wir sie nannten; sie spielten aber hölzerne Flöten, sogenannte Blockflöten. Einer spielte eine Art Baßgeige, selbstgemacht, und einer schlug die Trommel und liebkoste sie mit seinen zarten Fingern. Marie Claudette hatte diesen Musikern ihre Stücke beigebracht, und bald erzählte sie mir, daß viele solcher Lieder aus Schottland kämen.

Mehr und mehr fühlte ich mich zu ihr hingezogen. Der Lärm dort gefiel mir nicht, aber ich merkte, wenn ich sie dazu bringen konnte, mich in die Arme zu nehmen, dann war sie bezaubernd und liebevoll und hatte mir Dinge zu sagen, die ebenso fesselnd waren wie das, was ich in unserer großen Bibliothek zu lesen bekam.

Sie war eine majestätische Frau mit blauen Augen und weißem Haar, pittoresk anzusehen, wenn sie unter einem Baldachin, der ganz leicht im Wind flatterte, auf einem Korbsofa mit prächtigen Polstern ruhte und bisweilen leise auf Gälisch vor sich hin sang. Oder eine Kette von Flüchen gegen Lasher losließ.

Denn – was war geschehen? Lasher hatte sie satt bekommen! Er war weitergegangen; er diente jetzt Marguerite und umlungerte Katherine, das Baby. Und für Marie Claudette hatte er nur noch gelegentlich einen Kuß oder ein paar Verse übrig.

Alle paar Tage kam er vielleicht noch einmal und bat Marie Claudette um Verzeihung, weil er alle seine Aufmerksamkeit jetzt Marguerite schenkte, und er sagte mit seiner sehr reinen und schönen Stimme – ich konnte sie hören –, daß Marguerite nichts anderes duldete. Manchmal, wenn er kam, um Marie Claudette zu umwerben, war er ein Mann in Frack und Hose, was damals eine modische Neuheit war, wie Sie bedenken müssen, denn die Zeiten von Dreispitz und Kniehose waren erst seit wenigen Jahrzehnten vorüber. Manchmal bot er auch eine eher ländliche Erscheinung in Wildlederkleidung von sehr grobem Zuschnitt. Immer aber hatte er braunes Haar und braune Augen, und er war sehr schön.

Und raten Sie, wer dann angehüpft kam, lächelnd und mit tanzenden Ringellocken, und ihr auf den Schoß sprang? »Grandmère, erzähl mir, warum du so traurig bist. Erzähl mir alles.«

»Siehst du den Mann, der zu mir kommt?« fragte sie.

»Natürlich«, sagte ich. »Aber alle meinen, ich sollte dich deshalb belügen, obwohl ich nicht weiß, warum, denn mir scheint, er hat es gern, wenn man ihn sieht, und er erschreckt sogar die Sklaven, indem er sich ihnen zeigt – aus keinem vernünftigen Grunde, denke ich mir, außer seiner Eitelkeit.«

In diesem Augenblick verliebte sie sich in mich. Sie lächelte beifällig zu meinen Bemerkungen. Sie sagte auch, sie habe noch nie ein so aufgewecktes zweijähriges Kind gekannt. Ich war zweieinhalb, aber ich machte mir nicht die Mühe, darauf hinzuweisen. Ein oder zwei Tage nach unserem ersten wirklichen Gespräch über »den Mann« fing sie an, mir alles zu erzählen.

Sie erzählte mir von der alten Heimat in Saint-Domingue und von ihrem Heimweh danach, von Voodoo-Zauber und Teufelsanbetung auf den Inseln, und wie sie jeden Sklaventrick für ihre eigenen Zwecke gemeistert habe.

»Ich bin eine große Hexe«, sagte sie. »Sehr viel größer, als deine Mutter je sein wird, denn deine Mutter ist ein bißchen verrückt und lacht über alles. Was die kleine Katherine angeht

– wer weiß? Etwas sagt mir, daß du sie besser im Auge behältst. Ich selbst kann über sehr wenig lachen.«

Jeden Tag sprang ich ihr auf den Schoß und fing an, ihr Fragen zu stellen. Das schreckliche kleine Orchester spielte und spielte – sie befahl ihnen nie, aufzuhören –, aber schon bald erwartete sie, daß ich kam, und wenn ich es nicht tat, schickte sie Octavius los, der mich suchen, waschen und bei ihr abliefern sollte. Ich war glücklich; nur die Musik gellte mir manchmal wie Katzengeheul in den Ohren. Ich fragte sie einmal, ob sie statt dessen nicht lieber den Gesang der Vögel hören würde; aber sie schüttelte nur den Kopf und sagte, diese Geräuschkulisse helfe ihr beim Denken.

Unterdessen aber wurden ihre Geschichten inmitten all des Getöses immer verschlungener und füllten sich mit bunten Bildern und Gewalt.

Bis zum Ende ihres Lebens sprach sie mit mir. In ihren letzten Tagen ließ sie das Orchester in ihr Schlafzimmer kommen, und während die Musik spielte, tuschelten wir beide auf ihrem Kopfkissen miteinander.

Sie erzählte mir, wie Suzanne, die weise Frau, in Donnelaith »aus Versehen« den Geist Lasher heraufbeschworen habe und dann verbrannt worden sei; wie ihre Tochter Deborah von Zauberern aus Amsterdam geraubt worden sei; wie Lasher der schönen Deborah gefolgt sei, sie umworben und sie reich und mächtig gemacht habe, und wie sie dann in einer französischen Stadt ein grauenvolles Ende genommen habe, als man sie verbrennen wollte, wie man ihre Mutter verbrannt hatte. Dann kam Charlotte ins Bild, Deborahs Tochter von einem der Zauberer aus Amsterdam und die stärkste der drei ersten, die sich des Geistes Lasher bedienten wie niemand zuvor, um großen Reichtum, Einfluß und grenzenlose Macht zu gewinnen.

Und Charlotte gebar Jeanne Louise und ihren Zwillingsbruder Peter – und der Vater war ihr eigener Vater, Petyr van Abel, einer jener wagemutigen und geheimnisvollen Zauberer aus Amsterdam, der ihr um ihretwillen in die Neue Welt gefolgt war, um sie vor den bösen Gefahren des Verkehrs mit Geistern zu warnen. Jeanne Louise und ihr Bruder zeugten Angélique, und sie war Marie Claudettes Mutter.

Gold, Juwelen, Münzen aus aller Herren Länder und jeglichen Luxus hatte diese Familie angehäuft. Nicht einmal die Revolution auf Saint-Domingue hatte diesen unermeßlichen Reichtum vernichten können. Sehr wenig davon hing noch von der Qualität der Ernte ab; das meiste türmte sich wohlverwahrt an den verschiedensten Orten.

»Deine Mutter weiß nicht einmal, was sie alles besitzt«, sagte Marie Claudette, »und je mehr ich darüber nachdenke, desto wichtiger wird es, daß ich es dir sage.«

Ich pflichtete ihr natürlich bei. All die Macht und der Reichtum, sagte Grandmère, seien durch das Wirken des Geistes Lasher auf uns gekommen, der jene töten könne, die die Hexe für den Tod zeichnete, der diejenigen quälte, die sie dem Wahnsinn bestimmte, und der ihr alle Geheimnisse offenbaren könne, die Sterbliche sich zu wahren bemühten; er könne sogar Gold und Juwelen auf magischem Wege herbeischaffen, wenngleich er dafür eine große Menge Energie benötige.

Ein liebevolles Wesen sei dieser Geist, erzählte sie, aber es erfordere einige Kunst, ihn im Zaum zu halten. Ich sollte nur sehen, wie er sie in letzter Zeit verlassen habe und sich nur noch um Katherines Wiege herumtreibe.

»Weil sie ihn nicht sehen kann«, sagte ich. »Er gibt sich große Mühe, und er will nicht aufgeben, aber es nützt nichts.«

»Ach, stimmt das? Das ist nicht zu glauben – eine Enkelin von mir, die das Wesen nicht sehen kann?«

»Schau es dir doch selbst an. Das Kind bewegt die Augen nicht. Es sieht das Wesen nicht einmal, wenn es in seiner stärksten Form erscheint.«

»Ah, du weißt also, daß es das tut.«

»Ich höre ja seine Schritte auf der Treppe«, sagte ich. »Ich kenne seine Tricks. Er kann sich aus dünnem Dunst in ein massives Wesen verwandeln und dann in einem warmen Windhauch verschwinden.«

»Du, du hast eine scharfe Beobachtung«, sagte sie. »Ich liebe dich.« Ich war von ganzem Herzen entzückt, als ich das hörte, und sagte ihr, ich liebte sie ebenfalls, was stimmte: Sie war mir teuer. Auch war mir, während ich auf ihren Knien saß, klargeworden, daß ich alte Menschen meistens schöner fand als junge.

Dies sollte mein Leben lang gelten. Natürlich liebe ich auch junge Menschen, vor allem wenn sie sehr unbekümmert und tapfer sind, wie es meine Stella war, oder Mary Beth. Aber Menschen in der Mitte des Lebens? Die kann ich kaum ertragen.

Erlauben Sie mir, Ihnen zu sagen, Michael, daß Sie eine Ausnahme sind. Nein, sprechen Sie nicht. Brechen Sie nicht die Trance. Ich will nicht sagen, daß Sie im Grunde Ihres Herzens ein Kind sind, aber Sie haben kindlichen Glauben und Herzensgüte, und das finde ich ebenso faszinierend wie auch in gewisser Weise aufreizend. Sie haben mich herausgefordert. Wie viele Leute mit irischem Blut wissen Sie, daß alle möglichen übernatürlichen Dinge möglich sind. Aber es ist Ihnen gleichgültig. Sie gehen umher und reden mit hölzernen Balken und Bohlen und Putz!

Aber genug. Alles hängt jetzt von Ihnen ab. Ich will zu Marie Claudette zurückkehren, und zu den Einzelheiten, die sie mir über unseren Familiengeist erzählte.

»Er hat zwei Arten von Stimme«, erklärte sie, »eine Stimme, die man nur im Kopf hören kann, und die Stimme, die du gehört hast und die jeder hören kann, der die richtigen Ohren dazu hat. Und manchmal ist diese Stimme so laut und klar, daß wirklich jedermann sie hören kann. Das aber ist nicht oft der Fall, weißt du, denn es strengt ihn an, und woher bekommt er seine Kraft? Von uns – von mir, von deiner Mutter und womöglich sogar von dir, denn ich habe ihn schon in der Nähe gesehen, wenn du da warst, und ich habe gesehen, wie du ihn anschaust.

Was die innere Stimme angeht, so kann er dich damit plagen, wann er will, wie er es schon mit so manchem Feind getan hat – es sei denn natürlich, du wärest dagegen gewappnet.«

»Und wie wappnest du dich?« fragte ich.

»Kannst du es nicht erraten?« fragte sie. »Laß sehen, wie schlau du bist. Du siehst ihn bei mir, und das bedeutet, daß er erschienen ist, nicht wahr? Er bietet seine Kräfte auf, zieht sich zusammen, wird für ein paar köstliche Augenblicke wie ein Mann. Dann ist er erschöpft und verschwindet. Warum, glaubst du, gibt er mir so viel von sich, statt einfach nur in meinem Kopf zu raunen: ›Du arme alte Seele, ich werde dich nie vergessen.‹?«

»Weil er gesehen werden will«, sagte ich achselzuckend. »Er ist eitel.«

Sie lachte entzückt. »Ah – ja und nein. Er muß aus einem ganz einfachen Grunde Gestalt annehmen, um zu mir zu kommen: Ich umgebe mich Tag und Nacht mit Musik. Er kann nicht hindurchdringen, wenn er nicht all seine Kraft zusammennimmt und sich mit größter Heftigkeit darauf konzentriert, sich in menschlicher Gestalt und mit menschlicher Stimme zu manifestieren. Er muß den Rhythmus überdecken, der ihn in jedem Augenblick bezaubert und ablenkt.

Wohlgemerkt, natürlich liebt er Musik, aber Musik ist etwas, das ihn in seinen Bann schlägt, wie sie es auch manchmal mit wilden Tieren oder mit mythischen Figuren in den Sagen tut. Solange ich mein kleines Orchester spielen lasse, kann er nicht allein meinen Geist heimsuchen, sondern er muß kommen und mir auf die Schulter klopfen.«

Ich weiß noch, daß es jetzt an mir war, entzückt zu lachen. In gewisser Weise war der Geist nicht schlimmer als ich. Ich hatte auch lernen müssen, mich auf die Erzählungen meiner Großmutter zu konzentrieren, wenn die Musik es mir schier unmöglich machen wollte. Aber für Lasher bedeutete Konzentration Dasein. Wenn Geister träumen, wissen sie nichts von sich.

Ich könnte hier weiter abschweifen, aber ich habe zuviel zu erzählen, und ich bin jetzt zu ... müde.

Lassen Sie mich fortfahren. Wo war ich? Ah ja – sie erzählte mir, welche Macht die Musik über das Wesen hat, und wie sie ständig Musik in ihrer Nähe hatte und es auf diese Weise zwang, zu ihr zu kommen und sie zu umwerben; sonst hätte es sich diese Mühe nicht gemacht.

»Weiß er das?« fragte ich.

»Ja und nein«, antwortete sie. »Er fleht mich an, dem Lärm ein Ende zu machen, aber dann weine ich und sage, ich kann es nicht, und er kommt und küßt mir die Hand, und ich schaue ihn an. Du hast recht; er ist eitel. Er möchte sich immer wieder zeigen, nur um sich davon zu überzeugen, daß ich noch in seiner Reichweite bin, aber er liebt und braucht mich nicht mehr. Er hat einen Platz für mich in seinem Herzen, aber das ist alles, und das ist gar nichts.«

»Du meinst, er hat ein Herz?« fragte ich.

»O ja, er liebt uns alle, und uns große Hexen mehr als alles andere, denn wir haben ihn dazu gebracht, von sich selbst zu wissen, und ihm sehr geholfen, seine Macht zu vergrößern.«

»Ich verstehe«, sagte ich. »Aber was wäre, wenn du ihn nicht mehr um dich haben wolltest? Wenn du . . .«

»Psst! Nie darfst du so etwas sagen!« warnte sie. »Nicht einmal, wenn du von Trompeten und Glockengeläut umgeben bist.«

»Schon gut. Aber kannst du mir sagen, was er ist?« fragte ich.

»Ein Teufel«, sagte sie. »Ein großer Teufel.«

»Das glaube ich nicht«, sagte ich.

Sie war erstaunt. »Warum sagst du das? Wer sonst als der Teufel würde einer Hexe dienen?«

Ich erzählte ihr alles, was ich über den Teufel wußte, aus Gebeten und Kirchenliedern, aus der Messe und von den blitzgescheiten Sklaven in meiner Umgebung. »Der Teufel ist ganz einfach nur böse«, sagte ich. »Und die ihm vertrauen, behandelt er alle nur schlecht. Aber verdammt, dieses Wesen ist zu gut zu uns.«

Da stimmte sie mir zu; aber es sei doch wie der Teufel, meinte sie, insofern, als es sich Gottes Gesetz nicht unterordnen, sondern ins Fleisch hervordringen und ein Mensch sein möchte.

»Warum denn?« fragte ich. »Ist es nicht so viel stärker? Warum will es Gelbfieber oder Maulsperre kriegen?«

Sie lachte und wollte gar nicht mehr aufhören. »Es will Fleisch sein, um all das zu fühlen, was Fleisch fühlen kann; es will sehen, was Menschen sehen, hören, was sie hören können. Es will sich nicht in Ewigkeit aus einem Traum sammeln müssen, in ständiger Furcht, sich selbst zu verlieren. Es will Fleisch werden, um Wirklichkeit zu sein, um in der Welt und von der Welt zu sein und um Gott zu trotzen, der ihm keinen Körper gab.«

»Hmmm, mir scheint, es überschätzt diese Erfahrung«, sagte ich.

Wieder lachte sie und meinte, was er wolle, das wolle er eben, und uns überhäufe er mit allem, weil wir seinen Zwecken dienten.

»Er will Kraft; und in jeder Stunde, an jedem Tag, den er in unserer Gesellschaft verbringt, geben wir ihm von unserer

Kraft. Und dabei strebt er immer nur nach einem: nach der Geburt einer Hexe, die so stark ist, daß sie ihm ein für allemal stoffliche Gestalt geben kann.«

»Na, aber meine kleine Schwester Katherine wird das nicht sein«, bemerkte ich.

Sie lächelte und nickte. »Ich fürchte, da hast du recht, aber Stärke kommt und geht. Du hast sie, dein Bruder nicht.«

»Sei da nicht so sicher«, widersprach ich. »Er bekommt es nur leichter mit der Angst zu tun. Er hat das Wesen gesehen, und es hat eine häßliche Fratze geschnitten, um ihn von Katherines Wiege fernzuhalten. Ich bedarf keiner häßlichen Fratze, und ich fliehe auch nicht davor. Und ich bin zu vernünftig, um Katherines Wiege umzustürzen. Aber sag mir, wie soll eine Hexe ihm für immer fleischliche Gestalt verleihen? Was hat er denn vor?«

»Ich weiß es nicht«, sagte sie. »Wirklich, ich kenne das Geheimnis nicht. Aber ich will dir etwas erzählen, derweil die Musik spielt, und du mußt aufmerksam zuhören. Ich habe diesen Gedanken bisher nicht einmal mir selbst offenbart, aber jetzt vertraue ich ihn dir an. Wenn er hat, was er will, wird er die ganze Familie vernichten.«

»Warum?«

»Ich weiß es nicht«, sagte sie mit großem Ernst. »Aber ich befürchte es. Denn ich denke und fühle in meinen Knochen, daß er uns zwar liebt und braucht – aber auch haßt.«

Ich dachte still darüber nach.

»Natürlich, vielleicht weiß er das nicht«, fuhr sie fort. »Oder er will nicht, daß ich es weiß. Je mehr ich darüber nachdenke, desto öfter frage ich mich, ob du nicht zu mir gesandt wurdest, damit du das, was ich zu sagen habe, dem Baby in der Wiege weitergibst. Gott weiß, daß Marguerite nicht mehr zuhört. Sie glaubt, sie beherrscht die Welt. Und ich in meinem Alter fürchte die Hölle und sehne mich nach der Gesellschaft eines dreijährigen Knaben mit Engelsgesicht.«

»Fleisch – das Ding will Fleisch werden«, drängte ich. Ich entsinne mich, daß ich natürlich hingerissen war, als engelsgesichtiger Knabe bezeichnet zu werden; es gefiel mir sehr gut, und ich hätte es am liebsten gehabt, wenn sie sich weiter über meinen Charme verbreitet hätte. Aber ich kehrte zu jenem bösen Wesen zurück. »Wie kann er Fleisch werden? Menschliches Fleisch? Hm? Würde er da von neuem in die Welt geboren werden? Oder würde er einen toten Körper übernehmen oder einen, der . . .«

»Nein«, sagte sie. »Er kennt seine Bestimmung. Er sagt, er trägt den Plan dessen, was er sein wird, in sich, und eines Tages werden eine Hexe und ein Mann das magische Ei zeugen, in das er wieder hineinfahren und aus dem seine Gestalt entstehen werde, und des Kindes Seele werde ihn nicht hinausstoßen können, und dann werde die ganze Welt ihn verstehen.«

»Die ganze Welt, hmmm.« Ich dachte nach. »Du hast gesagt, wieder. Soll das heißen, das Ding war schon einmal Fleisch?«

»Es war schon einmal etwas, was es jetzt nicht mehr ist, aber was es war, das kann ich dir nicht sagen. Ich glaube, es war eine gefallene Kreatur, dazu verdammt, Intelligenz und Einsamkeit in flüchtiger Gestalt zu erleiden! Und es möchte diese Strafe beenden. Durch uns will es zu einer starken Hexe finden, die ihm sein kann, was die Jungfrau Maria für Christus war, ein Gefäß der Inkarnation.«

Ich dachte über all das nach. »Es ist kein Teufel«, sagte ich dann.

»Und wie kommst du darauf?« fragte sie wieder, als hätten wir darüber nicht schon einmal gesprochen.

»Weil der Teufel Wichtigeres zu tun hat, wenn es ihn überhaupt gibt«, sagte ich. »Und was die Frage seiner Existenz angeht, so bin ich da gar nicht so sicher.«

»Woher hast du die Idee, daß es den Teufel nicht geben könnte?«

»Von Rousseau«, sagte ich. »Seine Philosophie nimmt an, daß das schlimmste Übel im Menschen liege.«

»Na«, sagte sie, »du solltest aber noch ein bißchen mehr lesen, bevor du dich entscheidest.«

Und das war das Ende dieser Episode.

Aber bevor sie starb – was nicht sehr lange danach geschah –, erzählte sie mir noch vieles über den Geist. Er tötete meistens durch Angst. In Gestalt eines Mannes erschreckte er nachts Kutscher und Reiter so, daß sie von der Straße in den Sumpf schwenkten, und zuweilen erschreckte er nicht nur die Menschen, sondern auch die Pferde, wodurch bewiesen war, daß er tatsächlich stofflich vorhanden war.

Natürlich konnte er stehlen, kleine Gegenstände zumeist, aber mitunter auch stattliche Summen in Banknoten. Und er konnte für sehr kurze Zeit in einen Menschen hineinfahren, durch seine Augen sehen und mit seinen Händen fühlen, aber das war nie von langer Dauer. Tatsächlich war er nach solch einem Kampf oft erschöpft und gemartert, und oft kam es vor, daß er den Besessenen dann aus blanker Wut und Neid tötete. Das hieß, daß man sehr vorsichtig sein mußte, wenn man ihm bei solchen Tricks behilflich war, denn der unschuldige Leib, der zu solchen Zwecken mißbraucht wurde, konnte hernach leicht seiner Zerstörungswut zum Opfer fallen.

So war es einem von Marie Claudettes Neffen ergangen, erzählte sie mir – einem meiner Cousins –, bevor sie gelernt hatte, das Wesen im Zaum zu halten und es zum Gehorsam zu zwingen oder aber auszuhungern: mit ihrem Schweigen und indem sie die Augen bedeckte und so tat, als höre sie nichts. »Manchmal ist es gar nicht so schwer, ihn zu quälen«, sagte sie. »Er kann fühlen, er vergißt, er weint. Ich beneide ihn nicht.«

»Ich auch nicht«, sagte ich laut.

»Aber verachte ihn niemals. Er wird dich sonst hassen. Schau immer weg, wenn du ihn siehst.«

Den Teufel werde ich tun, dachte ich, aber das sagte ich nicht laut.

Weniger als einen Monat später starb sie.

Ich war mit Octavius draußen in den Sümpfen. Wir waren weggelaufen, um in der Wildnis zu leben wie Robinson Crusoe. Unser kleines, flaches Boot hatten wir angebunden und ein Lager aufgeschlagen, und während er ein wenig Holz sammelte, versuchte ich, mit dem, was wir schon hatten, ein Feuer anzuzünden, doch es gelang mir nicht.

Plötzlich aber flammte der Zunder in meiner Hand auf. Ich blickte hoch, und wen sah ich da? Marie Claudette, meine geliebte Großmutter, nur prächtiger und kraftvoller als jemals im Alter, mit vollen, rosigen Wangen und einem schönen, sanften Mund. Sie hob mich hoch, küßte mich und stellte mich wieder hin, und dann war sie verschwunden. Einfach so. Und das kleine Feuer loderte.

Ich wußte, was das zu bedeuten hatte. Lebwohl. Sie war tot. Ich bestand darauf, sofort nach Riverbend zurückzufahren. Als wir uns dem Haus näherten, gerieten wir in ein wütendes Unwetter und mußten schließlich gegen einen wilden Wind, der Laub, Reisig und sogar spitze Steinchen mit sich wirbelte, durch das Wasser laufen, bis wir ans Tor gelangten und die Sklaven uns entgegenrannten, um uns schützende Decken umzulegen.

Marie Claudette war tatsächlich gestorben. Schluchzend erzählte ich meiner Mutter, woher ich es wußte, und ich glaube, da *sah* sie mich zum ersten Mal in ihrem Leben. Natürlich war ich ein Ding zum Schmusen gewesen, aber in diesem Augenblick sprach sie mit mir nicht wie mit einem Hund oder mit einem Kind, sondern wie mit einem Menschen.

»Du hast sie gesehen, und sie hat dir ihren Kuß gegeben«, sagte sie.

Und mitten im Krankenzimmer, wo alle Welt schluchzte und die Fensterläden im Wind hin und her schlugen und der Priester starr vor Entsetzen dastand, erschien der verdammte Dämon über der Schulter meiner Mutter, und unsere Blicke trafen sich. Ich konnte sehen, daß in seinen flehentlichen Augen die Tränen standen. Und natürlich verschwand er gleich wieder.

So wird auch meine eigene Geschichte enden, meinen Sie nicht? Wenn Sie davon erzählen, werden Ihre letzten Worte lauten: »Und Julien verschwand.« Und wo werde ich dann sein? Wo werde ich hingehen? War ich im Himmel, bevor Sie mich herriefen, oder in der Hölle? Ich bin so müde, daß es mir inzwischen gleich ist, und das ist vielleicht ein Segen.

Aber um zu jenem längst vergangenen, lärmerfüllten Augenblick zurückzukehren, als der Regen hereinwehte und meine Großmutter zierlich und klein unter Bergen von Spitze in ihrem Bett lag und meine Mutter, hager und dunkelhaarig, mich anstarrte und der Dämon hinter ihr die Gestalt eines hübschen Mannes annahm und die kleine Katherine in ihrer Wiege weinte – dieser Augenblick war der Beginn meines wahren Lebens als Gefolgsmann meiner Mutter.

Nach der Totenfeier und dem Begräbnis wurde meine Mutter zunächst verrückt. Und ich war der einzige Zeuge.

Als sie vom Friedhof nach Hause gekommen war, fing sie auf halber Treppe an zu schreien, und ich konnte noch eben hinter ihr in ihr Zimmer schlüpfen, bevor sie die Tür zur Galerie verriegelte. Dann bekam sie einen schmerzhaften Weinkrampf nach dem anderen. Das alles war noch Trauer um ihre Mutter, und sie beklagte, was sie nicht getan und nicht gesagt hatte. Aber die Trauer mündete in einen machtvollen, wilden Zorn.

Wieso konnte dieser Geist den Tod nicht verhindern? »Lasher, Lasher, Lasher.« Sie raffte die Federkissen vom Bett, riß die Bezüge auf und verstreute die Federn überall. In ihrer Wut zerriß sie drei Kissen. Die Luft war voller Federn, und sie stand mitten in dem Gestöber und kreischte, und dabei sah sie jämmerlicher und einsamer aus als irgendein Lebewesen, das ich in der kurzen Spanne meines Daseins gesehen hatte. Nicht lange, und ich weinte hilflos.

Sie drückte mich an sich und bat mich um Verzeihung, weil sie mir einen solchen Anblick geboten habe. Wir legten uns zusammen hin, und schließlich hatte sie sich in den Schlaf geweint, und die Nacht senkte sich auf die Pflanzung herab, wodurch in jenen Tagen, da Öllampen und Kerzen rar und teuer waren, alles frühzeitig zum Stehen kam, bis schließlich überall Stille herrschte.

Es muß nach Mitternacht gewesen sein, als ich erwachte. Und da sah ich das Wesen vor mir. Es saß auf der Bettkante und streckte eine weiße Hand nach mir aus. Ich schrie nicht. Dazu war keine Zeit. Denn unversehens fühlte ich seine streichelnden Finger auf meiner Wange, und es war ein gutes Gefühl. Dann war es, als liebkose mich die ganze Luft, die mich umgab, als habe das Wesen sich aufgelöst und küsse mich nun mit unsichtbaren Lippen, berühre mich und erfülle meinen Körper mit aller Wollust, die er in so zartem Alter empfinden konnte – was, wie Sie sich wahrscheinlich erinnern werden, gar nicht wenig war!

Als er mit mir fertig war und ich dalag – und eine kleine Pfütze Babysaft neben meiner schlafenden Mutter –, da sah ich, wie er wiederum Gestalt annahm, dieser Geist, und am Fenster stand.

Ich stieg aus dem Bett, matt und benommen von der Lust, die ich empfunden hatte, und ging auf ihn zu. Ich wollte nach seiner Hand greifen, die an seiner Seite baumelte wie die Hand eines Mannes. Er schaute auf mich herab und musterte mich mit tränenverschleiertem Gesicht, und dann streiften wir zusammen die Gardine beiseite und traten hinaus auf die Galerie.

Mir schien, daß er im Licht erzitterte und drei- oder viermal verschwand, nur um gleich wieder zu erscheinen, und dann verwehte er und hinterließ nur einen sehr warmen Lufthauch. Ich stand in dieser Wärme und hörte zum ersten Mal seine Stimme in meinem Kopf, seine vertrauliche, vertrauensvolle Stimme.

»Ich habe mein Gelübde gegen Deborah gebrochen.«

»Was war es denn?« fragte ich.

»Du weißt ja nicht mal, wer Deborah war, du jämmerliches Kind aus Fleisch und Blut«, sagte er und überschüttete mich mit einer Tirade von hysterischer Heiterkeit, die mir aus den übelsten Knittelversen unserer Bibliothek zusammengesetzt schien. Wohlgemerkt, ich war damals knapp vier Jahre alt und konnte nicht behaupten, von Dichtung mehr zu kennen als ein Liedchen, aber ich merkte es doch, wenn Worte regelrecht lächerlich waren. Auch das hatte mich das gewiefte Lachen der Sklaven gelehrt. Ich wußte, was Aufgeblasenheit war.

»Ich weiß, wer Deborah war«, sagte ich und erzählte ihm die Geschichte von Deborah, wie Marie Claudette sie mir erzählt hatte – wie hoch sie aufgestiegen war, bis man sie dann der Hexerei bezichtigt hatte.

»Verraten von Ehemann und Söhnen, das war sie, und vorher schon von ihrem Vater. Aye, von ihrem Vater. Und ich habe Rache geübt an ihm«, sagte er. »Ich habe Rache geübt an ihm für das, was er und seinesgleichen ihr angetan hatten, ihr *und mir*!«

Die Stimme verstummte. Ich hatte das deutliche Gefühl in meinem Kinderkopf, daß er im Begriff gewesen war, noch so ein langes und ebenso miserables Gedicht vom Stapel zu lassen, und es sich nur im letzten Moment anders überlegt hatte.

»Du verstehst, was ich sage?« fragte er. »Ich habe Deborah geschworen, ich würde niemals einem männlichen Kind zulächeln oder ein männliches einem weiblichen vorziehen.«

»Ja, ich weiß, was du sagst«, antwortete ich. »Und meine Großmama hat es mir auch erzählt. Deborah war im Hochland geboren, eine Frohgezeugte, ein Bankert der Maifeiern, und ihr Vater war höchstwahrscheinlich der Lord des Landes, der keinen Finger rührte, als ihre Mutter Suzanne auf dem Scheiterhaufen verbrannt wurde, eine arme verfolgte Hexe, die fast nichts wußte.«

»Aye«, sagte er. »So war es. So war es! Meine arme Suzanne, die mich aus der Tiefe heraufrief wie ein Kind, das eine Schlange aus dem Weiher zieht, ohne zu wissen, was es tut. Sie reihte Silben in die Luft, sie rief meinen Namen, und ich hörte sie.

Und es war in der Tat der Lord des Landes, der Häuptling des Clans von Donnelaith, der ihr das Kind machte und dann zitterte vor Angst, als man sie verbrannte. Donnelaith! Siehst du das Wort? Kannst du es in Lettern fassen? Geh hin und sieh dir die Ruinen der Burg an, die ich in Schutt und Asche legte. Sieh die Gräber der letzten jenes Clans, die ich von der Erde fegte bis zu dem Tag, da . . .«

»Bis zu welchem Tag?«

Da sagte er nichts weiter, sondern fing wieder an, mich zu liebkosen.

Ich überlegte. »Und du?« fragte ich dann. »Bist du männlich oder weiblich, oder bist du einfach ein Neutrum?«

»Weißt du es nicht?« fragte er.

»Ich würde nicht fragen, wenn ich es wüßte.«

»Männlich!« sagte er. »Männlich, männlich, männlich, männlich!«

Ich unterdrückte ein Kichern über seinen prahlerischen Stolz.

Aber ich muß gestehen, daß er von diesem Augenblick an ein »es« und ein »er« für mich war, wie Sie an meiner Erzählung erkennen können. Zuweilen schien das Wesen so bar aller Vernunft zu sein, daß ich es nur als monströses Ding wahrnehmen konnte, und dann wieder nahm es einen unverwechselbaren Charakter an. Ertragen Sie also mein unstetes Hin und Her. Wenn ich es beim Namen nannte, dachte ich es mir oft als »er«. Und in Augenblicken des Zorns entkleidete ich es seines Geschlechts und verfluchte es als zu kindisch, um irgend etwas anderes als ein Neutrum zu sein.

Sie werden an der Erzählung erkennen, daß auch die Hexen es sowohl als »er« wie als »es« betrachteten. Und dafür gab es Gründe. Aber lassen Sie mich zu jenem Augenblick zurückkehren. Die Veranda. Das Wesen liebkost mich.

Als ich seiner Umarmungen überdrüssig war und mich umdrehte, stand meine Mutter in der Tür und beobachtete dies alles. Sie streckte die Hand aus, zog mich an sich und sagte: »Du wirst ihm niemals etwas tun! Er ist ein harmloser Junge!«

Und ich glaube, er antwortete ihr in ihrem Kopf, denn sie wurde still. Er war weg. Das wußte ich mit Bestimmtheit.

Am nächsten Morgen ging ich geradewegs ins Kinderzimmer, wo ich immer noch mit Rémy und Katherine und ein paar anderen lieben Cousins und Cousinen schlief, die besser vergessen bleiben.

»Bis zu dem Tag, da . . .« Das waren die Worte, die der Dämon gesprochen hatte. Und sie schienen mir machtvolle Bedeutung zu haben.

Auf der Stelle beschloß ich, schreiben zu lernen, und ich tat es innerhalb von sechs Monaten, wenngleich meine Handschrift ihre wahrhaft polierte Gestalt erst angenommen hatte, als ich beinahe zwölf war. Anfangs schrieb ich schnell und ungelenk.

Ich erzählte meiner Mutter alles, was der Dämon mir gesagt hatte. Sie war voller Angst. »Er kennt alle unsere Gedanken«, sagte sie flüsternd.

»Nun, sie sind ja nicht geheim«, sagte ich. »Aber wenn sie es wären, könnten wir Musik spielen, sooft wir darüber sprechen wollen.«

»Was soll das heißen?« fragte sie.

»Hat deine Mutter es dir nicht erzählt?«

Nein, gestand sie, ihre Mutter hatte nichts davon gesagt. Also tat ich es. Und sie fing an zu lachen, ebenso wild, wie sie am Abend zuvor geweint hatte; sie klatschte in die Hände, sank gar zu Boden und zog die Knie an. Und sogleich schickte sie nach den Musikern, die schon für ihre Mutter gespielt hatten.

Und im Schutze dieser wilden Kapelle erzählte ich ihr alles, was ich von Marie Claudette erfahren hatte.

Marguerite interessierte sich nicht für »alte Geschichte«. Das Wort Donnelaith hatte sie noch nie gehört, und von Suzanne wußte sie auch nicht viel. Sie war froh, daß ich das bemerkt hatte. Und es gab Geschichtsbücher, die sie mir geben würde.

Magie sei ihre Leidenschaft, erklärte sie, und sie erzählte mir in allen Einzelheiten, daß ihre Mutter ihre Talente nie zu würdigen gewußt habe. Schon vor langer Zeit hatte sie, Marguerite, sich mit den mächtigen Voodoo-Zauberinnen von New Orleans angefreundet. Sie hatte von ihnen gelernt, und jetzt pflegte sie mit gutem Erfolg zu heilen, zu verzaubern und Flüche zu verhängen, und bei alldem sei Lasher ihr getreuer Sklave und Liebhaber.

Hier begann ein Gespräch zwischen meiner Mutter und mir, das ihr Leben lang währen sollte; sie gab alles, was sie wußte, ohne Vorbehalte an mich weiter, und ich erzählte ihr alles, was ich wußte. Endlich war ich ihr nah, in ihren Armen, und sie war meine Mutter.

Aber bald war mir klar, daß meine Mutter verrückt war. Oder wollen wir sagen, sie war manisch fixiert auf ihre magischen Experimente? Sie war anscheinend sicher, daß Lasher der Teufel war und daß alles, was er sagte, gelogen sein konnte; ja, womöglich war das einzig Wahre, das sie von mir erfahren hatte, der Trick mit der Musik, mit dem man ihn aussperren konnte. Ihre eigentliche Leidenschaft war es, im Sumpf nach Zauberpflanzen zu suchen, mit den alten schwarzen Weibern über bizarre Heilverfahren zu reden und zu versuchen, Gegenstände mit Hilfe von Chemikalien und telekinetischen Kräften zu verwandeln. Natürlich benutzten wir dieses Wort damals nicht. Wir kannten es nicht.

Sie war sich der Liebe Lashers sicher. Sie hatte die kleine Tochter bekommen, und sie würde versuchen, noch ein Mädchen, ein stärkeres zur Welt zu bringen, wenn es das war, was er wollte. Aber mit jedem Jahr, das verging, wurde ihr Interesse an Männern geringer und ihre Sucht nach den Umarmungen des Dämons größer, und insgesamt wurde sie immer sprunghafter.

Ich selbst wuchs unterdessen rasch heran, und wie ich als

Dreijähriger ein Wunderkind gewesen war, so war ich es auch in jedem anderen Alter; ich setzte meine Lektüre fort, meine Abenteuer und auch meinen Verkehr mit dem Dämon.

Die Sklaven wußten inzwischen, daß ich ihn in meiner Macht hatte. Sie kamen zu mir, wenn sie Hilfe brauchten; sie baten mich um Heilung, wenn sie krank waren, und bald hatte ich den Platz meiner Mutter als Gegenstand des Geheimnisses eingenommen.

An dieser Stelle nun, Michael, stehe ich vor der Wahl. Ich kann Ihnen alles erzählen, was Marguerite und ich lernten. Oder ich kann mit denjenigen Dingen fortfahren, die am wichtigsten sind. Ich will mich für einen Kompromiß entscheiden und Ihnen eine kurze Zusammenfassung unserer Experimente geben.

Aber zuvor will ich noch sagen, daß meine Schwester Katherine prächtig gedieh, gänzlich ohne Arg, so schön wie unschuldig, eine Blume, die ich anbetete und beschützen wollte, und da ich wußte, daß es dem Dämon gefiel, wenn ich sie allerorten hütete, tat ich es um so williger. Aber ich faßte bald auch selbst eine große Zuneigung zu ihr, und nach und nach wurde mir klar, daß sie »den Mann« ebenfalls sah, daß er ihr aber angst machte. Sie schien eine Scheu vor allem zu haben, was ungesund war oder aus einer anderen Welt kam. Vor unserer Mutter graute ihr, und zwar aus gutem Grund.

Marguerites Experimente wurden immer skrupelloser. Wenn auf unserem Grund und Boden ein Baby tot zur Welt kam, wollte sie es haben. Die Sklaven versuchten, ihre verlorenen Kinder vor ihr zu verbergen, damit diese armen Wesen nicht in Gläsern in Marguerites Studierzimmer endeten. Und eine meiner eindringlichsten Erinnerungen an jene Zeit ist die an Marguerite, wie sie mit einem Bündel in der Hand ins Haus stürzt, mir ein eifriges Lächeln schenkt und das Tuch zurückschlägt, um die winzige Gestalt eines toten schwarzen Babys zu enthüllen, es dann frohlockend wieder bedeckt und sich in ihrem Arbeitszimmer einschließt.

Der Geist war unterdessen aufmerksam wie eh und je. Jeden Tag steckte er mir Goldmünzen in die Taschen. Er warnte mich, wenn ich unter meinen Cousins einen kleinlichen Feind gewonnen hatte. Er stand Wache vor meinem Zimmer und schlug einmal einen flüchtenden Dieb nieder, der die paar Juwelen hatte stehlen wollen, die ich besaß.

Und wenn ich allein war, kam er oft zu mir, liebkoste mich und schenkte mir Wonnen, die durchdringender waren als alles, was ich mit anderen erleben konnte.

Und das tat er treulich auch mit Marguerite. Die ganze Zeit aber versuchte er es mit seinen Schmeicheleien auch bei Katherine; indessen kam er bei ihr anscheinend nicht weiter.

Sie hatte sich in den Kopf gesetzt, daß solche bösen Freuden, die ihr da im Dunkeln angeboten wurden, Todsünde seien. Ich glaube, sie war vielleicht die erste der Hexen, die das wirklich glaubte; wie es kam, daß diese katholischen Vorstellungen so früh so starke Wurzeln in ihr schlagen konnten – noch ehe der Dämon sie zu erotischen Träumen verführen konnte –, das weiß ich ehrlich nicht. Wenn Sie an Gott glauben, könnten Sie vielleicht sagen, daß Gott mit ihr war. Aber ich glaube es nicht.

Wie auch immer – meine Mutter und ich hatten das schreckliche Orchester meiner Großmutter bald satt und engagierten einen Pianisten und einen Geiger, die für uns spielen mußten. Der Geist schien daran zunächst ebensoviel Freude zu haben wie zuvor an der kakophonen Kapelle. In blendend schöner männlicher Gestalt erschien er im Zimmer, gebannt von der Musik und glücklich, es zeigen zu können.

Aber dann begriff er, daß wir unter den Klängen der Musik miteinander tuschelten und daß er nicht hören und verstehen konnte, was wir dachten und planten, und wilde Wut packte ihn. Wir brauchten lautere Musik, um ihn auszusperren, und holten die anderen Musikanten zurück, damit sie wieder ihr Getöse machten, und dann erkannten wir, daß Melodie und Rhythmus die wirkungsvollsten Mittel waren. Lärm allein genügte nicht.

Unterdessen erging es uns wohl. Die Pflanzung blühte, unser Geld schien sich auf den Banken im Ausland von allein zu vermehren, und Cousins und Cousinen heirateten allerorten; der Name Mayfair wurde größer und größer am Fluß, und wir herrschten unangefochten auf unseren Ländereien. Niemand konnte uns behelligen oder uns etwas anhaben.

Ich war neun Jahre alt, als ich den Dämon fragte: »Was willst du in Wirklichkeit von uns, von meiner Mutter und mir?«

»Was ich von euch allen will«, antwortete er. »Daß ihr mir ins Fleisch verhelft!« Und er ahmte die Kapelle nach und sang diese Worte wieder und wieder, und dabei schüttelte er die Gegenstände im Zimmer wie zum Takt einer Trommel, bis ich mir die Ohren zuhielt und um Gnade flehte.

»Gelächter«, sagte er. »Gelächter.«

»Was soll das heißen?« fragte ich.

»Ich lache über dich, weil auch ich Musik machen kann, die dich zum Wippen bringt.«

Ich lachte. »Da hast du recht. Und du sagst dieses Wort, weil du nicht lachen kannst.«

»Trotzdem«, sagte er in weinerlichem Ton. »Wenn ich Fleisch bin, werde ich auch wieder lachen.«

»Wieder?«

Er schwieg.

Ah, dieser Augenblick ist so klar in meiner Erinnerung. Ich stand draußen auf der oberen Galerie des Hauses, ein wenig geschützt von den Bananenblättern, die das hölzerne Geländer streichelten. Draußen auf dem Fluß pflügten sich die Schiffe nach Norden, durch die Kanäle zum Hafen. Die Felder lagen in der warmen Frühlingssonne, und unten im Gras spielten meine Vettern, vierzig oder fünfzig an der Zahl, allesamt weniger als zwölf Jahre alt, und ringsumher in Schaukelstühlen saßen Onkel und Tanten, fächelten sich Kühlung zu und plauderten.

Und hier stand ich mit diesem Wesen, die Hände auf dem Geländer, mit einem für einen Neunjährigen höchstwahrscheinlich sehr ernsten Gesicht, und bemühte mich, der Sache auf den Grund zu kommen.

»All das habe ich euch geschenkt«, sagte er, als könne er meine Empfindungen deutlicher lesen als ich. »Deine Familie ist meine Familie. Ich bringe euch Segen über Segen. Du weißt noch nicht, was Reichtum dir geben kann. Du bist zu jung. Du wirst eines Tages erkennen, daß du ein Prinz in einem großen Königreich bist. Kein gekröntes Haupt in Europa genießt soviel Macht, wie du sie hast.«

»Ich liebe dich«, sagte ich mechanisch und bemühte mich, es

selbst für einen Augenblick zu glauben, als wollte ich einen sterblichen Erwachsenen verführen.

»Ich werde fortfahren«, sagte er. »Beschütze du Katherine, bis sie ein Mädchen gebären kann. Die Linie fortsetzen. Katherine ist schwach, aber Starke werden kommen. Es muß geschehen.«

Ich dachte nach.

»Und das ist alles, was ich tun kann?« fragte ich dann.

»Einstweilen ja. Aber du bist sehr stark, Julien. Dir werden Dinge in den Sinn kommen, und wenn du siehst, was getan werden muß, werde ich es auch sehen.«

Wieder dachte ich nach. Ich betrachtete die fröhliche Schar unten auf dem Rasen. Mein Bruder rief, ich solle herunterkommen und mitspielen; sie wollten gleich mit dem Boot in den Bayou hinausfahren, und ob ich nicht mitkommen wollte?

Und da sah ich, daß zwei Quellen der Schaffenskraft in dieser Familie sprudelten. Die eine war die Quelle der Hexen, die sich des Geistes bedienten, um Reichtum und Vorteile zu erlangen, und die andere war die natürliche, die normale Quelle, deren Strom bereits üppig und stark floß und sich nicht mehr würde aufhalten lassen, sollte der Geist einmal zerstört werden.

Und wieder antwortete er auf meine Gedanken.

»Führe Krieg gegen mich, und ich werde all das vernichten! Du lebst jetzt, weil Katherine dich braucht.«

Ich gab keine Antwort. Ich ging ins Haus, holte mein Tagebuch, ging hinunter in den Salon und drängte die Musiker, laut und kräftig zu spielen, und dann schrieb ich meine Gedanken in das Tagebuch.

Meine Talente und die meiner Mutter nahmen unterdessen immer weiter zu. Wir heilten, wie ich schon sagte, wir wirkten manchen Zauber, wir ließen Lasher diejenigen bespitzeln, über die wir die Wahrheit wissen wollten, und manchmal mußte er auch die finanziellen Veränderungen der Zukunft für uns erkunden.

Das war nicht leicht, und je älter ich wurde, desto klarer wurde mir, daß meine Mutter allmählich zu verrückt war, um noch sehr viel Praktisches zu bewältigen. Tatsächlich verfuhr unser Cousin Augustin, der Verwalter der Plantage, mit ihren Erträgen weitgehend nach eigenem Gutdünken.

Als ich fünfzehn war, sprach ich sieben Sprachen und konnte in allen auch sehr gut schreiben, und dazwischen war ich der inoffizielle Aufseher und Verwalter der gesamten Pflanzung. Mein Cousin Augustin wurde eifersüchtig auf mich, und in einem Wutanfall erschoß ich ihn.

Es war ein furchtbarer Augenblick.

Ich hatte nicht vorgehabt, ihn zu ermorden. Im Gegenteil, er war es gewesen, der die Pistole gezogen und mich damit bedroht hatte; in meiner Wut riß ich sie ihm aus der Hand und feuerte ihm die Kugel in die Stirn. Niemand hätte überraschter sein können als ich. Nicht einmal er, wohin er auch gegangen sein mochte – denn ich sah wohl, wie seine Seele emporstieg; verblüfft starrte sie mich aus einer verschwommen menschlichen Gestalt an, ehe sie verschwand.

Die ganze Familie versank im Chaos. Die Cousins flüchteten in ihre Cottages, die Vettern aus der Stadt in ihre Häuser in New Orleans – ja, die Plantage stellte in der Trauer um Augustin den Betrieb ein, der Priester kam und die Beerdigungsvorbereitungen begannen.

Ich saß weinend in meinem Zimmer und bildete mir ein, man werde mich für mein Verbrechen bestrafen, aber sehr bald begriff ich, daß nichts dergleichen geschehen würde.

Niemand würde mich anrühren. Alle hatten Angst, sogar Augustins Frau und seine Kinder. Sie waren gekommen, um mir zu sagen, sie wüßten, daß es »ein Unfall« gewesen sei, und wollten nicht riskieren, bei mir in Ungnade zu fallen.

Meine Mutter verfolgte das alles mit erstauntem Blick, aber sie interessierte sich kaum dafür. »Jetzt kannst du alles führen, wie du es willst«, sagte sie nur.

Und der Geist kam; er stieß mich spielerisch in die Rippen, entzückt darüber, daß er mir die Schreibfeder aus der Hand schlagen und mich mit seinem Grinsen im Spiegel erschrecken konnte.

»Julien«, sagte er, »ich hätte es im stillen für dich erledigen können! Leg deine Pistole weg. Du brauchst sie nicht.«

»Kannst du so leicht töten?«

»Gelächter.«

Da erzählte ich ihm von zwei Feinden, die ich mir gemacht hatte – der eine ein Lehrer, der meine geliebte Katherine beleidigt hatte, der andere ein Kaufmann, der uns frech betrogen hatte. »Töte sie«, sagte ich.

Der Dämon tat es. Innerhalb einer Woche nahmen sie beide ein schlimmes Ende – einer geriet unter die Räder einer Kutsche, der andere stürzte vom Pferd.

»Es war leicht«, sagte der Dämon.

»Das sehe ich«, antwortete ich. Ich war trunken von meiner Macht. Vergessen Sie nicht, ich war erst fünfzehn, und das alles war vor dem Krieg, zu einer Zeit, da wir noch ganz isoliert von der Welt ringsum waren.

Augustins Nachkommenschaft verließ unser Land. Sie zogen tief ins Bayou-Land und gründeten die wunderschöne Plantage Fontrevault. Aber das ist eine andere Geschichte. Irgendwann müssen Sie einmal die Uferstraße hinauffahren, über die Sunshine Bridge und in diese herrliche Gegend, und dort müssen Sie sich die Ruinen von Fontrevault anschauen, denn dort ist viel geschehen.

Aber jetzt will ich nur sagen, daß ich mich mit Tobias, Augustins ältestem Sohn, niemals versöhnt habe. Er war ein kleines Kind, als der tödliche Schuß fiel, und sein Haß gegen mich blieb auch in späteren Jahren groß, obgleich auch sein Zweig der Familie wohlhabend war und den Namen Mayfair behielt, und auch wenn seine Nachkommen sich mit unseren Nachkommen verheirateten. Wie Sie wissen, entstammt Mona diesem Zweig.

Um aber nun zu unserem Alltagsleben zurückzukehren: Katherine wurde immer schöner, während Marguerite mehr und mehr dahinwelkte, als zapfe ihre Tochter ihr die Lebensenergie ab. In Wirklichkeit geschah nichts dergleichen.

Marguerite war nur verrückt von ihren Experimenten, von den Versuchen, tote Säuglinge wieder lebendig zu machen, Lasher einzuladen, in ihr Fleisch zu fahren und ihre Gliedmaßen zu bewegen. Aber nie konnte er die Seele selbst wiederherstellen. Der bloße Gedanke war lächerlich.

Gleichwohl drang sie in große Tiefen vor und zog mich mit sich in ihre Magie. Aus der ganzen Welt ließen wir uns Bücher schicken. Die Sklaven kamen zu uns und baten um Medizin für alle erdenklichen Krankheiten. Und wir wurden stärker und stärker, so daß wir bald imstande waren, viele gewöhnliche Leiden durch einfaches Handauflegen zu kurieren. Lasher war stets unser Verbündeter bei alledem, und wenn der Dämon den geheimen Grund für die Krankheit eines Betroffenen kannte – etwa, weil er versehentlich vergiftet worden war –, teilte er uns dieses Geheimnis mit.

Wenn ich nicht mit meinen Experimenten beschäftigt war, war ich mit Katherine zusammen; ich führte sie nach New Orleans in die Oper, zum Ballett oder ins Theater; ich zeigte ihr die feinen Restaurants und ging mit ihr spazieren, damit sie die wirkliche Welt zu sehen bekam, was eine Dame ohne Begleiter praktisch nicht konnte. Sie war wie immer unschuldig und voller Liebe, zierlich, dunkel und vielleicht auch ein bißchen einfältig.

Allmählich dämmerte mir, daß wir mit unserer Inzucht gewisse Schwächen gefördert hatten. Ich begann, diese Dinge unter meinen Verwandten zu studieren, und eine gewisse charmante Art von Schwachsinn gehörte auf alle Fälle dazu. Auch gab es unter uns viele mit Hexentalenten und einige sogar, die ein Hexenmal trugen – ein schwarzes Muttermal oder sonst ein Geburtsmal von eigenartiger Form, oder einen sechsten Finger. Ja, der sechste Finger war sogar ziemlich verbreitet und konnte verschiedenerlei Gestalt annehmen. Mal war er ein winziges Glied, das außen an der Handkante sproß, dem kleinen Finger benachbart. Dann wieder saß er neben dem Daumen, oder er war tatsächlich ein zweiter Daumen. Aber wo immer er auftauchte, Sie können sicher sein, daß jemand sich dessen schämte.

Inzwischen hatte ich vor der Nase des Dämons die Geschichte Schottlands gelesen, höchstwahrscheinlich ohne daß er überhaupt etwas gemerkt hatte.

Donnelaith war als Stadt ohne Bedeutung. Aber es gab ein paar alte Geschichten, denen zufolge das einmal anders gewesen war; einst hatte dort eine große Kathedrale gestanden. Ja, es hatte eine Schule und einen großen Heiligen in jener Gegend gegeben, und die Katholiken waren meilenweit gereist, um an seinem Grab zu beten.

Ich bewahrte mir diese Kenntnisse für die Zukunft auf. Ich

würde hinfahren. Ich würde die Geschichte dieser Leute von Donnelaith ergründen.

Meine Mutter lachte über all das nur. Und im Schutze der Musik sagte sie: »Stell ihm Fragen. Du wirst bald entdecken, daß er niemand und alles zugleich ist und aus der Hölle kommt. So einfach ist das.«

Ich brachte es bei ihm zur Sprache.

Und richtig, was sie gesagt hatte, stimmte. Ich fragte etwa: »Wer hat die Welt erschaffen?« Dann redete er über Nebel und Land und Geister, die immer schon dagewesen seien. Ich sagte dann: »Und Jesus Christus – hast du seine Geburt miterlebt?« Er antwortete, es habe keine Zeit gegeben, wo er gelebt habe, und er habe nur die Hexen gesehen.

Ich sprach von Schottland, und das Wesen weinte um Suzanne, und es erzählte mir, daß sie in Angst und Schmerzen gestorben sei, und Deborah habe mit ernsten Augen gewacht, bevor die bösen Zauberer aus Amsterdam sie entführt hätten.

»Wer waren diese Zauberer?« fragte ich, und der Dämon antwortete: »Das wirst du bald genug erfahren. Sie beobachten dich. Hüte dich vor ihnen, denn sie wissen alles und können dir Schaden bringen.«

»Warum tötest du sie nicht?« fragte ich.

»Weil ich wissen will, was sie wissen, und weil es keinen vernünftigen Grund dafür gibt. Aber hüte dich vor ihnen. Sie sind Alchimisten und Lügner.«

»Wie alt bist du?«

»Alterslos.«

»Warum warst du in Donnelaith?«

Schweigen.

»Wie bist du dort hingekommen?«

»Suzanne rief mich. Das habe ich dir schon gesagt.«

»Aber du warst schon vor ihr da.«

»Es gab kein Da vor Suzanne.«

Und so ging es immer weiter – faszinierend, aber ohne wirkliche Fortschritte in der Geschichte, und ohne ein brauchbares Geheimnis zu erhellen.

»Es ist Zeit, daß du zu deiner Mutter gehst und ihr hilfst. Deine Kraft wird benötigt.«

Das bedeutete natürlich, ich sollte Marguerite bei ihren Experimenten helfen. Also schön, dachte ich.

Ich folgte Lasher in ihre Gemächer. Sie war eben mit einem Säugling gekommen, schwach, aber noch lebendig; die Mutter, eine Sklavin, hatte das Kind vor der Kirchentür abgelegt. Es weinte, ein winziges braunes Geschöpf mit braunem Kraushaar und einem kleinen, rosigen Mund, der einem das Herz brechen konnte. Es war so klein, daß es vermutlich nicht lange leben würde. Meine Mutter war entzückt.

Sie schloß die Tür, zündete die Kerzen an, kniete neben dem Kind nieder und lud Lasher ein, hineinzufahren.

Mit machtvollem Gesang trieb sie den Dämon voran. »In seine Glieder; sieh mit seinen Augen, sprich mit seinem Mund, lebe in seinem Atem und seinem Herzschlag.«

Das Zimmer schien anzuschwellen und sich zusammenzuziehen, was es natürlich in Wirklichkeit nicht tat. Alles, was rasseln konnte, bewegte sich, und der Lärm wurde zu einem feinen Murmeln – Flaschen klirrten, Glöckchen klingelten, Blendläden schlugen im Wind –, und dann begann dieses winzige Baby sich vor meinen Augen zu verändern. Es koordinierte die Bewegungen seiner Gliedmaßen, und der Ausdruck in dem kleinen Gesicht wurde bösartig oder doch wenigstens erwachsenenartig.

Es war kein Säugling mehr, sondern ein scheußlicher Homunkulus, denn es hatte sich zwar körperlich nicht verändert, aber ein erwachsener Mann steckte darin und manipulierte es, und jetzt sprach es mit gurgelnder Stimme: »Ich bin Lasher. Sieh mich hier.«

»Wachse, wachse und werde stark!« befahl Marguerite und reckte beide Fäuste in die Höhe. »Julien, befiehl ihm, zu wachsen. Blicke starr auf Arme und Beine. Befiel ihnen, zu wachsen.«

Ich tat es, und entgegen all meinem Glauben sah ich, wie die kleinen Arme und Beine länger wurden. Ja, die Augen des Säuglings, die bei der Geburt hellblau gewesen waren, waren plötzlich dunkelbraun, und das Haar wurde langsam dunkler, als sauge es sich mit einer schwarzen Flüssigkeit voll.

Die Haut hingegen wurde nach und nach fahler; Farbe pulsierte in den Wangen. Einen Augenblick lang streckten sich die

Beine wie Tentakel. Und dann starb das kleine Ding. Starb einfach. Stieß einen Schrei aus und starb.

Marguerite raffte es vom Bett und schleuderte es in den Spiegel der Kommode. Das Kind zerspritzte auf der Scheibe in Blut und Gedärm, zerbrach aber das Glas nicht; es rutschte daran herunter und landete auf der Kommode, ein namenloses totes Kind inmitten ihrer Parfüms, Lotionen und Kämme.

Wieder erbebte das Zimmer. Er war ganz nah, und dann war er weg, und die Kälte war rings um uns herum. Es war, als habe Lasher die balsamische Wärme mit sich fortgenommen.

Sie setzte sich hin und weinte. »So ist es immer. Wir kommen so weit, und dann ist das Gefäß zu schwach, um ihn zu tragen. Er zerstört, was er verändert. Wie wird er jemals Fleisch werden? Und jetzt ist er von dem, was er getan hat, so müde, daß er nicht zu uns kommen kann. Wir müssen warten und ihn treiben und sich sammeln lassen; man kann nichts dazu tun.«

Ich war wie gebannt von dem, was ich gesehen hatte. Ich wollte hinausgehen und es aufschreiben. Sie hielt mich auf.

»Was können wir tun, um ihn Fleisch werden zu lassen?« fragte sie.

»Nun, zunächst einmal versuche es nicht mehr mit einem Säugling. Versuche es mit dem Körper eines Mannes. Suche dir jemanden, der geistig und vielleicht auch körperlich beeinträchtigt ist, jemanden, der dem Tode schon nah ist und der nicht mehr Widerstand leisten kann als ein Säugling. Und dann sieh zu, ob Lasher hineinfahren kann.«

»Ah, aber er hat gesagt, er muß aus einem kleinen Kind wachsen. Aus einem kleinen Kind wie dem Säugling in der Krippe.«

»Lasher hat das gesagt? Wann denn?« Ich merkte mir dies wie alle seine kleinen Versprecher.

»In einem kleinen Kind wird er geboren werden von der mächtigsten aller Hexen, aber dieses Kind wird klein sein wie das Christkind. Doch, ah, könnten wir ihn nur jetzt ins Fleisch bringen – denk dir nur, was wir tun könnten! Und dann . . . und dann könnten wir auf die gleiche Art sogar Tote wieder zum Leben erwecken!«

»Meinst du?«

»Komm her«, sagte sie. Sie nahm mich bei der Hand, fiel auf die Knie und zog eine kleine Truhe unter dem Bett hervor. Darin lagen Puppen, Puppen aus Knochen und Haaren mit sorgfältig genähten Kleidern. Wohlgemerkt, Michael, sie waren nicht so verrottet, wie sie waren, als Sie sie gesehen haben. Sie waren in Spitze gewickelt, manche sogar mit wunderschönen Juwelen und Perlen geschmückt, und sie spähten uns mit ihren winzigen Augen entgegen.

»Das sind die Toten«, sagte sie. »Siehst du? Hier, Marie Claudette.« Sie nahm eine kleine Puppe mit grauen Haaren in einem roten Taftkleid in die Hand; sie war anscheinend aus einem Strumpf gemacht und mit etwas gefüllt, das sich anfühlte wie Kieselsteine. »Abgeschnittene Fingernägel von ihr, ein Knochen aus ihrer Hand, den ich aus dem Grab genommen habe, und ihre Haare, viele Haare – daraus ist diese Puppe gemacht. Und binnen einer Stunde nach ihrem Tod habe ich den Speichel aus ihrem Mund genommen und das Gesicht der Puppe damit getränkt, und das Blut, das sie erbrochen hat, habe ich unter dem Kleid auf die Puppe geschmiert. Jetzt nimm sie in die Hand, und du wirst sehen, daß sie hier ist.«

Sie legte die Puppe in meine Hände, und in einem kurzen Aufblitzen sah ich die lebende Marie Claudette! Der Schock ließ mich zurücktaumeln. Ich starrte das Stoffding in meinen Händen an; ich drückte es noch einmal, und da stand sie einen Augenblick lang reglos vor mir und starrte mich an. Ich rief sie, und dann tat ich es wieder und wieder – beschwor sie herauf, sah sie, rief sie und verlor sie wieder.

»Das ist nichts«, sagte ich. »Sie ist nicht hier.«

»Doch, doch, sie ist es, und sie spricht mit mir.«

»Das glaube ich nicht.«

Noch einmal drückte ich die Puppe und sagte: »Grandmère, sag mir die Wahrheit.« Da hörte ich eine winzige Stimme in meinem Kopf: »Julien, ich liebe dich.« Natürlich wußte ich, daß es nicht Marie Claudette war, die da sprach. Es war Lasher, aber wie sollte ich das beweisen?

Ich tat etwas Waghalsiges. So laut, daß meine Mutter es hören konnte, rief ich: »Marie Claudette, Marie Claudette, geliebte Grandmère, erinnerst du dich noch an den Tag, da die Kapelle spielte und wir mein kleines Holzpferd im Garten begruben? Weißt du noch, wie ich weinte, und entsinnst du dich an das Gedicht, das du mich damals lehrtest?«

»Ja, ja, mein Kind«, sagte die Stimme, und das Bild, das Mutter und ich sehen konnten, hielt länger stand als zuvor, eine anmutige Vision von Marie Claudette, wie ich sie zuletzt gesehen hatte.

»Das Gedicht«, sagte ich. »Hilf mir, mich daran zu erinnern.«

»Denke zurück, mein Kind, und du wirst dich erinnern«, antwortete der Geist.

»Ah ja«, rief ich. »›Holzpferdchen, Holzpferdchen, lauf in den Himmel‹!«

Ja, sagte sie und wiederholte den Vers mit mir.

Ich schleuderte die Puppe zu Boden. »Was für ein Unfug«, erklärte ich. »Ich habe nie ein Holzpferdchen besessen. Ich hatte nie etwas übrig für solche Sachen. Ich habe nie eines im Garten begraben und nie ein dummes Gedicht dazu gelernt.«

Der Dämon geriet in Raserei. Meine Mutter streckte schützend die Hände über mich. Alles flog umher ... Möbel, Flaschen, Gläser, Bücher. Es war schlimmer als die Federn, und dann prasselte alles auf uns herab.

»Halt ein!« rief meine Mutter. »Wer soll denn Katherine beschützen?«

Es wurde still.

»Werde nicht mein Feind, Julien«, sagte das Wesen.

In diesem Augenblick hatte ich Todesangst. Ich hatte meinen Beweis geführt. Das Wesen war ein Lügner. Es war kein Hüter geheiligter Weisheiten. Und es konnte mich töten, so sicher, wie es meine Feinde getötet hatte, und ich hatte es sehr zornig gemacht.

Aber ich war gerissen. »Also gut, du willst Fleisch werden?«

»Ich will Fleisch werden, ich will Fleisch werden, ich will Fleisch werden!«

»Dann werden wir unsere Experimente ernsthaft fortführen.«

Sie haben die Früchte dieser Jahre selbst gesehen, Michael. Als Sie in dieses Haus kamen, haben Sie die verrotteten Menschenköpfe in ihren Gläsern schwimmen sehen. Sie haben die

Säuglinge in dunkler Flüssigkeit gesehen – die ganze Summe unserer Erfolge.

Ich will mich also kurz fassen, was diese düsteren Dinge angeht und das, was wir taten, was ich tat – aus Angst vor dem Wesen, während ich zugleich zusehen mußte, wie ich selbst tiefer und tiefer im Bösen versank.

Inzwischen schrieben wir das Jahr 1847. Katherine war ein geschmeidiges Geschöpf von siebzehn Jahren, von Verwandten und von Fremden gleichermaßen umworben, ohne aber das Verlangen nach Heirat erkennen zu lassen. Tatsächlich war es der Höhepunkt des frevelhaften Vergnügens für das Mädchen, wenn ich es als Knaben verkleidete und zu den Mestizenbällen und in die Bars am Fluß mitnahm, in die eine brave weiße Dame keinen Fuß setzen durfte. Das alles bedeutete Spaß und Spannung für sie, und mir machte es auch Vergnügen, diese schmutzige, verkommene Welt durch ihre hübschen Augen zu sehen ...

Aber! Während all dies seinen Lauf nahm und während die Stadt reich wurde und von Jahr zu Jahr mehr Abwechslungen zu bieten hatte, brachten Marguerite und ich dem Dämon in der Abgeschiedenheit ihres Arbeitszimmers die furchtbarsten Opfer.

Unser erstes nennenswertes Opfer war ein Voodoo-Doktor, ein Mulatte mit gelbem Haar, sehr alt, aber immer noch stark; wir entführten ihn von seiner Haustür weg und brachten ihn nach Riverbend, überhäuften ihn mit blumigen Worten und Wein und machten ihm weis, daß wir hören wollten, was er über Gott und den Teufel wisse.

Er sei schon von so manchem Geist besessen gewesen, behauptete er. Wir redeten über Voodoo, erzählten dummes Zeug und Lügen. Schließlich war er reif, seinen mächtigen Gott willkommen zu heißen: Lasher.

Wir verriegelten die Türen zu Marguerites Zimmern und riefen Lasher herab in diesen Mann, der sich aus freien Stücken der Besessenheit hingab.

Zunächst lag die Kreatur ganz still, ein alter Mann mit dürren Knochen, sehr fahler Haut, sehr gelben Haaren – doch als er dann die Augen öffnete, sahen wir fremdes Leben darin! Die

Augen richteten sich auf uns, und der Mund bewegte sich, und eine Stimme, die tiefer klang als die des Mannes zuvor, aber doch aus derselben Kehle kam, sagte: »Ah, meine Geliebten, ich sehe euch.« Die Stimme klang flach und schaurig. Aber sie tönte laut aus diesem Mund, und die Augen der Kreatur blickten wild und dumm.

»Richte dich auf!« befahl Marguerite. »Sei stark! Ergreife Besitz!« Sie drängte mich, die Worte mit ihr zusammen zu wiederholen, und wir taten es und blickten dabei starr auf dieses Ding.

Der Mann erhob sich und streckte die Arme aus; dann ließ er sie schlaff herunterbaumeln und wäre fast vornübergekippt. Mühsam rappelte er sich auf, doch dann fiel er wirklich hin. Wir stürzten ihm entgegen, um ihn aufzufangen. Seine Finger zappelten in der Luft, und dann schloß sich eine Hand um meinen Hals, was mir nicht besonders gefiel; ich wußte aber, daß er zu schwach war, um mir etwas anzutun. Mit seiner furchtbaren Stimme sagte er:

»Mein geliebter Julien.«

»Nimm Besitz von diesem Wesen für alle Zeit!« rief Marguerite. »Nimm diesen Körper, als hättest du das Recht dazu.«

Da fing der ganze Körper an zu zittern, und vor meinen Augen fingen die Haare der Kreatur an, sich dunkler zu färben, wie es zuvor auch bei dem Säugling geschehen war. Das Gesicht war wild verzerrt.

Dann kippte uns der arme alte Körper tot in die Arme, und wenn der alte Mann noch einmal für einen Augenblick darin war, so merkten wir nichts davon.

Aber nachdem wir ihn auf das Bett gelegt hatten, untersuchte Marguerite ihn sorgfältig. Sie zeigte mir Flecken seiner Haut, die weiß geworden waren, und einzelne Partien in seinem Haar, die deutlich dunkler waren, als sei von innen her irgendeine Kraft hervorgebrochen, die diese Dinge verändert hatte.

»Was fangen wir mit alldem an, Mutter? Wir müssen es vor der Familie geheimhalten.«

»Natürlich«, sagte sie. »Aber erst nehmen wir ihm den Kopf ab, um ihn aufzuheben.«

Erschöpft sank ich zusammen und lehnte mich an die Wand; mit übereinandergeschlagenen Beinen sah ich schweigend zu, wie sie dem Mann langsam mit einem Beil den Kopf abtrennte. Dann sah ich, wie sie das Ding in die chemische Flüssigkeit versenkte, die sie erst kürzlich für solche Zwecke erworben hatte, und das Glas verschloß. Die Augen des Mannes starrten mich an.

Inzwischen hatte Lasher seinen Verstand wieder beisammen, falls man es so nennen konnte. Und er stand neben ihr in Gestalt eines kräftigen Mannes. Ich erinnere mich klar und deutlich an diesen Augenblick – wie der Dämon dastand, mit großen Augen, beinahe niedlich, und Marguerite, die den Deckel auf das Glas klemmte, es ans Licht hielt und mit dem Kopf darin wie mit einem Baby redete: »Gut gemacht, mein kleiner Kopf, gut gemacht.«

Dann setzte sie sich an ihren Tisch und fing an zu kritzeln und sich künftige Experimente auszudenken.

Michael, als Sie in dieses Haus kamen und die Gläser sahen, da haben Sie alles gesehen, was bei diesen magischen Experimenten je herauskam. Mehr gab es nicht. Aber woher sollten wir das wissen?

Mit jedem neuen Opfer wurden wir verschlagener und dreister, aber auch hoffnungsvoller: wir lernten, daß der Körper stark sein mußte, nicht alt, und daß ein junger Mann ohne Familie und Heim uns die besten Aussichten bot.

Ich lebte in Angst davor, daß Katherine es herausbekommen könnte. Katherine war meine Freude. Manchmal saß ich da, schaute sie an und dachte: Wenn du nur wüßtest – und doch konnte ich mich nicht losreißen von meiner Mutter oder diesem Wesen. Vielleicht war Katherine mein unschuldiges Ich, das Kind, das ich nie gewesen war, das Gute, das ich nie hatte sein wollen. Ich liebte sie.

Was meine Machenschaften mit dem Dämon anging, so machten sie mir Spaß. Ich hatte insgeheim Vergnügen daran, die Opfer zu fangen und nach Hause zu holen, sie die Treppe hinaufzuführen und dazu zu verleiten, daß sie sich zu brauchbaren Gefäßen machten. Jeder Versuch brachte machtvolle Erregung. Die flackernden Kerzen, das Opfer auf dem Bett, die Besessenheit – das alles war hypnotisch.

Auch begann Lasher, seine Vorlieben zu äußern. Wir sollten

ihm Leute von heller Haut- und Haarfarbe bringen, damit er sie desto leichter so verändern könnte, wie er wollte; und er ging und sprach nun für längere Zeitabschnitte in ihren Körpern.

Irgendeine oberflächliche Mutation kam immer zustande. Aber mehr war es nicht! Haut und Haar und weiter nichts.

Und das Opfer starb unweigerlich.

Aber der Geist liebte das alles; der Geist lebte bald nur noch dafür.

»Ich möchte heute nacht den Mond mit Menschenaugen sehen«, sagte Lasher. »Bringt mir ein Kind. Ich möchte heute nacht mit Menschenfüßen zur Musik tanzen. Laßt die Fiedler vor dem Haus stehen, und bringt mir Beine, die tanzen können.«

Und zum Lohn brachte das Wesen uns Gold und Juwelen in unvorstellbaren Mengen. Dauernd fand ich Geld in meinen Taschen. Wir wurden immer wohlhabender. Das Wesen warnte uns unfehlbar jedesmal, wenn wir unsere Investitionen aus diesem oder jenem Geschäft abziehen mußten.

Und noch etwas anderes geschah. Das Wesen fing an, mich nachzuahmen. Ich sah es.

Es begann mit ein paar unbedachten Bemerkungen, die ich gemacht hatte. »Warum mußt du so aussehen, wenn du erscheinst? So steif, so verstaubt?«

»Suzanne fand einen solchen Mann schön. Wie möchtest du mich denn haben?«

Und mit wenigen, sorgfältig gewählten Worten entwarf ich ihm seine neue Kleidung. Von da an erschien er immer exakt in meiner Gestalt, was mich erschreckte und zugleich erheiterte. Bald stellten wir fest, daß er andere damit erfolgreich täuschen konnte. Ich konnte ihn in meiner Gestalt an den Schreibtisch setzen und fortgehen, und die Leute würden denken, ich hätte das Haus nie verlassen.

Es war wunderbar. Natürlich konnte er sich nie sehr lange verfestigen. Aber er wurde immer stärker.

Und noch etwas war mir klar geworden. Obgleich das Wesen mir Lust verschaffte, wann immer ich es wünschte, war es doch, was mich betraf, nie eifersüchtig auf andere. Im Gegenteil, es beobachtete solche Vorgänge sogar gern – mit Geliebten, Huren, Mätressen.

Während Marguerite sich jetzt Tag und Nacht in ihrem irrwitzigen Laboratorium aufhielt, zog ich hinaus in die Stadt. Und der Dämon ging mit mir und beobachtete alles. Ich fühlte mich überaus mächtig, wenn ich ihn neben mir wußte, meinen geheimen Vertrauten, mein übernatürliches Auge, meinen Wächter.

Michael, ich könnte Ihnen so viel erzählen! Aber nicht auf die Geschichte meines Lebens kommt es an. So mag es genügen, wenn ich sage, daß ich gelebt habe, wie es nur wenigen Männern je vergönnt war; ich lernte, was ich wollte, tat, wozu ich Lust hatte, und genoß alle erdenklichen Freuden. Und der Dämon war natürlich mein bester Liebhaber – immer. Kein Mann und keine Frau konnte mich lange von ihm fernhalten.

»Gelächter, Julien. Bin ich nicht besser als sie?«

»Das bist du, ich muß es gestehen.« Ich warf mich rücklings aufs Bett und überließ es ihm, mich auszuziehen und mich zu liebkosen.

»Warum tust du das so gern?« fragte ich.

»Du wirst warm; du bist mir nah. Ich bin dir nah, wir sind beinahe eins. Du bist schön, Julien. Wir sind Männer, du und ich.«

Einleuchtend, dachte ich, und trunken von erotischer Lust überließ ich mich ihm oft tagelang, bis ich dann schließlich in die Stadt hinausfuhr und mich auf irgendeine andere Weise amüsierte, damit ich nicht ebenso verrückt wurde wie meine Mutter.

Natürlich wußte ich inzwischen, daß uns die Experimente nie weiterbringen würden. Wir machten nur deshalb noch weiter, weil Lasher danach süchtig war, von Menschen Besitz zu ergreifen.

Marguerite war inzwischen offiziell wahnsinnig. Aber niemanden kümmerte es. Warum auch? Unsere Familie zählte nach Hunderten! Mein Bruder Rémy hatte geheiratet und viele Kinder bekommen, sowohl mit seiner Frau als auch mit seiner mulattischen Mätresse. Es gab Mayfairs zur Linken und Mayfairs zur Rechten, und viele von uns zogen in die Stadt und bauten dort überall prächtige Häuser.

Und wenn die Oberhexe in ihren Gemächern blieb, während

wir üppige Picknicks hielten und große Bälle gaben, was machte das schon? Niemand vermißte sie. Ich war da und tanzte natürlich mit Katherine, die all den jungen Männern, die ihr nachstellten, das Herz brach – Katherine war inzwischen über fünfundzwanzig und für damalige Begriffe eine alte Jungfer, aber sie war so schön, daß niemand derlei auch nur zu denken wagte, und natürlich so reich, daß sie es nicht nötig hatte, zu heiraten.

Und bald wurde mir klar, daß sie Angst davor hatte, zu heiraten. Natürlich hatten meine Mutter und ich ihr erzählt, was wir konnten. Und sie war entsetzt gewesen. Sie wollte kein Kind bekommen, da sie fürchtete, daß die böse Saat sich fortpflanzen könne. »Ich werde als Jungfrau sterben«, erklärte sie mir, »und das ist das Ende. Es wird keine Hexen mehr geben.«

»Was sagst du dazu?« fragte ich Lasher.

»Gelächter«, war seine knappe Antwort. »Sie ist ein Mensch. Menschen sehnen sich nach Gesellschaft, und sie sehnen sich nach Kindern. Es stehen viele Cousins zur Wahl. Sieh dir die an, die das Mal tragen. Sieh dir die an, die *sehen* können.«

Und das tat ich. Ich führte Katherine jeden Mayfair mit Hexentalenten vor, was immer es nützen mochte. Sie war ein verträumtes, süßes Kind. Sie widersprach nie.

Aber dann ereignete sich das Unvorstellbare.

Es fing unschuldig genug an. Sie wollte ein Haus in der Stadt. Ich sollte den irischen Architekten Darcy Monahan beauftragen, es ihr zu bauen, in der Faubourg, einem Vorort, in dem alle Amerikaner sich niedergelassen hatten.

»Du mußt verrückt sein«, sagte ich. Freilich, mein Vater war Ire gewesen, aber ich hatte ihn nie gekannt. Ich war Kreole und sprach immer nur Französisch. »Warum sollten wir dort oben wohnen, wo all diese lauten Amerikaner sind? Kaufleute und solches Pack?«

Ich kaufte ein Stadthaus in der Rue Dumaine von Darcy; er hatte es für einen Mann gebaut, der bankrott gegangen war und sich eine Kugel in den Schädel gejagt hatte. Ab und zu sah ich den Geist dieses Mannes, aber er störte mich nicht. Er war wie Marie Claudettes Geist, kraftlos und unfähig, sich mitzuteilen.

Ich bezog dort meine Wohnung und beschaffte eine luxuriöse

Einrichtung für Katherine. Nicht gut genug. Da sagte ich: »Also gut, dann kaufen wir eben das Grundstück zwischen der Chestnut Street und der First Street, und dort bauen wir einen großartig-grauenvollen griechischen Tempel ganz nach deinem Geschmack. Nur zu. Tobe dich aus. Was kümmert es mich?«

Darcy machte sich sogleich an die Entwürfe und erbaute das Haus, in dem ich jetzt stehe. Ich verschmähte es, aber Lasher kam, beugte sich über meine Schulter, nahm meine Gestalt an und wurde wieder zu dem braunhaarigen Mann, der er am liebsten war.

»Mach es voller Muster«, sagte er. »Mach es voller Ornamente und Formen. Mach es schön.«

»Das mußt du Katherine sagen«, drängte ich, und der Dämon gehorchte; er pflanzte ihr diese Gedanken in den Kopf, lenkte sie in ihren Planungen, und sie war arglos wie eh und je.

»Es wird ein großes Haus werden«, sagte der Dämon, als wir zusammen in die Stadt fuhren; er nahm Gestalt an, um aus der Kutsche zu steigen und am Tor stehenzubleiben. »In diesem Hause werden Wunder geschehen.«

»Woher weißt du das?«

»Ich sehe es jetzt. Ich sehe den Weg. Du bist mein geliebter Julien.«

Was mochte das heißen? Aber ich steckte zu tief in der Arbeit, als daß ich viel hätte darüber nachdenken können, das war sicher. Ich stürzte mich in meine Geschäfte, in den Landerwerb, in meine Auslandsinvestitionen, und ich bemühte mich insgesamt, Katherines Pläne für dieses amerikanische Haus aus meinen Gedanken zu verbannen und sie zurück ins French Quarter zu locken, damit sie dort mit mir speiste, sooft es möglich war.

Und wie Sie wissen, verliebte sie sich in Darcy! Ja, es war Lasher, der mir die Verschwörung offenbarte. Ich war auf dem Weg in die Vorstadt, denn Katherine war nicht nach Hause gekommen; es gefiel mir nicht, daß sie noch blieb, wenn die Bauleute gegangen waren, und allein mit diesem bösen Iren in dem halbfertigen Haus herumstromerte.

Lasher versuchte mich abzulenken. Erst wollte er sich unterhalten. Dann wollte er ein neues Opfer haben, um hineinzufahren.

»Nicht jetzt«, sagte ich. »Ich muß Katherine suchen.«

Und schließlich nahm er Menschengestalt an und vollbrachte seinen übelsten Trick; er erschreckte den Kutscher, so daß er uns von der Nyades Road hinunter in den Straßengraben fuhr, wo ein Rad brach. Wenig später saß ich am Straßenrand und kochte vor Wut.

Aber ich begriff jetzt, daß der Dämon mich nicht in die Stadt fahren lassen wollte.

Also versuchte ich am nächsten Abend, ihn abzulenken. Ich beauftragte ihn, ein paar seltene Münzen aufzutreiben, die ich haben wollte, und dann ritt ich allein auf meiner Stute los und sang dabei die ganze Zeit, damit er nicht in meine Nähe kommen und meine Gedanken und Absichten ergründen konnte.

Es dämmerte, als ich das Haus erreichte. Wie ein großes Schloß stand es da, das Mauerwerk verputzt und mit imitierten Steinvorsprüngen in Stuck überzogen, die Säulen an Ort und Stelle, die Fensterrahmen bereit für die Verglasung. Und es war dunkel und verlassen.

Ich ging hinein, und auf dem Fußboden im Salon fand ich meine geliebte Schwester und ihren Mann. Fast hätte ich ihn umgebracht. Ja, ich hatte ihn schon bei der Gurgel und schlug mit der Faust auf ihn ein, als Katherine zu meinem Entsetzen schrie: »Komm jetzt, mein Lasher. Sei mein Rächer. Laß nicht zu, daß er den vernichtet, den ich liebe.«

Kreischend und schluchzend fiel sie zu Boden und verlor das Bewußtsein. Aber Lasher war da. Ich fühlte, daß er mich im Dunkeln umgab, als wäre er ein mächtiges Seeungeheuer und ich sein hilfloses Opfer. Finsternis umgab mich im Doppelsalon da unten; ich spürte, wie das Ding sich ausdehnte und an den Wänden entlangstrich, um dann wieder zusammenzukommen.

»Bezähme dich, Julien«, sagte Lasher. »Die Hexe liebt diesen Sterblichen. Sieh dich vor. Sie hat uralte und geheiligte Worte benutzt, um mich zu rufen.«

Darcy Monahan kam auf die Beine und wollte sich auf mich stürzen. Lasher hielt seine Faust fest. Er war so abergläubisch wie jeder mit irischem Blut in den Adern; er schaute sich um und spürte die Anwesenheit des Geistes im Dunkeln, aber dann sah er seine geliebte Katherine, ein stöhnendes Häuflein Elend, und er lief hin, um sie wieder zu sich zu bringen.

Wütend marschierte ich zur Tür hinaus, kehrte in meine Wohnung in der Rue Dumaine zurück und ließ mir mehrere Mischlingshuren kommen. Ich paarte mich nacheinander mit allen und gab mich ganz meinem Schmerz hin. Katherine und dieses irische Vieh, in der Vorstadt, im Land der Amerikaner.

Wenn ich auf die Geschichte zurückblicke, sehe ich, daß ich ihr zuviel Wissen vorenthalten hatte. Sie dachte, »der Mann« sei ein Gespenst oder sonst etwas Einfaches. Sie ahnte nicht, wozu Lasher imstande war, wenn sie ihn rief.

»Weißt du«, sagte ich später zu ihr, »wenn du mich umbringen willst, dann brauchst du ihn nur noch einmal so zu rufen, und er wird es tun.«

Ich war nicht sicher, ob es stimmte, aber ich wollte einfach nicht, daß sie Flüche gegen mich schleuderte. Erst hatte sie mich mit Darcy betrogen, dann mit Lasher, und *sie* war die Hexe; ich hatte sie nur mein Leben lang abgeschirmt. »Du weißt nicht, was du da heraufbeschwörst«, sagte ich ihr. »Ich habe dich davor bewahrt.«

Sie war entsetzt und brach betrübt in Tränen aus, aber sie war auch entschlossen, Darcy Monahan zu heiraten. »Du brauchst mich nicht mehr zu beschützen«, sagte sie. »Ich werde den Smaragd um den Hals tragen, wenn ich heirate, wie es das Gesetz unserer Familie vorschreibt, aber ich werde im Hause Gottes vor Seinem Altar heiraten, und meine Kinder werden in Seinem Brunnen getauft werden und sich abwenden von dem Bösen.«

Ich zuckte mit den Achseln. Wir hatten immer vor einem katholischen Altar geheiratet, nicht wahr? Und getauft waren wir auch alle. Was bedeutete das schon? Aber ich sagte nichts.

Meine Mutter und ich nahmen uns vor, sie von Darcy abzubringen. Aber es ging nicht. Ja, sie war sogar bereit, um dieses irischen Narren willen auf das Erbe zu verzichten – zumindest erzählte sie das überall. Die Verwandtschaft kam in Scharen zu mir. Was wird geschehen? Was sagt das Gesetz? Wird unser Glück zu Ende sein? Da war mir klar, wieviel sie von dem dunklen, geheimen Dampfkessel des Bösen wußten, der unser

Imperium vorantrieb, und ich sah auch, wie bereitwillig sie sich dem fügten.

Aber Lasher gab die Braut fort.

»Laß sie den Kelten heiraten«, sagte er. »Dein Vater hatte auch irisches Blut, und darin schwammen die Hexentalente, die in solchem Blut schon seit Jahrhunderten schwimmen. Die Iren und die Schotten sind mit dem zweiten Gesicht begabt. Das Blut deines Vaters hat dich stark gemacht. Laß uns sehen, was dieser Ire mit deiner Schwester zuwege bringt.«

Aber Sie kennen die Geschichte. Katherine verlor zwei Kinder, zwei Knaben. Dann bekam sie zwei Söhne, und danach verlor sie ein Baby nach dem anderen, all ihren Gebeten und Messen, ihren Rosenkränzen und Priestern zum Trotz.

Als der Bürgerkrieg tobte und die Stadt fiel, als große Vermögen über Nacht vernichtet wurden und die Yankee-Truppen durch unsere Straßen zogen, da zog sie ihre Knaben in dem Haus in der First Street auf, unter amerikanischen Freunden und Verrätern. Katherine glaubte, sie habe den Familienfluch hinter sich gelassen. Tatsächlich hatte sie noch an ihrem Hochzeitstag den Smaragd zurückgegeben.

Die Familie war in Aufruhr. Die Hexe war fort. Zum ersten Mal hörte ich, wie viele das Wort tuschelnd aussprachen. »Aber sie ist die Hexe!« sagten sie. »Wie kann sie uns verlassen?«

Und der Smaragd. Er lag bei Mutter auf der Kommode zwischen all ihrem Voodoo-Kram wie ein Stück scheußlicher Glitzerschmuck. Schließlich nahm ich ihn und hängte ihn einer Gipsmadonna um den Hals.

Unterdessen führte der Dämon mir immer neue Geliebte zu und beobachtete so eifrig wie immer, was dann vor sich ging. Und er imitierte mich mehr und mehr. Sogar wenn er Mutter besuchte, tat er es jetzt in meiner Gestalt. Er schien jedes Gefühl seiner selbst verloren zu haben, wenn er es je gehabt hatte.

»Wie siehst du in Wirklichkeit aus?« fragte ich.

»Gelächter. Was soll eine solche Frage?«

»Wenn du Fleisch bist, wie wirst du dann sein?«

»Wie du, Julien.«

»Warum nicht so, wie du zu Anfang warst? Braunhaarig und mit braunen Augen?«

»Das war nur für Suzanne; es war das, was Suzanne sehen wollte. Aber ich möchte wie du sein. Du bist schön.«

Dann kam das Jahr 1871. Im Sommer wütete das Gelbfieber, wie es das immer tat, unter den neuesten Einwanderern.

Darcy, Katherine und ihre Söhne hielten sich seit einiger Zeit im Ausland auf; sechs Monate lang, genau gesagt, waren sie in Europa gewesen, und kaum hatte der hübsche Ire seinen Fuß wieder an unser Ufer gesetzt, da streckte ihn das Fieber nieder.

Vermutlich hatte er im Ausland seine Immunität dagegen verloren – ich weiß es wirklich nicht; die Iren starben immer an dieser Krankheit, und wir bekamen sie nie. Katherine verfiel in Raserei. Sie schickte mir Briefe in die Rue Dumaine; ich solle bitte kommen und ihn heilen.

Ich fragte Lasher. »Wird er sterben?«

Lasher erschien am Fußende meines Bettes, gesammelt, die Arme verschränkt, gekleidet wie ich am Tag zuvor – eine Illusion natürlich.

»Ich glaube, er wird sterben«, sagte er. »Und vielleicht wird es auch Zeit. Sei unverzagt. Nicht einmal eine Hexe kann gegen dieses Fieber irgend etwas tun.«

Ich war nicht so sicher. Aber als ich mich an Marguerite wandte, fing sie an zu gackern und herumzuhüpfen. »Laß den Bastard nur sterben, und seine ganze Brut mit ihm.«

Ich war empört. Was hatten Clay und Vincent denn getan, diese beiden unschuldigen Kinder, außer daß sie als Knaben zur Welt gekommen waren wie ich und mein Bruder Rémy?

Ich kehrte in die Stadt zurück und überlegte, was zu tun sein; ich befragte Ärzte und Krankenschwestern, und natürlich wütete das Fieber, wie es das bei heißem Wetter immer tat, und auf den Friedhöfen türmten sich die Leichen. Die Stadt stank nach Tod. Große Feuer wurden angezündet, um die bösen Dünste zu vertreiben

Dann starb Darcy. Er starb. Und Katherines Kutscher stand vor meiner Tür.

»Er ist tot, Monsieur. Ihre Schwester bittet Sie, zu kommen.«

Was blieb mir übrig? Nie hatte ich einen Fuß in das Haus in der First Street gesetzt, seit es fertig war. Den armen kleinen Clay oder Vincent hatte ich noch nie gesehen! Und meiner

Schwester war ich auch seit einem Jahr nicht mehr begegnet, von einem Streit auf der Straße abgesehen. Plötzlich bedeuteten mir meine Reichtümer und meine Freuden gar nichts mehr. Meine Schwester bat mich, zu kommen.

Ich mußte hingehen, und ich mußte ihr verzeihen.

»Lasher, was soll ich tun?«

»Das wirst du sehen.«

»Aber es gibt keine Frau, die die Linie weiterführt! Sie wird als Witwe hinter verschlossenen Türen dahinwelken. Du weißt das. Ich weiß es.«

»Du wirst es sehen«, wiederholte er. »Geh zu ihr.«

Die ganze Familie hielt den Atem an. Was würde geschehen?

Ich ging zum Haus in der First Street. Es war ein regnerischer Abend, heiß und brodelnd, und in den irischen Slums, nur wenige Straßen weiter, stapelten sich die Fieberopfer in den Gossen.

Gestank wehte im Wind vom Fluß herauf. Aber da stand dieses Haus, wie es immer dastand, majestätisch zwischen den Eichen und Magnolien, ein schmales, hochaufgeschwungenes Schloß mit Bastionen und Mauern, die scheinbar unzerstörbar sind. Ein tiefes, geheimnisvolles Haus, anmutig angelegt und doch irgendwie bedrohlich.

Ich mußte die Tür aufbrechen, um ins Haus zu gelangen – ob mit Lashers Hilfe oder aus eigener Kraft, das weiß ich nicht, aber sie gab mir nach, das Schloß barst und war danach nicht mehr zu gebrauchen.

Ich zog den regennassen Mantel aus und ging die Treppe hinauf. Die Tür zum Hauptschlafzimmer stand offen.

Natürlich erwartete ich, den toten irischen Architekten dort liegen zu sehen, wo er in der Sommerhitze allmählich verweste. Aber bald erkannte ich, daß man ihn wegen der Anstekkungsgefahr bereits weggeschafft hatte. Die abergläubischen irischen Hausmädchen kamen und erzählten es mir; Darcy, die arme Seele, sei bereits unter der Erde, und da die Glocken von St. Alphonsus ohnehin Tag und Nacht läuteten, war keine Zeit für ein Requiem gewesen.

Das Zimmer war von oben bis unten geschrubbt und gereinigt worden, und es war Katherine, die auf dem Bett lag, einem großen Bett mit geschnitzten schwarzen Löwenköpfen an den vier Pfosten. Sie weinte leise in ein besticktes Kopfkissen.

Sie sah so klein und zerbrechlich aus, wie meine kleine Schwester sah sie aus. Und so nannte ich sie auch. Ich setzte mich zu ihr und tröstete sie. Sie schluchzte an meiner Schulter. Ihr langes schwarzes Haar war immer noch dicht und weich, und ihr Gesicht hatte noch seine ganze Schönheit. All die verlorenen Kinder hatten ihr ihren Zauber und ihre Unschuld nicht nehmen können, ebensowenig wie das strahlende Vertrauen in ihren Augen, als sie mich anschaute.

»Julien, bring mich heim nach Riverbend«, bat sie. »Nimm mich mit nach Hause. Bitte Mutter, mir zu verzeihen. Ich kann hier nicht allein leben. Wohin ich auch schaue, ich sehe nur Darcy, immer nur Darcy.«

»Ich will es versuchen, Katherine«, sagte ich. Aber ich hatte keinen Zweifel daran, daß es mir nicht gelingen würde, Mutter mit ihr zu versöhnen. Mutter war inzwischen so verrückt, daß sie vielleicht gar nicht mehr wußte, wer Katherine war, oder wer sie einmal gewesen war. Die Sache war völlig außer Kontrolle geraten. Als ich Mutter das letzte Mal gesehen hatte, waren sie und Lasher dabei gewesen, Blumen frühzeitig aus ihren Samenkörnern sprießen zu lassen. Und Lasher hatte Mutter in die Geheimnisse bestimmter Pflanzen eingewiesen, aus denen man einen Trank brauen konnte, von dem man Visionen bekam. So sah Mutters Leben jetzt aus. Allerdings könnte ich ihr erzählen, Katherine sei gestorben und auf die Erde zurückgekehrt, und wir müßten jetzt gut zu ihr sein. Wer weiß? Das würde sie mir vielleicht abkaufen.

»Keine Sorge, mein schönes Kind«, sagte ich. »Ich bringe dich nach Hause, wenn du willst, und deine kleinen Kinder auch. Die ganze Familie ist dort, wie immer.«

Sie nickte und machte eine anmutige, hilflose Geste, als wolle sie sagen, daß alles in meiner Hand liege.

Ich küßte sie und hielt sie in den Armen, und dann bettete ich sie zur Ruhe und versprach ihr, daß ich bis zum Morgen bei ihr sitzenbleiben würde.

Die Haustür war geschlossen. Die Krankenschwester war

fort. Die Kinder waren still, wo immer sie sein mochten. Ich ging hinaus, um eine Zigarre zu rauchen.

Ich sah Lasher.

Er stand unten an der Treppe und schaute zu mir herauf. Und mit seiner lautlosen Stimme sagte er: Studiere dieses Haus. Studiere seine Türen, seine Zimmer, seinen Zuschnitt. Riverbend wird untergehen wie die Zitadelle, die wir auf Saint-Domingue erbauten, aber dieses Haus wird bestehen und seinen Zweck erfüllen.

Ein traumartiges Gefühl überkam mich. Ich ging die Treppe hinunter und begann zu tun, was Sie, Michael, tausendmal getan haben. Ich ging langsam in diesem Haus umher, hier hinein und dort hinaus, ich legte meine Hand an die Türrahmen und auf die Messingknäufe, ich betrachtete sinnend die Gemälde im Eßzimmer und die hübschen Stuckornamente, die allenthalben die Decken zieren.

Ja, ein schönes Haus, dachte ich. Armer Darcy. Kein Wunder, daß seine Entwürfe so beliebt gewesen waren. Aber vermutlich hatte er kein Hexenblut in sich gehabt. Meine Neffen Clay und Vincent waren so unschuldig wie mein Bruder Rémy.

Ich trat in den Garten hinaus und sah, was man gemacht hatte: Der Rasen bildete ein großes Oktagon, und ein Oktagon war in die Steinpfosten gemeißelt, an denen die Kalksteinbalustraden endeten. Und überall grenzten Steinplatten winklig aneinander, so daß Linien, Formen und Muster im Mondlicht auf einen einstürmten.

Als ich in den Flur kam, sah ich ihn noch einmal in der hohen Tür zum Eßzimmer stehen, eine Hand an den Türrahmen gelegt. Wie anmutig sie sich über ihm emporschwang, geformt wie ein Schlüsselloch, oben verjüngt und so noch höher wirkend, als sie war.

Ich schaute mich um und sah, daß die Haustür, durch die ich eben geschritten war, ebenso geformt war, und da stand er, als sei er nie irgendwoanders gewesen, ein Mann wie ich, mit den Händen am Türrahmen, und spähte zu mir herein.

»Möchtest du nach dem Tode weiterleben, Julien? Von all meinen Hexen fragst du mich am wenigsten nach dieser endgültigen Finsternis.«

»Du weißt darüber nichts, Lasher«, antwortete ich. »Das hast du selbst gesagt.«

»Sei nicht grausam zu mir, Julien. Nicht heute nacht. Ich bin froh, hier zu sein. Möchtest du nach dem Tode weiterleben? Möchtest du verweilen? Bleiben? Das will ich von dir wissen.«

»Ich weiß es nicht. Wenn der Teufel versuchen sollte, mich in die Hölle zu holen, dann würde ich vielleicht verweilen und bleiben, falls du das meinst: eine Seele im Fegefeuer, die umherschweift und den Voodoo-Queens und Spiritualisten erscheint. Ich glaube, das könnte ich.«

Ich drückte meine Zigarre im Aschenbecher auf dem Marmortisch aus, der auch jetzt noch da steht, bis zum heutigen Tag, dort unten im Flur.

»Ist es etwa das, was du getan hast, Lasher? Bist du ein frevelhafter Mensch, der ein Geist geworden ist und für alle Zeit umgeht, und der nun versucht, sich in ein ganz unverdientes Mysterium zu hüllen?«

»Julien«, sagte er und formte die Worte tatsächlich mit dem Mund; so stark war er. »Vielleicht sind alle Mysterien in ihrem Kern gar nichts. Vielleicht ist die ganze Welt aus Müll.«

»Und du warst dabei, als sie gemacht wurde?«

»Das weiß ich nicht.« Er imitierte meinen sarkastischen Tonfall haargenau. Er zog die Brauen hoch, wie ich es tat. Nie hatte ich ihn so stark gesehen.

»Mach die Tür zu, Lasher, wenn du so mächtig bist.«

Und zu meinem Erstaunen faßte er den Türknauf, kam herein und schloß die Tür, wie ein Mensch es getan hätte. Das war die Grenze für ihn, denn es war eine unglaubliche Leistung. Er war fort. Die Luft hielt seine Wärme noch, wie sie es immer tat.

»Bewundernswert«, flüsterte ich.

»Erinnere dich an dieses Haus, wenn du verweilen oder zurückkommen möchtest; erinnere dich an seine Muster. In der trüben Welt im Jenseits werden sie dir in die Augen leuchten und dich nach Hause führen. Dies ist ein Haus für kommende Jahrhunderte. Dieses Haus ist der Geister der Toten würdig; es ist ein Haus, in dem du ungefährdet bleiben kannst. Krieg oder Revolution oder Feuer oder die Fluten des Flusses werden dir nichts anhaben. Ich wurde einst ... von zwei Mustern ... gehalten. Von zwei einfachen Mustern. Von einem Kreis, und von Steinen in der Form eines Kreuzes . . . zwei Muster.«

Ich prägte es mir ein. Neuerlicher Beweis dafür, daß er nicht der große Teufel selbst war. Ich ging die Treppe hinauf. Soeben hatte ich ein bißchen mehr aus ihm herausbekommen als sonst, aber es war eigentlich immer noch nicht viel. Und dann war Katherine da. Ich fand sie wach; sie stand am Fenster.

»Wo warst du?« fragte sie mich atemlos. Und dann warf sie mir die Arme um den Hals und schmiegte sich an mich. Mir war, als rege sich Lasher neben uns. Ich befahl ihm im Geiste: Komm jetzt nicht her; du wirst ihr angst machen. Ich hob ihr Kinn, wie Männer es bei Frauen tun – obgleich ich nicht weiß, wie die kleinen Wesen das ertragen –, und ich küßte sie.

Und im selben Augenblick erlebte ich eine Überraschung. Ich fühlte den Druck ihrer Brüste. Sie trug nichts als ein weiches, weißes Nachthemd, und ich spürte ihre Brustwarzen, ihre Hitze, und dann schien ein heißer Strom von ihren Lippen zu fließen. Aber als ich zurückwich und sie anschaute, sah ich nur Unschuld. Ich sah auch eine Frau. Eine schöne Frau. Eine Frau, die ich geliebt hatte, die sich gegen mich gestellt und mich um eines anderen willen beiseite geschoben hatte. Ich sah einen Körper, den ich liebte, wie ein Bruder seine Schwester lieben soll; alles daran war mir vertraut, seit wir als Kinder umhergetollt und miteinander geschwommen waren, und doch war es der Körper einer Frau, und er lag in meinen Armen, und in einem Augenblick der Tollkühnheit küßte ich sie wieder, und dann noch einmal, und sogar noch einmal, und ich spürte, daß sie in Glut geriet.

Ich war entsetzt.Dies war meine kleine Schwester Katherine. Ich führte sie zum Bett und legte sie hin; sie schien verwirrt, als sie mich anschaute – wage ich zu sagen, verzaubert? Hielt sie mich für Darcy, der zurückkam?

»Nein«, flüsterte sie da, »ich weiß, daß du es bist. Ich habe dich immer geliebt. Es tut mir leid. Du mußt mir meine kleinen Sünden verzeihen, aber als Kind habe ich immer davon geträumt, daß wir heiraten und nebeneinander zum Altar schreiten. Erst als es Darcy gab, habe ich diesen albernen Traum aufgegeben. Gott verzeihe mir.«

Sie bekreuzigte sich, zog die Knie an und griff nach der Bettdecke.

Ich weiß nicht, was über mich kam. Wut? Ich schaute auf dieses kleine weibliche Wesen hinunter, dieses Geschöpf mit der ausgestreckten Hand und dem wirren Schleier aus schwarzem Haar und dem bleichen, zuckenden Gesicht; ich sah, wie sie das Kreuzzeichen machte, und wurde rasend.

»Wie kannst du es wagen, so mit mir zu spielen?« Ich schleuderte sie rücklings auf das Bett. Ihr Hemd öffnete sich, und da waren ihre Brüste, eine lustvolle Verlockung.

Im nächsten Augenblick riß ich mir selbst die Kleider auf. Sie hatte angefangen zu schreien. Sie war entsetzt.

»Nein, nein, Julien, nicht!« schrie sie.

Aber ich lag auf ihr, drückte ihr die Beine auseinander und riß die letzten Fetzen Stoff beiseite.

»Oh, Julien, bitte, bitte nicht!« Ihre Stimme zerriß mir das Herz. »Ich bin es, Katherine!«

Aber es war geschehen, ich hatte sie vergewaltigt. Ich brachte es ohne Hast zu Ende, stieg vom Bett und ging zum Fenster. Ich glaubte, mein Herz müsse zerspringen. Und ich konnte nicht fassen, was ich da getan hatte.

Sie hatte zusammengekrümmt und schluchzend im Bett gelegen, aber jetzt kam sie auf mich zugestürzt und warf mir plötzlich die Arme um den Hals. »Julien, Julien!« Immer wieder rief sie meinen Namen.

Was hatte das zu bedeuten? Daß ich sie vor mir selbst beschützen sollte?

»Oh, mein liebstes Kind ...« Und ich brach vollends zusammen und küßte sie. Und dann taten wir es noch einmal, und noch einmal, und noch einmal.

Und neun Monate später wurde uns Mary Beth geboren.

Wir hatten die ganze Zeit in Riverbend gewohnt, und ich konnte Katherines Anblick kaum ertragen.

Ich hatte nicht gewagt, sie unter unserem eigenen Dach zu belästigen, und ich bezweifle auch, daß sie mich gelassen hätte. Sie hatte die Wahrheit aus ihren Gedanken gedrängt. Sie dachte, das Kind in ihrem Leib sei von Darcy. Ständig betete sie den Rosenkranz für Darcys ungeborenes Kind.

Und alle, alle wußten, was ich mit ihr getan hatte. Julien, der Frevelhafte. Julien hat seine Schwester geschwängert. Die Verwandten starrten mich an, als wäre ich ein Paria.

Alle meine Freunde am Spieltisch und im Hurenhaus fanden es eigenartig und unmännlich, aber als ich bei meinem üblichen Tanz nicht für eine Sekunde aus dem Tritt geriet, akzeptierten sie es achselzuckend. Das ist etwas, das ich da gelernt habe: Man kann sich fast jede Sünde erlauben, wenn man gelassen bleibt und einfach so tut, als wäre rein gar nichts passiert.

Ah, aber das Baby war unterwegs, und wieder hielt die ganze Familie den Atem an.

Und Lasher? Wenn ich ihn überhaupt sah, war er so ungerührt wie nur je. Ständig umschwebte er Katherine, ohne daß sie ihn sah.

»Das war sein Werk«, meinte meine Mutter. »Er hat dich in ihre Arme getrieben. Hör auf, dir Sorgen zu machen. Sie mußte noch Kinder kriegen, das weiß doch jeder. Sie muß eine Tochter bekommen. Warum sollst du da nicht der Vater sein, ein mächtiger Hexenmeister? Ich denke, es ist eine vorzügliche Idee.«

Ich machte mir nicht mehr die Mühe, noch einmal mit ihr darüber zu sprechen.

Und ich wußte nicht, ob es sein Werk gewesen war. Ich weiß es bis heute nicht. Ich wußte nur, sie war das teuerste Vergnügen, das ich mir je geleistet hatte, diese Vergewaltigung, und ich, Julien, der ich jederzeit ohne Skrupel einen Menschen töten konnte, fühlte mich schmutzig und besudelt von Grausamkeit und Bosheit.

Katherine verlor den Verstand, bevor Mary Beth zur Welt kam. Aber niemand merkte es.

Aber dann kam die Nacht von Mary Beths Geburt; Katherines Bauch war mächtig angeschwollen, und sie schrie vor Schmerzen. Ich war zusammen mit den schwarzen Hebammen und dem weißen Arzt bei ihr im Zimmer, mit Marguerite und mit allen, die dabeisein und helfen wollten. Noch nie haben Sie ein solches Komitee versammelt gesehen.

Und endlich preßte Katherine mit einem letzten, herzzerreißenden Schrei Mary Beth in die Welt hinaus, und da kam sie, dieses wunderschöne, perfekte Kind, das eher aussah wie eine kleine Frau denn wie ein Kind. Es vibrierte vor Leben und gab sanfte, schöne, lustvolle Schreie von sich.

Sie legten es in meine Arme.

»*Eh bien*, Monsieur, das ist Ihre Nichte«, sagte der Arzt mit großer Feierlichkeit.

Und ich schaute auf meine Tochter hinab und sah im Augenwinkel den Teufel in dunstiger Gestalt, meinen Lasher, nicht zu fester Form geronnen, so daß auch andere im Raum ihn hätten sehen können, sondern nur als nebelhafte Erscheinung, die seidenweich meine Schulter streifte. Und die Augen des Kindes hatten ihn auch gesehen! Und der winzige, altkluge Mund des Kindes verzog sich zu einem Lächeln.

Ihr Schreien verstummte; ihre Händchen öffneten und schlossen sich. Ich drückte ihr einen Kuß auf die Stirn. Eine Hexe, eine Hexe durch und durch. Der Duft der Macht stieg von ihr auf wie ein Parfüm.

Und dann kamen die ominösesten Worte, die ich je gehört hatte, ganz vertraulich vom Dämon zu mir.

»Gut gemacht, Julien. *Du hast deine Schuldigkeit getan.*«

Ich war wie vom Donner gerührt. Lautlos und ohrenbetäubend drangen die Silben in mein Bewußtsein.

Ich schob die rechte Hand hinauf und legte sie dem Baby unter weißem Leinen und Spitzenbesatz um den Hals, grub Daumen und Zeigefingen fest in das blasse Fleisch, ohne daß jemand im Zimmer es bemerkte.

»Julien, nicht!« flüsterte es in meinem Kopf.

»Komm, komm«, sagte ich in meiner geheimen Stimme. »Du brauchst mich noch ein Weilchen, damit ich sie beschütze, nicht wahr? Sieh dich doch um, Geist. Schau ausnahmsweise mit dem Verstand eines Menschen hin, nicht mit dem trüben Sinn eines Engels. Was siehst du da? Eine alte Vettel, eine sabbelnde Irre und einen Säugling. Wer wird dem Kind beibringen, was es wissen muß? Wer wird da sein, um sie zu schützen, wenn sie anfängt, ihre Gaben zu zeigen?«

»Julien, ich habe nie gesagt, daß ich dir etwas antun will.«

Ich lachte, und alle dachten, ich lachte über das zappelnde Kind, dessen kleine Augen sich fest auf etwas gerichtet hatten, das niemand sonst sehen konnte, gleich über meiner Schulter.

Ich gab das Kind den Ammen, und sie badeten es noch einmal, um es für seine Mutter bereitzumachen.

Ich zog mich aus dem Zimmer zurück, kochend vor Wut. *Du hast deine Schuldigkeit getan*! In der Tat – war es das von Anfang an gewesen? Höchstwahrscheinlich. Der ganze Rest war Spielerei gewesen, und das wußte ich.

Aber auch das wußte ich: In allen Himmelsrichtungen um mich herum blühte und gedieh eine großartige und wohlhabende Familie, eine Familie von Menschen, die ich liebte, die mich bis zu diesem frevelhaften Akt ebenfalls geliebt hatten und die mich wohl immer noch lieben würden, wenn ich mir ihre Vergebung verdienen könnte. Und in dem Zimmer hinter mir war ein liebreizendes Kind, das mein Herz anrührte, wie es Kinder immer getan haben – und dieses Kind war mein. Mein Erstgeborenes!

All das Gute, dachte ich, das Gute, aus dem das Leben selbst besteht! Und zur Hölle mit diesem Dämon, daß ich ihn nicht loswerde!

Aber mit welchem Recht beklagte ich mich? Mit welchem Recht bedauerte ich das? Mit welchem Recht schämte ich mich? Ich hatte mich schon in frühesten Jahren von dem Wesen versklaven lassen, obwohl ich gewußt hatte, daß es verräterisch und launisch und aufgeblasen und selbstsüchtig war. Ich hatte es gewußt, und ich hatte ihm in die Hände gespielt, wie alle Hexen es getan hatten, wie die ganze Familie es tat.

Und wenn es mich jetzt leben lassen sollte, dann mußte ich ihm von erkennbarem Nutzen sein. Ich mußte mir etwas überlegen. Mary Beth zu lehren, das wäre nicht genug. Nein, nicht annähernd genug. Schließlich war das Wesen selbst ein verdammt guter Lehrer. Nein, ich mußte mir rasch etwas einfallen lassen, und ich würde meine ganzen Hexertalente dazu brauchen.

Und während ich noch brütete, kam die Familie zusammen. Die Leute liefen herbei, rufend und winkend und händeklatschend.

»Es ist ein Mädchen, es ist ein Mädchen! Endlich hat Katherine ein Mädchen bekommen!«

Und plötzlich war ich von liebevollen Händen umgeben und

mit liebevollen Küssen überhäuft. Es war völlig in Ordnung, daß ich meine Schwester vergewaltigt hatte – vielleicht hatte ich auch genug gebüßt; was weiß ich. Aber Riverbend füllte sich mit fröhlichen Stimmen. Champagnerkorken knallten, Musik spielte. Das Baby wurde auf der Galerie in die Höhe gehoben. Die Schiffe auf dem Fluß ließen zu Ehren unserer unübersehbaren Festlichkeiten ihre Sirenen ertönen.

O Gott im Himmel, dachte ich. Was wirst du jetzt anfangen, du Ruchloser? Was wirst du tun, um am Leben zu bleiben und dieses winzige Kind vor der vollständigen Vernichtung zu bewahren?

15

Die Welt bebte von Vaters Gesang und Vaters Lachen. In seiner schnellen, hohen Stimme sagte Vater: »Emaleth, sei stark; nimm dir, was du brauchst; vielleicht wird Mutter versuchen, dir etwas anzutun. Kämpfe, Emaleth, kämpfe, damit du bei mir sein kannst. Denke an das Tal im Hochland und an die Sonne und an all unsere Kinder.«

Emaleth sah Kinder, Tausende und Abertausende von Leuten wie Vater und wie Emaleth selbst – denn sie sah sich jetzt selbst, ihre langen Hände, ihre langen Glieder, ihr Haar, das in dem Wasser der Welt schwamm, die Mutter war. Der Welt, die ihr schon zu klein wurde.

Wie Vater lachte . . . Sie sah ihn tanzen, sah ihn tanzen, wie Mutter ihn sah. Sein Lied für sie war lang und wunderschön.

Blumen standen im Zimmer, viele viele Blumen. Ihr Duft war überall, mischte sich mit dem Duft Vaters. Mutter weinte und weinte, und Vater fesselte ihr die Hände ans Bett. Mutter trat nach ihm, und Vater fluchte, und es war Donner im Himmel.

Vater, bitte, bitte, sei gut zu Mutter.

»Das werde ich. Ich gehe jetzt, Kind.« Er gab ihr die geheime Botschaft. »Und ich komme zurück mit Nahrung für deine Mutter, mit Nahrung, die dich stark machen wird. Und wenn die Zeit kommt, Emaleth, mußt du kämpfen, um geboren zu werden, kämpfen gegen alles, was sich dir entgegenstellen will.«

Der Gedanke ans Kämpfen machte sie traurig. Gegen wen sollte sie kämpfen? Doch sicher nicht gegen Mutter! Emaleth war Mutter. Emaleths Herz war an Mutters Herz gebunden. Wenn Mutter Schmerz empfand, empfand auch Emaleth welchen, als stoße sie jemand durch die Mauer der Welt, die Mutter war.

Erst vor wenigen Augenblicken hätte Emaleth schwören können, daß Mutter von ihr wußte! Daß Mutter für eine Sekunde erkannte, daß Emaleth in ihr war. Aber dann hatte der Streit wieder angefangen, der Streit zwischen Vater und Mutter.

Und als sich jetzt die Tür schloß und Vaters Duft verwehte und die Blumen im dämmrigen Zimmer schwankten und nickten und pulsierten, da hörte Emaleth, wie Mutter weinte.

Weine nicht, Mutter, bitte. Du machst mich traurig, wenn du weinst.Die ganze Welt ist dann nur Trauer.

Kannst du mich wirklich hören, mein Liebling?

Mutter *wußte*, daß sie da war! Emaleth drehte und wand sich in ihrer winzigen, engen Welt, stieß gegen die Decke und hörte Mutter seufzen.

Ja, Mutter, sag meinen Namen, wie Vater ihn sagt. Emaleth. Rufe mich beim Namen!

Emaleth.

Und dann fing Mutter an, ernsthaft mit ihr zu sprechen. *Hör zu, mein kleines Mädchen, ich bin in Schwierigkeiten. Ich bin schwach und krank. Ich bin ausgehungert. Du bist in mir, und gottlob, du nimmst dir, was du brauchst – von meinen Zähnen, aus meinen Knochen, meinem Blut. Aber ich bin schwach. Er hat mich wieder gefesselt. Du mußt anfangen, mir zu helfen. Was soll ich denn tun, um uns beide zu retten?*

Mutter, er liebt uns. Er liebt dich, und er liebt mich. Er will die Welt mit unseren Kindern füllen.

Mutter stöhnte in der Stille. »Emaleth, sei still«, sagte sie. »Mir ist schlecht.«

Und Mutter wand sich vor Schmerzen auf dem Bett, die gefesselten Beine gespreizt, die gefesselten Hände ausgestreckt, und der Geruch der Blumen ekelte sie an.

Emaleth weinte. Mutters Trauer war unerträglich. Sie sah Mutter, wie Vater sie gesehen hatte, matt und müde, mit dunklen Ringen unter den Augen, wie eine Eule in ihrem Bett, wie eine Eule. Und Emaleth sah eine Eule im tiefen, dunklen Wald.

Liebling, hör zu, du wirst nicht ewig in mir sein. Bald wirst du geboren werden, und diesmal, Emaleth, kann es sein, daß ich sterbe. Es kann sein, daß du genau im Augenblick meines Todes kommst.

Nein, Mutter! Es war ein zu schrecklicher Gedanke – Mutter tot! Emaleth wußte, was Tod war. Sie konnte den Tod riechen. Sie sah die Eule, von einem Pfeil durchschossen, auf den Waldboden fallen. Blätter raschelten. Sie wußte, was Tod war, wie sie wußte, was oben und unten und ringsum war, was Wasser war und ihre eigene Haut und ihr Haar, das sie mit den Fingern faßte und an ihre Lippen rieb. Tod war nicht Leben! Und Vaters lange Geschichten gingen ihr durch den Kopf, vom Hochlandtal, und wie sie zusammenkommen und stark werden müßten.

»Du mußt daran denken«, hatte Vater einmal zu ihr gesagt, »daß auch sie denen, die nicht von ihrer Art sind, keine Barmherzigkeit zeigen. Und du mußt ebenso unbarmherzig sein. Du, meine Tochter, meine Gemahlin, meine kleine Mutter.«

Stirb nicht, Mutter. Das darfst du nicht. Stirb nicht.

»Ich versuche es ja, mein Liebling. Aber hör mir zu. Vater ist wahnsinnig. Er hat Träume, die böse sind, und wenn du geboren bist, mußt du fort von hier. Du mußt weg von mir und von ihm, mußt die suchen, die dir helfen können.« Und Mutter fing wieder an zu weinen, betrübt, niedergeschlagen, kopfschüttelnd.

Vater kam zurück. Der Schlüssel im Schloß. Der Geruch von Vater und von Nahrung.

»Hier, mein kostbarer Liebling«, sagte er. »Ich habe Orangensaft für dich und Milch und andere gute Dinge.«

Er sank neben Mutter aufs Bett.

»Ah, es wird nicht mehr lange dauern!« sagte er. »Sieh nur, wie sie sich aufbäumt! Und deine Brüste – sie füllen sich wieder mit Milch!«

Mutter schrie. Er drückte Mutter die Hand auf den Mund, und sie versuchte ihn in den Finger zu beißen!

Emaleth weinte. Es war furchtbar, furchtbar, die Dunkelheit und der Lärm rings am Horizont. Was war denn die Welt, wenn man so litt? Sie war nichts. Sie wollte ihnen gern Dinge in den Mund stecken, um ihre Münder zu verschließen, damit sie nicht im Haß miteinander sprachen. Sie stemmte sich gegen die Decke der Welt. Sie sah sich geboren als Frau, die zwischen den beiden hin und her hastete, ihnen den Mund mit Blättern vom Waldboden stopfte, damit sie einander keine kränkenden Worte mehr sagen konnten.

»Du wirst den Orangensaft trinken, du wirst die Milch trinken«, sagte Vater wütend.

»Nur wenn du mich wieder losbindest und mich aufstehen läßt. Dann werde ich essen. Wenn ich auf der Bettkante sitzen kann, werde ich essen.«

Bitte, Vater, sei gut zu Mutter. Mutters Herz ist voller Trauer. Mutter muß essen. Mutter ist ausgehungert. Mutter ist schwach.

Also gut, mein Liebling. Vater hatte Angst. Er konnte Mutter nicht noch einmal ohne Nahrung und Wasser zurücklassen.

Er schnitt den Klebestreifen um Mutters Arme los, und dann den Klebestreifen um ihre Beine.

Sofort zog Mutter ihre Gliedmaßen zusammen, und sie schwenkte ihre Füße zur Seite, und sie gingen, Emaleth und Mutter, auf und ab und auf und ab. Ins Bad gingen sie, das erfüllt war von grellem Licht und glänzenden Dingen und dem Geruch von Wasser und den Chemikalien darin.

Mutter schloß die Tür und hob eine große Porzellanplatte von dem Kasten hinter der Toilette. Es waren Dinge, die Emaleth verstand, weil Mutter sie verstand, aber sie verstand sie nicht vollständig. Porzellan war hart und schwer; Mutter hatte Angst. Mutter hob die Porzellanplatte hoch über den Kopf. Sie war wie ein Grabstein.

Vater stieß die Tür auf, und Mutter drehte sich um und ließ die große Porzellanplatte auf Vaters Kopf niederfahren, und Vater schrie auf.

Schmerz für Emaleth. *Mutter, tu es nicht.*

Aber Vater sank schweigend und friedlich zu Boden, ohne zu klagen; er träumte, und Mutter schlug ihn noch einmal mit der Porzellanplatte. Blut rann aus seinen Ohren auf den Boden. Er schloß die Augen. Er träumte. Mutter wich schluchzend zurück und ließ die Porzellanplatte fallen.

Aber Mutter war erfüllt von Erregung und Hoffnung. Auch Mutter wäre beinahe hingefallen; aber sie stieg über Vater hinweg, stürzte hinaus ins Zimmer und raffte ihre Kleider und ihre Handtasche, ja, die Handtasche, sie brauchte ihre Handtasche, und dann rannte sie auf bloßen Füßen den Gang hinunter, und Emaleth wurde hin und her geschleudert und gerüttelt und stemmte sich gegen die Welt, um sie zur Ruhe zu bringen.

Jetzt waren sie im winzigen Aufzug und fuhren abwärts, abwärts, abwärts! Es war ein so gutes Gefühl für Emaleth. Sie waren in der Welt außerhalb des Zimmers. Mutter saß an die Rückwand des Aufzugs gelehnt und zog sich an, murmelte laut vor sich hin, weinte, wischte sich übers Gesicht. Sie zog den roten Pullover über den Kopf, zog den Rock an, konnte ihn aber nicht zuknöpfen.

Wo wollten sie hin?

Mutter, was ist mit Vater passiert? Wo wollen wir hin?

Vater will, daß wir fortgehen. Wir müssen fort; sei ruhig und hab Geduld.

Mutter sagte nicht die Wahrheit. In weiter Ferne hörte Emaleth, wie Vater ihren Namen wisperte.

Mutter blieb in der Aufzugtür stehen. Der Schmerz wurde zuviel. Mehr und mehr litt sie Schmerzen. Emaleth seufzte und versuchte sich ganz klein zu machen, um Mutter keine Schmerzen zu bereiten. Aber die Welt wurde eng und klein, und Mutter schnappte nach Luft und legte die Hand auf die Augen und bog sich zur Seite.

Mutter, fall nicht.

Dann zog Mutter die Schuhe an und fing an zu laufen. Die Handtasche baumelte an ihrer Schulter, und sie prallte gegen die Glastür, als sie hinauslief. Aber weit konnte sie nicht laufen. Sie war zu schwer. Sie schlang die Arme um Emaleth und blieb stehen, hielt Emaleth fest und stetig.

Mutter, ich liebe dich.

Ich liebe dich auch, mein Liebling. Wirklich. Aber ich muß zu Michael.

Mutter dachte an Michael, stellte ihn sich vor, den Mann mit dem dunklen Haar und dem Lächeln, stämmig und freundlich und überhaupt nicht wie Vater. Ein Engel, sagte Mutter, der uns rettet. Mutter war für einen Augenblick ruhig, und ihre Hoffnung und Freude durchfluteten Emaleth. Emaleth fühlte Freude.

Zum ersten Mal in ihrem ganzen Leben spürte Emaleth Mutters Glück. *Michael.*

Aber inmitten all dieser wunderbaren Ruhe, da Emaleth den Kopf an Mutter lehnte und Mutters Hand Emaleths Welt umfaßte, hörte Emaleth, wie Vater rief.

Mutter, Vater ist aufgewacht. Ich kann ihn hören. Er ruft.

Mutter trat auf die Straße hinaus. Autos und Lastwagen donnerten vorbei. Mutter eilte auf einen großen, dröhnenden Lastwagen zu, der vor ihr emporwuchs wie eine Mauer aus glänzendem Stahl.

Ja, mein geliebter Liebling, das genügt.

Mit aller Macht gelang es Mutter, die hohe Trittstufe zu erklettern und die Tür aufzureißen.

»Bitte, Sir, nehmen Sie mich mit, wohin Sie auch fahren! Ich muß weg von hier!« Mutter schlug die Tür zu. »Fahren Sie, um Himmels willen! Ich bin nur eine Frau. Ich kann Ihnen nichts tun.«

Emaleth, wo bist du?

»Lady, Sie müssen in ein Krankenhaus. Sie sind krank«, sagte der Mann, aber er gehorchte.

Der große Truck fuhr weiter und erfüllte die Welt mit Lärm. Mutter war übel von dem Rattern und Holpern und vom Schmerz. Ein kreisrunder Schmerz. Mutters Kopf kippte nach hinten auf die Sitzlehne.

Emaleth, deine Mutter hat mich verletzt!

Mutter, er ruft uns.

Liebling, wenn du mich liebst, antworte ihm nicht.

»Lady, ich fahre Sie ins Houston General Hospital.«

Nein, wollte Mutter sagen, bitte tun Sie das nicht. Bringen Sie mich fort von hier. Aber sie kam nicht zu Atem. Sie schmeckte nach Übelkeit, ja, nach Blut. Und sie hatte Schmerzen. Die Schmerzen taten auch Emaleth weh. Vaters Stimme war sehr weit weg, formte keine Worte, nur Schreie.

»New Orleans«, sagte Mutter. »Da bin ich zu Hause. Dort

muß ich wieder hin. In das Haus der Mayfairs, Ecke First und Chestnut.«

Emaleth wußte, was Mutter wußte. Dort war Michael. Sie wünschte, sie könnte selbst mit dem Lastwagenfahrer sprechen. Sie wünschte, sie könnte es. Mutter war es so übel. Mutter würde sich gleich übergeben, und der Geruch würde wiederkommen. *Sei ruhig, Mutter. Ich höre Vater nicht mehr.*

»Michael Curry, in New Orleans. Ich muß ihn erreichen. Er wird Sie bezahlen. Er wird Ihnen viel Geld geben. Ich werde Sie bezahlen. Rufen Sie ihn an. Hören Sie ... wir halten an einem Telefon, später, wenn wir aus der Stadt sind, aber hören Sie ...«

Und jetzt zog sie das Geld aus der Handtasche, Unmengen von Geld, und der Mann starrte Mutter an mit seinen runden Menschenaugen, sehr erstaunt, aber er wollte nicht, daß ihr schlecht wurde, er wollte ihr helfen, wollte tun, was sie sagte, dachte, daß sie zart sei und jung und hübsch.

»Fahren wir nach Süden?« fragte Mutter, und wieder war ihr so schlecht, daß sie fast nicht sprechen konnte. Der Schmerz umhüllte sie, umhüllte auch Emaleth. Oooooh ... das war das Schlimmste, was Emaleth je gefühlt hatte. Sie trat gegen die Welt. Aber sie wollte nicht gegen Mutter treten.

Vaters Stimme war längst erstorben im Gerumpel der Autos, im Gleißen der Lichter. Die Welt war riesig ringsumher.

»Wir fahren jetzt nach Süden, Lady«, sagte er. »Wir fahren jetzt nach Süden, okay, aber ich wünschte, Sie ließen sich von mir ins Krankenhaus bringen.«

Mutter schloß die Augen. In ihrem Kopf ging das Licht aus. Ihr Kopf fiel zur Seite. Sie schlief; sie träumte. Das Geld lag auf ihrem Schoß, auf dem Boden, zwischen den Pedalen. Der Mann langte hinunter und hob einen Geldschein nach dem anderen auf und bemühte sich, den Blick dabei nicht von den Autos zu nehmen, die vor ihm über die Straße sausten. Autos, Straße, Schilder, Autobahn: New Orleans. Süden.

»Michael«, sagte Mutter. »Michael Curry. New Orleans. Aber wissen Sie, wissen Sie, wenn ich's mir recht überlege, steht die Telefonnummer unter Mayfair, glaube ich. Mayfair und Mayfair. Rufen Sie bei Mayfair und Mayfair an.«

16

Man nahm an, daß Alicia »CeeCee« Mayfair gegen sechzehn Uhr eine Fehlgeburt erlitten hatte. Sie war seit drei Stunden tot, als Mona kam. Natürlich hatten sie nach ihr gesehen. Sie hatten sie angeleuchtet, und die Schwester sagte, sie habe sie nicht wecken wollen.

Niemand hatte irgend jemanden dieses Zimmer betreten sehen. Es war absolut privat.

Leslie Ann Mayfair rief alle Frauen der Familie an.

Als Mona sich schließlich von ihren Umarmungen und Küssen befreien konnte, verschwand sie auf ihr Zimmer und verriegelte die Tür. Dann riß sie sich wie in Raserei das weiße Kleid und die Haarschleife herunter.

Selbstverständlich konnte sie Michael nicht anrufen, es ihm sagen und ihn bitten, zu ihr zu kommen. Das Telefon war natürlich dauernd belegt.

In Slip und BH durchwühlte sie den Wandschrank nach besseren Sachen. Es waren keine da. Sie schloß ihre Tür auf und ging über den Flur hinüber zu Moms Zimmer. Niemand bemerkte sie. Die Gespräche hallten wie ein Tosen über die Treppe herauf. Draußen wurden Autotüren zugeschlagen. Irgendwo weinte die uralte Evelyn, laut und schrecklich.

CeeCees Schrank. CeeCee war keine einssechzig groß gewesen, und so groß war Mona inzwischen auch beinahe. Sie wühlte durch Kleider, Mäntel und Kostüme, bis sie einen kurzen Rock gefunden hatte, und eine von diesen rüschigen Blusen, die CeeCee jeden Morgen zwischen neun und elf getragen hatte, bevor sie ihr Nachthemd angezogen hatte, um im Wohnzimmer die Nachmittagsserien anzuschauen.

Na, das würde CeeCee jetzt nicht mehr tun, nicht wahr? Mona drehte sich der Kopf. Die Kleider rochen nach Mutter. Sie dachte an den Geruch im Krankenhaus. Nein, hier war er nicht, nirgendwo. Sonst hätte sie es gemerkt.

Sie schaute in den Speigel. Sie sah jetzt aus wie eine kleine Frau. Na ja, beinahe. Sie nahm CeeCees Bürste, kämmte sich das Haar hinten hoch, wie CeeCee es immer getan hatte, und steckte einen Kamm hinein.

Und für einen Augenblick, gerade einen Lidschlag lang, war es, als sehe sie Mutter. Sie stöhnte. So sehr wünschte sie sich, daß es wahr wäre. Aber im Spiegel war niemand außer Mona mit ihrem hochgesteckten Haar. Da war CeeCees Lippenstift, blaßrosa – weil sie nie mehr nüchtern genug gewesen war, um etwas Schickes in Grellrot aufzulegen, wenn sie nicht aussehen wollte wie ein Clown, hatte sie gesagt.

Mona schminkte sich die Lippen

Okay, jetzt zurück über den Flur, Tür zu, Computer einschalten. Das WordStar-Verzeichnis erschien, groß und hell und grün, das klassische Menü. Mona drückte R für »Run a program« und befahl dem Programm, das Unterverzeichnis /WS/MONA/HILFE/ anzulegen.

»Verfaßt von Mona Mayfair am 3. März für diejenigen, die nach mir kommen und vielleicht nie verstehen werden, was passiert ist. Etwas ist auf der Jagd nach den Frauen in unserer Familie. Sie glauben, es handelt sich um eine Krankheit. Es ist aber keine; es ist etwas weit Schlimmeres, etwas, das sie alle täuschen wird.

Ich werde mithelfen, die Frauen zu warnen.«

Sie drückte KD, um die Datei zu spreichern, und die Worte verschwanden lautlos in der Maschine. Sie saß allein im dunklen Zimmer vor dem Computer wie vor einem glühenden Feuer, und langsam schob sich der Lärm von der Avenue über die reglose Stille. Draußen staute sich der Verkehr.

Sie ging die Treppe hinunter. Als sie allein im unteren Bad war und die Tür zwischen sich und der Welt abgeschlossen hatte, fing sie an zu weinen.

»Gottverdammtnochmal, Mona, verdammt, verdammt, verdammt.«

Aber es dauerte nicht lange. Sie hatte keine Zeit dazu. Es war wieder jemand gestorben. Sie konnte es hören – die Stimmen wurden schriller, und dann schrie tatsächlich jemand kurz. Es mußte noch jemand gestorben sein.

Ryan war gekommen und rief Monas Namen. Sie hörte die gedämpften Stimmen durch die schwere Zypressenholztür. Lindsay Mayfair in Houston, Texas, war heute mittag tot aufgefunden worden. Die Familie hatte sich eben gemeldet.

Mona kam in den Flur hinaus. Jemand drückte ihr ein Glas Wasser in die Hand, und einen Moment lang starrte sie es nur an und wußte nicht, was es sein könnte. Dann trank sie es.

»Danke«, sagte sie.

Pierce war da und starrte sie mit roten Augen an.

»Du hast von Lindsay gehört.«

»Hört auf mich«, sagte sie. »Es ist keine Krankheit. Es ist eine Person. Eine Person, die sie alle umgebracht hat. Sie müssen folgendes tun. In jeder Stadt müssen sich alle in einem Haus versammeln. Sie müssen einander Gesellschaft leisten und zusammenbleiben. Niemand darf dieses Haus verlassen. Es wird nicht lange dauern, denn wir werden ihm ein Ende machen. Wir sind sehr stark, wir alle zusammen . . .«

Sie brach ab; die Verwandten ringsumher waren verstummt. Das Schweigen verbreitete sich im Flur.

»Das Ding ist ganz allein«, sagte sie leise.

Nur Tante Evelyn weinte immer noch, leise und weit entfernt. »Meine lieben Kinder, meine Kinder, meine Kinder . . .«

Und dann fing Bea an zu weinen. Und Mona gleich darauf. Und Pierce sagte: »Nimm dich zusammen. Ich brauche dich.«

Und die andern weinten weiter, aber Mona hörte auf und war ruhig.

17 Juliens Geschichte wird fortgesetzt

Die Tage nach Mary Beths Geburt waren die dunkelsten meines Lebens. Wenn ich die Dinge je moralisch sah, dann in jenen Augenblicken. Den genauen Grund dafür kann ich nicht mit Sicherheit angeben, und da er auch nicht der Gegenstand dieser Erzählung ist, werde ich rasch darüber hinweggehen.

Ich will nur sagen, daß ich als altkluges Kind an Mord, Hexerei und an das Böse im allgemeinen gewöhnt war, ehe ich Zeit hatte, das alles zu bewerten. Der Krieg, der Verlust meiner Schwester, die nachfolgende Vergewaltigung – all das hatte mir nur noch weiter erhellt, was ich inzwischen bereits argwöhnte: daß ich etwas Tiefes und Wertvolles brauchte, um glücklich zu sein. Reichtum war nicht genug, und Fleischeslust war nicht genug. Wenn meine Familie nicht wuchs und gedieh, konnte ich nicht atmen! Und ich wollte atmen. Ich war ebensowenig bereit, das Leben fahren zu lassen – Gesundheit, Freude, Wohlstand –, wie es ein neugeborenes Baby war, das so laut schrie, wie Mary Beth geschrien hatte.

Auch wollte ich meine Tochter kennen und lieben. Mehr als alles andere wollte ich es, und zum ersten Mal begriff ich, warum der Kern so vieler Legenden und Märchen aus diesem einfachen Schatz besteht – aus einem Kind, einem Erben, einem Säugling, den ich in den Armen hielt und der aus mir selbst und einem anderen Menschen entstanden war.

Genug. Sie verstehen mich schon. Mein Leben hing an einem Faden, und ich wußte, ich wollte es nicht verlieren.

Was konnte ich tun?

Die Antwort kam binnen weniger Tage. Ich sah, daß der Dämon unablässig Mary Beths Wiege umlungerte. Alle andern sahen es auch. »Der Mann« gab Mary Beth seinen Segen. Mary Beths kleine Babyaugen konnten ihn stark und fest werden lassen. Er bewachte das Kind; er umschmeichelte es bereits. Und das Wesen erschien in meiner Gestalt! Es kleidete sich in meinem Stil, übernahm meine Gewohnheiten, verströmte, wenn Sie so wollen, meinen Charme!

Ich rief die Kapelle zusammen, damit sie spielte – ein Getöse, das mir allmählich ebenso auf die Nerven ging wie ein schmerzender Zahn, der nicht gezogen werden kann –, und versuchte, mit Marguerite über Lasher zu sprechen, über das, was er war und was man je über ihn gewußt hatte.

Sie äußerte sich kaum vernünftig, redete nur von ihrer Macht, Pflanzen wachsen zu lassen, Wunden zu heilen und Tränke zu brauen, die ihr vielleicht ein langes Leben schenken würden. »Der Dämon wird eines Tages Fleisch werden wollen, und wenn er durchdringen kann, dann können wir es auch. Die Toten können durch dieselbe Pforte zurückkehren.«

»Das ist ein ganz und gar grauenvoller Gedanke«, sagte ich.

»Das meinst du nur, weil du nicht tot bist. Wart's ab!«

Ich fuhr in die Stadt, in mein Haus in der Rue Dumaine. Es regnete wieder, wie an dem Abend, als ich zum Haus in der First Street gefahren war, und der Regen hat schon immer meine Nerven beruhigt und mich glücklich gestimmt. Ich öffnete die Türen zur Veranda und ließ den Regen hereinprasseln, rauschend und schön, und er troff auf das Eisengeländer und bespritzte die Seidengardinen. Was kümmerte mich das? Ich hätte mir Vorhänge aus Gold vor die Fenster hängen können, wenn ich gewollt hätte.

Ich legte mich auf das Bett, verschränkte die Hände hinter den Kopf, stützte einen Fuß auf das Fußende und führte im Geiste meine verschiedenen Sünden auf – nicht die Sünden der Leidenschaft, denn die zählte ich nicht –, sondern die Sünden der Bosheit und der Grausamkeit.

Nun, dachte ich, du hast diesem verfluchten Dämon deine Seele gegeben. Was kannst du ihm mehr geben? Du kannst ihm versprechen, das Kind zu schützen und zu stärken, aber das Kind sieht ihn ja schon.Er kann das Kind selbst lehren, und das weiß er bestimmt. Und als der Regen erstarb und der Mond hervorkam und die Rue Dumaine mit seinem Licht überflutete, da sah ich die Antwort. Ich würde ihm meine menschliche Gestalt geben. Meine Seele hatte er ja schon. Warum ihm nicht meine Gestalt geben, die er schon dauernd imitierte? Ich würde ihm anbieten, meinen Körper in Besitz zu nehmen.

Ich wußte nicht, ob er mich über mehrere Meilen hinweg hören konnte oder wollte, aber ich rief ihn jetzt.

Binnen weniger Augenblicke sah ich, wie er neben dem ovalen Spiegel in der Ecke Gestalt annahm. Und ich sah sein Spiegelbild! Das hatte ich noch nie erblickt. Wie seltsam, daß ich bisher nicht einmal daran gedacht hatte. Er verschwand auch gleich wieder. Aber er hatte gelächelt und mir gezeigt, daß er ebenso schön gekleidet war wie ich.

»Willst du im Fleische sein?« fragte ich. »Willst du mit meinen Augen sehen? Warum fährst du nicht in mich? Ich will stillhalten, während du in mir bist und mit mir anfängst, was du willst, solange du die Kraft dazu hast.«

»Das würdest du tun?«

»Meine Ahnfrauen haben diese Einladung doch sicher auch schon ausgesprochen. Sicher hat Deborah dich aufgefordert, in sie zu fahren, und Charlotte auch.«

»Verspotte mich nicht, Julien«, sagte er mit seiner kalten, geheimen, tonlosen Stimme. »Du weißt, daß ich nicht in den Körper einer Frau fahren würde.«

»Ein Körper ist ein Körper«, sagte ich.

»Aber ich bin keine Frau.«

»Nun, jetzt steht dir eine männliche Hexe zu Gebote. Ich mache dir das Angebot. Vielleicht war es mir so bestimmt. Komm in mich; ich lade dich ein. Ich öffne mich für dich. Nah genug warst du mir ja schon.«

»Verspotte mich nicht«, sagte er noch einmal. »Wenn ich Liebesspiele mit dir treibe, dann geschieht das von Mann zu Mann, wie es schon immer war.«

Ich lächelte und sagte nichts. Aber ich war mächtig amüsiert angesichts dieser Demonstration von Männerstolz; sie paßte haargenau zu meiner Vorstellung von der kindischen Natur dieses Wesens. Ich dachte daran, wie sehr ich es haßte und wie tief ich diesen Gedanken in meiner Seele vergraben mußte. Und so träumte ich davon, wie er mich mit seinen Küssen und Liebkosungen beschwichtigte. »Du kannst mich nachher belohnen, wie du es immer getan hast.«

»Es wird schwer erträglich für dich sein.«

»Für dich werde ich es ertragen. Du hast auch viel für mich getan.«

»Aye, und jetzt fürchtest du mich.«

»Ja, ein bißchen. Ich will leben. Ich will Mary Beth erziehen. Sie ist mein Kind.«

»Schweigen. »In dich fahren . . .«, sagte es.

»Und du wirst mich nicht mit all deiner Macht vertreiben.«

»Ich werde mein Bestes tun, um mich wie ein perfekter Gentleman zu benehmen.«

»Oh, du bist so anders als eine Frau.«

»Wirklich? Inwiefern?« fragte ich.

»Du liebst mich niemals wirklich so, wie sie es tun.«

»Hmm, ich könnte zu alldem viel sagen«, antwortete ich.

»Aber sei einstweilen nur versichert, daß wir beide uns gegenseitig dienlich sein können. Wenn Frauen zu heikel sind, derlei zu sagen, dann haben sie hoffentlich andere Mittel und Wege, um an ihr Ziel zu kommen.«

»Gelächter.«

»Du kannst lachen, wenn du in mir bist. Das weißt du.«

Es wurde totenstill im Zimmer. Die Gardinen hingen wie tot an ihren Stangen. Der Regen hatte aufgehört. Die Galerie glänzte im Mondlicht. Mir war, als spürte ich eine Leere. Die Haare sträubten sich mir am ganzen Körper, daß es kribbelte. Ich richtete mich auf und versuchte mich vorzubereiten, ohne zu wissen, worauf – und dann war das Ding donnernd auf mich herabgekommen, umgab mich, umschloß mich, und ich verspürte eine machtvolle, trunkene Ohnmacht, und alle äußeren Geräusche waren zu einem einzigen Tosen verschmolzen.

Ich stand, ich ging, aber ich fiel. Es war schemenhaft, unbestimmt, alptraumartig; die Treppe erschien vor mir, die glänzende Straße. Leute winkten mir sogar zu, und durch ein großes, rollendes Meer von Wasser hörte ich das Echo ihrer Stimmen: »*Eh bien*, Julien!«

Ich wußte, daß ich ging, weil es so sein mußte. Aber ich spürte keinen Boden unter meinen Füßen, kein Gleichgewicht, kein Oben, kein Unten, und mir wurde schlecht vor Grauen. Ich hielt mich zurück; ich wehrte mich nicht, sondern bemühte mich mit aller Macht, mich entspannt in diesem Ding zurückzulehnen, mich hineinfallen zu lassen, auch wenn ich glaubte, das Bewußtsein zu verlieren.

Die Verwirrung, die folgte, war schier endlos.

Die Uhr zeigte zwei, als ich den nächsten zusammenhängenden Gedanken faßte. Ich saß immer noch in der Rue Dumaine, aber in einem Café, an einem kleinen Marmortisch. Ich rauchte eine Zigarette; mein Körper war erschöpft und schmerzte, und ich merkte, daß ich den Barkeeper anstarrte, der sich über mich beugte und vielleicht zum sechsten Mal fragte: »Monsieur, noch einen, bevor wir schließen?«

»Absinth.« Meine Stimme kam als heiseres Flüstern aus meiner Kehle. Es gab keinen Teil meines Körpers, der nicht weh tat.

»Du verdammter Mistkerl«, sagte ich mit meiner geheimen Stimme. »Was, zum Teufel, hast du mit mir gemacht?«

Aber es kam keine Antwort. Das Ding war zu erschöpft, um zu antworten. Es hatte mich stundenlang besessen und war in meiner Gestalt herumgelaufen. Gütiger Gott, ich hatte Schlamm an den Kleidern, und da, meine Schuhe! Und meine Hose war aus- und wieder angezogen, aber nicht ordentlich geschlossen worden. Oh, wir sind also bei einer Frau gewesen, oder bei einem Mann, wie? Und was haben wir uns sonst noch eingefangen?

Ich nahm das frische Glas Absinth, stürzte es hinunter, stand auf und wäre beinahe umgekippt. Mein Fuß war verstaucht. Ich hatte Blut an den Fingerknöcheln. »Wir haben uns geprügelt?«

Es gelang mir, meine Räume in der Rue Dumaine zu erreichen. Mein Diener Christian war da, ein Farbiger der Haut nach, ein Mayfair nach dem Blute, sehr gut bezahlt, sehr gescheit und oft sehr sarkastisch. Ich fragte ihn, ob mein Bett bereit sei, und er antwortete auf seine übliche Art: »Was glauben Sie?«

Ich fiel hinein, und er zog mich aus und brachte meine Kleider weg. Ich fragte nach einer Flasche Wein.

»Sie haben genug getrunken.«

»Hol mir den Wein«, sagte ich, »oder ich klettere wieder aus dem Bett und würge dich, bis du tot bist.«

Er holte mir den Wein. »Raus«, sagte ich, und er gehorchte. Ich lag im Dunkeln, trank und versuchte mich zu erinnern, was ich getan hatte . . . die Straße, das trunkene, wattige Gefühl, Stimmen, die wie durch Wasser an mein Ohr drangen. Und dann traten klare Erinnerungen hervor, ja, natürlich, mit einer Vertrautheit, wie sie nur die eigene Erinnerung haben kann: wie ich im Glen gewesen war und alle Leute versammelt hatte, und wie die ganze Prozession in die Kathedrale gezogen war. Die Kathedrale war schöner, als ich sie je gesehen hatte; überall waren Schleifen und schmückendes Grün, und ich hielt das Christkind im Arm. Der Gesang war euphorisch, und Tränen rollten mir übers Gesicht. Ich bin zu Hause, ich bin hier. Ich schaute zu dem großen bunten Fenster mit dem Heiligen hinauf. Ja. In den Händen Gottes und des Heiligen, dachte ich.

Ich schrak aus dem Schlaf. Was für eine Erinnerung war das? Ich wußte, daß der Ort in Schottland lag; ich wußte, daß es Donnelaith war. Und ich wußte, daß es Jahrhunderte her gewesen sein mußte. Und dennoch war es meine eigene Erinnerung gewesen, frisch und klar und so unmittelbar, wie eine Erinnerung nur sein konnte.

Ich stürzte zu meinem Schreibtisch und kritzelte das alles nieder. Da kam der Dämon, matt und verschwommen und ohne Gestalt, und seine Stimme war nur eine Andeutung. »Was tust du, Julien?«

»Das könnte ich dich auch fragen«, antwortete ich. »Hat dir unsere Eskapade gefallen?«

»Ja, Julien, Ich möchte es wieder tun, Julien. Sofort. Aber ich bin zu schwach.«

»Kein Wunder. Verzieh dich. Verschwinde. Ich bin auch erschöpft. Wir machen es . . .«

». . . sobald wir können.«

»Ja, ja, schon gut, du Teufel.«

Ich legte die Blätter in die Schreibtischschublade. Dann verfiel ich in totenähnlichen Schlaf, und als ich aufwachte, schien hell die Sonne, und ich wußte, daß ich wieder in der Kathedrale gewesen war. Ich erinnerte mich an die Fensterrosette. Ich erinnerte mich an das Steinbild des Heiligen auf dem Deckel seines Sarkophags. Und an die singenden Menschen . . .

Was kann das bedeuten? dachte ich. Daß der Dämon in Wirklichkeit ein Heiliger ist? Nein, nein. Ein böser Engel, der in die Hölle gestürzt ist. Was? Ich weiß es nicht. Oder hat er einem Heiligen gedient, ihn verehrt, und dann . . . ja, was?

Aber das Entscheidende ist, es konnte keinen Zweifel daran geben, daß es sich um menschliche Erinnerungen handelte. Das Ding erinnerte sich daran, daß es Fleisch gewesen war; es hatte diese Erinnerungen in sich, und sie waren bei mir geblieben, der ich sie vielleicht als einziger betrachten konnte. Zweifellos wußte der Dämon, daß die Erinnerung an sein fleischliches Ich vorhanden war, aber in Wirklichkeit konnte er nicht denken! Er benutzte uns zum Denken! Nur wenn ich es ihm sagte, würde er wissen, was er gewesen war.

Die Idee war geboren. Jedesmal brachte ich mehr Erinnerungen mit. Sei der Dämon und kenne den Dämon, und am Ende wirst du im Besitz der Wahrheit über ihn sein. Wenn die Wahrheit nicht helfen kann, was dann? Du billiger, böser Geist, dachte ich, du bist nur jemand, der wiedergeboren werden will. Aber dazu hast du kein Recht, du gieriger, gieriger Dämon. Du hast schon gelebt. Du bist kein weises oder ewiges Wesen. Fahr zur Hölle und bleib dort.

Und wieder schlief ich den lieben langen Tag; so müde war ich. Am Abend fuhr ich nach Riverbend. Ich rief die Kapelle zusammen, befahl ihnen, aus Leibeskräften »Dixie« zu spielen und setzte mich mit Mutter zusammen. Ich erzählte ihr alles, aber sie wollte nichts davon wissen.

»Zunächst einmal ist er allmächtig und stammt aus undenklichen Zeiten.«

»Einen Dreck ist er.«

»Und außerdem wird er es merken, wenn du deine Seele gegen seine stellst. Er wird dich töten.«

»Höchstwahrscheinlich.«

Ich vertraute mich ihr nie wieder an. Ich glaube, ich sprach überhaupt nie wieder richtig mit ihr. Aber ich glaube nicht, daß sie es je merkte.

Ich ging ins Kinderzimmer. Der Dämon umschwebte die Wiege. Ich sah ihn einen kurzen Augenblick lang, gekleidet wie ich, schlammbeschmiert, wie er es schon vorher gewesen war. Idiotisches Ding. Ich lächelte.

»Möchtest du jetzt in mich fahren?«

»Zeit, bei ihr zu sein, bei meinem Baby«, sagte er. »Sieh doch, wie schön sie ist. Deine Hexentalente sind in ihr, und die deiner Mutter Mutter und ihrer Mutter Mutter. Wenn man bedenkt, daß ich dich womöglich vergeudet hätte . . .«

»Man kann eben nie wissen, nicht wahr? Was erfährst du eigentlich, wenn du in mir bist?«

Er antwortete lange Zeit nicht. Dann blitzte seine Erscheinung noch heller vor mir auf, er glich mir wie ein Ei dem andern, wie man so sagt, und er funkelte mich an und grinste und versuchte dann zu lachen, aber nichts kam aus seinem Mund, und er verschwand wieder.

Ich ging hinaus. Ich wußte jetzt, was ich zu tun hatte. Ich

mußte das Problem studieren, während das Wesen mit dem Baby beschäftigt war. Und ich mußte es in mich hineinlassen, sooft es wollte und solange ich es ertragen konnte.

Die Monate vergingen. Mary Beths erster Geburtstag war ein großes Fest. Die Stadt erlebte einen neuen Aufschwung; die Schatten des Krieges waren verschwunden, und das Geld lag auf der Straße. In den Vororten wuchsen die Villen aus dem Boden.

Der Dämon ergriff im Durchschnitt einmal pro Woche Besitz vor mir.

Mehr konnten wir beide nicht auf uns nehmen. Es dauerte jedesmal ungefähr vier, fünf Stunden, und dann war ich wieder da. Ich fand mich an den verschiedensten Orten wieder, wenn er mich verließ – manchmal im Bett, bisweilen sogar mit einem Mann. Sein Geschmack war also ebenso breit gefächert wie der meine, wenn es darauf ankam.

Aber das war der springende Punkt. Es war nicht wie bei Dr. Jekyll und Mr. Hyde, nein, keineswegs. Der Dämon in meiner Haut war ausnahmslos charmant zu anderen Leuten, fast wie ein Engel. »Darling, es war so süß von dir«, sagte meine Geliebte, »daß du mir gestern abend die Perlen geschenkt hast.«

»Was?«

So ging es. Auch war klar, daß die Leute mich für besinnungslos betrunken hielten, wenn er in mir war. Mein Ruf wurde zusehends greller und umstrittener. Von Natur aus trank ich gar nicht so viel. Es war mir zuwider, mich zu benebeln. Aber dieses Wesen kam in mir nicht besser zurecht. Und so lebte ich mit den Vorwürfen und dem Lächeln und dem Spott. »Junge, du hattest gestern abend vielleicht geladen gehabt!« »Im Ernst? Ich kann mich nicht mehr erinnern.«

Unterdessen plagte mich Tag und Nacht die Vision der Kathedrale. Ich sah die grasbewachsenen Berge, und manchmal sah ich auch eine Burg, als schaute ich durch eine klare Scheibe in einem Buntglasfenster. Ich sah das Glen und den Nebel. Und dann überlagerte ein gewaltiges und unerträgliches Grauen die Erinnerung und löschte allen Sinn aus. Und ich kam nicht weiter. Ich lernte Schmerzen kennen, wenn ich es versuchte. Ich lernte ganz unvorstellbare Schmerzen kennen.

Ich versuchte nicht, das alles mit dem Schurken zu erörtern. Und was das anbetrifft, was er lernte, während er in meiner Gestalt war . . . das schien eine Sache von purer Sinnlichkeit zu sein. Er soff, er tanzte, er verwüstete, er prügelte sich. Aber es kam vor, daß er danach verzweifelte. *Ich muß selbst Fleisch sein,* klagte er dann wohl.

Er wollte eigenes Fleisch haben, nicht schwerfällig in meinem umherschwanken. Und seine Verehrung für Mary Beth kannte keine Grenzen.

Tatsächlich vergingen manchmal Wochen, ohne daß er den Wagemut aufbrachte, in mich zu fahren. Mir war es nur recht, denn ich brauchte immer zwei Tage, um mich zu erholen. Und als Mary Beth größer wurde, benutzte er sie oft als Ausrede. Von mir aus, dachte ich; mein Ruf ist schlecht genug, und älter werde ich auch.

Und während Mary Beths Schönheit mit jedem Tag wuchs, wurde mir das Herz immer schwerer. Das Theaterspiel, sie sei meine Nichte und nicht meine Tochter, war mir zuwider. Ich wollte eigene Kinder, ja, ich wollte Söhne. Die Dinge, die mir kostbar waren, hatten sich auf so jammervoll, machtvoll wenige verringert, daß mich ihre Schlichtheit entsetzte.

Aber mein Leben verlief in geraden Bahnen. Ich blieb bei Verstand, den Attacken des Dämons zum Trotz. Nie geriet ich auch nur in die Nähe echten Wahnsinns. Ich machte mein Geld in all den neuen Nachkriegsgeschäften – im Baugewerbe, im Handel und in der Baumwollproduktion, und ich erkannte zudem, daß ich, wollte ich den Reichtum meiner Familie bewahren, ihre Interessen weit über New Orleans hinaus ausdehnen mußte. New Orleans machte Wellen von Wohlstand und Rezession durch; aber als Hafen verloren wir unsere herausragende Position.

In jenen Nachkriegsjahren unternahm ich die ersten Reisen nach New York. Während der Dämon zu Hause glücklich beschäftigt war, lebte ich als freier Mann in Manhattan.

Ich machte mich ernsthaft daran, ein dauerhaftes Vermögen aufzubauen. Mein Bruder Rémy zog in das Haus in der First Street. Ich besuchte ihn oft.

Bald redete ich mir ein, es gebe keinen Grund, weshalb ich

nicht haben könne, was ein guter Mann haben sollte, und ich verliebte mich in meine junge Cousine Suzette, die mich in ihrer Unschuld an Katherine erinnerte. Ich schickte mich an, das Haus in der First Street als Hausherr zu beziehen, derweil mein Bruder mit seiner Familie dort als Angehörige des Haushalts in Freuden wohnen würde.

Und jetzt wurde mir, was den Schurken und seine Erinnerungen betraf, in blitzartiger Helligkeit noch etwas anderes klar. Während ich fortfuhr, mich an die Kathedrale zu erinnern, an das Glen und an das Städtchen Donnelaith, wurden die Bilder immer klarer. Ich reiste nicht besonders viel in der Zeit vor und zurück, aber ich sah mehr Einzelheiten. Und allmählich begriff ich, daß die Euphorie, die ich in meinem Traum von der Kathedrale empfand, die Liebe Gottes war.

Mit Sicherheit wußte ich es eines Werktagmorgens. Ich stand vor der St.-Louis-Kathedrale auf dem Jackson Square und hörte einen wundervollen Gesang. Ich ging hinein. Kleine Mulattenmädchen, allesamt sehr schön, »farbige Kinder«, wie wir sie genannt hätten, gingen zur Erstkommunion. Alle waren in prachtvolles Weiß gekleidet, und die Zeremonie war atemberaubend, als füllten lauter kindliche Bräute Christi den Gang, eine jede mit Rosenkranz und weißem Gebetbuch in der Hand.

Die Liebe Gottes. Das war es, was ich in der St.-Louis-Kathedrale verspürte, mitten in meiner eigenen kleinen Stadt. Und ich wußte, das war es, was ich in jener uralten Kathedrale im Glen empfand. Ich war wie gebannt. Den ganzen Tag wanderte ich umher, beschwor das Gefühl herauf und tat dann mein Bestes, um es wieder zu vertreiben.

In kurzem Aufblitzen sah ich Donnelaith. Ich sah seine Steinhäuser. Ich sah den kleinen Platz. Ich sah die Kathedrale selbst in der Ferne – oh, die große, große gotische Kirche! Die alten Zeiten!

Schließlich sank ich wie immer in einem Café auf einen Stuhl und trank ein kaltes Glas Bier.

Der Dämon war da, unsichtbar.

»Was denkst du?«

Vorsichtig und mit Bedacht sagte ich es ihm.

Er schwieg verwirrt.

Dann sagte er mit schüchterner Stimme: »Ich will Fleisch sein.«

»Ja, das glaube ich«, sagte ich. »Und Mary Beth und ich haben geschworen, dir zu helfen.«

»Gut, denn ich kann dir dann zeigen, wie du selbst hierbleiben und wiederkehren kannst; es geht, und andere haben es auch getan.«

»Warum hast du so lange gebraucht?«

»Es gibt keine Zeit, wo ich bin«, sagte er. »Sie ist eine Idee. Sie wird verwirklicht werden. Nur wenn ich in deinem Körper bin, gibt es eine Art Zeit, die sich in Geräuschen und Bewegungen mißt. Aber ich bin außerhalb der Zeit. Ich warte. Ich sehe weit. Ich sehe mich wiederkommen, und dann werden alle leiden.«

»Alle.«

»Alle außer unserem Clan, deinem und meinem. Dem Clan von Donnelaith, denn du gehörst zu diesem Clan, und ich ebenso.«

»Ist das wahr? Soll das heißen, daß alle unsere Verwandten, unsere ganze Familie, alle unsere Nachkommen . . .«

»Ja, alle sind gesegnet, die Mächtigsten auf der Erde. Gesegnet. Sieh nur, was ich in deiner Zeit getan habe. Ich kann mehr tun, viel mehr, und wenn ich wieder wahrhaft im Fleische bin, dann werde ich einer von euch sein!«

»Versprich mir das«, sagte ich. »Schwöre es.«

»Ihr werdet alle bewahrt werden. Ihr alle.«

Ich schloß die Augen. Ich sah das Glen, die Kathedrale, die Kerzen, die Prozession der Dorfbewohner, das Christkind. Der Dämon schrie vor Schmerzen.

Nirgends ein Laut. Nur die öde Straße, das Café, die offene Tür, der Wind, aber der Dämon kreischte vor Schmerzen, und nur ich, Julien Mayfair, konnte es hören.

Konnte das Kind Mary Beth es hören?

Der Dämon war fort. Rings um mich herum lag die flache, natürliche Welt, wieder ungestört und wunderschön normal. Ich stand auf, setzte den Hut auf, nahm meinen Stock, ging quer über die Canal Street in den American District und weiter zu einem nahegelegenen Pfarrhaus. Ich kannte die Kirche gar nicht. Es war irgendeine neue Kirche, in einer Gegend voller irischer und deutscher Einwanderer.

Ein irischer Priester kam heraus, denn irische Priester waren damals überall. Wir waren Missionarsland für die Iren, die sich zu jener Zeit vorgenommen hatten, die Welt zu bekehren, ganz wie sie es schon zur Zeit St. Brendans versucht hatten.

»Hören Sie«, sagte ich, »wenn ich einen Teufel austreiben wollte, würde es dann helfen, wenn ich genau weiß, wer es ist? Wenn ich seinen Namen kenne, sofern er einen hat?«

»Ja«, sagte er, »aber Sie sollten so etwas einem Priester anvertrauen. Seinen Namen zu kennen, könnte ein sehr sehr großer Vorteil sein.«

»Das dachte ich mir«, sagte ich.

Ich blickte auf. Wir standen vor der Tür des Pfarrhauses am Straßenrand, aber zur Rechten lag ein ummauerter Garten. Und jetzt sah ich, daß die Bäume anfingen zu schwanken und ihre Blätter abzuwerfen. Ein so starker Wind kam auf, daß er sogar die kleine Glocke im Kirchtürmchen ins Schwingen brachte.

»Ich werde seinen Namen herausfinden«, sagte ich.

Je mehr die Bäume sich schüttelten, je mehr Blätter der Sturm hochpeitschte, desto deutlicher wiederholte ich es.

»Ich werde seinen Namen herausfinden.«

»Um sicherzugehen«, sagte der Priester, »tun Sie das. Denn es gibt viele, viele Dämonen. Die gefallenen Engel, alle miteinander, und die alten Götter der Heiden, die zu Dämonen wurden, als Christus geboren wurde . . .«

»Die alten Götter der Heiden?« fragte ich. In diesen Bereich der Theologie war ich noch nicht gestoßen. »Ich dachte, die alten Götter waren falsche Götter und existierten nicht? Und unser Gott sei der eine, wahre Gott?«

»Oh, die Götter existierten durchaus, aber sie waren Dämonen. Sie sind die Spukgeister, die uns bei Nacht heimsuchen: abgesetzt, bösartig, rachsüchtig. Genauso das Feenvolk. Die kleinen Leute. Ich habe die kleinen Leute gesehen. In Irland und hier habe ich sie gesehen.«

»Aha«, sagte ich. »Darf ich in Ihrem Garten spazierengehen?« Ich gab ihm eine Handvoll amerikanische Dollar. Er freute sich und ging hinein, um mir das Tor in der Ziegelmauer aufzuschließen.

»Es gibt anscheinend Sturm«, sagte er. »Der Baum da wird durchbrechen.« Seine Soutane flatterte in alle Himmelsrichtungen.

»Gehen Sie nur ins Haus«, sagte ich. »Ich habe den Sturm gern, und ich mache das Tor nachher hinter mir zu.«

Ich stand allein zwischen den Bäumen in dem engen kleinen Garten mit wilden Wicken und ein paar vereinzelten, leuchtend rosaroten Lilien. Die Bäume peitschten jetzt wie rasend hin und her. Die Lilien wurden abgerissen und zertrampelt, als habe der Wind schwere Stiefel an. Ich mußte mich mit einer Hand an einem Baumstamm festhalten, um nicht umzufallen. Ich lächelte.

»Nun? Was kannst du mir tun?« fragte ich. »Mich mit Blättern bewerfen? Laß es doch regnen, wenn du willst. Ich ziehe mich um, wenn ich nach Hause komme. Tu nur, was du kannst!«

Ich wartete. Die Bäume kamen zur Ruhe. Ein paar verirrte Regentropfen fielen auf den ziegelgepflasterten Gartenweg. Ich bückte mich und hob eine der zerdrückten und abgebrochenen Lilien auf.

Ich hörte ein machtvolles, leises, aber unleugbares Weinen. Nicht hörbar, wohlgemerkt, nicht mit dem Ohr. Nur in meiner Seele. Es war das Weinen eines gebrochenen Herzens.

Es lag mehr als Trauer darin. Da war auch Würde. Da war eine große Tiefe, schrecklicher als jedes Lächeln, jeder Gesichtsausdruck, der je dazu gedacht war, mir Angst einzujagen. Und die Trauer mischte sich in meiner Seele mit jener erinnerten Euphorie.

Lateinische Worte kamen mir in den Sinn, aber ich kannte sie in Wirklichkeit gar nicht. Sie entsprangen mir, als wäre ich ein Priester, als betete ich eine Litanei. Ich hörte den Klang von Flöten, ich hörte Glockenläuten.

»Das ist das Teufelsläuten«, sagte jemand. »Den ganzen Weihnachtsabend werden die Glocken läuten, um den Teufel aus dem Glen zu treiben und um das kleine Volk zu erschrekken.«

Und dann war der Himmel still. Ich war allein. Im Garten war es ruhig; es war einfach wieder New Orleans, und die warme südliche Sonne schien auf mich herab. Der Priester spähte zur Tür heraus.

»*Merci, mon Père*«, sagte ich, lüftete den Hut und ging.

Die Straßen waren erfüllt von sanftem Sonnenschein und Wind. Ich ging durch den Garden District nach Hause in die First Street, und da saß meine wunderschöne Mary Beth auf der Treppe, und er war bei ihr, ein Schatten, eine Luftgestalt, und beide schienen froh, mich zu sehen.

18

Die hellen Leuchtstofflampen der Tankstelle waren eine Insel im dunklen Sumpfland. Die kleine Telefonzelle war nicht mehr als eine Plastikhülle um ein einzelnes, verchromtes Telefon. Die winzigen viereckigen Nummern verschwammen ihr vor den Augen. Sie konnte sie nicht mehr erkennen, was sie auch tat.

Wieder ertönte das Besetztzeichen. »Bitte versuchen Sie noch einmal, durchzukommen«, sagte sie zu der Telefonistin. »Ich muß Mayfair und Mayfair erreichen. Da gibt es mehr als eine Leitung. Bitte versuchen Sie es für mich. Sagen Sie, es ist ein Notruf von Rowan Mayfair.«

»Ma'am, sie nehmen den Unterbrechungsruf nicht an. Sie bekommen von überallher Unterbrechungsrufe.«

Der Fahrer war wieder in seine Kabine geklettert. Sie hörte, wie der Motor ansprang. Sie winkte ihm, zu warten, und nannte der Vermittlung hastig die Nummer ihres Hauses. »Das ist meine Wohnung; wählen Sie für mich, bitte. Ich kann nicht... kann die Zahlen nicht lesen.«

Der Schmerz kam zurück, ein eng gespannter Draht, ein Schmerz, der sich um sie wickelte, ganz wie ein Menstruationskrampf, aber viel schlimmer als alles, was sie je erlebt hatte.

»Michael, bitte melde dich. Michael, bitte...«

Es klingelte und klingelte.

»Ma'am, wir haben es zwanzigmal läuten lassen.«

»Hören Sie, ich *muß* jemanden erreichen. Tun Sie das für mich. Lassen Sie es weiter klingeln. Sagen Sie ihnen . . .«

Irgendein amtlicher Einwand war die Antwort. Aber der gewaltige, markerschütternde Lärm des Dieselmotors übertönte alles. Qualm quoll aus dem kleinen Rohr am vorderen Ende der Zugmaschine.

Als sie sich umdrehte, rutschte ihr der Hörer aus den Fingern und fiel klappernd gegen das Plastikgehäuse.

Mutter, hilf mir. Wo ist Vater?

Wir schaffen es schon, Emaleth. Sei still, sei ruhig. Hab Geduld mit mir.

Sie trat vor, war sich des Bodens, der Entfernungen, sämtlicher Anhaltspunkte gerade noch sicher und fiel im nächsten Augenblick auf den Asphalt. Ihre Knie schlugen mit wildem Schmerz auf, und sie fühlte, wie sie vornüber kippte.

Mutter, ich habe Angst.

»Halt dich fest, mein kleines Mädchen. Halt dich fest.« Sie stemmte die Hände auf den Boden, um sich aufzustützen. Nur ihre Knie waren verletzt. Zwei Männer kamen aus dem Tankstellenhäuschen auf sie zugerannt, und der Lastwagenfahrer war ebenfalls ausgestiegen, um ihr zu helfen.

»Sind Sie okay, Lady?« fragte er.

»Ja. Fahren wir«, sagte sie und schaute hoch, dem Mann ins Gesicht. »Wir müssen uns beeilen!« Die Wahrheit war: Wenn sie sie nicht hochgezogen hätten, dann hätte sie nicht aufstehen können. Sie stützte sich auf den Arm des Truckers. Der Himmel jenseits der Sümpfe war purpurn.

»Konnten Sie niemanden kriegen?«

»Nein«, sagte sie. »Aber wir müssen schleunigst weiter.«

»Lady, ich muß meinen Stop in St. Martinville machen. Daran führt kein Weg vorbei; ich muß dort eine Ladung abholen . . .«

»Ich verstehe schon. Ich rufe dann von dort noch einmal an. Fahren Sie einfach, bitte. Los. Bringen Sie uns weg von hier.«

Hier. Die isolierte Tankstelle am Rande des Sumpfes, der purpurne Himmel darüber, die durchschimmernden Sterne und ein großer, heller aufgehender Mond.

Er hob sie mit ziemlicher Mühelosigkeit hoch und setzte sie auf den Sitz, und dann kam er herum, löste die Handbremse und ließ den riesigen Truck knarren und ächzen, bevor er die Tür zuschlug und aufs Gaspedal trat. Sie bogen wieder auf die randstreifenlose Straße ein.

»Sind wir noch in Texas?«

»Nein, Ma'am. Louisiana. Ich wünschte wirklich, Sie ließen sich zum Arzt bringen.«

»Es geht schon.«

Kaum hatte sie es gesagt, als der Schmerz sich wieder fest zusammenkrallte, und fast hätte sie aufgeschrien. Sie spürte den scharfen Stich von innen.

Emaleth, um der Liebe Gottes und deiner Mutter willen.

Aber Mutter, es wird enger und enger hier. Mutter, ich habe Angst. Wo ist Vater? Kann ich ohne Vater in die Welt geboren werden?

Noch nicht, Emaleth. Sie seufzte und drehte das Gesicht zur Straße. Der große Laster raste mit neunzig Meilen pro Stunde auf der engen Straße mit den zerbröckelnden Banketten und den Gräben dahin, und der Purpurhimmel darüber wurde dunkler, während die Bäume dichter heranrückten und höher wurden. Die Scheinwerfer brannten einen hellen Weg vor ihnen in die Dunkelheit. Der Fahrer pfiff vor sich hin.

»Was dagegen, wenn ich's Radio anmache, Ma'am?«

»Bitte«, sagte sie.

Wieder kam ein Stich. Die geschmeidigen, dunklen Stimmen der Judds klangen aus dem kleinen Lautsprecher. Sie lächelte. Teufelsmusik. Wieder ein Stich, und sie warf sich nach vorn und stützte sich gegen das Armaturenbrett.

Mutter . . .

Ich bin hier, Emaleth.

Die Zeit kommt.

Das kann noch nicht sein. Bleib ruhig. Warte, bis wir beide sicher sind.

Aber wieder schlang sich ein Ring von Schmerz um ihren Leib, preßte sich weißglühend in ihr Kreuz. Dann kam noch ein Stich – und das lautlose Gefühl von etwas Zerplatzendem. Flüssigkeit rann ihr zwischen den Beinen herunter. Sie fühlte die Nässe, und gleichzeitig wich das Blut aus ihrem Gesicht. Diese schreckliche Benommenheit – du wirst ohnmächtig . . .

»Halten Sie hier an«, sagte sie.

Zunächst verstand er nicht.

»Brauchen Sie Hilfe, Lady?«

»Nein. Halten Sie den Laster an. Sehen Sie die Lichter dort? Da halten Sie an. Da muß ich hin. Halten Sie den Laster an!« Mit blitzenden Augen starrte sie ihn an. Sie sah, daß sie ihn einschüchterte, ihm angst machte. Aber er rollte auf den Parkplatz.

»Wissen Sie denn, wer da hinten wohnt?«

»Natürlich.« Sie riß die Tür auf und kletterte hinaus; sie stolperte auf der Stufe. Ihr Kleid war durchnäßt. Zweifellos war der Sitz feucht, und im grellen Licht der entgegenkommenden Scheinwerfer konnte er es sehen. Der arme Mann. Wie abscheulich ihm das alles vorkommen mußte. Er mußte glauben, sie habe die Kontrolle über ihre Blase verloren.

»Fahren Sie nur weiter, danke.« Sie schlug die Tür zu. Aber sie hörte ihn drinnen rufen.

»Ma'am, Ihre Handtasche. Hier. Nein, nein, das ist okay. Sie haben mir schon reichlich Geld gegeben.«

Der Truck fuhr nicht weiter. Sie durchquerte den Graben, kletterte hastig auf der anderen Seite ins hohe Gras hinauf und drang dann in die dichten Reihen der Bäume ein, in den leisen, unermüdlichen Chor der Baumfrösche. Vor sich sah sie Licht, und sie ging darauf zu. Jetzt endlich hörte sie, wie der Lastwagen abfuhr; innerhalb weniger Sekunden verklang das Geräusch in der Stille.

Ich suche einen Platz, Emaleth, einen weichen, trockenen Platz. Sei still und hab Geduld.

Mutter, ich kann nicht. Ich muß herauskommen.

Sie war durch die Bäume auf eine Lichtung gelangt. Die Lichter, die sie gesehen hatte, lagen weit abseits zur Rechten. Sie kümmerte sich nicht darum. Es war die weite Wiese, die vor ihr lag, und eine wunderschöne Eiche, ungeheuer groß und beinahe tragisch auf die langen Äste gestützt, als recke sie sich dem Wald entgegen in dem vergeblichen Bemühen, mit ihm zu verschmelzen.

Die Eiche brach ihr plötzlich das Herz mit ihren riesigen, knorrigen Ästen und ihren mächtigen Bärten aus dunklem Moos, und in der sanft leuchtenden Sternennacht war der Himmel so hell.

Es ist schön, bitte, Emaleth. Emaleth, wenn ich sterbe, geh zu Michael. Und wieder rief sie sich Michaels Gesicht vor Augen, die Hausnummer, die Telefonnummer – Daten für den winzigen Verstand in ihr, der wußte, was sie wußte.

Mutter, ich kann nicht geboren werden, wenn du stirbst. Mutter, ich brauche dich. Ich brauche Vater.

Der Baum war so klar umrissen, so massiv und anmutig. Eine bezaubernde Vision von den Wäldern alter Zeiten stieg vor ihr auf, wo Bäume wie dieser hier Tempel gewesen sein mußten. Sie sah ein grünes Feld und waldbedeckte Berge.

Donnelaith, Mutter. Vater sagte, ich sollte nach Donnelaith gehen, und dort würden wir uns treffen.

»Nein, Darling«, sagte sie laut. Sie streckte die Hände nach dem Baumstamm aus und fiel gegen seine dunkle, duftende rauhe Oberfläche. Wie Stein fühlte er sich an; nichts deutete darauf hin, daß er lebte, nicht hier an seiner zerklüfteten Basis, wo die Wurzeln wie Felsen waren, sondern nur oben, außen, wo die dünnen Zweige sich im Wind bewegten. »Geh zu Michael, Emaleth. Erzähl ihm alles. Geh zu Michael.«

Es tut weh, Mutter, es tut weh.

»Denke daran, Emaleth. Geh zu Michael.«

Mutter, stirb nicht. Du mußt mir helfen, geboren zu werden. Du mußt mir deine Augen geben und die Milch, sonst bleibe ich klein und nutzlos.

Sie wanderte weg vom Baumstamm, zwischen zwei dieser starken, weitausgebreiteten Äste hindurch ins Gras, das weich und seidig unter ihren Füßen war.

Dunkel und lieblich.

Ich werde sterben, Darling.

Nein, Mutter. Ich komme jetzt. Hilf mir!

Es war dunkel und lieblich hier auf Bergen von Laub und Moos, wie in einer Laube. Sie lag auf dem Rücken, und ihr Körper pulsierte von schockartigen Schmerzen. Und über ihr Moos, weiches Moos, das herunterhing, und der Mond, der sich darin verfangen hatte, so schön.

Sie fühlte, wie die Flüssigkeit herausflutete, warm an ihren Schenkeln nach unten lief, und dann kam der schlimmste Schmerz, und etwas Weiches, Nasses, das sie streichelte. Sie hob die Hand, aber sie konnte ihre Bewegungen nicht koordinieren, konnte nicht nach unten greifen.

Lieber Gott, langte das Kind aus ihrem Leib? War das die Hand des Kindes an ihrem Schenkel? Die Dunkelheit über ihr rückte heran, wie die Äste sich geschlossen hatten, und dann schien der Mond wieder hell und ließ das Moos für einen Augenblick grau erscheinen. Sie ließ den Kopf zur Seite rollen. Sterne fielen durch den purpurnen Himmel herab. Dies ist das Paradies.

»Ich habe einen Fehler begangen, einen schrecklichen, schrecklichen Fehler«, sagte sie. »Meine Sünde war Eitelkeit. Sag das Michael.«

Der Schmerz weitete sich aus; sie kannte die Gründe dafür: Der Muttermund wurde aufgerissen. Sie schrie, sie konnte nicht anders, und sie spürte nichts außer dem Schmerz, der schlimmer und schlimmer wurde und dann plötzlich aufhörte. Sie sank zurück in dumpfe Qual und Übelkeit, und sie mühte sich, die Zweige über sich wieder zu sehen, mühte sich, die Hände zu heben, um Emaleth zu helfen, aber sie konnte es nicht.

Etwas Großes, Warmes, Schweres lag auf ihren Schenkeln. Es lag auf ihrem Bauch. Sie spürte, wie warme Nässe ihre Brust berührte.

»Mutter, hilf mir!«

In der unbestimmten, süßen Dunkelheit sah sie den kleinen Kopf, der sich über sie erhob wie der Kopf einer Nonne, das lange, nasse Haar so glatt wie der Schleier einer Nonne. Und der Kopf hob sich und hob sich.

»Mutter, sieh mich an. Hilf mir! Sonst bleibe ich klein und nutzlos!«

Das Gesicht ragte über dem ihren auf, die großen blauen Augen schauten sie an, und die nasse Hand schloß sich plötzlich um ihre Brust, daß die Milch aus der Warze spritzte.

»Bist du mein kleines Mädchen?« rief sie. »Ah, der Duft deines Vaters. Bist du mein kleines Mädchen?«

Da war dieser brennende Geruch, der Geruch der Nacht, in der er zur Welt gekommen war, der Geruch von etwas Heißem und Gefährlichem. Sie fühlte, wie die Arme sie umschlangen, das nasse Haar auf ihrem Bauch, den Mund an ihrer Brust, und dann dieses köstliche Saugen, daß es sie lustvoll durchströmte. Der Schmerz war weg. Wunderschön und ganz und gar weg. Die Dunkelheit der Nacht schien sie zu umhüllen, sie auf das Laub zu drücken, auf das Bett aus Moos unter der köstlichen Last der Frau, die auf ihr lag.

»Emaleth!«

Ja, Mutter. Die Milch ist gut. Die Milch ist schön. Ich bin geboren, Mutter.

»Ich will sterben. Ich will, daß du stirbst. Wir beide, jetzt. Stirb.«

Aber sie hatte keine großen Sorgen mehr. Sie schwebte, und Emaleth trank die Milch in tiefen, herzhaften Zügen, und es gab nichts, was sie jetzt hätte tun können. Sie konnte nicht einmal ihre eigenen Arme und Beine fühlen. Sie fühlte nichts außer diesen Augen, und als sie versuchte, etwas zu sagen . . . war es gleich weg, was immer es gewesen war. Ich will die Augen öffnen, ich will die Sterne wiedersehen.

»Sie sind so schön, Mutter. Sie könnten mich nach Donnelaith führen, wenn das große Meer nicht zwischen uns läge.«

Nein, wollte sie sagen, nein, nicht nach Donnelaith. Sie wollte Michaels Namen wieder sagen, aber dann kam sie nicht mehr mit, konnte sich nicht mehr recht erinnern, wer Michael war oder warum sie das hatte sagen wollen.

»Mutter, verlaß mich nicht!«

Ihre Augen öffneten sich für eine kostbare Sekunde. Ja, sehen, und da war der Purpurhimmel und eine große, gertenschlanke Gestalt, die vor ihr stand. Das konnte nicht ihr Kind sein, nein, nicht das, nicht diese Frau, die da aus der Dunkelheit heraufragte wie ein groteskes Gewächs aus der warmen, grünen Erde, etwas Monströses und . . .

»Nein, Mutter. Nein, ich bin schön. Mutter, bitte, bitte, verlaß mich nicht.«

19

Die Lage war nicht peinlich. Sie war glattweg verrückt. Er telefonierte jetzt seit fünfundvierzig Minuten mit den Kepplinger-Leuten.

»Hören Sie«, sagte der junge Arzt am anderen Ende. »Hier steht, daß Sie selbst gekommen sind und die Akten geholt haben.«

»Verdammt noch mal, ich bin in New Orleans, Louisiana, Sie Trottel, und ich war gestern den ganzen Tag hier. Ich bin im Pontchartrain Hotel. Ich habe überhaupt nichts abgeholt. Wollen Sie mir sagen, daß das Material weg ist?«

»Ja, das ist es, Dr. Larkin. Absolut.«

»Was Mitch betrifft – wie geht's ihm?«

»Oh, er wird nicht durchkommen, Dr. Larkin. Wenn Sie ihn sehen könnten, würden Sie es ihm auch nicht wünschen. Hören Sie, seine Frau ist in der anderen Leitung. Ich rufe Sie wieder an.«

»Nein, das werden Sie nicht tun. Sie werden untertauchen. Sie wissen, was da passiert ist. Jemand hat widerrechtlich das Material an sich genommen, das Rowan Mayfair mir anvertraut hatte. Ihr habt Mist gebaut! Und Flanagans Zustand ist kritisch. Er ist außerstande, zu kommunizieren.«

Am anderen Ende trat eine Pause ein. Dann war die junge, spröde Stimme wieder zu hören.

»Korrektur. Dr. Flanagan ist tot. Er ist vor zwanzig Minuten gestorben. Ich *muß* Sie später wieder anrufen, Doktor.«

»Ich rate Ihnen, finden Sie die Aufzeichnungen. Finden Sie die kompletten, vollständigen Computeraufzeichnungen jedes einzelnen Experiments, das Mitch Flanagan im Auftrag von Dr. Samuel Larkin für Dr. Rowan Mayfair durchgeführt hat.«

»Haben Sie einen Beleg dafür, daß Sie uns diese Sachen geschickt haben?«

»Ich habe sie Ihnen gebracht.«

»Und das waren Sie, der echte Dr. Larkin, der das Zeug gebracht hat – nicht etwa jemand, der anscheinend nur so getan hat, als wäre er Sie? Wie dieser Arzt gestern, der Sie nicht waren? Der aber behauptete, er sei Sie? Ich habe eine Videoaufnahme von ihm. Er ist groß und dunkelhaarig, und er hält seinen Ausweis vor die Kamera, einen kalifornischen Führerschein: Dr. Samuel Larkin. Und jetzt sagen Sie, *Sie* sind Samuel Larkin.«

Lark war sprachlos. Er räusperte sich.

Er merkte, daß er Ryan Mayfair anstarrte, der schon eine ganze Weile dastand und ihn aus dem Dunkel des Büros beobachtete. Die andern warteten noch im Besprechungsraum, ein ferner, feierlicher Kreis von Gesichtern rings um den Mahagonitisch.

»Okay, Dr. Barry Wie-Sie-auch-heißen-mögen«, sagte Lark. »Ich werde Ihnen durch meinen Anwalt eine komplette Beschreibung meiner Person sowie Kopien meines Passes, meines Führerscheins und meines Universitätsausweises zukommen lassen. Dann werden Sie sehen, daß ich nicht der Mann auf Ihrem Video bin. Und bitte behalten Sie das Video. Geben Sie es nicht heraus, auch nicht, wenn jemand kommt und sagt, er sei die Reinkarnation J. Edgar Hoovers. Und in der Tat, jawohl, ich bin Dr. Samuel Larkin, und wenn Sie mit Martha Flanagan sprechen, dann richten Sie ihr bitte mein Mitgefühl aus. Machen Sie sich nicht die Mühe, deswegen die Polizei von San Francisco anzurufen. Das werde ich übernehmen.«

»Sie vergeuden Ihre Zeit, Doktor. Wenn es ein Mißverständnis gegeben hat, dann haben wir unmöglich wissen können, daß dieser Mann nicht derjenige war, für den er sich ausgab. Vergessen Sie die Polizei; Sie wissen ebensogut wie ich –«

»Ich rate Ihnen, finden Sie die Aufzeichnungen, Doktor. Es muß Kopien geben!«

Er legte auf, noch bevor der junge Clown antworten konnte.

Er kochte vor Wut. Aber er war zugleich wie vom Donner gerührt. Flanagan war tot. Von einem Auto überfahren, als er die California Street überqueren wollte. Er konnte sich nicht erinnern, jemals gehört zu haben, daß in dieser Ecke irgend jemand umgekommen war, abgesehen von einem Fahrer von außerhalb, der an einem Regentag versucht hatte, ein Wettrennen mit dem Cable Car zu veranstalten.

Er stand auf. Er wußte nicht, was er sagen sollte. Er wußte nicht, wie er das alles erklären sollte.

Er hörte, wie die Tür hinter ihm aufging, und sah erleichtert, daß es Lightner war. Lightner hatte eine Akte in der Hand. Er sah angespannt und müde aus, und ungefähr so verstört wie am Nachmittag im Auto auf dem Weg hierher.

Es war, als sei das alles Jahrhunderte her. Inzwischen war Flanagan gestorben.

Sie gingen zusammen ins Konferenzzimmer. Wie ruhig diese Leute aussahen, wie unglaublich ruhig. Männer wie Frauen hatten rotgeweinte Augen, und alle trugen sie Anwaltskleidung aus weißer Tropenwolle und Oxford-Tuch.

»Nun, das sind ... das sind sehr beunruhigende Neuigkeiten«, begann Lark. Er spürte, wie ihm das Blut ins Gesicht strömte, und legte die Hände auf die Lehne des Lederstuhls. Er wollte sich nicht hinsetzen. In den Fenstern gegenüber sah er ein beunruhigendes Spiegelbild seiner selbst. Die Lichter der Stadt schimmerten verwaschen dahinter.

»Das gesamte Material ist verschwunden«, sagte Ryan ruhig und ohne Vorwurf.

»Ich fürchte ja. Dr. Flanagan ist ... tot, und sie finden die Aufzeichnungen nicht. Außerdem hat jemand ... und ich begreife beim besten Willen nicht ...«

»Wir verstehen schon«, sagte Ryan. »Das gleiche ist gestern nachmittag in New York passiert. Sämtliche genetischen Unterlagen wurden entwendet. Desgleichen im Genetischen Institut in Paris.«

»Nun, dann bin ich in großer Verlegenheit«, sagte Lark. »Sie haben lediglich mein Wort, daß diese Kreatur existiert und daß die untersuchten Blut- und Gewebsproben dieses mysteriöse Genom aufweisen ...«

»Wir verstehen schon«, sagte Ryan.

»Ich würd's Ihnen nicht verdenken, wenn Sie mich hochkant aus diesem Büro werfen und mir verbieten würden, je wieder südlich der Linie Mason-Dixon aufzukreuzen«, sagte Lark. »Ich würd's Ihnen nicht verdenken, wenn ...«

»Wir verstehen schon«, sagte Ryan, und zum ersten Mal zwang er sich zu einem eisigen Lächeln. Er machte eine beruhigende Geste. »Die unverzüglich vorgenommenen, oberflächlichen Obduktionen bei Edith und Alicia Mayfair haben ergeben, daß beide eine Fehlgeburt hatten. Das Gewebe ist abnormal. Selbst in diesem frühen Stadium deutet alles darauf hin, daß alles stimmt, was Sie uns über das Material, das Sie erhalten hatten, berichtet haben. Ich danke Ihnen für all Ihre Hilfe.«

Lark war völlig verdattert.

»Ist das alles?«

»Wir werden natürlich für Ihren Zeitaufwand und für alle Ihre Spesen aufkommen . . .«

»Nein, ich meine – Moment mal, was haben Sie denn vor?«

»Nun, was würden Sie vorschlagen?« fragte Ryan. »Sollten wir eine Pressekonferenz einberufen und den überregionalen Medien mitteilen, daß ein genetischer Mutant mit zweiundneunzig Chromosomen unsere Frauen jagt, sie zu schwängern versucht und dabei anscheinend umbringt?«

»Ich werde das nicht auf sich beruhen lassen«, sagte Lark. »Es paßt mir nicht, daß jemand sich für mich ausgibt! Ich werde herausfinden, wer es war und wer . . .«

»Sie werden es nicht herausfinden«, sagte Aaron.

»Soll das heißen, es war einer von Ihren Leuten?«

»Wenn ja, dann werden Sie es niemals beweisen können. Und wir alle wissen, daß es einer von meinen Leuten gewesen sein muß, nicht wahr? Niemand sonst wußte, daß diese Arbeit bei Keplinger im Gange war. Niemand außer Ihnen und dem verstorbenen Dr. Flanagan. Und Mayfair und Mayfair, nachdem Sie es ihnen mitgeteilt hatten. Vielmehr gibt es dazu nicht zu sagen. Ich denke, wir müssen Sie jetzt sicher in Ihr Hotel bringen. Ich denke, ich muß jetzt der Familie helfen. Es ist wirklich eine Familienangelegenheit.«

»Sie haben den Verstand verloren.«

»Nein, ganz und gar nicht, Dr. Larkin«, sagte Lightner, »und ich möchte Sie bitten, mit Gerald und Carl Mayfair im Hotel zu bleiben. Sie warten draußen, um Sie zurückzubringen. Verlassen Sie bitte nicht das Hotel. Bleiben Sie in Ihrer Suite, bis Sie von mir hören.«

»Wollen Sie damit sagen, daß jemand versuchen könnte, *mir* etwas zu tun?

Ryan machte eine ruhige, höfliche kleine Geste, um die Aufmerksamkeit auf sich zu lenken.

»Dr. Larkin, wir haben eine Menge zu tun. Dies ist eine große Familie, und es ist schon ein ziemlich großer Aufwand, alle zu erreichen. Und um fünf hatten wir einen weiteren Todesfall in der Gegend von Houston.«

»Wer war es?« fragte Aaron.

»Clytee Mayfair«, sagte Ryan. »Sie wohnte nicht sehr weit von Lindsay entfernt. Und sie starb übrigens fast zur selben Zeit. Bitte, Dr. Larkin, gehen Sie jetzt in Ihr Hotel.«

»Mit anderen Worten, Sie *glauben* alles, was ich Ihnen erzählt habe! Sie glauben, daß diese Kreatur . . .«

»Wir *wissen* es«, sagte Ryan. »Jetzt gehen Sie bitte. Ziehen Sie sich ins Pontchartrain zurück, machen Sie es sich bequem und gehen Sie nicht aus. Gerald und Carl werden bei Ihnen bleiben.«

Aaron hatte Lark beim Arm genommen, bevor er antworten konnte; er führte ihn hinaus ins Büro und in den Korridor des Gebäudes. Lark sah die beiden jungen Männer: zwei weitere Mayfairs, wie mit der Plätzchenform ausgestochen, in hellen Schurwollanzügen mit zitronengelben oder pinkfarbenen Krawatten.

Gemeinsam gingen sie in Richtung Aufzug. Davor standen zwei uniformierte Polizisten. Die beiden jungen Männer gingen wortlos an ihnen vorbei.

Als sie drinnen und auf dem Weg nach unten waren, fing der Jüngere an zu sprechen.

»Es ist alles meine Schuld«, sagte er. Es war der, den sie Gerald nannten. Er konnte nicht älter als fünfundzwanzig sein. Der andere – älter, schlanker und insgesamt ein bißchen härter – fragte: »Wieso?«

»Ich hätte das Haus anzünden sollen, wie Carlotta es wollte.«

»Welches Haus?« wollte Lark wissen.

Keiner antwortete. Er wiederholte seine Frage, aber er merkte, daß sie ihm gar nicht zuhörten. Also sagte er nichts weiter.

Im Foyer des Gebäudes wimmelte es von uniformierten Sicherheitsleuten, Polizisten und anderem scheinbar amtlichen Personal; einige dieser Leute schauten sie unbeteiligt an. Lark sah die große Limousine, die draußen im unangenehm grellen Licht der Quecksilberlampen zu schweben schien.

»Was ist mit Rowan?« fragte er. »Sucht denn irgend jemand nach Rowan?«

Aber wieder antwortete ihm keiner der beiden. Sie schienen ihn nicht einmal zu hören. Ihm blieb nichts weiter übrig, als in den ledergepolsterten Wagen zu steigen. Eistorte. Im Pontchartrain gab es ungefähr die beste Eistorte, die er je gegessen hatte. Das war vermutlich alles, was er wollte. Nur Kaffee mit Zichorie und Eistorte . . .

»Das will ich, wenn wir da sind. Kaffee und Eistorte.«

»Na klar«, sagte Gerald, als hätte Lark zum ersten Mal etwas Vernünftiges gesagt.

Lark lachte bei sich. Er fragte sich, ob Martha wohl auch so viele Verwandte hatte, die sie zu Flanagans Beerdigung begleiten würden.

20 Juliens Geschichte wird fortgesetzt

Lassen sie mich jetzt rasch zur Sache kommen. Ich bekam die trostlose Traumlandschaft von Donnelaith erst im Jahr 1888 zu Gesicht. Meine »Erinnerungen« setzten sich ziemlich unverändert fort, wenngleich sich zunehmend verwirrendes Material hineinmischte.

Inzwischen war Mary Beth zu einer machtvollen Hexe herangewachsen, gescheiter, raffinierter und philosophisch interessanter als Katherine, Marguerite und selbst Marie Claudette, soweit ich derlei beurteilen konnte. Aber Mary Beth gehörte auch einem neuen Zeitalter an – der Nachkriegszeit, der Post-Krinolinen-Zeit, wie man sagte.

Sie wurde meine Vertraute und meine einzige Freundin.

Ich hatte viele Affären in jenen Tagen, mit Männern und mit Frauen. Ich war verheiratet. Meine liebe Frau Suzette, die ich auf meine selbstsüchtige Art sehr liebte, schenkte mir vier Kinder. Ich wünschte, ich könnte Ihnen von alldem erzählen, denn in gewisser Weise ist ja alles, was ein Mann tut, Bestandteil des moralischen Gewebes, aus dem er besteht und das er ist. Und das war nie so wahr wie in meinem Fall.

Aber wir haben keine Zeit. Ich will also nur erklären: Wie nah mir Frau, Geliebte und Kinder auch stehen mochten, es war doch immer Mary Beth, die meine Freundin war und die das Geheimnis des Wissens um Lasher und all die damit verbundenen Bürden und Gefahren mit mir teilte.

New Orleans war in jener ganzen Periode vom Laster durchseucht – ein großartiger Ort für Huren, Spieler und diejenigen, die bloß zuschauen beim Spektakel des Lebens in all seiner Verkommenheit und Gewalttätigkeit. Ich liebte das alles, bewegte mich furchtlos mitten darin und frönte meinen Passionen. Und Mary Beth begleitete mich, als Junge verkleidet, überallhin. Während ich meine Söhne halbwegs schützte, sie in den Osten zur Schule schickte und sie ganz allgemein auf die Welt vorbereitete, nährte ich Mary Beth mit sehr viel kräftigeren Zutaten.

Mary Beth war das intelligenteste menschliche Wesen, das ich je gekannt habe. Im Geschäftsleben, in der Politik und in allen anderen Bereichen gab es nichts, was sie nicht begriff. Sie war kühn, unnachgiebig, logisch, aber vor allem hatte sie eine brillante Phantasie. Sie sah stets den größeren Plan der Dinge.

Und sie erkannte schon früh, daß der Dämon ihn nicht sah.

Ich will Ihnen ein Beispiel geben. Anfang der achtziger Jahre kam ein Musiker namens Blind Henry nach New Orleans. Blind Henry war ein »idiot savant«: Es gab nichts, was er auf dem Klavier nicht spielen konnte – Mozart, Beethoven, Bach, aber ansonsten war Blind Henry, was die Bezeichnung vermuten läßt: ein Vollidiot.

Als Mary Beth und ich in seinem Konzert saßen, schrieb sie mir etwas auf ihr Programm, unmittelbar vor der Nase des Dämons sozusagen, der aber völlig gebannt von der Musik war. Sie schrieb: »Blind Henry und Lasher – dieselbe Form von Intellekt.«

Das stimmte genau. Die Frage ist zu rätselhaft, als daß wir ihr hier auf den Grund gehen könnten. Und heute, in der modernen Welt, wissen Sie mehr über *idiots savants*, autistische Kinder und dergleichen. Aber auf ihre einfache Art versuchte sie mir mitzuteilen: Lasher kann das, was er lernt und was er wahrnimmt, nicht in einen realen Kontext setzen. Wir, die Lebenden, haben einen Kontext für alles, was wir wissen und empfinden. Dieses tote Ding hat keinen.

Und da sie dies schon in früher Jugend verstanden hatte, mythologisierte Mary Beth den Geist nicht. Als ich zu bedenken gab, daß er ein rachsüchtiger Geist sei, zuckte sie nur mit den Achseln.

Aber – und hier liegt der Schlüssel – sie verachtete Lasher auch nicht, wie ich es tat.

Im Gegenteil, sie brachte ihm Liebe entgegen, und er schmiedete ein enges, emotionales Band zwischen sich und ihr und bezog ein Mitgefühl von ihr, das ich für dieses Wesen nicht empfand.

Und als ich sah, wie dies geschah, als ich sah, wie sie zu meinen ironischen Äußerungen und sorgfältig verhüllten Warnungen nickte, als ich sah, daß sie mich absolut verstand und doch *ihn* liebte, da verstand ich besser, weshalb er Frauen stets Männern vorgezogen hatte, denn er brachte bei ihnen eine Saite zum Klingen, die bei Männern eher stumm ist. Ich empfand jedenfalls immer Abscheu vor dem Ding. Und sie nicht.

»Wenn du eines Tages nicht mehr da bist«, sagte sie, »dann wird es nur noch mich und dieses Ding geben. Es wird meine Liebe sein, mein Trost und mein Begleiter. Im Grunde kümmert es mich ja auch nicht, was ich bin und woher ich komme. Die Vorstellung, ich könnte in diesen Kategorien über mich nachdenken, ist eine Illusion.«

Damals war sie fünfzehn – groß, schwarzhaarig, von sehr kräftiger Gestalt und sehr hübsch, auf eine dunkle, starke Weise, die manch einen Mann wohl nicht angesprochen hätte. Sie war von ruhiger Art, höchst überzeugend. Alle bewunderten sie, und wer keine Angst vor ihrem unerschütterlichen Blick und ihrer männlichen Haltung hatte, war gewöhnlich von ihr hingerissen.

Ich war natürlich beeindruckt. Um so mehr, weil sie immer,

wenn sie so etwas gesagt hatte, lächeln und einen Trick vorführen konnte, der mich unfehlbar in Entzücken versetzte: Sie nahm den dicken Zopf ihres schwarzen Haars und löste ihn auf, so daß das Haar wie ein Schleier in scharfen kleinen Wellen über ihre Schulter fiel, und dann schüttelte sie es aus und lachte, als verwandele sie sich mit dieser Geste unversehens von einer intellektuellen Gefährtin in eine aufsprossende Frau.

Aber Sie dürfen nicht vergessen, ich war der einzige Mann, der je Macht über Lasher hatte. Und ich behaupte immer noch, daß ich die Unempfindlichkeit eines Mannes gegen die Schmeicheleien des Wesens besaß. Und wohlgemerkt, ich habe Ihnen offen von meinen Amouren mit Männern erzählt. Ich habe keine Vorurteile gegen diese Liebe, die ihren Namen nicht zu nennen wagt et cetera. Liebe ist für mich ... eben Liebe. In meinem tiefsten Herzen verabscheute ich die Kreatur! Ich verabscheute die skrupellosen Fehler, die sie beging! Ich verabscheute ihren Humor.

Alors. Mary Beth, die meinen Ehrgeiz in jeder Hinsicht teilte, war schon von früher Kindheit an mit unseren Geschäften vertraut. Als sie zwölf war, hatte sie mit mir zusammen Entscheidungen getroffen, die unser Vermögen derart diversifizierten und ausdehnten, daß aus dem Kapital der Mayfairs eine unaufhaltsame Geldmaschine geschaffen worden war.

Wir waren in Boston und New York und London ebenso aktiv wie im Süden. Das Geld war an Orten, wo es nur noch mehr Geld machen konnte, und dieses Geld machte automatisch wieder neues Geld, und so weiter, und so fort, und so war es seit jenen Tagen eigentlich immer.

Mary Beth war ein Genie in diesen Dingen. Und sie lernte, sich des Geistes sehr geschickt zu bedienen, als Spitzel, als Informant, als Beobachter, als *idiot-savant*-Berater. Es war durchaus verblüffend, sie mit dem Wesen bei der Arbeit zu sehen.

Unterdessen hatten wir das Haus in der First Street zu unserem gemacht. Mein Bruder Rémy war ein stiller, zurückgezogener Mensch, und seine Kinder waren reizend und natürlich. Meine Söhne waren im Internat. Meine arme Tochter Jeannette, einfältig wie vor ihr Katherine, starb jung. Das ist eine andere

Geschichte, all das. Meine süße Jeannette, meine geliebte Frau Suzette. Ich kann sie nicht erzählen. Nach dem Tod dieser beiden, der viel später kam, und nach dem Tod meiner Mutter Marguerite waren Mary Beth und ich vollends isoliert von der Welt in unserem gemeinsamen Wissen, in unserer Leidenschaft und unserem unablässigen Streben nach Lust. Aber diese Isolation hatte schon viel früher begonnen.

Auch waren wir ganz verrückt nach der modernen Welt. Wir reisten häufig nach New York, nur um in der blühenden Kapitale zu sein. Wir liebten die Eisenbahn; wir blieben immer auf dem laufenden, was neue Erfindungen anging, ja, wir investierten in den Fortschritt *per se.* Veränderung war unsere Leidenschaft, und für viele in unserer Familie und unserem Haus war das ganz und gar nicht so. Sie klammerten sich lieber an die verschlafene, glanzvolle Vergangenheit der alten Welt und zogen sich hinter verschlossene Blendläden zurück. Aber nicht wir.

Wir hatten – wie man in Ihrer Zeit wohl sagt – in allem unsere Finger drin.

Und lassen Sie mich noch anmerken, daß Mary Beth bis zum Jahr 1887, als wir nach Europa reisten, sozusagen ihren Status einer jungfräulichen Kriegerin bewahrte und niemals irgendeinem Mann erlaubte, sie irgendwie wirklich anzurühren. Das heißt, sie amüsierte sich auf tausenderlei Art, aber sie riskierte niemals, Mutter einer Hexe zu werden, solange sie sich den Vater dazu nicht aussuchen konnte. Deshalb zog sie es auch vor, sich als Junge zu verkleiden, wenn wir die Stadt unsicher machten. Und als schöner, dunkeläugiger Knabe, der sie war, ließ sie niemanden allzu nah an sich heran.

Endlich kam die Zeit, da wir uns zu einer langen Europareise losreißen konnten, einer »Grand Tour«, ein wunderbares und längst überfälliges Bildungsunternehmen. Das heißt, überfällig für mich, und vielleicht sogar für sie. Wenn ich etwas bereue, dann die Tatsache, daß ich im Leben nicht mehr gereist bin und daß ich die anderen in meiner Familie nicht zum Reisen ermuntert habe. Aber das ist jetzt kaum noch von Bedeutung.

Dem Geist widerstrebte es sehr, uns gehen zu lassen; immer wieder warnte er uns vor den Gefahren der Wanderschaft, und er sagte, wir besäßen das Paradies dort, wo wir selbst wären. Aber wir ließen uns davon nicht abschrecken; Mary Beth brannte darauf, die Welt zu sehen, und der Geist wollte sie glücklich machen. Keine Stunde nach unserer Abfahrt war klar, daß er mit uns reiste.

Während der ganzen Reise konnte man ihn mit einem stummen Wunsch herbeirufen, und wenn ich Mary Beth in einiger Entfernung sah, sah ich ihn häufig bei ihr.

In Rom fuhr er für viele Stunden in mich, aber die Anstrengung erschöpfte ihn, ja, sie schien ihm auf die Nerven zu gehen. Er bettelte darum, nach Hause fahren zu dürfen; wir sollten das Meer überqueren und in das Haus zurückkehren, das er sosehr liebte. Er verabscheute diesen Ort, erklärte er; ja, er könne ihn überhaupt nicht ertragen. Ich sagte ihm, wir hätten diese Reise machen müssen; es sei albern zu glauben, die Mayfairs würden niemals weit reisen, und er solle Ruhe geben, denn es sei einmal nicht zu ändern.

Als wir von Rom aus nordwärts nach Florenz fuhren, wurde er verzweifelt und aufgewühlt und verließ uns tatsächlich. Mary Beth bekam Angst. Sie konnte ihn nicht herbeirufen, was immer sie auch unternahm.

»Dann sind wir eben allein in der Welt der Sterblichen«, sagte ich achselzuckend. »Was kann uns schon passieren?«

Sie war mißtrauisch und traurig und wanderte allein durch die Straßen von Siena und Assisi, ohne viel mit mir zu sprechen. Sie vermißte den Dämon. Sie sagte, wir hätten ihm Schmerzen bereitet.

Mir war es egal.

Aber, oh, ich sollte es bereuen! Als wir Venedig erreichten und in einem prachtvollen Palazzo am Canale Grande Logis bezogen, kam das Ungeheuer zu mir. Es war eine seiner bösartigsten, hinterhältigsten und kraftvollsten Gesten.

Ich hatte meinen geliebten Sekretär und jungen Liebhaber, den Mulatten Victor Gregoire, in New Orleans zurückgelassen; er führte in meiner Abwesenheit mein Büro, wie niemand sonst es hätte tun können.

Bei meiner Ankunft in Venedig rechnete ich damit, daß mich die üblichen Nachrichten von Victor erwarteten – ein paar

Briefe, Verträge, die notarisiert und unterschrieben werden mußten und dergleichen mehr. Aber hauptsächlich erwartete ich seine schriftliche Zusicherung, daß in New Orleans alles in Ordnung sei.

Aber was mich begrüßte, war dies: Ich saß an meinem Schreibtisch über dem Kanal in einem großen, weiten, trist bemalten Raum im italienischen Stil, mit Samtvorhängen ausgekleidet, sehr feucht und mit kaltem Marmorboden, und herein kam Victor. Oder so erschien es mir. Denn ich wußte im nächsten Augenblick daß es nicht mein Victor war, sondern jemand, der sich genauso aussehen ließ. Er blieb vor mir stehen und lächelte beinahe kokett – der junge Mann, den ich kannte, mit blaßgoldener Haut, blauen Augen, schwarzem Haar und einem hochgewachsenen, kraftvollen Körper in perfekter Kleidung. Und dann verschwand er.

Natürlich war es das Ungeheuer gewesen, das sich für Victor ausgegeben hatte; es hatte mich mit dieser Vision quälen wollen. Aber warum? Ich wußte es. Und ich legte den Kopf auf den Schreibtisch und weinte. Keine Stunde verging, und Mary Beth erschien mit der Nachricht aus Amerika. Victor war vor zwei Wochen bei einem Unfall ums Leben gekommen. Er war an der Ecke Prytania und Philip auf die Straße getreten und überfahren worden, gleich vor der Apotheke. Zwei Tage später war er gestorben, und er hatte nach mir gerufen.

»Wir fahren lieber nach Hause«, sagte sie.

»Ich will nicht!« erklärte ich. »Das hat Lasher getan.«

»Das würde er nicht tun.«

»O doch, er würde und er hat!« Ich war rasend vor Wut. Ich schloß mich in meinem Schlafzimmer im zweiten Stock des Palazzo ein. Von dort konnte ich nur in die schmale Gasse hinuntersehen. Wütend ging ich auf und ab.

»Komm zu mir«, sagte ich. »Komm!«

Und schließlich kam er, wiederum ausstaffiert als ein sprödes, glänzendes Abziehbild meines Victor.

»Gelächter, Julien. Ich möchte jetzt nach Hause.«

Ich wandte der Erscheinung den Rücken zu. Er ließ die Vorhänge wehen, die Bodendielen knarren. Es war, als lasse er die tiefen Steinmauern rumoren.

Schließlich öffnete ich die Augen.

»Ich will nicht hier sein!« erklärte er. »Ich will nach Hause!«

»Ach, und durch die Straßen von Venedig zu spazieren, bedeutet dir nichts?«

»Ich verabscheue diesen Ort. Ich will keine Kirchenlieder hören. Ich hasse dich. Ich hasse Italien.«

»Ah, aber was ist mit Donnelaith? Was ist damit? Sollen wir nach Norden fahren, nach Schottland?« Denn das war für mich eines der wichtigsten Ziele auf dieser Reise gewesen, die Stadt, in der Suzanne das Ding heraufbeschworen hatte, mit eigenen Augen zu sehen.

Er bekam einen Tobsuchtsanfall. Papiere flogen von meinem Tisch, die Bettdecken wurden hochgerissen und zu einer riesigen Gestalt verzwirbelt, die mich flach auf den Rücken warf, bevor ich begreifen konnte, was geschah. Noch nie hatte ich das Ding so stark gesehen. Mein Leben lang hatte seine Kraft zugenommen. Und jetzt hatte es mich geschlagen.

Ich sprang vom Boden auf, packte das Bettuch, schleuderte es weg und verfluchte das Ding. »Hebe dich von mir, Teufel! Lab' dich nicht länger an meiner Seele, Teufel! Meine Familie wird dich verstoßen, Teufel!« Und ich versuchte mit all meiner Macht, *es* zu sehen, den Geist, der es war – und es gelang mir, ich sah eine große, dunkle Macht, die sich im Raum sammelte. Und mit all meiner Willenskraft und lautem Gebrüll trieb ich es zum Fenster hinaus, hinaus über die Gasse und über die Dächer, wo es sich zu entfalten schien wie ein monströses, endloses Tuch.

Mary Beth stürzte herein. Und gleich kehrte es zum Fenster zurück. Wiederum schleuderte ich ihm meine hitzigsten, giftigsten Flüche entgegen.

»Ich werde zurückkehren nach Eden!« brüllte es. »Ich werde alle erschlagen, die den Namen Mayfair tragen!«

»Ah«, sagt Mary Beth und breitete die Arme aus. »Und dann wirst du niemals Fleisch werden, und wir werden nie zurückkehren, und alle unsere Träume werden in Schutt und Asche liegen, und diejenigen, die dich lieben und dich am besten kennen, werden fort sein. Dann bist du wieder allein!«

Ich trat beiseite. Ich sah, was kam. Sie streckte wieder die Hände nach ihm aus und umwarb es mit sanfter Stimme. »Du hast diese Familie geschaffen. Du hast den Garten Eden erbaut, in dem sie lebt. Gib uns diese kurze Zeit. All das Gute, das auf uns gekommen ist, ist ja durch dich gekommen. Willst du uns da diese kleine Reise mißgönnen, du, der du uns immer unseren Willen gelassen hast, wenn wir nur glücklich waren?«

Der Geist weinte. Ich hörte den eigentümlichen, lautlosen Laut. Es war ein Wunder, daß es die Silben nicht ausspuckte: *Weinen*!, wie es jene anderen Silben ausspuckte: *Gelächter*. Aber das tat es nicht. Es schlug einen beredteren, einen herzzerreißenden Weg ein.

Mary Beth stand am Fenster. Wie viele italienische Mädchen war sie in unserer heimatlichen südländischen Hitze früh gereift; sie war eine üppige Blume in ihrem roten Kleid. Die Mode jener Zeit mit schmaler Taille und weitem Rock ließ ihre vollen Brüste und Hüften um so prachtvoller erscheinen. Ich sah, wie sie den Kopf neigte und die Lippen in ihre Hand legte, und dann blies sie diesen Kuß dem Wesen zu wie ein Opfer.

Es umhüllte sie langsam, hob und liebkoste ihr Haar, verdrehte es und ließ es wieder fallen. Sie drehte den Kopf auf den Schultern hin und her. Sie gab sich ihm hin.

Ich wandte mich ab. Ich wartete in stillem Brüten.

Endlich kam es zu mir. »Ich liebe dich, Julien.«

»Willst du Fleisch sein? Willst du fortfahren, uns mit Segnungen zu überschütten? Deine Kinder, deine Helfer, deine Hexen?«

»Ja, Julien.«

»Laß uns nach Donnelaith gehen«, sagte ich, meine Worte sorgfältig wählend. »Laß mich das Glen sehen, in dem meine Familie geboren ist. Laß mich einen Blumenkranz auf den Boden des Tales legen, wo unsere Suzanne bei lebendigem Leib verbrannt wurde. Laß mich das tun.«

Es war die allerschändlichste Lüge! Ich wollte dergleichen ebensowenig tun, wie ich vorhatte, Dudelsack zu spielen oder einen Schottenrock zu tragen. Aber ich war entschlossen, Donnelaith zu sehen, es kennenzulernen und zum Kern dieses Geheimnisses vorzudringen!

»Also gut«, sagte Lasher. Er kaufte mir die Lüge ab, denn wer konnte ihn schließlich zu jener Zeit besser belügen als ich?

»Nimm mich bei der Hand, wenn wir da sind«, sagte ich. »Erzähl mir, was ich wissen sollte.«

»Das werde ich tun«, sagte er in resigniertem Ton. »Aber verlaßt dieses verfluchte Papistenland. Verlaßt diese Italiener mit ihrer morbiden Kirche. Geht fort von hier. Reist nach Norden, ja, und ich werde mit euch gehen, euer Diener, euer Liebhaber – Lasher.«

»Also gut, Geist.« Und dann bemühte ich mich, es von ganzem Herzen ehrlich zu meinen, und fand wirklich ein wenig Sinn darin, als ich sagte: »Ich liebe dich, Geist, genauso wie du mich liebst.« Und dann schossen mir die Tränen in die Augen.

»Eines Tages werden wir einander in der Dunkelheit kennen, Julien«, sagte er. »Wir werden einander als Geister kennen, wenn wir die Korridore in der First Street durchstreifen. Ich muß Fleisch sein. Die Hexen müssen blühen.«

Ich fand diesen Gedanken so schrecklich, daß ich nichts dazu sagte. Aber seien Sie versichert, Michael, es war nicht so. Ich bin nicht in einem Reich, das ich mit einer anderen Seele teile.

Ich hoffe, wenn ich diese Geschichte zu Ende gebracht habe, werde ich zu etwas Größerem fortschreiten. Selbst die Strafe würde doch ihre Form haben, ihren Zweck, irgendeine Art von Sinn. Ewige Flammen kann ich mir nicht vorstellen. Aber ewigen Sinn schon.

Wir verließen Italien auf der Stelle, wie der Dämon uns gebeten hatte. Wir reisten nach Norden und hielten nur in Paris noch einmal für zwei Tage an, bevor wir die Überfahrt unternahmen und nordwärts nach Edinburg fuhren. Der Dämon wirkte ruhig. Wenn ich versuchte, ihn in ein Gespräch zu verwickeln, sagte er nur: »Ich erinnere mich an Suzanne«, und in seiner Haltung war etwas absolut Hoffnungsloses.

In Edinburgh nun geschah etwas Bemerkenswertes. Mary Beth bat den Dämon in meiner Gegenwart, sie zu begleiten und zu beschützen. Sie, die verkleidet mit mir ausgegangen war, wollte jetzt allein umherstreifen, beschützt nur von ihrem eigenen Geist. Letztendlich lockte sie Lasher weg; sie pfiff vor sich hin, wenn sie ausging, in Männerkleidern – Tweedjackett und Reithosen –, das Haar unter einer kleinen, formlosen Mütze zusammengedreht, ihr Schritt so ausgreifend und lässig, wie es der eines Knaben nur sein konnte.

Und als ich allein war, begab ich mich auf der Stelle zur Universität von Edinburgh und setzte mich auf die Fährte des besten Geschichtsprofessors in jenen Gegenden. Bald hatte ich den Mann aufgetrieben; ich traktierte ihn mit Geld und Alkohol, und bald saß ich mit ihm in seinem Arbeitszimmer zusammen.

Er hatte ein bezauberndes Haus in der Altstadt, die viele der Reichen längst verlassen hatten, die er aber immer noch bevorzugte. Er kannte die ganze Geschichte des Gebäudes. Die Räume waren vollgestopft mit Büchern, selbst die schmalen Korridore und der Treppenabsatz.

Er war ein beflissenes, unstetes kleines Geschöpf – mit glänzendem Glatzkopf, silbernem Brillengestell und einem ziemlich spektakulären, ausladenden weißen Schnurrbart, wie er damals in Mode war –, er sprach Englisch mit starkem schottischem Akzent und hegte eine leidenschaftliche Liebe zum Volkstum seiner Heimat.

Ich war so aufgeregt, daß ich nicht stillsitzen konnte, als er zugab, daß er in der Tat, wie seine Studenten behauptet hatten, ein Fachmann für das alte Volkstum der Highlands sei.

»Donnelaith«, sagte ich. »Kann sein, daß ich es falsch buchstabiere. Hier. Aber das ist das Wort.«

»Nein, Sie haben's schon richtig geschrieben«, sagte er. »Aber wo, um alles in der Welt, haben Sie davon gehört? Das Glen ist eine Spukstätte – natürlich sehr schön und den Marsch wert, aber nur, wenn Sie einen Grund dazu haben. Es gibt schreckliche Legenden in dieser Gegend, ebenso schrecklich wie die Legenden von Loch Ness und Glamis Castle.«

»Ich habe einen Grund. Erzählen Sie mir davon. Alles, was Sie wissen.«

»Nun, das alles reicht bis in die Römerzeit zurück«, sagte der Professor. »Heidnische Kulte in jenen Gegenden – aber der Name Donnelaith bezieht sich auf eine antike Clan-Festung. Der Clan von Donnelaith bestand aus Iren und Schotten, Abkömmlingen der Missionare, die zur Zeit des Hl. Brendan aus Irland dort hinaufgezogen waren, um das Wort Gottes zu verbreiten. Und natürlich waren die Pikten dort oben, schon vor den Römern. Man munkelte, sie hätten ihre Festung in Donnelaith gebaut, weil es ein von heidnischen Geistern gesegneter Ort gewesen sei. Wir meinen jetzt die Pikten, wenn wir von Heiden reden. Dieser Teil Schottlands dort oben gehörte ihnen, und der Donnelaith-Clan stammt wahrscheinlich auch von ihnen ab. Sie wissen, wie es ging mit Heiden und Christen.«

»Die Christen bauten auf heidnischen Tempeln, um den heidnischen Aberglauben zu schwächen und sich einzuverleiben.«

»Ganz recht«, sagte er. »Und selbst in den römischen Dokumenten ist von schrecklichen Dingen im Zusammenhang mit dem Glen die Rede, von Dingen, die dort lauerten. Sie erwähnen ein gespenstisches Volk von kinderähnlichen Wesen, die die Welt überrennen könnten, wenn man sie je aus dem Tal hinausließe. Eine besonders bösartige Spezies des ›kleinen Volkes‹. Natürlich wissen Sie, was das ›kleine Volk‹ ist. Lachen Sie nicht darüber; ich warne Sie.« Aber er lächelte, als er dies sagte. »Das Originalmaterial werden Sie freilich nirgends mehr finden. Jedenfalls – schon vor der Zeit des Ehrwürdigen Beda waren die Stämme dort oben zum Clan von Donnelaith geworden, und Beda erwähnt ein Kultzentrum dort oben, eine christliche Kirche.«

»Wie hieß sie?« fragte ich.

»Das weiß ich nicht«, antwortete er. »Der ehrwürdige Beda sagt es nirgends – zumindest nicht, soweit ich mich erinnern kann –, aber es hatte etwas mit einem großen Heiligen zu tun, der, wie Sie sich denken können, ein bekehrter Heide war. Sie wissen schon, einer jener legendären Könige mit großer Macht, der plötzlich auf die Knie fiel und sich taufen ließ, worauf er ein Dutzend Wunder wirkte. Genau das, was die Kelten und die Pikten jener Zeit von einem Gott erwarteten, wenn sie zu ihm überlaufen sollten.

Die Römer zähmten das Highland nie wirklich, wissen Sie. Und die irischen Missionare eigentlich auch nicht. Die Römer untersagten ihren Soldaten sogar, das Glen oder die benachbarten Inseln überhaupt zu betreten. Hatte etwas mit der Freizügigkeit der Frauen dort zu tun. Die Highlander waren später

Christen, jawohl, wild entschlossene Christen sogar, bereit, bis auf den Tod zu kämpfen, aber sie waren es auf ihre eigene seltsame Art. Und das war ihr Untergang.«

»Erklären Sie mir das genauer.« Ich schenkte ihm noch ein Glas Portwein ein und spähte über die pergamentene Landkarte hin, die er vor uns ausgebreitet hatte. Es sei ein Faksimile, erläuterte er, das er selbst angefertigt habe, genau das der unter Glas ausgestellten Vorlage im Britischen Museum.

»Die Stadt erreichte den Höhepunkt ihrer Blüte im fünfzehnten Jahrhundert. Es deutet manches darauf hin, daß es eine Marktstadt war. Der See war damals ein echter Hafen. Es heißt, die Kathedrale sei prachtvoll gewesen. Nicht die Kirche, von der Beda spricht, wohlgemerkt, sondern eine Kathedrale, deren Bau Jahrhunderte dauerte, stets unter den Fittichen des Clans von Donnelaith, der diesem Heiligen treu ergeben war und ihn als den Beschützer aller Schotten betrachtete, der die Nation dereinst erretten würde. Sie sollten ins Glen hinauffahren und sehen, wie wenig noch übrig ist. Eine Burg, ein heidnischer Steinkreis, die Grundmauern der Stadt, inzwischen völlig überwuchert, und dann die schrecklichen Ruinen der Kathedrale.«

»Aber was ist denn passier? Wieso meinen Sie, das Christentum des Ortes sei sein Untergang gewesen?«

»Diese Hochlandkatholiken fügten sich niemandem«, sagte er. »Nicht Heinrich VIII., als er sie zu seiner neuen Kirche im Namen von Anne Boleyn bekehren wollte, und auch nicht dem großen Reformator John Knox. Aber es war John Knox – oder seine Anhänger –, die sie vernichteten.«

Ich schloß die Augen; ich sah die Kathedrale. Ich sah die Flammen und das bunte Glas, das in alle Richtungen auseinanderflog. Schaudernd öffnete ich die Augen.

»Sie sind ein sonderbarer Mann«, bemerkte er. »Sie haben irisches Blut, nicht wahr?«

Ich nickte und nannte ihm den Namen meines Vaters. Er war höchst verwundert. Natürlich erinnerte er sich an Tyrone McNamara, den großen Sänger. »Und Sie sind sein Sohn?«

»Aye«, sagte ich. »Aber erzählen Sie weiter. Wie haben Knox' Anhänger Donnelaith zerstört? Ach, und das bunte Glas. Es gab doch Buntglas dort, oder? Woher ist es gekommen?«

»Sie haben es dort hergestellt«, sagte er. »Das ganze dreizehnte und vierzehnte Jahrhundert hindurch. Franziskanermönche aus Italien.«

»Franziskaner aus Italien. Sie meinen, der Orden des Hl. Franz von Assisi war hier?«

»Auf jeden Fall. Der Orden des Hl. Franziskus war populär bis in die Zeit von Anne Boleyn. Die frommen Brüder boten Katharina Zuflucht, als Heinrich sich von ihr scheiden ließ. Wie auch immer – als König Heinrich mit dem Papst brach und sich daran machte, die Klöster im ganzen Land zu plündern, da vertrieb der Clan von Donnelaith seine Soldaten, ohne einen Augenblick zu zögern. Schreckliche, schrecklich blutige Schlachten im Glen. Und selbst den tapfersten englischen Soldaten graute es davor, dort hinaufzugehen.«

»Wie hieß der Heilige?«

»Ich weiß es nicht. Der Heilige war schon 1559 verschwunden, wer immer er gewesen sein mochte, Gott hab ihn selig. Sein Kult verschwand mit der Kathedrale. Danach finden Sie dort nur noch eine kleine presbyterianische Stadt und außerhalb davon den ›abscheulichen‹ heidnischen Steinkreis.«

»Was wissen wir speziell über die heidnischen Legenden?« fragte ich.

»Nur, daß es immer noch welche gibt, die daran glauben. Hin und wieder kommen Leute von weit her, aus Italien sogar; sie fragen dann nach den Steinen, sie suchen die Straße nach Donnelaith. Sie fragen sogar nach der Kathedrale. Ja, ich sage Ihnen die Wahrheit: Sie fragen nach dem Glen von Donnelaith, und dann reisen sie dort hinauf und schauen sich um, und sie suchen etwas. Und jetzt sind Sie hier und stellen auf Ihre Art im Grunde die gleichen Fragen. Der letzte, der kam, war ein Gelehrter aus Amsterdam.«

»Aus Amsterdam?«

»Ja, es gibt dort einen gelehrten Orden. Sie haben auch in London ein Mutterhaus. Im Laufe meines Lebens sind sie an die sechs Mal gekommen, um das Glen zu erforschen. Sie haben einen sehr seltsamen Namen. Ihr Name ist unvergeßlich.«

»Wie lautet er?« fragte ich.

»Talamasca«, sagte er. »Sie sind wirklich höchst gebildete

Leute mit einem großen Respekt vor Büchern. Hier, sehen Sie dieses kleine Stundenbuch? Das ist ein Juwel! Sie haben es mir geschenkt. Sie bringen mir immer etwas mit. Sehen Sie das hier? Eine der ersten King-James-Bibeln, die gedruckt wurden. Die haben sie bei ihrem letzten Besuch mitgebracht. Sie campieren in diesem Glen, wirklich. Sie bleiben wochenlang da, und dann gehen sie wieder fort, unweigerlich enttäuscht.«

Ich war außer mir vor Aufregung. Einen Augenblick lang konnte ich nur noch an die merkwürdige Geschichte denken, die Marie Claudette mir erzählt hatte, als ich gerade drei Jahre alt gewesen war: Wie ein Gelehrter aus Amsterdam nach Schottland gekommen war und die arme Deborah errettet hatte, die Tochter Suzannes. Eine Zeitlang kamen mir allerlei Bilder aus den Erinnerungen des Dämons in den Sinn, und fast wäre ich ohnmächtig geworden. Aber die Zeit war zu kostbar, als daß ich mich jetzt irgendwelchen Theorien hätte hingeben dürfen. Ich hatte diesen freundlichen kleinen Doktor der Geschichte vor mir, und ich mußte aus ihm herausbringen, soviel ich konnte.

»Hexerei«, sagte ich. »Das Hexenunwesen dort oben. Die Verbrennungen im siebzehnten Jahrhundert. Was wissen Sie darüber?«

»Oh, eine grausige Geschichte. Suzanne, das Milchmädchen von Donnelaith. Zufällig habe ich ein unbezahlbares Stück Material darüber: eines der Originalpamphlete, die damals von den Hexenrichtern in Umlauf gebracht wurden.«

Er ging zu seinem Bücherschrank und nahm einen kleinen, zerbröselnden Quartband heraus. Ich sah einen plumpen Stich, der eine Frau darstellte, umgeben von Flammen, die eher wie große Blätter oder wie feurige Zungen aussahen. Und in dicken englischen Lettern stand dort:

DIE GESCHICHTE
VON DER HEXE VON DONNELAITH

»Das kaufe ich Ihnen ab«, sagte ich.

»Im Leben nicht«, sagte er. »Aber ich werde es für Sie kopieren lassen.«

»Genügt mir schon.« Ich zog meine Brieftasche hervor und legte ein Bündel amerikanischer Dollarnoten auf den Tisch.

»Das reicht, das reicht! Vergessen Sie sich nicht! Was für ein leidenschaftlicher Bursche Sie sind. Muß das irische Blut sein. Die Franzosen sind von Natur aus soviel zurückhaltender. Meine Enkelin kopiert alles für mich, und sie wird nicht lange brauchen. Sie macht Ihnen ein wunderschönes Transkript, in Faksimileform auf Pergament.«

»Gut, aber jetzt sagen Sie mir, was drinsteht.«

»Oh, immer der gleiche alte Unfug. Diese Pamphlete zirkulierten in ganz Europa. Das hier wurde 1670 in Edinburgh gedruckt. Es erzählt, wie Suzanne, die weise Frau, in die Gewalt des Satans geriet und ihm ihre Seele überschrieb, und wie man ihr den Prozeß machte und sie verbrannte. Aber ihre Tochter, die Frohgezeugte, wurde verschont, weil sie an einem Ersten Mai gezeugt und Gott heilig war, so daß niemand wagte, sie anzurühren. Diese Tochter wurde schließlich der Obhut eines calvinistischen Geistlichen anvertraut, der sie, glaube ich, mit in die Schweiz nahm, um ihre Seele zu retten. Sein Name war Petyr van Abel.«

»Petyr van Abel war der Name, da sind Sie sicher? Das steht da?« Ich konnte mich kaum noch halten. Dies war das einzige schriftliche Dokument, das ich je gesehen hatte, das mir Marie Claudettes Geschichte bestätigte. Ich wagte nicht, zu sagen, daß auch dies mein Vorfahr gewesen sei.

»Jawohl, in der Tat, Petyr van Abel; hier steht's«, sagte er. »Alles aufgeschrieben von einem Geistlichen hier in Edinburgh, und auch hier gedruckt und mit ziemlichem Gewinn verkauft. Diese Dinger waren beliebt, wissen Sie, genau wie heute die Magazine. Stellen Sie sich vor, wie die Leute am Feuer saßen und sich das greuliche Bild von dem armen Mädchen auf dem Scheiterhaufen anschauten. Wissen Sie, sie haben hier bis ins achtzehnte Jahrhundert hinein Hexen verbrannt, gleich hier in Edinburgh, am Hexenbrunnen, an der Esplanade.«

Ich gab ein Murmeln des tiefempfundenen Mitgefühls von mir. Aber ich war so benommen von dieser kleinen Bestätigung, daß ich nicht mehr klar denken konnte. Hastig stellte ich meine Fragen.

»Aber zur Zeit der Hexe war die Kathedrale längst abgebrannt«, sagte ich, um Orientierung bemüht.

»Ja, es war eigentlich alles verschwunden. Nur noch Schafhirten da oben. Die farbenfrohen Highlandbräuche wurden abgeschafft, und die Leute kehrten schließlich zu einigen ihrer heidnischen Zeremonien zurück, nur um ein bißchen Unterhaltung in ihr Leben zu bringen, wissen Sie, ein wenig Farbe.«

»Glauben Sie, das war auch in Donnelaith der Fall?«

»Nein. Das war ein typischer Prozeß. Der Earl von Donnelaith war ein armer Mann und wohnte in einer trostlosen Burg. Wir hören in diesem Jahrhundert nichts von ihm, außer daß er später bei dem Brand umkan, der auch seinen Sohn und seinen Enkel tötete. Die Hexe war eine arme weise Frau aus dem Dorf, die zur Rechenschaft gezogen wurde, weil sie irgendeine andere Person bescheidenen Standes verhext haben sollte. Von Hexensabbaten hören wir nichts. Aber Gott weiß, daß sie an anderen Orten dort oben stattfanden. Und von dieser Frau war bekannt, daß sie zu dem heidnischen Steinkreis zu gehen pflegte, und das wurde nun gegen sie verwandt.«

»Diese Steine. Was wissen Sie darüber?«

»Manche sagen, sie sind so alt wie Stonehenge, vielleicht älter. Ich denke, sie haben etwas mit den Pikten zu tun, und früher einmal war etwas darin eingemeißelt. Sie sind sehr rauh, diese Steine, und alle unterschiedlich groß. Es sind nur Überreste dessen, was einmal da *war*, und ich glaube, daß sie irgendwann mit Absicht entstellt wurden – daß Inschriften abgeschlagen oder abgeschliffen wurden. Den Rest hat dann die Witterung erledigt.« Er schlug ein kleines Buch mit Zeichnungen auf. »Das ist die Kunst der Pikten«, sagte er.

Einen schrecklichen Moment lang fühlte ich mich völlig desorientiert. Ich weiß nicht, was das zu bedeuten hatte, aber ich werde es nie vergessen. Ich schaute mir diese Krieger an, Reihen um Reihen rohgezeichneter kleiner Gestalten mit Schild und Schwert. Ich wußte nicht, was ich damit anfangen sollte.

»Ich nehme an, daß die Steine ihre Gebetsstätte waren. Zum Teufel mit Stonehenge. Aber wer wird das je wissen? Vielleicht gehörten die Steine auch einem dieser seltsamen Stämme – oder sogar dem kleinen Volk.«

»Wem gehört denn das Tal?« fragte ich.

Das wußte der Mann nicht genau. Das ganze Land dort oben sei vom Staat geräumt worden, und man habe die letzten hungernden Siedler zu ihrem eigenen Besten vertrieben. Viele seien nach Amerika ausgewandert. Ob ich nicht von den Hochlandräumungen gehört hätte?

»Aber ich habe Ihnen alles erzählt«, sagte er. »Ich wünschte, ich wüßte mehr.«

»Das werden Sie«, sagte ich. »Ich werde Ihnen die nötigen Mittel hierlassen, um eine Studie durchzuführen.«

Dann bat ich ihn, mich auf meiner Wanderung nach Donnelaith zu begleiten, aber er schwor, daß er dazu nicht mehr imstande sei. »Ich liebe dieses Glen«, sagte er. »Ich war vor vielen Jahren mit einem Mann von diesem Amsterdamer Orden dort oben. Alexander Cunningham war sein Name, ein brillanter Bursche. Er hat alles bezahlt – und was für ein Picknick haben wir mitgenommen! Eine ganze Woche blieben wir im Glen. Ich sage Ihnen, ich war froh, als ich wieder in die Zivilisation zurückkehren konnte. Aber er sagte etwas sehr Sonderbares, als er sich hier nach unserem letzten Abendessen von mir verabschiedete.

›Sie haben eigentlich nicht gefunden, was Sie dort oben gesucht haben, nicht wahr?‹ sagte ich.

›Nein‹, sagte er, ›in der Tat, das habe ich nicht, und Gott sei Dank dafür. Falls es ihn gibt.‹ Er verließ das Haus, und dann kam er noch einmal zurück. ›Ich will Ihnen etwas sagen, alter Freund. Nehmen Sie die Legenden dieses Glens niemals auf die leichte Schulter‹, sagte er. ›Und lachen Sie niemals über die Geschichte von Castle Glamis. Man kann die kleinen Leute immer noch finden, und sie würden die Hexen zum Sabbat bringen, wenn sie könnten, für den alten Zweck.‹

Natürlich fragte ich den Mann: ›Und was ist das für ein Zweck?‹ Aber darauf wollte er mir keine Antwort geben, und sein Schweigen schien aufrichtig.«

»Wie geht denn die Geschichte von Glamis Castle?« fragte ich.

»Oh, daß es in dieser Familie irgendeinen Fluch gibt, wissen Sie, und wenn man es dem Erben erzählt, wird er nie mehr lächeln. Viele haben darüber geschrieben. Ich war in Glamis Castle. Wer weiß? Aber dieser Mann von der Talamasca, der war ein fleißiger und leidenschaftlicher Mensch. Wir hatten es herrlich dort oben im Glen, wenn wir zum Mond hinaufschauten.«

»Aber die kleinen Leute haben Sie nicht gesehen.«

Er schwieg eine Weile. Dann sagte er: »Gesehen habe ich etwas. Aber es waren keine Feen, glaube ich. Es war nur ein kleingewachsenes Paar, ein Mann und eine Frau, ziemlich mißgestaltet, zwei Ungückliche, wie man sie auf der Straße betteln sieht. Ich habe die beiden einmal sehr früh am Morgen gesehen, und als ich es meinem Freund von der Talamasca erzählte, geriet er in Raserei, weil er sie nicht gesehen hatte. Sie kamen aber nicht noch einmal.«

»Mit eigenen Augen haben Sie sie gesehen? Waren sie furchterregend?«

»Oh, sie haben mir einen Schauer über den Rücken laufen lassen!« Er schüttelte den Kopf. »Ich erzähle diese Geschichte nicht gern. Bedenken Sie, für uns, mein Freund, sind Feen nicht bloß humorvolle kleine Wesen. Es sind Dämonen der Wildnis; sie sind mächtig und gefährlich, und sie können rachsüchtig sein. Aber ich sage Ihnen, es gibt Feenlichter da oben in dem Glen. Feenlichter – diese Flammen, die nachts am Horizont aufsteigen, ohne jede Erklärung. Ich wünsche Ihnen Glück, wenn Sie hingehen. Ich wünschte wirklich, ich könnte mitkommen. Wir werden sofort anfangen, das Forschungsmaterial für Sie zusammenzutragen.«

Ich begab mich zurück in unser schönes Quartier in New Town. Mary Beth war noch nicht wieder da. Ich saß allein in der Suite, zwei bequeme Schlafzimmer, mit einem Wohnzimmer dazwischen; ich trank meinen Sherry und schrieb nieder, was ich von dem, was der Mann mir erzählt hatte, behalten hatte. Es war kalt in diesen Zimmern. Im Glen würde es ebenfalls kalt sein. Aber ich mußte dort hin. Dann stahl sich in der Stille ein Gefühl an mich heran. Lasher war da. Lasher war im Zimmer, und er kannte meine Gedanken, und er war in meiner Nähe.

»Bist du da, mein Geliebter?« fragte ich beiläufig, während ich die letzten Worte niederkritzelte.

»Sie haben dir also seinen Namen gesagt«, raunte er in seiner geheimen Stimme.

»Petyr van Abel, ja, aber nicht den Namen des Heiligen.«

»Aye, Petyr«, sagte er leise. »Ich erinnere mich an Petyr van Abel. Petyr van Abel hat Lasher gesehen.« Sein ganzes Benehmen wirkte zahm und nachdenklich. Seine geheime Stimme war überaus volltönend und schön.

»Erzähl's mir«, lockte ich.

»In dem großen Kreis«, sagte er. »Wir werden hingehen. Ich bin immer dort gewesen. Ich meine, du wirst hingehen.«

»Kannst du dort sein und gleichzeitig bei uns?«

»Ja«, antwortete er mit einem Seufzer. Aber anscheinend hatte er Zweifel. Da waren sie wieder, die Grenzen seines Denkens.

»Sei klug, Geist. Wer bist du?« fragte ich.

»Lasher, gerufen von Suzanne, im Glen«, sagte er. »Du kennst mich. Ich habe so gut für dich gesorgt, Julien.«

»Dann sag mir, wo meine Tochter Mary Beth ist, Geist. Du hast sie hoffentlich nicht irgendwo in dieser dunklen Stadt sich selbst überlassen.«

»Sie kann sehr gut für sich selbst sorgen, Julien. Aber ich habe sie ihrem Laster überlassen, nicht sich selbst.«

»Was soll das heißen?«

»Sie hat einen Schotten gefunden, der Vater ihrer Hexe sein wird.«

Ich sprang in beschützerischer Wut vom Stuhl. »Wo ist Mary Beth!«

Aber da hörte ich sie schon singen, als sie durch den Korridor herankam. Sie öffnete die Tür. Sie war rotwangig und schön von der Kälte, ja, irgendwie glitzernd, und ihr Haar war offen. »So, ich habe es endlich getan!« sagte sie. Tanzend kam sie herein, und dann drückte sie mir einen Kuß auf die Wange. »Mach nicht so ein entsetztes Gesicht!«

»Aber wer ist der Mann?«

»Verschwende keine weiteren deiner kostbaren Gedanken an ihn, Julien«, sagte sie. »Ich werde ihn nie wiedersehen. Lord Mayfair ist ein guter Name, findest du nicht?«

Und dies war die Lüge, die wir nach Hause schrieben, sobald

wir sicher waren, daß sie schwanger war. Lord Mayfair von Donnelaith war der Vater ihres Kindes. Ja, ihre »Hochzeit« hatte in dieser »Stadt« stattgefunden – obschon es die Stadt überhaupt nicht mehr gab.

Aber ich eile meiner Geschichte voraus. Ich hatte schon im ersten Augenblick das ausgeprägte Gefühl, daß sie sich erfolgreich gepaart hatte, und als sie mir den Mann beschrieb – ein reiner Schotte, schwarzhaarig, böse, charmant und sehr reich –, da dachte ich: Nun, vielleicht ist diese Art, den Vater seines Kindes auszusuchen, auch nicht schlechter als irgendeine andere.

Jeglichen Schmerz, den ich empfand, alle Eifersucht, Scham, Angst oder was es sonst geben könnte, begrub ich tief in meinem Herzen. Wir waren eingefleischte Libertins, sie und ich. Ich wollte nicht, daß sie mich auslachte. Außerdem war ich zu sehr darauf erpicht, nach Donnelaith zu kommen.

Als ich ihr erzählte, was ich wußte, tat unser geliebter Geist nichts, um sich zwischen uns zu drängen. Ja, in dieser Nacht war er ganz still. Wir waren alle still. Weiter unten in der Straße allerdings herrschte lebhaftes Gerede. Anscheinend war ein Lord aus der Gegend ermordet worden.

Ich erfuhr erst später, wer es war. Und auch da sagte der Name mir nichts. Aber ich glaube, jetzt weiß ich, daß es der Vater von Mary Beths Baby war.

Lassen Sie uns jetzt zu Donnelaith kommen. Und lassen Sie mich erzählen, was ich dort entdeckte.

Wir brachen gleich am nächsten Tag auf, mit zwei großen Kutschen, eine für uns und unser Gepäck, eine für ein paar Bedienstete, die uns zur Hand gehen mußten. Wir fuhren nordwärts nach Darkirk, wo wir übernachteten, und von dort ging es zu Pferde weiter, begleitet von zwei Packpferden und zwei berittenen Schotten aus der Gegend, die uns führen sollten.

Wir waren beide große Pferdeliebhaber, müssen Sie wissen, und das Reiten in diesem tückischen Hügelgelände machte uns großen Spaß. Wir hatten vorzügliche Pferde und genug Proviant, um über Nacht zu bleiben, wenngleich mir schon bald nach unserem Aufbruch mein Alter zu Bewußtsein kam und ich mancherlei Beschwerden und Plagen zur Kenntnis nehmen mußte, die ich bis dahin hatte ignorieren können. Unsere Führer waren jung. Mary Beth war jung. Ich ritt, mehr oder minder auf mich selbst gestellt, am Schluß, aber die Schönheit des Berglandes, der üppigen Wälder und des Himmels war wie eine Droge und machte mich glücklich.

Wir ritten fast bis zum Sonnenuntergang.

Erst da hatten wir das Glen erreicht, besser gesagt, einen Hang, der hineinführte. Und von einem hohen Felsvorsprung, der aus dem dichten Wald von schottischen Kiefern und Erlen und Eichen herausragte, sahen wir jenseits des Tales in der Ferne die Burg, ein hohles, überwuchertes, monströses Ding über dem schönen, glitzernden Wasser des Sees. Und im Tal selbst die einzelnen, hoch aufragenden Bögen der Kathedrale und den Steinkreis, entlegen, streng, aber deutlich sichtbar.

Dunkelheit oder nicht, wir beschlossen, weiterzureiten; wir zündeten Laternen an und machten uns an den Abstieg zwischen vereinzelten Baumgruppen hindurch ins grasbewachsene Tal, und wir schlugen unser Lager erst auf, als wir die Überreste der Stadt – oder des besser sichtbaren Dorfes, das danach hier gewesen war – erreicht hatten. Mary Beth war dafür, das Lager zwischen den heidnischen Steinen aufzuschlagen. Aber die beiden Schotten weigerten sich. »Das ist ein Feenkreis, Madam«, sagte einer von ihnen. »Niemand würde es wagen, dort zu lagern. Die kleinen Leute würden das sehr übelnehmen, glauben Sie mir.«

»Die Schotten sind genauso verrückt wie die Iren«, sagte Mary Beth. »Wieso sind wir nicht gleich nach Dublin gefahren, wenn wir Koboldgeschichten hören wollten?«

Bei ihren Worten durchrieselte mich leises Grauen. Wir waren jetzt tief im breiten Glen. Von dem Dorf stand kein einziger Stein mehr auf dem andern. Unsere Zelte und unsere Laternen würden meilenweit sichtbar sein. Und plötzlich fühlte ich mich seltsam nackt und ungeschützt.

Wir hätten in die Ruine der Burg hinaufgehen sollen, dachte ich. Und dann erkannte ich: Wir hatten den ganzen Tag noch nichts von unserem Geist gehört, hatten seine Berührung nicht gespürt, seinen Rippenstoß, seinen Atem.

Meine Angst wuchs. »Lasher, komm zu mir«, flüsterte ich. Ich fürchtete plötzlich, er sei fortgegangen, um denen, die wir liebten, etwas Schreckliches anzutun, weil er wütend sei.

Aber er antwortete sofort. Als ich mit meiner dunklen Laterne allein ins hohe Gras hinausging, da kam er mit einer mächtigen, kühlenden Brise, so daß das Gras sich in weitem Rund vor mir verneigte.

»Ich bin nicht zornig auf dich, Julien«, sagte er. Aber seine Stimme war schwer von Leid. »Wir sind in unserem Land, dem Land von Donnelaith. Ich sehe, was du siehst, und ich weine um das, was ich sehe, denn ich erinnere mich, was einst in diesem Tal war.«

»Sag's mir, Geist.«

»Ah, die große Kirche, die du kennst, und die Prozessionen der Büßer und der Kranken, die meilenweit durch die Berge herunterkamen, um am Schrein zu beten. Und die blühende Stadt voller Läden und Händler, die Bilder verkauften ... Bilder ...«

»Was für Bilder?« fragte ich.

»Was weiß ich? Ich will wiedergeboren werden und mein Fleisch bei diesem nächsten Mal nicht wieder vergeuden, wie ich es in jenen Jahren tat. Ich bin nicht der Sklave der Geschichte, sondern der Sklave des Ehrgeizes. Verstehst du den Unterschied, Julien?«

»Kläre mich auf«, sagte ich. »Gelegentlich kommt es vor, daß du mich wirklich neugierig machst.«

»Du bist allzu offen, Julien«, sagte das Wesen. »Was ich meine, ist folgendes: Es gibt keine Vergangenheit. Absolut keine. Es gibt nur die Zukunft. Und je mehr wir lernen, desto mehr wissen wir – die Verehrung der Vergangenheit ist schlichter Aberglaube. Du tust, was du tun mußt, um den Clan stark zu machen. Ich ebenfalls. Ich träume von der Hexe, die mich sehen und uns Fleisch bringen wird. Du träumst von Reichtum und Macht für deine Kinder.«

»Das stimmt«, sagte ich.

»Etwas anderes gibt es nicht. Und du hast mich zurückgebracht an diesen Ort, den ich vielleicht nie verlassen habe, damit ich es weiß.«

Ich stand müßig unter dem dunkler werdenden Himmel; das Tal war endlos, und die Ruinen der Kathedrale ragten vor mir auf. Seine Worte sanken in meine Seele ein, und ich lernte sie auswendig.

»Wer hat dich das gelehrt?« fragte ich.

»Du«, sagte Lasher. »Du und deinesgleichen, ihr habt mich gelehrt, zu wollen, zu streben, zu suchen, statt zu klagen. Und jetzt erinnere ich dich daran, denn die Vergangenheit ruft dich unter falschem Vorwand.«

»Meinst du?« sagte ich.

»Ja«, sagte er. »Diese Steine – was sind sie denn? Sie sind nichts.«

»Darf ich die Kirche sehen, Geist?«

»O ja«, sagte er. »Zünde deine Laterne an, wenn du willst. Aber du wirst sie nie sehen, wie ich sie gesehen habe.«

»Da irrst du dich, Geist. Wenn du in mich fährst, läßt du etwas von dir zurück. Ich habe sie gesehen. Von Gläubigen erfüllt bis zu den Türen, mit Kerzen und weihnachtlichem Grün . . .«

»Schweig!« befahl er, und ich fühlte ihn wie einen Windstoß, der mich plötzlich so hart umfaßte, daß er mich fast umgeworfen hätte. Ich fiel auf die Knie. Der Wind hörte auf. »Danke Geist«, sagte ich. Ich riß ein Streichholz an, schirmte es sorgfältig ab und zündete den Docht in der Laterne an. »Willst du mir nicht von diesen Zeiten erzählen?«

»Ich würde dir erzählen, was ich von hier aus sehe. Ich sehe meine Kinder.«

»Sprichst du jetzt von uns?«

Aber mehr wollte er nicht sagen, wenngleich er mir folgte, als ich mir meinen Weg durch das hohe Gras und über steinigen, unebenen Grund bahnte, bis ich die Ruine schließlich erreicht hatte, in dem riesigen Kirchenschiff stand und die eingestürzten Bögen betrachtete. Lieber Gott, was für eine großartige Kathedrale das gewesen sein mußte. Ich hatte ihresgleichen überall in Europa gesehen. Sie war nicht im romanischen Stil gebaut gewesen, mit Rundbögen und einer Fülle von Malereien, sondern zweifellos aus kaltem Stein, hochaufragend und anmutig wie die Kathedralen in Chartres und Canterbury.

»Aber das Glas – ist denn irgend etwas übrig von dem herrlichen Glas?« flüsterte ich.

Und wie eine klagende Antwort strich der Wind weit und gelassen durch das ganze dunkle Glen und noch einmal durch das Kirchenschiff, daß das wilde Gras sich hin und her wiegte und sich aufsträubte, wie um mich zu umarmen. Der Mond war aufgegangen, und Sterne schimmerten hervor.

Und plötzlich sah ich, noch hinter dem Ende des Kirchenschiffs, dort, wo einst die Fensterrosette gewesen war, wo der hohe Steinbogen stand – den Geist selbst, riesenhaft, groß, dunkel, durchscheinend, über den Himmel gebreitet wie ein mächtiges Unwetter, das sich heranwälzt, nur lautlos, sich sammelnd und wieder sammelnd, bis er sich dann in jähem Bersten ins Nichts versprühte.

Der klare Himmel, der Mond, die fernen Berge, der Wald. All das lag klar und still vor mir, und die Luft war kalt und leer. Meine Laterne brannte hell. Ich war allein. Es war, als wachse die Kathedrale um mich herum, während ich zwergenhaft zusammenschrumpfte, eitel, kleinlich und verzweifelt. Ich ließ mich zu Boden sinken, zog das Knie an und stützte Hand und Kinn darauf. Ich spähte in die Dunkelheit und wünschte, Lashers Erinnerungen würden in mir aufsteigen.

Aber nichts stieg in mir auf außer meiner Einsamkeit, meinem unendlichen Erstaunen über das Wunder des Lebens, darüber, wie sehr ich meine Familie liebte und wie sie gedieh unter den bösen Fittichen dieses schrecklichen Ungeistes.

Vielleicht war es bei allen Familien so, dachte ich. Im innersten Kern ein Fluch, ein Handel mit dem Satan. Eine furchtbare Sünde. Denn wie sonst kann man solchen Reichtum, solche Freiheit erlangen? Aber eigentlich glaubte ich das nicht. Im Gegenteil, ich glaubte an die Tugend.

Ich sah meine Definition von Tugend. Gut sein, lieben, Vater sein, Mutter, nähren, heilen. Ich sah es in seiner strahlenden Schlichtheit. »Was kannst du tun, du Narr?« fragte ich mich. »Außer daß du deine Familie beschützt und ihr die Mittel gibst, aus eigener Kraft zu leben, stark und gesund und gut? Gib ihnen ein Gewissen und beschütze sie vor dem Bösen.«

Da kam mir ein ernster, feierlicher Gedanke. Ich saß immer

noch da, im warmen Lichtschein meiner Laterne, die hohen Kirchenwände zu beiden Seiten, das Gras vor mir flachgedrückt wie ein Bett. Ich schaute hoch und sah, daß der Mond in den großen Kreis des Rosettenfensters gewandert war. Das Glas war natürlich nicht mehr da. Ich wußte, daß es eine Rosette gewesen war, weil ich wußte, wie sie aussahen. Und ich wußte auch, was sie bedeuteten, wußte von der großen Hierarchie aller Dinge, die in der katholischen Kirche galt und in der die Rose die höchste Blume war, die daher das Symbol der höchsten unter den Frauen war, der Jungfrau Maria.

Daran dachte ich, und an nichts. Und ich betete. Nicht zur Heiligen Jungfrau. Nein, zur Luft dieser Stätte, zur Zeit, vielleicht zur Erde. Ich sagte »Gott« – als hätte all das einen Namen –, »können wir einen Handel schließen? Ich werde zur Hölle fahren, wenn du meine Familie rettest. Mary Beth wird vielleicht auch zur Hölle fahren, und jede Hexe nach ihr. *Aber rette meine Familie. Erhalte sie stark, erhalte sie glücklich, laß sie gesegnet sein*.«

Ich bekam keine Antwort auf mein Gebet. Lange saß ich da. Wolken verschleierten den Mond und gaben ihn wieder frei, und er schien strahlend und schön. Natürlich hatte ich auch keine Antwort erwartet. Aber mein Handel gab mir Hoffnung. Wir, die Hexen, werden das Böse erdulden, und den anderen soll es gutgehen. Das war mein Gelübde.

Ich erhob mich, hob die Laterne auf und machte mich auf den Rückweg.

Mary Beth schlief schon in ihrem Zelt. Die beiden Führer rauchten ihre Pfeifen und luden mich ein, mich zu ihnen zu setzen. Ich sagte ihnen, ich sei müde; ich wolle schlafengehen und früh aufstehen.

»Sie haben doch da oben nicht gebetet, oder, Sir?« fragte einer der Männer. »Ist gefährlich, in den Ruinen der Kirche zu beten.«

»Ach, und warum?« fragte ich.

»Es ist die Kirche des Hl. Ashlar. Da kann es sein, daß der Hl. Ashlar Ihr Gebet erhört, und wer weiß, was dann passiert!«

Die beiden Männer brüllten vor Lachen, schlugen sich auf die Schenkel und nickten einander zu.

»Der Hl. Ashlar!« sagte ich. »Sie haben Ashlar gesagt?«

»Ja, Sir«, sagte der andere, der bis jetzt nicht gesprochen hatte. »War sein Schrein hier in alten Zeiten. Der mächtigste Heilige von ganz Schottland, und die Presbyterianer haben es zur Sünde erklärt, seinen Namen auszusprechen. Zur Sünde! Aber die Hexen kannten ihn immer!«

Raum und Zeit wurden zu nichts. In der stillen, gespenstischen Nacht des Glens erinnerte ich mich: ein dreijähriger Junge, eine alte Hexe, die Pflanzung, ihre Geschichten, die sie mir auf französisch erzählte. »Aus Versehen heraufbeschworen dort im Glen ...«, flüsterte ich bei mir. »Komm jetzt, mein Lasher. Komm jetzt, mein Ashlar! Komm jetzt, mein Lasher! Komm jetzt, mein Ashlar!«

Ich begann murmelnd und sprach die Worte dann immer lauter. Die beiden Männer verstanden natürlich überhaupt nichts. Und dann kam aus dem Herzen des Glen der tosende Wind, so wild und mächtig, daß sein Heulen von den Bergen widerhallte.

Die Zelte flatterten und peitschten im Wind. Die Männer rannten hinüber, um sie zu straffen. Die Laternen gingen aus. Der Wind wurde zum Sturm, und während Mary Beth sich an meine Seite drückte und meinen Arm umklammerte, kam ein Unwetter über Donnelaith herab, mit Regen und Donnerschlag, so wild, daß alle sich zusammenkauerten.

Alle außer mir. Ich hatte mich gleich wieder aufgerichtet, denn mir war klar, daß es sinnlos war, sich zu ducken. Ich bot ihm die Stirn, ich blickte starr zum Himmel hinauf, während der Regen mir ins Gesicht prasselte, daß es brannte.

»Sei verdammt, St. Ashlar, denn der bist du! Zur Hölle mit dir!« schrie ich. »Ein Heiliger, ein abgesetzter Heiliger, ein Heiliger, der vom Thron gestoßen wurde! Fahre zurück in die Hölle! Du bist kein Heiliger! Du bist ein Dämon!«

Ein Zelt wurde losgerissen und wehte davon. Die beiden Führer stürzten sich auf das andere, um es festzuhalten. Mary Beth versuchte, mich zum Schweigen zu bringen. Es regnete und stürmte aus voller Kraft, so machtvoll etwa wie bei einem Hurrikan.

Das Wüten erreichte den Höhepunkt, und wir sahen einen

gespenstischen schwarzen Wolkentrichter, der sich jählings aus dem Gras erhob und im Kreis herum wirbelte und wirbelte und den ganzen Himmel verfinsterte. Plötzlich – so schnell, wie er gekommen war – verschwand er.

Stocksteif stand ich da. Ich war tropfnaß. Das Hemd war mir halb von der Schulter gerissen. Mary Beth nahm das Kopftuch ab und ging im Nassen umher. Tapfer und neugierig spähte sie zum Himmel.

Einer der Führer kam zu mir.

»Verdammt, Mann«, meinte er. »Ich habe doch gesagt, beten Sie nicht zu ihm! Warum, zum Teufel, mußten Sie das tun?«

Ich lachte leise bei mir. »O Gott, steh mir bei.« Ich seufzte. »Ist das der Beweis dafür, allmächtiger Gott, daß es dich nicht gibt – daß deine Heiligen solch kleinliche Dämonen sind?«

Die Luft erwärmte sich ein wenig. Die Männer hatten die Laternen wieder angezündet. Das Wasser war vom Boden verschwunden, als wäre es nie dagewesen. Wir waren zwar noch zerzaust und naß, aber der Mond stand wieder klar am Himmel und durchflutete das Glen mit seinem Licht. Wir machten uns daran, die Zelte wiederherzurichten und das Bettzeug zu trocknen.

Ich lag die ganze Nacht wach. Als die Sonne aufging, kam ich zu den Führern. »Ich muß die Geschichte dieses Heiligen hören«, sagte ich.

»Na, sprechen Sie um Gottes willen seinen Namen nicht noch mal aus«, sagte der eine. »Ich wünschte, ich hätte es letzte Nacht nicht getan, das schwöre ich Ihnen. Und seine Geschichte kenne ich nicht. Sie werden sie auch von keinem andern hören, den ich kenne. Es ist eine alte Legende, Mann, vielleicht ein Scherz«, sagte er, »obwohl wir von diesem Unwetter noch manchen Abend erzählen werden, das kann ich Ihnen sagen.«

»Erzählen Sie mir alles«, sagte ich.

»Ich weiß nichts. Meine Großmutter sprach seinen Namen, wenn sie sich etwas Unmögliches wünschte, und sie ermahnte uns, stets vorsichtig zu sein: Man solle sich nie etwas von ihm wünschen, wenn man es nicht wirklich haben wolle. Ich habe seinen Namen auch ein- oder zweimal oben in den Bergen gehört. Es gibt ein altes Lied, das sie da singen. Aber mehr weiß ich nicht.

Ich bin nicht katholisch, ich weiß nichts von Heiligen. Niemand hier weiß etwas von Heiligen.«

Der andere nickte. »Ich selbst wußte nicht einmal das. Ich habe nur einmal gehört, wie meine Tochter ihn anrief, weil die jungen Männer sich nach ihr umdrehen sollten.«

Ich bestürmte sie mit Fragen, aber ich bekam nichts weiter aus ihnen heraus. Es wurde jetzt auch Zeit, daß wir die Ruinen in Augenschein nahmen, den Steinkreis und die Burg. Der Geist hielt sich zurück. Weder hörte ich seine Stimme, noch sah ich sonst eine Spur von ihm.

Die Sonne ging unter, als wir wieder zum Lager kamen. Ich hatte alles gesehen, was zu sehen in meiner Macht stand. Etliche Fuß Erde bedeckten den ursprünglichen Boden der Kathedrale, und wer konnte sagen, was darunterlag? Was für Gräber? Was für versteckte Bücher oder Dokumente? Vielleicht ja auch gar nichts . . .

Und wo mochte meine kostbare Suzanne gestorben sein? Nirgends war eine Spur von Straßen oder einem Marktplatz. Ich konnte nichts erkennen. Und ich wagte nicht, Lasher herauszufordern oder irgendwelche Worte zu sagen, die ihn wütend machen würden.

Ich war eine Woche in Edinburgh bei den Banken und kaufte das Land auf. Endlich hatte ich die Besitzdokumente für alles. Und ich hatte eine Forschungsstiftung für meinen kleinen Geschichtsprofessor eingerichtet, der mich nach der Reise mit einem herrlichen Dinner mit Entenbraten und Rotwein willkommen hieß.

Schließlich setzte ich mich mit meinem kleinen, kahlköpfigen, bebrillten Lehrer in Edinburgh zusammen und sagte: »Man hat mir alle Heiligenbiographien aus der Bibliothek gebracht, sämtliche Chroniken Schottlands – und nirgends finde ich eine Erwähnung des Hl. Ashlar.«

Er lachte fröhlich und schenkte mir Wein ein. Er war in bester Stimmung an diesem Abend, denn ich hatte ihn mit Tausenden und Abertausenden amerikanischer Dollar überhäuft, für die er nichts weiter zu tun hatte, als Donnelaith zu erforschen; damit war seine Existenz und die seiner Kinder sichergestellt.

»›Beim Hl. Ashlar‹«, sagte er. »Das ist ein Ausdruck, den die Schulkinder benutzen. Der Heilige des Unmöglichen, glaube ich. Aber es gibt keine Geschichte dazu, keine, die ich kenne jedenfalls. Denken Sie daran, dies ist heute presbyterianisches Land. Die Katholiken sind rar geworden, und die Vergangenheit ist rätselumwoben.«

Gleichwohl versprach er mir, daß wir nach dem Essen seine Bücher durchstöbern würden. Einstweilen erörterten wir die Stiftung zur Ausgrabung und Konservierung von Donnelaith. Die Ruinen würden umfassend erforscht, kartographiert und sodann zum Gegenstand ausgedehnter Studien gemacht werden.

Schließlich zogen wir uns zusammen in die Bibliothek zurück, und er suchte in seinen Büchern nach einer Reihe von alten katholischen Texten aus der Zeit vor Heinrich VIII., nach einem vor allem, der den Titel *Die geheyme Geschichte der Hochland-Clans,* aber keinen Verfassernamen trug. Es war ein sehr altes Buch, in schwarzes Leder gebunden und ziemlich groß; viele Blätter hatten sich aus der Bindung gelöst, so daß es eher eine Mappe mit beschädigten Seiten war. Als er es ins Licht legte, sah ich, daß die Blätter dicht beschrieben waren.

Eine Art Stammbaum war hier aufgeführt, und er fuhr mit dem Finger daran herunter.

»Ah, hier – können Sie das lesen? Aber natürlich nicht. Es ist Gälisch. Aber hier steht Ashlar, Sohn des Olaf, Gatte der Janet, Begründer des Clans von Drummard und Donnelaith, ja, da steht es. Das Wort *Donnelaith* – und wenn ich bedenke, daß ich es all die Jahre niemals entdeckt habe. Obgleich ich den Namen Ashlar schon an zahllosen Stellen gefunden habe. Ja, St. Ashlar.«

Er blätterte die weichen, brüchigen Seiten um, bis er erneut anhielt. »Ashlar«, sagte er und entzifferte die gedrängte Handschrift. »Ja, König von Drummard – Ashlar.«

Aufmerksam las er den Text, übersetzte ihn für mich und notierte sich hin und wieder etwas mit Bleistift in einem Block.

»König der Heiden, Ashlar, geliebt von seinem Volke, Gemahl der Königin Janet, Herrscher von High Dearmach, weit nördlich des Großen Glen in den Wäldern des Hochlandes.

Bekehrt im Jahre 566 durch den Hl. Columban aus Irland. Ja, hier ist sie, die Legende vom Hl. Ashlar. Starb zu Drummard, wo eine große Kathedrale errichtet ward in seinem Namen. Drummard wurde später zu Donnelaith, wissen Sie. Reliquien . . . Heilungen . . . ah, aber seine Gemahlin Janet weigerte sich, den heidnischen Glauben abzulegen, und wurde für ihren störrischen Hochmut auf dem Scheiterhaufen verbrannt. ›Und da der große Heilige ihren Verlust betrauerte, entsprang ein Quell aus dem verbrannten Boden, in welchem Tausende getauft wurden.‹«

Das Bild lähmte mich regelrecht. Janet, auf dem Scheiterhaufen verbrannt. Der Heilige, die magische Quelle. Ich war so überwältigt, daß ich kein Wort hervorbrachte.

Der Gelehrte war fasziniert. Er versprach mir hastig, daß man alles abschreiben und mir zusenden werde.

Und jetzt nahm er sich seine anderen Bücher vor, und in der Geschichte der Pikten fand er Ashlar und Janet wieder, und auch die grausige Geschichte, wie Janet den christlichen Glauben abgelehnt und sich tatsächlich erboten hatte, im Feuer zu sterben; sie hatte ihre Sippe und ihren Gemahl verflucht und es vorgezogen, lieber durch das Feuer den Göttern überantwortet zu werden, statt unter feigen Christen zu leben.

»Nun ist das alles Legende, wohlgemerkt. Niemand weiß wirklich etwas über die Pikten, wissen Sie. Und es ist verwirrend. Hier steht nicht einmal eindeutig, daß sie Pikten *waren*. Hier, sehen Sie diese gälischen Worte; sie bedeuten: ›Große Männer und Frauen aus dem Glen‹. Und das hier, das ließe sich grob übersetzen mit ›die großen Kinder‹.

Ah, hier: König Ashlar besiegte die Dänen im Jahr 567 und schwenkte das Flammenkreuz über ihren fliehenden Heerscharen. Janet, Tochter des Ranald, verbrannt auf dem Scheiterhaufen durch Ashlars Clan im Jahre 567, obgleich der Heilige selbst daran unschuldig war und seine bekehrten Anhänger anflehte, Gnade walten zu lassen.«

Er nahm noch ein Buch herunter.

LEGENDEN DES HOCHLANDS

»Ah, hier haben wir's. St. Ashlar, in manchen Gegenden Schottlands noch bis ins siebzehnte Jahrhundert hinein verehrt, vor allem von jungen Mädchen, die ihre geheimsten Wünsche erfüllt haben wollten. Kein echter, kanonischer Heiliger.«

Er klappte das Buch zu. »Nun, das wundert mich nicht. Kein echter, kanonischer Heiliger. Es ist zu früh für uns, das alles Geschichte zu nennen. Es bedeutet, daß er nie von Rom kanonisiert wurde, wissen Sie. Wir haben es mit einem zweiten St. Christophorus zu tun.«

»Ich weiß«, sagte ich, aber die meiste Zeit schwieg ich, wiederum in den Erinnerungen versunken. Ich sah die Kathedrale, ganz deutlich. Zum ersten Mal sah ich die Fenster richtig – schmal, hoch, mit bunten Glasstücken ausgefüllt, die aber keine Bilder formten, sondern Glasmosaike in Gold, Rot und Blau –, und die Fensterrosette, ah, die Rosette! Und plötzlich sah ich die Flammen. Ich sah das Glas zerbersten. Ich hörte das Geschrei der Meute. Ich fühlte mich so sehr inmitten all dessen, daß mir für einen Augenblick meine Körpergröße bewußt war, als ich vor der heranbrandenden Menge stand, und ich sah meine eigenen Hände, als ich sie ihnen entgegenstreckte!

Ich schüttelte das alles ab. Der alte Professor musterte mich neugierig.

Ich seufzte tief. Ich wollte mich nicht noch einmal von den Erinnerungen aus der Gegenwart fortreißen lassen. Was hatten die Erinnerungen mich gelehrt?

Er blätterte ein paarmal um. »Ah, hier, sehen Sie, ein grober Stammbaum des Clans von Donnelaith. König Ashlar – und dann schauen Sie hier, der Urenkel, Ashlar der Ehrwürdige, und hier noch ein Nachkomme, Ashlar der Selige, vermählt mit der normannischen Königin Mora. Du liebe Güte, es gibt zahllose Ashlars.«

»Aha.«

»Und hier ein Ashlar, und noch ein Ashlar, aber Sie können das Fortschreiten dieses Namens verfolgen – das heißt, wenn Sie glauben, daß alle diese Häuptlinge wirklich existierten. Wissen Sie, diese Clans schwelgten in solchen Dingen, und ihre vergangenheitsbesessenen Nachkommen schrieben dann bunt ausgeschmückte Berichte nieder. Ich weiß nicht . . .«

»Es genügt durchaus, um meine Gelüste für den Augenblick zu befriedigen«, sagte ich.

»Ah, Gelüste, ja, das ist das richtige Wort, nicht wahr?« Er klappte das Buch zu. »Es muß noch mehr geben. Ich werde es für Sie finden.«

Er setzte sich und begann, die Bücher zu halbwegs geordneten Stapeln aufzutürmen. »Wenn es irgendwo irgendeinen Hinweis darauf gibt, daß Aufzeichnungen aus Donnelaith anderswo hingeschafft wurden, dann werde ich ihn finden. Aber ich kann Ihnen jetzt schon sagen, was ich vermute: Es gibt nichts mehr. Ein Land voller Klöster und Kathedralen hat damals seine Schätze verloren. Und für Heinrich, den Schurken, war es alles nur Geld. Er wollte Geld, und er wollte Anne Boleyn heiraten. Ach, es ist zum Verzweifeln, daß ein einzelner Mann eine solche Gezeitenwende herbeiführen konnte! Aber hier, schauen Sie: ›St. Ashlar, der Heilige der jungen Mädchen, die ihre geheimen Wünsche erfüllt haben möchten.‹ Ich weiß, daß ich noch ein Dutzend weiterer solcher Erwähnungen finden werde.« Schließlich ließ ich den Mann in Frieden.

Ich hatte, was ich wollte. *Ich wußte, daß das Ding einmal gelebt hatte. Es war voller Rachsucht! Es war ein Gespenst.*

Und ich spürte, ich hatte den Beweis dafür in alldem, in allem, was ich je gewußt hatte, und während ich vom Haus des alten Mannes allein bergauf ging, wiederholte ich diese Details immer wieder bei mir und dachte: Was bedeutet es, daß dieser Teufel sich an uns gehängt hat? Daß er Fleisch sein will? Was bedeutet das? Aber vor allem: Wie kann ich seinen Namen benutzen, um ihn zu vernichten? Als ich in mein Zimmer kam, war Mary Beth schon da; sie schlief auf der Couch, und Lasher stand neben ihr. Er trug sein uraltes Gewand aus Rauhleder und hatte ziemlich langes Haar. So hatte ich ihn seit Jahren nicht gesehen. Er lächelte mich an. Für einen Augenblick war ich so überwältigt von seiner lebendigen Klarheit und seiner Schönheit, daß ich ihn nur anstarrte. Er liebte das; es war, als gäbe ich ihm Wasser zu trinken, wissen Sie. Und er wurde heller und noch klarer.

»Du glaubst, du weißt es, aber du weißt gar nichts«, sagte er, und seine Lippen bewegten sich. »Und ich erinnere dich noch einmal daran, daß die Zukunft alles ist.«

»Du bist kein großer Geist«, sagte ich. »Du bist kein großes Geheimnis. Das ist es, was ich meiner Familie beibringen muß.«

»Dann bringst du ihnen eine Lüge bei. Ihre Zukunft liegt in meinen Händen, und meine Zukunft ist ihre. Das ist deine Trumpfkarte. Zeig ausnahmsweise einmal Geistesgegenwart bei all dem, was du gelernt hast.«

Ich antwortete nicht. Es erstaunte mich, daß das Ding so lange seine sichtbare Gestalt bewahren konnte.

»Ein Heiliger, der sich gegen Gott gewandt hat?« fragte ich schließlich.

»Verhöhne mich nicht mit dieser albernen Folklore, mit diesem Unfug. Glaubst du, ich war je einer von euch? Du bist verrückt, wenn du das annimmst. Wenn ich wiederkomme, werde ich ...« Er brach ab, ganz offensichtlich den Tränen nahe. Dann sagte er mit kindlicher Schnelligkeit: »Julien, ich brauche dich. Das Kind in Mary Beths Leib, das ist keine Hexe, sondern ein schwachsinniges Mädchen mit dem gleichen Gebrechen wie Katherine, deine Schwester, und auch wie Marguerite, deine Mutter. Du mußt die Hexe mit deiner Tochter zeugen.«

»Damit also kann ich dir einen Handel anbieten«, sagte ich seufzend. »Du willst, daß ich mich mit meiner eigenen Tochter paare.«

Aber jetzt hatte er sich erschöpft. Er verblaßte. Mary Beth lag auf der Couch und schlief, üppig und still, mit Decken zugedeckt, ihr dunkles Haar glatt und glänzend im Schein des kleinen Feuers.

»Wird sie dieses Kind zur Welt bringen?«

»Ja. Laß dir Zeit und warte ab. Du wirst eine große Hexe mit ihr zeugen.«

»Und sie?«

»Die größte von allen«, sagte er mit hörbarer Stimme und seufzte. »Außer man zählte Julien mit«.

Michael, das war mein größter Triumph. Ich habe erfahren, was ich Ihnen jetzt erzählt habe: seinen Namen, seine Geschichte, daß er von unserem Blute war – aber mehr habe ich nie herausfinden können!

Ashlar – es hing alles mit diesem Namen zusammen. Aber war der Dämon Ashlar, und wenn ja, welcher der vielen Ashlars, die in den Büchern des alten Mannes Erwähnung fanden? Der erste, oder einer von denen, die nach ihm kamen?

Am nächsten Morgen verließ ich Edinburgh und hinterließ nur eine kurze Nachricht für Mary Beth; ich reiste nordwärts nach Donnelaith, von Darkirk an wieder zu Pferde. Ich war zu alt, um diese Reise allein zu unternehmen, aber meine Entdekkungen trieben mich zur Raserei.

Wieder durchforschte ich die Kathedrale im Schein der kühlen Hochlandsonne, deren Strahlen wunderschön durch die Wolken drangen, und dann ging ich hinaus zum Steinkreis und blieb dort stehen.

Ich rief ihn an. Ich verfluchte ihn. Ich befahl ihm: »Fahre zurück in die Hölle, St. Ashlar! Denn das ist dein Name, und das bist du: ein Mann mit zwei Beinen, der angebetet werden wollte, und in deinem Stolz hast du überlebt, ein böser Dämon, der uns quält.«

Meine Stimme hallte ins Glen hinaus. Aber ich war allein. Er würdigte mich nicht einmal einer Antwort. Doch dann, während ich noch im Steinkreis stand, verspürte ich plötzlich diese furchtbare Benommenheit, als hätte ich einen Schlag erhalten, und das bedeutete, daß das Wesen in mich fahren wollte.

»Nein, du sollst zurück in die Hölle!« schrie ich, aber ich stürzte schon ins Gras. Die Welt war zu einem Wind geworden, der in meinen Ohren toste und alle klaren Umrisse und Orientierungspunkte mit sich forttrug.

Es war Nacht, als ich erwachte. Ich war zerschlagen. Meine Kleider waren zerrissen. Das Ding hatte in mir gewütet, und das ausgerechnet hier.

Einen Augenblick lang fürchtete ich um mein Leben, während ich so im Dunkeln kauerte, ohne zu wissen, wohin mein Pferd gelaufen war oder wie ich aus diesem furchtbaren Spuktal hinauskommen sollte. Schließlich kam ich taumelnd auf die Beine und merkte, daß ein Mann mich bei den Schultern hielt.

Er war's, schon wieder stark, schon wieder stofflich, der mich im Dunkeln führte; sein Gesicht war dicht neben meinem. Wir gingen auf die Burg zu. Er war so real, daß ich das Leder seines

Wamses riechen konnte; ich roch das Gras, das an ihm hing, und den Duft des Waldes, der ihn umgab. Er verschwand, und ich taumelte allein weiter, aber gleich war er wieder da und half mir.

Endlich gelangten wir durch eine eingestürzte Tür in die große Halle, und dort fiel ich zu Boden und schlief ein, zu erschöpft, um noch weiterzugehen. Er saß im Dunkeln, ein Nebelstreif; ab und zu verfestigte er sich, und manchmal war er nur da und umhüllte mich.

In nackter Erschöpfung und Verzweiflung sagte ich: »Lasher, was tu ich nur? Und was wirst du am Ende tun?«

»Leben, Julien. Mehr will ich nicht. Leben. Wieder ins Licht hinauskommen. Ich bin nicht, was du denkst. Ich bin nicht, was du dir vorstellst. Sieh dir deine Erinnerungen an. Der Heilige ist in der Fensterscheibe, nicht wahr? Aber wie könnte ich der Heilige sein, wenn ich ihn in der Scheibe sehen konnte? Ich habe den Heiligen nie gekannt; der Heilige war mein Untergang!«

Ich hatte den Heiligen im Fenster nie gesehen. Ich hatte nur die Farben gesehen, aber jetzt, als ich hier auf dem Boden lag, erinnerte ich mich wieder an die Kirche, ich war dort, in einer früheren Zeit, und ich hatte eine vertraute Erinnerung daran, wie ich in jener Zeit in das Querschiff gegangen war und die Kapelle des Heiligen betreten hatte – und jawohl, da prangte er in dem prächtigen Glas, und die Sonne strahlte durch sein Bildnis, der Krieger-Priester, langhaarig, bärtig. St. Ashlar, der die Ungeheuer unter seinem Fuß zermalmte. St. Ashlar.

Und unversehens sagte ich in dieser alten Zeit, in tiefster Seele verzweifelt: *St. Ashlar, wie kann ich dieses Ding sein? Hilf mir. Gott helfe mir*. Sie brachten mich fort. Vor welcher Wahl hatte ich gestanden?

Solche Sehnsucht, solcher Schmerz!

Ich wurde ohnmächtig. Alles Bewußtsein verließ mich. Nie wieder sollte ich dem Dämon so nahe sein wie in jenem Augenblick, da ich in seinem Fleische in der Kathedrale stand. *St. Ashlar!* Ich hörte sogar *seine Stimme*, meine Stimme, wie sie von der hohen Steindecke widerhallte. *Wie kann ich dieses Ding sein, St. Ashlar!* Und das spröde, leuchtende Glas gab keine Antwort. Es tat, was Bilder immer tun – es blieb unverändert.

Schwärze.

Als ich am Morgen in der Burgruine erwachte, waren Führer aus Darkirk gekommen, um mich zu suchen. Sie hatten etwas zu essen und zu trinken mitgebracht, Wolldecken und ein frisches Pferd. Man hatte Angst um mich gehabt, denn mein Reittier war allein nach Hause zurückgekehrt.

In der morgendlichen Pracht sah das Tal unschuldig und lieblich aus. Gern hätte ich mich hingelegt und geschlafen, aber leider konnte ich das erst wieder im Gasthaus zu Darkirk, und dort schlief ich zwei Tage lang immer wieder; ich hatte wohl ein bißchen Fieber, aber vor allem ruhte ich mich aus.

Als ich nach Edinburgh zurückkehrte, war Mary Beth in Panik. Sie hatte gedacht, ich sei für immer verschwunden. Sie hatte Lasher beschuldigt, mir etwas angetan zu haben, und er hatte geweint.

Ich bat sie, sich zu mir ans Feuer zu setzen, und dann erzählte ich ihr alles. Ich erzählte ihr die Geschichte des Ortes und des Heiligen, und was sie zu bedeuten hatte. Und ich erzählte ihr noch einmal von den Erinnerungen.

»Du mußt bis ans Ende deiner Tage stärker sein als dieses Ding«, sagte ich. »Du darfst nie zulassen, daß es die Oberhand gewinnt. Es kann töten, es kann herrschen! Es kann zerstören. Es will leben, ja, und es ist verbittert, denn es ist nicht etwa ein Ding von transzendenter Weisheit, sondern es steht unter Gott, weißt du, es ist erfüllt von Schwärze und von absoluter Verzweiflung, denn es ist besiegt worden!«

»Aye, es leidet«, sagte sie. »Das ist das Wort dafür. Aber Julien, du hast ja alle Geduld verloren. Du kannst ihm nicht weiter diese Gegnerschaft entgegenbringen. Du mußt dieses Wesen von nun an ganz und gar mir überlassen.«

Sie erhob sich und begann, mit ruhiger Stimme und sparsamen Gesten zu deklamieren, wie es ihre Art war.

»Ich werde dieses Wesen benutzen, um unsere Familie reicher zu machen, als du es dir in deinen kühnsten Träumen vorstellen kannst. Ich werde einen Clan formen, der so groß ist, daß keine Revolution, kein Krieg, kein Aufstand ihn jemals wird vernichten können. Ich werde unsere Verwandten zusammenführen, sooft ich kann, werde sie ermuntern, untereinander zu heiraten, und dafür sorgen, daß der Familienname von allen getragen wird, die zu uns gehören wollen. Ich werde in der Familie triumphieren, Julien, und das versteht es. Das kennt es. Das will es. Es gibt keinen Krieg zwischen uns.«

»Ach ja?« fragte ich. »Hat es dir denn gesagt, was ich als nächstes für es tun soll? Daß ich mit dir eine Hexe zeugen soll?« Ich zitterte vor Angst und Wut.

Sie lächelte mich auf ihre sanfte, beschwichtigende und ruhige Art an, und dann streichelte sie mein Gesicht. »Nun, sei ehrlich – wenn der Augenblick kommt, wird es denn dann so schwer sein, mein Liebling?«

Und jetzt lassen Sie mich meine Geschichte zu Ende bringen; ich will Ihnen rasch von diesen letzten Jahren erzählen und von einer letzten kleinen Erkenntnis, die ich erlangen konnte und mit der Sie nun gewappnet werden müssen. Es ist nicht viel – nur etwas, das Sie vermutlich ohnedies schon vermuten: daß Sie auf niemanden vertrauen dürfen, wenn es gilt, dieses Wesen zu vernichten, auf niemanden außer sich selbst. Und zerstören müssen Sie Lasher. Jetzt ist er im Fleisch. Er *kann* getötet werden, man kann ihn austreiben – und wo er dann hingeht und wann er zurückkehrt, wer weiß das außer Gott? Aber hier können Sie seiner Tyrannei ein Ende machen, ein Ende dem Grauen, das er verbreitet.

Als ich wieder zu Hause war, drängte ich Mary Beth zur Heirat mit Daniel McIntyre, einem meiner eigenen Liebhaber und einem Mann von großem Charme, den sie auch mochte; aber Lasher stachelte mich immer weiter an, mich mit ihr zu paaren. Ihr erstes Kind von Daniel war ein eigenwilliges und grimmiges kleines Mädchen, das den Namen Carlotta erhielt. Sie war von Anfang an von strenger katholischer Gesinnung; es war, als hätten die Engel gleich bei der Geburt Anspruch auf sie erhoben. Ich wollte, sie hätten sie geradewegs in den Himmel geholt. Und Lasher bedrängte mich immerfort, eine neue Tochter zu zeugen.

Aber wir lebten in einem neuen Zeitalter. Im modernen Zeitalter. Sie können sich nicht vorstellen, was für Auswirkungen die Veränderungen ringsumher hatten. Und Mary Beth war in ihrer Entschlossenheit so mächtig und so erfolgreich gewesen, daß es schien, als sei die große, konkrete Realität der Familie alles.

Das Wissen über Lasher behielt sie für sich, und mir befahl sie, meine Bücher, in denen ich alles notiert hatte, niemandem zu zeigen. Sie wollte Lasher zu einem Gespenst, zu einer Legende machen – und damit bedeutungslos selbst unter den Unseren, die jetzt allgemein von allen Geheimnissen ausgeschlossen blieben.

Und schließlich – als sie zwei Kinder von Daniel geboren hatte, die ihren Zwecken beide nicht genügten – denn das zweite, Lionel, war ein Junge und noch weniger geeignet als Carlotta –, da tat ich, was sie wollte und was Lasher wollte. Und aus dieser Vereinigung – eines alten Mannes mit seiner Tochter – entsprang meine schöne Stella.

Stella war die Hexe; sie sah Lasher. Ihre Begabung war groß, ja, aber von früher Kindheit an zeigte sie eine Liebe zum Spaß, die alle anderen Leidenschaften überlagerte. Sie war unbekümmert, liederlich und fröhlich, und sie tanzte und sang gern. Es gab Zeiten, da ich mich fragte, wie, um alles in der Welt, sie die Bürde der Geheimnisse überhaupt würde tragen können und ob sie nicht einfach nur geschaffen sei, um mir Glück zu bringen.

Stella, meine schöne Stella. Sie trug die Geheimnisse wie leichte Schleier, die sie nach Belieben abstreifen konnte. Aber sie zeigte keinerlei Anzeichen des Wahnsinns, und das war genug für Mary Beth. Dies war ihre Erbin, dies war Lashers Bindeglied zu der Hexe, die ihn eines Tages wieder in die Welt bringen würde.

Zur Jahrhundertwende war ich so alt!

Die ganze Welt veränderte sich. Vorbei war es mit dem ländlichen Paradies von Riverbend, vorbei mit denen, die mit bösen Zaubersprüchen und Kerzen und Gesängen ihre magischen Werke taten, vorbei.

Nur noch die große und reiche Familie gab es, eine Familie, der niemand etwas anhaben konnte und in der die Geschichte ins Reich der Ammenmärchen verwiesen worden war, mit denen man kleine Kinder ängstigte.

Natürlich genoß ich diese Jahre. Ja, durchaus. Keinem in der langen Reihe der Mayfairs ist es besser gegangen als mir. Ich habe nie so hart gearbeitet wie Mary Beth. Ich habe nie persönlich für so viele gesorgt.

Allerdings gründete ich die Kanzlei Mayfair und Mayfair mit meinen Söhnen Cortland, Barclay und Garland. Mary Beth und ich arbeiteten dabei zusammen, während das Vermächtnis immer umfangreichere juristische Formen annahm. Aber ich ging ganz in meinen Vergnügungen auf.

Ich belog meine Söhne in jenen Jahren. Ich belog sie, was meine Sünden anging, meine Ausschweifungen, meine Fähigkeiten, Mary Beth und ihre Stella. Ich bemühte mich, ihren Blick auf die Welt zu richten, auf die praktischen Dinge, auf die Wahrheiten, die in der Natur und in den Büchern zu finden waren, die ich gelesen hatte, als ich so klein war. Ich wagte nicht, meine Geheimnisse an sie weiterzugeben, und als sie erwachsen wurden, merkte ich auch, daß keiner von ihnen als Empfänger solchen Wissens geeignet war. Sie waren alle so solide, meine Jungen, so gut. So versessen darauf, Geld zu machen und die Familie zu versorgen. Mit ihnen hatte ich drei Motoren des Guten in mir geschaffen. Ich wagte nicht, ihnen auch das Schlechte anzuvertrauen.

Und jedesmal, wenn ich versuchte, Stella etwas zu erzählen, schlief sie entweder ein oder fing an zu lachen. »Du brauchst mir mit all dem keine Angst zu machen«, sagte sie einmal. »Mutter hat mir von deinen Phantasien und Träumen erzählt. Lasher ist mein liebster Geist und wird immer tun, was ich ihm sage. Nur darauf kommt es an. Weißt du, Julien, es ist schon eine tolle Sache, ein eigenes Familiengespenst zu haben.«

Es verschlug mir die Sprache. Das war ein Mädchen der modernen Zeit. Sie wußte ja nicht, was sie da redete! Ah, da hatte ich nun so lange gelebt, nur um zu sehen, wie die Wahrheit am Ende auf diese beiden hinauslief: auf Carlotta, die ältere, ein bösartiges, kirchlich gesinntes Ungeheuer, und dieses funkelnde Kind, das die ganze Sache nur köstlich fand, obwohl sie den Geist doch mit eigenen Augen sehen konnte! Ich werde wahnsinnig, dachte ich.

Und während ich in Komfort und Luxus weiterlebte, während ich meine Tage damit verbrachte, von den Freuden des neuen Zeitalters zu kosten, mein Automobil zu fahren und meinem Victrola zu lauschen, graute mir vor der Zukunft.

Ich *wußte*, daß der Dämon böse war. Ich *wußte*, daß er log. Ich *wußte*, daß er ein tödliches Geheimnis war. Und ich fürchtete auch diese Gelehrten aus Amsterdam.

Und als mein Professor mir aus Edinburgh schrieb, die Talamasca habe ihn bedrängt, ihnen seine Briefe an mich zu zeigen, ermahnte ich ihn sogleich, ihnen nichts zu offenbaren. Ich verdoppelte deshalb sogar sein Einkommen. Er sicherte es mir zu. Und ich zweifelte nie an ihm.

Es ergab keinen Sinn, wissen Sie, wie diese Gelehrten sich verhielten. Oder wie der Geist sich vor ihnen benahm.

In den letzten Jahren schließlich zog ich mich in mein Dachzimmer zurück und nahm eine der herrlichsten unter den neuen Erfindungen mit: das tragbare, aufziehbare Victrola. Ich verehrte es. Und wenn die Musik spielte, konnte Lasher natürlich nicht in meinen Kopf kommen, was er allerdings ohnehin immer seltener tat.

Er hatte jetzt Mary Beth und die kleine Stella, die ihn zufriedenstellten. Beide betete er auf unterschiedliche Art an; aus beiden zog er seine Kraft. Ja, seine glücklichsten Augenblicke waren die, in denen er Mutter und Tochter zusammen hatte.

Ich brauchte Lasher inzwischen nicht mehr. Überhaupt nicht. Ich schrieb an meinen Büchern und verwahrte sie unter dem Bett; ich hatte meinen Liebhaber, Richard Llewellyn, einen bezaubernden jungen Mann, der den Boden anbetete, auf dem ich ging, und mit dem ich stets ein Herz und eine Seele war – allerdings wagte ich um seiner eigenen Sicherheit willen nie, mich ihm anzuvertrauen.

Auch in anderer Hinsicht hatte ich ein erfülltes Leben. Mein Neffe Clay wohnte damals bei uns und Rémys Tochter Millie; meine Söhne wuchsen kerngesund heran, und man unternahm Schritte, die Anwaltskanzlei Mayfair und Mayfair zu vergrößern, die alle Unternehmungen der Familie führen sollte.

Als Carlotta zwölf war, versuchte ich schließlich doch, mich ihr anzuvertrauen. Ich versuchte ihr die Geschichte zu erzählen. Ich zeigte ihr die Bücher. Ich versuchte sie zu warnen. Ich erzählte ihr, daß Stella den Smaragd erben und der Liebling des Dämons sein würde; ich schilderte ihr, wie verschlagen der Dämon war – ein Geist sei er, der schon einmal gelebt habe und nur ein Ziel kenne: wieder zu leben.

Ich werde nie vergessen, wie sie reagierte und mit welchen Namen sie mich überhäufte, mit welchen Flüchen. »Du Teufel, Hexenmeister, Zauberer. Ich habe immer gewußt, daß dieses Böse hier überall lauert. Jetzt gibst du ihm einen Namen und eine Geschichte!«

Sie werde sich an die katholische Kirche wenden, damit sie das Ding vernichte, kündigte sie an, »an die Macht Christi und Seiner Heiligen Mutter und aller Heiligen«.

Wir führten ein schreckliches Wortgefecht. »Siehst du denn nicht«, rief ich, »daß das auch nur eine Form von Hexerei ist?«

»Und was willst du mich lehren, du böser alter Mann? Daß ich Verkehr mit dem Teufel haben soll? Daß ich ihn kennenlernen muß, um ihn zu besiegen? Ich werde ihn zertreten! Ich werde die Erblinie zertreten!« rief sie. »Wart's nur ab, und du wirst es sehen. Ich werde dafür sorgen, daß das Vermächtnis keine Erbin findet. Ich werde dafür sorgen, daß es zu Ende ist.«

Ich war verzweifelt. Ich flehte sie an, mir zuzuhören, meinen Rat anzunehmen und sich nicht einzubilden, daß derlei möglich sei. Wir waren inzwischen eine riesige Familie! Aber sie hatte all diese Geheimnisse genommen und ihr katholisches Füßchen draufgestellt, und sie vertraute auf ihren Rosenkranz und ihre Messen, die sie schon retten würden.

Später meinte Mary Beth, ich solle auf ihre Reden nichts geben. »Sie ist ein trauriges Kind«, sagte sie. »Ich liebe sie nicht. Ich habe mich bemüht, aber ich liebe sie nicht. Ich liebe Stella; Carlotta weiß das, und sie weiß auch, daß sie den Smaragd nicht erben wird. Das hat sie immer gewußt, und sie wird von Haß und Eifersucht gequält.«

»Aber sie ist die Schlaue, siehst du das nicht? Nicht Stella. Ich liebe Stella auch, aber Carlotta ist diejenige mit dem eigenen Kopf.«

»Es ist alles festgelegt, schon seit vielen Jahren«, sagte Mary Beth. »Carlottas Seele ist mir verschlossen. Sie ist auch *ihm* verschlossen, und er wird sie hier nicht dulden – außer als Dienerin für die Sache der Familie, im Schatten.«

»Ah, aber du siehst, wie er die Dinge inzwischen lenkt. Wie kann Carlotta der Sache der Familie dienen? Wie dienen ihr die Gelehrten in Amsterdam? Hier gibt es ein Rätsel, das ich entwirren muß. Dieses Wesen kann alle töten, die es nicht leben lassen will.«

»Du denkst einfach zuviel für einen alten Mann«, sagte sie. »Du schläfst nicht genug. Gelehrte in Amsterdam – was soll das alles? Was kümmern uns Leute, die Geschichten über uns erzählen und die uns Hexen nennen? Wir sind welche, und das ist unsere Stärke. Du versuchst nur, alles in irgendeine Ordnung zu bringen. Aber es gibt keine Ordnung.«

»Du irrst dich«, sagte ich. »Und du verrechnest dich.«

Immer wenn ich in Stellas unschuldige Augen blickte, erkannte ich, daß ich ihr die ganze Bürde dessen, was ich wußte, nicht auferlegen konnte. Und wenn ich sah, wie sie mit der Smaragdkette spielte, überlief es mich kalt.

Ich zeigte ihr, wo ich meine Bücher versteckt hatte, unter dem Bett, und ich sagte ihr, daß sie eines Tages alles lesen müsse. Ich erzählte ihr von der geheimnisvollen Talamasca, von den Gelehrten in Amsterdam, die von dem Wesen wüßten; diese Männer könnten uns allerdings sehr gefährlich werden. Man dürfe nicht mit ihnen spielen. Ich beschrieb ihr seine Eitelkeit. Ich erzählte ihr, soviel ich konnte. Aber nicht die ganze Geschichte.

Das war das Entsetzliche. Mary Beth kannte die ganze Geschichte. Und Mary Beth hatte sich im Laufe der Zeit verändert. Mary Beth war eine Frau des zwanzigsten Jahrhunderts. Aber Mary Beth lehrte Stella, was Mary Beth für nötig hielt. Mary Beth gab ihr die Puppen der Hexen zum Spielen! Mary Beth gab ihr eine Puppe, die aus Haut, Fingernägeln und Knochen meiner Mutter gemacht war, und eine von Katherine!

Eines Tages kam ich die Treppe herunter und sah Stella auf ihrem Bett sitzen, die rosigen Beine gekreuzt. Sie hielt die beiden Puppen in den Händen und ließ sie miteinander sprechen.

»Das ist verkommen und töricht!« erklärte ich, aber Mary Beth zog mich fort.

»Komm schon, Julien, sie muß doch wissen, was sie ist. Es ist ein alter Brauch.«

»Das heißt nichts.«

Aber ich redete mit der Luft. Mary Beth war in den besten Jahren. Ich war fast tot. Ah, in dieser Nacht lag ich in meinem Bett, unfähig, den Anblick des kleinen Mädchens mit diesen nichtswürdigen Puppen aus meinem Gedächtnis zu verbannen, und fragte mich, wie das Unwirkliche vom Realen zu trennen sei und wie ich Stella vor diesem Teufel und allem, was da schiefgehen konnte, warnen könnte.

Schließlich schlief ich tief und fest, und in der Nacht träumte ich wieder von Donnelaith und der Kathedrale.

Als ich aufwachte, sollte ich eine furchtbare Entdeckung machen – allerdings nicht sogleich.

Ich saß im Bett, trank meine Schokolade, las ein wenig, Shakespeare, glaube ich, denn einer meiner Jungen hatte mich kurz zuvor darauf hingewiesen, daß ich eines seiner Stücke noch nie gelesen hatte – ah ja, *Der Sturm* war es. Jedenfalls las ich ein wenig darin, und es gefiel mir sehr gut; es hatte Tiefe, wie die Tragödien Tiefe hatten, aber einen anderen Rhythmus und andere Regeln. Dann wurde es Zeit zum Schreiben.

Ich stieg aus dem Bett, kniete nieder und streckte die Hand nach meinen Büchern aus. Sie waren weg. Ihr Platz unter dem Bett war leer.

In einem entsetzlichen Augenblick wußte ich, daß sie für immer weg waren. Niemand in diesem Hause rührte meine Sachen an. Nur eine Person hätte gewagt, nachts in mein Zimmer zu kommen und diese Bücher wegzunehmen. Mary Beth. Und wenn Mary Beth sie weggenommen hatte, gab es sie nicht mehr.

Ich lief so hastig die Treppe hinunter, daß ich beinahe gestürzt wäre. Ja, als ich die Gartenfenster des Hauses erreichte, war ich so sehr außer Atem, daß mir vor lauter Seitenstechen und Kopfschmerzen übel wurde und ich die Dienstboten zu Hilfe rufen mußte.

Da kam Lasher selbst, umhüllte und stützte mich. »Sei ruhig, Julien«, sagte er mit seiner sanften Stimme. »Ich bin immer gut zu dir gewesen.«

Aber durch die Seitenfenster hatte ich bereits ein loderndes Feuer gesehen, in der hintersten Ecke des Gartens, abseits der Straße, und die Gestalt Mary Beths, die einen Gegenstand nach dem anderen hineinschleuderte.

»Halte sie auf«, hauchte ich. Ich konnte kaum noch atmen. Das Wesen war unsichtbar, aber überall um mich herum, und es hielt mich aufrecht.«

»Julien, ich bitte dich. Treibe es nicht noch weiter.«

Ich stand da und hatte Mühe, vor Schwäche nicht ohnmächtig zu werden, und ich sah die Bücherstapel im Gras, die alten Bilder, Gemälde aus Saint-Domingue, alte Ahnenporträts aus frühesten Zeiten. Ich sah die Rechnungsbücher und Journale und die Papierbündel aus dem alten Arbeitszimmer meiner Mutter, die Torheiten, die sie aufgeschrieben hatte. Und die Briefe aus Edinburgh, gebündelt und verschnürt! Und meine Bücher, aye, *eines* war noch da, und das wollte sie gerade ins Feuer werfen, als ich sie rief.

Ich richtete all meine Kraft darauf, es zu verhindern. Sie fuhr herum, als habe ein Haken sie erfaßt, und hatte das Buch noch in der Hand, und als sie mich anstarrte, benommen und verwirrt von der Kraft, die sie festgehalten hatte, erhob sich ein Windstoß, erfaßte das Buch und trug es flatternd und wirbelnd in die Flammen!

Ich schnappte nach Luft. Meine Flüche hatten keine Silben. Die furchtbarsten Flüche. Alles wurde schwarz.

Als ich erwachte, war ich in meinem Zimmer, und Richard, mein lieber junger Freund, war bei mir. Und Stella – sie hielt meine Hand.

»Mama mußte all die alten Dinge verbrennen«, sagte sie.

Ich sagte nichts. Tatsächlich hatte ich einen winzigen Schlaganfall erlitten und konnte eine Zeitlang überhaupt nicht mehr sprechen, aber das wußte ich nicht. Ich glaubte, mein träumerisches Schweigen sei meine eigene Entscheidung. Erst am nächsten Tag, als Mary Beth zu mir kam, merkte ich, wie schwerzüngig meine Worte klangen und daß ich nicht die richtigen finden konnte, um meinem Zorn Ausdruck zu verleihen.

Es war spätabends, und als sie sah, wie es um mich stand, war sie zutiefst bestürzt und zitierte auf der Stelle Richard herbei, als sei das alles seine Schuld. Er kam auch, und zusammen halfen sie mir die Treppe hinunter, als wollten sie sagen, wenn ich aufstehen und gehen könne, dann könne ich auch nicht sterben.

Ich saß im Wohnzimmer auf dem Sofa.

Ah, wie habe ich diesen langen Doppelsalon geliebt. Habe ihn geliebt, wie Sie ihn lieben, Michael.

Mary Beth redete stundenlang. Stella kam und ging wieder. Der Kern des Ganzen war, daß meine Zeit und meine Anschauungen vorbei seien.

»Wir betreten ein Zeitalter«, sagte sie, »da die Wissenschaft selbst vielleicht bald den Namen dieses Geistes kennen wird und uns sagen kann, was er ist.« Sie redete und redete, von Spiritualisten und Medien und Séancen und Geistführern, von der naturwissenschaftlichen Erforschung des Okkulten und von Dingen wie Ektoplasma.

Ich war angewidert. Ektoplasma? Das Zeug, aus dem Medien ihre Geister heraufgeschworen? Ich würdigte das alles keiner Antwort. Ich versank in Verzweiflung. Stella kuschelte sich neben mich und hielt meine Hand, und schließlich sagte sie:

»Mama, sei doch still. Er hört kein Wort von dem, was du redest, und du langweilst ihn.«

Ich äußerte mich weder dafür noch dagegen.

»Ich kann weit sehen«, sagte Mary Beth. »Ich sehe eine Zukunft, in der unsere Worte und Gedanken nichts mehr bedeuten. Ich sehe unsere Unsterblichkeit in unserem Clan. Solange wir leben – wir alle hier –, wird Lasher seinen letzten Sieg nicht erringen. Aber es wird geschehen, und niemand wird soviel Wohlstand von ihm haben wie wir. Wir werden die Mütter des Wohlstandes sein.«

»Hoffnungen und Optimismus.« Ich seufzte. »Was ist mit dem Glen, was ist mit dem rachsüchtigen Geist? Was mit den Wunden, die in alten Zeiten zugefügt wurden und nie verheilt sind? Dieses Wesen war einst gut. Ich habe seine Güte gefühlt. Aber jetzt ist es böse!«

Und dann war ich wieder krank, sehr krank. Sie brachten mir Kissen und Decken herunter. Ich konnte die Treppe erst am nächsten Tag wieder hinaufsteigen, und ich hatte noch nicht vollends beschlossen, es zu tun, als mich etwas veranlaßte, mich noch einmal aufzuraffen.

Es kam so.

Ich lag in der Hitze des Tages auf dem Sofa und spürte den Wind vom Fluß, der durch ein Seitenfenster hereinwehte. Ich bemühte mich, den Geruch des Feuers nicht wahrzunehmen, in dem so viel verbrannt war. Ich hörte Carlotta streiten – ihre leise, säuerliche Stimme wurde immer wütender, während sie ihre Mutter schmähte.

Schließlich kam sie herein und funkelte mich an. Sie war damals ein dünnes, hochgewachsenes Mädchen von fünfzehn Jahren. Ich sagte nichts; es war nicht meine Art, unfreundlich zu Kindern zu sein, ganz gleich, wie unfreundlich sie zu mir waren. Ich nahm keine Notiz von ihr.

»Und du regst dich über dieses Feuer auf«, sagte sie in ihrer kalten, selbstgerechten Art, »und läßt zu, daß sie mit dem Kind tun, was sie getan haben, obwohl du weißt, daß es nur aus Angst vor Mutter geschieht. Aus Angst vor dir und Mutter.«

»Wovon redest du? Welches Kind?« fragte ich.

Aber sie hatte sich zornig und verzweifelt abgewandt und stolzierte hinaus. Bald darauf erschien Stella, und ich erzählte ihr alles.

»Stella, was soll das bedeuten? Wovon redet sie?«

»Sie hat gewagt, dir so etwas zu sagen? Sie wußte, daß du krank bist. Sie wußte, daß du und Mutter gestritten habt.« Stella hatte Tränen in den Augen. »Es betrifft uns gar nicht. Es sind bloß diese Fontrevault-Mayfairs mit ihrem Wahnsinn. Du weißt schon, die Bande aus der Amelia Street. Diese Zombies.«

Natürlich wußte ich, wen sie meinte – die Fontrevault-Mayfairs waren die Nachkommen meines Cousins Augustin, dem ich mit gerade fünfzehn Jahren durch einen Pistolenschuß das Leben genommen hatte. Wir besuchten ihre Kranken. Wir halfen ihnen, ihre Toten zu begraben. Das taten sie bei uns auch, aber im Laufe der Jahre hatte sich das Verhältnis kaum gebessert.

Einige von ihnen – der alte Tobias und sein Sohn Walker, glaube ich – hatten sich ein schönes Haus an der St. Charles Avenue gebaut, in der Amelia Street, nur ungefähr fünfzehn

Straßen von uns entfernt, und ich hatte die Bauarbeiten mit Interesse verfolgt. Eine ganze Meute von ihnen wohnte da – alte Weiber und alte Männer, die mich allesamt persönlich verabscheuten. Tobias Mayfair war ein schwachsinniger alter Trottel, der genau wie ich zu lange gelebt hatte; er war der bösartigste Mensch, den ich je gekannt habe, ein Mann, der mir sein Leben lang die Schuld an allem gab.

Die anderen waren gar nicht so übel. Natürlich waren sie reich, denn sie waren an den Unternehmungen der Familie beteiligt, ohne indessen unmittelbar auf uns angewiesen zu sein. Und Mary Beth mit ihren großen Familienfesten hatte sie immer wieder zu uns eingeladen, die jüngeren vor allem. Stets hatte es auch vereinzelte mondsüchtige Cousins gegeben, die ihre Cousinen von der anderen Seite der Demarkationslinie – oder was immer es war – geheiratet hatten. Tobias bezeichnete diese Vermählungen in seinem Haß als Hochzeitstänze auf Augustins Grab, und jetzt, da bekannt war, daß Mary Beth alle Verwandten wieder im Schoß der Familie sammeln wollte, stieß Tobias angeblich Flüche aus.

Ich könnte Ihnen viele unterhaltsame Geschichten über ihn und seine diversen Versuche, mich umzubringen, erzählen. Aber das ist jetzt nicht so wichtig. Ich wollte wissen, wovon Stella da redete, und was Carlotta gemeint hatte. Was sollte all das bedeuten?

»Was haben Augustins Kinder jetzt schon wieder angestellt?« fragte ich, denn so nannte ich sie immer nur, die ganze verrückte Bande.

»Rapunzel, Rapunzel«, sagte Stella. »Das ist es. Laß dein Haar herunter – oder verfaule in deiner Dachstube in Ewigkeit.«

Sie sang die Worte regelrecht.

»Es ist Cousine Evelyn, ich meine, du liebe Güte, und alle sagen, sie ist Cortlands Tochter.«

»Wie bitte? Von was redest du eigentlich? Von meinem Sohn Cortland? Du willst sagen, er hat einer ihrer Frauen ein Kind gemacht? Von *diesen* Mayfairs?«

»Vor dreizehn Jahren hat Cortland sich betrunken nach Fontrevault geschlichen und Barbara Ann ein Kind gemacht, um genau zu sein. Du weißt doch, Walkers Tochter. Das Kind war

Evelyn, du erinnerst dich. Barbara Ann starb, als Evelyn geboren wurde. Na, und jetzt rate mal, mein Allerliebster. Evelyn ist eine Hexe, eine so mächtige Hexe, wie es nur je eine gab, und sie kann in die Zukunft schauen.«

»Wer sagt das?«

»Alle. Sie hat den sechsten Finger. Sie trägt das Mal, mein Allerliebster, und sie ist absolut und unvorstellbar wunderlich. Und Tobias hat sie eingeschlossen, aus Angst, daß Mutter sie umbringen könnte! Stell dir das vor. Aus Angst, du und Mutter, ihr könntet ihr etwas antun! Dabei bist du doch der Großvater des Mädchens! Cortland hat es mir gestanden, auch wenn ich ihm schwören mußte, es dir niemals zu erzählen. ›Du weißt, wie Vater die Leute in Fontrevault haßt‹, sagte er. ›Und was kann ich dem Kind schon nützen, wenn die ganze Familie mich haßt?‹«

»Moment mal, Kind. Langsam. Willst du mir sagen, daß Cortland diese beschränkte Barbara Ann mißbraucht hat, die im Kindbett starb, und daß er das Baby im Stich gelassen hat?«

»Mißbraucht hat er sie überhaupt nicht«, sagte Stella. »Sie war ja auch so ein Dachkammerfall. Ich bezweifle, daß sie je ein anderes menschliches Wesen zu Gesicht bekommen hatte, bevor Cortland sie besuchte. Ich weiß nicht genau, was sich da zugetragen hat. Ich war ja selbst gerade erst auf die Welt gekommen, weißt du. Aber du brauchst jetzt nicht wütend auf Cortland zu werden. Von all deinen Söhnen verehrt Cortland dich am meisten. Er wird dann nur wütend auf mich werden, und so geht's rund. Vergiß es wieder.«

»Ich soll es vergessen? Ich habe eine Enkelin, die fünfzehn Straßen von hier in einer Dachkammer gefangengehalten wird? Den Teufel werde ich tun und das vergessen! Evelyn heißt sie? Und sie ist die Tochter dieser armen Barbara Ann? Das willst du mir sagen? Und dieses Monstrum Tobias hat sie eingesperrt? Kein Wunder, daß Carlotta außer sich ist. Sie hat recht! Die ganze Geschichte ist abscheulich!«

Stella sprang von ihrem Stuhl auf und klatschte in die Hände. »Mutter, Mutter!« rief sie. »Onkel Julien ist wieder ganz gesund. Er hat keinen Schlaganfall mehr. Er ist wieder der Alte! Wir gehen zur Amelia Street!«

Natürlich kam Mary Beth hereingestürzt. »Hat Carlotta dir von diesem Mädchen erzählt?« fragte sie. »Misch dich da nicht ein.«

»Misch dich da nicht ein!« Ich raste vor Wut.

»Oh, Mutter, wirklich, du bist schlimmer als Königin Elisabeth!« rief Stella. »Das Mädchen kann uns doch nichts tun! Sie ist doch keine Maria Stuart!«

»Das habe ich auch nicht behauptet, Stella«, sagte Mary Beth ungerührt und ruhig wie stets. »Ich habe keine Angst vor dem Kind, ganz gleich, wie mächtig es ist. Ich habe nur Mitleid.« Sie ragte wie ein Turm vor mir auf. Ich saß auf der Couch, entschlossen, etwas zu unternehmen, aber zugleich erpicht darauf, vorher noch mehr zu erfahren.

»Carlotta hat das alles in Gang gebracht, als sie dort zu Besuch war. Das Mädchen versteckt sich auf dem Dachboden.«

»Tut sie nicht! Sie ist eingesperrt!«

»Stella, halt den Mund!«

»Mutter, sie ist im Leben noch nicht aus dem Haus gekommen, genau wie Barbara Ann! Und aus dem gleichen Grund. Es gibt massenhaft Hexentalente in dieser Familie, Onkel Julien. Barbara Ann war irgendwie verrückt, sagen sie, aber dieses Mädchen hat auch Cortlands Blut in den Adern, und sie kann die Zukunft sehen.«

»Niemand kann wirklich die Zukunft sehen«, erklärte Mary Beth. »Und niemand sollte sich wünschen, es zu können. Julien, das Mädchen ist wunderlich. Sie ist schüchtern. Sie hört Stimmen, sieht Gespenster. Das ist nichts Neues. Sie ist nur verdrehter und eigenbrötlerischer als die meisten, weil sie von alten Leuten großgezogen wurde.«

»Cortland – wie konnte er es wagen, mir das nicht zu erzählen?« sagte ich.

»Er *hat* es nicht gewagt«, sagte Mary Beth. »Er wollte dir nicht weh tun.«

»Es kümmert ihn nicht«, sagte ich. »Verdammt soll er sein – seine kleine Tochter bei dieser Verwandtschaft zu lassen! Und Carlotta ist diejenige, die dort hinging, in dieses Haus, unter Tobias' Dach, zu Tobias, der mich immer einen Mörder genannt hat!«

»Onkel Julien, du bist ein Mörder«, bemerkte Stella.

»Halt den Mund, ein für allemal«, sagte Mary Beth.

Stella schmollte und war zumindest für den Augenblick besiegt.

»Carlotta ist hingegangen, um das Mädchen zu fragen, was sie sieht, und um sich weissagen zu lassen – das gefährlichste Spiel von allen. Ich habe es ihr verboten, aber sie ist trotzdem hingegangen. Sie hatte gehört, wie wir sagten, daß dieses Mädchen mehr Macht habe als irgend jemand sonst in unserer Familie.«

»Das behauptet sich leicht«, antwortete ich seufzend. »Mehr Macht als irgend jemand sonst. Es gab eine Zeit, da habe ich es selbst behauptet, in jener längst vergangenen Welt der Pferde und Kutschen, der Sklaven und des friedlichen Landlebens. Mehr Macht!«

»Das Mädchen kann ebensowenig in die Zukunft schauen wie sonst irgend jemand«, erklärte Mary Beth und setzte sich neben mich. »Carlotta ist dort hingegangen, um Bestätigung dafür zu finden, daß wir alle verflucht und dem Untergang geweiht sind. Das ist ihre Leier von früh bis spät.«

»Sie sieht Wahrscheinlichkeiten wie wir alle«, widersprach Stella mit melodramatischem Seufzen. »Sie hat starke Vorahnungen.«

»Und was ist passiert?«

»Carlotta stieg zum Dachboden hinauf, um Evelyn zu besuchen. Sie war schon öfter da. Sie tat ihr schön, lockte sie aus sich heraus, und das Mädchen, das fast nie spricht, manchmal jahrelang kein einziges Wort, tat plötzlich irgendeine schreckliche Weissagung.«

»Was denn für eine?«

»Daß wir alle vom Antlitz der Erde verschwinden würden«, sagte Stella. »Geschlagen von dem, der uns emporgebracht und getragen hat.«

Ich hob den Kopf und sah Mary Beth an.

»Julien, da steckt nichts dahinter.«

»Hast du deshalb meine Bücher verbrannt? Hast du deshalb all das Wissen vernichtet, das ich gesammelt habe?«

»Julien, Julien«, sagte sie. »Du bist alt, und du träumst. Das

Mädchen hat so etwas gesagt, weil sie vielleicht glaubte, daß sie dafür ein Geschenk bekommt, oder weil sie wollte, daß Carlotta geht. Das Mädchen ist praktisch stumm. Sie sitzt den ganzen Tag am Fenster und beobachtet den Verkehr auf der St. Charles Avenue. Manchmal singt sie oder redet in Versen. Sie kann sich nicht selbst die Schuhe zubinden oder das Haar bürsten.«

»Und dieser böse Tobias läßt sie nicht raus«, sagte Stella.

»Verdammt, ich habe genug gehört. Laßt mir meinen Wagen nach vorn bringen.«

»Du kannst nicht Auto fahren«, sagte Mary Beth. »Du bist zu krank. Oder willst du auf der Treppe in der Amelia Street sterben? Sei doch bitte so gütig und stirb bei uns in deinem Bett.«

»Ich bin noch nicht bereit zum Sterben, meine liebste Tochter«, erklärte ich. »Und jetzt sagst du den Burschen, sie sollen den Wagen vorfahren, oder ich gehe zu Fuß. Richard – wo ist Richard? Richard, hol mir frische Sachen. Ich werde mich in der Bibliothek umziehen. Ich kann nicht die Treppe hinaufklettern. Beeil dich.«

»Oh, du wirst ihnen wirklich eine Heidenangst einjagen«, frohlockte Stella. »Die werden glauben, du bist gekommen, um das Mädchen umzubringen.«

»Warum sollte ich das tun?« fragte ich.

»Weil sie stärker ist als wir, begreifst du das nicht? Onkel Julien, sieh auf das Vermächtnis, wie du es mir immer einschärfst. Hätte sie nicht die Möglichkeit, Anspruch auf alles zu erheben?«

»Bestimmt nicht«, sagte ich. »Nicht, solange Mary Beth eine Tochter hat und solange Stella, Mary Beths Tochter, auch eine Tochter hat. Keine große Chance.«

»Na ja, sie haben jedenfalls Vorkehrungen getroffen. Und sie verstecken das Mädchen, damit wir es nicht umbringen.«

Richard war mit meinen Sachen gekommen. Ich zog mich hastig an, sozusagen bis zum Stehkragen – in Anbetracht des feierlichen Anlasses. Ich schickte ihn nach meinem Reitmantel – mein Stutz Bearcat war ein offener Wagen, und die Straßen waren damals schlammig –, nach meiner Schutzbrille und meinen Handschuhen, und ich trieb ihn noch einmal zur Eile.

»Du kannst da nicht hingehen«, beharrte Mary Beth. »Du wirst ihn zu Tode erschrecken, und sie ebenfalls.«

»Wenn sie meine Enkelin ist, werde ich sie holen.«

Ich stürmte auf die vordere Veranda hinaus. Ich war wieder ganz der Alte, mit einem winzigen Unterschied allerdings, den nur ich selbst bemerkte: Ich hatte die Bewegungen meines linken Fußes nicht mehr vollständig unter Kontrolle. Er wollte sich beim Gehen nicht richtig biegen und vom Boden heben, und so mußte ich ihn ein bißchen schleifen lassen. Aber sie sahen es nicht, verdammt, sie wußten es nicht. Der Tod hatte mich einmal gezwickt. Der Tod kam. Aber ich sagte mir, mit diesem kleinen Gebrechen könnte ich noch einmal zwanzig Jahre leben.

Als ich die Vordertreppe hinunterging und mir von den Burschen ins Automobil helfen ließ, kletterte mir Stella auf den Schoß und hätte mich beinahe kastriert und zugleich umgebracht. Und aus dem Schatten unter den Eichen trat Carlotta.

»Wirst du ihr helfen?«

»Selbstverständlich«, antwortete ich. »Ich werde sie da rausholen. Du schreckliches, schreckliches Ding. Warum bist du nicht schon eher zu mir gekommen?«

»Ich weiß es nicht«, sagte Carlotta mit bestürzter Miene und gesenktem Kopf. »Was sie sah und was sie mir sagte, war entsetzlich.«

»Du hörst nicht auf die richtigen Leute. Los jetzt, Richard, fahr zu!«

Und es ging los, Richard steuerte in wilder Fahrt die St. Charles Avenue hinauf, daß Schlamm und Kies nur so spritzten, und fuhr an der Ecke St. Charles und Amelia Street schließlich in seiner unbekümmerten, amateurhaften Art geradewegs den Gehweg hinauf.

Stella half mir aus dem Wagen und sprang dann vor Aufregung auf und ab. Dies war eine ihrer ebenso lieb- wie aufreizenden Angewohnheiten, je nachdem, wie einem im entsprechenden Augenblick gerade zumute war.

»Schau, Julien, Darling!« rief sie. »Da oben im Dachfenster.«

Nun haben Sie dieses Haus ja zweifellos schon gesehen. Es steht ebenso fest und sicher da wie das Haus in der First Street. Und natürlich hatte ich es auch schon gesehen, aber ich hatte noch nie einen Fuß hineingesetzt. Ich wußte nicht einmal genau, wie viele Mayfairs dort wohnten. Für meinen Geschmack war es ein pompöses Haus. Es war ganz aus Holz, aber so angelegt, daß es wie ein Steinhaus aussah, wie das unsere. An der Vorderfront waren Säulen, unten dorisch, oben korinthisch, und eine große Alkoventür. Weiter hinten, zu beiden Seiten, sprangen achteckige Flügel vor, und überall waren runde Fenster im italienischen Stil. Es sah massig und klobig und doch anmutig aus. Gar kein so übles Haus, wenn auch nicht so rein und so alt wie unseres.

Und sofort entdeckte ich, was Stella mir zeigte: das Dachfenster.

Es war ein doppeltes Mansardenfenster, in der Mitte über der Veranda, und ich schwöre, ich fühlte den Pulsschlag des Mädchens, das da durch die Scheibe zu mir herunterstarrte. Die blasse Fläche eines Gesichts dort oben, ein verschwommener Haarschopf. Und dann nichts als der gleißende Reflex der Sonne in der Fensterscheibe.

»Oh, da ist sie, die arme liebe Rapunzel«, krähte Stella und winkte heftig, obwohl das Mädchen verschwunden war. »Oh, Evie, wir sind gekommen, um dich zu erretten.«

Dann kam Tobias auf die Veranda gestürmt, und bei ihm war sein Sohn Oliver, Walkers jüngerer Bruder und ein sabbelnder Idiot, wenn es je einen gegeben hat.

»Wieso hast du das Kind auf den Dachboden gesperrt?« fragte ich. »Und sie ist Cortlands Tochter, oder ist es eine bodenlose Lüge, die du dir da ausgedacht hast, um meine Familie in Unruhe und Bestürzung zu bringen?«

»Du elender Halunke«, erklärte Tobias; er trat vor und hätte oben an der Treppe beinahe das Gleichgewicht verloren. »Komm ja nicht in die Nähe meiner Haustür. Verschwinde von meinem Grundstück. Du Sproß des Satans. Ja, es war Cortland, der meine Barbara Ann ruiniert hat. Sie starb in meinen Armen. Dieses Kind da ist eine Hexe, wie du keine zweite finden wirst, und solange ich noch einen Atemzug tue, wird sie keine neuen Hexen machen aus sich und aus dir und aus all dem, was da vor dir war.«

Das war zweimal mehr, als ich hören mußte. Ich ging geradewegs die Treppe hinauf, und die beiden alten Trottel wollten sich auf mich stürzen.

Ich blieb stehen und erhob die Stimme.

»Komm jetzt, mein Lasher«, rief ich, »und mache mir den Weg frei!«

Beide Männer wichen entsetzt zurück. Stella schrie verblüfft auf. Aber der Wind kam, wie er immer gekommen war, wenn ich ihn am nötigsten brauchte, wenn meine verwundete alte Seele und mein Stolz ihn am nötigsten brauchten, und wenn ich mir seiner am wenigsten sicher war. Er fegte durch den Garten und die Veranda herauf und drückte die Tür mit lautem Rattern beiseite.

»Ich danke dir, Geist«, flüsterte ich, »daß du mir das Gesicht gerettet hast.«

Ich liebe dich, Julien. Aber es ist mein Wunsch, daß du dieses Haus und alle, die darin sind, in Ruhe läßt.

»Das kann ich nicht«, sagte ich. Ich lief ins Haus, durch einen langen, kühlen, dunklen Korridor zwischen Reihen von Türen, und Stella wieselte auf den Dielen neben mir her. Die alten Männer kamen hinterher und schrien, um ihre Frauen zu alarmieren, und überall aus den Türen traten zahlreiche Mayfairs heraus, ein wahres Parlament der Eulen, und sie kreischten und schrien. Hinter mir peitschte der Wind die Eichen. Wolken von Blättern wirbelten vor mir durch den Korridor.

Ein paar dieser Gesichter hatte ich schon gesehen; alle kannte ich auf diese oder jene Art. Und während sie herausspähten, versuchte Tobias noch einmal, mich aufzuhalten.

»Geh mir aus dem Weg«, befahl ich und baute mich am Fuße der dunklen Eichentreppe auf, und dann begann ich hinaufzusteigen.

Ich fühlte, wie der Geist sich um mich sammelte. Ich drängte weiter, atemlos, bis ich den oberen Stock erreicht hatte. »Wo ist die Treppe zum Dachboden?«

»Da, da!« rief Stella und führte mich durch die Flügeltür zum Ende des Korridors, wo eine kleinere Treppe durch einen schmalen Schacht hinauf zu einer Tür führte.

»Evelyn, komm herunter, mein Kind!« rief ich. »Evelyn, komm herunter. Ich kann diese lange Treppe nicht hinaufsteigen. Komm herunter, mein Mädchen. Ich bin dein Großvater, und ich will dich holen.«

Im Haus war es still. Alle drängten sich in der Tür zum Gang und starrten herauf, so viele ovale, blasse Gesichter mit offenen Mündern und großen, hohlen Augen.

»Sie wird nicht auf dich hören«, rief eine der Frauen. »Sie hört nie auf jemanden.«

»Sie hört nämlich nichts«, schrie eine andere.

»Und kann auch nicht sprechen!«

»Schau, Julien, die Tür ist von dieser Seite abgeschlossen«, rief Stella. »Und der Schlüssel steckt.«

»Oh, ihr bösartigen alten Narren!« rief ich. Ich schloß die Augen, sammelte alle meine Kräfte und wollte der Tür befehlen, sich zu öffnen. Ich wußte nicht, ob ich es konnte, denn so etwas kann man nie mit Sicherheit voraussagen. Und ich spürte, daß Lasher in der Nähe schwebte, und fühlte auch seine Not und seine Verwirrung. Er mochte dieses Haus und auch diese Mayfairs nicht. *Aye, sie sind nicht die meinen, die hier.*

Aber bevor ich Lasher antworten oder ihn überreden oder die Tür selbst öffnen konnte, ging sie auf! Der Schlüssel fiel aus dem Schloß, von einer Kraft bewegt, die nicht die meine war, und die Tür schwebte auf und ließ den Sonnenschein auf die staubige Treppe fallen.

Ich wußte, daß es nicht meine Kraft gewesen war, und Lasher wußte es auch! Denn er sammelte sich dicht um mich, als habe er tatsächlich Angst.

Jetzt beruhige dich, Geist, denn du bist am gefährlichsten, wenn du Angst hast. Benimm dich. Es ist alles in bester Ordnung. Das Mädchen hat die Tür selbst geöffnet. Sei ruhig.

Aber da ließ er mich die Wahrheit wissen. Es war das Mädchen, das ihm angst machte! Natürlich versicherte ich ihm, daß sie keinerlei Bedrohung für unseresgleichen darstelle, und er solle bitte tun, was ich sagte.

Die Sonnenstrahlen ließen den wirbelnden Staub leuchten. Und dann erschien ein hoher, schmaler Schatten – ein Mädchen von großer Schönheit, mit vollem, glänzendem Haar und stillen Augen, die zu mir herunterstarrten. Sie sah schrecklich groß und schmal aus, vielleicht sogar ausgehungert.

»Komm herunter zu mir, mein Kind«, sagte ich. »Du siehst selbst, du brauchst keine Gefangene mehr zu sein.«

Sie verstand meine Worte, und als sie herunterkam, schweigend, Schritt für Schritt in ihren weichen Lederschuhen, da sah ich, daß ihre Augen sich bewegten; sie blickte über mich und nach rechts und links und über Stella, und sie sah das unsichtbare Ding, das sich um uns gesammelt hatte. Sie sah »den Mann«, wie sie sagen, sie sah den Unsichtbaren und machte kein Geheimnis daraus.

Unten an der Treppe drehte sie sich um und erblickte die andern, und zitternd wich sie zurück! Noch nie hatte ich gesehen, daß jemand derart lautlos solche Angst zum Ausdruck bringen konnte. Ich griff nach ihrer Hand.

»Komm mit mir, mein Liebling. Du und du allein sollst entscheiden, ob du auf einem Dachboden leben willst.«

Ich zog sie an mich; sie leistete keinen Widerstand und zeigte auch kein Entgegenkommen. Wie seltsam sie wirkte, wie bleich und wie sehr an die Dunkelheit gewöhnt. Ihr Hals war lang und schlank, und sie hatte kleine Ohren und angewachsene Ohrläppchen, und dann sah ich an ihrer Hand das Mal der Hexe! Sie hatte den sechsten Finger an der linken Hand! Genau wie sie mir erzählt hatten. Ich war verblüfft.

Aber sie hatten gesehen, daß ich es sah. Großes Gezeter brach los. Die Onkel des Mädchens waren gekommen, Ragnar und Felix Mayfair, junge Männer, die in der Stadt bekannt waren und von denen man wußte, daß sie uns mit Argwohn betrachteten. Sie machten Anstalten, mir den Weg zu verstellen.

Aber im nächsten Augenblick war der Wind wieder aufgekommen. Alle spürten, wie er sich über den Boden stahl, eiskalt und stark. Er peitschte diejenigen, die mir im Weg standen, bis sie zurücktraten, und dann nahm ich das Mädchen bei der Hand und führte sie zurück in den vorderen Korridor und die Haupttreppe hinunter. Stella schlich neben mir her.

»Oh, Onkel Julien«, sagte sie atemlos wie ein Bauernmädchen zu einem großen Prinzen. »Ich bete dich an.«

Und mit uns ging dieser blasse Schwan von einem Mädchen mit ihrem schimmernden Haar, ihren spindeldürren Armen und reisigdünnen Beinen, in einem jämmerlichen Kleid, das aus einem geblümten Futtersack genäht war. Ich weiß nicht, ob Sie solche Kleidung je gesehen haben, bei den Ärmsten der Armen. Frauen benutzten diesen Stoff, um damit Steppdecken zu füttern, und sie hatte daraus einen Kittel, aus diesem billigen, geblümten Kattunstoff. Und ihre Schuhe waren kaum als Schuhe zu bezeichnen; es waren eher lederne Strümpfe, geschnürt wie Babystiefelchen!

Ich führte sie durch den Flur; der Wind rüttelte an den Türen und ließ sie hin und her schwingen, und er wehte vor uns her und brachte die Eichen draußen in Bewegung und strich über die vielen Autos und Kutschen und Karren, die auf der Avenue vorüberfuhren.

Niemand versuchte uns aufzuhalten, als ich sie an Richard übergab, damit er sie ins Auto hob. Dann setzte ich mich dicht neben sie, nahm Stella wieder auf die Knie und befahl Richard, loszufahren. Das Mädchen drehte sich um und starrte staunend zurück zu dem Haus und dem Fenster dort oben und der Gruppe der Menschen auf der Veranda.

Wir waren noch keine zwei Schritte weit gefahren, als sie alle zu schreien anfingen: »Mörder, Mörder! Er hat Evelyn geraubt!« Sie forderten einander brüllend auf, doch etwas zu unternehmen. Der junge Ragnar kam herausgerannt und blökte, er werde gerichtlich gegen mich vorgehen.

»Das tu nur!« rief ich über das Gerumpel des Wagens zurück. »Klage nur! Ich kann's kaum erwarten.«

Der Wagen rollte schwerfällig und lärmend die St. Charles Avenue hinauf, schneller allerdings als jede Pferdekutsche. Und das Mädchen saß still zwischen Richard und mir, von Stella mit Neugier gemustert, und sie starrte alles an, als wäre sie noch nie im Leben draußen gewesen.

Mary Beth erwartete uns auf der Treppe.

»Und was gedenkst du nun mit ihr anzufangen?«

»Richard«, sagte ich, »ich kann keinen Schritt mehr gehen.«

»Ich hole die Jungen, Julien«, rief er, und gleich lief er davon und klatschte in die Hände. Stella und das Mädchen kletterten vom Wagen, und Stella hob mir die Hände entgegen.

»Ich halte dich, mein Liebster. Ich lasse dich nicht fallen, mein Held.«

Das Mädchen stand da und stemmte die Hände in die Seiten; sie starrte erst mich an, dann Mary Beth und dann das Haus und die dienstbaren Jungen, die herbeigerannt kamen.

»Was gedenkst du mit ihr anzufangen?« wiederholte Mary Beth.

»Kind, willst du in unser Haus kommen?« Ich schaute dieses gertenschlanke, hübsche Mädchen an; ihr blasser, muschelrosa zarter kleiner Mund war wegen der hohlen Wangen wunderschön vorgewölbt, und ihre Augen hatten die Farbe des grauen Himmels bei stürmischem Regenwetter.

»Willst du in unser Haus kommen«, fragte ich noch einmal, »und dort unter unserem sicheren Dach entscheiden, ob du dein Leben als Gefangene beenden möchtest oder nicht? Stella, sollte ich auf dem Weg nach oben sterben, gebe ich dir den Auftrag, dieses Mädchen zu retten. Hörst du?«

»Du wirst nicht sterben«, sagte Richard, mein Liebhaber. »Komm, ich helfe dir.« Aber ich sah die Angst in seinem Gesicht. Er machte sich mehr Sorgen um mich als irgend jemand sonst. Stella ging voraus. Das Mädchen folgte, und dann kam Richard, der mich in seiner überschwenglich männlichen Art beinahe trug; er hatte den Arm um mich geschlungen und wuchtete mich Stufe für Stufe die Treppe hoch, damit ich die Würde wahrte, die ich noch besaß.

Endlich betraten wir mein Zimmer im zweiten Stock des Hauses.

»Gebt dem Mädchen etwas zu essen«, sagte ich. »Sie sieht aus, als ob sie noch nie eine anständige Mahlzeit bekommen hätte.« Ich schickte Stella mit Richard hinaus und kippte auf mein Bett, so erschöpft, daß ich einen Augenblick lang an gar nichts mehr denken konnte.

Dann blickte ich auf, und meine Seele füllte sich mit Verzweiflung. Dieses wunderschöne, frische Geschöpf an der Schwelle des Lebens, und ich war so alt, stand so dicht vor dem Ende. Ich war so müde, daß ich vielleicht Ja zum Tod hätte sagen können, wenn dieses Mädchen, wenn ihr Fall nicht meine Anwesenheit noch eine Weile erfordert hätte.

»Kannst du mich verstehen?« fragte ich. »Weißt du, wer ich bin?«

»Ja, Julien«, sagte sie mühelos genug in gewöhnlichem Englisch. »Ich weiß alles über dich. Das hier ist *deine* Dachkammer, nicht wahr?« sagte sie mit ihrer feinen, hohen Stimme. Sie schaute sich um und betrachtete die Dachbalken, die Bücher, den Kamin und den Sessel, alle meine Kostbarkeiten, mein Victrola und die Stapel meiner Lieder, und dann schenkte sie mir ein zartes, vertrauensvolles Lächeln.

»Du lieber Gott«, flüsterte ich. »Was fange ich jetzt mit dir an?«

21

Die Menschen, die in diesem hellen kleinen Haus lebten, waren braun. Sie hatten schwarzes Haar und schwarze Augen, und ihre Haut schimmerte im Licht der Lampe über dem Tisch. Sie waren klein, und sie trugen Kleider in sehr leuchtendem Rot und Blau und Weiß, Kleider, die sich stramm um ihre wohlgerundeten Arme spannten. Als die Frau Emaleth erblickte, stand sie auf und kam zu der durchsichtigen Tür.

»Du lieber Himmel, Kind! Komm herein.« Sie blickte zu Emaleth auf und schaute ihr in die Augen. »Jerome, sieh dir das an. Das Kind ist splitternackt. Sieh dir dieses Mädchen an. O mein Gott im Himmel –«

»Ich habe mich im Wasser gewaschen«, sagte Emaleth. »Mutter liegt krank unter dem Baum. Mutter kann nicht mehr sprechen.« Emaleth streckte die Hände aus. Sie waren naß. Ihr Haar klebte feucht auf ihren Brüsten. Sie fror ein bißchen, aber die Luft im Zimmer war warm und still.

»Na, komm herein«, sagte die Frau und zog an ihrer Hand. Sie nahm ein Stück Tuch von einem Haken und fing an, Emaleths langes, tropfendes Haar trockenzureiben. Das Wasser bildete eine Pfütze auf dem blanken Fußboden. Wie sauber hier alles war. Wie unnatürlich. Wie anders als die duftende, pochende Nacht dort draußen, voller Flügel und rasender Schatten. Dies war ein Schutz vor der Nacht, vor den Insekten, die stachen, und vor den Dingen, die Emaleths nackte Füße zerschnitten und ihre nackten Arme zerkratzt hatten.

Der Mann stand regungslos da und starrte zu Emaleth hinauf.

»Hol ihr ein Handtuch, Jerome. Steh nicht da rum. Hol diesem Mädchen ein Handtuch. Und hol ihr Kleider. Kind, was ist mit deinen Kleidern passiert? Wo sind deine Kleider? Ist dir was zugestoßen? Was Schlimmes?«

Emaleth hatte noch nie solche Stimmen gehört, wie diese braunen Menschen sie hatten. Sie hatten einen musikalischen Klang, den die Stimmen der anderen Menschen nicht hatten. Sie hoben und senkten sich in einem deutlich anderen Muster. Das Weiß ihrer Augen war nicht rein weiß; es hatte einen matt gelblichen Ton, der viel besser zu ihrer wunderschönen braunen Haut paßte. Nicht einmal Vaters Sprache hatte diesen sanften Klang. Vater hatte gesagt: »Wenn du geboren wirst, wirst du alles wissen, was du wissen mußt. Du brauchst vor nichts Angst zu haben.«

»Seid gut zu mir«, sagte Emaleth.

»Jerome, hol die Kleider!« Die Frau hatte ein dickes Knäuel Papier von einer Rolle gerissen und betupfte damit Emaleths Schultern und Arme. Emaleth nahm das Papier und wischte sich das Gesicht ab. Hmmmm. Dieses Papier fühlte sich rauh an, aber es war nicht schmerzhaft rauh, und es roch gut. Papierhandtücher. Alles in der kleinen Küche roch gut. Brot, Milch, Käse. Emaleth roch die Milch und den Käse. Das dort war der Käse, nicht wahr? Leuchtend orangefarbener Käse, ein Block, der auf dem Tisch lag. Emaleth wollte etwas davon. Aber man hatte ihr nichts angeboten.

»Wir sind von Natur aus sanfte und höfliche Leute«, hatte Vater gesagt. »Deshalb haben sie uns in vergangenen Zeiten so schlecht behandelt.«

»Was für Kleider?« sagte der Mann namens Jerome und zog sich sein Hemd aus. »In dem Haus hier gibt's nichts, was ihr passen könnte.« Er hielt ihr sein Hemd entgegen. Emaleth wollte es nehmen, aber sie wollte es auch anschauen. Es war blau und weiß gefärbt, in kleinen Vierecken, wie die roten und weißen Vierecke auf dem Tisch.

»Bubbys Hosen werden gehen«, sagte die Frau. »Hol ihr eine von Bubbys Hosen und gib mir das Hemd.«

Das kleine Haus glänzte. Die roten und weißen Vierecke auf dem Tisch glänzten. Wenn sie den Rand der roten und weißen Vierecke gepackt hätte, dann hätte sie sie alle herunterziehen können.

Emaleth war hungrig. Sie hatte Mutters Milch ausgetrunken, während Mutter mit starrem Blick unter dem Baum lag. Sie hatte geweint und geweint, und dann war sie zum Wasser gegangen und hatte darin gebadet. Das Wasser war grünlich gewesen und hatte nicht frisch gerochen. Aber am Rande der Wiese war eine Quelle gewesen, eine Quelle mit einem Griff daran. Da hatte Emaleth sich besser waschen können.

Der Mann kam eilig ins Zimmer zurück; er brachte eine lange Hose mit, wie Vater sie trug und wie er sie trug. Emaleth zog sie an, streifte sie über ihre langen, dünnen Beine hoch und hätte fast das Gleichgewicht verloren. Der Reißverschluß fühlte sich kalt an auf ihrem Bauch. Der Knopf war kalt. Aber das war in Ordnung. Als Neugeborene war sie überall noch ein bißchen zu zart.

Vater hatte gesagt: »Du wirst gehen, aber es wird dir schwerfallen.« Diese Hose war ein warmer, schwerer Schutz. »Aber vergiß nicht, du wirst alles tun können, was nötig ist.«

Sie schob die Arme in das Hemd, als die Frau es ihr hinhielt. Ja, dieser Stoff fühlte sich schöner an. Eher wie das Handtuch, mit dem die Frau immer noch ihr Haar betupfte. Emaleths Haar war goldgelb. Es leuchtete so hell an den Fingern der Frau, und die Handflächen der Frau waren rosig, nicht braun.

Emaleth schaute hinunter auf die Hemdknöpfe. Die Frau griff mit geschickten Fingern hin und knöpfte einen davon zu. Ganz schnell. Einfach so. Emaleth kannte das. Sie knöpfte die übrigen Knöpfe auch sehr schnell zu. Sie lachte.

Vater hatte gesagt: »Du wirst wissend zur Welt kommen, so wie die Vögel ihre Nester bauen können, wie Giraffen gehen können, wie Schildkröten ins Meer kriechen und hinausschwimmen können, obwohl es ihnen niemand gezeigt hat. Denke daran, daß Menschen nicht mit diesem instinktiven Wissen zur Welt kommen. Wenn Menschen zur Welt kommen, sind sie nur halb fertig und hilflos, aber du wirst laufen und sprechen können. Du wirst alles erkennen.«

Na ja, nicht alles, dachte Emaleth, aber sie wußte, daß dort eine Uhr an der Wand hing und daß auf dem Fensterbrett ein Radio stand. Wenn man es einschaltete, kamen Stimmen heraus. Oder Musik.

»Wo ist deine Mutter, Kind?« fragte die Frau. »Sie ist krank, sagst du – wo denn?«

»Wie alt ist dieses Mädchen?« fragte der Mann seine Frau. Er stand stocksteif da und ballte die Fäuste. Er hatte seine Mütze aufgesetzt und funkelte sie an. »Wo ist diese Frau?«

»Woher soll ich wissen, wie alt sie ist? Sie sieht aus wie ein sehr großes kleines Mädchen. Honey, wie alt bist du? Wo ist deine Mutter?«

»Ich bin neugeboren«, sagte Emaleth. »Deshalb ist meine Mutter so krank. Es war nicht ihre Schuld. Sie hat keine Milch mehr. Sie ist todkrank, und sie riecht nach Tod. Aber es war genug Milch da. Ich gehöre nicht zum kleinen Volk. Das ist etwas, das ich nicht mehr zu fürchten brauche.« Sie drehte sich um und streckte den Zeigefinger aus. »Geht ein ganzes Stück, über die Brücke und unter dem Baum hindurch; sie ist dort, wo die Äste den Boden berühren, aber ich glaube nicht, daß sie je noch einmal sprechen wird. Sie wird träumen, bis sie stirbt.«

Der Mann lief zur Tür hinaus und schlug sie laut hinter sich zu. Mit äußerst entschlossener Haltung marschierte er über die Wiese und fing dann an zu rennen.

Die Frau starrte sie an.

Emaleth drückte die Hände auf die Ohren, aber es war zu spät: Die durchscheinende Tür hatte einen so lauten Schlag getan, daß es in ihren Ohren klang, und das war nicht mehr abzustellen. Das Klingen mußte von allein vergehen. Durchscheinend, die Tür. Nicht aus Glas. Über Glas wußte sie Bescheid. Die Flasche auf dem Tisch war aus Glas. Sie erinnerte sich an Glasfenster und Glasperlen, an viele Dinge aus Glas. Plastik. Die durchscheinende Tür war aus Drahtgitter und Plastik.

Sie schaute die Frau an. Sie wollte die Frau um Essen bitten, aber es war jetzt wichtiger, von hier fortzugehen – Vater zu finden, oder Donnelaith, oder Michael in New Orleans, was immer das leichtere wäre. Sie hatte zu den Sternen geschaut, aber sie hatten ihr nichts gesagt. Vater hatte gesagt, du wirst es von den Sternen erfahren. Nun, in dieser Hinsicht war sie nun nicht mehr so sicher.

Sie drehte sich um und öffnete die Tür und ging hinaus; sie achtete darauf, daß die Tür nicht laut zuschlug, und hielt sie der Frau auf. All die Baumfrösche sangen. All die Grillen sangen. Dinge sangen da, deren Namen niemand wußte, nicht einmal Vater. Sie raschelten und klapperten im Dunkeln. Die ganze Nacht war lebendig. Sieh nur die winzigen Insekten, die da unter der Glühbirne schwimmen! Sie wedelte mit der Hand hindurch. Wie sie da auseinanderstoben – nur um gleich wieder zu einer dichten kleinen Wolke zusammenzufließen.

Sie schaute zu den Sternen hinauf. Sie würde sich immer an dieses Muster der Sterne erinnern, ganz sicher: wie die Sterne sich zu den fernen Bäumen heruntersenkten und wie schwarz der Himmel an der einen Stelle aussah und wie blau an der anderen. Ja, und der Mond. Sieh nur den Mond! Den wunderschön strahlenden Mond. *Vater, endlich sehe ich ihn.* Ja, aber um nach Donnelaith zu kommen, mußte sie wissen, wie die Sterne aussehen würden, wenn sie ihr Ziel erreicht hätte.

Die Frau nahm Emaleth bei der Hand. Dann schaute die Frau ihre Hand an und ließ sie wieder los.

»Du bist so weich!« sagte sie. »Du bist so weich und rosig wie ein kleines Baby.«

»Sag ihnen nicht, daß du neugeboren bist«, hatte Vater gesagt. »Und sag ihnen nicht, daß sie bald sterben werden. Hab Mitleid mit ihnen. Es ist ihre letzte Stunde.«

»Danke«, sagte Emaleth. »Ich gehe jetzt. Ich gehe nach Schottland oder nach New Orleans. Kennst du den Weg?«

»Na, New Orleans ist kein großes Problem«, sagte die Frau. »Bei Schottland weiß ich's nicht. Aber du kannst nicht einfach so barfuß losspazieren. Ich hole dir Bubbys Schuhe. Gott, ja, Bubbys Schuhe sind die einzigen, die dir vielleicht passen.«

Emaleth schaute über die dunkle Wiese zum Wald hinüber. Sie sah, wie die Dunkelheit hinter der Brücke über dem Wasser heranrückte, und sie war nicht sicher, ob sie auf die Schuhe warten sollte.

»Wenn sie geboren werden, wissen sie fast nichts«, hatte Vater gesagt. »Und was sie wissen, ist bald vergessen. Sie nehmen keine Witterung auf, sie sehen keine Ordnung. Sie wissen nicht mehr instinktiv, was sie essen sollen. Man kann sie vergiften. Sie hören keine Geräusche mehr, wie du sie hörst, und sie verstehen nicht den vollen Rhythmus der Lieder. Sie sind nicht wie wir. Sie sind Fragmente. Aus diesen Fragmenten werden wir bauen, aber für sie wird es der Untergang sein. Sei barmherzig.«

Wo war Vater? Wenn Vater die Sterne über Donnelaith betrachtet hatte, dann sollte sie, Emaleth, sie kennen und wissen, wie sie aussahen. Sie nahm nirgends auch nur die leiseste Spur seiner Witterung wahr. Auch an Mutter hatte nichts mehr davon gehangen.

Die Frau war wieder da. Sie legte die Schuhe hin. Es war schwer für Emaleth, die weichen Füße hineinzubekommen; sie wackelte mit den Zehen, und das Segeltuch kratzte an ihrer Haut, aber sie wußte, daß es so am besten war, mit Schuhen. Sie sollte Schuhe tragen. Vater trug Schuhe. Und Mutter hatte es auch getan. Emaleth hatte sich an einem scharfen Stein im Gras bereits in den Fuß geschnitten. So war es besser. Es fühlte sich gut an, als die Frau die Schnürsenkel zuband. Kleine Schleifen, wie hübsch. Sie lachte, als sie die Schleifen sah. Aber hübscher noch waren die Finger der Frau, als sie sie band.

»Good-bye, Lady. Und danke«, sagte Emaleth. »Sie waren sehr nett zu mir. Ich bedaure, was passieren wird.«

»Und was wird passieren, Kind?« fragte die Frau. »Was genau wird denn passieren? Kind, was ist das für ein Geruch? Was hast du am Körper? Erst dachte ich, du bist nur naß vom Bayou. Aber da ist noch ein Geruch.«

»Ein Geruch?«

»Ja, irgendwie gut, wie wenn was Gutes kocht.«

Ah, also hatte Emaleth den Duft auch. Konnte sie Vater deshalb nicht mehr riechen? Sie hob die Finger an die Nase. Da war er. Der Geruch kam geradewegs aus ihren Poren. Vaters Geruch.

»Ich weiß nicht«, sagte Emaleth. »Ich glaube, ich sollte diese Dinge wissen. Meine Kinder werden es wissen. Ich muß jetzt gehen. Ich sollte nach New Orleans gehen. Meine Mutter hat mich angefleht und angefleht. Geh nach New Orleans. Und Mutter sagt, es liegt auf dem Weg nach Schottland; ich brauche also nicht ungehorsam gegen Vater zu sein. Also mache ich mich jetzt auf den Weg.«

»Moment mal, Kind. Setz dich hin und warte, bis Jerome zurückkommt. Jerome sucht nach deiner Mutter.« Die Frau rief durch die Dunkelheit nach Jerome. Aber Jerome war verschwunden.

»Nein, Lady, ich gehe«, sagte Emaleth, und sie beugte sich nieder, legte der Frau leicht die Hände auf die Schultern und küßte sie auf die glatte braune Stirn. Sie fühlte ihr schwarzes Haar, sie roch es und strich der Lady dabei mit der Hand über die Wange. Eine nette Frau.

Sie konnte sehen, daß die Frau ihren Geruch mochte.

»Warte, Honey.«

Es war das erste Mal, daß Emaleth jemanden anderes als Mutter küßte, und es trieb ihr wieder die Tränen in die Augen; sie schaute auf die Frau mit den schwarzen Haaren und den großen Augen hinunter, und sie empfand Trauer darüber, daß sie alle sterben sollten. Freundliche Leute. Freundliche Leute. Aber die Erde war einfach nicht groß genug für sie, und sie hatten nur den Weg bereitet für die, die sanfter und kindlicher waren als sie.

»In welcher Richtung liegt New Orleans?« fragte sie. Mutter hatte es nicht gewußt. Vater hatte es nie gesagt.

»Na, da entlang, schätze ich«, sagte die Frau. »Ich weiß es nicht, um die Wahrheit zu sagen. Ich glaube, das da ist Osten. Aber du kannst nicht einfach . . .«

»Danke, mein Liebling«, sagte sie, wie Vater es gern zu ihr gesagt hatte. Und sie fing an zu gehen.

Es fühlte sich mit jedem Schritt besser an. Sie ging schneller und schneller, über das feuchte Gras und dann hinaus auf die Straße, unter das weiße elektrische Licht, und weiter und weiter, mit wehendem Haar und langen, schwingenden Armen.

Sie war jetzt ganz trocken unter den Kleidern, bis auf einen Rest Wasser auf dem Rücken, der ihr nicht gefiel, der aber bald weggetrocknet sein würde. Und ihr Haar. Ihr Haar trocknete rasch und wurde leichter und leichter. Sie sah ihren Schatten auf der Straße und lachte. Wie lang und dünn sie war, verglichen mit den braunen Leuten. Wie groß ihr Kopf. Selbst verglichen mit Mutter. Arme kleine Mutter, lag dort unter dem Baum und starrte ins Dunkel und ins Grün. Mutter hatte Emaleth nicht einmal mehr gehört. Mutter konnte nichts hören. Ach, wenn sie doch nur nicht von Vater weggelaufen wären.

Aber sie würde ihn finden. Sie mußte. Sie waren die beiden einzigen auf der Welt. Und Michael. Michael war Mutters Freund. Michael würde ihr helfen. Mutter hatte gesagt: »Geh zu Michael. Tu das zuallererst.« Das waren ungefähr die letzten Worte von Mutter gewesen. Geh zu Michael, zuallererst.

So oder so, sie gehorchte Vater, oder sie gehorchte Mutter.

»Und ich werde dich suchen«, hatte er gesagt.

Es dürfte nicht allzu schwierig sein, und das Gehen machte Spaß.

22

Um neun Uhr waren sie im Büro im obersten Stock des Mayfair Building versammelt – Lightner, Anne Marie, Lauren, Ryan, Randall und Fielding.

Als Pierce mit Mona hereinkam, beschwerte sich niemand, aber es war auch niemand überrascht; trotzdem starrten alle sie an. Das war nur natürlich, denn niemand hatte sie je in einem blauen Wollkostüm gesehen, und dieses hier – es war von ihrer Mutter – war ihr auch ein bißchen zu groß, wenn auch nicht zu sehr. Sie sah jetzt Jahre älter aus, aber das lag ebenso an ihrem Gesichtsausdruck wie am Verlust der kindlichen Locken und der Haarschleife. Sie trug hochhackige Schuhe, die ganz gut paßten, und Pierce bemühte sich, nicht auf ihre Beine zu starren, die sehr schön waren.

Was die andern irgendwann würden verstehen müssen, war dies: Mona hatte das Kommando übernommen. Pierce war eben mit der Nachricht in die Amelia Street gekommen, daß sämtliche Mayfairs benachrichtigt würden; sogar mit Verwandten im fernen Europa nahm man Kontakt auf. Er bildete sich ein, die Sache weitgehend unter Kontrolle zu haben. Tatsächlich war das alles irgendwie merkwürdig aufregend; es war die Aufregung, die der Tod bringt, wenn alles plötzlich unterbrochen wird. So, dachte sich Pierce, war es vielleicht am Anfang eines Krieges, bevor Leid und Tod alles in Verzweiflung rissen.

Wie dem auch sei, als sie angerufen hatten, um ihm zu sagen, daß Mandy Mayfair tot sei, da hatte er nicht antworten können. Mona war neben ihm gewesen. »Gib mir das Telefon«, hatte sie gesagt.

Mandy Mayfair war heute gegen zwölf gestorben, also genau zwischen Edith und Alicia. Mandy war offenbar gerade dabei gewesen, sich für Giffords Beerdigung anzuziehen. Ihr Gebetbuch und ihr Rosenkranz hatten auf dem Bett gelegen. Die Fenster zum Garten ihres Apartments im French Quarter hatten weit offengestanden. Jeder hätte über die Gartenmauer klettern können. Aber nichts weiter wies darauf hin, daß irgend etwas faul war, hieß es, oder daß jemand mit Gewalt eingedrungen sein könnte. Mandy hatte mit angezogenen Knien im Bad auf dem Boden gelegen, die Arme um den Leib geschlungen. Rings um sie herum waren Blumen gestreut.

Pierce zog Mona den Stuhl zurück und schob ihn zurecht, wie es sich für einen Gentleman gehörte, und dann setzte er sich. Aus irgendeinem Grund saß er Randall gegenüber. Aber als Pierce den Ausdruck im Gesicht seines Vaters sah, begriff er. Randall saß am Kopfende des Tisches, weil Randall den Vorsitz führte. Ryan war nicht mehr in der Lage, besonders viel zu tun.

»Nun, ihr wißt, es ist nicht das, was wir dachten«, sagte Mona.

Zu Pierce' Erstaunen nickten alle – das heißt, alle die, die überhaupt noch etwas taten. Lauren sah erschöpft, aber ansonsten ruhig aus. Anne Marie war die einzige, deren Grauen ganz unverhohlen war.

Die größte Überraschung war vielleicht Lightner. Lightner schaute aus dem Fenster, auf den Fluß dort unten und die beleuchteten Brücken der Crescent City Connection. Er hatte anscheinend gar nicht bemerkt, daß Pierce und Mona hereingekommen waren. Auch jetzt sah er Pierce nicht an. Und Mona auch nicht.

»Aaron«, sagte Pierce, »ich dachte, Sie könnten uns helfen. Sie könnten uns irgendwie den Weg weisen.« Es kam ihm einfach so über die Lippen, ehe er sichs versah. Solche Reden waren es, die ihn ständig in Schwierigkeiten brachten. Sein Vater ermahnte ihn immer: Ein Anwalt sagt nicht, was er denkt! Ein Anwalt überlegt, ehe er redet.

Aaron wandte sich zum Tisch, verschränkte die Arme und sah erst Mona, dann Pierce an.

»Warum sollten Sie mir jetzt vertrauen?« fragte er mit ruhiger Stimme.

»Der springende Punkt ist der«, sagte Randall. »Wir wissen, es handelt sich um ein einzelnes Individuum. Wir wissen, er ist knapp zwei Meter groß. Er hat schwarzes Haar; er ist eine Art Mutant. Wir wissen inzwischen, daß Edith und Alicia Fehlgeburten hatten. Die oberflächlichen Autopsien haben ergeben, daß dieses Individuum dafür verantwortlich war. Wir wissen, daß die embryonale Entwicklung in mindestens zwei Fällen ungeheuer beschleunigt war und daß die Mütter innerhalb weniger Stunden nach der Empfängnis in einen Schock verfielen. Wir rechnen jeden Augenblick damit, daß Houston uns in den Fällen Lindsay und Clytee ähnliche Befunde übermittelt.«

»Okay«, sagte Mona. »Vier Tote hier, zwei in Houston. Die in Houston sind später gestorben.«

»Mehrere Stunden später«, sagte Randall. »In der Zeit kann das Individuum leicht ein Flugzeug nach Houston genommen haben.«

»Es ist also keine übernatürliche Instanz beteiligt«, sagte Pierce. »Wenn es ›der Mann‹ ist, dann ist der Mann Fleisch geworden, wie meine Mutter gesagt hat, und dann muß der Mann sich von Ort zu Ort bewegen wie jeder andere Mensch auch.«

»Wann hat deine Mutter dir gesagt, daß es der Mann ist?«

»Entschuldigung«, sagte Ryan leise, »aber das hat Gifford vor einiger Zeit gesagt. Sie wußte eigentlich nicht mehr als wir alle. Es war eine Spekulation. Halten wir uns an das, was wir wissen. Wie Randall schon sagte: Es handelt sich um ein Individuum.«

»Ja«, sagte Randall und übernahm sofort wieder das Kommando. »Und wenn wir unsere Informationen mit dem verknüpfen, was Lightner und Dr. Larkin aus Kalifornien sagen, dann haben wir allen Grund zu der Annahme, daß dieses Individuum ein einzigartiges Genom aufweist. Es hat zweiundneunzig Chromosomen in einer Doppelhelix, die der menschlichen entspricht – aber das sind, um es ganz einfach zu sagen, doppelt so viele Chromosomen wie bei einem Menschen. Und wir wissen, daß die Enzyme und Proteine in seinem Blut und seinen Zellen anders sind.«

Pierce konnte nicht aufhören, an seine Mutter zu denken. Er wurde das Bild nicht los, wie sie im Sand lag: Hatte sie Angst gehabt? Hatte dieses Ding ihr weh getan? Und wie war sie zum Wasser gekommen? Er starrte vor sich auf die Tischplatte.

Randall redete.

»Es ist befreiend, zu begreifen«, sagte Randall, »daß es ein einzelnes männliches Wesen ist, und zwar eines, das man aufhalten kann. Was immer die Geschichte dieses Wesens sein mag, was für Geheimnisse seine Zeugung, seinen Anfang, oder wie wir es sonst nennen wollen, umhüllen mögen: Es ist ein männliches Wesen, und man kann es ergreifen.«

»Aber das ist es ja gerade«, sagte Mona. Sie sprach wie immer – als seien alle bereit, ihr zuzuhören. Sie sah so verändert aus mit dem zurückgebundenen roten Haar: jünger und älter zugleich, mit so zarten Wangen und einem so schön konturierten Gesicht. »Es legt es ganz offensichtlich darauf an, mehr als eins zu werden. Und wenn diese Embryonen sich in einem beschleunigten Tempo entwickeln – was ich, beiläufig gesagt, für eine zurückhaltende Formulierung halte –, dann kann dieses Ding jederzeit ein ausgewachsenes Kind zur Welt kommen lassen.«

»Das stimmt«, sagte Aaron Lightner. »Das stimmt genau. Und wir können nicht annähernd vorhersagen, was die Wachstumsrate dieses Kindes sein wird. Es ist vorstellbar, daß das Kind ebenso schnell reifen wird, wie es das Individuum selbst getan hat, auch wenn es immer noch ein Geheimnis ist, wie es das hat tun können. Es ist denkbar, daß das Wesen sich dann mit diesem Kind paaren wird. Ich möchte sogar annehmen, daß dies der erste Schritt sein wird, da bei allen anderen Versuchen so viele Todesfälle die Folge waren.«

»Du lieber Gott, Sie meinen, das hat er vor?« rief Anne Marie.

»Was ist mit Rowan? Hat man was von ihr gehört?« fragte Mona.

Verneinende Gesten und Laute allenthalben. Nur Ryan machte sich die Mühe, mit dem Mund ein »Nein«, zu formen.

»Okay«, sagte Mona. »Nun, ich habe euch folgendes zu sagen. Das Ding hätte mich fast erwischt. Es kam so –«

Sie hatte Pierce die Geschichte in der Amelia Street erzählt, aber als er ihr jetzt zuhörte, merkte er, daß sie gewisse Details wegließ – daß sie mit Michael zusammengewesen war, daß sie nackt gewesen war, daß sie unbekleidet in der Bibliothek geschlafen hatte, und daß das Victrola sie geweckt hatte, nicht das Öffnen des Fensters. Er fragte sich, warum sie diese Dinge wegließ. Ihm war, als habe er sein Leben lang den Mayfairs zugehört, wie sie Dinge wegließen. Am liebsten hätte er gesagt: Erzähl ihnen doch, daß das Victrola gespielt hat. Erzähl's ihnen. Aber er tat es nicht.

Dieses mutierte Individuum, wie sie es nannten, schien in einem grotesken Kontrast zu den sanften Legenden und Wundern zu stehen, die immer wie Dunstschleier über der First Street gehangen hatten. Die Musik vom Victrola – das war eine andere Welt als die von DNS und RNS und seltsamen Fingerabdrücken, die die Spurensicherung in Mandy Mayfairs Apartment im French Quarter gefunden hatte.

Mona berichtete von dem Geruch.

»Ich weiß, was du meinst«, sagte Ryan, und zum ersten Mal zeigte er unbestimmtes Interesse. »Ich kenne diesen Geruch. In Destin, da habe ich ihn auch wahrgenommen. Es ist kein schlechter Geruch. Er ist fast . . .«

»Er ist gut, irgendwie köstlich. Man will ihn einatmen«, sagte Mona. »Na, in der First Street rieche ich ihn immer noch überall.«

Ryan schüttelte den Kopf. »In Destin war er sehr schwach.«

»Schwach für dich und stark für mich – aber verstehst du denn nicht? Das ist wahrscheinlich ein Zeichen für genetische Kompatibilität.«

»Mona, Kind«, fragte Randall herausfordernd, »was weißt du denn von genetischer Kompatibilität?«

»Fang keinen Streit mit Mona an«, sagte Ryan leise. »Dazu haben wir keine Zeit. Wir haben etwas ... Konkretes zu tun. Wir müssen diese Kreatur finden. Wir müssen herausfinden, wo sie als nächstes auftauchen wird. Mona, hast du etwas gesehen?«

»Nein, nichts. Aber ich möchte noch einmal versuchen, Michael anzurufen. Seit zwei Stunden versuche ich, ihn zu erreichen. Es meldet sich niemand. Ich mache mir wirklich Sorgen. Ich glaube, ich werde ...«

»Du wirst dieses Zimmer nicht verlassen«, sagte Pierce. »Ohne mich gehst du nirgends hin.«

»Ist mir recht. Du kannst mich hinbringen.«

23 Juliens Geschichte wird fortgesetzt

Ah, Sie können sich nicht vorstellen, wie wunderbar ihre Stimme klang und wie sehr ich sie liebte, vollständig liebte, ob sie nun Cortlands Tochter war oder nicht. Es war eine Liebe, wie wir sie nur für diejenigen empfinden, die unseresgleichen sind, und doch lagen zu viele Jahre zwischen uns. Ich war verzweifelt und hilflos und ganz allein, und als ich mich auf die Bettkante setzte, saß sie neben mir.

»Sag, Evelyn, mein Kind, du siehst die Zukunft. Carlotta ist zu dir gekommen. Was hast du gesehen?«

»Ich sehe nichts«, sagte Evelyn mit einer Stimme, so zart wie ihr rundes kleines Gesicht. Ihre grauen Augen flehten mich an, es zu akzeptieren und zu verstehen. »Ich sehe die Wörter, und ich spreche die Wörter, aber ich weiß nicht, was sie bedeuten. Und vor langer Zeit habe ich gelernt, still zu sein und die Wörter verblassen zu lassen, ungelesen und ungesagt.«

»Nein, Kind. Halte meine Hand. Was siehst du? Was siehst

du für mich und meine Familie? Was siehst du für uns alle? Sind wir ein Clan mit einer Zukunft?«

Sogar mit meinen müden Fingern fühlte ich ihren Puls, ihre Wärme, ihre Hexengaben, wie wir immer sagten, und ich sah diesen kleinen, diesen bösen sechsten Finger. Oh, ich hätte ihn abschneiden lassen, schmerzlos und geschickt, wenn ich ihr Vater gewesen wäre. Und wenn ich bedachte, daß Cortland – mein eigener Sohn war. Ich wollte ihn umbringen.

Aber eins nach dem andern. Ich hielt ihre Hand fest.

Etwas verlagerte sich im vollkommenen kleinen Kreis ihres Gesichts; ihr Kinn hob sich, so daß ihr Hals um so länger und schöner aussah. Sie begann ein Gedicht zu sprechen, mit sanfter, schneller Stimme, getragen vom Rhythmus selbst.

Einer wird aufstehen, der ist zu böse.
Einer wird kommen, der ist zu gut.
Zwischen den beiden wird taumeln die Hexe
Und damit öffnen das Tor.

Schmerz und Leiden, da sie noch stolpern,
Blut und Angst, eh sie noch gelernt.
Wehe diesem Frühlings-Eden,
Das nun ist ein Jammertal.

Habt acht vor Beobachtern in jener Stunde,
Verbannt die Doktoren ganz aus dem Haus.
Gelehrte nähren nur weiter das Böse,
Und Forscher helfen ihm weiter hinauf.

Laßt den Teufel nur erzählen,
Laßt ihn wecken Engelsmacht,
Laßt die Toten Zeugen werden,
Jagt den Alchimisten fort.

Erschlagt das Fleisch, das ist nicht menschlich,
Baut auf Waffen grausam roh,
Denn sterben sie am Rand der Weisheit,
Streben wohl gequälte Seelen nach dem Licht.

Zerschmettert die Sprößlinge, die nicht Kinder,
Erbarmt euch nicht derer, die nicht rein,
Denn sonst kennt Eden nie mehr Frühling,
Denn sonst herrscht unsre Art nicht mehr.

Zwei Tage und zwei Nächte blieb sie bei mir in diesem Zimmer.

Niemand wagte es, die Tür einzuschlagen. Ihr Urgroßvater Tobias kam und drohte. Sein Sohn Walker stand brüllend vor dem Tor. Ich weiß nicht, wie viele andere noch kamen oder was sie sagten, oder auch nur, wo die Streitereien alle stattfanden. Ich glaube, ich hörte, wie Mary Beth auf der Treppe ihre Tochter Carlotta anschrie. Ich glaube, Richard klopfte tausendmal an meine Tür, nur um sich von mir sagen zu lassen, es sei alles in Ordnung.

Wir lagen zusammen im Bett, das Kind und ich. Ich wollte ihr nicht weh tun. Auch kann ich ihr nicht vorwerfen, was geschah. Lassen Sie mich nur sagen: Wir versanken in den sanftesten Liebkosungen, und lange Zeit herzte und beschützte ich sie und versuchte, die tiefe Kälte ihrer Angst und Einsamkeit zu vertreiben. Und – Narr, der ich war – ich glaubte, daß Zärtlichkeit bei mir nun ungefährlich sei.

Aber ich war immer noch zu sehr Mann für etwas so Schlichtes und Einfaches. Ich gab ihr Küsse, bis sie wußte, daß sie sie haben mußte, und sich mir öffnete.

Die lange Nacht hindurch lagen wir beieinander und sinnierten noch, wenn alle anderen Stimmen längst erstorben waren. Sie sagte, meine Dachkammer gefalle ihr besser als ihre Dachkammer, und ich wußte in meiner Trauer, daß ich sehr bald in dieser Kammer sterben würde.

Ich brauchte es ihr nicht zu sagen. Ich fühlte ihre weiche Hand auf meiner Stirn, die versuchte, sie zu kühlen. Ich spürte das seidige Gewicht ihrer Handfläche auf meinen Lidern.

Und immer wieder sagte sie die Worte des Gedichtes. Und ich sprach sie mit, bis ich jede Strophe kannte.

Als der Morgen graute, brauchte sie mich nicht mehr zu verbessern. Ich wagte aber nicht, es aufzuschreiben. Meine böse Mary Beth würde es verbrennen, sagte ich ihr. Sag es den andern. Sag es Carlotta. Sag es Stella. Aber mein Herz tat weh.

Was würde es schon bewirken? Was würde geschehen? Was konnten die Worte des Gedichtes bedeuten?

»Ich habe dich traurig gemacht«, sagte sie sanft.

»Kind, ich war schon traurig. Du hast mir Hoffnung gegeben.«

Ich glaube, es war spät am Donnerstag nachmittag, als Mary Beth schließlich die Tür aus den Angeln stemmte und eindrang.

»Nun, sie werden die Polizei herschicken«, sagte sie als Entschuldigung, überaus sachlich und ohne Dramatik. Es war ihre Art, die Dinge zu behandeln.

»Dann sag ihnen, sie dürfen sie nicht wieder einsperren. Sie soll kommen und gehen können, wie sie will. Ruf jetzt Cortland in Boston an.«

»Cortland ist hier, Julien.«

Ich rief Cortland zu mir.

Nun, dieser Sohn war mein Stolz und meine Freude, wie ich gesagt habe, der älteste und gescheiteste meiner Söhne, und all die Jahre hindurch hatte ich versucht, ihn zu beschützen vor dem, was ich wußte. Aber er war zu gerissen, um sich ganz und gar schützen zu lassen, und für mich war er jetzt von seinem Podest gefallen, und ich war zu erbost, um ihn nicht für das zu verurteilen, was aus dem Mädchen geworden war.

»Vater, ich wußte es doch nicht, das schwöre ich dir. Und selbst jetzt glaube ich es nicht. Ich würde Stunden brauchen, um dir die Geschichte jener Nacht zu erzählen. Ich könnte schwören, daß Barbara Ann mir etwas ins Glas getan hat, um mich zur Raserei zu bringen. Sie schleppte mich hinaus in den Sumpf. Wir waren zusammen im Boot, und das ist alles, woran ich mich noch erinnern kann – und daß sie teuflisch und seltsam war. Ich schwöre es, Vater. Als ich aufwachte, lag ich im Boot. Ich fuhr hinauf nach Fontrevault, und sie ließen mich nicht hinein. Tobias holte sein Schrotgewehr. Er sagte, er würde mich umbringen. Ich ging nach St. Martinville, um zu Hause anzurufen. Ich schwöre es. Das ist alles, was ich noch weiß. Wenn sie mein Kind ist, tut es mir leid. Aber sie haben es mir nie gesagt. Anscheinend wollten sie nicht, daß ich es weiß. Von jetzt an werde ich mich um sie kümmern.«

»Das ist alles gut und schön«, erwiderte ich. »Aber du hast

gewußt, daß sie zur Welt kam. Du hast die Gerüchte gehört. Sieh zu, daß dieses Kind nie wieder gefangengehalten wird, hörst du? Daß sie alles hat, was sie braucht, daß sie anderswo zur Schule geht, weit weg von hier, wenn sie will, und daß sie ihr eigenes Geld hat!«

Ich wandte ihnen den Rücken zu. Ich wandte der Welt auch den Rücken zu. Ich gab keine Antwort, als er mit mir sprach. Ich dachte an Evelyn und daran, wie sie ihr Schweigen beschrieben hatte, und es schien mir eine erheiternde Macht zu verleihen, dazuliegen und ihnen keine Antwort zu geben, sie glauben zu lassen, ich könnte es nicht.

Sie kamen und sie gingen. Evelyn wurde zurückgebracht, begleitet von Carlotta und Cortland, die für sie sprechen sollten. Das sagte man mir wenigstens.

Nur Richards Weinen brach mir das Herz. Ich zog mich davor zurück, tief in mich selbst, wo ich das Gedicht hören und die Verse sprechen konnte; doch vergebens bemühte ich mich, sie zu deuten.

Laßt den Teufel nur erzählen,
Laßt ihn wecken Engelsmacht . . .

Aber was sagte mir das? Schließlich klammerte ich mich an die letzte Strophe. *Denn sonst kennt Eden nie mehr Frühling.*

Wir waren der Frühling, wir Mayfairs, das wußte ich. Eden war unsere Welt. Wir waren der Frühling, und das schlichte Wort »sonst« bedeutete, daß es Hoffnung gab. Irgendwie waren wir zu retten. Irgend etwas konnte das Jammertal verhindern!

Schmerz und Leiden, da sie noch stolpern,
Blut und Angst, eh sie noch gelernt.

Ja, es lag Hoffnung in dem Gedicht, ein Sinn, auch darin, es weiterzusagen! Aber würde ich es erleben, daß seine Worte Erfüllung fanden? Und nichts erweckte solches Grauen in mir wie der Satz: »Erschlagt das Fleisch, das ist nicht menschlich.« Denn wenn dieses Ding kein Mensch war, welche Macht hatte es dann? Wenn es bloß St. Ashlar war – aber so sah es nicht aus!

Würde es ein Mensch werden, wenn es wiedergeboren würde? Oder Schlimmeres?

»Erschlagt das Fleisch, das ist nicht menschlich!«

Ach, wie plagte ich mich damit. Wie waren meine Gedanken davon besessen. Manchmal hatte ich nichts anderes im Sinn als die Worte des Gedichts und fiebrige Bilder.

Schließlich verlor ich die Besinnung. Tage vergingen. Der Arzt kam. Endlich richtete ich mich auf und fing an zu reden, damit der Trottel mich in Ruhe ließ. Seit meiner Kindheit hatte die Wissenschaft große Fortschritte gemacht, aber das hinderte diesen Holzkopf nicht daran, an meinem Bett zu stehen und meinen Lieben zu erzählen, ich litte an einer »Verhärtung der Arterien« und »seniler Demenz« und könne nicht verstehen, was sie sagten.

Es war ein absoluter Hochgenuß, aufzustehen und ihn des Zimmers zu verweisen.

Auch wollte ich wieder umhergehen. Ich habe nie gern einfach nur dagelegen, und dies war meine schlimmste Stunde gewesen; sie war zu Ende, und ich lebte noch.

Richard half mir beim Ankleiden, und ich stieg ganz hinunter ins Erdgeschoß, um mit meiner Familie zu Abend zu essen. Ich saß am Kopfende der Tafel und verspeiste unter großem Getue mein Gumbo, das Brathuhn und ein *boeuf daube* oder irgendeine andere Albernheit, nur damit sie mich in Ruhe ließen. Ich weigerte mich, Cortland anzusehen, der immer wieder versuchte, mit mir zu reden. Ich sorgte weiß Gott dafür, daß ihm elend zumute war, dem armen Lieblingsjungen!

Die Verwandtschaft plapperte. Mary Beth redete mit ihrem betrunkenen Ehemann Daniel McIntyre über praktische Dinge; der arme alte Knabe war inzwischen so krank, daß er nur noch ein Schatten des prachtvollen Mannes war, der er einst gewesen war. Das haben wir aus ihm gemacht, dachte ich.

Nacht für Nacht lag ich im Dunkeln und dachte: Was ist, wenn ich irgendwie zurückkommen könnte? Was ist, wenn ich irgendwie an die Erde gebunden bleiben könnte, wie dieses Wesen es doch auch ist?

Denn schließlich – wenn es doch Ashlar ist, einer der vielen Ashlars, ein Heiliger, ein König, ein rachsüchtiger Geist, ein bloßer Mensch – ! Das Bett bebte. Ich dachte wieder an diesen Vers ... das Fleisch, das ist nicht menschlich ...

»Bist du gekommen, um mich zu stören oder um mich zu beruhigen?« fragte ich.

»Stirb in Frieden, Julien«, sagte er. »Ich wollte dir meine Geheimnisse am ersten Tag anvertrauen, als ich mit dir in dieses Haus kam. Ich habe dir damals gesagt, daß ein solcher Ort dich aus der Ewigkeit zurückholen kann und daß er so ist wie die Burgen aus alter Zeit. Präge dir seine Muster ein, Julien, seine anmutigen Säulen. Und durch den Nebel wirst du sie sehen, ganz deutlich. Aber damals wolltest du meine Lektionen nicht hören. Willst du sie jetzt? Ich kenne dich. Du lebst. Vom Tod wolltest du nichts hören.«

»Ich glaube nicht, daß du etwas vom Tod weißt«, sagte ich. »Du weißt etwas vom Wollen und vom Spuken und vom Leben! Aber nicht vom Tod.«

Ich kam aus dem Bett. Ich zog das Victrola auf, um das Wesen zu vertreiben. »Ja, ich will zurückkommen«, wisperte ich, »ich will zurückkommen. Ich will auf der Erde bleiben, hier, als Teil dieses Hauses. Aber, Gott, ich schwöre dir aus meiner tiefsten Seele, es ist nicht die Gier, weiterzuleben. Aber die Geschichte ist nicht zu Ende, der Dämon existiert weiter, und ich sterbe! Ich will helfen, ich will irgendwie ein Engel des Herrn sein. O Gott, ich glaube nicht an dich. Ich glaube nur an Lasher und mich selbst.«

Ich begann auf und ab zu gehen. Ich ging auf und ab und auf und ab und spielte den Walzer der Violetta, eine Musik, die so absolut frei von jeglicher Art von Trauer zu sein schien, etwas, das so frivol und doch so geordnet war, daß ich es unwiderstehlich fand.

Dann kam ein Augenblick, so ungewöhnlich, daß er vielleicht einzigartig war. In meinem ganzen langen Leben war ich nie so unvorbereitet erwischt worden wie in diesem Moment – und zwar vom Antlitz eines kleinen Mädchens vor meinem Fenster, einem schattenhaft zarten Kind, das auf dem Dach der oberen Veranda kauerte.

Sofort schob ich das widerspenstige Fenster hoch.

»Eve a Lynn«, sagte ich. Und duftend und weich und naß vom Frühlingsregen kam sie in meine Arme.

»Wie bist du hergekommen, Darling?« fragte ich.

»Am Spaliergitter herauf, Onkel Julien, Sprosse für Sprosse. Du hast mir gezeigt, daß eine Dachkammer kein Gefängnis ist. Ich werde zu dir kommen, solange ich kann.«

Wir schliefen miteinander; wir redeten miteinander. Ich lag mit ihr da, als die Sonne aufging. Sie erzählte mir, daß sie jetzt gut zu ihr seien und sie überall hingehen ließen. Richard habe ihr hübsche Kleider gekauft. Cortland habe ihr einen Mantel mit einem Pelzkragen geschenkt. Von Mary Beth habe sie sogar einen Spiegel mit silberner Rückseite und einen Kamm mit Silbergriff bekommen.

Im Morgengrauen setzte ich mich hin und zog das Victrola auf. Wir tanzten Walzer. Es war ein verrückter Morgen von jener Art, wie er auf eine Nacht folgt, in der man über die Stränge geschlagen hat und trunken zwischen Dance Hall und Kneipe hin und her getaumelt ist, doch alles hatte nur in diesem Zimmer stattgefunden. Sie trug jetzt nur noch ihren mit rosa Spitze besetzten Petticoat und eine Schleife im Haar. Wir tanzten und tanzten im Zimmer herum, kichernd, lachend – bis schließlich jemand ... ach ja, Mary Beth war es, die die Tür öffnete.

Ich lächelte nur. Ich wußte, daß mein Engelskind mich wieder besuchen würde.

Im Dunkel der Nacht sprach ich mit dem Victrola.

Ich sagte ihm, wie es den Zauberbann bewahren mußte. Natürlich glaubte ich nicht an diese Dinge. Ich hatte mich standhaft geweigert, daran zu glauben. Und doch schnitt ich mir jetzt die Fingernägel und drückte die kleinen Späne zwischen Bodenplatte und Seitenwände. Ich schnitt mir eine Haarsträhne ab und stopfte sie unter den Plattenteller. Ich biß mir in den Finger, daß es blutete, und schmierte das Blut in das dunkel gebeizte Holz des Gehäuses. Ich verwandelte das Ding in eine Puppe meiner selbst, nach Art der Hexenpuppen, und dazu sang ich den Walzer.

Ich spielte den Walzer und sagte: »Komm zurück, komm zurück. Sei zur Hand, wenn sie dich brauchen. Sei zur Hand, wenn sie dich rufen. Komm zurück, komm zurück.«

Ich war von einer schrecklichen Vision besessen: Ich war tot und stand wieder auf, und das Licht kam, und ich wandte ihm den Rücken zu und stürzte mit ausgestreckten Armen, grub mich tief hinein in die Luft, die immer zäher wurde, ebenso dicht wie dunkel. Und es war, als sei die Nacht verstopft von Geistern wie mir, verlorenen Seelen, Narren, die die Hölle fürchteten und an das Paradies nicht glaubten. Und der Walzer spielte immer weiter.

Schließlich erkannte ich die Vergeblichkeit all jener Gesten, erkannte, daß Hexerei nur eine Frage der Konzentration ist – daß man seine wilden und unermeßlichen Energien auf einen Akt der freien Wahl richten kann. Ich würde zurückkehren! Ich würde zurückkehren. Ich sang es gegen die Wände.

Zurückkommen.

Habt acht vor Beobachtern in jener Stunde!

Ja, in jener Stunde wollte ich zurückkommen.

Denn sonst kennt Eden nie mehr Frühling,
Denn sonst herrscht unsre Art nicht mehr.

Michael, erinnern Sie sich gut an die Verse, die Sie von mir gehört haben.

Erinnern Sie sich. Sehen Sie doch, was sie sagen! Michael, ich sage Ihnen, ich wäre nicht hier, wenn die Schlacht vorüber wäre. Die Stunde, von der wir sprechen, ist noch nicht gekommen. Sie haben die Liebe benutzt, ja, das haben Sie getan, und es hat nicht genügt. Aber es gibt andere Werkzeuge, die Sie nehmen können. Denken Sie an das Gedicht: »grausam roh«. Zögern Sie nicht, wenn Sie die Waffe gewahren. Lassen Sie sich nicht von Ihrem guten Herzen zurückhalten.

Warum sonst hätte ich denn herkommen dürfen? Warum sonst hätte ich noch einmal den Walzer unter diesem Dach hören dürfen? Gleich müssen Sie ihn noch einmal für mich spielen, Michael, meinen Walzer, mein kleines Victrola. Spielen Sie ihn, wenn ich nicht mehr hier bin.

Aber jetzt will ich Ihnen noch von den letzten paar Nächten erzählen, an die ich mich erinnern kann. Ich werde müde. Ich sehe das Ende dieser Worte, aber nicht das Ende der Geschichte. Das müssen Sie erzählen. Ich will Ihnen noch die letzten paar Worte geben. Und vergessen Sie Ihr Versprechen nicht. Spielen Sie die Musik für mich, Michael. Spielen Sie sie, denn ob ich in den Himmel oder in die Hölle fahre, das weiß noch keiner von uns beiden, und vielleicht wird man es nie wissen.

Eine Woche danach gab ich Evelyn das kleine Victrola. Eines Nachmittags, als niemand da war, hatte ich die Gelegenheit genutzt und Richard zu ihr geschickt, um sie zu holen; sie sollte herkommen, sobald sie könnte. Ich ließ mir von den Boys ein großes Victrola aus dem Speiseraum heraufbringen, einen umfangreichen Musikkasten mit einem schönen Klang.

Und als Evie und ich allein waren, trug ich ihr auf, das kleine Victrola mit nach Hause zu nehmen und zu behalten und nie wieder herzugeben, solange Mary Beth lebte. Nicht einmal Richard sollte wissen, daß sie es hatte; ich fürchtete, er werde sich Mary Beth gegenüber verplappern, wenn sie ihm die Daumenschrauben anlegte. »Nimm es mit«, sagte ich zu Evie, »und sing, wenn du damit hinausgehst. Du mußt singen und singen.«

Auf diese Weise, dachte ich, würde man Lasher verwirren, falls er bemerken sollte, daß sie dieses geheimnisvolle kleine Spielzeug aus dem Haus schleppte, und dann würde er dem, was er sah, keine weitere Bedeutung beimessen. Ich durfte nicht vergessen: Das Monstrum konnte meine Gedanken lesen.

Ich war verzweifelt.

Kaum war Evie gegangen und ihre hohe Singstimme auf der Treppe verklungen, da zog ich das große neue Victrola auf und rief Lasher zu mir. Vielleicht würde er gar nicht auf sie achten.

Als er erschien, flehte ich ihn an: »Lasher, du mußt die arme kleine Evie stets beschützen. Beschütze sie vor den andern, um meinetwillen. Wirst du das Kind beschützen?«

Er hörte mir zu, so gut er konnte, während die Musik ihn in Trance versetzte. Unsichtbar tölpelte er im Zimmer herum, stieß Dinge vom Kaminsims, rüttelte an den Bilderrahmen. Mir war es recht. Es bewies nur, daß er da war!

»Sehr wohl, Julien«, sang er plötzlich und erschien inmitten eines munteren Tanzes, und seine Füße berührten den Boden, daß es den Anschein von Gewicht und Geräusch erweckte.

Welch ein Lächeln! Welch ein Strahlen! Wie sehr wünschte ich mir einen Augenblick lang, ich hätte ihn geliebt.

Und inzwischen, dachte ich, ist Evie sicher schon zu Hause angekommen.

Wochen vergingen.

Evie hatte nun alle Freiheiten. Richard nahm sie oft auf Autofahrten mit, zusammen mit Stella. Tobias ging regelmäßig mit ihr zur Messe.

Sie kam zu mir, wann sie wollte, durch die Haustür. Aber es gab immer noch Nächte, da sie das Spaliergitter bevorzugte. Stundenlang lagen wir beieinander und küßten und berührten uns. Welch ein Wunder, daß ich in meinem hohen Alter einem so jungen Mädchen ein geschickter Liebhaber sein konnte. Ich vertraute ihr Geheimnisse an, aber nur wenige.

Diesen letzten Stolz hatten die Götter mir gewährt.

Als Mary Beth eines Nachmittags nach Hause kam, ließ ich sie neben mir Platz nehmen und schwor ihr, ich hätte dem kleinen Mädchen nichts Wichtiges verraten, und sie müßten in den nächsten Jahren auf sie achtgeben.

Mary Beth hatte Tränen in den Augen, was ich nur sehr selten gesehen hatte.

»Julien, wie sehr du mich mißverstehst, mich und alles, was ich getan habe. All die Jahre habe ich mich bemüht, uns zusammenzubringen, uns stark an Zahl und Einfluß zu machen. Uns glücklich zu machen! Glaubst du, ich würde einem Kind etwas antun, das von unserem Blut ist? Cortlands Tochter? Oh, Julien, du brichst mir das Herz. Vertraue auf mich; vertraue darauf, daß ich weiß, was ich tue. Vertraue mir, bitte. Julien, stirb nicht in Aufruhr und Angst. Laß das nicht zu. Laß deine letzten Stunden nicht häßlich von der Angst werden. Ich werde Tag und Nacht bei dir sitzen, wenn ich muß. Stirb in Ruhe. Wir sind die Familie Mayfair . . . eine Million Meilen entfernt von dem, was wir vor so langer Zeit in Riverbend waren. Vertraue darauf, daß wir triumphieren werden.«

Nächte vergingen. Ich lag wach; ich brauchte keinen Schlaf mehr.

Inzwischen wußte ich, daß Evelyn mein Kind unter dem Herzen trug. Gott hat keine Nachsicht mit alten Männern! Wir brennen, wir zeugen. Was für eine schreckliche Situation! Aber das Mädchen selbst schien es gar nicht zu wissen. Ich sagte es ihr nicht.

Nur Cortland konnte ich mich anvertrauen; ich rief ihn zu mir und hielt ihm endlose Vorträge. Ich wußte, wenn erst alle wüßten, daß Evelyn schwanger war, würden die Fetzen fliegen, wie man so sagt. Ich konnte nur auf die Edikte und Verfügungen bauen, die ich bis zum Überdruß erlassen hatte: daß dieses Kind in den kommenden Jahren beschützt werden müsse, was auch immer passieren mochte.

Und eine Nacht brach an, friedlich und warm. Es muß die Mittsommernacht gewesen sein, als ich starb! Ganz sicher. Die Myrten standen voll rosaroter Blüten. Gewiß habe ich mir so etwas nicht eingebildet.

Ich hatte alle fortgeschickt. Ich wußte, daß es kam. Ich lag still auf einem Berg Kissen und schaute hinaus zu den Wolken über den Myrten.

Ich wollte zurück, zurück nach Riverbend, ich wollte bei Marie Claudette sitzen. Ich wollte wissen, wollte ehrlich *wissen*, wer dieser junge Mann gewesen war, der Sklaven entführt und zu Marguerite gebracht hatte, damit sie ihre wüsten Experimente durchführte. Wer war dieser gedankenlose Knabe gewesen?

Ich lag da, und eine überaus furchtbare Wahrheit ergriff mich. Eine kleine Wahrheit im Grunde: Ich konnte mich nicht bewegen. Ich konnte mich nicht aufrichten. Meine Arme gehorchten mir nicht. Der Tod stahl sich über mich wie die Winterkälte. Er ließ mich gefrieren.

Und als gäbe es einen Gott der Raconteure und Lüstlinge, erschien Evelyn über der Dachkante, und ihre weißen Hände umklammerten die grünen Ranken.

Sie kam über das Dach der Veranda herauf, und ich hörte ihre Stimme durch die dicke Scheibe. »Mach das Fenster auf, Onkel Julien! Ich bin's, Evie, mach auf!«

Ich konnte mich nicht rühren. Ich starrte sie an, und meine Augen schwammen in Tränen. »Oh, Darling«, flüsterte ich in meinem Herzen.

Und dann wandte Evie ihre Hexenkräfte auf, und mit ihren Händen und diesen Kräften ließ sie das Fenster ratternd hochfahren. Sie langte herein und umfaßte meine Schultern; so gebrechlich und klein muß ich da gewesen sein. Sie zog mich hoch und küßte mich.

»Oh, Darling, ja, ja . . .«

Und hinter ihr braute sich das Unwetter zusammen und breitete sich über den ganzen Himmel aus. Ich hörte, wie die ersten Regentropfen unter ihr auf das Dach der Veranda schlugen. Ich fühlte sie auf meinem Gesicht. Ich sah, wie die Bäume wütend zu schwanken begannen. Und ich hörte den Wind heulen, als ob *er* heulte, als peitschte er die Bäume und weine in seinem Schmerz, wie er beim Tode meiner Mutter geweint hatte, und beim Tode ihrer Mutter.

Ja, es war ein Unwetter zum Hexentod, und ich war der Hexenmeister, der starb. Es war mein Tod und mein Unwetter.

24

Sie standen in der Mitte und bildeten einen ungleichmäßigen Kreis. Was war dieses leise, mahlende Geräusch? War es Donner?

Sie waren die gefährlichsten Leute, die er je gesehen hatte. Unwissenheit, Armut – das war ihr Erbe, und allenthalben sah er die verbreiteten Gebrechen der Armen und der Unbehüteten: den Buckligen, den Mann mit dem Klumpfuß, das Kind, dessen Arme zu kurz waren, und all die anderen, schmalgesichtig, struppig, in ihren grauen und braunen Kleidern mißgestaltet und furchterregend anzusehen. Das mahlende Geräusch ging unaufhörlich weiter, zu monoton für Donner. Konnten sie es auch hören?

Der Himmel lastete auf ihnen, drückte auf den Grasgrund des Glen. Tatsächlich waren Zeichen in die Steine gemeißelt; der alte Mann in Edinburgh hatte Julien die Wahrheit gesagt. Die Steine waren gewaltig, und sie standen alle zusammen im Kreis.

Er richtete sich auf. Ihm war schwindlig. Er sagte: »Ich gehöre nicht hierher. Dies ist ein Traum. Ich muß dahin zurück, wo ich hingehöre. Ich kann hier nicht aufwachen. Aber ich weiß nicht, wie ich dorthin zurückkommen soll.« Das mahlende Geräusch machte ihn wahnsinnig. Es war so dunkel, so hartnäckig. Ob sie es auch hörten?

»Wir würden dir gern helfen«, sagte einer der Männer, ein großer Mann mit fließendem grauem Haar. Er trat aus dem kleinen Kreis hervor. Er trug eine schwarze Kniehose, und sein Mund war unter dem grauen Schnurrbart nicht zu sehen. Man sah nur ein Stück der Lippe, als seine dunkle Baritonstimme ertönte. »Aber wir wissen nicht, wer du bist oder was du hier tust. Wir wissen nicht, woher du kommst. Oder wie wir dich nach Hause schicken können.«

Das war Englisch, modernes Englisch. Das alles stimmte doch nicht. Es war ein Traum.

Was ist das für ein Grollen? Dieses Mahlen – ich kenne das Geräusch. Er wollte die Hand ausstrecken und es beenden. Ich kenne dieses Geräusch.

Der nächste Stein mußte an die sechs Meter hoch sein, gezackt wie ein plumpes Messer, das aus der Erde ragte, und darauf waren Horden von Kriegern zu sehen, mit Speeren und Schilden.

»Die Pikten«, sagte er.

Sie starrten ihn an, als hätten sie ihn nicht verstanden.

»Wenn wir dich hierlassen«, sagte der grauhaarige Mann, »kommen womöglich die kleinen Leute. Die kleinen Leute sind voller Haß. Die kleinen Leute werden dich fortschleppen. Sie werden versuchen, mit dir einen Riesen zu zeugen und die Welt zurückzuerobern. Du hast das Blut in dir, weißt du.«

Ein scharfes, klingendes Geräusch hallte plötzlich über das wehende Gras unter der weiten Wölbung der wabernden Wolken. Und wieder ertönte es, das gleiche vertraute Klingen. Es war lauter als das leise Mahlen, das ohne Unterbrechung weiterging.

»Ich weiß, was das ist!« sagte er zu ihnen. Er versuchte aufzustehen, fiel aber gleich wieder ins feuchte Gras. Wie sie seine Kleider anstarrten. Wie anders die ihren aussahen.

»Das ist die falsche Zeit! Hört ihr dieses Geräusch? Es ist ein Telefon. Er will mich zurückholen.«

Der große Mann kam näher. Seine bloßen Knie waren dreckverkrustet, seine langen Beine streifig vom Schmutz.

»Ich selbst habe die kleinen Leute nie zu Gesicht bekommen«, sagte er. »Aber ich weiß, daß man sie fürchten muß. Wir können dich nicht hierlassen.«

»Geht weg von mir«, sagte er. »Ich verschwinde. Dies ist ein Traum, und ihr solltet ihn verlassen. Wartet nicht mehr. Geht einfach. Ich habe zu tun! Wichtige Dinge, die getan werden müssen!«

Und diesmal kam er vollends auf die Beine, wurde zurückgeschleudert und fühlte die Bodendielen unter seinen Händen. Wieder klingelte das Telefon. Wieder und wieder. Er versuchte die Augen zu öffnen.

Da hörte es auf. Nein, ich muß aufwachen, dachte er. Ich muß aufstehen. Hör nicht auf zu klingeln. Er zog die Knie dicht an die Brust und rappelte sich auf alle viere hoch. Das mahlende Geräusch. Das Victrola. Der schwere Tonarm mit der groben kleinen Nadel war am Ende der Schallplatte hängengeblieben und mahlte, mahlte in der letzten Rille auf der Suche nach einem neuen Anfang.

Licht in den beiden Fenstern. In seinen Fenstern. Und dort stand das Victrola unter Anthas Fenster; in kleinen goldenen Lettern stand VICTOR auf dem hochgeklappten Holzdeckel.

Jemand kam die Treppe herauf.

»Ja!« Er stand auf. Sein Zimmer. Das Zeichenbrett, sein Stuhl. Die Regale mit seinen Büchern. *Viktorianische Architektur. Die Geschichte des Fachwerkhauses in Nordamerika.* Meine Bücher.

Es klopfte.

»Mr. Mike, sind Sie da drin? Mr. Mike, Mr. Ryan ist am Telefon!«

»Kommen Sie rein, Henri, kommen Sie nur rein.« Würde Henri hören, daß er Angst hatte? Würde er Bescheid wissen?

Der Türknopf drehte sich, als wäre er lebendig. Das Licht vom Treppenabsatz fiel herein. Der kleine Kronleuchter hinter Henri ließ sein Gesicht so dunkel erscheinen, daß Michael es kaum erkennen konnte.

»Mr. Mike, es gibt gute Nachrichten und schlechte Nachrichten. Sie lebt; sie haben sie gefunden, in St. Martinville in Louisiana. Aber sie ist krank, sehr krank; es heißt, sie kann sich nicht rühren und nicht sprechen.«

»O Gott, sie haben sie gefunden! Und sie sind sicher, daß es Rowan ist?«

Er hastete an Henri vorbei die Treppe hinunter. Henri folgte ihm und redete unablässig auf ihn ein; einmal streckte er die Hand aus, um Michael aufzufangen, als dieser beinahe hingefallen wäre.

»Mr. Ryan ist auf dem Weg hierher. Der Coroner von St. Martinville hat angerufen. Sie hatte Papiere in der Handtasche. Und die Beschreibung paßt auf sie. Sie sagen, es ist Dr. Mayfair, ganz bestimmt.«

Eugenia stand in seinem Schlafzimmer und hielt den Telefonhörer in der Hand.

»Ja, Sir, wir haben ihn gefunden.«

Michael nahm ihr den Hörer ab.

»Ryan?«

»Sie ist jetzt auf dem Heimweg«, sagte die kühle Stimme am anderen Ende. »Der Krankenwagen bringt sie geradewegs ins Mercy Hospital. Sie wird in etwa einer Stunde da sein. Michael, es sieht nicht gut aus. Sie zeigt keinerlei Reaktionen. Klingt komatös. Wir versuchen, Dr. Larkin im Pontchartrain zu erreichen. Aber der meldet sich nicht.«

»Was mache ich jetzt? Wo fahre ich hin?« Am liebsten wäre er auf der I-10 nach Norden gefahren, bis er den Krankenwagen gesehen hätte, um zu wenden und ihn dann bis ins Krankenhaus zu begleiten. Eine Stunde! »Henri, holen Sie mir meine Jacke. Suchen Sie meine Brieftasche. Unten in der Bibliothek. Ich habe meine Schlüssel und die Brieftasche auf dem Boden liegenlassen.«

»Mercy Hospital«, sagte Ryan. »Sie haben alles vorbereitet. Die Mayfair-Etage. Wir treffen uns dort. Du hast Dr. Larkin auch nicht gesehen, oder?«

Sekunden später hatte Michael seine Jacke angezogen. Er trank das Glas Orangensaft, das Eugenia ihm entgegenhielt, während sie ihn mit entschiedenen Worten daran erinnerte, daß er nichts zu Abend gegessen habe und daß es schon elf Uhr sei.

»Henri, fahren Sie den Wagen nach vorn. Schnell!«

Rowan lebte. Rowan würde in weniger als einer Stunde im Mercy Hospital sein. Rowan kam nach Hause! Gott verdammt noch mal, ich wußte, daß sie wiederkommt, aber doch nicht so!

Er hastete hinunter in den vorderen Flur, nahm Eugenia seine Schlüssel und die Brieftasche ab und stopfte sich alles in die Taschen.

»Hören Sie zu, Eugenia, Sie müssen etwas sehr Wichtiges erledigen«, sagte er. »Gehen Sie hinauf in mein Zimmer. Da steht ein altes Victrola auf dem Boden. Ziehen Sie es auf und spielen Sie die Schallplatte ab. Okay?«

»Jetzt? Mitten in der Nacht? Wozu?«

»Tun Sie's einfach. Warten Sie. Bringen Sie das Ding hinunter in den Salon. Das macht es leichter. Ach, lassen Sie, Sie können es ja doch nicht tragen. Gehen Sie hinauf und spielen Sie die Platte ein paarmal, und dann gehen Sie ins Bett.«

»Ihre Frau wird gefunden, Sie fahren ins Krankenhaus, um sie zu sehen, und da sagen Sie mir, ich soll eine Schallplatte spielen?«

»Richtig. Sie haben mich genau verstanden.«

Da kam der Wagen. Er sprang die Treppe hinunter und wandte sich rasch noch einmal zu Eugenia um.

»Tun Sie's!« sagte er und lief hinaus. »Der entscheidende Punkt ist, daß sie noch lebt!«

Er schob sich auf den Rücksitz des Wagens. »Los!« Er schlug die Tür zu. »Sie lebt, und wenn sie lebt, wird sie mich hören, ich rede mit ihr, und sie wird mir sagen, was passiert ist. Jesus Christus, Julien, sie lebt. Die Stunde ist noch nicht gekommen.«

Als der Wagen in die Magazine Street einbog und in Richtung City fuhr, fiel ihm das Gedicht wieder ein, alle Strophen, eine lange Kette von dunklen, traumartigen Worten. Er hörte Juliens Stimme, deren eleganter französischer Akzent die Worte zum Leben erweckte, wie die alten Mönche die Buchstaben zum Leben erweckt hatten, wenn sie sie leuchtend rot oder golden ausmalten und mit winzigen Figuren und Blättern verzierten.

Habt acht vor Beobachtern in jener Stunde,
Verbannt die Doktoren ganz aus dem Haus.
Gelehrte nähren nur weiter das Böse,
Und Forscher helfen ihm weiter hinauf.

»Ist das nicht schrecklich?« sagte Henri jetzt. »All die armen Frauen. Wenn man sich das vorstellt – alle auf die gleiche Art gestorben.«

»Wovon, zum Teufel, reden Sie?« fragte Michael. Er sehnte sich nach einer Zigarette. Er roch den süßen Duft von Juliens Cheroot, der noch in seinen Kleidern hing. Wie ein Blitzschlag durchfuhr ihn die Erinnerung. Julien, wie er die Cheroot anzündete und den Rauch einatmete, und wie er ihm dann zuwinkte.

»Was für arme Frauen? Wovon reden Sie? Wie spät ist es?«

»Halb zwölf, Boß«, sagte Henri. »Ich rede von den anderen Mayfair-Frauen. Miss Monas Mutter, die in der Vorstadt gestorben ist, und Miss Edith in der City, obwohl ich mich nicht erinnern kann, sie je kennengelernt zu haben; und wie die andere Lady geheißen hat, weiß ich gar nicht mehr, und die Lady in Houston und die, die danach kam.«

»Wollen Sir mir etwa sagen, daß diese Frauen alle tot sind?«

»Ja, Boß. Und alle auf die gleiche Art gestorben, sagt Miss Bea. Mr. Aaron hat angerufen. Alle haben angerufen. Wir wußten ja nicht, daß Sie zu Hause waren. Oben im Zimmer war kein Licht. Woher sollte ich wissen, daß Sie auf dem Fußboden schlafen?«

Henri erzählte und erzählte: wie er das ganze Haus nach Michael abgesucht hatte, und wie er dies und jenes zu Eugenia gesagt hatte, und wie er dann draußen nach ihm gesucht hatte, und so weiter. Michael hörte es nicht. Er sah, wie die verfallenen alten Ziegelhäuser an der Magazine Street vorüberflogen, und er hörte das Gedicht.

Schmerz und Leiden, da sie noch stolpern,
Blut und Angst, eh sie noch gelernt.

25

Das also ist Stolov. Er wußte es, sowie er aus dem Flugzeug stieg. Sie hatten ihn den ganzen Weg verfolgt. Und da stand der große Mann und erwartete ihn, ein bißchen übertrieben muskulös in seinem schwarzen Regenmantel, mit großen Augen von blasser, unergründlicher Farbe, die aber trotzdem hell wie klares Glas leuchteten.

Der Mann hatte fast unsichtbare blonde Wimpern und buschige Brauen, und sein Haar war hell. Für Yuri sah er wie ein Norweger aus. Nicht wie ein Russe. Erich Stolov.

»Stolov«, sagte er, nahm seine Reisetasche in die Linke und streckte ihm die rechte Hand entgegen.

»Ah, Sie kennen mich«, sagte der Mann. »Ich war nicht sicher.« Ein Akzent. Skandinavisch, mit einer Spur von etwas anderem. Osteuropa.

»Ich erkenne unsere Leute immer«, sagte Yuri. »Warum kommen Sie nach New Orleans? Haben Sie mit Aaron Lightner zusammengearbeitet? Oder sind Sie einfach nur hier, um mich abzuholen?«

»Um Ihnen das zu erklären, bin ich gekommen.« Stolov legte Yuri ganz leicht die Hand auf den Rücken, als sie zusammen durch den mit Teppichboden ausgelegten Korridor gingen; Passagiere strömten an ihnen vorbei, und der hohle Raum schien alle warmen Laute zu verschlucken. Der Tonfall des Mannes war sehr kooperativ und offen. Aber Yuri traute der Sache nicht recht.

»Yuri«, sagte der Mann, »Sie hätten das Mutterhaus nicht verlassen sollen, aber ich verstehe, weshalb Sie es getan haben. Sie wissen jedoch, daß wir ein autoritärer Orden sind. Sie wissen, daß Gehorsam wichtig ist. Und Sie wissen, warum.«

»Nein. Sagen Sie mir, warum. Ich bin exkommuniziert worden. Ich bin nicht verpflichtet, mit Ihnen zu reden. Ich will zu Aaron. Das ist der einzige Grund, weshalb ich hier bin.«

»Das weiß ich natürlich«, sagte der andere und nickte. »Hier, wollen wir rasch einen Kaffee trinken?«

»Nein. Ich will zum Hotel. Ich will Aaron sehen, und zwar so schnell wie möglich.«

»Er könnte sich jetzt nicht mit Ihnen treffen, selbst wenn er es wollte«, sagte Stolov in leisem, versöhnlichem Ton. »Die Familie Mayfair befindet sich in einer Krise. Er ist bei ihnen. Außerdem ist Aaron ein altes und loyales Mitglied der Talamasca. Er wird nicht glücklich darüber sein, daß Sie so impulsiv gehandelt haben und einfach hergekommen sind. Ihre demonstrative Zuneigung könnte ihm sogar peinlich sein.«

Im stillen war Yuri wütend über diese Worte. Er konnte diesen großen blonden Mann nicht leiden.

»Yuri, Sie sind wertvoll für den Orden. Anton ist neu als Generaloberer. David Talbot hätte die Sache vielleicht sehr viel besser gehandhabt. In solchen Übergangszeiten geschieht es manchmal, daß wir Leute verlieren, die uns sehr wichtig sind.«

Der Mann deutete auf den leeren Coffeeshop, wo Porzellantassen schimmernd auf glatten Kunststofftischen standen. Es roch nach schwachem amerikanischem Kaffee.

»Nein. Ich will weiter«, sagte Yuri. »Ich werde Aaron finden, und dann können wir uns zu dritt unterhalten, wenn Sie möchten. Ich will Aaron sagen, daß ich hier bin.«

»Das geht jetzt nicht. Aaron ist im Krankenhaus«, sagte Stolov. »Rowan Mayfair ist gefunden worden. Aaron ist bei der Familie. Aaron ist in Gefahr. Darum ist es so wichtig, daß Sie sich anhören, was ich Ihnen zu sagen habe. Verstehen Sie das nicht? Dieses Mißverständnis zwischen uns – es ist entstanden, weil wir versucht haben, Aaron zu schützen. Und Sie.«

Yuri merkte, daß der Mann ihm buchstäblich den Weg verstellte. Der Mann war größer als er. Er war nicht so sehr eine Bedrohung als vielmehr ein wuchtiges Hindernis, kraftvoll und stur und erfüllt vom Glauben an sich selbst. Sein Gesicht war freundlich und intelligent, und wieder sprach er jetzt in diesem ruhigen, geduldigen Ton.

»Yuri, wir brauchen Ihre Mitarbeit. Sonst könnte Aaron etwas zustoßen. Sie könnten sagen, es ist eine Rettungsmission im Interesse Aaron Lightners. Aaron Lightner hat sich in die Belange der Familie Mayfair hineinziehen lassen. Er verfügt nicht mehr über ein klares Urteilsvermögen.«

»Warum nicht?«

Aber noch während er diese Frage stellte, gab Yuri nach. Er

wandte sich um, ließ sich in das Restaurant führen und kapitulierte; er nahm dem großen Norweger gegenüber Platz und schaute schweigend zu, wie die Kellnerin den Auftrag erhielt, ihnen Kaffee und etwas Süßes zu bringen.

Yuri schätzte, daß Stolov etwa zehn Jahre älter war als er, also vielleicht vierzig.

»Sie sind sehr mißtrauisch, und das zu recht«, sagte Stolov. »Aber, Yuri, wir sind ein Orden, eine Familie. Sie hätten das Mutterhaus nicht auf diese Weise verlassen sollen.«

»Das haben Sie schon mal gesagt. Warum haben die Ältesten mir verboten, mit Aaron Lightner zu sprechen?«

»Sie hatten ja keine Ahnung, daß dieses Verbot solche Folgen haben würde. Sie wollten lediglich die Dinge eine Zeitlang auf sich beruhen lassen, um Maßnahmen zum Schutze Aarons zu ergreifen.«

Die Kellnerin stellte ihnen Gebäck auf den Tisch, süß duftend, mit Zuckerguß bedeckt und klebrig. Yuri war nicht hungrig. Er hatte im Flugzeug etwas absolut Unappetitliches, aber sehr Sättigendes zu sich genommen.

»Sie haben gesagt, man hat Rowan Mayfair gefunden«, sagte er, und dabei starrte er das Gebäck an und stellte sich vor, wie klebrig es sich anfühlen würde. »Sie haben ein Krankenhaus erwähnt.«

Stolov nickte. Er trank seinen bernsteinfarbenen Kaffee und blickte mit seinen eigentümlich sanften, hellen Augen auf. Die Abwesenheit jeglicher Farbe ließ sie leer aussehen – und dann plötzlich auch wieder unerklärlich aggressiv. Yuri begriff nicht, warum.

»Aaron ist böse auf uns«, sagte Stolov. »Er ist nicht kooperativ. Am Weihnachtstag ist etwas passiert bei den Mayfairs. Er glaubt, daß er Rowan Mayfair hätte helfen können, wenn er dagewesen wäre. Er gibt uns die Schuld daran, daß er nicht zu Rowan gegangen ist. Aber er irrt sich. Es hätte ihn das Leben gekostet. So wäre es ausgegangen. Aaron ist alt. Seine Ermittlungsarbeit hat ihn noch selten – wenn überhaupt jemals – in eine so unmittelbare Gefahr gebracht.«

»Diesen Eindruck hatte ich nicht«, sagte Yuri. »Die Familie Mayfair hat schon einmal versucht, ihn umzubringen. Aaron hat schon oft in Gefahr geschwebt. Auch bei anderen Ermittlungen. Aaron ist deshalb so wertvoll für den Orden, weil er schon so viel gesehen und erledigt hat.«

»Ah, aber Sie müssen wissen, daß jetzt nicht die Familie ihn bedroht, nicht die Mayfair-Hexen, sondern ein Individuum, dem sie sozusagen Beihilfe geleistet haben.«

»Lasher.«

»Wie ich sehe, kennen Sie die Akten.«

»Ich kenne sie, ja.«

»Warum sind Sie so wütend, Yuri?« Was für eine angenehme, dunkle, respektvolle Stimme.

»Ich bin nicht wütend, Stolov. Ich bin nur sehr mißtrauisch. Mein Leben lang war ich der Talamasca treu ergeben. Die Talamasca hat mich zum Erwachsenen gemacht. Ich wäre es vielleicht nicht geworden, wenn der Orden nicht gewesen wäre. Aber jetzt stimmt hier etwas nicht. Die Leute benehmen sich sonderbar. Ihr Tonfall ist sonderbar. Ich möchte mit den Ältesten sprechen. Ich will sie *sprechen*!«

»Das geht nicht, Yuri«, sagte Stolov ruhig. »Niemand spricht mit den Ältesten, und das wissen Sie. Aaron hätte es Ihnen sagen können. Sie können auf die übliche Weise mit ihnen kommunizieren –«

»Ah, aber dies ist ein Notfall.«

»Für die Talamasca? Nein. Für Aaron und für Yuri, ja, auf jeden Fall. Aber für die Talamasca gibt es keinen Notfall. Wir sind wie die Römische Kirche.«

»Rowan Mayfair – Sie haben gesagt, man hat sie gefunden. Was ist passiert?«

»Sie ist im Mercy Hospital, aber im Laufe des Vormittags wird man sie nach Hause bringen. Über Nacht war sie an ein Beatmungsgerät angeschlossen. Heute morgen hat man es weggenommen. Sie atmet jetzt allein. Aber sie wird nicht wieder zu sich kommen. Ihr Hirn hat einen enormen Schaden genommen, einen Schaden, wie er durch Schock, Rauschgift-Überdosis, allergische Reaktion oder plötzlichen Adrenalinanstieg hervorgerufen wird; ich zitiere jetzt ihre Ärzte und sage Ihnen, was sie der Familie sagen.

Sie wissen, daß sie nicht wieder zu sich kommen kann. Ihre

eigenen Wünsche hinsichtlich einer solchen Situation liegen schriftlich vor. Als Erbin des Vermächtnisses hat sie Anordnungen für den Fall einer solchen Krise getroffen. Sobald eine negative Prognose bestätigt ist, soll man die lebenserhaltenden Apparate abschalten und sie nach Hause bringen.«

Stolov sah auf seine Uhr, ein ziemlich scheußliches Gerät, vollgestopft mit kleinen Skalen und digitalen Anzeigen.

»Wahrscheinlich wird sie soeben nach Hause transportiert.« Er sah Yuri an. »Aaron ist höchstwahrscheinlich dabei. Geben Sie ihm ein bißchen Zeit.«

»Ich gebe *Ihnen* jetzt noch genau zwanzig Minuten. Erklären Sie sich. Sonst gehe ich.«

»Also gut. Dieses Individuum – Lasher – ist sehr gefährlich. Er ist einzigartig, soweit man weiß. Er versucht verzweifelt, sich zu vermehren. Es gibt Hinweise darauf, daß ihm einige Mitglieder der Familie Mayfair dabei nützlich sein können. In der Familie existiert eine genetische Besonderheit, ein kompletter Chromosomensatz, den andere Menschen nicht haben. Und es gibt Hinweise darauf, daß Michael Curry den gleichen Überschuß an geheimnisvollen Chromosomen hat. Es ist ein Phänomen, das in nördlichen Regionen vorkommt, speziell bei den Kelten. Als Rowan und Michael sich paarten, produzierten sie dieses einzigartige Wesen. Es ist kein Mensch. Aber es hätte vielleicht nicht erfolgreich zur Welt gebracht werden können, wenn nicht eine außergewöhnliche spirituelle Intervention stattgefunden hätte: die Migration, wenn Sie so wollen, einer machtvollen, eigenwilligen Seele. Diese Seele drang in den Embryo ein, bevor dessen Seele ihn unter Kontrolle gebracht hatte, und dann steuerte sie die Entwicklung des Embryos und bediente sich dabei dieser überschüssigen Chromosomen, um ein neues, vielleicht noch nie dagewesenes Konzept zu verwirklichen. Es war, wenn Sie so wollen, ein Zusammentreffen von Magie und Wissenschaft, von etwas Spirituellem und einer genetischen Unregelmäßigkeit, die sich diese spirituelle Kraft zunutze machte. Eine Art physikalische Gelegenheit für ein okkultes, mächtiges Wesen.«

Yuri dachte eine ganze Weile darüber nach. Lasher, der Geist, der Fleisch sein wollte, der Petyr van Abel mit seinen finsteren

Voraussagen bedroht hatte, der wieder und wieder versucht hatte, sich zu materialisieren, war von Rowan Mayfair geboren worden. So weit war er mit seinen Schlußfolgerungen bereits gediehen, bevor er hergekommen war. Daß die Kreatur sich paaren und vermehren wollte, das war etwas, woran er noch nicht gedacht hatte. Aber es war folgerichtig.

»Oh, äußerst folgerichtig«, sagte Stolov. »Die Vermehrung ist die Grundlage der Evolution. Das Wesen ist jetzt in den umfassenden Plan der Evolution hineingeraten. Es hat seinen großartigen Auftritt gehabt. Jetzt möchte es sich fortpflanzen und die Macht übernehmen. Und wenn es die richtige Frau findet, dann wird ihm das gelingen. Rowan Mayfair hat es mit seinen Vermehrungsversuchen zerstört. Kurze, gescheiterte Schwangerschaften haben ihren Körper verwüstet. Andere Frauen der Familie, ohne jenen Chromosomenüberschuß, haben innerhalb weniger Stunden nach dem Besuch des Wesens tödliche Blutungen erlitten. Die Familie weiß, daß die Kreatur Rowan Mayfair zerstört hat und daß sie eine Gefahr für andere Mayfair-Frauen darstellt, daß sie rapide ein Leben nach dem anderen verbrauchen wird, um eine zu finden, die die Befruchtung überlebt und erfolgreich gebären kann. Die Familie wird die Reihen schließen, sich schützen und dieses Wissen geheimhalten, wie sie es mit okkulten Geheimnissen dieser Art schon in der Vergangenheit stets getan hat. Sie wird das Wesen auf ihre Weise und unter Einsatz ihrer ungeheuren Ressourcen suchen. Sie wird nicht erlauben, daß die Außenwelt ihnen dabei behilflich ist oder auch nur davon weiß.«

»In welcher Gefahr schwebt Aaron dabei? Aus dem, was Sie sagen, geht das nicht hervor.«

»Aber es liegt auf der Hand. Aaron weiß von diesem Wesen. Er weiß, was es ist. In den ersten Tagen nach Weihnachten, bevor die Mayfairs begriffen hatten, was geschehen ist, hat man unvorsichtig gehandelt. Man hat am Schauplatz der Geburt dieser Kreatur Spurenmaterial gesammelt und an ein neutrales Institut geschickt. Dann hat Rowan selbst sich an einen Arzt in San Francisco gewandt und ihm Gewebeproben von der Kreatur und von sich selbst geschickt. Das war ein schrecklicher Fehler. Der Arzt, der diese Proben analysiert hat, ist tot. Der

Arzt, der das Material bei ihm abgeliefert hat und jetzt hergekommen ist, um darüber mit der Familie zu sprechen, ist spurlos verschwunden. Gestern abend hat er sein Hotel hier ohne jede Erklärung verlassen. Seitdem hat man ihn nicht mehr gesehen. In New York sind alle Berichte über genetische Untersuchungen im Zusammenhang mit diesem Wesen verschwunden, ebenso in einem gentechnischen Labor in Europa, das von dem New Yorker Institut mit Proben seiner Arbeit beliefert worden ist. Nirgendwo findet sich jetzt ein Hinweis mehr auf dieses Wesen...

Aber wir... die Talamasca – wir wissen alles über dieses Wesen. Alles. Das Wesen wird versuchen, unser Wissen auszutilgen. Das war unvermeidlich. Vielleicht hat man eine... Fehleinschätzung begangen.«

»Was meinen Sie damit?«

»›Wir wachen, und wir sind immer da‹«, sagte Stolov. »Das ist unser Motto. Aber manchmal kommt es vor, daß diese machtvollen Wesen, die wir beobachten, diese brütenden, unklassifizierbaren Formen von Energie oder Bosheit, daß diese Wesen also versuchen, alle Zeugen zu vernichten, und dann müssen wir die Folgen unserer langen Wacht tragen, unserer Einsichten, sozusagen. Vielleicht, wenn wir auf die Geburt dieses Wesens besser vorbereitet gewesen wären. Aber andererseits... ich bin nicht sicher, ob irgend jemand so etwas überhaupt für möglich gehalten hat. Und jetzt... jetzt ist es zu spät.

Das Wesen wird sicher versuchen, Aaron zu töten. Es wird versuchen, Sie zu töten. Es wird versuchen, mich zu töten, wenn es erst weiß, daß ich an diesen Ermittlungen beteiligt bin. Darum hat sich bei der Talamasca etwas geändert. Darum stimmt hier etwas nicht, wie Sie sagen. Die Ältesten haben die Türen verriegelt. Die Ältesten möchten der Familie helfen, soweit sie es können. Aber die Ältesten werden nicht zulassen, daß unsere Mitglieder in Gefahr gebracht werden. Sie werden nicht müßig abseits stehen, wenn dieses Wesen versucht, in unsere Archive einzudringen und unsere unbezahlbaren Aufzeichnungen zu vernichten. Wie gesagt... so etwas ist schon vorgekommen. Wir haben einen Modus für solche Angriffe.«

»Aber ein Notfall ist es nicht?«

»Nein. Es bedingt lediglich eine andere Vorgehensweise. Verstärkte Sicherheitsmaßnahmen, Sicherung des Beweismaterials, die Forderung nach blindem Gehorsam seitens derer, die in Gefahr sind. Sie und Aaron sollen sofort ins Mutterhaus zurückkehren.«

»Und Aaron weigert sich?«

»Eisern. Er will die Familie nicht verlassen. Er bereut, daß er am Weihnachtstag gehorsam war.«

»Was ist denn dann das offizielle Ziel des Ordens? Sich selbst zu schützen?«

»Die äußerste Schutzmaßnahme zu vollziehen.«

»Verstehe ich nicht.«

»Doch, Sie verstehen. Die äußerste Schutzmaßnahme besteht darin, die Bedrohung zu vernichten. Das aber müssen Sie uns überlassen, mir und meinen Ermittlern. Denn wir wissen, was zu tun ist, wie wir dieses Wesen ausfindig machen müssen, wie wir es umzingeln und wie wir es daran hindern können, seine Ziele zu erreichen.«

»Und ich soll Ihnen glauben, daß unser Orden, unsere geliebte Talamasca, so etwas früher schon getan hat?«

»Unbedingt. Wir können uns nicht passiv verhalten, wenn unser eigenes Überleben auf dem Spiel steht. Wir haben für diesen Fall einen anderen Operationsmodus.«

»Es fehlen noch einzelne Mosaiksteine in diesem Bild.«

»Inwiefern?«

»Sie reden von einer Bedrohung für die Familie. Sie reden von einer Bedrohung für den Orden. Was ist mit der Gefahr für andere? Wie steht es mit der moralischen Disposition des Wesens? Wenn es sich am Ende doch erfolgreich paart, was werden dann die Konsequenzen sein?«

»Das wird nicht geschehen. Es ist undenkbar, daß es geschieht. Sie wissen nicht, was Sie da sagen.«

»Oh, ich glaube doch«, sagte Yuri. »Ich habe schließlich mit Leuten gesprochen, die es gesehen haben. Wenn diese Kreatur sich erst die richtigen Frauen beschafft hat, könnte es sich mit bemerkenswerter Geschwindigkeit vermehren – mit einer Geschwindigkeit, wie man sie in der Welt der Insekten oder der Reptilien sieht. So viel schneller als andere Säugetiere, daß es sie bald überrennen, überwältigen, sie womöglich ausrotten würde.«

»Sie sind sehr clever. Sie wissen zuviel über dieses Ding. Es ist unglückselig, daß Sie die Akte gelesen haben und in Donnelaith gewesen sind. Aber keine Angst, die Kreatur wird nicht gewinnen. Und wer weiß, wie hoch ihre Lebenserwartung ist? Wer weiß, ob ihr Stündlein, mit oder ohne Fortpflanzung, nicht schon bald geschlagen hat?«

Stolov griff zu Messer und Gabel, schnitt ein kleines, keilförmiges Stück aus dem Süßgebäck auf dem Teller vor ihm und aß es schweigend auf. Yuri schaute zu. Schließlich legte er sein Besteck aus der Hand und sah Yuri an.

»Überreden Sie Aaron, daß er mit Ihnen zurückkehrt. Überreden Sie ihn, die Familie Mayfair und ihre Probleme uns zu überlassen.«

»Wissen Sie, das hört sich einfach nicht gut an«, sagte Yuri. »Hier ist soviel im Spiel. Und Sie sprechen überhaupt nicht vom großen Ganzen. Das ist nicht der Stil der Talamasca, die ich kenne. Dieses Wesen, es ist so gefährlich . . . Nein. Es paßt alles nicht zu dem, was ich von meinem Orden und meinen Brüdern weiß. Überhaupt nicht.«

»Was, um alles in der Welt, wollen Sie damit sagen?«

»Sie haben viel Geduld mit mir. Ich weiß das zu schätzen. Aber unser Orden ist zu geschickt für all das. Die Ältesten wissen, wie man so etwas erledigt. Es hat etwas Grobschlächtiges, wie sich die Dinge ereignet haben. Es wäre für die Ältesten eine Kleinigkeit gewesen, mich zu beruhigen und auch Aaron zu beruhigen. Aber hier geschieht alles ungeschickt, hastig. Unhöflich. Ich weiß nicht – für mich ist das nicht die Talamasca.«

»Yuri, der Orden hat absoluten Gehorsam von Ihnen erwartet. Er hat ein Recht dazu.« Zum ersten Mal zeigte der Mann einen Hauch von Ärger. Er warf seine Serviette auf den Tisch, unhöflich, neben die Gabel. Schmutzige Serviette auf dem Tisch. Zuckerbeschmierte Serviette, mit Kaffeeflecken. Yuri starrte sie an.

»Yuri«, sagte Stolov. »In den letzten achtundvierzig Stunden sind mehrere Frauen gestorben. Dieser Arzt, Dr. Larkin, ist wahrscheinlich ebenfalls tot. Rowan Mayfair wird irgendwann in den nächsten Wochen sterben. Die Ältesten haben nicht damit gerechnet, daß Sie ihnen zu diesem Zeitpunkt Schwierigkeiten machen würden. Sie haben nicht erwartet, daß Sie ihre Last noch vergrößern würden, ebensowenig wie sie Aarons unloyales Verhalten vorhersehen konnten.«

»Unloyal?«

»Das sagte ich doch. Er weigert sich, die Familie zu verlassen. Aber er ist ein alter Mann. Er kann gegen Lasher nichts tun. Er konnte es noch nie!« Wieder der Ärger.

Yuri lehnte sich zurück. Er dachte eine ganze Weile nach, und dabei starrte er die Serviette an. Der Mann nahm sie auf, wischte sich den Mund ab und legte sie wieder hin. Yuri starrte sie an.

»Ich möchte mit den Ältesten kommunizieren«, sagte er schließlich. »Ich möchte diese Dinge von ihnen hören.«

»Natürlich. Nehmen Sie Aaron heute mit. Bringen Sie ihn nach New York. Sie sind müde. Ruhen Sie sich erst aus, wenn Sie wollen, aber nur an einem Ort, der uns bekannt ist. Und dann reisen Sie ab. Wenn Sie in New York sind, können Sie Kontakt mit den Ältesten aufnehmen. Sie werden genug Zeit haben. Sie können die Angelegenheit miteinander erörtern, Sie und Aaron, und dann müssen Sie nach London zurückkehren. Sie müssen nach Hause zurückkehren.«

Yuri stand auf und legte seine Serviette auf den Stuhl. »Kommen Sie mit mir zu Aaron?«

»Ja. Vielleicht ist es zum Besten, daß Sie hier sind. Vielleicht ist es zum Besten, denn ich glaube nicht, daß ich ihn allein hätte überreden können, von hier fortzugehen. Wir gehen jetzt. Es wird Zeit, daß ich mit ihm rede.«

»Soll das heißen, daß Sie das noch nicht getan haben?«

»Yuri, ich habe alle Hände voll zu tun, wie man so sagt. Und Aaron ist zur Zeit nicht eben kooperativ.«

Ein Wagen erwartete sie, eine vorzügliche amerikanische Lincoln-Limousine. Sie war mit grauem Samt ausgeschlagen. Die Fenster waren so dunkel getönt, daß die Außenwelt unter das Edikt der absoluten Nacht fiel. Unmöglich, eine Stadt durch solche Fenster zu sehen, dachte Yuri. Er saß ganz still und dachte an etwas, das ihm vor Jahren passiert war.

Er erinnerte sich an die lange Zugfahrt mit seiner Mutter nach Serbien. Sie hatte ihm etwas gegeben. Einen Eispickel, was er allerdings damals nicht gewußt hatte. Ein langer, spitzer Dorn aus Stahl mit einem Holzgriff war es gewesen.

»Hier, behalte das«, hatte sie gesagt. »Und benutze es, wenn du mußt. Du stichst einfach zu . . . zwischen die Rippen.«

Wie wild sie in diesem Augenblick ausgesehen hatte. Und wie erschrocken er gewesen war. »Aber wer wird uns denn etwas antun?« hatte er gefragt. Jetzt wußte er gar nicht, was aus dem Eispickel geworden war. Vielleicht hatte er ihn im Zug gelassen.

Er hatte sie im Stich gelassen, nicht wahr? Sie und sich selbst. Und jetzt – während dieser geschmeidige Wagen den Freeway hinauffuhr und schneller wurde – erkannte er, daß er überhaupt keine Waffe dabei hatte. Keinen Eispickel, kein Messer. Sogar das Schweizer Armeemesser, das er sonst bei sich hatte, war zu Hause geblieben, weil er das Flugzeug benutzt hatte. Im Flugzeug waren solche Dinge nicht erlaubt.

»Sie werden sich wohler fühlen, wenn Sie erst mit den Ältesten kommuniziert haben. Wenn Sie Bericht erstattet haben und offiziell aufgefordert worden sind, nach Hause zu kommen.«

Yuri sah Stolov an, der in priesterlichem Schwarz dasaß; nur ein schmaler weißer Streifen seines Kragens war zu sehen, und die großen blassen Hände öffneten und schlossen sich auf seinen Knien.

Yuri lächelte mit Bedacht. »Sie haben recht«, sagte er. »Ein Fax an eine Nummer in Amsterdam. Genau darauf berechnet, Vertrauen zu erwecken.«

»Yuri, bitte, wir brauchen Sie«, sagte der Mann mit sichtlicher und tiefempfundener Bestürzung.

»Das glaube ich. Wie weit ist es noch bis zu Aaron?«

»Ein paar Minuten nur. Ein paar Minuten, und wir sind da.«

Yuri nahm die schwarze Sprechmuschel von der samtgepolsterten Wand. »Fahrer«, sagte er.

»Ja, Sir?«

»Halten Sie bitte an einem Laden, wo man Waffen kaufen kann. Schußwaffen. Kennen Sie so einen Laden? Ohne daß wir einen großen Umweg machen müssen?«

»Ja, Sir. In der South Rampart Street.«

»Ist mir recht.«

»Warum tun Sie das?« fragte Stolov. Er zog die hellen, buschigen Brauen zusammen, und sein Gesicht war beinahe traurig.

»Der Zigeuner in mir«, sagte Yuri. »Keine Sorge.«

Der Mann in der South Rampart Street hatte ein ganzes Arsenal unter Glas und hinter sich an der Wand. »Sie brauchen einen Führerschein von Louisiana«, sagte er.

Stolov beobachtete ihn. Es machte Yuri wütend, daß Stolov dastand und ihn beobachtete, als habe er das Recht dazu.

»Es handelt sich um einen Notfall«, sagte Yuri. »Ich brauche einen Revolver mit einem langen Lauf – da, der ist okay. Der .357er Magnum. Und eine Schachtel Patronen. Hier.« Er zog sein Geld aus der Tasche, Hundert-Dollar-Scheine, erst zehn, dann zwanzig, und zählte sie langsam auf die Theke. »Keine Sorge«, sagte er. »Ich bin kein Gauner. Aber ich brauche den Revolver. Verstehen Sie?«

Er lud die Waffe an Ort und Stelle. Die übrigen Patronen verteilte er in seinen Taschen, handvollweise, schwer, lose.

Als sie in den Sonnenschein hinaustraten, sagte Stolov: »Glauben Sie, man braucht dieses Wesen einfach nur zu erschießen?«

»Nein. *Sie* werden es stoppen, wissen Sie das nicht mehr? *Wir* fahren nach Hause, Aaron und ich. Aber wir sind in Gefahr. Das haben Sie gesagt. In schrecklicher Gefahr. Und jetzt habe ich meinen Revolver.« Er deutete auf den Wagen. »Nach Ihnen.«

»Sie sollten jetzt nichts Dummes oder Leichtsinniges tun«, sagte Stolov, aber jetzt lag nicht Ärger, sondern Besorgnis in seinem Ton.

»Was denn zum Beispiel?«

»Zum Beispiel dürfen Sie nicht versuchen, es zu erschießen.« Der Mann war genervt. »Der Orden hat ein Recht auf ein raffinierteres Verfahren.«

»Hmmm. Ich verstehe. Keine Sorge. Oder, wie man überall auf der Welt sagt, wo man englisch spricht: No problem! Okay?«

Er schenkte Stolov ein strahlendes Lächeln, öffnete ihm die Wagentür und wartete, bis er eingestiegen war. Jetzt war Stolov derjenige, der leises Mißtrauen und Unbehagen, ja, Angst erkennen ließ.

Und dabei weiß ich kaum, wie man abdrückt, dachte Yuri.

26

Mona hätte sich nie träumen lassen, daß ihre ersten Tage bei Mayfair und Mayfair so aussehen würden. Sie saß an einem großen Schreibtisch in Pierce' großem, dunkel getäfeltem Büro und tippte furios auf einem IBM-kompatiblen 386-SX-Computer, der eine Idee langsamer war als das Monster, das sie zu Hause hatte.

Rowan Mayfair war immer noch am Leben, achtzehn Stunden nach der Operation und zwölf Stunden, nachdem man sie von den Apparaten getrennt hatte. Jeden Augenblick konnte sie aufhören zu atmen. Ebensogut konnte sie noch wochenlang leben. Niemand wußte es genau.

Die Untersuchung nahm ihren Gang. Im Augenblick gab es nichts weiter zu tun, als bei den andern zu bleiben und nachzudenken und zu warten und zu schreiben.

Sie hämmerte auf das weiße Keyboard, leicht verärgert über das lärmende Klappern der Tasten. »Vertraulich gespeichert von Mona Mayfair« lautete ihr Titel. Die Datei war paßwortgeschützt. Niemand außer Mona hatte Zugriff auf das Material. Wenn sie nach Hause käme, würde sie alles per Modem übertragen. Aber vorläufig konnte sie hier nicht weg. Sie gehörte hierher. Seit dem vergangenen Abend war sie hier. Und sie schrieb alles auf, was sie gesehen, gehört, gefühlt und gedacht hatte.

Inzwischen war jedes Zimmer in dem gewaltigen Bürokomplex besetzt; geschäftig und beständig sprachen leise Stimmen in verschiedene Telefone hinter halboffenen Türen. Kuriere kamen und gingen.

Es herrschte Ruhe, keine Panik. Ryan saß hinter seinem Schreibtisch im großen Büro, wie sie es nannten, und bei ihm waren Randall und Anne Marie. Lauren residierte weiter hinten am Korridor. Sam Mayfair und zwei der Grady Mayfairs aus

New York waren im Konferenzraum und benutzten alle drei Telefone. Irgendwo telefonierten auch Liz und Cecilia Mayfair. Die Sekretärinnen der Familie, Connie, Josephine und Louise Mayfair, arbeiteten in einem anderen Konferenzzimmer. Faxe rollten aus jedem Gerät im ganzen Haus.

Pierce war bei Mona; er hatte ihr den großen Computer auf seinem Mammutschreibtisch aus Mahagoni überlassen und hockte ziemlich schutzlos hinter dem kleineren, bescheideneren Computer seiner Sekretärin; er war in Hemdsärmeln und Krawatte und hatte sein Jackett über die Stuhllehne gehängt. Viel tat er allerdings nicht. Er war einfach zu müde und zu bedrückt, was auch Mona hätte sein sollen, aber nicht war.

Die Untersuchung wurde völlig privat geführt, und niemand hätte sie besser führen können.

Am Abend zuvor, eine Stunde, nachdem Rowan gefunden worden war, hatte man ernsthaft damit angefangen. Ein paarmal waren Pierce und Mona ins Krankenhaus gefahren. Bei Sonnenaufgang waren sie noch einmal dagewesen, und dann hatten sie sich wieder an die Arbeit gemacht. Ryan, Pierce, Lauren und Mona bildeten den Kern der Organisation; Randall und ein paar andere kamen und gingen. Jetzt war es an die achtzehn Stunden her, daß sie Telefonate, Faxe und sonstige Kommunikationswege in Gang gesetzt hatten. Es ging auf den Abend zu, und Mona war benommen und hungrig, aber viel zu aufgedreht, um an das eine oder das andere zu denken.

Bald würde irgend jemand etwas zu essen bringen, nicht wahr? Vielleicht würden sie auch hinausfahren. Mona wollte das Büro nicht gern verlassen; sie vermutete, daß die nächste Information aus einer Houstoner Unfallambulanz kommen würde, wo der geheimnisvolle, knapp zwei Meter große Mann medizinische Hilfe benötigt hatte.

Der Lastwagenfahrer aus Houston war das wichtigste Bindeglied gewesen.

Der Mann, der Rowan gestern nachmittag aufgelesen hatte. Er hatte gestern abend in St. Martinville haltgemacht, um der Polizei von der ausgemergelten, panischen Frau zu erzählen, die sich auf eigene Faust in die Sümpfe geschlagen hatte. Seinetwegen hatten sie Rowan gefunden. Man hatte ihn angerufen und eingehender befragt. Er hatte die Stelle in Houston beschrieben, wo sie ihm vor den Truck gelaufen war. Er wiederholte alles, was sie gesagt hatte, und berichtete, wie verzweifelt sie darauf aus gewesen war, nach New Orleans zu kommen. Er bestätigte, daß Rowan gestern abend, als er sie das letzte Mal gesehen hatte, ganz richtig im Kopf gewesen war. In rasender Panik vielleicht, aber sie hatte sprechen, gehen, denken können. Und dann war sie allein in die Sümpfe gelaufen.

»Die Frau hatte Schmerzen«, hatte er Mona am Telefon erzählt, als er die ganze Geschichte noch einmal rekapituliert hatte. »Sie hat die Arme um ihren Leib geschlungen, wissen Sie, wie eine Frau mit Krämpfen.«

Gerald Mayfair war mit Pierce' großer Schwester Shelby und mit Monas Vater Patrick in den Sumpf bei St. Martinville gefahren, um die Stelle abzusuchen, an der Rowan gefunden worden war.

Rowan hatte geblutet wie die andern, aber sie war nicht tot gewesen. In der vergangenen Nacht, gegen zwölf, war in einer Notoperation die Gebärmutter herausgenommen worden; nur Michael war dagewesen und hatte – unter Tränen – seine Zustimmung gegeben: Entweder das, oder sie würde den Morgen nicht mehr erleben. »Hören Sie, wir können von Glück sagen, daß sie überhaupt noch atmet.«

Und sie atmete.

Wer konnte wissen, was sie da oben im Sumpfland von St. Martinville im Gras vielleicht noch finden würden? Mona hatte den Vorschlag gemacht und wäre am liebsten selbst losgefahren. Patrick, ihr Dad, war jetzt völlig nüchtern und entschlossen, zu helfen. Ryan hatte gewollt, daß Mona bei ihm blieb; Mona begriff nicht ganz, warum. Machte Ryan sich Sorgen um sie?

Aber als Ryan dann anfing, sie alle paar Minuten über das Intercom anzusummen, um ihr irgendeine unwesentliche Frage zu stellen, da wußte sie, daß er einfach nur ihre Unterstützung haben wollte. Okay, von ihr aus; sie war da, um ihm Unterstützung zu geben. Zwischen diesen Gesprächen tippte sie, schrieb sie, verzeichnete sie, schilderte sie.

Noch am Vormittag war das Bürogebäude in Houston entdeckt worden.

Im fünfzehnten Stock bot sich ein düsteres Bild. Rowan war eine Gefangene gewesen. Über längere Zeitabschnitte war sie ans Bett gefesselt gewesen. Die Matratze starrte vor Urin und Fäkalien, aber sie war mit einem frischen Laken bezogen und von Blumen umgeben, von denen einige noch frisch waren. Frische Lebensmittel waren auch vorhanden.

Es war grausig, das Ganze. Im Bad war eine Menge Blut – nicht von Rowan. Offenbar war der Mann dort verletzt, vielleicht bewußtlos geschlagen worden. Fotos des Badezimmers waren bereits da. Aber die blutigen Fußspuren, die zum Aufzug und zum Vordereingang des Gebäudes hinausgeführt hatten, deuteten klar darauf hin, daß er das Haus aus eigener Kraft verlassen hatte.

»Das hier, finde ich, sieht aus, als ob er im Aufzug noch einmal gefallen wäre. Sieh mal. Da ist doch Blut auf dem Teppich. Er ist schwach. Er ist verletzt.«

Nun, *da* war er verletzt gewesen, aber war er es jetzt auch noch?

Sie überprüften jede Unfallambulanz in der ganzen Stadt. Jede Klinik, jedes Krankenhaus, jede Arztpraxis. Dann würden sie die Vororte absuchen und sich in konzentrischen Kreisen nach außen bewegen, bis sie wußten, wohin der blutende Mann gegangen war. Sie suchten in Hauseinfahrten, auf Dächern, in Restaurants und vernagelten Häusern. Wenn der Mann irgendwo in der Nähe verwundet lag, würden sie ihn finden.

Eine Agentur nach der andern, die besten, die man für Geld kaufen konnte, hatte man engagiert. Ständig wurden Aufträge vergeben, Informationen abgeglichen. Privatärzte hatten in dem Bad in Houston Blutproben eingesammelt und in private Labors gebracht, deren Namen nur Lauren und Ryan bekannt waren. Die düsteren Räume des Gefängnisses waren nach Fingerabdrücken durchsucht worden. Jedes Kleidungsstück – und es waren viele dagewesen – war verpackt, etikettiert und zu Mayfair und Mayfair geschickt worden. Schon trafen die ersten Lieferungen ein.

Auch andere Spuren wurden verfolgt. Zerknülltes Schreibpapier und eine Plastik-Keycard, die man in Houston gefunden hatte, führten zu einem Hotel in New York. Auch dort befragte man die Leute. Rowans Lastwagenfahrer wurde auf Kosten der Familie hergeholt, damit er noch einen weiteren mündlichen Bericht geben konnte.

Häßlich, häßlich, das alles.

Aber konnte es etwas Häßlicheres geben als den Anblick Rowan Mayfairs in dem weißen Krankenhausbett, den Kopf aufrecht auf dem Kissen, die Arme bewegungslos zu den Seiten, mit starrem Blick ins Leere? Sie war stark ausgemergelt, weiß wie Papier, aber das Schlimmste war die Stellung der Arme, parallel, leicht einwärtsgedreht, und die absolute Leere des Gesichts. Alle Persönlichkeit war aus seinem Ausdruck gewichen. Während Mona dagesessen und sie angeschaut hatte, hatten Rowans Arme sich allmählich dichter zum Körper bewegt. Dann hatten die Krankenschwestern zugegriffen und sie wieder gestreckt.

Rowans Haar sah dünn aus, als sei ein großer Teil einfach ausgefallen: auch ein Hinweis auf schwere Unterernährung und die Schwangerschaft mit folgender Fehlgeburt. So klein sah sie aus in ihrem weißen Krankenhauskittel, daß sie ein Engel aus einem Weihnachtsstück hätte sein können.

Und neben ihr saß Michael, zerzaust und durcheinander; er redete mit ihr und erzählte ihr, daß er für sie sorgen werde, daß alle versammelt seien, und daß sie keine Angst haben dürfe. Bunte Bilder werde er ihr ins Zimmer hängen, erzählte er, und Musik würde er spielen. Er habe ein altes Grammophon gefunden; das werde er für sie spielen. Er redete und redete. »Wir werden uns um alles kümmern. Wir werden uns ... um alles kümmern.«

Er wagte nicht, zu sagen: »Wir werden dieses Bastard-Ding finden, dieses Monstrum.« Nein – wer wollte so etwas zu dem unschuldigen, ausdruckslosen Geschöpf sagen, das dort lag, zu diesem grotesken Überrest einer Frau, die es einmal vermocht hatte, mit perfekter Präzision und großem Erfolg die Gehirne anderer Leute zu operieren?

Mona wußte, daß Rowan nichts hören konnte. In ihr war nichts mehr, das zugehört hätte. Das Hirn funktionierte noch, ein bißchen wenigstens; es ließ die Lunge in einem völlig mechanischen Takt arbeiten und das Herz mit der gleichen beängstigenden Regelmäßigkeit pumpen, aber die Extremitäten des Körpers wurden immer kälter.

Jeden Augenblick könnte das Gehirn aufhören, seine Anweisungen zu erteilen. Der Körper würde sterben. Das Elektroenzephalogramm war eine fast flache Linie.

Rowan war körperlich schwer verletzt worden. Es war wirklich scheußlich. Auf ihren bleichen Armen und Beinen waren Blutergüsse. Es gab Anzeichen für eine spontane Fraktur in der linken Hüfte. Sie wies Blutergüsse und Male von Vergewaltigungen auf. Die Fehlgeburt war extrem heftig verlaufen. Sie hatte Blut und Flüssigkeit an den Schenkeln gehabt.

Um sechs Uhr in der Früh hatten sie das Beatmungsgerät abgeschaltet. Die kurze und einfache Operation war ohne Komplikationen verlaufen.

Um zehn hatte man sie eilends nach Hause gebracht, und zwar aus einem einfachen Grund: Sie hatten nicht damit gerechnet, daß sie den Tag überleben würde. Rowans Anordnungen waren explizit gewesen; sie hatte sie schriftlich niedergelegt, als sie das Vermächtnis angetreten hatte. Sie wollte im Haus in der First Street sterben. »In meinem Heim.« Es war alles in ihrer eigenen Handschrift niedergeschrieben, in jenen glücklichen Tagen vor der Hochzeit, in wunderbarem Einklang mit dem Geist des Vermächtnisses. In Mary Beths Bett sterben.

Auch war der Aberglaube der Familie zu berücksichtigen. Die Leute standen in den Gängen des Mercy Hospitals und sagten: »Sie sollte zu Hause im großen Schlafzimmer sterben. Zu Hause sollte sie sein.« »Man muß sie in die First Street bringen, nach Hause.« Der alte Grandpa Fielding war unerbittlich gewesen. »Sie wird in diesem Krankenhaus nicht sterben. Ihr foltert sie. Um sie zu befreien, müßt ihr sie nach Hause bringen.«

Mayfair-Wahnsinn auf Hochtouren. Sogar Anne Marie erklärte, sie müsse in das berühmte große Schlafzimmer gebracht werden. Wußte man's? Vielleicht konnten die Geister der Toten in dem Haus ihr helfen? Und Lauren sagte erbittert: »Bringt die Frau nach Hause.«

Und nun war Rowan Mayfair wieder in der First Street, lag wie eingesargt unter dem satinbezogenen Federbett, bedeckt mit uralten Steppdecken und importierten Bezügen, und sie atmete ohne Hilfe weiter. Es war bereits achtzehn Uhr, und sie war nicht gestorben.

Vor einer Stunde hatten sie angefangen, sie intravenös zu ernähren – Flüssigkeiten, Lipide. »Das sind keine lebenserhaltenden Maßnahmen«, sagte Dr. Fleming. »Es ist Ernährung. Andernfalls würden wir sie, technisch gesehen, aktiv zu Tode hungern.«

Michael hatte anscheinend keine Einwände erhoben. Aber es waren so viele Leute beteiligt. Als er anrief, erzählte er Mona, daß das Zimmer voller Ärzte und Krankenschwestern war. Er bestätigte, daß überall Sicherheitsleute waren, auch draußen auf der Galerie vor den Fenstern und unten auf der Straße. Die Leute fragten sich, was da im Gange war.

Aber bewaffnetes Wachpersonal war in einer Großstadt wie New Orleans heutzutage kein so ungewohnter Anblick mehr. Alle Welt engagierte sie für Parties und Versammlungen. Wenn man zu einer Abendveranstaltung in der Schule ging, standen sie an den Toren. In Drugstores standen sie bei den Kassen. So ist es eben in dieser Bananenrepublik, hatte Gifford einmal gesagt.

»Yeah«, hatte Mona geantwortet, »und so brillant. Typen mit Minimallöhnen und geladenen Achtunddreißigern.«

Aber so plump solche Maßnahmen auch sein mochten, sie hatten sich für die Familie unweigerlich wirksam gezeigt.

Keine weitere Mayfair war überfallen worden. Alle Frauen waren sicher in den verschiedenen Häusern untergebracht; keine dieser Gruppen zählte weniger als sechs oder sieben Personen. Und überall waren Männer dabei.

Jeder einzelne Todesfall, der im gesamten Raum Houston gemeldet wurde, wurde untersucht. Keiner fügte sich in das Muster, das man bei den toten Mayfair-Frauen entdeckt hatte; jeder stand in seinem eigenen Zusammenhang, und die Beteiligung des geheimnisvollen Mannes war ausgeschlossen.

Das Netz war riesig; das Netz war feingesponnen; das Netz war stark.

Um fünf waren die ersten Berichte von den Airlines eingetroffen. Jawohl, ein Mann mit langem, fließendem schwarzen Haar und Bart war am Aschermittwoch mit der Drei-Uhr-Maschine von New Orleans nach Houston geflogen. Außergewöhnlich groß, mit sanfter Stimme. Vorzügliche Manieren, wunderschöne Augen.

Hatte er am Flughafen ein Taxi genommen? Eine Limousine? Einen Bus? Der Flughafen Houston war riesig. Aber Hunderte von Leuten waren dabei, Fragen zu stellen und sich in aller Ruhe einen potentiellen Zeugen nach dem anderen vorzunehmen. »Wenn er irgendwo vorbeigegangen ist, werden wir auch jemanden finden, der ihn gesehen hat.«

»Wie steht es mit den Flügen von Houston hierher? Gestern? Gestern abend?« Überprüfungen, Überprüfungen, Überprüfungen.

Schließlich dachte Mona: Ich gehe jetzt hin. Ich gehe zu meiner Cousine Rowan Mayfair. Ich werde ihr meinen Besuch abstatten. Es schnürte ihr die Kehle zu. Einen Augenblick lang konnte sie nichts sagen und nichts denken. Aber sie mußte hin.

Es war jetzt dunkel.

Eben war ein Fax gekommen, eine Kopie des Bordpasses, den die Airline an den mysteriösen Mann ausgestellt hatte, als er am Aschermittwoch nach Houston zurückgeflogen war. Er hatte den Namen Samuel Newton benutzt und das Ticket bar bezahlt. Samuel Newton. Wenn es irgendwo auf dem Kontinent der Vereinigten Staaten in den amtlichen Unterlagen eine solche Person gab, würde man sie sicher finden.

Aber er konnte sich den Namen auch aus dem Stegreif ausgedacht haben. Im Flugzeug hatte er Milch getrunken, ein Glas nach dem anderen. Sie hatten nach hinten in die Touristenklasse gehen müssen, um Nachschub zu besorgen. Auf einem Flug von New Orleans nach Houston passiert sonst nicht viel; er dauert nicht lange genug. Aber sie hatten ihm seine Milch gegeben.

Mona starrte auf ihren Monitor.

»Wir haben keinerlei Hinweis auf den Aufenthaltsort des Mannes. Aber alle Frauen sind in Sicherheit. Wenn jetzt noch ein Todesfall entdeckt werden sollte, wird es ein Tod wegen Altersschwäche sein.«

Sie drückte die entsprechende Taste, um die Datei zu sichern und zu schließen; sie wartete, während die winzigen Kontrolllampen aufleuchteten. Dann schaltete sie den Computer ab. Das leise Summen des Lüfters erstarb.

Sie stand auf und tastete nach ihrer Handtasche.

Pierce schrak hoch. Er war fast eingeschlafen, als er sie hinter dem Schreibtisch stehen sah.

»Ich fahre jetzt raus«, sagte sie.

»Nicht allein. Du fährst nicht mal allein mit dem Aufzug.«

»Das weiß ich. Es sind doch überall Wachleute. Ich nehme die Straßenbahn. Ich muß nachdenken.«

Natürlich kam er mit.

Seit der Beerdigung seiner Mutter hatte er nicht eine Stunde geschlafen, und vorher sicher auch nicht. Der arme, hübsche Pierce: Verzweifelt und beklommen stand er an der Ecke Carondolet und Canal inmitten des gemeinen Volkes und wartete auf eine Straßenbahn. Wahrscheinlich war er noch nie im Leben damit gefahren.

Die Straßenbahn war voll von Touristen. Die Touristen trugen helle, sauber gebügelte Kleider, denn es war noch kühl. Wenn die Sommerschwüle anfinge, würden sie genauso unordentlich und halbnackt herumlaufen wie alle andern auch. Mona und Pierce saßen schweigend nebeneinander auf einer Holzbank, während der Wagen kreischend und rumpelnd durch den unteren Teil der St. Charles Avenue fuhr, jenen kleinen Canyon von Bürogebäuden im Manhattan-Stil, dann um den Lee Circle herum und weiter stadtauswärts.

Mona stieg vor Pierce aus der Bahn und lief rasch hinüber zur Flußseite, schräg über die Jackson und die St. Charles Avenue hinauf. Pierce lief wortlos neben ihr her.

In der Prytania Street konnten sie schon die Leute vor dem großen Haus sehen, die parkenden Autos. Die Wachleute. Einige von ihnen trugen khakifarbene Uniformen. Sie kamen von einer privaten Agentur. Andere waren dienstfreie Polizisten aus New Orleans in ihrem traditionellen Blau.

Sie überquerten die Chestnut Street und drängten sich durch die kleine, informelle Versammlung von Wachpersonal und Verwandten – Eulalee und Tony und Betsy Mayfair. Garvey Mayfair stand mit Danny und Jim auf der Veranda. Mehrere

Stimmen erhoben sich gleichzeitig und teilten den Wachleuten mit, daß Mona und Pierce hineindürften.

Sicherheitsleute im Flur. Sicherheitsleute im Doppelsalon. Ein Wachmann in der Tür zum Eßzimmer, eine dunkle, klobige Gestalt mit breiten Hüften.

Wachmänner oben an der Treppe. Ein Wachmann an der Schlafzimmertür. Ein Wachmann drinnen am hohen Fenster vor der Galerie. Eine Krankenschwester in schlüpfrigem, billigen Nylonweiß; mit erhobenen Armen justierte sie die Infusion. Rowan unter dem spitzengesäumten Bezug, ein kleines, nichtssagendes, ausdrucksloses Gesicht auf dem großen Rüschenkissen. Michael auf einem Stuhl daneben, mit einer Zigarette.

»Hier gibt's doch kein Sauerstoffgerät, oder?«

»Nein, meine Liebe. Man ist mir deshalb bereits auf die Nerven gegangen.« Trotzig nahm er noch einen Zug; dann drückte er die Zigarette in einem Glasaschenbecher auf dem Nachttisch aus. Seine Stimme war wunderschön leise und sanft, glattgeschliffen von der Tragödie.

Gegenüber in der Ecke saßen die junge Magdalene Mayfair und die alte Tante Lily sehr ruhig auf ihren Stühlen. Magdalene betete den Rosenkranz, und die Bernsteinperlen schimmerten ganz leise, als sie eine zwischen den Fingern hindurchgleiten ließ. Lily hatte die Augen geschlossen.

Noch andere waren im Schatten. Der Schein der Nachttischlampe fiel geradewegs auf Rowan Mayfairs Gesicht, wie ein Kameraspot. Die bewußtlose Frau sah kleiner aus als ein kleines Kind. Lausbub oder Engel. Ihr Haar war glatt zurückgekämmt.

Mona suchte den alten Ausdruck, den Stempel der Persönlichkeit. Nichts mehr da.

»Ich habe Musik gespielt«, sagte Michael in dem gleichen leisen, nachdenklichen Tonfall wie zuvor. Er blickte zu Mona auf. »Ich habe das Victrola gespielt. Juliens Victrola. Und da meinte die Schwester, vielleicht gefällt ihr der Klang nicht. Er ist kratzig, er ist ... etwas Besonderes. Man muß ihn schon mögen, nicht wahr?«

»Die Schwester mochte ihn wahrscheinlich nicht«, sagte Mona. »Soll ich eine Platte auflegen? Wenn du willst, kann ich dir dein Radio unten aus der Bibliothek holen. Ich habe es gestern dort gesehen, neben deinem Sessel.«

»Nein, es ist schon gut. Kannst du kommen und dich für ein Weilchen hersetzen? Ich freue mich, dich zu sehen. Weißt du, ich habe Julien gesehen.«

Pierce erstarrte. Ein anderer Mayfair – hieß er Hamilton? – in der Ecke sah Michael plötzlich an und schaute dann wieder weg. Lilys Augen öffneten sich, zuckten nach rechts und verharrten auf Michael. Magdalene betete weiter ihren Rosenkranz; langsam musterte sie die ganze Runde und ließ ihren Blick dann zu Michael zurückkehren.

Es war, als habe Michael vergessen, daß sie alle da waren. Oder es war ihm scheißegal.

»Ich habe ihn gesehen«, sagte er in rauhem, heiserem Flüsterton. »Und, äh ... er hat mir soviel erzählt. Aber er hat nicht gesagt, daß dies hier passieren würde. Er hat mir nicht gesagt, daß sie nach Hause kommen würde.«

Mona setzte sich auf den kleinen Samtstuhl neben ihm, mit dem Gesicht zum Bett.

Mit leiser Stimme – die anderen störten sie – sagte sie: »Julien hat es wahrscheinlich nicht gewußt.«

»Meinst du *Oncle* Julien?« fragte Pierce in dünnem schüchternem Wispern quer durch das Zimmer. Hamilton Mayfair drehte sich um und schaute Michael unmittelbar an, als sei dies die faszinierendste Sache der Welt.

»Hamilton, was machst du hier?« fragte Mona.

»Wir wechseln uns alle ab«, antwortete Magdalene flüsternd. Und Hamilton erklärte: »Wir wollen einfach hier sein.«

Sie alle hatten etwas Sittsames und zugleich Verzweifeltes an sich. Hamilton mußte jetzt ungefähr fünfundzwanzig sein. Er sah gut aus, nicht funkelnd schön wie Pierce, aber sehr hübsch auf seine zu schmale Art. Sie wußte nicht mehr, wann sie zuletzt mit ihm gesprochen hatte. Er schaute sie an und lehnte dabei mit dem Rücken am Kamin.

»Alle Verwandten sind hier«, sagte er.

Michael sah sie an, als habe er die andern überhaupt nicht gehört. »Was meinst du damit«, fragte er, »daß Julien es nicht gewußt haben soll? Er muß es doch gewußt haben.«

»So ist es nicht, Michael«, antwortete sie, bemüht, weiter zu flüstern. »Es gibt ein altes irisches Sprichwort: ›Ein Geist kennt seine eigenen Angelegenheiten.‹ Außerdem war er es ja nicht wirklich, weißt du. Wenn die Toten kommen, sind sie nicht da.«

»O doch«, sagte Michael; seine Stimme klang dünn und müde, aber aufrichtig. »Es war Julien. Er war hier. Wir haben stundenlang miteinander gesprochen.«

»Nein, Michael. Es ist wie mit der Schallplatte. Du setzt die Nadel in die Rille, und Violetta singt. Aber sie ist nicht im Zimmer.«

»Er war da«, sagte Michael leise und ohne Streitlust. Beinahe geistesabwesend beugte er sich vor und nahm Rowans Hand. Rowans Arm leistete leisen Widerstand; die Hand wollte dicht am Körper bleiben. Er umfaßte sie sanft, neigte sich darüber und küßte sie.

»Was hat Onkel Julien dir denn erzählt?« fragte Pierce auf seine unschuldige Art. Er machte sich nicht lustig. Er wollte wirklich wissen, was Michael zu berichten hatte.

»Keine Sorge«, sagte Michael, »die Zeit wird kommen. Bald schon, glaube ich. Und dann werde ich wissen, was zu tun ist.«

»Du klingst sehr sicher«, sagte Hamilton Mayfair leise. »Ich wünschte, ich hätte eine Ahnung, was hier vorgeht.«

»Zerbrich dir nicht den Kopf«, sagte Mona.

»Wir sollten jetzt alle ruhig sein«, sagte die Schwester. »Vergessen Sie nicht, Dr. Mayfair könnte Ihnen zuhören.« Sie nickte heftig mit dem Kopf, ein lautloses Zeichen dafür, daß sie aufpassen sollten. »Da wollen Sie ja wohl nichts ... Störendes sagen, wissen Sie.« Die andere Schwester saß an einem kleinen Mahagonitisch und schrieb. Weiße Strümpfe spannten sich um ihre strammen Beine.

»Hast du Hunger, Michael?« fragte Pierce.

»Nein, mein Junge. Danke.«

»Aber ich«, sagte Mona. »Wir kommen gleich wieder. Wir gehen hinunter und besorgen uns was zu essen.«

»Du kommst doch zurück, oder?« drängte Michael. »Gott, du mußt ja so müde sein, Mona. Mona, es tut mir leid, das mit deiner Mutter. Ich hab's erst vorhin erfahren.«

»Das ist schon okay«, sagte Mona.

Bevor sie zur Tür hinausging, zündete Michael sich wieder eine Zigarette an. Zipp, Blitz – und beide Schwestern fuhren herum und funkelten ihn wütend an.

»Klappe«, sagte Hamilton Mayfair.

»Lassen Sie ihn rauchen«, sagte Magdalene.

Die Schwestern schauten einander an, verstockt, kalt. Warum besorgen wir nicht andere Schwestern? dachte Mona.

»Ja«, sagte Magdalene leise. »Wir werden uns gleich darum kümmern.«

Genau, dachte Mona. Sie ging mit Pierce hinaus und die Treppe hinunter.

Im Eßzimmer saß ein sehr alter Priester. Das mußte Timothy Mayfair aus Washington sein. Sauber und altmodisch in seinem unverwechselbaren Anzug mit dem schwarzen Chemisett und dem strahlend weißen Katholikenkragen. Als Mona und Pierce vorübergingen, sagte der Priester in laut hallendem Flüsterton zu der Frau, die neben ihm saß: »Dir ist klar, wenn sie stirbt ... wird es kein Unwetter geben. Zum ersten Mal gibt es kein Unwetter!«

27

Aaron glaubte es auch nicht. Die drei Männer standen zusammen draußen auf dem Rasen. Yuri fragte sich, ob dieser Tag wohl später zu den schlimmsten seines Lebens gehören würde. Wie er Aaron gesucht und endlich am Abend gefunden hatte, hier in diesem großen, rosaroten Haus, an dem lärmende Straßenbahnen vorüberfuhren, während drinnen lauter Leute weinten. Und bei ihm Stolov, mit seiner dominanten, verwirrenden Präsenz, ständig leise und förmlich auf ihn einredend, während sie vom Hotel aus zum Haus der Mayfairs in der First Street und schließlich weiter zur »Amelia« gegangen waren, wie diese ausgedehnte Villa anscheinend hieß.

Drinnen weinten ein paar Dutzend Leute – wie Zigeuner bei einer Beerdigung weinen und klagen. Es wurde viel getrunken.

Draußen standen die Leute in Trauben beieinander, rauchend und redend. Die Atmosphäre war gesellig, aber angespannt. Jeder schien auf etwas zu warten.

Aaron wirkte überhaupt nicht angespannt. Er sah gut aus, wenn man alles bedachte, so robust, wie Yuri ihn nur selten gesehen hatte, von guter Gesichtsfarbe und mit einem geschärften Ausdruck, der von seinem kalten Mißtrauen gegen Stolov herrührte, Stolov, der redete und redete. Es war, als sei Aaron hier jünger geworden; er war nicht mehr so sehr der alternde Bücherwurm als vielmehr der energische Gentleman, der er vor Jahren gewesen war. Seine weißen Locken waren etwas länger und umrahmten sein Gesicht voller als zuvor, und seine Augen hatten die alte Helligkeit.

Was immer hier passiert war, hatte ihn nicht strapaziert oder altern lassen.

Sie standen weit hinten auf dem kurz gemähten Rasen, unter einem Baum, den Aaron als Magnolie bezeichnet hatte. Blüten hatte er nicht, dieser Baum. Zu früh. Aber er hatte riesengroße, hochglänzende grüne Blätter.

Stolov redete und redete auf seine ruhige, eindringliche, ganz und gar sympathische Art. Und Aarons Augen waren zwei kalte graue Steine. Nichts spiegelte sich darin, und sie offenbarten nichts außer seinem Ärger. Aaron sah Yuri an. Was sah er wohl? Yuri warf einen vielsagenden Blick zu Stolov hinüber, so schmal und kurz wie ein Lichtsplitter, ein Funke.

Aarons Blick kehrte zurück zu Stolov. Stolov hatte Yuri nicht angeschaut. Seine Aufmerksamkeit konzentrierte sich ausschließlich auf Aaron, als müsse er hier unbedingt einen Sieg erringen.

»Wenn Sie heute abend nicht mehr abreisen möchten, dann doch sicher morgen«, sagte Stolov eben.

Aaron gab keine Antwort.

Stolov hatte seinen Vortrag jetzt schon mindestens zweimal gehalten. Eine wunderschöne ältere Frau mit glattem dunkelgrauen Haar stand am Ende der Holzveranda und rief Aaron. Er winkte ihr zu, er komme gleich. Dann sah er wieder Stolov an.

»Du lieber Gott, Mann, sagen Sie doch etwas«, bat Stolov. »Wir wissen, wie schwer es für Sie ist. Fahren Sie nach Hause, nach

London. Ruhen Sie sich ein bißchen aus; Sie haben es sich verdient.«

Es stimmte einfach nicht – nichts von dem, was der Mann sagte, nicht sein Benehmen, nicht seine Worte.

»Sie haben recht«, sagte Aaron leise.

»Womit?«

»Daß ich nicht abreisen werde. Erich. Es war mir ein Vergnügen, Sie endlich kennenzulernen, und mir ist klar, daß ich nicht versuchen darf, Sie davon abzubringen, Ihren Befehlen zu gehorchen. Sie sind hier, um etwas zu tun. Und Sie werden versuchen, es zu tun. Aber ich reise nicht ab. Yuri, willst du bei mir bleiben?«

»Aber Aaron«, sagte Stolov, »das kommt für Yuri einfach nicht in Frage. Er ist bereits . . .«

»Natürlich werde ich bleiben«, unterbrach ihn Yuri. »Deinetwegen bin ich doch hergekommen.«

»Wo sind Sie abgestiegen, Erich? Im Pontchartrain, wie wir andern?« fragte Aaron.

»In der City«, antwortete Stolov. Er wurde wieder ungeduldig und hitzig. »Aaron, Sie sind der Talamasca im Augenblick keine Hilfe.«

»Das tut mir leid«, sagte Aaron. »Aber ich muß gestehen, Erich, daß die Talamasca mir – im Moment – auch keine Hilfe ist. Das hier ist jetzt meine Familie, Erich. Hat mich gefreut, Sie kennenzulernen.«

Das Gespräch war beendet. Aaron streckte die Hand aus. Der große blonde Mann sah für einen Augenblick so aus, als wolle er die Geduld verlieren, aber dann wurde er wieder kühl und richtete sich auf. »Ich werde morgen früh mit Ihnen Kontakt aufnehmen. Wo werde ich Sie finden?«

»Das weiß ich nicht«, sagte Aaron. »Wahrscheinlich hier . . . bei all diesen Leuten. Bei meinen Leuten. Ich denke, hier sind wir jetzt am sichersten; meinen Sie nicht auch?«

»Ich verstehe Ihre Haltung nicht, Aaron. Wir brauchen Ihre Kooperation. Ich will so schnell wie möglich Kontakt aufnehmen, mit Michael Curry sprechen . . .«

»Nein. Diese Familie werden Sie nicht belästigen, zumindest nicht mit meiner Erlaubnis oder mit meiner Hilfe.«

»Aaron, wir wollen helfen! Darum bin ich hier!«

»Gute Nacht, Erich.«

Völlig verdutzt stand der blonde Mann da und suchte nach Worten; dann wandte er sich auf dem Absatz um und marschierte davon. Der große schwarze Wagen wartete auf ihn, wie er seit zwei Stunden wartete, während das gleiche Stück immer wieder von vorn gespielt worden war.

»Er lügt«, sagte Aaron.

»Er ist nicht von der Talamasca«, sagte Yuri; aber es war eher eine Erwägung als eine Feststellung.

»O doch. Er ist einer von uns, und er lügt. Du darfst ihm nicht für einen Augenblick den Rücken zuwenden.«

»Nein, das würde ich auch nicht tun. Aber Aaron, wie kann das sein? Wie kann denn so etwas . . .«

»Ich weiß es nicht. Ich habe schon von ihm gehört. Er ist seit drei Jahren bei uns. Ich habe von seiner Arbeit in Italien und in Rußland gehört. Man schätzt ihn sehr. David Talbot hat große Stücke auf ihn gehalten. Wenn wir nur David nicht verloren hätten . . . Aber Stolov ist nicht allzu clever. Er kann nicht gut Gedanken lesen. Er könnte es vielleicht, wenn er selbst nicht so sehr auftrumpfen würde. Aber seine Fassade erfordert all seine Gerissenheit, und so ist er eben nicht sehr gut.«

Der schwarze Wagen hatte sich vom Randstein gelöst und war lautlos davongeglitten.

»Mein Gott, Yuri«, flüsterte Aaron plötzlich. »Ich bin froh, daß du da bist.«

»Ich auch, Aaron. Ich verstehe das alles nicht. Ich möchte Kontakt mit den Ältesten aufnehmen. Ich möchte mit jemandem sprechen, eine Stimme hören.«

»Das wird niemals geschehen, mein Junge.«

»Aaron, was habt ihr denn gemacht, als es noch keine Computer gab?«

»Es kam alles in Maschinenschrift. Sämtliche Korrespondenzen gingen ans Mutterhaus in Amsterdam, und die Antworten kamen per Post. Die Kommunikation nahm mehr Zeit in Anspruch; ich nehme an, es wurde auch weniger gesagt. Aber niemals war eine Stimme damit verbunden, Yuri, oder ein Gesicht. Und vor den Tagen der Schreibmaschine gab es einen

Schreiber, der die Briefe für die Ältesten zu Papier brachte. Niemand wußte, wer das war.«

»Aaron, ich will dir etwas sagen.«

»Ich weiß, was du sagen willst«, sagte Aaron langsam und nachdenklich. »Du hast das Amsterdamer Mutterhaus gut gekannt, bevor du es verlassen hast – jede Nische, jeden Winkel. Du hast trotzdem keine Ahnung, wo die Ältesten zusammenkommen und wo sie ihre Korrespondenz entgegennehmen. Aber das weiß niemand.«

»Aaron, du bist doch schon seit Jahrzehnten im Orden. Du kannst einen Appell an die Ältesten richten. Es gibt doch unter solchen Umständen sicher eine Möglichkeit . . .«

Aaron lächelte kühl und wissend. »Da erwartest du mehr als ich, Yuri«, sagte er.

Die hübsche grauhaarige Frau war von der Veranda heruntergekommen und näherte sich. Sie war feingliedrig und hatte zarte Handgelenke, und das einfache, weite Seidenkleid trug sie mit Anmut. Ihre Fußknöchel waren schlank und wohlgeformt wie die eines jungen Mädchens.

»Aaron«, sagte sie mit leisem Tadel. Sie streckte die Hände aus – jugendlich, zierlich, von Ringen bedeckt – und faßte Aaron bei den Schultern, und dann gab sie ihm einen sanften Kuß auf die Wange. Aaron nickte ihr in wortlosem Einvernehmen zu.

»Komm mit uns ins Haus«, sagte er zu Yuri. »Sie brauchen uns jetzt. Wir unterhalten uns später.« Seine Miene hatte sich dramatisch verändert. Jetzt, da Stolov nicht mehr da war, wirkte er heiterer; er war fast wieder der alte.

Das Haus war erfüllt von guten, schweren Küchendüften und aufgeregtem, stürmischem Stimmengewirr. Es wurde laut und explosiv gelacht – das überdrehte, ekstatische Gelächter von Leuten bei einer Totenwache. Man hörte auch Weinen, von Männern wie von Frauen. Ein alter Mann saß weinend am Tisch, die Arme vor sich verschränkt. Ein junges Mädchen mit weichem braunen Haar tätschelte ihm unaufhörlich die Schulter; ihr eigenes Gesicht zeigte nur Furcht.

Man führte Yuri nach oben in eines der hinteren Schlafzimmer, klein und verblichen, aber ganz ansprechend mit dem schmalen, vierpfostigen Einzelbett und einer dunkelgoldenen Satinbettdecke, die schon bessere Zeiten gesehen hatte. An den Fenstern hingen staubige Vorhänge. Aber ihm gefiel die Wärme, die Behaglichkeit, sogar die verschossene Blumentapete an der Wand. Er erblickte sein Spiegelbild in der Kleiderschranktür – dunkles Haar, dunkle Haut, und zu dünn.

»Ich bin Ihnen dankbar«, sagte er zu der grauhaarigen Frau, die Beatrice hieß. »Aber finden Sie nicht, ich sollte ins Hotel gehen und selbst für mich sorgen?«

»Nein«, sagte Aaron. »Du gehst nirgendwohin. Ich will dich hier bei mir haben.«

Sie gingen die hintere Treppe hinunter; unten war die Luft wärmer, und Zigarettenrauch lag in dunstigen Schichten in den Räumen. Rund um einen Frühstückstisch vor einem hellen Kaminfeuer saßen mehrere Leute und lachten und weinten gleichzeitig. Ein einzelner Mann stand feierlich vor dem Kamin und starrte düster in die Flammen. Das Feuer konnte Yuri nicht sehen; er stand hinter dem Kamin, aber er sah das Flackern, er hörte das Knistern, und er spürte die Wärme.

Plötzlich lenkte ihn eine schemenhafte weibliche Erscheinung in einem kleinen Hinterzimmer von der Umgebung ab; sie schaute aus einem Fenster in die Nacht hinaus. Sehr alt und zerbrechlich sah sie aus, in Gabardine und verwelkte Spitze gekleidet. Sie trug eine schwere Goldbrosche in Form einer Hand mit Diamanten als Fingernägel. Ihr feingesponnenes weißes Haar, das auf altmodische Art zu einem Nest geflochten und mit Nadeln am Hinterkopf zusammengesteckt war, umrahmte zart das Gesicht. Eine zweite Frau, jünger als sie, aber immer noch unglaublich alt, hielt die Hand dieser Uralten, wie um sie vor irgend etwas zu beschützen – obwohl man sich nicht denken konnte, wie das geschehen sollte.

»Komm jetzt, uralte Evelyn, komm mit uns«, sagte Beatrice. »Und du auch, Darling Viv. Kommt zum Feuer.«

Die uralte Frau, Evelyn, wisperte leise etwas vor sich hin. Sie deutete zum Fenster, und ihr Finger sank herab, als habe sie nicht die Kraft, ihn geradezuhalten. Wieder deutete sie, und wieder sank der Finger herab.

»Jetzt komm, meine Liebe, du tust es schon wieder«, sagte die

Frau, die Beatrice mit Darling Viv angeredet hatte. Sie war liebevoll. »Ich kann dich nicht hören. Aber du *kannst* sprechen, uralte Evelyn.« Es klang, als rede sie lockend auf ein Baby ein. »Du weißt, daß du es kannst. Du hast gestern den ganzen Tag gesprochen. Sprich, meine Liebe, sprich, damit ich dich hören kann.«

Wieder murmelte die Uralte undeutlich etwas und sie streckte weiter den Finger aus. Aber Yuri sah nur die dunkle Straße, die Nachbarhäuser, ein paar Lichter und die dunklen, wuchtig aufragenden Bäume.

Aaron faßte ihn beim Arm. Eine junge Frau mit rabenschwarzem Haar und wunderschönen goldenen Ohrringen kam auf sie zu. Sie trug ein rotes Wollkleid mit einem eleganten Gürtel. Sie blieb für einen Augenblick vor dem Feuer stehen und wärmte sich die Hände; dann kam sie näher, so daß Aaron, Beatrice und sogar Darling Viv auf sie aufmerksam wurden. Ihre Ausstrahlung war von kühler Autorität.

»Alle sind versammelt«, teilte sie Aaron vielsagend mit. »Und alle sind wohlauf. Um diesen Block und um den Block gegenüber sowie je zwei Blocks weit stadteinwärts und stadtauswärts sind Streifen unterwegs.«

»Ich denke, eine Zeitlang wird es friedlich bleiben«, sagte Aaron. »Er hat gepatzt wie ein Kind. Er hätte noch mehr Todesfälle herbeiführen können, noch mehr Leiden. Aber er wird kommen. Ich bin nur in einem Punkt unentschlossen«, sagte er. »Wird er in die First Street kommen? Oder wird er zu Mayfair und Mayfair gehen? Geht er hinaus nach Metairie, zu denen, die bei Ryan zu Hause versammelt sind? Oder kommt er hierher? Wen wird er sich aussuchen? Mit wem wird er sprechen, wem wird er sich anvertrauen, wen wird er auf seine Seite locken wollen? Darüber habe ich mir noch nicht klar werden können.«

»Aber du glaubst, daß er es tun wird!«

»Darling, das muß er«, sagte Aaron. »Dies ist seine Familie. Und sie hat sich restlos verbarrikadiert. Was kann er sonst tun? Wo kann er sonst hin?«

28

Die Musik kam aus elektrischen Mündern hoch oben in den weißen Wänden. Die Leute tanzten in der Mitte des Zimmers, wiegten sich vor und zurück, ungelenk, aber im Takt der Musik, als liebten sie sie ebenfalls. Es waren viele Musiker, und sie hatten plumpe Instrumente, keine so schönen wie den Dudelsack oder die Harfe. Es war, als könne sie in dieser Musik jene alte Musik hören; aber die beiden waren ineinander verflochten, und sie konnte wieder nicht mehr denken. Nur Musik. Sie sah das Glen. Sie sah all die Brüder und Schwestern, wie sie sangen und tanzten. Und dann deutete jemand in die Ferne. Die Soldaten waren gekommen!

Die Musiker brachen ab. Das Schweigen prasselte ringsum herab. Als die Tür sich öffnete, schrak sie auf. Drinnen lachten Leute, und jemand starrte sie an, eine Frau in einem ausgebeulten, traurigen Kostüm.

Sie mußte weitergehen, nach New Orleans. Sie hatte noch meilenweit zu marschieren. Sie hatte Hunger. Sie wollte Milch. Sie hatten etwas zu essen dort, aber sie hatten keine Milch. Sie hätte es gerochen, wenn sie welche gehabt hätten. Aber da waren Kühe auf den Feldern; sie hatte sie gesehen, und sie wußte, wie man ihnen die Milch nahm. Das hätte sie schon eher tun sollen. Wie lange war sie jetzt hier und lauschte der Musik? Das alles hatte vor so langer Zeit angefangen, daß sie sich nicht mehr recht erinnern konnte, aber dies war nur der erste wirkliche Tag ihres Lebens.

Als die Sonne aufgegangen war, hatte sie die Tür einer kleinen Küche geöffnet, die Milch aus dem Kühlschrank genommen und den ganzen Karton leergetrunken. Das war am Morgen gewesen: der köstliche Geschmack der kalten Milch und die warme gelbe Sonne, deren lange, schmale, staubige Strahlen durch die dürren, tot aussehenden Bäume auf das Gras gefallen waren. Jemand aus dem Haus hatte sie gefunden. Sie hatte sich für die Milch bedankt. Es tat ihr leid, daß jetzt alles weg war, aber sie brauchte sie.

Langfristig waren diese Dinge unwichtig. Diese Leute würden ihr nichts tun. Sie wußten nicht, was sie war. Früher wären sie einem nachgelaufen, wenn man soviel Milch gestohlen hätte, sie hätten einen weit, weit in die Berge hinausgejagt, vielleicht sogar...

»Aber all das ist nicht mehr wichtig«, hatte Vater gesagt. »Die Zeit ist gekommen, da wir herrschen.«

Geh jetzt, nach New Orleans. Suche Michael, für Mutter. Ja, das ist es, was Mutter von ganzem Herzen wollte. Geh auf die Weide, wo die Kühe schlafend stehen und auf dich warten. Trink die warme Milch aus dem Euter. Trink und trink und trink.

Sie drehte sich um, aber die Musikanten fingen wieder an. Musik, von vorn. Drei, vier Noten zum Aufwärmen, und dann drang sie stampfend durch ihre Schuhe herauf, durch ihren Hals, als atme sie die Musik durch den Mund ein. Sie schloß die Augen, ganz hingerissen. Oh, die Welt ist wunderbar. Sie begann sich zu wiegen.

Jemand berührte sie, und sie drehte sich um und sah einen Mann, der fast so groß war wie sie. Runzlig und gebräunt. Er roch nach Rauch am ganzen Körper, ein altes Wesen, in einem dunkelblauen Hemd und einer ölverschmierten Hose. Er sprach mit ihr, aber sie hörte nur die Musik, stampfend und dröhnend. Sie wiegte den Kopf vor und zurück. Es war herrlich.

Er beugte sich vor und schrie ihr ins Ohr: »Du hast 'ne ganze Weile zugeguckt, Honey. Wieso kommst du nicht rein und tanzt?«

Sie trat zurück. Es war so schwer, bei dieser Musik das Gleichgewicht zu halten. Sie sah, wie er ihre Hand nahm, fühlte seine rauhen, trockenen Finger. All die winzigen Linien in seiner Hand waren voller Öl. Er roch wie der Highway und die Autos, die dort vorüberschossen. Er roch nach Zigaretten.

Sie ließ sich von ihm sanft durch die Tür ziehen, in das warme, alles umhüllende Licht, wo die Leute tanzten. Jetzt durchströmten sie die Vibrationen von Kopf bis Fuß. Sie hätte vollständig erschlaffen und auf dem Boden zusammensacken können, und ewig hätte sie so dort liegenbleiben und lauschen und mitsingen können, und dabei hätte sie das Glen gesehen.

Entweder das – oder sie mußte sich zusammenreißen und tanzen und tanzen und tanzen.

Und das taten sie; der Mann hatte angefangen, mit ihr zu tanzen, er hatte seinen Arm um ihre Taille gelegt und war dicht an sie herangekommen. Er sagte etwas. Sie hörte es nicht. Sie glaubte, er sagte: »Du riechst gut.«

Sie schloß die Augen und drehte sich im Kreis, sie stützte sich auf seinen Arm und hielt sich an ihm fest, schwankte von einer Seite zur anderen. Der Mann lachte. In einem kurzen Aufblitzen sah sie sein Gesicht, sah seinen Mund, der sich wieder bewegte und Worte formte. Die Musik donnerte laut. Als sie die Augen schloß, war sie wieder bei den anderen und tanzte in den Kreisen, rundherum, vom Steinkreis nach außen – so viele Kreise, daß diejenigen im Inneren überhaupt nicht bis zu denen im Äußeren sehen konnten. Hunderte und Aberhunderte, die tanzten zu den Klängen von Dudelsack und Harfe.

Oh, aber das waren die ersten Tage, bevor die Soldaten kamen.

Später, im Glen, tanzten alle miteinander, die Großen und die Kleinen, die Armen und die Reichen, die Menschen und die anderen. Sie waren zusammengekommen, um den Taltos zu machen. Viele würden sterben, aber wenn der Taltos gemacht würde ... Wenn es irgendwie zwei gäbe ... Sie hielt inne und preßte die Hände an die Ohren. Sie mußte gehen. Vater. Ich komme. Ich werde Michael für Mutter finden. Mutter, ich habe es nicht vergessen. Ich bin nicht kindisch. *Ihr seid alle Einfaltspinsel, Kinder!* Helft mir.

Der Mann zog sie aus dem Gleichgewicht, aber dann begriff sie, daß er sie nur dazu bringen wollte, weiterzutanzen. Er drehte sie, verrenkte sie. Sie fing wieder an, ließ sich verzückt hineingleiten, wiegte sich vor und zurück, immer heftiger, daß ihr Haar hin- und herschwang.

Ja, sie liebte das. Sie liebte diese Musik; sie liebte ihren beharrlichen Pulsschlag, die göttliche Monotonie, das Summen in allen ihren Gliedern. Sie schien auf ihren Trommelfellen zu pochen und in ihrem Herzen, sie zu gefrieren und zu verzehren.

Wie im Glen, tanzten auch die Menschen hier – alte Frauen, junge Frauen, Knaben und Männer. Auch die kleinen Kinder. Schau sie an. Aber diese Leute konnten keinen Taltos machen. Geh zu Vater. Geh zu ...

»Komm schon, Honeybaby!«

Irgend etwas . . . ein Ziel. Fort von hier. Aber sie konnte nicht denken, solange die Musik spielte, und es war auch nicht wichtig.

Ja, sollte er sie nur herumwirbeln. Tanzen. Sie lachte entzückt. Wie gut das war! Jetzt war die Zeit des Tanzens. Hoo! Tanzen. Vater würde das verstehen.

29

Es war vier Uhr früh. Sie waren im Doppelsalon versammelt – Mona, Lauren, Lily und Fielding. Randall war auch da. Bald würde Paige Mayfair aus New York kommen. Ihr Flugzeug war planmäßig gelandet. Ryan war zum Flughafen gefahren, um sie abzuholen.

Sie saßen ruhig da und warteten. Niemand glaubt daran, dachte Mona. Aber wir müssen es versuchen. Was sind wir, wenn wir es nicht versuchen?

Vor einiger Zeit war Tante Bea aus der Amelia Street gekommen und hatte ein Mitternachtsbuffet aufgebaut. Und sie hatte dicke Votivkerzen auf die beiden Kaminsimse gestellt. Sie waren erst halb abgebrannt, und das Feuer in den Kaminen spendete immer noch ein warmes, tanzendes Licht.

Oben unterhielten sich leise die Krankenschwestern, die in Bereitschaft waren; sie hatten sich in Tante Vivians Zimmer eine Art Stationszimmer eingerichtet, mit Kaffee und Krankenakten. Tante Vivian war freundlicherweise in die Amelia Street umgezogen; sie hatte sich der entschlossenen Beschlagnahme durch die uralte Evelyn gefügt, die den ganzen Abend über gestikulierend und murmelnd auf sie eingewirkt hatte – obgleich eigentlich keiner mit Sicherheit hätte sagen können, daß die uralte Evelyn wußte, wer Vivian war.

»Zwei alte Damen, die füreinander geschaffen sind«, sagte Tante Bea. »Wir sollten sie Tweedledee und Tweedledum nennen. Die uralte Evelyn schweigt wieder. Ich wette, sie ist Tweedledum.«

Überall im Haus in den anderen Zimmern schliefen Verwandte, selbst oben im zweiten Stock, in behelfsmäßigen Betten. Irgendwo waren Pierce und Ryan und Mandrake und Shelby. Jenn und Clancy hatten oben das vordere Schlafzimmer. Andere Mayfairs waren draußen im Gästehaus neben Deirdres Eiche.

Sie hörten, wie ein Wagen draußen vor dem Tor anhielt.

Niemand rührte sich. Henri öffnete die Tür und ließ eine Frau herein, die noch keiner von ihnen je gesehen hatte: Paige Mayfair, Urenkelin von Cortland Mayfair und seiner Frau Amanda Grady Mayfair, die ihn vor Jahren verlassen und in den Norden gezogen war.

Paige war eine geschmeidige kleine Frau, Gifford und Alicia von Ansehen und Gestalt nicht unähnlich, nur vogelähnlicher, mit langen, schlanken Beinen und Handgelenken – dieser Typ Mayfair, dachte Mona. Sie hatte eine scharf konturierte Ponyfrisur, und sie trug jene riesigen, aufsehenerregenden Ohrclips, die eine Frau abnehmen muß, wenn sie telefonieren will.

Ihr Auftritt war äußerst sachlich. Alle außer Fielding erhoben sich, um sie zu begrüßen und ihr die Küsse zu geben, die selbst Verwandten, die man noch nie im Leben gesehen hatte, üblicherweise zukamen,

»Cousine Paige. Cousin Randall. Cousine Mona. Cousin Fielding.«

Schließlich nahm Paige in dem goldenen französischen Sessel Platz. Ihr kurzer schwarzer Rock rutschte an den Schenkeln herauf, und man sah, daß sie fast so schlank waren wie ihre Waden. Ihre Beine wirkten schmerzhaft nackt im Vergleich zum übrigen Körper, der in Wollstoff gehüllt war; einen Cashmere-Schal wickelte sie sich erst jetzt vom Hals. Es war sehr kalt in New York.

Sie starrte in den hohen Spiegel am anderen Ende des Zimmers. Darin spiegelte sich natürlich der Spiegel, der hinter ihr hing, so daß die Illusion einer endlosen Reihe von Räumen entstand, allesamt mit kristallenen Lüstern ausgestattet.

»Du bist doch nicht etwa allein vom Flughafen hergekommen?« fragte Fielding; wie üblich verblüffte er die Frau mit seiner jugendlichen, kraftvollen Stimme. Mona wurde plötzlich bewußt, daß sie keine Ahnung hatte, wer von beiden eigentlich älter war, Fielding oder Lily; aber Fielding sah so alt aus mit seiner durchscheinenden gelben Haut und den fleckigen schmalen Handrücken, daß man sich fragte, was ihn eigentlich am Leben hielt.

Lily wirkte energisch, obgleich ihr Körper unter dem strengen Seidenkostüm nur aus Bändern und Sehnen zu bestehen schien.

»Ich hab's dir doch gesagt, Urgroßvater«, sagte Mona. »Wir haben ihr zwei Polizisten geschickt. Sie sind draußen.«

Paige nickte. Ihr Blick richtete sich auf Mona. »Und du bist die legendäre Mona«, sagte sie mit dem nachsichtigen Lächeln, das man hübschen Kindern entgegenbringt. »Ich habe so viel von dir gehört. Beatrice erzählt in ihren Briefen dauernd von dir. Und du bist die Erbin, wenn wir Rowan nicht zurückbringen können.«

Schock.

Niemand hatte so etwas je zu Mona gesagt. Von keinem hatte sie die leiseste Schwingung empfangen, weder hier noch in der City noch sonstwo. Unwillkürlich warf sie Lauren einen Blick zu.

Lauren schaute sie nicht an.

Soll das heißen, es ist bereits entschieden?

Niemand wollte sie ansehen. Ihre Gedanken waren versperrt. Unvermittelt merkte sie, daß nur Fielding sie anstarrte. Und sie merkte, daß niemand außer ihr über Paiges Äußerung schockiert war. Sie hatten es entschieden, aber nicht in ihrer Gegenwart, und jetzt wollte niemand etwas erklären oder erläutern oder kommentieren. Es war ihnen im Augenblick zuviel, darüber zu diskutieren. Aber es war auch ungeheuerlich: die Empfängerin des Vermächtnisses. Und ein äußerst sarkastischer kleiner Satz kam Mona plötzlich in den Sinn: »Du meinst, die verrückte kleine Mona mit Schärpe und Haarschleife, die Tochter der versoffenen Pennerin Alicia?«

»Laßt uns glauben, daß wir Rowan helfen können«, sagte Lauren, aber ihre Stimme klang so leise und hoffnungslos, daß sie zu ihren Worten in Widerspruch stand. »Die Frage des Vermächtnisses ist ungeheuer weitreichend. Drei Anwälte sind im Augenblick dabei, die Papiere durchzugehen. Aber Rowan lebt noch. Rowan ist oben. Sie hat die Operation überlebt. Es war das geringste ihrer Probleme. Die Ärzte haben ihr Zauberwerk getan. Jetzt sind wir an der Reihe, es zu versuchen.«

»Du weißt, was wir tun wollen?« fragte Lily, deren Augen immer noch glasig vom Weinen waren. Lily hatte eine defensive Haltung eingenommen; ihre Arme waren vor der Brust verschränkt, und eine Hand lag unter der Kehle. Zum allerersten Mal, fand Mona, klang Lilys Stimme zittrig und alt.

»Ja, das weiß ich«, sagte Paige. »Mein Onkel hat mir alles erzählt. Ich verstehe. In all den Jahren habe ich so viel von euch gehört, von euch allen, und jetzt bin ich hier. Ich bin in diesem Haus. Aber ich weiß nicht, ob ich euch eine Hilfe sein kann. Es ist eine Kraft, die andere spüren. Ich selbst spüre sie nicht. Eigentlich weiß ich nicht, wie man sie benutzt. Aber ich bin bereit, es zu versuchen.«

»Du bist eine der Stärksten«, sagte Mona. »Nur darauf kommt es an. Wir hier sind die Stärksten. Keine von uns weiß, wie man diese Gaben anwendet.«

»Dann laßt uns doch anfangen. Mal sehen, was wir können«, sagte Paige.

»Ich will hier keinen Hokuspokus haben«, erklärte Randall. »Wenn eine von euch anfängt, verrückte Sprüche zu murmeln . . .«

»Ganz bestimmt nicht«, unterbrach ihn Fielding mit tiefliegenden Augen, die Hände auf seinem Gehstock. »Ich muß mit dem Fahrstuhl hinauffahren. Mona, du gehst mit mir. Randall, du solltest auch den Aufzug nehmen.«

»Wenn du nicht mitkommen willst«, bemerkte Lauren mit einer Stimme, so kalt wie Stahl, »dann brauchst du es nicht. Ihr alle beide nicht. Wir machen es allein.«

»Ich komme mit«, erwiderte Randall mürrisch. »Aber ich möchte zu Protokoll geben, daß diese Familie jetzt dem Rat eines dreizehnjährigen Mädchens folgt.«

»Das stimmt nicht«, sagte Lily. »Wir alle wollen es. Randall, bitte hilf uns. Bitte mach diesmal keine Schwierigkeiten.«

Alle zogen sie hinaus, durch den schattendunklen Flur. Mona hatte diesen Aufzug nie leiden können. Er war zu klein, zu staubig, zu alt und zu monumental, und er fuhr zu schnell. Sie folgte den beiden alten Männern hinein und half Fielding, auf dem Stuhl in der Ecke Platz zu nehmen, einem kleinen, antiken Holzstuhl mit einer geflochtenen Sitzfläche. Sie zog die Tür zu, schob ratternd das Gitter vor und drückte auf den Knopf.

Als sie ins große Schlafzimmer kamen, waren die andern bereits versammelt. Michael war bei ihnen; er stand mit verschränkten Armen in der hinteren Ecke und schaute auf Rowans unverändertes Gesicht.

Geweihte Kerzen brannten auf dem Nachttisch an der Türseite. Die Heilige Jungfrau stand auch da. Wahrscheinlich hatte Tante Bea das getan, dachte Mona – diese Kerzen, und die Jungfrau mit dem gesenkten Kopf, dem weißen Schleier und den winzigen, ausgebreiteten Gipshänden. Gifford hätte sicher auch dafür gesorgt, wenn sie noch dagewesen wäre.

Niemand sagte ein Wort. Schließlich sagte Mona: »Ich glaube, die Schwestern sollten jetzt hinausgehen.«

»Na, was wollen Sie denn hier anstellen?« fragte schroff die jüngere der Krankenschwestern, eine Frau von gelblicher Gesichtsfarbe und blonden, in der Mitte unter der steif gestärkten Haube gescheitelten Haaren, die in ihrer sterilen Sauberkeit etwas Nonnenhaftes hatte. Sie warf der älteren Schwester einen Blick zu, einer dunklen Schwarzen, die kein Wort sagte.

»Wir werden ihr die Hände auflegen und versuchen, sie zu heilen«, erklärte Paige Mayfair. »Wahrscheinlich wird es nichts nützen, aber wir alle haben diese Gabe. Wir werden es versuchen.«

»Ich weiß nicht, ob Sie das tun sollten«, sagte die jüngere Krankenschwester mißtrauisch.

Aber da schüttelte die ältere den Kopf und winkte ihr, die Leute gewähren zu lassen.

»Raus mit Ihnen, alle beide«, sagte Michael in ruhigem Befehlston.

Die Schwestern gingen.

Mona schloß die Tür.

Paige legte ihre kleine Lederhandtasche auf den Boden und kam zum Bett. »Macht das Licht aus, bis auf die Kerzen.«

»Das ist doch Unfug«, sagte Fielding.

»Es ist mir lieber so«, sagte Paige. »Ich möchte keine Ablenkungen.« Sie schaute auf Rowan hinunter und betrachtete sie langsam, von der glatten Stirn bis hinunter zu den Füßen, die unter der Bettdecke senkrecht hochstanden. Ihr Gesicht war traurig und nachdenklich.

»Es nützt nichts«, sagte Fielding. Er hatte offensichtlich Mühe, stehenzubleiben.

Mona zog ihn näher ans Bett. »Hier, du kannst dich an die Matratze lehnen.« Sie bemühte sich, nicht ungeduldig zu werden. »Ich halte dich beim Arm. Leg ihr die Hand auf. Eine Hand genügt.«

»Nein, beide Hände, bitte«, sagte Paige.

»Absolut idiotisch«, sagte Fielding.

Die andern drängten sich um das Bett. Michael trat zurück, aber Lily winkte ihm, dabeizubleiben. Alle legten Rowan die Hände auf. Fielding neigte sich gefährlich schräg; sein mühseliges Atmen wurde deutlich hörbar, und ein kleiner Husten sammelten sich unter den schlaffen Falten seines Halses.

Mona fühlte Rowans weichen, blassen Arm. Sie hatte die Finger auf die Blutergüsse gelegt. Was hatte sie verursacht? Hatte er Rowan gepackt und sie geschüttelt? Fast sah man die Spuren seiner Finger. Monas Finger lagen auf den Malen.

Rowan, werde heil! Sie hatte nicht auf die anderen gewartet, und jetzt sah sie, daß alle ohne feierliche Umstände die gleiche Entscheidung getroffen hatten. Sie hörte, wie das gemeinsame Gebet emporstieg; sie sah, daß Paige und Lily die Augen geschlossen hatten. »Werde heil!« flüsterte Paige. »Werde heil!« flüsterte Mona.

»Heile, Rowan«, sagte Randall mit tiefer, entschlossener Stimme.

Schließlich kam auch von Fielding ein mürrisches Murmeln: »Heile dich, Kind, wenn die Macht in dir ist. Werde heil, werde heil, werde heil.«

Als Mona die Augen wieder öffnete, sah sie, daß Michael weinte. Mit beiden Händen hielt er Rowans Hand fest, und er flüsterte die gleichen Worte wie sie alle. Michael schloß die Augen wieder und fuhr fort.

»Komm schon, Rowan, werde heil!«

Augenblicke vergingen, während sie so verharrten. Augenblicke, in denen diese oder jene flüsterte, sich regte, das Fleisch fester faßte oder es tätschelte. Lily legte Rowan die Hand auf die Stirn. Michael beugte sich über sie und küßte ihren Scheitel.

Paige war es, die schließlich sagte, sie hätten getan, was sie tun könnten.

»Hat sie die Sterbesakramente bekommen?« fragte Fielding.

»Ja, im Krankenhaus, vor der Operation«, sagte Lauren. »Aber sie wird nicht sterben. Ihr Zustand ist stabil. Sie liegt in einem tiefen Koma. Wer weiß, für wie lange.«

Michael hatte der Versammlung den Rücken zugewandt. Lautlos schlüpften sie alle zur Tür hinaus.

Im Wohnzimmer schenkten Lily und Lauren Kaffee ein. Mona stellte Zucker und Sahne hin. Draußen war es immer noch stockfinster, winterkalt und still.

Die große Uhr schlug fünf. Paige schaute hin, als sei sie erschrocken. Dann blickte sie zu Boden.

»Was meinst du?« fragte Randall.

»Sie wird nicht sterben«, sagte Paige. »Aber da ist absolut keine Reaktion. Zumindest keine, die ich spüren konnte.«

»Keine«, bestätigte Lily.

»Na, wir haben's versucht«, sagte Mona. »Darauf kommt es an. Wir haben's versucht.«

Sie ging aus dem Doppelsalon hinaus in den Flur. Einen Moment lang glaubte sie Michael oben an der Treppe zu sehen. Aber es war nur eine Krankenschwester, die dort vorüberging. Das Haus knarrte und raschelte wie immer. Sie huschte hinauf, auf Zehenspitzen, um die Treppenstufen nicht wie Klaviertasten zum Klingen zu bringen.

Die Nachttischlampe war wieder angeknipst worden. Die Kerzenflammen verloren sich in der aufdringlichen gelben Beleuchtung.

Mona wischte sich über die Augen und nahm Rowans Hand. Ihre eigenen Hände zitterten. »Werde heil, Rowan!« flüsterte sie. »Werde heil, Rowan! Heil! Du stirbst nicht, Rowan! Werde heil!«

Michael legte die Arme um sie und küßte sie auf die Wange.

Sie drehte sich nicht um. »Werde heil, Rowan«, flehte sie. Es tut mir leid, daß ich's mit ihm gemacht habe, es tut mir leid. »Werde heil, bitte«, flüsterte sie. »Was nützt es denn alles... das Vermächtnis, das ganze Geld, das alles... wenn wir nicht... wenn wir nicht heilen können?«

30

Das Haus gefiel ihm. Es stand an der Straße – an der Esplanade Avenue – wie ein Palazzo in Rom oder wie ein Stadthaus in Amsterdam, ein verputzter Ziegelbau, der aussah wie aus großen Steinblöcken erbaut. Es war in römischen Farben gestrichen: dunkles pompejanisches Rot mit satten Ockerumrandungen.

Die Esplanade Avenue hatte schon bessere Zeiten gesehen. Aber Yuri fand sie architektonisch faszinierend mit all ihren wunderbaren alten Gebäuden inmitten des kommerziellen Leichtbauschrotts. Er genoß den langen Fußweg, der ihn in Mäandern durch das Quartier und schließlich zu diesem Hause führte, das an der Grenze des Bezirks lag, der großartigen Avenue, die einst die Hauptstraße der Franzosen und der Spanier gewesen war und immer noch zahlreiche solche Villen aufzuweisen hatte. Natürlich folgten ihm die beiden Männer. Aber was machte das?

Er spürte den schweren, großen Revolver in der Tasche. Holzgriff, langer Lauf. Gut.

Beatrice ließ ihn herein.

»Oh, Gott sei Dank, Darling. Aaron ist schon so gespannt. Was kann ich Ihnen bringen?« Sie schaute an ihm vorbei und sah den Mann unter dem Baum auf der anderen Straßenseite.

»Gar nichts, Madam, danke«, sagte Yuri. »Ich trinke gern sehr schwarzen, starken Kaffee, und ich habe rasch eine schöne Tasse davon in einem der kleinen Cafés getrunken.«

Sie standen im wuchtigen Eingangsflur. Eine großartige Treppe schwang sich hinter ihnen empor, teilte sich auf dem Absatz und entsandte schmalere Treppen zur rechten und zur linken Wand. Der Boden war mit einem Mosaik gefliest, und die

Wände waren wie die Außenwände von dunklem Terracotta-Rot.

»Das ist genau der Kaffee, den ich auch mache«, sagte Beatrice; sie nahm ihm den Regenmantel ab, half ihm regelrecht heraus. Der Revolver war gottlob in seiner Jackentasche. »Normal aufgebrüht, aber mit Espresso-Röstung. Jetzt gehen Sie in den Salon. Aaron wird ja so erleichtert sein.«

»Ah, dazu sage ich nicht nein«, antwortete Yuri.

Er sah einen Salon zur Rechten und einen zur Linken. Aber er spürte die Wärme, die aus dem einen kam, und dann sah er auch Aaron, der in einer seiner abgetragenen grauen Strickjakken, die Pfeife in der Hand, am Feuer stand. Wieder sah er beeindruckt die Lebenskraft, die in Aaron steckte und sich mit seinem Zorn und seinem Mißtrauen mischte.

»Wir haben eine Mitteilung von den Ältesten«, sagte Aaron. »Sie kam per Fax ins Pontchartrain Hotel.«

»Die Ältesten benutzen einen solchen Weg?«

»Das Fax ist vollständig in lateinischer Sprache verfaßt. Es ist an uns beide adressiert und liegt in zweifacher Ausfertigung vor – eine für jeden von uns.«

»Wie umsichtig von ihnen.«

»Setz dich. Ich werde es dir übersetzen.«

Yuri setzte sich. »Du brauchst es mir nicht zu übersetzen, Aaron. Ich kann Latein lesen.« Er lachte kurz. »Manchmal schreibe ich den Ältesten selbst auf Latein, nur um in Übung zu bleiben.«

»Ach, natürlich«, sagte Aaron. »Wie konnte ich das vergessen! Dumm von mir.« Er deutete auf die beiden glänzenden Faxkopien, die wie hingestreut auf ein paar Zeitschriften lagen – großen, teuren Kompendien von Möbeln und Architektur, voller Designernamen und berühmten Gesichtern und Werbeanzeigen für Gegenstände der Art, wie sie hier überall im Raum zu sehen waren.

«Erinnerst du dich nicht mehr an Cambridge?« fragte Yuri. »An die Nachmittage, als ich dir Vergil vorlas? Erinnerst du dich nicht mehr an die Marcus-Aurelius-Übersetzung, die ich für dich gemacht habe?«

»Doch, ich erinnere mich.« Aaron preßte die Lippen zusammen. »Ich trage sie bei mir. Ich werde langsam weich im Kopf. Ich bin sosehr an diejenigen aus deiner Generation gewöhnt, die kein Latein mehr können. Es war ein Ausrutscher. Wie viele Sprachen konntest du, als ich dich das erste Mal sah?«

»Ich weiß es nicht. Aber jetzt laß mich lesen.«

»Sag mir erst noch, was du herausgefunden hast.«

»Stolov wohnt im Windsor Court, sehr elegant, sehr teuer. Er hat zwei andere Männer bei sich, womöglich drei. Es sind noch andere vom Orden da. Sie sind mir gefolgt. Auf der anderen Straßenseite steht einer von ihnen. Alle haben das gleiche Alter und den gleichen Stil – junge Angelsachsen oder Skandinavier, dunkle Anzüge, alle gleich. Ich würde sagen, sechs von ihnen kenne ich mittlerweile vom Ansehen. Sie haben nicht versucht, sich zu verbergen. Im Gegenteil, ich glaube, sie haben die Absicht, mir angst zu machen, mich unter Druck zu setzen, wenn du weißt, was ich meine.«

Beatrice kam hereingerauscht; ihre hohen Absätze klapperten glamourös auf dem Fliesenboden.

Sie stellte ein Tablett mit kleinen, dampfenden Espressotassen hin.

»Es ist eine ganze Kanne da«, sagte sie. »Jetzt werde ich Cecilia anrufen.«

»Gibt es Neuigkeiten von der Familie?« fragte Yuri.

»Rowan geht es gut. Es gibt keine Veränderung. Es sind Gehirnaktivitäten vorhanden, aber sie sind minimal. Immerhin atmet sie allein.«

Sie schien noch etwas sagen zu wollen, aber dann ging sie einfach zu Aaron und gab ihm einen schroffen, liebevollen Kuß. In einer Wolke von Seide klapperte sie hinaus, wie sie hereingekommen war.

Yuri war entzückt von dem Kaffee. Eine ganze Kanne. Bald würden ihm die Hände zittern, und er würde Verdauungsstörungen bekommen, aber das machte ihm nichts aus. Wer Kaffee liebt, der opfert dieser Liebe alles.

Er nahm das Fax vom Tisch.

Sein Latein war so gut, daß er es nicht erst im Kopf übersetzen mußte. Er verstand es so gut wie jede andere Sprache, die er beherrschte.

Von den Ältesten
an
Aaron Lightner
Yuri Stefano

Gentlemen,

Selten standen wir vor einem solchen Dilemma – der Desertion zweier Mitglieder des Ordens, die uns allen nicht nur lieb und teuer sind, sondern überdies unschätzbare, erfahrene Ermittler, Vorbild für Novizen und Postulanten.

Wir geben uns selbst die Schuld. Aaron, wir haben Ihnen nicht alles gesagt, was den Fall der Mayfair-Hexen angeht. Wir wollten Ihre Aufmerksamkeit auf die Familie Mayfair konzentrieren und hielten deshalb gewisse relevante Informationen über die Legenden von Donnelaith zurück, genauer gesagt, über die Kelten in jener Gegend von Nordbritannien und Irland. Jetzt sehen wir ein, daß wir von Anfang an deutlicher und offener hätten sein sollen.

Bitte verstehen Sie, daß der Orden niemals die Absicht hatte, Sie zu manipulieren oder auszubeuten. Im Sinne einer guten Ermittlungsarbeit widerstrebte es uns, Ihnen Mutmaßungen oder Verdächtigungen zu präsentieren, um nicht selbst die Antworten auf unsere eigenen Fragen zu beeinflussen.

Wir wissen jetzt, daß wir in einem sehr praktischen Sinne eine Fehleinschätzung begangen haben. Sie haben uns verlassen. Und wir wissen auch, daß dies nicht etwas ist, das Sie jemals leichten Herzens getan hätten. Auch hier lastet die Schuld an dieser Tragödie auf uns.

Lassen Sie uns nun zum entscheidenden Punkt kommen. Sie sind nicht länger Mitglied der Talamasca. Sie sind exkommuniziert; dies bedeutet schlicht, daß Sie ehrenhaft aus dem Orden entlassen werden, enthoben aller Privilegien, Verpflichtungen. Gleichzeitig haben Sie keinen Zugang zu den Archiven mehr und müssen auf die Unterstützung des Ordens verzichten.

Sie haben nicht mehr die Erlaubnis, Unterlagen zu benutzen, die Sie zusammengestellt haben, während Sie sich unter unseren Fittichen befanden. Kenntnisse über den Fall der Mayfair-Hexen, die Sie bereits haben oder vielleicht noch gewinnen werden, dürfen Sie weder vervielfältigen noch erörtern noch in Umlauf bringen. Es ist unser Wunsch, dies ausdrücklich klarzustellen.

Die Ermittlungen zum Fall der Mayfair-Hexen liegen jetzt in den Händen Erich Stolovs und Clement Norgans sowie einiger anderer Männer, die in anderen Weltgegenden mit diesen beiden schon zusammengearbeitet haben. Sie werden nunmehr Kontakt mit der Familie aufnehmen – ohne Ihre Hilfe und unter Offenbarung des Umstandes, daß Sie nichts mehr mit uns zu tun haben und daß sie mit Ihnen in keiner Verbindung stehen.

Wir bitten Sie nur um eines. Greifen Sie nicht ein in das, was jetzt geschehen muß. Wir befreien Sie von allen Verpflichtungen. Aber Sie dürfen für das, was wir zu tun haben, nicht zum Hindernis werden. Es ist uns ein großes und drängendes Anliegen, daß dieses Wesen namens Lasher gefunden werde. Unsere Mitglieder haben ihre Anweisungen. Bitte begreifen Sie, daß sie fortan keine weitere Rücksicht auf Sie nehmen werden.

Irgendwann in der Zukunft werden wir Sie beide einladen, ins Mutterhaus zurückzukehren, um (auf schriftlichem Wege) Ihre Desertion und die Möglichkeit eines Wiedereintritts und der Erneuerung Ihrer Gelübde zu besprechen.

Nun aber müssen wir Ihnen im Namen Ihrer Brüder und Schwestern in der Talamasca, im Namen des neuen Generaloberen Anton Marcus, und im Namen unser aller, die wir Sie lieben und schätzen und die wir betrübt sind, daß Sie nicht länger zu unserer Herde gehören, Lebewohl sagen.

Bitte nehmen Sie zur Kenntnis, daß zu gegebener Zeit und durch die entsprechenden Kanäle großzügige Mittel auf Ihre Konten deponiert werden, um Sie für den Trennungsaufwand zu entschädigen. Dies ist die letzte materielle Unterstützung für Sie von der . . . Talamasca

Yuri faltete die glatten Blätter zusammen und steckte sie in die Jackentasche zu seinem Revolver.

Er blickte auf und schaute Aaron an, der ruhig, ungerührt und nachdenklich wirkte.

»Ist es meine Schuld?« fragte er. »Daß du so schnell exkommuniziert wurdest? Hätte ich nicht kommen sollen–?«

»Nein. Laß dir von diesem Wort nicht bange machen. Ich

wurde exkommuniziert, weil ich mich geweigert habe, von hier wegzugehen. Ich wurde exkommuniziert, weil ich nicht aufgehört habe, mich in Amsterdam zu erkundigen, was hier eigentlich vor sich geht. Ich wurde exkommuniziert, weil ich aufgehört habe, ›zu wachen und immer da zu sein‹. Ich bin froh, daß du hier bist, denn jetzt wird mir bang um alle meine Brüder und Schwestern. Ich weiß nicht, wie ich es ihnen sagen soll. Aber du, der du mir neben David der liebste warst, du bist hier, und du weißt, was ich weiß.«

»Was heißt das, du hast Angst um deine Brüder und Schwestern?«

»Ich bin kein Ältester«, sagte Aaron. »Ich bin neunundsiebzig Jahre alt, aber ich bin kein Ältester.« Er sah Yuri an.

Dieses schlichte Bekenntnis war natürlich ein flagranter Verstoß gegen die Regeln.

»David Talbot«, fuhr Aaron fort, »war auch kein Ältester. Das hat er mir gesagt, bevor er ... den Orden verließ. Er hat mir gesagt, er habe nie mit irgend jemandem gesprochen, der ein Ältester war; im Gegenteil, er habe so manchen verstohlenen Hinweis von alten Mitgliedern bekommen, daß sie keine Ältesten seien. Sie wußten alle nicht, wer die Ältesten waren.«

Yuri gab keine Antwort. Sein Leben lang, seit er zwölf war, hatte er in dem Glauben gelebt, die Ältesten seien seine Brüder, eine Jury, sozusagen, die aus seinesgleichen bestand.

»Ganz recht«, sagte Aaron. »Und jetzt weiß ich nicht, wer sie sind oder was für Motive sie haben. Ich glaube, daß sie einen Arzt aus San Francisco ermordet haben. Ich glaube, daß sie Dr. Samuel Larkin ermordet haben. Ich glaube, daß sie Menschen wie mich ein Leben lang benutzt haben – um Informationen für irgendeinen okkulten Zweck zu sammeln, den die Leute meiner Generation nie haben begreifen oder einschätzen können. Das ist das einzige, was ich noch glauben kann.«

Yuri antwortete immer noch nicht. Dies war eine vollständige Zusammenfassung all dessen, was er selbst argwöhnte – jenes tiefgründigen, unheimlichen Gefühls, das ihn kurz nach seiner Rückkehr aus Donnelaith ins Mutterhaus überkommen hatte.

»Wenn ich jetzt versuche, in die Hauptdatenbestände zu

kommen, werde ich wahrscheinlich abgewiesen.« Er dachte laut.

»Möglich«, sagte Aaron. »Aber nicht jeder im Orden versteht so viel von Computern wie du, Yuri. Wenn du den Zugangscode eines anderen Mitglied kennst . . .«

»Ich kenne mehrere«, sagte Yuri. »Ich sollte sofort irgendwohingehen, wo ich anrufen kann. Ich sollte alles herausfinden, was da ist – allen erdenklichen Querverweisen nachgehen. Dazu werde ich mindestens zwei Tage brauchen. Ich kann ins Lateinische gehen, das man gescannt und kollationiert hat. Ich kann mit Suchworten arbeiten. Vielleicht gibt es eine Menge herauszufinden.«

»Womöglich haben sie an all das gedacht. Das müssen sie ja. Aber einen Versuch ist es wert. Mein Kopf ist zu alt für so etwas, und meine Finger ebenfalls. Aber im Haus in der Amelia Street gibt es einen Computer mit Modem und Telefonanschluß. Er gehört Mona Mayfair. Sie hat erlaubt, daß du ihn benutzt. Sie sagt, du wirst schon herausfinden, wie es geht. Es ist DOS. Du verstehst? DOS?«

Yuri lachte leise. »Wenn du es sagst, klingt es wie ein Druidengott. Es ist nur das Betriebssystem des Computers; es bedeutet, daß er IBM-kompatibel ist. Ja.«

»Sie sagt, sie hat dir ein paar Anweisungen zum Inhalt der Festplatte gegeben, aber du brauchtest ja nur ein Verzeichnis aufzurufen und könntest es selbst sehen. Ihre eigenen Dateien, sagt sie, sind gesperrt.«

»Ich weiß von Mona und ihrem Computer«, sagte Yuri leise. »Ich würde ihre Dateien nicht anrühren.«

»Sie wollte damit sagen, daß du zu allem anderen Zugang hast.«

»Ich verstehe.«

»Bei Mayfair und Mayfair gibt es Dutzende von Computern mit Modems. Ich glaube aber, Monas ist der beste – absolut auf der Höhe der Zeit.«

Yuri nickte. »Ich fange sofort an.« Mit ungewohnter Wärme dachte er an Mona.

»Ich mag Mona Mayfair«, sagte er zu Aaron. »Sie ist clever. Aber ich mag sie alle.«

Plötzlich spürte er eine unerwünschte Röte in den Wangen. Es war mehr als Mögen. Hmmm. Aber sie war doch noch so jung. War sie nicht zu jung?

Er stand auf, um zu gehen. So ein hübsches Haus. Vielleicht zum ersten Mal merkte er, was für Düfte da aus der Küche kamen.

»Nicht so hastig«, sagte Aaron.

»Aaron, sie werden alles sperren!«

Beatrice war eben hereingekommen. Sie hatte ein Tweedjakkett über dem Arm, eines von Aaron, abgetragen und heißgeliebt. Und den Regenmantel für Yuri.

»Wir möchten, daß Sie noch zum Abendessen bleiben«, sagte sie. »Es ist in einer halben Stunde fertig. Es ist ein ganz besonderes Abendessen für uns. Es wird Aaron das Herz brechen, wenn Sie weggehen. Und mir ebenfalls. Hier, ziehen Sie das an.«

»Wir werden hier zu Abend essen, aber wir gehen jetzt weg?« Yuri nahm ihr den schwarzen Regenmantel aus der Hand.

»Wir gehen in die Kathedrale«, sagte Aaron. Er schlüpfte in sein Tweedsakko und zog die dicken Revers zurecht. Dann tastete er prüfend nach dem leinenen Taschentuch. Wie oft hatte Yuri diese Prozedur beobachtet? Jetzt durchsuchte Aaron seine Taschen nach seinem Schlüssel, seinem Paß und einem weiteren Papier, das er auseinanderfaltete, während er Beatrice anschaute und lächelte.

»Kommen Sie mit und seien Sie unser Trauzeuge«, sagte Beatrice. »Magdalene und Lily erwarten uns schon.«

»Ach, Sie wollen wirklich heiraten?«

»Ja, Darling«, sagte Beatrice. »Gehen wir. Das Abendessen ist ruiniert, wenn wir es zu lange warten lassen. Es ist ein Mayfair-Rezept, Yuri. Sie mögen doch hoffentlich würziges Essen, ja? Es ist ein Krebs *étouffée*.«

Sie streifte eine dunkle Jacke über, die ihr geradegeschnittenes Seidenkleid plötzlich sehr formell und gesetzt aussehen ließ.

»Danke, Yuri«, sagte Aaron leise.

»Oh, es ist ein Privileg«, sagte Yuri. Dafür würde er Monas Computer warten lassen, so schwer es ihm auch fiel.

»Wißt ihr«, sagte Beatrice und ging voraus, »es ist eine

Schande, auf die große Hochzeitsfeier zu verzichten. Aber wenn das alles vorüber ist, geben wir vielleicht ein Bankett, Aaron; was meinst du? Wenn alle glücklich sind und das hier vorbei ist, dann feiern wir eine herrliche Party! Tatsache ist nur, ich will jetzt nicht mehr warten.« Sie schüttelte den Kopf und dann wiederholte sie mit einer Spur von Panik: »Ich warte nicht mehr.«

31

Er suchte sich die Augenblicke aus, in denen er ins Bad ging. Vergewisserte sich, daß die Krankenschwester wirklich dastand. Dann ging er die vier Schritte ins Bad, schloß die Tür, tat, was er tun mußte, und kam zurück.

Seine schlimmste Befürchtung war die, daß sie sterben könnte, während er pinkelte. Während er sich die Hände wusch, würde sie sterben. Während er telefonierte, würde sie sterben.

Seine Hände waren noch naß; er hatte sich nicht die Zeit zum Abtrocknen genommen. Er setzte sich wieder in den Ohrensessel und schaute durch das Zimmer auf die alte Tapete über dem Kamin, ein orientalisches Muster mit einer Weide und einem Bach. Sie hatten sie so ehrfurchtsvoll hängenlassen, als sie hier renoviert hatten – nur diese eine alte Bahn, die Bahn über dem Kamin. Der Rest des Zimmers war frisch und neu und umgab das hohe antike Bett mit wohligem Komfort.

Sie lag da wie zuvor, und das Licht blinkte in ihren reglosen Augen.

Ich bete, daß du in einem milden, schönen Tal bist. Ich bete, daß unsere Gedanken dich nicht berühren können. Nur unsere tröstenden Hände.

Sie hatten ihm diesen großen rosaroten Ohrensessel in die Ecke gestellt, zwischen Bett und Badezimmertür. Da rechts stand die Kommode mit seinen Zigaretten und dem Aschenbecher und dem Revolver, den Mona ihm gegeben hatte, einem großen, schweren .357er Magnum, der Gifford gehört hatte. Ryan hatte ihn zwei Tage zuvor aus Destin mitgebracht.

»Den behalte. Wenn der Schweinehund ins Zimmer kommt, kannst du ihn gleich abknallen«, hatte Mona gesagt.

»Ja, ich behalte ihn«, hatte er gesagt. Genau so eine Waffe hatte er sich gewünscht, »ein einfaches Werkzeug«, um Juliens Formulierung zu benutzen, die Formulierung aus seinen zahlreichen Offenbarungen. Ein einfaches Werkzeug, mit dem er der Kreatur, die Rowan das angetan hatte, das Gesicht wegpusten würde.

Zuweilen kam ihm die Zeit, die er mit Julien auf dem Dachboden verbracht hatte, realer vor als alles andere. Er hatte nicht versucht, irgend jemandem außer Mona davon zu erzählen. Er wollte Aaron davon berichten, aber das Ärgerliche war, daß er nicht einen Augenblick mit Aaron allein gewesen war. Aaron war so erbost über die verdächtigen Einmischungen der Talamasca, daß er jede Stunde woanders verbrachte und alles Mögliche überprüfte und verifizierte – weiß der Himmel. Abgesehen natürlich von der kurzen Trauung in der Sakristei der Kathedrale, die Michael hatte versäumen müssen.

»Die Mayfairs aus der City heiraten in der Kathedrale«, hatte Mona erklärt.

Mona schlief jetzt im vorderen Schlafzimmer, in dem Bett, das ihm und Rowan gehört hatte. Es mußte anstrengend sein, sich von einer ziemlich armen Verwandten zur Königin im Schloß zu mausern, dachte er.

Aber die Familie verlor keine Zeit bei der Einsetzung Monas in die Position der Erbin. Die Umstände geboten es einfach. Nie hatte die Familie solchen Aufruhr und solche Gefahr erlebt. In den letzten sechs Monaten hatte es mehr »Veränderungen« gegeben als je zuvor in der Familiengeschichte, einschließlich der Revolution auf Saint-Domingue im achtzehnten Jahrhundert. Man gedachte die Frage der Erbin unter Dach und Fach zu bringen, ehe irgend jemand Zweifel anmelden konnte und bevor zwischen irgendwelchen Parteien ein Nachfolgekrieg entbrennen konnte. Und Mona war ein Kind, ein Kind, das sie kannten und liebten und von dem sie glaubten, daß sie es letzten Endes unter Kontrolle hätten.

Michael hatte gelächelt, als diese offene Bemerkung so naiv über Pierces Lippen gekommen war.

»Die Familie hat *Mona* unter Kontrolle?« hatte er leise gefragt.

Aber sie hatten dabei draußen vor Rowans Tür im Flur gestanden, und er hatte über all das nicht reden wollen. Er behielt Rowan im Auge. Er sah, wie sich ihre Brust beim Atmen hob und senkte. Ein Beatmungsgerät hätte diese Regelmäßigkeit nicht zustandegebracht.

»Darauf kommt es an«, hatte Pierce gesagt. »Mona ist die richtige Person. Jeder weiß das, aus verschiedenen Gründen. Sie wird ein paar verrückte Ideen haben; das ist zwangsläufig so, aber im Grunde ist Mona sehr clever und geistig gesund.«

Interessant, diese Worte: geistig gesund. Gab es denn viele in der Familie, die glatt verrückt waren? Wahrscheinlich.

»Ich will, daß du eines weißt«, hatte Pierce dann gesagt. »Dies ist dein Haus, solange du lebst. Es ist Rowans Haus. Sollte noch ein Wunder geschehen – ich meine, wenn . . .«

»Ich weiß . . .«

»Dann fällt alles wieder an Rowan zurück, und Mona ist die designierte Erbin. Ich weiß, dir muß das alles sehr merkwürdig vorkommen . . .«

»Nicht sosehr«, sagte er. »Ich will jetzt wieder hinein. Es macht mich nervös, sie allein zu lassen.«

»Irgendwann mußt du aber schlafen.«

»Ich schlafe, mein Junge. Ich schlafe dort im Sessel. Mir geht es gut. Ich schlafe jetzt besser als mit all den Medikamenten im Leib. Tief und natürlich. Und im Schlaf halte ich ihre Hand.«

Und bemühe mich, nicht zu denken: Warum, zum Teufel, Rowan, hast du mich verlassen? Warum hast du mich am Weihnachtsabend hinausgejagt? Warum hast du mir nicht vertraut? Und Aaron, warum, zum Teufel, hast du die Gebote der Talamasca nicht in den Wind geschlagen und bist hergekommen? Aber das war nicht fair. Aaron selbst hatte ihm die Situation erläutert – wie sie ihm befohlen hatten, sich fernzuhalten, und wie schuldbewußt und rückgratlos er sich dabei gefühlt hatte.

»Ich saß da in Oak Heaven und speiste Sie mit all diesen Entschuldigungen ab. Ich ließ Sie allein ins Haus zurückkehren. Ich hätte auf mein eigenes Gewissen vertrauen sollen. Lieber

Gott, es ist das alte Dilemma.« Aarons ganze Loyalität gegen die Talamasca stand jetzt in Frage. Gottlob liebte er Beatrice, und sie liebte ihn. Was würde sonst aus einem Mann wie ihm werden, wenn die Talamasca ihn ausstieß? Zum Teufel, der hübsche Zigeuner mit den kohlschwarzen Augen und der goldenen Haut war noch jung.

Er schloß die Augen.

Er wußte, daß die Krankenschwester wieder an der Infusion herumfummelte. Er hörte sie, und er hörte das leise Piepsen der elektronischen Steuergeräte. Wie er diese Apparate haßte, Apparate, die ihn in der Herzklinik so lange umgeben hatten.

Und jetzt lag sie hier und war ihnen ausgeliefert, sie, die sie so viele Leute durch das techno-medizinische Tal der Tränen geführt hatte.

Was immer geschehen sein mochte, sie hatte unsäglich dafür gelitten, und er hatte ein Gelübde abgelegt. Wenn dieses Wesen gefunden wäre, würde er es töten. Niemand würde ihn daran hindern. Keine rechtliche oder religiöse Autorität würde ihn zögern lassen, weder Druck der Familie noch irgendwelche moralischen Skrupel. Er würde es töten. Das war Juliens Botschaft gewesen. Du wirst noch *eine* Chance bekommen.

Und sobald er dieses Bett unbesorgt verlassen könnte, sobald er wüßte, daß Rowan wirklich stabil war, würde er selbst auf die Suche gehen.

Es war ihm nicht gelungen, sich mit seinen Töchtern zu paaren ... mit den Mayfair-Hexen. Es hatte sich diejenigen ausgesucht, die die Extra-Chromosomen besaßen. Man hatte massive Unregelmäßigkeiten festgestellt, bei Gifford und Alicia, bei Edith und den beiden Cousinen in Houston. Aber die Geburten waren fehlgegangen. Wie hatte es seine Bräute erkannt – am Geruch vielleicht, oder war da etwas Sichtbares, das andere nicht sahen?

Und würde es sich seine nächste Partnerin willkürlich aussuchen? Wer konnte das wissen?

Michael graute vor den Nachrichten – eine neue Woge von unerklärlichen Todesfällen. Eine unbekannte Krankheit, die jäh in den Schlagzeilen auftauchte. Frauen auf Autopsietischen in Dallas oder Oklahoma City oder New York. Was für eine Vorstellung: Diese große, blauäugige Kreatur, die mit ihrer Umarmung den Tod brachte. Ausnahmslos hatte der tödliche Same den Eisprung auf der Stelle herbeigeführt, das Ei befruchtet und den Embryo unkontrolliert wuchern lassen.

All das hatte die Analyse der Ärzte inzwischen zweifelsfrei ergeben. Auch wußte man, daß Michael selbst diese Chromosomen besaß, auch wenn sie inaktiv waren. Mona hatte sie ebenfalls; auch bei ihr waren sie inaktiv. Und Paige aus New York hatte sie, und die uralte Evelyn, und Gerald, und Ryan . . .

Die Familie ging ganz gut damit um, soweit es ihn betraf, wenngleich heftig darüber diskutiert wurde, ob Clancy und Pierce heiraten sollten, denn auch sie hatten diesen Chromosomenüberschuß.

Aber es gab gute Argumente dafür, die genetische Analyse zu ignorieren, meinten die Ärzte; Clancy und Pierce könnten ruhig der »Natur« vertrauen, was immer das in Wirklichkeit sein mochte. Ryan und Gifford hatten die zusätzlichen Gene, aber sie hatten keine Monster gezeugt. Michael hatte Frauen gehabt. Ja, und wenn seine Freundin vor Jahren nicht gegen seinen innigsten Wunsch eine Abtreibung vorgenommen hätte, dann hätte er vielleicht ein normales Kind gehabt.

Die Obduktionsanalyse von Deirdres genetischem Bauplan hatte ergeben, daß sie die Extra-Chromosomen nicht besessen hatte, aber sie hatte ein Kind zur Welt gebracht, das sie hatte. Spielten zwei, die den Überschuß hatten, mit der Katastrophe?

»Das Ding ist Weihnachten durchgedrungen. Rowan und ich haben es nicht gezeugt. Wir haben einen Fötus geschaffen, und das Ding hat ihn Gott aus der Hand genommen. Es ist nicht unkontrolliert in Rowans Leib gewachsen. Es hat nicht zur Fehlgeburt geführt. Es ist erst passiert, als das Ding hineingefahren war.«

Gottes Hand. Wie seltsam, daß er das Wort *Gott* benutzte. Aber je länger er in diesem Hause war, je länger er in New Orleans wohnte – und es gab keinen Grund zu der Annahme, daß er nicht immer hier wohnen würde –, desto normaler erschien ihm das Konzept eines Gottes.

Wie dem auch sein mochte, das genetische Material war eben erst entdeckt worden. Ein kleiner Kern von Ärzten unter Leitung der Familie arbeitete rund um die Uhr, um das Geheimnis zu ergründen; sie arbeiteten auch jetzt . . .

Und diesen Ärzten würde nichts passieren. Nur Ryan und Lauren wußten, wo sie sich befanden, wie sie hießen, kannten das Labor, in dem sie arbeiteten. Und Talamasca würde es diesmal nicht erfahren, die Talamasca, der Aaron nicht länger vertraute und die er schlimmster, unaussprechlicher Freveltaten verdächtigte.

»Aaron, bleiben Sie gelassen«, hatte Michael am Nachmittag gesagt. »Lasher könnte diese Ärzte auch umgebracht haben. Mühelos. Er könnte jeden umgebracht haben, der irgendwelches Beweismaterial hatte.«

»Er ist ein einzelnes Wesen, Michael. Er kann nicht an zwei Orten zugleich sein. Bitte glauben Sie mir; ein Mann meines Schlages tut keine unüberlegten Äußerungen, vor allem nicht über eine Organisation, der er sein Leben lang ungeteilte Loyalität erwiesen hat.«

Michael hatte ihn nicht weiter bedrängt. Aber der Gedanke hatte ihm nicht gefallen, überhaupt nicht. Andererseits, es gab da etwas, das er Aaron hätte erzählen sollen! Wären sie nur einmal unter sich gewesen, aber dazu kam es anscheinend nie. Als Aaron am Morgen vorbeigekommen war, hatte er Yuri, den Zigeuner, bei sich gehabt, den unermüdlichen Ryan und seinen Klon, Sohn Pierce.

Michael sah auf die Uhr. Halb elf. Aarons Hochzeitsnacht. Er lehnte sich zurück und überlegte, wann er schicklicherweise anrufen könnte. Natürlich würde es für Aaron und Beatrice keinen Honeymoon geben. Wie auch? Aber sie waren jetzt verheiratet, lebten rechtmäßig unter einem Dach, und die Familie war glücklich. Von den Verwandten, die den ganzen Tag über zu Besuch gekommen waren, hatte Michael genug gehört, um sich dessen sicher zu sein.

Nun, er mußte Aaron eine Nachricht zukommen lassen. Er durfte es nicht vergessen. Er mußte sich an alles erinnern und bereit sein, und seine Müdigkeit durfte ihn nicht überwältigen oder verwirren. Diesmal nicht.

Er drehte sich um und zog sehr leise die oberste Schublade der Kommode auf. Der große Revolver war eine Schönheit. Zu gern wäre er damit auf einen Schießstand gegangen und hätte losgefeuert.

Ah, der Revolver, ja. Und hier war der Notizblock, den er vor ein paar Wochen hineingelegt hatte. Und ein feiner schwarzer Stift. Perfekt.

Er nahm Block und Stift heraus und schloß die Schublade.

Lieber Aaron,

jemand wird Ihnen diese Nachricht bringen. Ich werde nämlich in nächster Zeit kaum Gelegenheit haben, Ihnen das folgende mitzuteilen. Ich glaube immer noch, daß Sie sich irren, was die T. angeht. Sie können es einfach nicht getan haben. Es kann einfach nicht sein. Aber es gibt noch jemanden, der so denkt wie Sie. Das müssen Sie wissen.

Dies ist das Gedicht, das Julien mir rezitiert hat, das Gedicht, das er vor über siebzig Jahren von der uralten Evelyn gehört hat. Ich komme hier nicht weg, um die uralte Evelyn zu fragen, ob sie sich daran erinnert. Sie redet nicht mehr vernünftig, heißt es. Vielleicht können Sie sie fragen. So aber steht es in meinem Gedächtnis geschrieben:

Einer wird aufstehen, der ist zu böse,
Einer wird kommen, der ist zu gut.
Zwischen den beiden wird taumeln die Hexe
Und damit öffnen das Tor.

Schmerz und Leiden, da sie noch stolpern,
Blut und Angst, eh sie noch gelernt.
Wehe diesem Frühlings-Eden,
Das nun ist ein Jammertal.

Habt acht vor Beobachtern in jener Stunde,
Verbannt die Doktoren ganz aus dem Haus.
Gelehrte nähren nur weiter das Böse,
Und Forscher helfen ihm weiter hinauf.

Laßt den Teufel nur erzählen,
Laßt ihn wecken Engelsmacht,
Laßt die Toten Zeugen werden,
Jagt den Alchimisten fort.

Erschlagt das Fleisch, das ist nicht menschlich,
Baut auf Waffen grausam roh,
Denn sterben sie am Rande der Weisheit,
Streben wohl gequälte Seelen nach dem Licht.

Zerschmettert die Sprößlinge, die nicht Kinder,
Erbarmt euch nicht derer, die nicht rein,
Denn sonst kennt Eden nie mehr Frühling,
Denn sonst herrscht unsre Art nicht mehr.

Er las es noch einmal. Schrecklich, die Handschrift. Er malte einen Kreis um die Wörter *Gelehrte, Forscher* und *Alchimisten*.

Er faltete das Blatt zusammen und steckte es in die Tasche. Er würde es nur Pierce oder Gerald anvertrauen, und einer der beiden würde vor Mitternacht noch vorbeischauen. Vielleicht auch Hamilton, der draußen ein Nickerchen machte. Hamilton war kein so schlechter Kerl.

Er schob den Stift in die Tasche und griff mit der Linken nach Rowans Fingern. Ein plötzliches Zucken. Er sprang erschrocken auf.

»Nur ein Reflex, Mr. Curry«, sagte die Schwester aus dem Schatten. »Das kommt hin und wieder vor. Wenn sie an eine Maschine angeschlossen wäre, würde die Nadel wie verrückt ausschlagen. Aber es hat nicht das geringste zu bedeuten.«

Er lehnte sich zurück, hielt die Hand fest und weigerte sich, zuzugeben, daß sie sich so kühl und leblos anfühlte wie immer. Er betrachtete ihr Profil. Es schien ein wenig nach links gerutscht zu sein. Aber vielleicht war es ein Irrtum. Oder sie hatten aus irgendeinem Grund ihren Kopf angehoben. Oder er träumte.

Dann fühlte er, wie die Finger sich noch einmal strafften.

»Da – es ist noch mal passiert!« rief er und stand auf. »Schalten Sie die Lampe an.«

»Da ist nichts. Sie quälen sich nur«, sagte die Schwester. Leise kam sie zum Bett und legte zwei Finger auf Rowans Handgelenk. Dann hob sie eine kleine Lampe aus der Tasche, beugte sich über Rowan und richtete den feinen Lichtstrahl in ihr Auge.

Sie trat zurück und schüttelte den Kopf.

Michael setzte sich wieder. *Okay, Honey, okay. Ich werde ihn kriegen. Ich werde ihn töten. Ich werde ihn vernichten. Ich werde dafür sorgen, daß sein kurzes fleischliches Leben ein schnelles Ende nimmt. Ich werde es tun. Diesmal wird mich nichts aufhalten. Nichts.* Er küßte ihre Handfläche. Keine Bewegung in den Fingern. Er küßte sie noch einmal, und dann faltete er die Hand und legte sie an ihre Seite.

»Ich liebe dich, Darling, Liebste«, sagte er. »Ich liebe dich. Ich liebe dich.«

Die Uhr schlug elf. Wie seltsam. Die Stunden schleppten sich dahin, und dann flogen sie vorbei. Nur Rowans Atmen behielt seinen stetigen Rhythmus.

Er sank in seinen Sessel zurück und schloß die Augen.

Es war nach Mitternacht, als er wieder aufblickte. Er schaute auf die Uhr und sah dann vorsichtig zu Rowan hinüber. Hatte sich etwas geändert? Die Schwester schrieb wie immer an ihrem kleinen Mahagonitisch. Hamilton saß in einem Sessel in der Ecke gegenüber und las im Licht eines kleinen Strahlers.

Ihre Augen waren irgendwie ... Aber die Schwester würde abwinken, wenn er etwas sagte. Trotzdem ...

Der Wachmann stand draußen auf der Galerie mit dem Rükken zum geschlossenen Fenster.

Noch jemand stand im Zimmer. Es war Yuri, der Zigeuner mit den schrägen Augen und dem schwarzen Haar. Er lächelte Michael an, und für einen Moment geriet Michael erschrocken aus dem Gleichgewicht. Aber das Gesicht war freundlich. Beinahe so engelsgleich wie Aarons.

Er stand auf und winkte dem Mann, in den Flur hinauszukommen.

»Ich komme von Aaron«, sagte Yuri. »Ich soll Ihnen sagen, daß er glücklich verheiratet ist. Sie sollen nicht vergessen, was er gesagt hat. Sie dürfen niemanden von der Talamasca hereinlassen. Niemanden. Sie müssen es den Leuten sagen. Es war ein Kinderspiel für mich, hereinzukommen. Wollen Sie nicht sofort allen Bescheid sagen?«

»Ja, ja, das tue ich.« Er drehte sich zur Krankenschwester um und machte eine kleine Geste. Sie wußte, was es bedeutete. Messen Sie Rowans Vitalfunktionen. Ich muß für drei Minuten hinaus. Aber ich gehe erst, wenn Sie ihr den Puls gefühlt haben.

Die Schwester machte sich sofort an die Arbeit und signalisierte ihm dann: »Unverändert.«

»Sicher?«

Die Schwester tat einen eisigen Seufzer. »Ja, Mr. Curry.«

Sie gingen die Treppe hinunter, Michael voran. Er fühlte sich ein bißchen benommen; vielleicht sollte er etwas essen. Durfte das Essen nicht vergessen. Aber dann fiel es ihm wieder ein. Jemand hatte ihm einen großen Teller Abendbrot gebracht. Eigentlich dürfte ihm also nichts fehlen.

Er trat auf die Veranda hinaus und rief die Wachleute vom Tor herein. Einen Augenblick später waren fünf uniformierte Sicherheitsmänner um ihn versammelt. Yuri informierte sie. Niemand von der Talamasca dürfe herein. Nur Yuri und Aaron Lightner. Yuri zeigte ihnen seinen Paß. »Aaron kennen Sie ja«, sagte er.

Sie nickten. Sie hatten verstanden.

»Na, wir lassen hier sowieso niemanden rein, den wir nicht kennen, wissen Sie. Von den Krankenschwestern haben wir eine Namensliste.«

Michael begleitete Yuri zurück zum Tor. Die frische Luft tat gut. Sie weckte ihn auf.

»Ich habe sie überredet, mich hineinzulassen«, sagte Yuri. »Ich will keinen von ihnen in Schwierigkeiten bringen, aber bleiben Sie dran. Erinnern Sie sie immer wieder daran. Ich habe ihnen meinen Namen nicht genannt.«

»Ich hab's verstanden«, sagte Michael. Er drehte sich um und schaute zum Fenster des großen Schlafzimmers hinauf. An jenem Abend, als er es zum allerersten Mal gesehen hatte, hatten Kerzen hinter geschlossenen Blenden geflackert. Er betrachtete das Fenster darunter, das Bibliotheksfenster, durch welches das Wesen beinahe hereingekommen wäre.

»Ich hoffe, du bist schon in der Nähe. Ich hoffe, du kommst«, sagte er in erbittertem Flüsterton, der nur für Lasher gedacht war, seinen heimlichen und alten Freund.

»Sie haben den Revolver, den Mona Ihnen gegeben hat?« fragte Yuri.

»Oben. Woher wissen Sie davon?«

»Sie hat es mir erzählt. Stecken Sie ihn ein. Tragen Sie ihn immer bei sich. Sie haben mehr als einen Grund.« Er deutete auf eine Gestalt, die auf der anderen Seite der Chestnut Street im Schatten einer Steinmauer stand. »Das ist jemand von der Talamasca«, sagte er.

»Yuri, Sie und Aaron glauben doch sicher nicht ernsthaft, daß diese Leute gefährlich sind. Sie sind verschlagen, das sehe ich wohl. Sie helfen uns nicht. Aber gefährlich? Lasher ist es, den wir zu fürchten haben. Lasher ist es, den wir fangen müssen« – Er griff in die Tasche. »Fast vergessen. Bringen Sie das Aaron. Sie können es auch lesen, wenn Sie wollen. Es ist ein Gedicht. Nicht von mir. Sorgen Sie dafür, daß er es bekommt. Nicht heute nacht – morgen früh, oder wann immer Sie ihn sehen, ist es noch früh genug. Tatsächlich widerspricht es dem, was ich sage, aber darum geht es nicht. Ich will nur, daß er es sieht. Alles. Vielleicht sagt es ihm etwas. Ich weiß es nicht.«

»Gut. Ich sehe ihn in einer Stunde. Ich gehe jetzt wieder. Aber behalten Sie den Revolver in Reichweite. Sehen Sie den Mann da? Er heißt Clement Norgan. Sprechen Sie nicht mit ihm. Lassen Sie ihn nicht ins Haus.«

Damit trat Yuri zurück und lief davon. Mit wenigen großen Schritten hatte er die Chestnut Street überquert und war die First hinuntergegangen, ohne Norgan auch nur einen Seitenblick zuzuwerfen.

Michael ging wieder die Stufen hinauf. Er winkte den Wachmann an der Tür zu sich.

»Der Mann da drüben – behalten Sie ihn im Auge«, sagte er.

»Oh, der ist okay. Ein Privatdetektiv, von der Familie engagiert.«

»Sind Sie sicher?«

»Absolut. Hat uns seinen Ausweis gezeigt.«

»Ich glaube nicht«, sagte Michael. »Yuri kannte ihn. Er ist

kein Privatdetektiv. Hat Ihnen jemand von der Familie gesagt, daß man ihn beauftragt hat, dort zu stehen?«

Der Sicherheitsmann geriet in Panik. »Nein. Er hat mir nur seinen Ausweis gezeigt. Sie haben recht. Das hätte von Ryan oder von Pierce Mayfair kommen müssen.«

»Merken Sie sich das.« Michael hätte fast gesagt: »Rufen Sie ihn her.« Am liebsten wäre er die Treppe hinunter und zu dem Mann hinübergegangen. Aber dann fiel ihm die seltsam eindringliche Ermahnung ein: Sprechen Sie nicht mit ihm.

»Kennen Sie die nächste Schicht?« fragte er. »Ihre Namen? Gesichter?«

»Ja, alle. Und die Jungs hinten auch. Ich weiß, wer morgen nachmittag um drei kommt, und wer morgen um Mitternacht. Ich habe sämtliche Namen. Ich hätte den Burschen in die Zange nehmen müssen. Hören Sie, lassen Sie mich den Drecksack wegjagen. Erzählt mir, er arbeitet für die Mayfairs.«

»Nein, beobachten Sie ihn nur. Vielleicht *hat* Ryan ihn ja engagiert. Vielleicht hat er nur vergessen, es Ihnen und mir zu sagen. Behalten Sie ihn nur im Auge; beobachten Sie ihn und jeden anderen, und lassen Sie niemanden herein, ohne mit mir zu sprechen.«

»Jawohl, Sir.«

Michael ging ins Haus und schloß die große Tür hinter sich. Einen Moment lang lehnte er sich dagegen und schaute den schmalen Korridor hinunter; es war ein altvertrauter Anblick: die hohe, schlüssellochförmige Tür zum Eßzimmer und ein Stück Wandgemälde dahinter.

»Was wird geschehen, Julien? Wie wird es ausgehen?«

Morgen würde die Familie im Eßzimmer zusammenkommen, um eben diese Frage zu erörtern. Wenn der Mann nicht auftauchte, was sollten sie dann tun? Welche Verpflichtung hatten sie gegen andere? Wie sollte man damit umgehen?

»Wir werden die Einzelheiten, das, was wir wissen, so behandeln, wie es bei gewieften Anwälten üblich ist«, hatte Ryan gesagt. »Dieser Mann hat Rowan entführt und mißbraucht. Mehr brauchen die verschiedenen Justiz- und Polizeibehörden nicht zu wissen.«

Michael grinste. Er begann, die lange Treppe hinaufzusteigen. Nicht die Stufen zählen, nicht darüber nachdenken, die Stiche in der Brust nicht beachten, und auch nicht das schwimmende Gefühl im Kopf.

Das würde Spaß machen – mit den »verschiedenen Justiz- und Polizeibehörden« zusammenzuarbeiten und dabei zu versuchen, das alles geheimzuhalten. O Gott, für die Zeitungen wäre es ein gefundenes Fressen. Die schlichteste Variante bestände vermutlich darin, daß der Mann als »Satanist« bezeichnet würde, als Mitglied eines gewalttätigen und gefährlichen »Kultes«.

An der Schlafzimmertür blieb er stehen. Alles war, wie er es verlassen hatte. Hamilton las. Die Schwester hatte ihre Tabellen vor sich. Die Kerzen verströmten den süßen, teuren Duft von gutem Wachs, und hinter ihnen tanzte der Schatten der Marienstatue. Der flirrende Schatten fiel über Rowans Gesicht und verlieh ihm falsches Leben.

Er wollte an seinen alten Platz zurückkehren, als er im Schlafzimmer am Ende des Ganges eine Bewegung wahrnahm. Das mußte die andere Schwester sein, dachte er, aber es gefiel ihm nicht, und er ging den Gang hinunter, um nachzusehen.

Einen Augenblick lang konnte er nicht erkennen, was er da sah – eine große, weißhaarige Frau in einem Flanellnachthemd. Eingefallene Wangen, glänzende Augen, eine hohe Stirn. Das weiße Haar fiel ihr offen über die Schultern. Das Nachthemd reichte ihr bis an die nackten Füße. Das Stechen in seiner Brust wurde zu einem Schmerz.

»Ich bin's, Cecilia«, sagte sie barmherzig, geduldig. »Ich weiß schon. Einige von uns Mayfairs sehen von Geburt an aus wie Gespenster. Ich werde hereinkommen und mich zu ihr setzen, wenn du willst. Ich habe gerade gute acht Stunden geschlafen. Warum legst du dich nicht ein Weilchen hin?«

Er schüttelte den Kopf. Er kam sich albern vor und war sehr erschrocken. Hoffentlich, o Gott, hatte er sie nicht gekränkt!

Er ging zurück, um seine Wache wieder aufzunehmen. Rowan, meine Rowan.

»Was ist das für ein Fleck auf ihrem Nachthemd?« fragte er die Schwester.

»Oh, das muß ein bißchen Wasser sein«, sagte die Schwester und betupfte Rowans Brust mit einem trockenen Waschlappen. »Ich habe ihr das Gesicht abgewischt und die Lippen befeuchtet. Soll ich sie jetzt massieren, ihre Arme durchkneten, um sie beweglich zu halten?«

»Ja, tun Sie das. Tun Sie alles Erdenkliche. Tun Sie's, wann immer Sie Langeweile haben. Und wenn sie nur das leiseste Zeichen von sich –«

»Selbstverständlich.«

Er setzte sich und schloß die Augen. Er fing an zu dösen. Julien sagte etwas zu ihm, aber es war nur eine Erinnerung, die lange Geschichte, das Bild Marie Claudettes mit ihren sechs Fingern. Sechs Finger an der linken Hand. Rowan hatte wunderschöne und makellose Hände gehabt. Chirurgenhände.

Und wenn sie getan hätte, was Carlotta Mayfair gewollt hatte? Was ihre Mutter gewollt hatte? Wenn sie nie nach Hause gekommen wäre?

Er schrak hoch. Die Krankenschwester hob Rowans linkes Bein sanft und behutsam hoch, strich eine Lotion auf die Haut. Wie dünn sie aussah, wie verbraucht. »Das verhindert, daß sie einen Spitzfuß bekommt. Wir müssen es regelmäßig tun. Vielleicht möchten Sie die andern auch daran erinnern. Ich schreibe es auf die Karte. Aber Sie denken daran?«

»Ja«, sagte er.

»Sie muß eine schöne Frau gewesen sein«, meinte die Schwester kopfschüttelnd.

»Sie *ist* eine schöne Frau«, sagte Michael, aber es lag kein Ärger in diesen Worten, kein Widerwille. Es war nur der Richtigkeit halber.

32

Er wollte es noch einmal tun. Emaleth wollte nicht aufhören zu tanzen. Das Gebäude war leer; heute abend kam niemand. Und sie tanzte nicht, außer im Schlaf. Sie öffnete die Augen. Da war er. Die Musik spielte;

sie hatte sie im Traum gehört, und jetzt war er so hartnäckig. Tu es. Er wollte ihr die lange Hose ausziehen und in ihr sein. Sie hatte nichts dagegen, aber sie mußte nach New Orleans. Wirklich. Schau, es war schon wieder dunkel, eindeutig nachtdunkel. Draußen würden die Sterne tief über dem Feld stehen, über dem Sumpfland, über dem glatten Highway mit den silbernen Drähten und den träumerischen weißen Lichtern. Muß jetzt losgehen.

»Komm schon, Honey.«

»Ich habe dir doch gesagt, wir können kein Baby machen«, sagte sie. »Es wird nicht gehen.«

»Das ist ganz prima, Darlin'. Stört mich überhaupt nicht, wenn wir kein Baby machen. Komm schon, du bist mein süßes Mädchen. Was ist, wenn ich die Musik ausmache? Und hier – ich hab' dir Milch gebracht. Frische Milch. Du hast gesagt, du willst noch Milch, weißt du noch? Guck, und Eiscreme hab' ich auch.«

»Hmmm, das ist gut«, sagte sie. »Dreh den Musikknopf herunter.«

Erst dann konnte sie sich bewegen. Die Musik klopfte dünn und winzig in ihrem Kopf, wie ein Fisch, der in einer Pfütze zappelt und versucht, größer zu werden. Sie nagte an ihr, aber sie verschlang sie nicht.

Sie riß den Plastikverschluß von der großen Flasche herunter und trank und trank. Ah, gute Milch. Nicht Mutters Milch, aber Milch. Nicht frisch und warm. Aber gut. Wenn in Mutter nur mehr Milch gewesen wäre. Sie hungerte sosehr nach Mutter. Sie hungerte sosehr danach, in Mutters Armen zu liegen und zu trinken. Das Gefühl wurde schlimmer statt besser. Wenn sie an Mutter dachte, wollte sie weinen.

Aber sie hatte jeden Tropfen getrunken, den sie von Mutter hatte bekommen können, und es war genug gewesen. Sie war groß geworden und hatte Mutter erst verlassen, als sie wußte, daß sie es mußte.

Hoffentlich hatten die braunen Leute Mutter gefunden und sie in ein richtiges Grab gelegt. Hoffentlich hatten sie gesungen und roten Ocker und Blumen gestreut. Mutter würde nie wieder aufwachen. Mutter würde nie wieder sprechen. Nie wieder würde es Milch in Mutter geben. Mutter würde keinen Tropfen mehr hervorbringen.

War Mutter denn tot? Sie sollte zu Michael gehen und Michael erzählen, was Mutter gesagt hatte. Ein Gefühl der Liebe und Zärtlichkeit überkam sie bei dem Gedanken an Michael und an Mutters Liebe zu ihm. Und dann weiter nach Donnelaith. Wenn Vater dort schon auf sie wartete? Was dann?

Sie trank und trank. Er lachte. Er hatte die Musik wieder lauter gestellt. Bum, bum, bum. Sie ließ die Flasche fallen und wischte sich die Lippen ab. Sie sollte jetzt gehen. »Ich muß dich verlassen.«

»Noch nicht, Darlin'.« Er setzte sich neben sie, hob die Milchflasche auf und stellte sie sorgfältig beiseite. »Willst du ein Eis? Leute, die Milch mögen, die mögen immer auch Eis.«

»Ich habe noch nie welches gegessen.«

»Honey, du wirst hingerissen sein.« Er riß die Packung auf und fing an, sie mit einem kleinen weißen Löffel zu füttern. Oh, das schmeckte noch mehr nach Mutters Brust, süßer und köstlicher. Ein Beben durchströmte sie. Sie nahm ihm den Karton ab und fing an zu essen. Sie summte zur Musik. Plötzlich gab es nur noch die Musik und den Geschmack für sie. Sie versuchte, sich zu schütteln und in den Augenblick zurückzukehren. Dieses kleine Haus im Wald; er und sie allein auf dem Boden. Alle Tänzer waren fortgegangen. Er hatte es mit ihr tun wollen. Und danach dann das bißchen Blut da unten, als sie hingefaßt hatte. »Es ist einfach gestorben.«

»Was, Darlin'?«

»Das Baby. Ich kann mit Menschen keins machen. Nur mit Vater.«

»Ho, ho, Honey! Das behalte mal lieber für dich!«

Sie wußte nicht, was er damit meinte. Aber er war glücklich. Er war sanft. Er fand sie schön. Das brauchte er nicht zu sagen; sie sah es in seinen Augen. Mit oder ohne Musik, sie sah die Anbetung in seinen Augen. Und er liebte ihren Geruch; er gab ihm das Gefühl, jung zu sein.

Er zog sie auf die Beine. Der Eiskarton fiel auf den Boden. Es war ein gutes Gefühl, in seinen Armen zu sein und sich zu wiegen, hin und her und hin und her. Wie eine Glocke, die alle

Leute hinunter ins Glen rief. Hörst du sie läuten? Die Teufelsglocke? Hörst du sie läuten?

Er drückte sie an sich, und ihre Brüste schmerzten an seiner Brust. Ein seltsames, prickelndes Gefühl.

»Oh, du hast Milch in mir gemacht«, flüsterte sie. Sie wich zurück und bemühte sich, den Kopf von der Musik zu befreien. »Schau.« Sie griff an ihr Hemd, riß die Knöpfe auf und kniff sich in die Brustwarze.

Tröpfchen von dünner Milch. Es würde ihr nicht helfen, ihr eigene Milch zu trinken. Sie sehnte sich nach Mutter, sehnte sich danach, zu stillen. Und schau, weil er das winzige Baby gemacht hatte, das in ihr gestorben war, hatte er auch bewirkt, daß sie Milch in sich hatte. Na, das würde auch wieder weggehen, zumal wenn er aufhörte, es mit ihr zu tun. Aber wenn nicht? Auch gut. Wenn sie mit Vater am Anfang zusammenkäme, würde sie Milch brauchen – Brüste, schwer von Milch. Aus ihrem Schoß würden all die Kinder kommen, schöne, hungrige Kinder, bis das Glen wieder bevölkert wäre wie einst, nachdem sie von der Insel vertrieben worden waren.

Sie drehte sich um, sank auf die Knie und hob die Milchflasche auf. Die Musik hätte sie fast umgeworfen. Beinahe wußte sie nicht mehr, wo oben und wo unten war.

Sie trank und trank, bis nichts mehr da war.

»Juii, Honey, du trinkst wirklich gern Milch!«

»O ja, sehr gern«, sagte sie. Dann erinnerte sie sich nicht mehr, was sie gesagt hatte. Die Musik. Dreh die Musik leiser.

Er drückte sie wieder zu Boden. »Laß es uns noch mal tun, Honey.«

»Okay, aber ich werde wieder ein bißchen bluten.« Ihre Brüste schmerzten ein wenig. Aber das war wahrscheinlich in Ordnung. »Ein Baby können wir nicht machen, denk daran.«

»Versprochen, Sweetheart. Oh, du bist das süßeste kleine Mädchen, das süßeste kleine Ding, das ich je . . . je . . . gekannt habe.«

33

Die Konferenz im Eßzimmer begann um ein Uhr. Die Schwestern hatten Michael versprochen, ihn zu rufen, wenn sich die leiseste Veränderung zeigen sollte.

Das Eßzimmer brauchte um diese Tageszeit kein künstliches Licht. Die Sonne flutete durch die Südfenster und selbst durch die zur Straße gerichteten Nordfenster. Die Wandgemälde von Riverbend zeigten unendlich viel mehr Details als jemals im Licht der Kronleuchter. Eine sterlingsilberne Kaffeekanne blinkte auf dem Buffet. Extrastühle in großer Zahl standen zurückgeschoben an der weißlackierten Sockelleiste.

Als die Familie in etwas unbehaglichem Schweigen am ovalen Tisch Platz genommen hatte, sprach zunächst der Arzt.

»Rowans Zustand ist stabil. Sie nimmt die flüssige Nahrung gut auf. Ihr Kreislauf hat sich gebessert. Die Flüssigkeitsausscheidung ist in Ordnung. Ihr Herz ist kräftig. Mit einer Genesung ist nicht zu rechnen. Aber es ist Michaels Wunsch, diesen Fall so zu behandeln, als werde Rowan in der Tat wieder genesen. Wir sollten alles tun, um Rowan zu stimulieren und es ihr so angenehm wie möglich zu machen. Das bedeutet: Musik im Zimmer, vielleicht Filme, Fernsehen, Radio – auf alle Fälle Gespräche über vernünftige Themen in ruhiger Form. Rowans Glieder werden täglich bewegt werden; man wird ihr Haar pflegen und modisch frisieren. Man wird ihr die Nägel maniküren. Man wird sie so liebevoll pflegen, als wäre sie bei Bewußtsein. Sie kann sich das Allerbeste leisten, und das Allerbeste wird sie bekommen.«

»Aber sie *könnte* aufwachen«, unterbrach Michael. »Es *könnte* passieren . . .«

»Ja«, sagte der Arzt. »Möglich ist es immer. Aber es ist ganz und gar nicht wahrscheinlich.«

Gleichwohl waren sich alle einig. Alles Erdenkliche mußte getan werden. Lily und Cecilia brachten angesichts dieser Vorstellungen sogar ihre Erleichterung zum Ausdruck, denn ihnen war nach der langen Nachtwache oben am Bett ziemlich hoffnungslos zumute gewesen. Beatrice meinte, Rowan könne diese Liebe und Fürsorge ohne Zweifel auch spüren. Michael bemerkte, daß er gar nicht wisse, welche Musik Rowan eigentlich liebe. Ob das einer der andern wisse?

Der Arzt hatte aber noch mehr zu sagen.

»Wir werden die intravenöse Ernährung fortführen, solange der Körper die Nahrung erfolgreich umsetzen kann. Es kommt womöglich eine Zeit, da er das nicht mehr kann, weil wir vielleicht Probleme mit Leber und Nieren bekommen. Aber bis dahin haben wir noch ein Weilchen Zeit. Einstweilen erhält Rowan eine ausgewogene Ernährung. Die Krankenschwester hat geschworen, sie habe heute morgen einen Tropfen Flüssigkeit aus einem Strohhalm gesaugt. Wir werden ihr diese Möglichkeit weiterhin anbieten. Aber solange sie nicht wirklich in der Lage ist, auf diese Weise Nahrung aufzunehmen – und ich bezweifle, daß es dazu kommt –, werden wir sie weiterhin intravenös ernähren.«

Alle nickten.

»Es waren nur ein oder zwei Tropfen«, berichtete Lily. »Ein Saugreflex wie bei einem Baby.«

»Aber so etwas kann man doch fördern und bestärken!« sagte Mona. »Gott, vielleicht gefällt ihr der Geschmack der Nahrung!«

»Ja, das würde sicher einen Unterschied für sie bedeuten«, stimmte Pierce ein. »Wir könnten doch periodisch versuchen, ihr . . .«

Der Arzt nickte besänftigend und hob die Hand, um die Aufmerksamkeit auf sich zu lenken.

»Sollte es dazu kommen«, sagte er, »daß Rowans Herz stehenbleibt, wird sie nicht künstlich wiederbelebt werden. Niemand wird ihr irgendwelche Spritzen geben oder sie mit Sauerstoff vollpumpen. Ein Beatmungsgerät ist nicht im Hause. Man wird sie sterben lassen, wie Gott es will. Und weil Sie mich schon danach fragen, muß ich es Ihnen sagen. Es kann endlos so weitergehen wie jetzt. Und es kann jeden Augenblick zu Ende sein. Patienten in diesem Zustand haben schon jahrelang überlebt. Und es stimmt: Einige wenige sind aufgewacht. Andere sterben binnen weniger Tage. Vorläufig können wir nur sagen, daß Rowans Körper dabei ist, sich wiederherzustellen –

die Schäden durch Verletzungen und erlittene Unterernährung zu beheben. Aber das Gehirn ... das Gehirn läßt sich nicht auf dieselbe Art und Weise wiederherstellen.«

»Kann man nicht ein Stück von einem fremden Gehirn transplantieren?« fragte Gerald.

»Ich biete mich freiwillig an«, bemerkte Mona trocken. »Nehmen Sie so viele Zellen, wie Sie haben wollen. Ich hatte immer schon mehr als alle anderen hier.«

»Du brauchst nicht gehässig zu werden, Mona«, sagte Gerald. »Ich habe nur eine einfache ...«

»Ich werde nicht gehässig«, sagte Mona. »Ich schlage nur vor, daß wir über diese Sachverhalte ein paar Informationen einholen, statt blödsinnige Ideen vorzutragen. Gehirntransplantationen gibt es nicht. Jedenfalls keine von der Art, wie sie sie braucht. Rowan vegetiert nur noch vor sich hin! Begreifst du das nicht?«

»Das ist leider die Wahrheit«, sagte der Arzt leise. »›Persistenter vegetativer Zustand‹ klingt vielleicht ein bißchen freundlicher. Aber es ist der Fall. Wir können und müssen um ein Wunder beten. Und vielleicht wird ein Zeitpunkt kommen, wo man gemeinsam beschließt, die Zufuhr von Flüssigkeit und Lipiden abzustellen. Zum jetzigen Zeitpunkt wäre ein solcher Entschluß Mord.«

Nach einigen Händedrucken und Dankesworten begab sich der Arzt hinaus.

Ryan nahm den Vorsitz am Kopfende des Tisches ein. Er war etwas ausgeruhter als am Tag zuvor und brannte darauf, seinen Bericht vorzutragen.

Es gab noch immer nichts Neues über Rowans Entführer. Es hatten keine weiteren Attacken auf Mayfair-Frauen stattgefunden. Man hatte beschlossen, die Behörden in begrenztem Umfang über »den Mann« in Kenntnis zu setzen.

»Wir haben eine Skizze angefertigt, die von Michael abgesegnet wurde. Wir haben den Beschreibungen der Zeugen entsprechend Haar und Bart hinzugefügt. Wir haben um landesweite Fahndung gebeten. Aber niemand in diesem Zimmer – und ich meine: niemand – wird sich außerhalb der Familie zu dieser Angelegenheit äußern. Niemand wird den Behörden, die mit uns kooperieren, mehr Informationen als nötig zukommen lassen.«

»Ihr schadet den Ermittlungen nur«, warf Randall ein, »wenn ihr von Teufeln und Geistern redet.«

»Wir haben es mit einem Mann zu tun«, sagte Ryan. »Mit einem Mann, der spricht und geht und sich kleidet wie andere Menschen auch. Wir verfügen über beträchliches Indizienmaterial, das darauf hinweist, daß er Rowan entführt und gefangengehalten hat. Es gibt im Augenblick keinen Grund, chemisches Beweismaterial ins Spiel zu bringen.«

»Mit anderen Worten, wir halten die Blutproben unter Verschluß«, sagte Mona.

»So ist es«, sagte Ryan. »Wenn dieser Mann gefaßt ist, können wir mit weiteren Einzelheiten der Geschichte herausrükken. Und der Mann selbst wird der lebende Beweis für unsere Vorwürfe sein. Aber jetzt hat Aaron noch ein paar Dinge zu sagen.«

Michael sah, daß Aaron die Situation nicht genoß. Er hatte die ganze Zeit schweigend neben Beatrice gesessen, die schützend die Finger um seinen Arm gelegt hatte. Er war feierlich in Dunkelblau gekleidet, ganz wie die übrige Familie, als habe er seinen alten Tweed-Stil abgelegt. Er sah nicht mehr aus wie ein Engländer, sondern wie ein Südstaatler, fand Michael. Aaron schüttelte den Kopf, als wolle er ihnen auf diese Weise schon sagen, wie bekümmert er war. Dann sprach er.

»Was ich zu sagen habe, wird Sie nicht überraschen. Ich habe meine Verbindung zur Talamasca beendet. Mitglieder unseres Ordens haben – wie es scheint – Dinge getan, die das Vertrauen der Familie mißbraucht haben. Ich bitte Sie alle, die Talamasca nunmehr als feindliche Partei zu betrachten und mit niemandem, der mit ihr in Beziehung zu stehen behauptet, zusammenzuarbeiten.«

»Es war nicht Aarons Schuld«, sagte Beatrice.

»Interessant, daß du das sagst«, antwortete Fielding. Er war die ganze Zeit über ebenso schweigsam wie Aaron gewesen, und seine Stimme verlangte wie immer nach unverzüglicher Aufmerksamkeit. Sein brauner Anzug mit den rosafarbenen Nadelstreifen sah ebenso alt aus wie er selbst. Anscheinend stand er im Begriff, das Privileg der sehr Alten auszuüben – exakt das zu sagen, was er dachte.

»Es ist Ihnen klar«, sagte er zu Aaron, »daß dies alles mit Ihnen angefangen hat, nicht wahr?«

»Das ist nicht wahr«, sagte Aaron ruhig.

»Doch, es ist wahr«, sagte Fielding. »Sie standen in Kontakt zu Deirdre Mayfair, als sie mit Rowan schwanger wurde. Sie haben . . .«

»Dies ist unangemessen und kommt zu einem schlechten Zeitpunkt«, unterbrach Ryan in gleichmütigem, aber kompromißlosem Ton. »Diese Familie stellt über jeden, der mit ihr durch Eheschließung oder oft auch nur durch beiläufige gesellschaftliche Ereignisse in Beziehung tritt, ihre Nachforschungen an. Dieser Mann wurde – so ungern ich das hier eingestehe – gründlich von uns durchleuchtet, als er herkam. Er hat mit dem, was geschehen ist, nichts zu tun. Er ist das, was er zu sein angibt: ein Forscher, der die Familie beobachtet hat, weil er Zugang zu bestimmten historischen Dokumenten über sie hatte, und darüber hat er von Anfang an peinlichste Offenheit walten lassen.«

»Bist du da sicher?« fragte Randall. »Die Geschichte der Familie, wie wir sie kennen – ist die Geschichte, die dieser Mann uns erzählt hat. Es ist die Akte der Talamasca über die Mayfair-Hexen, wie sie unverschämterweise betitelt ist. Und jetzt finden wir uns in Ereignisse verstrickt, die in den Kategorien dieser Akte einen Sinn ergeben.«

»Das ist lächerlich«, sagte Lauren leise. »Willst du andeuten, daß Aaron Lightner für die Ereignisse verantwortlich ist, die er dokumentiert hat? Du lieber Himmel, hast du denn keine Erinnerung an das, was du selbst gesehen und gehört hast?«

Ryan schaltete sich ein. »Carlotta hat die Talamasca in den fünfziger Jahren gründlich durchleuchtet«, sagte er. »Und ihre Nachforschungen waren kaum von Sympathie getragen. Sie hat juristische Ansatzmöglichkeiten gesucht, die Organisation zu attackieren. Aber sie hat keine gefunden. Es gibt keine in der Talamasca wurzelnde finstere Verschwörung gegen uns.«

Lauren ergriff erneut das Wort, so entschlossen, daß sie die anderen Stimmen, die sich Gehör verschaffen wollten, übertönte.

»Es bringt uns absolut nichts ein, diese Frage weiter zu verfolgen«, sagte sie. »Unsere Aufgaben sind einfach. Wir kümmern uns um Rowan. Und wir finden diesen Mann.« Sie sah die anderen an, einen nach dem andern. »Die historischen Unterlagen der Talamasca«, fuhr sie fort, »waren bei der Erforschung unserer Familiengeschichte von unschätzbarem Wert für uns. Alles, was sich verifizieren läßt, *ist* verifiziert worden, ohne sich im geringsten als widersprüchlich oder fehlerhaft zu erweisen.«

»Was, zum Teufel, soll das heißen?« rief Randall. »Wie verifiziert man denn solchen Unfug?«

»Sämtliche historischen Fakten«, antwortete Lauren, »die in dem Bericht erwähnt werden, hat man überprüft. Das Deborah-Porträt von Rembrandt wurde für echt erklärt. Akten über den Holländer Petyr van Abel, die es in Amsterdam noch gibt, wurden für unser Familienarchiv kopiert. Aber ich werde mich jetzt nicht zu einem langen Plädoyer zur Verteidigung dieser Dokumente oder der Talamasca hinreißen lassen. Es soll genügen, wenn ich sage, daß sie hilfreich für uns waren, während Rowan verschwunden war. Sie sind diejenigen, die Rowans und Lashers Besuch in Donnelaith untersucht haben. Sie haben uns die detailliertesten Personenbeschreibungen zur Verfügung gestellt, und unsere eigenen Detektive haben sie lediglich bestätigt. Es ist äußerst zweifelhaft, daß uns irgendeine andere Instanz, sei sie weltlich, religiös oder juristisch, derartige Unterstützung hätte zukommen lassen können. Aber ... Aaron hat uns nun gebeten, den formellen Kontakt zur Talamasca abzubrechen. Er hat gute Gründe dafür, und wir werden ihm folgen.«

»Ihr könnt das nicht alles unter den Teppich kehren«, beharrte Fielding. »Was ist mit diesem Dr. Larkin?«

»Niemand weiß, was aus Dr. Larkin geworden ist«, sagte Ryan. »Das müssen wir alle akzeptieren. Aber Lauren hat recht. Wir haben keinerlei greifbaren Beweis für irgendein Fehlverhalten seitens der Talamasca. Aber unser Kontakt lief ausschließlich über Aaron. Aaron ist unser Freund. Und Aaron ist durch seine Heirat mit Beatrice jetzt ein Mitglied unserer Familie ...«

»Ja, sehr praktisch«, murrte Randall.

»Du bist ein Trottel«, zischte Beatrice, ehe sie sichs versah.

»Amen«, sagte Mona.

Lauren brachte sie alle zum Schweigen. »Die Talamasca hat medizinische Unterlagen konfisziert. Sie hat sich geweigert, ihr derzeitiges Wissen über diesen Fall mit uns zu teilen. Sie hat die Verbindung selbst abgebrochen, wie Aaron euch erklären würde, wenn ihr ihm Gelegenheit geben wolltet! Aber das tut ihr ja nicht. Also fahren wir fort. So einfach ist das. Jedes Auftreten des Ordens ist der Kanzlei zu melden. Ihr beantwortet keine Fragen und fahrt fort, sämtliche Sicherheitsmaßnahmen zu beachten.« Sie beugte sich vor und senkte die Stimme, um ihren Worten Nachdruck zu verleihen. »Die Reihen bleiben geschlossen!«

Unbehagliches Schweigen trat ein.

»Michael, was hast du dazu zu sagen?« fragte Lauren.

Die Frage überraschte ihn. Er hatte das alles auf unbeteiligte Weise beobachtet, als wäre es ein Football- oder Baseballspiel, oder auch eine Schachpartie. Er war immer wieder in Erinnerungen an Julien versunken, an das, was Julien ihm erzählt hatte. Jetzt mußte er seine Gedanken verbergen. Es würde niemandem helfen, wenn er frei und offen zu ihnen redete. Aber irgendwie kamen ihm die Worte dann doch über die Lippen, die er suchte.

»Ich werde diesem Mann ein Ende machen, wann und wo immer er auch gefunden wird. Niemand wird ihn vor mir schützen können.«

Randall fing an zu reden. Fielding ebenfalls. Aber Michael hob die Hand.

»Ich will wieder zu meiner Frau hinaufgehen. Ich will, daß meine Frau gesund wird. Ich will jetzt bei ihr sein.«

»Dann noch rasch zu den letzten Punkten«, sagte Ryan; er öffnete eine große Ledermappe und nahm mehrere maschinenbeschriebene Blätter heraus. »Ah ... in St. Martinville, an der Stelle, an der Rowan bewußtlos aufgefunden wurde, hat man keine Blut- oder Gewebeproben gefunden. Wenn sie dort eine Fehlgeburt erlitten hat, wie die Ärzte annehmen, dann sind die Spuren davon längst verschwunden.

Das Gelände dort ist öffentlich zugänglich. Und es hat im Laufe des Tages, während Rowan dort lag, mindestens zwei heftige Regengüsse gegeben, und einen weiteren, nachdem sie aufgefunden worden war. Wir haben zwei erfahrene Detektive an die Stelle entsandt. Aber bis jetzt haben wir keinen Hinweis darauf, was Rowan dort wirklich zugestoßen ist. Wir kämmen die Umgebung gründlich durch, um jemanden zu finden, der Rowan vielleicht gesehen oder der sonst etwas gesehen oder gehört hat, was uns weiterhelfen könnte.«

Einige nickten resigniert.

»Michael, wir sind bereit, die restlichen Punkte in der City zu erledigen. Sie betreffen das Vermächtnis, und sie betreffen Mona. Wir lassen dich mit Aaron hier und kommen heute abend wieder her, wenn du gestattest.«

»Ja, natürlich«, sagte Michael. »Wir kommen gut zurecht. Wir haben schon Routine entwickelt. Hamilton sitzt oben bei den Schwestern. Es geht alles so reibungslos, wie man es sich nur wünschen kann.«

»Michael«, sagte Lauren, »ich weiß, es ist eine schwierige Frage. Aber ich muß sie stellen. Weißt du etwas über den Verbleib des Mayfair-Smaragds?«

»Oh, um Gottes willen!« sagte Bea. »Dieses verfluchte Ding!«

»Es ist eine rechtliche Angelegenheit«, erwiderte Lauren frostig. »Rein rechtlich. Wir müssen den Smaragd suchen und ihn der Erbin um den Hals legen.«

»Na, wenn es nach mir ginge«, sagte Fielding, »würde ich bei Woolworth ein Stück grünes Glas kaufen. Aber ich bin zu alt, um noch in die Stadt zu fahren.«

»Ich weiß nicht, wo dieser Smaragd ist«, sagte Michael. »Ich denke, ihr habt mich schon einmal danach gefragt, als ich krank war und im Krankenhaus lag. Ich habe ihn nicht gesehen. Ich dachte, ihr habt das Haus durchsucht.«

»Ja, das haben wir getan«, sagte Ryan. »Wir dachten nur, wir hätten vielleicht etwas übersehen.«

»*Er* hat ihn wahrscheinlich«, sagte Mona leise.

Niemand antwortete.

»Das könnte sein«, sagte Michael schließlich. Er lächelte leise. »Wahrscheinlich hat er ihn. Hält ihn wahrscheinlich für sein Eigentum. Aber man kann nie wissen ...« Er bemühte sich darum, die Fassung zu bewahren, aber die Sache kam ihm plötzlich ungeheuer komisch vor. Der Smaragd! Hatte Lasher ihn in der Tasche? Und würde er versuchen, ihn zu verkaufen? Das wäre zum Schießen.

Die Konferenz war offensichtlich zu Ende. Bea würde in die Amelia Street fahren, die anderen in die City.

Wenige Augenblicke später waren alle weg. Die große Haustür hatte sich zum letzten Mal geschlossen.

Aaron blieb am hinteren Ende des Tisches sitzen, Michael gegenüber und mit dem Rücken zum Fenster; er hatte die Ellbogen aufgestützt.

»Ich freue mich für Sie und Bea«, sagte Michael. »Haben Sie das Gedicht bekommen, daß ich Ihnen durch Yuri habe bringen lassen? Meine Mitteilung?«

»Ja, die hat er mir gegeben. Sie müssen mir von Julien erzählen. Erzählen Sie mir, was passiert ist – nicht einem Schnüffler von der anderen Seite des Atlantik, sondern einem Freund. Bitte.«

Michael lächelte. »Ich will es Ihnen ja erzählen. Ich habe mir da oben ein paar Notizen gemacht, wissen Sie, damit ich es nicht vergesse. Aber die Wahrheit ist, daß Julien nur eines im Sinn hatte. Er wollte mir sagen, daß ich dieses Ding töten muß, um ihm ein Ende zu machen. Ich sei derjenige, auf den man dabei zähle.«

Aaron sah fasziniert aus.

»Wo ist Ihr Freund Yuri?« fragte Michael. »Er steht doch noch auf gutem Fuße mit uns, oder?«

»Unbedingt«, sagte Aaron. »Er ist wieder oben in der Amelia Street; er versucht es noch einmal mit Monas Computer. Mona hat gesagt, er kann ihren Computer benutzen, um Kontakt mit den Ältesten aufzunehmen, aber die Ältesten nehmen seine inständigen Bitten um Erläuterung nicht zur Kenntnis. Das alles ist ziemlich schrecklich für ihn, glaube ich.«

»Aber nicht für Sie.«

Aaron dachte einen Moment lang nach. »Nein . . .«, sagte er dann. »Nicht so sehr . . .«

»Gut«, sagte Michael. »Julien war mißtrauisch gegen die Talamasca; ich schätze, das haben Sie meiner Notiz schon entnommen. Julien hatte noch mehr dazu zu sagen, aber es lief alles auf dasselbe hinaus – diese Kreatur sei tückisch und hinterhältig, und sie müsse vernichtet werden. Ich werde sie töten, sobald ich kann.«

Aaron schien dieser Gedanke zu faszinieren.

»Aber was wäre, wenn Sie es in Ihre Gewalt bringen könnten? Wenn Sie es irgendwo einschließen könnten, wo es nicht mehr . . .«

»Nein. Das ist der Irrtum. Lesen Sie das Gedicht noch einmal. Ich soll es töten. Gehen Sie nach oben und schauen Sie sich meine Frau an, wenn Sie noch Zweifel haben. Gehen Sie hin und halten Sie ihre Hand. Ich werde es töten. Und ich werde die Gelegenheit dazu bekommen. Evelyns Gedicht und Juliens Erscheinung haben mir das versprochen.«

»Sie sind wie ein Mann, der eine religiöse Bekehrung erfahren hat«, sagte Aaron. »Vor einer Woche haben Sie philosophisch geklungen, beinahe verzweifelt. Sie waren körperlich krank.«

»Nun, ich dachte, meine Frau hätte mich verlassen. Ich trauerte um meine Frau und um meinen Mut, denn ich hatte beides verloren. Jetzt weiß ich, daß sie mich nicht verlassen wollte. Und warum sollte ich nicht sein wie der Hl. Paulus nach seiner Vision auf der Straße nach Damaskus? Ist Ihnen klar, daß ich der einzige von uns bin, der dieses Wesen gesehen und mit ihm gesprochen hat?« Er lachte bitter auf. »Gifford, Edith, Alicia . . . ich erinnere mich nicht mal mehr an ihre Namen. Alle tot. Und Rowan ist jetzt stumm wie Deirdre. Aber ich bin nicht tot. Ich bin nicht stumm. Ich weiß, wie er aussieht. Ich weiß, wie seine Stimme klingt. Und zu mir ist Julien gekommen. Ich schätze, ich habe in der Tat die Überzeugung eines Bekehrten. Vielleicht auch nur die Überzeugung eines Heiligen.«

Er griff in seine Jackentasche und holte das Medaillon hervor, das Ryan ihm gebracht hatte und das Gifford am Weihnachtstag neben dem Pool gefunden hatte. »Das haben Sie mir gegeben, erinnern Sie sich?« sagte er zu Aaron. »Wie ist es wohl, wenn St. Michael seinen Dreizack in den Dämon stößt? Zappelt der Dämon? Schreit er nach seiner Mutter? Muß schwer sein, St. Michael zu sein. Diesmal will ich es herausfinden.«

»Julien war also sein Feind? Dessen sind Sie sicher?«

Michael seufzte. Er sollte eigentlich wieder hinaufgehen. »Was würden die Schwestern tun, wenn ich mich einfach zu ihr ins Bett legte? Was würden sie machen, wenn ich mich an sie kuscheln und sie in meine Arme nehmen würde?«

»Dies ist Ihr Haus«, meinte Aaron. »Legen Sie sich zu ihr, wenn Sie möchten. Sagen Sie den Schwestern, sie sollen sich vor die Tür setzen.«

Michael schüttelte den Kopf. »Wenn ich nur wüßte, daß sie mich bei sich haben will. Wenn ich nur wüßte, ob sie überhaupt irgend etwas will.«

Er überlegte lange.

»Aaron«, sagte er dann, »wenn Sie Lasher wären, wo wären Sie dann jetzt? Was würden Sie tun?«

Aaron schüttelte den Kopf. »Ich weiß es nicht, Michael. Aber erzählen Sie mir, warum Julien so sicher war, daß Lasher böse ist. Erzählen Sie mir, was Julien wußte.«

»Julien hat seinen Ursprüngen nachgespürt. Er war in Donnelaith, um die Ruinen zu untersuchen. Aber nicht der berühmte Steinkreis hat ihn interessiert, sondern die Kathedrale. Ein Heiliger namens Ashlar, ein früher Heiliger aus den Highlands. Das Wesen hatte etwas mit den Zeiten des Katholikentums oben im Glen zu tun. Etwas mit diesem Heiligen.«

»Ashlar. Ich kenne die Geschichte von St. Ashlar«, sagte Aaron leise. »Sie steht in den lateinischen Akten im Archiv. Ich erinnere mich, daß ich sie gelesen habe, aber nicht im Zusammenhang mit diesem Fall. Oh, wenn sie Yuri doch nur nicht aus dem Computer ausgesperrt hätten. Was hat Lasher mit diesem Heiligen zu tun?«

»Das hat Julien nie herausbekommen. Erst dachte er, das Wesen sei der Heilige selbst – ein rachsüchtiger Geist. Aber so einfach war es nicht.« Er schwieg einen Moment lang. »Was wissen Sie über Ashlar?«

»Eine alte schottische Legende. Höchst heidnische Geschichte, genau gesagt. Michael, warum haben Sie mir das alles nicht erzählt?«

»Ich erzähle es Ihnen ja, Aaron, aber eigentlich ist es nicht so wichtig. Ich werde das Wesen töten. Wir können Licht in seine Vergangenheit bringen, wenn es tot ist. Was wissen Sie also über Ashlar, den schottischen Heiligen?«

»Ah . . . es geht wohl darum, daß der Heilige alle paar hundert

Jahre zurückkehrt. Das steht hier und da in Büchern. Aber mir war nie klar, daß es etwas mit Donnelaith zu tun hat. Da haben Sie gleich noch ein Geheimnis. Warum stand nichts davon in den Akten? Wir legen stets Querverweise an. Wir arbeiten so sorgfältig. Aber nie habe ich im Zusammenhang mit Donnelaith derartige Legenden erwähnt gefunden. Ich habe immer angenommen, es gebe da kein relevantes Material.«

»Aber was für eine Geschichte haben Sie gehört?«

»Der Heilige hatte besondere körperliche Eigenschaften. Von Zeit zu Zeit wurde jemand mit diesen Eigenschaften geboren, und dann erklärte man ihn zur Reinkarnation des Heiligen. Er war der neue Heilige. Alles sehr heidnisch, das Ganze. Nichts Christliches dabei. Wer für die christliche Kirche heilig ist, der ist im Himmel und fährt nicht in neues Fleisch.«

Michael nickte. Lachte leise.

»Schreiben Sie es für mich nieder«, sagte Aaron. »Alles, was Julien Ihnen erzählt hat. Sie müssen es tun.«

»Ich werde es auch tun; aber denken Sie an das, was ich gesagt habe. Julien hatte mir nur eines mitzuteilen. Ich soll das Wesen töten. Nicht ›mich dafür interessieren‹, sondern es vernichten.« Michael seufzte. »Ich hätte es Weihnachten tun sollen. Ich hätte es töten sollen. Ich hätte es wahrscheinlich auch tun können, aber Rowan wollte es natürlich nicht. Wie auch? Dieses neugeborene Wesen, dieses Mysterium. So kommt es ja immer. Es verführt die Menschen. Und jetzt ist es Fleisch. Wie heißt es in der Offenbarung: ›Und das Wort ist Fleisch geworden und hat unter uns gewohnt.‹«

Aaron nickte. »Lassen Sie es mich noch einmal laut aussprechen«, sagte er mit leiser Stimme, »damit ich aufhören kann, es wieder und wieder in meinem Herzen und in meiner Seele zu sagen. Ich hätte am Weihnachtsabend mit Ihnen hierherkommen sollen. Ich hätte Sie nicht allein gegen ihn antreten lassen dürfen, allein gegen ihn und sie.«

»Sie dürfen sie nicht verurteilen.«

»Das tue ich nicht. So habe ich es nicht gemeint. Ich meine nur, ich hätte hier sein sollen, mehr nicht. Wenn es noch wichtig ist: Ich habe nicht vor, Sie jetzt im Stich zu lassen.«

»Es ist wichtig.« Michael zuckte mit den Achseln. »Aber

wissen Sie, ich habe ein merkwürdiges Gefühl. Es wird leicht sein, nachdem ich mich nun einmal entschlossen habe, es zu töten.« Er schnippte mit den Fingern. »Das ist mein Problem. Von Anfang an hatte ich Angst davor.«

Es war acht Uhr. Dunkel, kalt. Man konnte die Kälte fühlen, wenn man die Hände an die Fensterscheiben legte.

Aaron war eben zurückgekommen, um mit Yuri zu Abend zu essen. Yuri kehrte jetzt in die Amelia Street zurück, um mit Mona zu sprechen; er war rot geworden, als er es gesagt hatte. Michael hatte erkannt, weshalb: Yuri war in Mona verschossen. »Sie erinnert mich daran, wie ich selbst in ihrem Alter war«, hatte Yuri gestammelt. »Sie ist ungewöhnlich. Sie hat gesagt, sie will mir alle ihre Computertricks zeigen. Wir wollen ... uns unterhalten.«

Aufgescheucht, stammelnd, errötend. Ah, Mona und ihre Macht, dachte Michael. Und jetzt hatte sie das Vermächtnis hinter sich und alles andere sowieso.

Aber Yuri hatte etwas Reines an sich; er war rein und loyal und gut.

»Man kann ihm vertrauen«, hatte Aaron leise gesagt. »Er ist ein Gentleman, und er ist ehrenhaft. Mona wird in seiner Gesellschaft völlig sicher sein. Keine Angst.«

»Um Mona braucht niemand Angst zu haben«, sagte Michael ein bißchen beschämt; er verspürte einen Hauch jener sinnlichen Augenblicke, als er sie im Arm gehalten und gewußt hatte, daß es unrecht war und daß es passieren würde – na und?

Es war so selten vorgekommen, daß Michael »Na und?« gesagt hatte, wenn er etwas Unrechtes getan hatte.

Aaron schlief jetzt oben.

»Männer meines Alters machen nach dem Essen ein Nickerchen«, hatte er entschuldigend bemerkt, und dann hatte er sich hingelegt. Er war völlig erschöpft, und Michael wollte jetzt auch nicht mehr über Julien reden; vielleicht war es am besten so, denn Aaron hatte die Ruhe nötig.

Nur du und ich, Julien, dachte Michael.

Es war still im Haus.

Hamilton war nach Hause gefahren, um ein paar Rechnungen zu bezahlen. Bea würde später wiederkommen. Nur eine Krankenschwester tat jetzt Dienst; mit allem Geld der Welt war keine zweite zu beschaffen, so groß war der Personalmangel auf diesem Gebiet. Eine Schwesternhelferin, sehr fähig, war oben in Tante Vivs Zimmer und telefonierte nunmehr seit einer dreiviertel Stunde.

Er hörte ihre Stimme, wie sie anschwoll und wieder abschwoll. Er stand im Wohnzimmer und schaute hinaus in den seitlichen Garten. Dunkelheit. Kälte. Erinnerungen. Die Trommeln des Comus.

Es hörte sich an, als ob die Schwesternhelferin weinte. Unmöglich. Schritte vibrierten leise. Die Haustür schloß sich. Das war alles so weit weg von ihm; Leute kamen und gingen. Wenn es ihr schlechter ginge, würden sie ihn rufen.

Und er würde die Treppe hinaufrennen – aber wozu? Um da zu sein, wenn der Atem erstarb. Um ihre kalte Hand zu halten. Um seinen Kopf auf ihre Brust zu legen und die letzte Wärme in ihr zu spüren. Woher wußte er, daß es so sein würde? Hatte es ihm jemand erzählt? Oder war es nur so, daß ihre Hände immer kälter und kälter und steifer und steifer wurden? Wenn er auf ihre Fingernägel schaute, ihre hübschen, sauberen Fingernägel, dann waren sie ein bißchen bläulich.

Die Bewegungen der dunklen Bäume draußen ließen ihn frösteln. Es fröstelte ihn, sie nur anzuschauen. Er wollte nicht hier sein und durch das Fenster in den kalten, leeren Garten schauen. Er wollte im Warmen sein, und bei ihr.

Er drehte sich um und ging langsam zurück, durch den Doppelsalon und unter dem mit wunderschönen Ornamenten verzierten Türbogen aus Zypressenholz hindurch. Vielleicht sollte er ihr vorlesen, ganz leise. Vielleicht ein wenig das Radio einschalten. Oder Juliens Victrola spielen lassen. Die gehässige Schwester, die das Victrola nicht leiden konnte, war nicht mehr da.

Er konnte die Schwestern auch aus dem Zimmer schicken, nicht wahr? Allmählich war es ihm klargeworden. Brauchen wir diese Krankenschwestern?

Er sah sie tot. Er sah sie grau und kalt und am Ende. Er sah sie begraben, mehr oder weniger. Nicht das ganze detaillierte

Bild. Nur das Konzept, schlaglichtartig – ein Sarg, der in eine Gruft glitt. Wie bei Gifford. Nur würde sie hier begraben werden, auf ihrem Friedhof am Rande des Garden District, und er könnte jeden Tag hinspazieren und seine Hand an die Marmorplatte legen, die nur zehn, zwölf Zentimeter von ihrem weichen dunkelblonden Haar entfernt war. Rowan. Rowan.

Denken Sie daran, mon fils.

Er drehte sich um. Wer hatte das gesagt? Der große, lange Flur war hohl und leer und ein bißchen kalt. Im Eßzimmer war es ganz dunkel. Er lauschte, nicht nach realen Geräuschen, sondern nach übernatürlichen Lauten, nach der Stimme. Ja, ich werde daran denken.

»Ja, das werde ich«, sagte er.

Stille. Um ihn herum Stille, die seine Worte umhüllte und laut werden ließ. Scharf klangen sie in der Stille, wie eine Bewegung, wie ein jähes Absinken der Temperatur. Stille.

Es war überhaupt niemand da. Niemand im Eßzimmer. Niemand oben an der Treppe. Er sah, daß in Tante Vivians Zimmer kein Licht mehr brannte. Niemand telefonierte. Leer. Dunkel.

Und dann dämmerte es ihm. Er war allein.

Nein, das konnte nicht sein. Er ging zur Haustür und öffnete sie. Niemand am schwarzen Eisentor. Niemand auf der Veranda. Niemand auf der anderen Straßenseite. Nur die feierliche, leere Stille des Garden District, verlassen wie eine Ruinenstadt im reglosen Schein der Straßenlaterne. Die weichen Büschel des Eichenlaubes. Das Haus lag so still und unbelebt wie damals, als er es zum ersten Mal gesehen hatte.

»Wo sind sie?« Er fühlte den jähen Schub der Panik. »O Gott, was geht hier vor?«

»Michael Curry?«

Der Mann stand links von ihm. Im Schatten, beinahe unsichtbar, bis auf das blonde Haar. Er trat vor. Er mußte etwa fünf Zentimeter größer sein als Michael. Michael schaute ihm in die hellen Augen.

»Sie haben nach mir geschickt?« fragte der Mann leise und respektvoll. Er streckte die Hand aus. »Mein Beileid, Mr. Curry.«

»Nach Ihnen geschickt? Was soll das heißen?«

»Sie haben den Priester gebeten, mich im Hotel anzurufen; Sie haben mich herbitten lassen. Es tut mir leid, daß es zu Ende ist.«

»Ich weiß nicht, wovon Sie reden. Wo sind die Wachleute, die hier waren? Wo ist der Posten, der am Tor gestanden hat? Wo sind sie alle geblieben?«

»Der Priester hat sie fortgeschickt«, sagte der Mann behutsam. »Nachdem sie gestorben war. Er hat mir am Telefon gesagt, daß er sie wegschickt. Ich möge bitte herkommen und vor der Haustür auf Sie warten. Es tut mir leid, daß sie gestorben ist. Ich hoffe, sie hat weder Schmerzen noch Angst haben müssen.«

»O nein, das träume ich. Sie ist nicht tot! Sie ist oben. Was für ein Priester? Hier ist kein Priester! Aaron!«

Er drehte sich um und spähte in die tiefe Dunkelheit des Hausflurs; im ersten Augenblick konnte er den roten Teppich auf der Treppe nicht erkennen. Dann stürmte er los, nahm die Treppe in großen Sätzen und rannte auf die geschlossene Zimmertür zu.

»Gottverdammt, sie ist nicht gestorben! Das stimmt nicht! Sie hätten es mir gesagt!«

Als er den Türknauf packte und merkte, daß er die Tür nicht aufbekam, schickte er sich an, sie mit der Schulter einzurennen.

»Aaron!« brüllte er.

Ein Klicken von innen. Der kleine Knauf drehte sich. Die Tür sprang einen Spaltbreit auf, wie aus eigenem Antrieb. Jede Tür hat ihr eigenes Tempo, ihren eigenen Rhythmus, ihre eigene Art, sich zu öffnen und zu schließen. Türen in New Orleans sind dabei nie sehr ordentlich oder effizient. Im Sommer quoll diese Tür auf und ließ sich nie richtig schließen. Jetzt öffnete sie sich tänzelnd.

Er starrte hinein, auf die weiße Holztäfelung. Die Kerzen leuchteten wie zuvor. Flackerschein auf dem Seidenbezug des Oberbetts, auf dem marmornen Kamin.

Aaron sprach mit ihm. Aaron nannte hinter ihm einen Namen. Er klang russisch.

Und der blonde Mann sagte leise: »Aber er hat nach mir verlangt, Aaron. Er hat mich rufen lassen. Der Priester hat es mir gesagt. Er hat mich gebeten, herzukommen.«

Er betrat das Zimmer. Die Kerzen waren die einzige Beleuchtung. Sie brannten auf dem kleinen Altar, und der Schatten der Jungfrau stieg zitternd und tanzend wie zuvor an der Wand empor. Rowan lag im Bett; ihre Brüste hoben und senkten sich unter dem neuen rosaroten Satinnachthemd, das sie ihr angezogen hatten. Ihre Finger krümmten sich nach innen. Ihr Mund stand offen. Sie lebte. Unverändert.

Er fiel neben dem Bett auf die Knie; er ließ den Kopf darauf sinken und weinte. Er nahm ihre kalte Hand und drückte sie; er spürte ihre Biegsamkeit und den winzigen Rest von menschlicher Wärme, der noch da war. Sie lebte.

»O Rowan, meine Liebste, Liebste«, sagte er. »Ich dachte . . .« Und er schluchzte wie ein Kind.

Er ließ das Schluchzen langsam hervorquellen. Er wußte, daß Aaron in der Nähe war. Er wußte, daß auch der andere Mann da war. Und er blickte langsam auf und sah die Gestalt am Fußende des Bettes. Der Priester. Der Gedanke schoß ihm augenblicklich durch den Kopf, als er die altmodische Soutane aus schwarzem Wollstoff sah, den weißen römischen Kragen. Aber das war kein Priester.

»Hallo, Michael.«

Eine sanfte Stimme. So groß, wie alle gesagt hatten. Lange schwarze Haare bis auf die Schultern, ein wunderschön gepflegter, glänzender Bart – ein grausiger Christus oder ein Rasputin, mit bleichem, tränennassem Gesicht.

»Auch ich habe um sie geweint«, sagte der Mann beinahe flüsternd. »Jetzt ist sie dem Tode nahe. Sie wird nicht mehr gebären; sie wird nicht mehr lieben. Nur noch wenig Milch war in ihr. Sie ist fast fort.«

Er hielt den Bettpfosten mit der linken Hand umfaßt.

»Lasher!«

Und plötzlich vollkommene Monstrosität: ein Mann, der größer war als normale Menschen. Eine schmächtige Gestalt, und doch die perfekte Inkarnation des Bedrohlichen mit diesen blauen Augen, die ihn eindringlich fixierten, mit dem lebendigen Mund unter dem schwarz glänzenden Schnurrbart, mit den weißen Fingern, lang und knochig, die den Bettpfosten praktisch umflochten. Monströs.

Töte es. Jetzt gleich.

Er war sofort wieder auf den Beinen, aber Stolov hielt seine Taille umschlungen. »Nein, Michael, nicht, tun Sie ihm nichts! Das dürfen Sie nicht!«

Und dann packte ihn ein weiterer Mann, ein Fremder, am Hals, und Aaron flehte ihn an, sich zurückzuhalten und zu warten.

Die Gestalt am Bett blieb stehen, regungslos. Mit einer langsamen, trägen Bewegung der rechten Hand wischte sie sich die Tränen aus dem Gesicht.

»Warten Sie, Michael. Warten Sie«, sagte Aaron. »Stolov, lassen Sie ihn los. Sie auch, Norgan. Treten Sie zurück, Michael. Wir haben ihn umzingelt.«

»Nur, wenn er es nicht tötet«, sagte Stolov. »Er darf es nicht töten.«

»Einen Dreck darf ich«, sagte Michael. Er bäumte sich auf, versuchte Stolov abzuschütteln, aber der andere Mann hatte seinen Arm allzu fest um seinen Hals geschlungen. Stolov löste seinen Griff und atmete tief durch.

Die Kreatur sah ihn an. Ihre Tränen flossen weiter, schweigend, beredt.

»Ich bin in Ihrer Hand, Mr. Stolov«, sagte Lasher. »Ich gehöre Ihnen.«

Michael rammte dem Mann hinter sich den Ellbogen in den Leib und schleuderte ihn rückwärts gegen die Wand. Dann stieß er Stolov zur Seite und hatte sich im nächsten Moment auf Lasher gestürzt und ihm die Hände um die Gurgel gelegt. Die Kreatur schnappte in rauhem Entsetzen nach Luft und packte Michael bei den Haaren. Zusammen fielen sie auf den Teppich. Aber die beiden anderen Männer hatten Michael schon wieder gefaßt; sie zerrten ihn zurück, rissen ihn mit aller Kraft los, und Aaron, sogar Aaron, bog seine Finger am Hals der Kreatur auseinander. Aaron. O Gott.

Einen Augenblick lang war Michael dicht davor, ohnmächtig zu werden. Der Schmerz in seiner Brust war scharf und unerbittlich. Er fühlte ihn in der Schulter und bis in den linken Arm hinein. Sie hatten ihn losgelassen, denn jetzt saß er an den Kamin gelehnt auf dem Boden, außerstande, jemandem etwas anzuhaben. Lasher rang immer noch nach Atem; langsam und benommen kam er wieder auf die Beine. Eine schmale Gestalt in fließender schwarzer Soutane. Die Männer blieben rechts und links von Michael stehen.

»Warten Sie doch, Michael«, flehte Aaron. »Wir sind zu viert gegen ihn.«

»Tun Sie ihm nichts, Michael«, sagte Stolov so sanft wie zuvor.

»Ihr laßt ihn entkommen«, sagte Michael in rauhem Flüsterton. Aber als er aufschaute, sah er die hochgewachsene, gertenschlanke Gestalt, die auf ihn herabsah; die blauen Augen schwammen in Tränen, und die Tränen rannen über die glatten weißen Wangen herunter. Wenn Christus zu dir käme, dachte Michael, dann würdest du dir wünschen, daß er so aussähe. So hatten die Maler ihn wiedergegeben.

»Ich fliehe nicht«, sagte Lasher ruhig. »Ich werde mitgehen, wenn sie mich fortbringen, Michael. Die Männer von der Talamasca. Ich brauche sie jetzt. Und das wissen sie. Und sie werden nicht erlauben, daß du mich noch einmal angreifst.« Er wandte sich der Gestalt im Bett zu. »Ich bin gekommen, um meine Geliebte zu sehen. Ich mußte sie sehen, bevor sie mich fortbringen.«

Michael versuchte aufzustehen. Ihm war schwindlig, und der Schmerz setzte wieder ein. Verflucht, Julien, gib mir die Kraft, es zu tun. Zur Hölle damit. Der Revolver, der Revolver liegt dort am Bett. Er liegt oben auf dem Nachttisch, der große Revolver! Er wollte es laut zu Aaron sagen. Erschießen Sie ihn. Drücken Sie ab und blasen Sie ihm ein Loch in den Kopf, so groß wie ein Auge!

Stolov kniete vor ihm nieder. Stolov sagte: »Beruhigen Sie sich, Michael. Beruhigen Sie sich. Versuchen Sie, ihm nichts anzutun. Wir werden ihm nicht erlauben, von hier fortzugehen, bis wir ihn selbst fortbringen.«

»Ich bin bereit«, sagte Lasher.

»Michael«, sagte Stolov, »schauen Sie ihn an. Er ist jetzt hilflos. Er ist in unserer Hand. Bitte beruhigen Sie sich.«

Aaron starrte die Kreatur wie gebannt an.

»Ich habe euch gewarnt«, sagte Michael leise.

»Willst du mich wirklich töten?« fragte Lasher, und seine Tränen flossen so unablässig wie bei einem kleinen Kind. »Haßt du mich sosehr? Nur weil ich leben will?«

»Du hast sie umgebracht«, flüsterte Michael; es war ein so kleines, unbedeutendes Geräusch. »Das hast du ihr angetan. Und du hast unser Kind ermordet.«

»Willst du denn nicht auch meine Seite hören, Vater?« fragte die Kreatur.

»Ich will dich töten«, sagte Michael.

»Oh, ich bitte dich. Kannst du so kalt und gefühllos sein? Kann es dir völlig gleichgültig sein, was man mir angetan hat? Kann es dir völlig gleichgültig sein, warum ich hier bin? Glaubst du, ich *wollte* sie verletzen?«

Michael umklammerte mit einer Hand das Kaminsims und Aarons Hand mit der anderen und kam so schließlich auf die Füße. Schwäche, beinahe Übelkeit, erfüllte ihn in allen seinen Gliedern. Er stand da und atmete langsam ein und aus. Dankbar spürte er, daß der Schmerz aufgehört hatte. Er starrte Lasher an.

Wie schön dieses glatte Gesicht war, wie schön der weiche schwarze Schnurrbart, der kurzgeschnittene Bart. Der Jesus von Dürers Gemälde. Und die endlos tiefen, köstlich blauen Augen, Spiegel einer unergründlichen und scheinbar wundersamen Seele.

»O doch, Michael, du willst es wissen. Du willst alles hören. Und sie werden dir nicht erlauben, mich zu töten, nicht wahr, Gentlemen? Nicht einmal Aaron wird es erlauben. Nicht, solange ich nicht alles gesagt habe, was ich zu sagen habe.«

»Lügen«, zischte Michael.

Das Wesen schluckte, als sei es getroffen von diesen verdammenden Worten; wieder wischte es sich mit dem rechten Handrücken über die Augen. Es benahm sich wie ein Kind auf dem Spielplatz; es preßte die Lippen zusammen und atmete tief ein, als kämpfe es mühsam dagegen an, sich wie Michael zuvor überwältigen zu lassen – vom Schluchzen und von den Tränen.

Hinter ihm im Bett lag Rowan, unbeteiligt, mit starrem Blick ins Leere, ungerührt und unerreichbar wie zuvor.

»Nein, Michael«, sagte Lasher. »Keine Lügen. Das verspreche ich dir. Wir sind zu klug, nicht wahr, um zu glauben, daß die Wahrheit alles entschuldigen kann. Aber Lügen wirst du nicht hören.«

Wiederum im Eßzimmer. Nur war diesmal das Licht, das durch die Fenster hereinfiel, das mattgoldene Licht der Lampen im Garten.

Sie saßen im Dunkeln um den Tisch. Beide Türen waren geschlossen. Lasher saß auf dem Platz des Oberhauptes, am Kopfende des Tisches, eine große weiße Hand ausgebreitet vor sich auf der Holzplatte; wie benommen starrte er sie an.

Dann hob er den Kopf und schaute sich um. Er betrachtete die Wandgemälde, schien sich ein Detail nach dem anderen vorzunehmen und wieder ins Dunkel zu entlassen. Er betrachtete ihre Gesichter. Er betrachtete Michael, der neben ihm saß, zu seiner Rechten.

Der andere Mann, Clement Norgan, hatte sich immer noch nicht von Michaels Ellbogenstoß erholt; von seinem Flug gegen die Wand taten ihm alle Knochen weh. Er saß atemlos und mit rotem Kopf auf der anderen Seite des Tisches und trank in kleinen Schlucken aus einem Glas Wasser. Sein Blick ging zwischen der Kreatur und Michael hin und her. Stolov saß links neben Norgan.

Aaron saß neben Michael; er hielt seine Schulter, seine Hand. Michael fühlte seinen festen Griff.

Lasher.

»Ja. In diesem Haus, noch einmal«, sagte das Wesen mit tremolierender und noch dunkler und in ihrer eigenen Schönheit selbstbewußten Stimme und vollkommen akzentfreier Aussprache.

»Lassen Sie ihn sprechen«, sagte Aaron. »Wir sind vier Männer. Wir sind entschlossen, ihn nicht entkommen zu lassen. Rowan liegt ungestört oben. Lassen Sie ihn sprechen.«

»So ist es«, sagte Stolov. »Wir sind alle zusammen. Er soll sich erklären, uns allen. Sie haben ein Recht auf eine solche Erklärung, Michael. Niemand kann es Ihnen streitig machen.«

»Ein Betrüger wie immer«, sagte Michael. »Du hast die

Schwestern weggeschickt. Du hast die Wachen weggeschickt. So gerissen. Sie haben dir alle geglaubt, Father Ashlar. Oder hast du einen anderen Namen benutzt?«

Lasher lächelte, lange, bitter. »Father Ashlar«, flüsterte er; er fuhr sich mit rosiger Zungenspitze über die Lippen und schloß lautlos den Mund. Einen Augenblick lang sah Michael Rowan in ihm, sah die Ähnlichkeit, wie er sie schon am Weihnachtstag gesehen hatte. Die feinen Wangen, die Stirn, selbst die zarten Konturen der länglichen Augen. Aber die Augen, die Tiefe ihrer Farbe, der helle, offene Blick – das waren Michaels Augen.

»Sie weiß nicht, daß sie jetzt allein ist«, sagte Lasher ernst. Er sprach langsam, und sein Blick wanderte wieder durch den Raum. »Was nützen ihr die Schwestern noch? Sie weiß nicht mehr, wer bei ihr steht, wer um sie weint, wer sie liebt, wer Tränen vergießt. Sie hat das Kind verloren, das in ihr war. Und es wird keines mehr geben. Alles, was jetzt noch geschehen wird, wird ohne sie geschehen. Ihre Geschichte ist erzählt.«

Michael wollte aufstehen, aber Aaron hielt ihn fest, und die beiden anderen funkelten ihn quer über den Tisch hinweg an. Lasher zeigte keine Furcht.

»Und du willst uns deine Geschichte erzählen«, sagte Stolov schüchtern, als habe er es mit einem Monarchen oder einer Erscheinung zu tun. »Wir sind bereit, sie zu hören.«

»Ja, ich will sie euch erzählen«, sagte Lasher mit einem schmalen, beinahe tapferen Lächeln. »Ich will euch erzählen, was ich jetzt noch weiß, da ich Fleisch und Blut bin. Ich will euch alles erzählen. Und dann könnt ihr euer Urteil fällen.«

Michael lachte kurz und ohne Heiterkeit auf. Die andern erschraken, und auch er selbst erschrak. Er ließ Lasher nicht aus den Augen. »Also schön, *mon fils*«, sagte er und sprach die französischen Worte sorgfältig und korrekt aus. »Und vergiß nicht, was du mir versprochen hast. Keine Lügen.«

Sie schauten einander lange an, und dann setzte das Wesen wieder seine feierliche Miene auf und zog nur leicht die Schultern hoch, als sei es geschlagen worden.

»Michael«, sagte es, »ich kann jetzt nicht für das sprechen, was ich in den Jahrhunderten der Dunkelheit war; ich kann jetzt nicht sprechen für ein körperloses, verzweifeltes Ding – ohne

Geschichte oder Erinnerung oder Vernunft –, das nach Vernunft *gestrebt* hat, nicht nach Leiden, Schmerz und Verlangen.«

Michaels Augen wurden schmal. Er sagte nichts.

»Die Geschichte, die *ich* erzählen will, ist meine *eigene* – wer ich war, bevor der Tod mich von dem Fleisch trennte, von dem ich fortan immer nur träumte.« Er hob die Hände und überkreuzte sie für einen Augenblick auf der Brust.

»Am Anfang«, sagte Michael spöttisch.

»Am Anfang«, wiederholte die Kreatur, aber ohne Ironie, und fuhr dann fort, langsam, mit tiefempfundenen Worten, beschwörend. »Am Anfang – lange bevor Suzanne ihr Gebet im Steinkreis sprach – am Anfang – als ich Leben in mir hatte, wahres Leben, wie ich es jetzt wieder habe.«

Schweigen.

»Vertraue uns«, sagte Stolov. Es war beinahe ein Flüstern.

Lashers Blick verharrte unverwandt auf Michael.

»Du weißt nicht«, sagte er, »wie sehr ich darauf brenne, dir die Wahrheit zu sagen. Ich fordere dich heraus – wage es, mich anzuhören und mir dann nicht zu vergeben.«

34 Lashers Erzählung

Laßt euch zu jenen ersten Augenblicken führen, wie *ich* sie in Erinnerung habe.

Ich erinnere mich, daß ich neben meiner Mutter im Bett lag – es war ein holzgeschnitztes Bett mit wuchtigen Kassettenwänden und birnenförmig gedrechselten Bettpfosten, mit ockergelbem Samt behangen; die Wände der Kammer waren von der gleichen Farbe, aber die Decke wie auch der Betthimmel waren aus dunklem Holz. Meine Mutter weinte. Sie hatte schreckliche Angst – ein blasses, dunkeläugiges Geschöpf, ernst und zitternd. Ich trank von ihr, und ich hatte sie in meiner Gewalt, denn ich war größer als sie und stärker, und ich hielt sie fest, während ich die Milch aus ihrer Brust saugte.

Ich wußte, wer sie war und daß ich in ihr gewesen war; ich wußte auch, daß ihr Leben in Gefahr war: Wenn meine Monstrosität offenbar würde, würde man sie zweifellos als Hexe bezeichnen und hinrichten. Sie war eine Königin. Königinnen können keine Ungeheuer gebären. Daß der König mich nicht zu Gesicht bekommen hatte, daß die Frauen ihn hinderten, die Kammer zu betreten, das wußte ich auch. Die Frauen hatten genausoviel Angst vor mir wie meine Mutter.

Ich wollte Liebe von meiner Mutter. Ich wollte ihre Milch. Die Männer in der Burg hämmerten an die Türen; sie drohten damit, gewaltsam in die Gemächer der Königin einzudringen, wenn man ihnen nicht sofort sagte, weshalb man sie aussperrte.

Meine Mutter weinte unaufhörlich und wollte mich nicht anrühren. Sie sprach englisch und erklärte, Gott habe sie verflucht für das, was sie getan habe, Gott habe sie und den König verflucht, und ihre Träume seien zerstört. Ich sei die Vergeltung des Himmels – meine Mißgestalt, meine Größe, die offenkundige Tatsache, daß ich ein Ungeheuer sei. Ein menschliches Wesen könne ich jedenfalls nicht sein.

Was wußte ich in diesem Augenblick? Daß ich *wieder* Fleisch war. Daß ich zurückgekehrt war. Daß ich eine scheinbar endlose Reise zu Ende gebracht und wieder in den Hafen zurückgefunden hatte, heil und gesund. Ich war glücklich.

Das war alles, was ich wußte – und daß ich die Macht übernehmen mußte.

Ich war es, der die Frauen beruhigte und ihnen offenbarte, daß ich sprechen konnte. Ich sagte, ich hätte jetzt genug Milch getrunken; ich könne jetzt hinausgehen und mir selbst dergleichen suchen. Um meiner Mutter willen, sagte ich, müsse man mich aus der Burg bringen, ohne daß der Rest des Hofes mich sah.

Natürlich trat entsetztes Schweigen ein, als ich sprechen konnte und einleuchtende Dinge sagte: Ich war nicht bloß ein neugeborener Riese, sondern hatte überdies einen gewitzten Verstand. Meine Mutter erhob sich und starrte mich durch ihre Tränen hindurch an. Sie hob die linke Hand. Ich sah das Mal der Hexe, den sechsten Finger. Ich wußte, daß ich durch sie zurückgekehrt war, weil sie eine mächtige Hexe war, doch zugleich war sie unschuldig wie alle Mütter. Ich wußte, ich mußte diesen Ort verlassen und das Glen suchen.

Meine Vision von diesem Glen war ohne Konturen, ohne Farben, ohne Kontraste, ein Konzept, das einem Echo gleichkam. Ich hielt nicht inne, um mich zu fragen: »Welches Glen?« Dazu war es viel zu gefährlich in diesem Schloß. Wenn die Vision noch etwas enthielt, dann war es ein Kreis von Steinen, und darin ein Kreis von Personen, und dahinter noch ein Kreis von Personen, und dahinter noch einer und noch einer, und alle drehten sich, Kreise in Kreisen, und Gesang stieg davon auf.

Das alles war flüchtig.

Ich sagte zu meiner Mutter, ich sei aus dem Glen gekommen und müsse dorthin zurück. Sie richtete sich nochmals auf, stemmte sich auf den Armen hoch und wisperte den Namen meines Vaters: Douglas von Donnelaith. Sie trug den Frauen auf, Douglas zu finden; er war zur Zeit bei Hofe, und sie müßten ihn auf irgendeinem Wege unverzüglich zu ihr bringen. Sie sagte etwas, das ich nicht begriff – es ging darum, daß Hexe sich mit Hexe gepaart habe, und daß ihr mit Douglas ein schrecklicher Fehler unterlaufen sei. Indem sie versucht habe, dem König einen Erben zu schenken, habe sie den tragischen Irrtum einer Hexe begangen.

Dann versank sie wieder in halber Bewußtlosigkeit.

Eine Nachricht wurde durch ein kleines Fenster neben der Tür in einen geheimen Gang hinausgegeben. Jetzt war es die Hebamme, die die anderen Frauen beruhigte und den Männern durch die Tür endlich die tragische Kunde übermittelte: Das Kind der Königin war totgeboren.

Totgeboren! Ich fing an zu lachen, ein leises Lachen, das mir großes Wohlbehagen schenkte, wunderbar wie das Atmen oder der Geschmack von Milch. Aber die Frauen erschraken nur. Ich hätte in Liebe und Freude geboren sein müssen, und das wußte ich. So war es nicht richtig.

Die Stimmen hinter der Tür antworteten, der König wolle seinen neugeborenen Sohn sehen.

»Bitte schafft mir Kleider herbei«, sagte ich. »Rasch – ich kann nicht nackt und ungeschützt an diesem Ort bleiben!«

Sogleich waren sie froh, daß ihnen jemand sagte, was sie tun sollten. Und durch das nämliche geheime Fenster bei der Tür zum Geheimgang wurde die entsprechende Nachricht hinausgegeben.

Ich war unschlüssig, wie ich mich zu kleiden hätte. Dies waren nicht die Kleider, die ich kannte. Ja, je länger ich die Zofen anschaute, die Hebamme, meine Mutter, desto klarer wurde mir, daß sich die Dinge doch sehr geändert hatten.

Fragt mich nicht: »Seit wann geändert?« Ich wußte es nicht. Im Handumdrehen war ich in feinen grünen Samt gekleidet; die Sachen gehörten übrigens dem größten und schlanksten Diener des Königs. Die Ärmel waren reichbestickt. Ein kleines, ärmelloses Cape war pelzverbrämt. Ich hatte einen Gürtel und ein recht lang geschnittenes Hemd. Die Hose war das Schlimmste, denn meine Beine waren so lang.

Als ich mich im Spiegel sah, dachte ich: Ja! Und ich wußte, daß ich schön war, denn sonst hätten die Frauen noch mehr Angst gehabt.

Mein Haar reichte mir noch nicht bis auf die Schultern, aber das würde es bald tun. Es war braun, und meine Augen waren auch braun, wie die meiner Mutter. Ich setzte den pelzgefütterten Hut auf, den sie mir gaben.

Da fiel die Hebamme auf die Knie. »Das ist der Prinz!« rief sie. »Das ist der Erbe, den der König will!«

Die anderen Frauen schüttelten von Grauen erfüllt den Kopf und versuchten sie zum Schweigen zu bringen; es sei nicht möglich, sagten sie, so etwas. Und meine Mutter drehte den Kopf ins Kissen und weinte um ihre eigene Mutter und um ihre Schwester, um alle diejenigen, die sie liebten, und behauptete, daß niemand zu ihr stehen würde. Und wäre es keine Todsünde in den Augen des Herrn, so möchte sie sich das Leben nehmen.

Wie kann ich nun entkommen? dachte ich. Ich hatte Angst um meine Mutter, und doch haßte ich sie auch, weil sie mich nicht liebte und weil sie mich für ein Ungeheuer hielt. Ich wußte, was ich war. Ich wußte, daß es einen Ort für mich gab und daß ich eine Bestimmung hatte. Ich wußte es. Ich wußte, daß ihre Haltung unehrerbietig und grausam war, aber ich konnte es nicht in Worte fassen. Ich wollte sie nur schützen.

Wir standen im Kerzenschein in der Kammer, ich und diese

Frauen, unter der dunklen Holzdecke; die Hebamme faßte sich wieder, und ihr Frohlocken war zu Ende. Das Ungeheuer müsse fortgeschafft und vernichtet werden.

Vernichtet? Immer das alte Lied. Aber diesmal nicht, dachte ich. Ich hatte nicht die Absicht, mich so leicht vernichten zu lassen. Nein. Wir müssen jedesmal mehr lernen, dachte ich. Ich werde mich nicht vernichten lassen.

Und endlich kam mein Vater an die Geheimtür, Douglas von Donnelaith, ein großer, zottiger Mann, einfacher gekleidet, aber immer noch vornehm und pelzgesäumt.

Er war im Schloß gewesen und dem heimlichen Ruf der Königin mit großer Hast gefolgt. Als er in die Wochenstube trat und mich erblickte, machte er ein ratloses Gesicht. Nicht das nackte Grauen der Frauen sah ich bei ihm, sondern etwas anderes, etwas Vitales, eine gewisse Eingenommenheit für mich, beinahe so etwas wie Ehrfurcht. Und er flüsterte: »Ashlar, der immer wiederkommt.«

Ich sah, daß sein Haar und seine Augen braun waren; von ihm hatte ich diese Eigenschaften also ebenso wie von der armen, traurigen Königin. Aber ich war Ashlar! Ich fühlte, wie diese Neuigkeit – und es war eine Neuigkeit – in mich eindrang, als hätte mein Vater mich in die Arme genommen und mit Küssen bedeckt. Ich war glücklich. Und als ich meine Mutter in ihrer Trauer anschaute, da weinte ich.

Ich sagte: »Ja, Vater, aber dies ist kein Ort für mich. Dieser Ort ist feindselig. Wir müssen fort von hier.«

Und ich erkannte, daß ich über das, was ich war oder was er war, nicht mehr wußte als das, was gesagt worden war. Es war ein Wissen ganz seltsamer Art, ein Wissen ohne Geschichte, ein Wissen, das Bestand hatte, aber außerhalb der Zeit existierte.

Er brauchte keine Anweisungen von mir. Auch er hatte entsetzliche Angst, und er wußte, daß wir fliehen mußten. »Für die Königin ist keine Hoffnung mehr«, sagte er leise; er bekreuzigte sich und machte dann auch mir das Zeichen des Kreuzes auf die Stirn. Und schon liefen wir die Wendeltreppe hinunter.

Wenige Augenblicke später hatten wir das Schloß hinter uns gelassen und gingen geradewegs zu einem gedeckten Boot hinunter, das uns auf dem dunklen Wasser der Themse erwartete.

Als wir die Themse erreicht hatten, wurde mir klar, daß ich mich nicht von meiner Mutter verabschiedet hatte, und die Trauer überwältigte mich, ein Gefühl jähen Entsetzens darüber, daß ich an diesen besonders trostlosen und tückischen Ort und in eine unerklärliche Zeit geboren worden war. Mein Kampf sollte wieder ganz von vorn beginnen. Ich weiß noch, in diesem Augenblick wäre ich gestorben, wenn ich es gekonnt hätte; ich hätte den Rückzug angetreten. Ich starrte auf das Wasser hinunter, das stank vom Unrat Londons, dem Unrat Tausender, und in dieser Dunkelheit wollte ich sterben. Ja, im Nebel meines Geistes sah ich einen dunklen Tunnel, durch den ich herabgekommen war, und ich wollte wieder hinein. Ich fing an zu weinen.

Mein Vater legte den Arm um mich. »Weine nicht, Ashlar«, sagte er. »Es ist das Werk Gottes.«

»Wieso das Werk Gottes? Meine Mutter könnte auf den Scheiterhaufen kommen!« Schon dürstete mich nach ihrer Milch. Ihre Milch wollte ich, und es erbitterte mich, daß ich nicht mehr davon genommen hatte, bevor ich geflohen war. Und der Gedanke, daß jemand dieses Fleisch von meinem Fleisch, meine Mutter, den Flammen überantworten könnte, kam mir frevelhaft vor, und es zu verhindern schien mir den Einsatz meines Lebens wert.

Es ist meine Geburt, von der ich euch hier erzähle. Es ist eine Abfolge von Stunden, erlebt bei Kerzenschein und nie vergessen, solange ich im Fleische war. Es ist das, was ich auch jetzt wieder lebhaft in Erinnerung habe, da ich wieder im Fleische bin. Aber den Namen Ashlar kannte ich nicht. Ich weiß auch jetzt nicht und werde niemals wissen, wer Ashlar in Wirklichkeit war – wie ihr noch sehen werdet.

Hört mir gut zu. Und begreift es. Begreift es ganz und gar. *Ich weiß nichts über den ursprünglichen Heiligen.*

Später sollte ich Dinge sehen. Ich sollte Geschichten hören. Ich sollte St. Ashlar sehen, im Buntglasfenster der großen Hochlandkathedrale von Donnelaith. Und ich sollte erfahren, daß ich er, daß ich »wiedergekommen« sei.

Aber was ich euch jetzt erzähle, ist das, woran ich mich erinnere. Das, was ich wußte!

Wir brauchten viele Tage und Nächte, um nach Schottland zu kommen.

Es war mitten im Winter, genau gesagt, in den ersten Tagen nach Weihnachten, wenn die Bauern von der schlimmsten Angst gepackt werden und wenn sie glauben, daß Geister umhergehen und Hexen ihre bösen Werke tun.

Wir schliefen nur unruhig in kleinen Dorfgasthöfen, wann immer wir eines fanden, zumeist im Heu mit anderen, oft angeekelt und geplagt von Ungeziefer. Immer wieder hielten wir an, damit ich Milch bekam. Ich trank sie warm von der Kuh; sie war gut, aber nicht so süß wie die Milch meiner Mutter. Den Käse aß ich händeweise. Er war rein.

Wir reisten zu Pferde, in schwere Wolle und Pelze gehüllt, und die meiste Zeit während der Reise starrte ich in stummer Verwunderung auf das Schneegestöber; ich bestaunte die Felder, durch die wir ritten, die kleinen Dörfer, in denen wir Obdach suchten, und die weitverstreuten strohgedeckten Hütten. Sie feierten Feste in den Wäldern; Feuer brannten, und Männer in Tierhäuten tanzten. Angst ergriff die, die in den Häusern blieben.

»Schau«, sagte mein Vater, »die Ruinen des großen Klosters. Dort auf dem Berg. Eine Abtei, erbaut zur Zeit des Hl. Augustinus. Vom König niedergebrannt. Das waren Tage des Grauens für alle Christenmenschen. Alles wurde geraubt. Die Nonnen vertrieben. Die Priester vertrieben. Die Statuen verbrannt, die Fenster zerschlagen, und die Kreuzgänge wurden ein Unterschlupf für die Feldratten und die Armen. Alles ist dahin, zerstört. Und wenn man bedenkt, daß es der Wille eines einzigen Mannes war. Ashlar, dies ist der Grund, weshalb du gekommen bist.«

Ich hatte daran große Zweifel. Ja, es ängstigte mich sogar, daß mein Vater so etwas dachte, daß er seinem Glauben in so schlichten Begriffen Ausdruck geben konnte. Es war, als wüßte ich es anders, und dieses Gefühl, es anders zu wissen, war nur das, was ihr wohl Ungläubigkeit nennt. Ich empfand tiefverwurzelten Zweifel, ein angeborenes Gefühl, daß mein Vater fehlgeleitet war und Träumen nachhing. Aber warum – das konnte ich nicht wissen.

Wieder sah ich die Kreise vor mir, die vielen, immer größer werdenden Kreise der tanzenden Gestalten. Ich versuchte die Steine zu sehen, die fast die Mitte bildeten und nur den ersten Kreis von Gestalten umringten.

Ich durchforschte meinen Verstand bewußt und rigoros nach dem ganzen Ausmaß des Wissens, mit dem ich ausgestattet war. Daß ich schon einmal gelebt hatte, ja, das war sicher. Aber nicht, daß dieser Mann wußte, was mein Ziel war oder was ich wirklich war. Ich vertraute darauf, daß mir diese Wahrheit noch zuteil werden würde. Doch wiederum – woher sollte ich es wissen?

Wir ritten durch die Ruinen des Klosters; die Hufe unserer Pferde trappelten über den Steinboden des dachlosen Kreuzgangs. Ich begann zu weinen. Ich fühlte unbändige Trauer. Die Trostlosigkeit dieses Ortes, der Verlust – es erfüllte mich mit einem bedrückenden Gefühl der Hoffnungslosigkeit. Mir graute vor dem Schmerz des Daseins im Fleische. Mein Vater streckte die Hand aus, um mich zu trösten. »Sei ruhig, Ashlar. Wir gehen nach Hause. Zu Hause ist dies nicht geschehen.«

Wir kamen in den dunklen Wald, wo wir unseren Weg mit Mühe und Not erkennen konnten. Es schien, daß Wölfe in der Dunkelheit umherstreiften; ich roch sie in der Nähe, roch ihr Fell und ihren Hunger. Wenn wir auf kleine Hütten stießen, wollten uns die Bewohner nicht öffnen; sie schwiegen, obwohl wir den Rauch aus einem kleinen Loch im Dach steigen sahen.

Der tiefe Hochwald schob sich immer weiter ins Gebirge hinauf. Die Straßen wurden steiler und steiler, und die gelegentliche Aussicht auf Küste und Meer wurde immer großartiger. Schließlich mußten wir ohne Obdach im Wald schlafen, und wir schmiegten uns unter dicken Decken aneinander, mein Vater und ich, die Pferde zu unseren Füßen angebunden. Ich fühlte mich wehrlos in der Dunkelheit, um so mehr, als ich Gewisper und seltsame Laute zu hören glaubte.

Es muß um Mitternacht gewesen sein, als mein Vater erwachte und zu fluchen begann. Er sprang auf und schwang sein Schwert. Er schien wütend zu sein, aber die Dunkelheit ringsum wollte ihm keine Antwort geben.

»Sie sind hilflos, dumm und ewig«, knurrte er.

»Aber wer denn, Vater?«

»Die kleinen Leute. Sie werden nicht bekommen, was sie wollen. Komm, hier können wir nicht mehr schlafen, und es ist nicht mehr weit bis nach Hause.«

Vorsichtig ritten wir weiter, erst im Dunkeln und dann durch einen einsamen Wintertag, der uns kaum Licht spendete.

Endlich gelangten wir zu dem schmalen Felsenpfad des verborgenen Passes in das Glen von Donnelaith.

Mein Vater erzählte mir die Geschichte. Es gab zwei weitere bekannte Eingänge in unser kostbares Tal – die Hauptstraße, auf der ohne Unterlaß die Fuhrwerke rollten und Waren zum Markt brachten, und den See, wo die Schiffe anlegten, die Waren auf dem Fluß zum Meer beförderten. Auf beiden Wegen reiste der nie versiegende Strom der Pilger, die am Altar des Hl. Ashlar Gold niederlegten, um seine Wunderheilungen zu erfahren oder die Hände auf seinen Sarkophag zu legen.

Diese Geschichte erfüllte mich mit Entsetzen. Was würden die Leute von mir wollen? Und ich hungerte nach Milch und nach Sahne und nach allem, was dick und weiß und rein war.

Es hatte lange Krieg gegeben in den Highlands, sagte Vater. Es hatte wütende Schlachten gegeben. Unsere Leute, der Clan von Donnelaith, hatten den Mannen des Königs Widerstand geleistet; sie wollten die Klöster nicht niederbrennen und die Kirchen nicht plündern noch dem Papst in Rom abschwören. Nur unter schwerer Bewachung kamen Schotten in dieses Tal oder legten Kauffahrer in dem kleinen Hafen an.

»Wir sind aus dem Hochland. Wir sind Christen des Hl. Columba und des Hl. Patrick. Wir sind von der alten irischen Kirche, und wir weichen nicht vor diesem aufgeblasenen König in Windsor Castle, der uns im Angesicht Gottes mit der Faust droht oder vor seinem Lakai, dem Erzbischof von Canterbury – verdammt sollen sie sein, alle beide. Alle Engländer sollen verdammt sein. Sie verbrennen die Priester. Aber damit schaffen sie Märtyrer. Das wirst du alles noch begreifen.«

Diese Worte brachten mir Frieden, aber ich konnte nicht behaupten, daß ich wußte, wer Columba oder Patrick waren, und als ich erneut versuchte, mich an alles zu erinnern, was ich wußte, schien es mir, als sei mein angeborenes Wissen noch kleiner geworden, während wir nordwärts reisten. Hatte ich in den Armen meiner Mutter Dinge gewußt, die ich nun vergessen hatte? Hatte ich in ihrem Schoß Dinge gewußt? Doch diese Dinge waren wie Phantome, die vor mir zurückwichen, und meine Jagd blieb ohne Erfolg. Sie waren fort, hatten nur einen Schimmer hinterlassen.

Ich bin geboren. Ich bin Fleisch! Ich lebte und atmete wieder. Das Dunkel war vertrieben, und selbst der weiche Schnee ringsumher war Teil der lebendigen Welt, und schau! der Himmel dort oben: ein Blau, das kein Maler einzufangen vermochte, und dann das tiefe Glen, das sich vor uns dehnte, als wir aus den Bergen herunterkamen – sieh dort, die große Kirche!

Der Schnee fiel in kleinen, weichen Flocken. Ich war so sehr daran gewöhnt, zu frieren, daß ich vergessen hatte, es zu verabscheuen. Ich war bezaubert von dem, was ich sah.

»Hülle dich fester in dein Wollzeug«, sagte mein Vater. »Wir reiten in die Burg, denn das ist unser Heim.«

Ich wollte dem Pfad zur Burg hinauf nicht folgen. Lieber wollte ich in die Stadt hinunter. Es war eine große Stadt damals; ihr könnt es euch nicht vorstellen. Sie hatte nichts zu tun mit dem kleinen, erbärmlichen Dorf, das später auf ihren Ruinen wuchs. Sie hatte Mauern und Befestigungsanlagen, und darin wohnten Bürger und Kaufleute und Geldverleiher, und sie hatten die große Kathedrale! Und überall in der Umgebung, sagte mein Vater, wohnten Bauern auf einem fetten Boden, der jetzt zwar von Schnee bedeckt war, aber gute Ernten schenkte und feiste und gesunde Schafe ernährte.

In den Bergen jenseits davon lagen andere Festungen, in denen geringere Häuptlinge, loyal gegen Donnelaith, unter unserem Schutz in Frieden lebten.

Rauch stieg auf aus Hunderten Kaminen, die sich im Ring der Stadtmauer drängten, und von den Wehrtürmen, die weit verstreut und kaum sichtbar im Hochwald standen. Die Luft war schwer vom köstlichen Duft aus zahllosen Küchen.

Und dort, inmitten der Stadt, erhob sich die massige Kathedrale weithin sichtbar über Häuser und Mauern. Der Schnee rutschte von spitzen gotischen Türmen und vom steilen Dach, und drinnen loderte ein helles Licht, so daß die großen Fenster von Myriaden von Farben und bezaubernden Mustern erfüllt waren.

»Vater, bitte laß mich dort hingehen!« flehte ich. Ich fühlte mich zu diesem Ort hingezogen, als wäre er mir vertraut. Aber ich kannte ihn doch gar nicht. Ich lechzte danach, ihn zu entdecken.

»Nein, mein Sohn, du kommst mit mir.«

Wir mußten in die Burg hinauf, hoch über dem See; hier war unser Heim.

Das Wasser dort unten war von Eis bedeckt, aber im Frühling, sagte mein Vater, würden die Kaufleute zu Hunderten anlegen, und auch die Lachsfischer. Am Ufer würden sich die Händler drängen, und Männer würden kommen, um Linnen gegen Wolle, Häute und Fische zu tauschen, die wir zu bieten hatten.

Die Burg bestand aus einer Kette runder Türme, nicht schöner als der ominöse Steinhaufen, in dem ich zur Welt gekommen war. Drinnen stellte ich fest, daß sie weniger luxuriös eingerichtet, gleichwohl aber von summendem Leben erfüllt war.

Die große Halle selbst hätte eine Höhle in den Bergen sein können, so ungeschlacht war ihre Ausschmückung – ein paar mächtige Bögen, eine Treppe –, aber sie war für ein großes Bankett ausstaffiert, und die Feen des Waldes hätten keine Kulisse schaffen können, die wärmer oder zauberhafter gewesen wäre.

Der Boden war über und über mit Grün bedeckt. Dicke Girlanden zierten die Wände rechts und links von der Treppe und die Steinbögen, die Platz dafür boten, und sie umkränzten den riesigen Kamin. Dicke Kiefernzweige lagen überall, duftend und schön, und auch Misteln und Efeu dienten als Schmuck, und dieses hübsche Immergrün kannte ich. Ich kannte die Namen.

Ich sah die Pracht, mit der man den Wald ins Haus geholt hatte. Dutzende von Kerzen flackerten an den Wänden und auf der ganzen Länge der Tafel, und eben brachte man Bänke für die Bankettgäste herauf.

»Setz dich an den Tisch«, sagte Vater, »und bleibe ruhig, was immer auch geschieht.«

Es schien, daß wir gerade rechtzeitig zum Bankett eingetroffen waren. Es war eines der zwölf Bankette zur Weihnachtszeit, und die ganze Sippe war zum Schmaus versammelt. Kaum hatten wir auf einer Bank am hinteren Ende Platz genommen, kamen Damen und Herren in prachtvollem Staat herein.

Dann schritt der Laird selbst die Treppe herunter, der Vater meines Vaters, Douglas, der große Earl von Donnelaith.

Er war ein weißhaariger Mann mit dicht beieinanderliegenden, sehr roten Wangen und einem weißen Vollbart. Er trug sein Tartan, das karierte Tuch, mit stolzem Schwung, und bei ihm waren drei schöne Frauen, seine Töchter, meine Tanten.

Mein Vater schärfte mir noch einmal ein, still zu sein. Ich erregte Aufmerksamkeit. Die Leute fragten sich: »Wer ist dieser hochgewachsene junge Mann?« Mein Bart war inzwischen kräftig und dunkelbraun gewachsen. Auch mein Haar war lang geworden.

Staunend sah ich zu, wie alle Gäste Platz nahmen und wie sich der große Chor der Mönche auf den steinernen Treppenstufen aufstellte – lauter Männer mit Tonsur, was bedeutete, daß sie alle nur noch einen Haarkranz über den Ohren hatten. Sie trugen weiße Kutten. Sie begannen zu singen; ihr Gesang war frohlockend und doch voller Trauer und Schönheit. Und diese Musik, muß ich sagen, brach mit solcher Wucht über mich herein, daß ich davon wie berauscht war; sie traf mich wie ein Pfeil ins Herz, und einen Moment lang konnte ich nicht atmen.

Ich wußte, was um mich herum geschah. Der mächtige gebratene Eberkopf war aufgetragen worden, umgeben von Grün und goldenem und silbernem Zierrat, Kerzen und hölzernen Äpfeln, die so bemalt waren, daß sie wie echte aussahen.

Und Küchenjungen schleppten die Wildschweine zum Essen herein; sie steckten auf den Spießen, an denen man sie gebraten hatte, und wurden auf Seitentischen abgesetzt, wo man das dampfende Fleisch aufschnitt.

Ich sah das alles, hörte es. Aber im Geiste war ich hingerissen von der traurigen Musik der Mönche. Ein entzückendes gälisches Weihnachtslied erklang aus zwanzig oder dreißig sanften Mündern.

Welch Kind liegt da in stillem Schlaf
Wohl in Mariens Armen . . .

Ihr kennt das Lied; es ist so alt wie das Weihnachtsfest in Irland oder Schottland. Und wenn ihr euch seine Melodie in Erinnerung rufen könnt, dann könnt ihr vielleicht ein wenig von dem begreifen, was dieser Augenblick für mich bedeutete, als mein Herz mit den Mönchen dort auf der Treppe sang und der ganze Saal hinter diesem Lied zurücktrat.

Mir war, als erinnerte ich mich in diesem Moment an die Seligkeit, die ich im Leib meiner Mutter gekannt hatte. Oder stammte sie aus einer anderen Zeit? Ich weiß es nicht, aber das Gefühl war so voll und tief empfunden, daß es nicht ganz neu sein konnte. Es war keine panische Erregung. Es war reine Freude. Ich erinnerte mich an das Tanzen, streckte in der Erinnerung die Hände aus, um andere Hände zu ergreifen. Und doch erschien mir dieser Augenblick kostbar und teuer, als hätte ich vor langer Zeit einmal einen hohen Preis dafür bezahlt.

Die Musik war zu Ende, wie sie begonnen hatte. Die Mönche bekamen Wein. Sie gingen hinaus. Um mich herum erhob sich munteres Treiben und fröhliches Stimmengewirr.

Aber jetzt war der Laird von seinem Platz aufgestanden und hatte einen Trinkspruch ausgebracht. Wein wurde ausgeschenkt, und alle begannen zu essen. Aus den großen Käserädern wählte mein Vater Stücke für mich aus und ermahnte mich, sie zu essen wie ein Mann. Er ließ auch Milch für mich bringen, und niemand in der geschäftigen Gesellschaft nahm davon Notiz. Es wurde viel geredet und gelacht, und unter den jüngeren Männern brach sogar ein wilder Ringkampf aus.

Aber ich sah, daß mich im Laufe der Zeit mehr und mehr Leute musterten. Sie warfen Blicke in meine Richtung und tuschelten mit ihren Tischnachbarn; manche deuteten sogar mit dem Finger auf mich oder beugten sich vor, um meinen Vater zu fragen: »Wer ist das, den du da zum Essen mitgebracht hast?«

Jedesmal schien plötzlich ausbrechendes Geplapper oder Gelächter ihn an einer Antwort zu hindern. Ohne Begeisterung aß er sein Fleisch. Besorgt schaute er sich um, und dann plötzlich sprang er auf und hob seinen Becher. Bei seinen langen braunen

Zottelhaaren und dem Bart konnte ich sein Profil kaum erkennen, aber ich hörte seine Stimme, die laut und dröhnend alles übertönte.

»Meinem geliebten Vater und meiner Mutter, meinen Ältesten und meiner Sippe präsentiere ich diesen Knaben – Ashlar, meinen Sohn!«

Es war, als erhebe sich ein Jubelschrei, ein mächtiges, furchterregendes Gebrüll, das jäh zu starrem Schweigen erstickte, gefolgt von einer Welle von Getuschel und Gezische. Die ganze Gesellschaft schwieg, und alle Blicke richteten sich auf meinen Vater und auf mich. Er streckte die rechte Hand zu mir herunter, tastete gleichsam nach mir, und als ich mich erhob, wie er es offensichtlich wünschte, überragte ich ihn, obwohl er so groß wie alle anderen Männer war.

Wieder erhob sich erschrockenes Zischen und Tuscheln. Eine Frau schrie. Der Laird selbst schaute mit funkelnden blauen Augen unter dichten Brauen auf, und sein tödlicher Blick hielt mich fest. Angstvoll schaute ich mich um.

Die Mönche, die anscheinend nur im Vestibül gewesen waren, erschienen wieder. Einer oder zwei wagten sich vor und starrten mich an. Sie sahen bemerkenswert aus, diese Kreaturen mit ihren kahlglänzenden Schädeln in langen Frauenkleidern. Aber als immer mehr von ihnen herankamen, geriet die Gesellschaft zusehends in Angst und Schrecken.

»Er ist mein Sohn!« erklärte mein Vater. »Mein Sohn, ich sag's euch! Er ist Ashlar, der wiedergekommen ist!«

Jetzt schrien viele Frauen, und einige kippten rückwärts um, als fielen sie in Ohnmacht. Die Männer erhoben sich von den Bänken; auch der alte Laird stand auf und schlug mit beiden Fäusten auf die Tafel, so daß zur Rechten wie zur Linken die Becher und die Messer zu tanzen begannen. Wein spritzte, Teller klapperten.

Und trotz seines Alters sprang der alte Laird auf seine Bank.

»Taltos!« sagte er in leisem, bösartigen Flüsterton und schielte mich mit gesenktem Schädel an.

Taltos. Ich kannte das Wort. Es war das Wort für mich.

Instinktiv wäre ich davongerannt, wenn mein Vater nicht meine Hand festgehalten und mich so gezwungen hätte, bei ihm stehenzubleiben. Andere aber verließen die Halle. Ein paar Frauen wurden von bangen Zofen hinausgeleitet, unter ihnen auch einige sehr alte, die völlig verwirrt aussahen.

»Nein!« erklärte mein Vater. »St. Ashlar! Wiedergekehrt! Sprich zu ihnen, mein Sohn. Sag ihnen, daß es ein Zeichen vom Himmel ist.«

»Aber was soll ich sagen, Vater?« fragte ich. Und bei dem klaren Klang meiner Stimme, die mir in keiner Weise bemerkenswert vorkam, geriet die Gesellschaft in Raserei. Die Leute zwängten sich zu den verschiedenen Türen hinaus. Der Laird stand jetzt mit geballten Fäusten auf dem Tisch und trat die vollbeladenen Teller beiseite. Die Bediensteten waren allesamt in Deckung gegangen. Die Frauen waren nicht mehr da.

Schließlich waren nur noch zwei Mönche im Saal. Einer stand vor mir. Er war nicht so groß wie ich, rothaarig, mit sanften grünen Augen. Er lächelte mich an, und sein Lächeln war wie der Klang der Musik, ganz und gar beruhigend; ich spürte ein flaues Gefühl in meiner Seele.

Ich wußte, daß die anderen meinen Anblick verabscheuten! Ich wußte, daß sie vor mir weggelaufen waren. Ich wußte, daß ihre Panik die gleiche war wie die, die ich bei den Frauen meiner Mutter und meiner Mutter selbst gesehen hatte.

Ich versuchte es zu verstehen, zu wissen, was es bedeutete. Ich sagte: »Taltos«, als werde das irgendeine Offenbarung aufdecken, die in mir gespeichert war, aber nichts geschah.

»Taltos«, sagte der Priester – denn er war einer, obwohl ich es da noch nicht wußte, ein Priester und ein Franziskanermönch –, und wieder schenkte er mir sein großartiges, sanftes Lächeln.

Jetzt waren alle aus der Halle geflohen, alle bis auf meinen Vater und mich, den Priester, den Laird, der immer noch auf dem Tisch stand, und drei Männer, die vor dem Feuer kauerten, als warteten sie – worauf, das konnte ich mir nicht denken.

Es ängstigte mich, sie zu sehen – sie und die bangen Blicke, die sie auf den Laird warfen und der Laird auf mich.

»Er ist Ashlar!« rief mein Vater. »Seht ihr es denn nicht? Was muß Gott denn tun, damit ihr aufmerksam werdet? Den Turm mit seinem Blitz zerschmettern? Vater, er ist es!«

Ich merkte, daß ich angefangen hatte zu zittern, ein überaus erstaunliches Empfinden, das ich noch nie zuvor erlebt hatte. Nicht einmal in der Winterkälte hatte mich gefröstelt. Aber dieses Zittern konnte ich nicht unterdrücken. Ja, es muß ausgesehen haben, als stände ich auf einem Stück bebender Erde, so heftig war es; allerdings gelang es mir, auf den Beinen zu bleiben.

Der Priester trat an mich heran. Seine grünen Augen erinnerten mich an Juwelen, nur daß sie offensichtlich aus etwas Weichem gemacht waren. Er streckte die Hand aus und strich mir sanft, beinahe zärtlich, übers Haar und dann über Wange und Bart.

»Es ist Ashlar!« flüsterte er.

»Es ist der Taltos! Es ist der Teufel!« brüllte der Laird. »Werft ihn ins Feuer!«

Die drei Männer kamen vom Kamin heran, aber mein Vater stellte sich vor mich, und der Priester ebenfalls. Ah ja, ihr könnt es euch vorstellen, ihr seht es deutlich vor euch, nicht wahr? Einer, der schreit nach meiner Vernichtung, als wäre er der Erzengel Michael, und die Behutsameren, die es nicht zulassen wollen.

Und ich – von Grauen erfüllt starrte ich ins Feuer, und gerade noch war mir bewußt, daß es mich verzehren könnte, daß ich unaussprechliche Schmerzen leiden würde, wenn man mich hineinwürfe, und daß ich nicht mehr leben würde. Mir war, als gellten mir die Schreie Tausender in den Ohren, die litten und starben. Aber als meine Angst den Höhepunkt erreichte, verging die Erinnerung ins Nichts, und es blieb nur das heftige Zittern meines Körpers, die Anspannung meiner Hände.

Der Priester umschloß mich mit seinen Armen und führte mich aus der Halle. »Ihr werdet nicht zerstören, was Gott gemacht hat.«

Fast weinte ich bei der Berührung seiner warmen Arme, die mich führten.

Der Priester und mein Vater geleiteten mich zur Burg hinaus, und der Laird kam mit; er beäugte mich voller Mißtrauen. Wir gingen hinunter zur Kathedrale. Es schneite immer noch ein wenig. Überall kamen Leute an uns vorbei, in Wollzeug und Pelze gehüllt. Es war fast unmöglich zu erkennen, wer Mann war und wer Frau, so vermummt waren sie, so gebeugt gingen sie in der Kälte. Einige waren klein wie Kinder, aber ich sah, daß ihre Gesichter alt und knorrig waren.

Die Kathedrale war offen und voller Lichter, und die Leute sangen. Als wir näherkamen, sah ich, daß auch hier das gleiche Grün in die großen Bogenportale gestreut war. Der Gesang schwoll zu unglaublicher Schönheit an. Ein Duft von grünem Kiefernholz erfüllte die Luft. Köstlicher Rauch wehte im Wind.

Der laute Gesang im Innern klang jubilierend und fröhlich – festlicher, schriller und triumphierender, als es der Gesang der Mönche gewesen war. Nicht sein gleichmäßiger Rhythmus packte mich, sondern die allgemeine Begeisterung. Es trieb mir die Tränen in die Augen.

Wir reihten uns in den Strom derer ein, die in die Kirche strebten, und gottlob gelangten wir nur langsam voran, denn wegen des Gesangs konnte ich kaum mein Gleichgewicht halten. Der Laird, der sich seinen wollenen Mantel vors Gesicht gezogen hatte, mein Vater, der seine Pelze nie abgelegt hatte, und der Priester, der in der Kälte seine Kapuze hochgeschlagen hatte – diese drei stützten mich, erstaunt über meine Schwäche, und mühelos halfen sie mir Schritt für Schritt voran.

Der ungeordnete Strom der Pilger wälzte sich träge durch das gewaltige Kirchenschiff, und obgleich die Musik mich ablenkte, überwältigte mich das Staunen ob der ungeheuren Größe und Tiefe der Kirche. Denn nichts, was ich bisher gesehen hatte, kam diesem Gebäude an Anmut und Höhe gleich. Die Fenster waren unglaublich hoch und schmal, und die verzweigten Bögen des Daches schienen von Göttern geschaffen. Am hinteren Ende, hoch über dem Altar, war ein Fenster, das aussah wie eine Blume. Tatsächlich glaubte mein neugeborener Verstand, daß Menschen dies nicht geschaffen haben konnten. Endlose Ehrfurcht und Verwirrung überwältigten mich.

Endlich, als wir uns dem Altar näherten, sah ich, was vor uns lag: ein großer Stall voller Heu, und dort eine muhende Kuh und ein Ochse und ein Esel. Die Tiere scharrten unruhig an ihren Fesseln, und der warme, dampfende Geruch ihrer Exkremente stieg aus dem Heu empor. Vor ihnen standen ein Mann und eine Frau, ganz und gar aus leblosem Stein gehauen. Ja, sie waren nur Symbole. Ihre Augen waren gemalt, und ihre Haare ebenfalls. Und zwischen ihnen in einem winzigen Bett lag ein menschlicher Säugling, aus Marmor wie der Mann und die Frau, aber runder und glänzender, mit lächelnden Lippen und Augen aus funkelndem Glas.

Das war ein Wunder für mich; ich habe euch ja schon erzählt, daß die Augen des Priesters mich an funkelnde Juwelen denken ließen, und jetzt, da ich die künstlichen Augen dieses Kindes sah, verwirrte mich dieser Zusammenhang und schlug mich in seinen Bann.

Die Musik durchdrang alle diese Gedanken, ja, es ließ sie traumartig und langsam und ungewiß erscheinen, doch dann, in einem tiefen, traurigen Augenblick, erkannte ich die Wahrheit.

Ich wußte ohne eine Spur von Zweifel, daß ich niemals ein solches neugeborenes Kind gewesen war; alle diese Menschen waren Kinder gewesen, und meine Größe und meine Sprachfertigkeit hatten meine Mutter in Angst und Schrecken versetzt. Ich war ein Ungeheuer. Ich fühlte es in seinem ganzen Ausmaß, erinnerte mich vielleicht an das, was die von Panik erfaßten Frauen bei meiner Geburt geschrien hatten. Ich wußte es. Ich wußte, ich war kein Mensch.

Der Priester forderte mich auf, niederzuknien und das Kind zu küssen; dies sei der Christus, der für unsere Sünden gestorben sei. Dann deutete er auf das blutige Kruzifix, das rechts an der hohen Säule hing. Ich sah den Mann dort, sah das Blut, das von Seinen Händen und Füßen herabströmte. Der gekreuzigte Christus. Der Gott am Holze. Diese Worte gingen mir durch den Sinn. Und ich wußte, daß das Kind und der Christus eins waren. Wieder hörte ich ferne Schreie in meiner Erinnerung, wie von einem Massaker.

Die Musik führte alles zusammen. Ich hatte wirklich das Gefühl, ich würde gleich in Ohnmacht fallen. Vielleicht war der Schleier in diesem Augenblick kurz davor, sich zu heben, und dann hätte ich hindurchschauen und die Vergangenheit sehen können. Ah, aber es sollten noch andere, schmerzhaftere Augenblicke kommen, und doch wurde mir nie viel offenbart.

Ich betrachtete das Kruzifix, und mich schauderte bei dem

Gedanken an einen so entsetzlichen Tod. Es kam mir monströs vor, daß jemand ein so strahlendes Kind hatte schaffen sollen, nur damit es einen solchen Tod erleide. Dann aber wurde mir klar, daß alle Menschen zum Tode geschaffen waren. Alle wurden als kleine, zappelnde Unschuldige geboren und lernten zu leben, bevor sie wußten, was das bedeutete. Ich kniete nieder und küßte das harte Steinkind, das über und über bemalt war, damit es weich und echt aussah. Ich betrachtete die steinernen Gesichter des Mannes und der Frau. Ich schaute wieder den Priester an.

Die Musik war verhallt; nur ein tosendes Wispern und Husten schallte von der Bogendecke zurück.

»Komm jetzt, Ashlar«, sagte der Priester. Er führte mich eilig durch die Menge; offenbar wollte er keine Aufmerksamkeit erregen. Wir gingen in eine Seitenkapelle. Ein steter Strom von Gläubigen kam in diese Kapelle; jeweils zwei erhielten nacheinander Einlaß. Andere Mönche in ihren Kutten standen Wache, und der Priester bat sie nun, die Kapelle abzusperren und die andern bitte geduldig warten zu lassen.

Der Laird wolle sein Nachtgebet zum Hl. Ashlar sprechen. Das weckte keinen Widerwillen, sondern erschien normal. Diejenigen, die warten mußten, fielen auf die Knie und beteten ihren Rosenkranz.

Wir standen allein in der Steinkapelle, deren Wände halb so hoch waren wie die des Mittelschiffs. Aber wie großartig wirkte sie dennoch – ein schmaler, heiliger Ort. Reihen von Kerzen brannten unter den Fenstern. Ein großer Sarkophag mit einem in Stein gehauenen Bildnis stand in der Mitte; ja, um eben diesen langen, rechteckigen Steinkasten hatten sich die vielen versammelt, sie hatten dort gebetet und dem steinernen Mannesbild Kußhände aufgedrückt.

»Schau her, mein Junge«, sagte der Priester und wies nicht etwa auf das Steinbild, sondern auf das nach Westen gerichtete Fenster. Das Glas war nachtschwarz, aber ich konnte die Gestalt, die darin abgebildet war, mühelos an den Bleinähten erkennen, die jede einzelne Glasscheibe umgaben. Meine Augen erblickten einen hochgewachsenen Mann in langen Gewändern und mit einer Krone auf dem Kopf. Ich sah, daß seine

Gestalt die anderen Figuren neben ihm überragte. Sein Haar war lang und voll wie meines, und sein Bart hatte eine ganz ähnliche Form.

Lateinische Worte waren auf das Glas geschrieben, drei Strophen davon, die ich zunächst nicht verstand.

Aber der Priester ging zur Wand, deutete mit ausgestrecktem Arm zu den Worten hinauf – sie standen hoch über seinem Kopf – und übersetzte sie mir aus dem Lateinischen ins Englische, so daß ihre Bedeutung mir ganz und vollständig einleuchtete:

St. Ashlar, Geliebter des Herrn Christus
Und der Heiligen Jungfrau Maria,
Der da wiederkommen wird.

Heile die Kranken,
Tröste die Leidenden,
Lindere die Schmerzen
Derer, die sterben müssen.

Errette uns
Vor der immerwährenden Dunkelheit.
Vertreibe die Dämonen aus dem Glen
Und sei unser Führer
Zum Licht.

Meine Seele war erfüllt von Ehrfurcht. In der Ferne begann die Musik von neuem, jubilierend wie zuvor. Ich wollte ihr widerstehen und mich nicht davon überwältigen lassen, aber ich konnte es nicht verhindern; der Bann der lateinischen Worte verflog, und ich wurde hinausgeführt.

Wenig später hatten wir uns im Zimmer des Priesters in der Sakristei der Kathedrale versammelt, und er setzte sich mit uns an den Tisch. Die Kammer war klein und warm, ganz anders als jede, die ich bisher gesehen hatte, und mir kam sie sehr behaglich vor.

Ich streckte meine Hände zum Feuer und erinnerte mich dann, daß der Laird mich hatte verbrennen wollen. Sofort zog ich sie zurück und schob sie unter meinen Samtmantel.

»Was ist dieses Ding – Taltos?« fragte ich und wandte mich unversehens den dreien zu, die mich stumm anstarrten. »Wie nennt ihr mich da? Und wer ist Ashlar, der Heilige, der wiederkommt?«

Bei dieser letzten Frage schloß mein Vater die Augen in ernster Enttäuschung und senkte den Kopf. Sein Vater wiederum war ganz wild vor rechtschaffenem Zorn; der Priester indessen schaute mich nur weiter an, als sei ich vom Himmel herabgestiegen. Er war es, der schließlich sprach.

»Du bist es, mein Sohn«, sagte er. »Du bist Ashlar, denn es war Gottes Geschenk an Ashlar, daß er mehr als einmal Fleisch sein sollte, ja, daß er wieder und wieder in die Welt kommen sollte, zum Ruhm und Ehre seines Schöpfers. Diese Befreiung von den Gesetzen der Natur ward ihm gewährt wie der Jungfrau, die in den Himmel aufgenommen, wie dem Propheten Elias, der mit Leib und Seele in den Himmel gehoben ward. Gott hat dafür gesorgt, daß du mehr als einmal deinen Weg in die Welt findest – durch den Schoß eines Weibes, vielleicht sogar durch die Sünde eines Weibes.«

»Aye, das steht fest!« bekräftigte der Laird düster. »Wenn es nicht von den kleinen Leuten kam, dann mußte es durch die Sünde einer Hexe und ein Kind unseres Clans geschehen!«

Mein Vater war erschrocken und beschämt zugleich. Ich sah den Priester an. Ich wollte ihm von meiner Mutter erzählen, von dem sechsten Finger an ihrer linken Hand, und wie sie ihn mir gezeigt und dabei gesagt hatte, es sei ein Hexenfinger – aber ich wagte es nicht. Ich wußte, daß der alte Laird mich vernichten wollte. Ich fühlte seinen Haß, und der war schlimmer als die furchtbarste, bitterste Kälte.

»Das Zeichen Gottes lag auf der Geburt, ich sage es euch«, erklärte der große Laird. »Mein verdammter Sohn hat geschafft, was all die kleinen Leute in den Bergen seit Hunderten von Jahren nicht vermocht haben.«

»Hast du die Eichel vom Baume fallen sehen?« fragte der Priester. »Woher weißt du, daß dies ein Wechselbalg ist und nicht ein Sproß von unserer Art? Woher?«

»Sie hatte den sechsten Finger«, wisperte mein Vater.

»Und du hast bei ihr gelegen?« fragte der Laird.

Mein Vater nickte: Ja, das habe er getan. Sie sei eine hohe Dame, sagte er leise, und er könne ihren Namen nicht nennen, aber sie sei groß genug, um ihm angst zu machen.

»Niemand darf davon hören«, sagte der Priester. »Niemand darf wissen, was stattgefunden hat. Ich will diesen gesegneten Knaben in meine Obhut nehmen und dafür sorgen, daß er der Jungfrau geweiht wird und daß er niemals das Fleisch eines Weibes berührt.«

Er brachte mich in eine warme Kammer, wo ich die Nacht verbringen sollte. Er verriegelte die Tür. Es gab nur ein winziges Fenster. Kalte Luft kroch herein, aber ich sah auch ein kleines Stück Himmel und ein paar sehr kleine und helle Sterne.

Was hatten alle diese Worte zu bedeuten? Ich wußte es nicht. Als ich mich auf das Bett stellte und aus dem Fenster spähte, als ich den dunklen Wald und die zerklüfteten Umrisse der Berge sah, da bekam ich Angst. Und mir war, als könne ich die kleinen Leute kommen sehen; mir war, als könne ich sie hören. Ich konnte ihre Trommeln hören. Sie würden ihre Trommeln benutzen, um den Taltos starr und hilflos zu machen und ihn dann zu umzingeln. *Mach uns einen Riesen, mach uns eine Riesin; mach ein Volk, das die Menschen bestrafen und sie von der Erde fegen wird.* Einer von ihnen würde die Mauer hochklettern und das Gitter vor dem Fenster aufstemmen, und dann würden sie hereinkommen . . .!

Ich ließ mich zurückfallen. Aber als ich wieder hochschaute, sah ich, daß die Gitterstäbe sicher waren. Es war alles Einbildung gewesen.

Hier war ich sicher.

Es muß eine Stunde vor Tagesanbruch gewesen sein, als der Priester mich rief. Nach allem, was ich wußte, war es die Hexenstunde, denn eine Glocke läutete, ominös und endlos, und als ich aufwachte, wußte ich, ich hatte diese Glocke im Schlaf gehört, wie einen Hammer, der auf einen Amboß fiel, wieder und wieder.

Der Priester rüttelte meine Schulter. »Komm mit mir, Ashlar«, sagte er.

Ich sah die Befestigungsanlagen der Stadt. Ich sah die Fackeln der Wache. Ich sah den schwarzen Himmel über uns und die

Sterne. Der Schnee lag noch auf dem Boden. Wieder und wieder schlug die Glocke, und der Klang durchrasselte mich, schüttelte mich, daß der Priester die Hand ausstreckte, um mich zu stützen und dafür zu sorgen, daß ich an seiner Seite blieb.

»Das ist die Teufelsglocke«, sagte der Priester. »Sie läutet, um die Teufel und Geister aus dem Tal zu vertreiben, die Sluagh und die Ganfers, und was immer sonst an Bösem im Glen lauert, zu zerstreuen. Um die kleinen Leute aufzuscheuchen, falls sie es gewagt haben, hervorzukommen. Vielleicht wissen sie schon, daß du hier bist. Die Glocke wird uns schützen. Die Glocke wird sie und ihren ganzen unseligen Hofstaat in den Wald treiben, wo sie nur ihresgleichen Böses tun können.«

»Aber wer sind diese Wesen?« fragte ich flüsternd. »Ich habe Angst vor dem Klang der Glocke.«

»Nein, Kind, nein!« sagte er. »Es soll dir keine Angst machen. Dies ist die Stimme Gottes. Tu einen Schritt nach dem andern und folge mir in die Kirche.« Sein Arm umschlang mich warm und stark und drängte mich sanft voran, und wieder küßte er mich auf zarte, kribbelnde Weise auf die Wange.

»Ja, Father«, sagte ich. Sie war wie Milch für mich, diese Zuneigung.

Die Kathedrale lag verlassen, und ich hörte die Glocke jetzt deutlicher, denn sie hing hoch oben im Turm; sie sollte ja von den Bergen widerhallen und nicht in die Kirche hinuntertönen.

Noch einmal küßte er warm mein Gesicht und zog mich dann in die Kapelle des Heiligen. Es war kalt, denn jetzt waren nicht Tausende warmer Leiber in der Kathedrale, und der dunkle Winter drängte sich an die Scheiben.

»Du bist Ashlar, mein Sohn. Es gibt keinen Zweifel daran. Jetzt sag mir, was du von deiner Geburt in Erinnerung hast.«

Ich wollte nicht antworten. Entsetzliche Scham überkam mich, wenn ich daran dachte, wie meine Mutter vor Angst geweint hatte, wie ihre Hände mich gestoßen und versucht hatten, mich fortzuschieben, und wie sich meine Lippen um ihre Brustwarze geschlossen und ihre Milch getrunken hatten.

Ich antwortete nicht.

»Father, sag mir, wer dieser Ashlar ist«, bat ich statt dessen. »Sag mir, was ich tun soll.«

»Also gut, mein Sohn, ich will es dir sagen. Du sollst nach Italien geschickt werden, in das Haus unseres Ordens in Assisi, und dort sollst du studieren, um Priester zu werden.«

Ich bedachte dies, aber in Wahrheit sagte es mir gar nichts.

»Hierzulande werden gute Priester jetzt verfolgt«, sagte er. »Außerhalb dieses Tales gibt es rebellische Anhänger des Königs und andere, die tollwütigen Lutheraner und ungezähltes andere Gesindel, das uns und unsere große Kathedrale vernichten würde, wenn es könnte. Du bist gesandt, um uns zu retten, aber du mußt ausgebildet und ordiniert werden. Und vor allem mußt du dich der Jungfrau weihen. Du darfst niemals das Fleisch eines Weibes berühren; zum Ruhme Gottes mußt du auf diese Freude verzichten. Denke an meine Worte und vergiß sie niemals: Die Sünde mit den Weibern ist nichts für dich. Tu, was du willst, mit anderen Brüdern. Solange Gott gedient wird – was soll's? Aber nie darfst du das Fleisch eines Weibes berühren.

Heute nacht nun stehen Männer bereit, die dich übers Meer bringen sollen. Sie werden dafür sorgen, daß du Italien erreichst. Und dann – wenn Gott uns das Zeichen dafür gibt, daß der Augenblick gekommen ist, oder wenn Gott dir Seinen Willen unmittelbar offenbart –, dann wirst du nach Hause zurückkehren.«

»Und was soll ich dann tun?«

»Führe das Volk, führe es im Gebet, lies ihm die Messe, leg den Menschen die Hände auf und heile sie wie früher. Fordere die Menschen zurück von den lutheranischen Teufeln. Sei der Heilige!«

Das klang wie eine Lüge, wie eine abgrundtiefe Lüge. Oder eher noch wie eine unbezwingbare Aufgabe. Was war Italien? Und warum sollte ich dorthin?

»Kann ich das denn?« fragte ich.

»Ja, mein Sohn, du kannst es.« Und wie bei sich, mit einem bösen kleinen Lächeln, fügte er hinzu: *»Du bist der Taltos. Der Taltos ist ein Wunder. Der Taltos kann Wunder wirken!«*

»Dann ist beides wahr!« rief ich. »Ich bin der Heilige, und ich bin das Monstrum mit dem seltsamen Namen.«

»Wenn du in Italien bist«, sagte der Priester, »wenn du in der

Basilika des Hl. Franziskus stehst, dann wird der Heilige dir seinen Segen geben, und alles ist dann in Gottes Hand. Die Menschen fürchten den Taltos, aber der Taltos kommt nur einmal in mehreren Jahrhunderten, und es ist immer ein gutes Omen! St. Ashlar war ein Taltos, und darum sagen wir, die wir es wissen, daß er wiederkommen wird.«

»Dann bin ich etwas anderes als ein sterblicher Mensch«, sagte ich. »Und du verlangst von mir, zu erklären, daß ich diesen Heiligen nachäffen werde.«

»Ah, du bist sehr gescheit für einen Taltos«, sagte er. »Und doch hast du die göttliche Einfalt, das gute Herz. Aber ich will es deinem so reinen Herzen einmal anders nahebringen. Du hast die Wahl. Verstehst du? Du kannst der böse Taltos und du kannst der Heilige sein! Hätte ich doch eine solche Wahl! Wäre ich doch nicht dieser schwache Priester in einem Zeitalter, da Priester von König Edward von England verbrannt oder gevierteilt werden oder noch Schlimmeres zu gewärtigen haben! Just heutigen Tags erhält Luther in Deutschland seine Offenbarungen von Gott, während er auf dem Abort hockt und dem Teufel seine Exkremente ins Gesicht schleudert! Ja, das ist Religion. Das ist aus ihr geworden. Würdest du nach dem Glen streben, nach Dunkelheit und einem Leben des Bettelns und des Grauens? Oder willst du unser Heiliger sein?«

Ohne auf meine Antwort zu warten, sagte er in leisem, traurigen Ton: »Wußtest du, daß Sir Thomas More persönlich in London hingerichtet wurde? Man hat ihm den Kopf abgeschlagen und auf der London Bridge auf eine Stange gesteckt! So wollte es die Hure des Königs haben!« sagte er. »So stehen die Dinge.«

Ich wollte wegrennen, und ich fragte mich, ob ich es könnte. Seine Worte verwirrten und quälten mich, aber als ich an den Wald ringsum und an das Tal dachte, war meine Angst so groß, daß ich mich nicht bewegen konnte. Eine grausige Furcht stieg aus mir herauf, die mein Herz pochen und meine Hände feucht werden ließ.

»Ein Taltos ist nichts«, sagte er und beugte sich dicht zu mir herüber. »Geh in die Wälder, wenn du ein Taltos sein willst. Das kleine Volk wird dich finden. Sie werden dich gefangennehmen und versuchen, mit dir eine Legion von Riesen zu machen. Aber das wird nicht geschehen. Es kann nicht geschehen. Deine Nachkommenschaft wird monströs oder sie wird gar nichts sein. Aber ein Heiliger! Guter Gott, du kannst ein Heiliger werden!«

Ah, das kleine Volk, ja. Ich starrte ihn an und bemühte mich, ihn zu verstehen.

»Du kannst ein *Heiliger* werden!«

Ein paar Männer waren in die Kathedrale gekommen, schwer bewaffnet und mit Pelzen bedeckt. Er gab ihnen seine Anweisungen in lateinischer Sprache, die ich damals kaum verstand. Ich wußte nur, daß ich »übers Meer« nach Italien gebracht werden sollte. Und daß ich ein Gefangener war. Von Entsetzen erfüllt stand ich da, und in meiner Verzweiflung wandte ich mich dem Fenster des Hl. Ashlar zu, als könne er mich von alldem erretten.

Ich schaute zu dem bunten Glasfenster hinauf, und in diesem Augenblick ereignete sich ein schlichtes Wunder. Die Sonne war aufgegangen, aber obgleich ihre Strahlen das Fenster noch nicht erreichten, erfüllte ein großes, schwellendes Licht es mit lebhaften und wunderschönen Farben. Der Heilige erwachte in stillem Feuer zum Leben. Er lächelte auf mich herab; seine dunklen Augen brannten im Glas, seine Lippen waren rosig, seine Gewänder rot. Ich wußte, daß der Sonnenaufgang diesen Eindruck hervorzauberte, aber ich konnte dennoch den Blick nicht abwenden.

Ein grenzenloser Friede erfüllte mich.

Ich dachte an das Grausen im Antlitz meiner Mutter, an ihre Schreie, die in der kleinen Kammer widerhallten. Ich sah, wie die große Sippe des Clans von Donnelaith vor mir davonhuschte wie ein Heer von schwarzen Ratten!

»Sei der Heilige!« raunte der Priester mir zu.

Und in diesem Augenblick wurde mir das Gelübde klar, wenngleich ich nicht den Mut hatte, die Worte auszusprechen.

Ich starrte zum Fenster hinauf und prägte mir das Bild des Heiligen in allen Einzelheiten ein. Ich sah, daß er barfuß auf den hingestreckten Leibern der kleinen Leute stand ... der Ganfers, der Sluagh und der Dämonen der Hölle. Und siehe, in der Hand hielt er einen Stab, und mit dem Ende des Stabes durchbohrte er den Leib des Teufels. Ich studierte die gut gezeichneten Gestalten der Zwergenleute. Ich hörte mein Herzklopfen.

Das Licht im Fenster hatte weiter zugenommen, so daß die bunten Farben zu glühen begannen. Der Heilige war aus lauter Edelsteinen! Eine schimmernde Vision von funkelndem Gold, tiefstem Blau, Rubinrot und gleißendem Weiß.

»St. Ashlar!« wisperte ich.

Die bewaffneten Männer packten mich.

»Geh mit Gott, Ashlar. Gib deine Seele Gott dem Herrn, und wenn der Tod *wieder*kommt, dann wirst du Frieden finden.«

Das war meine Geburt, Gentlemen. Das war meine Heimkehr. Und jetzt will ich euch erzählen, was dann folgte, und wie hoch ich gelangen sollte.

Sie brachten mich fort, und ich sollte den alten Laird nie wiedersehen. Und nach allem, was ich wußte, würde ich auch das Glen nicht wiedersehen, die Kathedrale und den Priester. Ein kleines Boot erwartete mich, das sich durch den eiskalten Hafen und dann südwärts an der Küste entlang vorankämpfen mußte, bis man mich an Bord eines großen Schiffes brachte. Meine Kammer dort war winzig, und ich war buchstäblich ein Gefangener. Ich trank nur Milch, weil alle anderen Speisen meinen Ekel erregten, und wegen der stürmischen See war mir ständig übel.

Niemand dachte daran, mir Trost zu spenden oder mir zu sagen, warum ich eingesperrt wurde. Ich bekam nichts zu studieren, nichts zu lesen, keinen Rosenkranz. Die bärtigen Männer, die für mich sorgten, schienen Angst vor mir zu haben, und sie waren nicht bereit, irgendeine Frage zu beantworten. Und schließlich versank ich in Stumpfsinn, und ich sang Lieder, die ich mir mit den Wörtern, die ich kannte, zusammenreimte.

Manchmal schien es mir, als machte ich Lieder aus Wörtern, wie man Girlanden aus Blumen macht; ich dachte nur daran, wie hübsch dieses oder jenes Wort doch war. Stundenlang sang ich so. Meine Stimme war tief, und ich mochte ihren Klang. Zufrieden lehnte ich mich zurück, und mit geschlossenen Augen sang ich Variationen der Kirchenlieder, die ich in

Donnelaith gehört hatte. Ich hörte nur auf, wenn ich zu mir kam, wenn ich aus dieser Trance gerissen wurde, oder wenn ich einschlief.

Ich erinnere mich nicht, wann ich merkte, daß der Winter entweder zu Ende war oder wir ihn hinter uns gelassen hatten; wir waren vor der Küste Italiens, und wenn ich aus der kleinen, vergitterten Luke spähte, sah ich das Sonnenlicht, das anmutig auf grüne Hügel und Klippen von unglaublicher Schönheit fiel. Endlich legten wir in einer blühenden Stadt an, wie ich sie noch nie gesehen hatte.

Dann widerfuhr mir etwas höchst Bemerkenswertes. Die beiden Männer, die mir immer noch keine Frage beantworten wollten, führten mich vor das Tor eines Klosters und ließen mich dort stehen, nachdem sie die Glocke geläutet hatten.

Ein kleines Paket drückten sie mir noch in die Hand.

Von der Sonne geblendet stand ich da, und dann drehte ich mich um und sah den Mönch, der mir die Pforte geöffnet hatte und mich jetzt von Kopf bis Fuß musterte. Ich trug immer noch meine prächtigen Kleider aus London, aber nach der langen Reise waren sie nun sehr schmutzig, und Bart und Haar waren sehr lang geworden. Ich hatte nichts als das Paket bei mir, und in meiner Verwirrung gab ich es dem Mönch.

Sofort schnürte er es auf, entfernte den leinenen Lappen und das Leder; dann hielt er den Gegenstand hoch, und ich sah, daß es ein großer Pergamentbrief war, vierfach zusammengefaltet.

»Komm herein«, sagte der Mönch freundlich zu mir. Er warf einen Blick auf das entfaltete Pergament. Dann eilte er davon und ließ mich in einem stillen, schönen Innenhof voll goldener Blumen in der warmen Mittagssonne stehen. In der Ferne hörte ich Gesang, den melancholischen, traurigen Klang von Männerstimmen; so hatten auch die Mönche in Donnelaith geklungen. Ich liebte den Gesang. Ich schloß die Augen und atmete ihn ein, und auch den Duft der Blumen.

Dann kamen mehrere Mönche in den Hof heraus. Die in Schottland hatten Weiß getragen, aber die Männer hier waren in rauhe braune Kutten gekleidet und hatten Sandalen an den Füßen. Sie umringten mich und küßten mich auf beide Wangen und umarmten mich.

»Bruder Ashlar!« Sie sprachen mich beinahe einstimmig an, und sie lächelten so warm und liebevoll, daß ich anfing zu weinen.

»Dies wird jetzt dein Leben sein. Hab keine Angst mehr. Du wirst leben und gedeihen in der Liebe des Herrn.«

Ich sah das entfaltete Pergament, das einer von ihnen in der Hand hielt.

»Was steht da?« fragte ich auf englisch.

»Daß du dein Leben Christus geweiht hast. Daß du auf den Spuren unseres Gründers, des Hl. Franziskus, wandeln und ein Priester des Herrn werden willst.«

Es kamen zärtlichere Worte und Umarmungen von diesen Männern. Sie hatten nicht die geringste Angst vor mir, und ich erkannte: Sie wußten nichts von mir. Sie wußten nicht, wie ich zur Welt gekommen war. Und als ich mich betrachtete – meine Hände, meine Beine, mein Haar –, da dachte ich: Von meiner Größe und meinen langen Locken abgesehen, könnte ich leicht einer von ihnen sein.

Das verwunderte mich. Während des Abendessens – und sie speisten mich viel besser als sich selbst – saß ich stumm da. Ich wußte nicht, was ich tun oder sagen sollte. Es war ganz offensichtlich, daß ich diesen Ort verlassen könnte, wenn ich wollte. Ich könnte über die Mauer klettern.

Aber warum? dachte ich. Ich ging mit ihnen in die Kapelle. Ich stimmte in ihren Gesang ein. Als sie meine Stimme hörten, nickten sie und lächelten und berührten mich beifällig, und bald verlor ich mich im Gesang und starrte wieder auf das Kruzifix, auf ebendasselbe Symbol: Christus, ans Kreuz genagelt. Ich sage es nicht so, damit es einfach klingt. Ich sage es, damit ihr es euch vorstellt, wie ich ihn sah, diesen gefolterten Leib, gepeinigt, geschlagen, mit Dornen gekrönt, Blut vergießend.

Ein großes, alles überwältigendes Glücksgefühl überkam mich. Ich schloß einen Handel mit mir selbst. Bleib eine Weile hier. Morgen kannst du immer noch weglaufen. Aber wenn du wegläufst, dann hast du diesen Ort verloren, dann hast du St. Ashlar verloren.

Als sie mich an diesem Abend in meine Zelle brachten, sagte ich: »Ihr braucht nicht abzuschließen.«

Da waren sie überrascht und verwirrt. Sie hätten nicht daran gedacht, mich einzuschließen, sagten sie. Und sie zeigten es mir – es war gar kein Schloß da.

Ich lag da und blieb aus freien Stücken, ich träumte in der warmen italienischen Nacht, träumte und hörte von Zeit zu Zeit ihren Gesang aus der Kapelle dringen.

Als sie mir am Morgen sagten, es sei Zeit, nach Assisi aufzubrechen, da antwortete ich, ich sei bereit. Wir würden zu Fuß gehen, sagten sie, denn wir seien Franziskaner; wir seien Gehorsame Brüder, getreu dem Geist des Bruder Franz, und wir würden nicht auf dem Rücken eines Pferdes sitzen.

35 Lashers Erzählung wird fortgesetzt

Als wir Assisi erreichten, hatte ich die Brüder, mit denen ich diese Reise machte, liebgewonnen, und ich hatte auch erkannt, daß sie tatsächlich nur eines über mich wußten, nämlich daß ich Priester werden wollte. Ich war für diese Reise wie sie in eine braune Kutte gekleidet; ich trug Sandalen und um den Leib einen Strick. Ich hatte mir die Haare noch nicht abgeschnitten und trug meine feinen Kleider in einem Bündel bei mir, aber ich sah doch schon fast so aus wie einer von ihnen.

Während wir am Straßenrand dahinwanderten, erzählten die Priester mir Geschichten vom Hl. Franz von Assisi, dem Begründer ihres Ordens – wie Franz, der Reiche, dem Reichtum abgeschworen hatte und Bettler und Prediger geworden war und sich um die Leprakranken gekümmert hatte, vor denen er eine Todesangst gehabt hatte; so liebevoll war er zu allen Lebewesen gewesen, daß die Vögel des Himmels sich auf seinen Armen niedergelassen hatten und der Wolf bei seiner Berührung ganz zahm geworden war.

Großartige Bilder entstanden in meinem Geist, während sie redeten. Ich sah das Gesicht des Hl. Franziskus, ein Amalgam vielleicht aus dem strahlenden, grünäugigen Franziskanerpriester in Schottland und ihren eigenen unschuldsvollen Antlitzen; vielleicht auch war es bloß ein Ideal, erfunden von einem Teil meiner selbst, der sich bereits entwickelt hatte und der Bilder und Träume herstellte.

Was immer es war, ich kannte Franziskus.

Ich kannte ihn. Ich kannte seine Angst, als sein Vater ihn verfluchte. Ich kannte seine Freude, als er sich Christus schenkte. Ich kannte vor allem seine Liebe, mit der er alle Geschöpfe als seine Brüder und Schwestern anredete, und ich kannte seine Liebe zu den Menschen, die wir ringsum sahen, zu den Bauern Italiens, die auf ihren Feldern arbeiteten, zu den Städtern und den Leuten in den Klöstern und Landhäusern, die uns des Abends freundlich Unterkunft boten.

Ja, je glücklicher ich wurde, desto mehr fragte ich mich, ob meine Geburt in Britannien nicht überhaupt eine Art Alptraum gewesen war, eine Sache, die gar nicht geschehen sein konnte.

Ich hatte das Gefühl, zu diesen Franziskanern zu gehören. Ich gehörte zum Hl. Franziskus. Ich war nur am falschen Ort geboren. Und wenn ein Heiliger zu sein bedeutete, daß ich sein mußte wie der Hl. Franziskus, nun, dann war ich überglücklich. All dies kam mir ganz natürlich vor. Und es brachte mir Frieden, als ob ich mich an eine Zeit erinnerte, als alle Lebewesen sanftmütig gewesen waren, bevor sich etwas Schreckliches ereignet hatte.

Wenn ich stillende Mütter sah, wollte ich ihre Milch. Aber ich wußte, daß es keine Hexenmilch war. Sie war nicht kräftig genug. Sie würde mir nicht helfen. Aber ich war doch erwachsen, oder? Auf der Reise war ich noch ein Stück größer geworden, und in den Augen der Welt erschien ich wie ein starker, gesunder Mensch von etwa zwanzig Jahren.

Assisi selbst lag ziemlich hoch, so daß man von manch einem Felsenvorsprung die umgebende Landschaft in all ihrer sanften Pracht sehen konnte, die viel einladender war als die bedrohlichen, schneebedeckten Gipfel und Felsen, wie sie Donnelaith umgeben hatten.

Tatsächlich verschwammen meine Erinnerungen an die Ereignisse in Donnelaith immer mehr. Wenn ich nicht in den nächsten paar Wochen schreiben gelernt und mir alles in einer Geheimschrift notiert hätte, dann wäre mein Ursprung womöglich tatsächlich aus meinem Gedächtnis getilgt worden. Im Laufe der Zeit wurde das alles jedenfalls sehr vage.

Aber ich will zum Augenblick zurückkehren. Zur Mittagsstunde kamen wir durch die Tore von Assisi. Sofort brachte man mich zur Basilika des Hl. Franziskus am anderen Ende der Stadt – einem großartigen Gebäude, wenngleich keineswegs so kalt wie die Kathedrale von Donnelaith. Das Gebäude hatte keine Spitzbögen, sondern runde, und an den Wänden prangten lebendige, wunderbare Bilder des Heiligen; darunter aber stand sein Schrein, zu dem die Gläubigen in Scharen pilgerten, wie sie in meiner Heimat zu St. Ashlar gekommen waren.

Zu Hunderten zogen sie um den massigen Sarkophag des Heiligen herum, der kein Bildnis trug; sie legten die Hände darauf, küßten ihn und beteten laut zum Hl. Franziskus, um ihn um Heilung zu bitten, um Trost und um seine besondere Fürsprache beim lieben Gott.

Auch ich legte meine Hände auf den Sarkophag und betete zu Franziskus, der für mich zu einer Persönlichkeit geworden war, einer Gestalt, in Farbe und Romantik gehüllt. »Franziskus«, hauchte ich vor dem Stein. »Ich bin hier. Ich bin hier, um ein Ordensbruder zu werden, aber du weißt, daß man mich hergeschickt hat, damit ich ein Heiliger werde.«

Stolz durchströmte mich; niemand kannte das Geheimnis: daß ich eines Tages mit den Regeln des Hl. Franziskus nach Schottland zurückkehren und möglicherweise mein Volk erretten würde, wie es der gute Father dort gesagt hatte. Es war mir bestimmt, durch Demut Großes zu erreichen.

Stunden blieb ich in der Kapelle, beinahe trunken von der Frömmigkeit derer, die durch die große steinerne Grabkammer zogen. Ich fühlte ihre Inbrunst fast wie Musik. Ja, jetzt war mir klar, daß ich hypersensitiv war, wie man heute sagen würde – nicht nur gegen Musik, sondern allgemein gegen Klänge. Das Trillern der Vögel, das Timbre der menschlichen Stimme, der Rhythmus und die zufälligen Reime der Sprache, all das wirkte auf mich. Ja, als ich einen Menschen traf, der von Natur aus in Alliterationen redete, war ich davon wie gelähmt.

Aber was mich hier in der Kapelle lähmte, war das Delirium der Gläubigen und die besondere Intensität der Frömmigkeit, die St. Franziskus selbst inspiriert hatte.

Noch am selben Tag wurde ich hinaufgeführt zu den Carceri, jener Einsiedelei, in der Franziskus und seine ersten Anhänger ihr einsames Leben geführt hatten. Dort lagen ihre ersten Zellen. Man hatte einen großartigen und wunderbaren Blick auf die Landschaft. Hier hatte der Hl. Franz gelebt und gebetet.

Ich dachte jetzt überhaupt nicht mehr daran, fortzugehen. Was mir Sorgen machte, war nicht das Gelübde der Armut, der Keuschheit und des Gehorsams. Was ich fürchtete, war mein heimlicher Stolz; ich fürchtete, die Legende des Hl. Ashlar werde an meiner Seele zehren, während sie mich weitertrieb.

Hier will ich innehalten, um auf einen überaus wichtigen Punkt hinzuweisen. Ich sollte Italien – und das Leben der Franziskaner – für über zwanzig Jahre nicht mehr verlassen. Wie viele es genau waren? Ich weiß es nicht. Ich wußte es noch nie. Dreiunddreißig Jahre waren es nicht, denn das ist das Alter Christi, und das hätte ich behalten.

Ich sage euch dies, damit ihr zweierlei begreift. Ich werde in dieser Geschichte nicht so schnell nach Donnelaith zurückkehren. Und in dieser Zeit blieb mein Körper kraftvoll, geschmeidig und ganz unverändert. Meine Haut wurde wohl etwas dicker, verlor ihre kindliche Weichheit, und mein Gesicht gewann ausdrucksvolle Falten – aber nicht viele. Ansonsten ... nun, fast jedenfalls ... blieb ich derselbe.

Ich will, daß ihr versteht, wie glücklich ich in diesem Franziskanerleben war, wie natürlich es mir erschien, denn dies ist in gewissem Maße der Kern des Anliegens, das ich vortragen will.

Weihnachten war ein großes Fest in Italien, genau wie zuvor im Hochland des Alptraums, das ich so kurz zu Gesicht bekommen hatte. Für mich wurde es das feierlichste und wichtigste aller heiligen Feste, und wo immer ich mich in Italien aufhalten mochte, zu dieser Zeit kehrte ich nach Assisi zurück.

Schon vor meinem ersten Weihnachtsfest dort hatte ich die Geschichte des Christkindes und seiner Geburt in der Krippe gelesen und mir zahllose Gemälde davon angeschaut, und ich hatte mich mit Herz und Seele diesem kleinen Kinde in Mariens Armen geschenkt.

Ich schloß die Augen und stellte mir vor, ich sei ein kleines Kind, wie ich es nie gewesen war, ich sei hilflos und sehnsüchtig und unschuldig. Und das Gefühl, das mich überkam, war Verzückung. Ich beschloß, Christus – das reine Kind – in allen Männern und Frauen zu sehen, mit denen ich sprach. Wenn ich einen Augenblick des Zorns oder des Ärgers erlebte, was selten geschah, so dachte ich an das Christkind. Ich stellte mir vor, ich hielte es in den Armen. Ich glaubte mit Leib und Seele an diesen Christus und daran, daß ich eines Tages – wenn meine Bestimmung sich erfüllt hätte – bei Ihm sein würde. Ich würde an der Krippe knien, und ich würde die winzige Hand des Christkindes berühren.

Gott war schließlich ewig – Kind, Mann, gekreuzigter Erlöser, Gott Vater und Gott Heiliger Geist – alles in einem. Das sah ich beinahe sofort mit absoluter Klarheit. Ich sah es so vollständig, daß die theologischen Fragen mich zum Lachen brachten.

Als ich Italien verließ, war ich ein Priester Gottes, ein berühmter Prediger, ein Sänger von Lobliedern, zuweilen auch ein Heiler und ein Mann, der Trost und Glück all denen brachte, die er kannte.

Aber mit größerer Sorgfalt will ich jetzt erklären:

Von Anfang an pflegten meine unschuldige Art und meine Unmittelbarkeit alle zu erstaunen. Nie errieten sie den wahren Grund dafür: daß ich ein Kind war. Daß ich in Milch und Käse schwelgte, erheiterte die Leute. Die Geschwindigkeit, mit der ich lernte, erweckte Liebe bei allen, die mich umgaben. Binnen kurzer Zeit konnte ich italienisch, englisch und lateinisch schreiben.

Kompromißlose Frömmigkeit erfaßte mich an Leib und Seele.

Keine Aufgabe war zu gering für mich. Ich ging mit denen, die sich um die Aussätzigen vor den Toren der Stadt kümmerten. Ich hatte keine Furcht vor den Aussätzigen. Ich hätte welche haben können, denke ich, aber dann pflegte ich sie nicht, und darin liegt ein Schlüssel zu meiner Natur. Ich schien dazu fähig zu sein, nur das zu pflegen, was ich haben wollte.

Nichts hatte mich bis dahin ernsthaft abgestoßen, nichts außer Haß und Gewalt. Und diese Haltung blieb in all meinen Jahren auf Erden unverändert. Entweder machte mich etwas traurig, oder es verführte mich. Dazwischen gab es selten etwas.

Ja, ich war fasziniert von den Aussätzigen, weil andere Leute solche Angst vor ihnen hatten; und natürlich wußte ich, wie Franziskus gekämpft hatte, um dies zu überwinden, und ich war entschlossen, seine Größe auch zu erlangen. Ich tröstete die Aussätzigen. Ich badete und kleidete die, die schon zu krank waren, um noch selbst für sich zu sorgen. Als ich gehört hatte, daß die Hl. Katharina von Siena einmal das Badewasser eines Aussätzigen getrunken hatte, tat ich es ihr fröhlich nach.

Sehr bald wurde ich in Assisi bekannt – der Unschuldige, der Verwirrte, der Tor Gottes sozusagen, ein junger Mönch, der wahrlich vom Geiste des Hl. Franziskus entflammt war und der aus natürlichem Antrieb tat, was Franziskus sich von uns allen wünschte.

Und weil ich so ganz und gar unverbildet erschien, so unfähig zur Hinterlist, so kindlich, wenn ihr wollt, neigten die Menschen dazu, sich mir zu öffnen, mir alles Mögliche zu erzählen, angespornt von meinem hellen, neugierigen Blick. Ich hörte mir alles an. Kein Wort war verschwendet. Stellt es euch vor – das große Kind, das ich war, erlernte aus den kleinsten Gesten der Menschen, aus ihren unbedeutendsten Geständnissen, alle großen Wahrheiten des Lebens.

Das also geschah in meinem Geist.

Nachts lernte ich lesen und schließlich auch schreiben, und dann schrieb ich ständig und schlief so wenig wie möglich. Ich lernte Gedichte und Lieder auswendig. Ich studierte die Bilder in der Basilika, die großen Wandgemälde von Giotto, die von allen bedeutenden Ereignissen aus dem Leben des Hl. Franziskus berichten, auch davon, wie er die Stigmata bekam – die Wunden Gottes an Händen und Füßen. Und ich begab mich hinaus unter die Pilger, um mit ihnen zu sprechen und um zu hören, was sie von der Welt zu erzählen hatten.

Das erste Jahr, das ich als Datum kannte, war das Jahr 1536. Ich reiste oft nach Florenz, um den Armen Geschenke zu bringen, ihre Hütten zu besuchen und ihnen Brot und etwas zu trinken zu bringen. Florenz war immer noch eine Stadt der Medici. Seine große Pracht war vielleicht vergangen, wie manche seitdem gesagt haben, aber ich glaube nicht, daß damals irgend jemand so etwas behauptet hätte.

Im Gegenteil, Florenz war ein prächtiger, blühender Ort. Gedruckte Bücher wurden zu Tausenden verkauft; die Skulpturen Michelangelos waren überall zu sehen. Die Gilden waren immer noch mächtig, obwohl ein großer Teil des Handels in die Neue Welt hinübergewechselt war, und die Stadt war ein endloses Spektakel von Prozessionen.

Die Bank der Medici war damals die größte Bank der Welt.

Männer und Frauen überall in Florenz waren gebildet, nachdenklich und gesprächig; es war die Stadt, die den Dichter Dante und das politische Genie Machiavelli hervorgebracht hatte, Fra Angelico und Giotto, Leonardo da Vinci und Botticelli, eine Stadt großer Schriftsteller, großer Maler, großer Fürsten und großer Heiliger. Die Stadt selbst war aus massivem Stein, voll von Palästen, Kirchen, wunderbaren Piazzen, Gärten und Brücken. Vielleicht war es eine Stadt, wie sie auf der ganzen Welt einzigartig war. Ich dachte es damals jedenfalls, und ich denke es immer noch.

Meine Pflichten vergrößerten sich, und bald kannte ich jeden Zollbreit von Florenz, und auf die eine oder andere Weise erfuhr ich alle Nachrichten aus der Welt.

Die Welt freilich stand am Rande der Katastrophe! Die Menschen redeten unablässig von den letzten Tagen.

Der englische König Heinrich VIII. hatte den wahren Glauben abgelegt; die große Stadt Rom erholte sich eben erst von der Vergewaltigung durch protestantische Truppen und katholische Spanier gleichermaßen. Ja, der Papst und die Kardinäle hatten im Kastell Sant' Angelo Schutz suchen müssen, und dies hatte bei den Menschen tiefe Enttäuschung und Mißtrauen hinterlassen.

Die Schwarze Pest war immer noch bei uns; alle zehn Jahre etwa erhob sie wieder das Haupt und forderte ihre Opfer. Auf dem Kontinent tobten Kriege.

Die schlimmsten Geschichten aber berichteten von den Protestanten im Ausland – von jenem rasenden Martin Luther, der das ganze deutsche Volk gegen die Kirche aufgebracht hatte, und von anderen tollwütigen Irrlehren, von Anabaptisten und Calvinisten, die im Reich der Christenseelen jeden Tag reiche Beute machten.

Der Papst, so hieß es, sei machtlos gegen die Ketzerei. Konzil über Konzil wurde einberufen, aber im Grunde wurde nichts unternommen. Die Kirche steckte mitten in Reformen als Antwort auf die großen Häretiker Johann Calvin und Martin Luther. Aber die Protestanten, so schien es, hatten die Welt entzweigerissen und eine ganze Kultur hinweggefegt, als sie mit der Autorität des Papstes brachen.

Unsere Welt aber, Assisi und Florenz und die anderen großen und kleinen Städte Italiens, erschien mir strahlend und reich und dem wahren Christus treu ergeben. Wenn man die Heilige Schrift las, war es unmöglich, zu glauben, unser Herr sei nicht auf der Via Appia gewandelt. Italien – seine Musik, seine Gärten, seine grüne Landschaft – erfüllte meine Seele, und ich konnte mir nicht vorstellen, je anderswo sein zu wollen. Rom war die einzige Stadt, die ich mehr liebte als Florenz, und das vielleicht nur wegen seiner Größe und der Pracht von St. Peter. Andererseits, auch Venedig war ein großes Wunder. Für mich waren die Armen der einen Stadt ebensogut wie die Armen der anderen. Die Hungernden hungerten, und sie erwarteten mich immer mit offenen Armen.

Frohlocken erfüllte mich, als ich meine erste Predigt hielt, auf einer Piazza in Florenz, mit ausgebreiteten Armen; ich vermied, wie es bei uns Brauch war, jegliches Theologengezänk und sprach nur von der persönlichen Hingabe an Gott. »Wir müssen sein wie das Christkind – so unschuldig, so vertrauensvoll, so gut.«

Natürlich war eben dies der Wunsch des Hl. Franziskus gewesen: daß wir wahre Bettler und Vagabunden seien, die aus ehrlichem Herzen sprechen sollten. Aber unser Orden war von Fragen der Interpretation zerrissen. Was hatte Franziskus in Wirklichkeit gemeint? Was für eine Art Organisation sollten wir haben? Wer war wirklich arm? Wer war wirklich rein?

Ich vermied derlei Diskussionen. Ich sprach laut mit dem Hl. Franziskus; ich formte mein Leben nach seinem Beispiel. Ich verlor mich ganz in guten Werken und sorgte mit gutem Ergebnis für die Kranken.

Es war kein Wunderwirken. Nicht, daß ein Mann seine Krükken wegwarf und rief: »Ich kann wieder gehen!« Erste Gestalt nahm es in einem krankenpflegerischen Talent an; ich konnte gefährlich Kranke durch ein Fieber bringen, zurück vom Rande des Todes. Vielleicht war ich das, was man ein Naturtalent nennt.

In diesen frühen Jahren lernte ich noch anderes: daß nämlich viele meiner Brüder im Orden das Keuschheitsgelübde nicht hielten. Tatsächlich hatten sie Geliebte, oder sie gingen in die öffentlichen Bordelle von Florenz, oder sie lagen beieinander im Schutze der Dunkelheit. Ja, auch ich selbst nahm ständig Notiz von schönen Knaben und Mädchen und spürte Verlangen nach ihnen, und zuweilen erwachte ich in der Nacht aus sinnlichen Träumen.

Ich gedachte der Worte des Franziskaners in Donnelaith: »Du darfst niemals das Fleisch eines Weibes berühren.« Ich dachte viel darüber nach. Natürlich war mir klargeworden, daß die Paarung von Männern und Frauen dazu führte, daß sie Kinder erzeugten. Und ich folgerte daraus, daß ich diese strenge Warnung aus einem bestimmten Grund erhalten hatte: damit ich kein Ungeheuer zeugte, wie ich selbst eines war.

Aber was für ein Ungeheuer war ich denn? Ich wußte es nicht mehr genau. Meine Geburt und mein Ursprung wurden meiner Erinnerung zur Qual; sie waren eine Schmach, die ich keiner Menschenseele anvertrauen konnte.

Um diese Zeit – in den ersten paar Jahren, da meine Persönlichkeit sich formte –, begann ich auch zu denken, daß bestimmte Leute mich beobachteten, Leute, die von meiner Hochstapelei wußten und die mich entlarven würden als das, was ich war.

In den Straßen von Florenz sah ich oft Holländer, leicht zu erkennen an ihrer unverwechselbaren Kleidung und ihren Hüten, und diese Männer schienen mich immer mit ihren Blicken zu fixieren. Und dann kam einmal ein Engländer nach Assisi; er blieb lange da und erschien Tag für Tag, einfach um mich predigen zu hören. Es war im wunderschönen Frühling; ich erzählte

Geschichten oder *exempla* vom Hl. Franziskus, und ich erinnerte mich, wie der Mann mich mit kalten Augen anstarrte, während ich redete.

Stets trat ich diesen Spitzeln entgegen. Ich starrte sie an. Manchmal kehrte ich sogar um und ging auf sie zu. Immer ergriffen sie die Flucht. Und immer kehrten sie zurück.

Unterdessen quälte mich die Frage der Keuschheit – die Frage, ob ich es mit einer Frau tun konnte oder nicht, und ob ein Monstrum geboren werden würde oder nicht.

Ich hatte keinen Zweifel daran, daß ich tun wollte, was recht war in den Augen des Herrn. Es schien eine ganz einfache Sache zu sein, sich eine Geliebte zu nehmen oder einen Liebhaber. Es war eine ungeheure Herausforderung, überhaupt keine Lust an den Freuden des Fleisches zu haben. Zu leben, ohne die Antwort auf das Geheimnis zu kennen.

Ich entschied mich für den Weg des Heiligen.

Ich ließ nicht zu, daß ein Funke in mir entfacht wurde, und infolgedessen kam es nie zu einer Feuersbrunst.

Ich wurde bekannt für meine Reinheit und dafür, daß ich kein Auge für Frauen hatte; meine Heilkunst vervollkommnete sich mehr und mehr, obgleich ich noch immer nicht wußte, ob es denn Wunderkraft sei, und dachte, es sei vielleicht auch eine Frage der Geschicklichkeit.

Und eine weitere Leidenschaft schlug mich in ihren Bann. Es war die einfache, damals geläufige Idee, daß Gesang die Gläubigen zu Christus führen könne, womöglich ebenso leicht wie das Predigen des Evangeliums. Ich begann eigene Lieder zu schreiben, schlichte Verse, die ich mir ausdachte, mit viel Rhythmus, und diese Lieder sang ich in zwanglosen Versammlungen. Das Singen war mir sehr viel lieber als das Predigen, ich war es müde geworden, mich selbst beim Verbreiten simpler Wahrheiten zu hören. Aber das Singen wurde mir nie zuviel.

Bald wußten die Leute, wenn ich kam, würde es Musik geben – ein kleines Lied, manchmal kaum mehr als ein Gedicht, das ich zum Klang einer kleinen Laute aufsagte.

Zehn Jahre nach meiner Ankunft in Italien wurde ich zum Priester geweiht. Es wäre früher geschehen, wenn ich es gewollt hätte, aber ich betrieb mein Studium zur Priesterweihe mit

Absicht gründlich und langsam. Ständig war ich unterwegs; ich wanderte auf der Landstraße, traf mit den Menschen zusammen und begrüßte sie mit dem Wort Gottes. Die Zeit schien ohne Bedeutung zu sein, ja, ich hatte keineswegs das Gefühl, irgendeiner Bestimmung entgegenzueilen.

Als ich geweiht wurde, hatte ich nicht mehr die geringste Angst vor Krankheit. Ich sang zu denen, die das Bedürfnis nach körperlichem Trost längst hinter sich gelassen hatten. Ich saß in so mancher Kammer, die andere nicht mehr zu betreten wagten.

Aber vollkommen waren die Dinge nicht. Sie waren nicht in Ordnung. Von Zeit zu Zeit erinnerte ich mich an meine Geburt, und die Wirkung war erschreckend. Ich erwachte, setzte mich auf, dachte: Ah, aber das ist nicht möglich; dann ließ ich mich im Dunkeln zurücksinken und begriff, daß es selbstverständlich doch möglich war, denn ich hatte weder Vater noch Mutter noch irgendwelche Geschwister! Ich war nicht das, wofür die anderen mich hielten. Ich erinnerte mich an die Königin und den Fluß und das Hochland wie an die Elemente eines Alptraums.

Und manchmal erschien es mir so, als sähe ich nach solchen aufgewühlten Momenten die Männer, die mir folgten, und als bespitzelten sie mich nachdrücklicher als zuvor. Natürlich tadelte ich mich selbst, weil ich mir so etwas einbildete, aber je länger ich über all das nachdachte, desto merkwürdiger wurde mein Leben.

Dann kam es vor, daß ich meine Natur auf eigenartige und spontane Weise verriet. Ich liebte den Geschmack von Milch. Unaufhörlich versuchte mich der Teufel mit Visionen von Frauenbrüsten. Sogar in der Fastenzeit mußte ich Milch trinken und konnte das Fasten nicht ertragen; daß ich es für Milch brach, war meine schlimmste Sünde. Manchmal packte ich ganze Händevoll Käse und aß. Jede weiche Speise war mir ein Genuß, aber das Verlangen nach Käse und Milch war besonders schlimm.

Einmal kam ich auf ein Feld voller Kühe. Die Sonne ging gerade auf, und niemand war in der Nähe. Das dachte ich zumindest. Ich kniete nieder und trank aus dem Euter einer Kuh, spritzte mir die warme Milch geradewegs in den Mund.

Als ich genug getrunken hatte, legte ich mich ins Gras und starrte in den Himmel. Ich kam mir viehisch und häßlich vor, weil ich so etwas getan hatte. Da kam ein alter Bauer heran. Seine Kleidung war abgetragen, aber ordentlich und gut geflickt, und sein Gesicht war dunkel von der Arbeit in der Sonne.

Er raunte mir etwas zu, voller Angst, und rannte gleich davon. Ich sprang auf und lief ihm nach; ich mußte meine Kutte aufraffen, damit ich nicht hinfiel.

»Was hast du gerade zu mir gesagt?« fragte ich.

Da zischte er etwas Feindseliges, einen Fluch vielleicht, und hastete davon.

Ich war von Scham überwältigt. Dieser Mann wußte, daß ich kein Mensch war. Und von diesem Tag an begann die Täuschung, die ich an meiner Umgebung verübte, an meinem Herzen zu nagen.

Ich sah den Bauern in der Stadt wieder. Er sah mich auch. Ich hätte schwören können, daß ich ihn auch mit anderen sah und daß sie miteinander tuschelten, aber vielleicht bildete ich mir das auch ein. Ich kümmerte mich nicht weiter darum. Und dann trat ich eines Morgens aus meiner Zelle in den Kreuzgang hinaus und fand dort einen großen Krug frischer Milch. Meine Seele gefror zu Eis. Einen Augenblick lang wußte ich nicht, wo ich war oder wer ich war oder was hier geschah. Ich wußte nur, daß es ein Opfer war, und daß so etwas schon früher und noch früher und noch früher geschehen war. Das Glen, die kleinen Leute, der eine Riese unter ihnen, der zum Rande des Steinkreises hinunterging, und die Milchopfer. Meine Gedanken gerieten ins Schwimmen. Zum ersten Mal seit vielen, vielen Jahren sah ich den Steinkreis und den Kreis der Gestalten, so viele Kreise von Gestalten, einer größer als der andere, und so viele, daß ich sie nicht mehr zählen konnte.

Ich hob den Krug auf und trank ihn gierig leer. Als ich aufblickte, sah ich jenseits des Klostergartens, im Schatten des Kreuzgangs ein paar Leute sich bewegen, die jetzt sofort davonhuschten.

An diesem Abend war ich sicher, daß ein Holländer mir folgte. Und am nächsten Morgen kehrte ich zurück nach Assisi, um mit dem Hl. Franz zu sprechen, meine Gelübde zu erneuern und meine Seele zu läutern.

In den folgenden Tagen kamen viele Leute zu mir und baten um Heilung. Ich legte ihnen die Hände auf, manchmal mit verblüffenden Ergebnissen. Es gab keinen Zweifel, daß die Bauern über mich tuschelten. Und Milchopfer für mich erschienen an den seltsamsten Orten. So konnte es sein, daß ich allein die Straße hinaufging, und oben an der Ecke fand ich einen Krug Milch, der dort auf den Steinen stand.

Und eine gewisse andere Tatsache begann mich zu peinigen. Vielleicht war ich nie getauft worden! Und als ich nun darüber brütete und anfing, zu versuchen, mir alle Einzelheiten des Nordlandes in Erinnerung zu rufen, in dem ich zur Welt gekommen und ins Exil gegangen war, da wurde mir klar: Wenn ich nicht getauft war, dann konnte ich auch nicht zum Priester geweiht worden sein, und das bedeutete, wenn ich Brot und Wein in Leib und Blut Christi verwandeln wollte, geschah nichts dergleichen.

Überhaupt nichts von dem, was ich getan hatte, konnte Früchte tragen.

Ich versank in Melancholie. Ich wollte mit niemandem reden.

Und dann wurde mir klar, daß ich mir die Geburt in England eingebildet haben mußte! Nichts dergleichen konnte sich in Wirklichkeit ereignet haben! Donnelaith! Noch nie hatte ich davon gehört, daß es dort eine Kathedrale geben sollte oder Mönche unseres Ordens.

Wenn meine Phantasien der Wahrheit entsprachen, dann lebte ich nach meiner eigenen Berechnung gerade seit zwanzig Jahren. Es sei denn, meine verlorene Kindheit war eben dies: eine für die Erinnerung verlorene Geschichte, begrabene Erfahrung, etwas, das ich nicht wieder heraufbeschwören konnte. Aber so kam es mir nicht vor, und je mehr ich brütete, desto verdächtiger sah alles rings um mich herum aus, und desto größere Qualen litt ich.

Endlich kam ich zu dem Schluß, daß ich eine Frau kennenlernen müsse. Ich mußte wissen, ob ich auch in dieser Hinsicht ein Mann war. Natürlich brannte ich darauf. Ich hatte es schon immer tun wollen! Und jetzt wußte ich, ich hatte einen Vorwand. Finde es heraus!

Es war, als würde ich erst in den Armen eines Weibes wissen, ob ich Tier genug war, um eine unsterbliche Seele zu haben. Ich lachte über diesen Widerspruch, aber er bestand, und er war wahr. Ich wollte ein Mensch sein, und ich mußte eine Todsünde begehen, um festzustellen, ob ich einer war.

Ich ging nach Florenz, in eines der vielen Bordelle, die ich dort kannte; ich hatte dort Frauen auf dem Totenbett die Sterbesakramente gebracht, und einmal hatte ich einem armen Kaufmann die Letzte Ölung verabreicht, der das Mißgeschick erlitten hatte, in den Armen einer Frau zu sterben. Oft hatte ich dieses Bordell im Priestergewand aufgesucht. Es war nichts Schockierendes dabei.

So betrat ich es auch jetzt, innerlich außer Rand und Band. Die Frauen kamen herbei und begrüßten mich: »Guter Pater Ashlar!« Sie redeten immer mit mir, als wäre ich ein Idiot oder ein Kind.

Zum ersten Mal stieß es mich ab. Ich ging wieder hinaus, auf die Piazza, zum Arno hinunter und über die nächste Brücke. Darauf drängte sich ein Laden an den andern; es herrschte großer Betrieb, und Leute kamen und gingen. Als ich zufällig aufschaute, sah ich einen Mann, der mich beobachtete, und wieder erkannte ich schon an seinen Kleidern, daß es ein Holländer war. Ich ging auf ihn zu, aber er tauchte im Gedränge unter, und ich fand ihn nicht mehr. Im Handumdrehen war er verschwunden. Einfach verschwunden.

Da war ich sehr müde, und schließlich streckte ich die Arme aus und fing an zu singen. Ich stand mitten auf der Brücke, rasend vor Angst und Trauer, und bemühte mich, meine Erinnerungen mit meiner Hingabe an Christus zu versöhnen, und ich fing an zu singen. Das war eigentlich nichts Ungewöhnliches; zu solcher Stunde waren die Straßen von Florenz voll von allerlei Ablenkung. Da war ein verrückter Franziskaner, der hin und her schwankte und sang, nichts Verwunderliches.

Nach und nach nahmen Leute Notiz von mir, wie sie es immer tun. Sie hielten in ihren Tätigkeiten inne, und eine kleine Zuschauermenge versammelte sich. Ich wiegte mich vor und zurück, hielt mit ausgestreckten Armen mein Gleichgewicht und sang, und als ich aufblickte, ganz in mein Lied versunken, sah ich, daß eine wunderschöne Frau mich anstarrte, eine Frau, deren Augen so grün waren wie die des Franziskanerpriesters in Donnelaith und deren Blondhaar lang und elegant aussah.

Und dann geschah etwas äußerst Erstaunliches. Die Frau zog ihren Schleier vom Gesicht und ging davon. Und ich erkannte, daß das Gesicht, das mich angeschaut hatte, auf den Rücken verdreht war, als sitze der Kopf verkehrt herum auf dem Hals! Ich war fasziniert!

Meine Leidenschaft war schon unerträglich, aber nun durchzuckte noch eine andere, bösere Erregung mein Herz. Sie ist ein Ungeheuer wie ich!

Ich ließ mein Lied verhallen und verschmähte die Almosen, die einige Leute mir geben wollten. Bringt sie in die Kirche, sagte ich, und gebt sie denen, die sie verdienen. Ich lief der Frau nach, die in einer Seitenstraße auf mich wartete. Wieder enthüllte sie ihr Gesicht und ging weiter. Bald waren wir in einer engen Gasse. Ich hatte ohne Zweifel ihren Rücken vor mir, als sie den Schleier ein drittes Mal hob und mir ihr Gesicht zeigte.

Schließlich wirbelte sie in einer Wolke von schwarzen Gewändern, Seide, Atlas, Samt und Juwelen herum und klopfte hart an eine Tür. Sie öffnete sich in der Mauer, und als ich hinzustürzte, um noch einen Blick auf die Frau zu erhaschen, packte sie mich beim Handgelenk und zog mich hinein.

Es war ein schmaler, enger Garten, wie ihn so manches Haus in Florenz hatte; die alten ockerfarbenen Mauern blätterten ab, und bunte Blumen blühten im windgeschützten Sonnenschein. Drei andere Frauen saßen zusammen auf einer Bank unter einem Baum. Alle trugen sie weite, wunderschöne Röcke und üppige Ärmel, und ihr sich wölbender Busen trieb mich zur Raserei. Und ich sah jetzt, daß diejenige, die mich hereingebracht hatte, eine gewöhnliche Frau war! Ihr Gesicht saß nach vorn gewandt auf dem Körper wie bei allen anderen auch. Das alles war nur irgendeine Täuschung mit Hilfe der Schleier gewesen, die sie sich vom Haar zog. Irgendeine Gaukelei.

Das bekannte sie mir jetzt auch, und es brachte sie alle so sehr zum Lachen, daß ich schon glaubte, sie würden nie mehr aufhören.

Mir war schwindlig. Plötzlich umdrängten diese Frauen mich und sagten: »Pater, zieh dich aus. Komm, bleib bei uns in diesem Garten.« Und die Blonde, die den berühmten Namen Lucrezia trug, sagte, sie habe mich mit einem Zauberbann belegt, damit ich herkäme, aber ich solle keine Angst haben, denn sie seien keine Hexen; ihre Männer seien nur zur Jagd aufs Land hinausgeritten, und sie wollten nun tun, wozu sie Lust hatten.

Ihre Männer auf der Jagd? Das klang bizarr. Aber ich erkannte die Wahrheit, die der Sache zugrunde liegen mochte. Sie waren Huren, aber sie hatten heute ihren freien Tag, und ich war der Gegenstand ihres Verlangens.

»Wir sind stolz darauf, dich einzuweihen, jungfräuliches Kind«, sagte die älteste, die ebenso schön war wie die anderen. Sie zogen mich über die Fliesen des Bodens in ein Schlafgemach, und dort streiften sie mir Sandalen und Kutte ab. Dann schleuderten sie ihre eigenen Kleider hierhin und dorthin, stießen Jubelschreie aus und umtanzten mich, nackt wie die Nymphen, mit einem kleinen Lied. Für sie war das alles ein Scherz! Es war ein Spiel. Sie wollten den jungen Franziskaner schokkieren, der zwar einen Vollbart hatte, aber den Gesichtsausdruck eines Kindes.

Aber ich war nicht schockiert. Wiederum erwachte in mir ein seltsames Wissen um eine Zeit, da alle Welt so etwas getan hatte; der Garten der Lüste war es gewesen, wo alle nackt umhergetollt waren, spielend, singend, tanzend. Blumen hatten uns dort umgeben und eine Fülle von eßbaren Früchten.

Dann ergriff mich Furcht. Dahin, das alles. Schwärze.

Unterdessen führte ich mich vor diesen Frauen auf wie ein Satyr; sie fanden das sehr erheiternd, und ich konnte nichts dafür. Endlich aber fielen sie mit mir ins Bett und bedeckten mich mit ihren Küssen. Ich packte die Brüste der nächstbesten und begann hartnäckig daran zu saugen, daß sie vor Schmerz aufschrie. Die andern drückten mir Küsse auf die nackten Schultern, auf den Rücken, auf mein Organ und meine Brust.

Und im nächsten Augenblick lag ich wieder in der Geburtsstube in England in den Armen meiner Mutter und spürte die wilde Lust beim heftigen Saugen der Milch aus ihrer Brust. Ich war trunken von dieser Lust, und jetzt fand sie ihren schlimmsten Höhepunkt in meinem Organ; bald ritt ich alle Frauen, eine nach der anderen, unter ekstatischen Schreien, und dann begann ich mit der ersten wieder von vorn.

Inzwischen war es Abend geworden. Die Sterne funkelten über dem Garten. Der Lärm der Stadt verhallte allmählich.

Ich schlief.

Ich war bei meiner Mutter, aber jetzt haßte sie mich nicht und weinte nicht vor Entsetzen, sondern sie war ein langgestrecktes, schlankes Geschöpf wie ich, viel zu groß für eine wirkliche Frau, und sie streichelte mich mit Fingern, die zu lang waren wie die meinen. Konnte nicht alle Welt sehen, daß ich ein Ungeheuer war wie diese Frau? Wie konnten sich die Menschen so leicht täuschen lassen?

Ich trieb in meinen Träumen dahin. Nebel umgab mich, Leute weinten und schluchzten, und Männer hasteten hin und her. Ein Massaker. »Taltos!« schrie jemand, und in meinem Traum sah ich den Bauern von dem Feld bei Florenz und hörte ihn wispern: »Taltos!« Und wieder sah ich vor mir einen Krug Milch.

Durstig erwachte ich und setzte mich kerzengerade auf, wie es meine Gewohnheit war. Ich starrte in die Dunkelheit.

Die Frauen lagen still, aber mit offenen Augen da. Der Anblick war grausig, ebenso grausig wie die Illusion, daß das Gesicht der Frau auf den Rücken gedreht sei. Ich streckte die Hand aus, um die blonde Frau wachzuschütteln; so starr war ihr Blick. Und als ich sie anrührte, merkte ich, daß sie in einer Lache ihres eigenen Blutes lag. Sie waren alle tot – die beiden zu meiner Rechten und Linken, und die zwei, die auf dem Boden lagen. Sie waren tot. Und das Bett war von Blut getränkt und stank nach Menschen.

Ich stürzte in unbezähmbarer Feigheit hinaus in den Garten und fiel vor dem Springbrunnen zitternd auf die Knie; ich war nicht sicher, ob ich das alles wirklich gesehen hatte. Aber als ich mich schließlich erhob und zurückkehrte, sah ich, daß es stimmte. Die Frauen waren tot! Mehrmals legte ich ihnen die

Hände auf, aber ich konnte sie nicht aufwecken! Ich konnte den Tod nicht heilen!

Ich raffte meine Kutte und meine Sandalen zusammen, zog mich an und rannte hinaus.

Wie hatten diese Frauen sterben können? Ich erinnerte mich an die Worte des Franziskaners: »Nie darfst du das Fleisch eines Weibes berühren.«

Es war finsterste Nacht in Florenz, aber ich fand den Weg zurück ins Kloster und schloß mich in meine Zelle ein. Als der Morgen anbrach, hatte sich die Kunde von den toten Frauen in ganz Florenz herumgesprochen. Eine neue Form der Pest hatte zugeschlagen.

Ich tat, was ich in solcher Not immer getan hatte. Ich kehrte heim nach Assisi und ging den ganzen Weg zu Fuß. Ein milder Winter nahte, aber ein Winter gleichwohl, und der Weg war mühselig. Mich kümmerte das nicht. Ich wußte, daß mir jemand folgte, ein Mann zu Pferde, aber ich bekam ihn nur hin und wieder zu Gesicht. Ich war verzweifelt.

Kaum war ich im Kloster angelangt, betete ich. Ich betete zu Franziskus, er möge mich führen und mir helfen. Ich betete zur seligen Jungfrau, sie möge mir meine Sünden mit diesen Frauen verzeihen. Ich legte mich mit ausgestreckten Armen in der Kirche auf den Boden, wie es die Priester bei der Priesterweihe tun. Ich betete um Vergebung und Verständnis, und ich weinte. Ich wollte nicht glauben, daß meine Sünde diese Frauen getötet hatte.

Ich ging zur Beichte, zu einem der ältesten Priester dort.

Er war Italiener, aber er war eben aus England zurückgekehrt, wo jetzt viele Protestanten hingerichtet wurden.

Ich entschied mich für diesen Priester, weil ich alles beichten wollte – meine Geburt, meine Erinnerungen, die seltsamen Dinge, die zu mir gesagt worden waren. Aber als ich im Beichtstuhl kniete, kam mir das alles vor wie der Traum eines Verrückten.

So beichtete ich nur, daß ich mit den Frauen zusammengewesen war und daß ich ihnen allen den Tod gebracht hatte, ohne zu wissen, wie.

Mein Beichtvater lachte mich aus, leise und beruhigend. Ich

sei für den Tod der Frauen nicht verantwortlich. Im Gegenteil, Gott habe mich vor der Pest bewahrt, die sie getötet habe. Das sei ein Zeichen für meine besondere Bestimmung. Ich solle nicht weiter darüber nachdenken. So mancher Priester sei schon gestrauchelt und habe eine Hure mit ins Bett genommen. Es komme nur darauf an, größer zu sein als diese Sünde und diese Schuld und weiterhin Gott zu dienen.

»Sei nicht so stolz, Ashlar. So hast du dich eben schließlich übermannen lassen wie jeder andere auch. Laß es nun hinter dir. Du weißt, sie ist nichts, diese Lust, und Gott hat dich vor der Pest bewahrt, um dich für sich zu haben.«

Vielleicht, sagte er, werde die Zeit kommen, da ich nach England gehen müsse, denn England brauche uns wie nie zuvor. »Königin Maria stirbt«, fuhr er fort. »Und wenn die Krone auf Elisabeth übergeht, die Tochter der Hexe, dann wird es wiederum schreckliche Katholikenverfolgungen geben.«

Ich verließ den Beichtstuhl, betete meine Buße und wanderte hinaus in die windgepeitschten winterlichen Felder.

Ich war unglücklich. Ich fühlte mich nicht losgesprochen von meinen Sünden. Ich ging taumelnd und mit weit aufgerissenen Augen. Ich hatte die Frauen getötet, das wußte ich. Ich hatte sie für Hexen gehalten, aber sie waren keine gewesen! Das auf den Rücken gedrehte Gesicht, das war Gaukelei und Illusion gewesen! Und als Folge davon waren sie gestorben.

Oh, aber was war die größere Wahrheit? Was war die wahre Geschichte? Es gab nur eine Möglichkeit, das herauszufinden. Ich mußte als Missionar nach England reisen, um dort gegen die protestantischen Irrlehren zu kämpfen und das Glen von Donnelaith zu suchen. Wenn ich die Burg finden könnte, die Kathedrale, das Fenster des Hl. Ashlar, dann würde ich wissen, daß ich mir das alles nicht nur eingebildet hatte. Und ich mußte die Clansleute finden. Ich mußte erfahren, was die Worte bedeuteten, die einst zu mir gesprochen worden waren: daß ich Ashlar sei, daß ich der sei, der wiederkomme.

Fröstelnd wanderte ich allein über die Felder; sogar mein schönes Italien konnte um diese Zeit kalt sein. Aber erinnerte diese Kälte mich daran, wo ich geboren war? Es war ein feierlicher, schrecklicher Augenblick für mich. Ich hatte Italien nie verlassen wollen. Und wieder dachte ich an das, was mir der Priester in Donnelaith gesagt hatte: »Du hast die Wahl.«

Konnte ich mich denn nicht dafür entscheiden, hierzubleiben, im Dienste Gottes und des Hl. Franziskus? Konnte ich die Vergangenheit nicht einfach vergessen? Was die Frauen anging, ich würde nie wieder eine anrühren, nie wieder. Es würde keine solchen Todesfälle mehr geben. Und was St. Ashlar anging, wer war denn dieser Heilige, der keinen Festtag im Kirchenjahr hatte? Ja – hierbleiben, im sonnigen Italien, hier an diesem Ort, der meine Heimat geworden war.

Ein Mann folgte mir. Ich hatte ihn gleich gesehen, als ich die Stadt verlassen hatte, und jetzt kam er immer näher herangeritten, ein Mann, ganz in schwarzes Wolltuch gekleidet und auf einem schwarzen Pferd.

»Darf ich dir mein Pferd anbieten, Pater?« fragte er. Es war der Akzent der holländischen Kaufleute. Ich kannte ihn; ich hatte ihn oft genug gehört, in Florenz und in Rom und überall, wo ich sonst gewesen war. Als ich aufschaute, sah ich sein rötlich-goldenes Haar und blaue Augen. Deutsch. Holländisch. Für mich war das alles ein- und dasselbe. Ein Mann aus einer Welt, in der die Ketzer gediehen.

»Du weißt, daß du das nicht darfst«, erwiderte ich. »Ich bin Franziskaner. Warum folgst du mir? Ich habe dich schon in Florenz gesehen, und davor schon viele Male.«

»Du mußt mit mir sprechen«, sagte er. »Du mußt mit mir kommen. Die andern ahnen nichts von deiner geheimen Natur. Aber ich weiß, was sie ist.«

Ich war entsetzt, als ich das hörte. Ein Schwert fiel herab, das eine Ewigkeit über meinem Haupt geschwebt hatte. Es verschlug mir den Atem. Ich krümmte mich vornüber, als sei ich geschlagen worden, und rannte so taumelnd weiter hinaus ins Feld. Das Gras war weich, und ich ließ mich fallen und bedeckte meine Augen vor der gleißenden Sonne.

Er stieg ab und kam mir nach. Sein Pferd führte er am Zügel, und er stellte sich absichtlich zwischen mich und die Sonne, so daß ich die Hand von den Augen nehmen konnte. Er war kräftig gebaut, wie viele Nordeuropäer, und er hatte auch die dichten Brauen und die hellen Wangen dieser Leute.

»Ich weiß, wer du bist, Ashlar«, sagte er auf italienisch mit holländischem Akzent. Dann sprach er auf lateinisch weiter. »Ich weiß, daß du in den Highlands geboren bist. Ich weiß, daß du vom Clan von Donnelaith kommst. Ich habe von deiner Geburt gehört, kurz nachdem sie stattgefunden hatte. Es gab Leute, die davon Witterung bekamen und die Geschichte verbreiteten – sogar in andere Länder. Ich habe Jahre gebraucht, um dich zu finden, und ich habe dich beobachtet. Ich erkenne dich an deiner Größe, an deinen langen Fingern, an deinem Talent, zu singen und Verse zu schmieden, und an deinem Verlangen nach Milch. Ich habe gesehen, wie du die Opfer der Bauern angenommen hast. Aber weißt du, was sie mit dir machen würden, wenn sie nur könnten? Deinesgleichen wollte schon immer nur Milch und Käse, und in den dunklen Waldländern der Welt wissen die Bauern es immer noch und stellen dir nachts solche Opfer auf den Tisch oder vor die Tür.«

»Wie willst du mich nennen? Teufel? Waldgeist? Einen Dämon oder sonst ein Gespenst? Ich bin nichts davon.«

Ich hatte Kopfschmerzen. Was war denn noch Wirklichkeit? Dieses schöne Gras um mich herum, als ich mich auf die Knie erhob und dann vollends aufstand? Der kalte blaue Himmel über mir? Oder diese elenden, gespenstischen Erinnerungen und die Worte dieses Mannes?

»Vor ein paar Nächten in Florenz hast du vier Frauen den Tod gebracht«, sagte er. »Das war der endgültige Beweis.«

»O Gott, dann weißt du es. Es ist wahr.« Ich begann zu weinen. »Aber wie habe ich sie getötet? Warum sind sie gestorben? Ich habe nur getan, was andere Männer auch tun.«

»Du wirst jeder Frau, die du anrührst, den Tod bringen. Hat man dir das denn nicht gesagt, ehe du das Glen verließest? Ach, die Narren, die dich fortgeschickt haben! Und dabei haben wir Jahr um Jahr gewacht und gewartet, daß du kommst. Sie hätten nach uns schicken sollen. Sie wissen, wer wir sind und daß wir Gold für dich bezahlt hätten, Gold – aber sie sind stur.«

Ich war entsetzt. »Du sprichst von mir, als wäre ich ein Gegenstand. Ich bin meines Vaters Sohn.«

Er rang weiter besorgt die Hände und beschwor mich, ihn zu verstehen.

»Wieder und wieder haben unsere Abgesandten es ihnen gesagt, aber sie waren abergläubisch und blind.«

»Abgesandte? Von wem? Vom Teufel!« Wieder starrte ich ihn an, diesen Mann mit dem schwarzen Pferd. »Und wer ist blind? Lieber Gott im Himmel, schenke mir die Gnade, das alles zu verstehen und gegen die kunstfertigen Lügen des großen Täuschers zu kämpfen! Du hörst jetzt entweder auf, in Rätseln zu sprechen, oder ich werde dich umbringen! Sag mir, warum ich diese Frauen getötet habe, oder – Gott steh mir bei – es kann geschehen, daß ich dir mit bloßen Händen die Knochen breche!«

»Ashlar, hör zu, denn dies sind nicht die Lügen des großen Täuschers. Es ist die reine Wahrheit. Keine gewöhnliche Frau kann je dein Kind gebären – nur eine Hexe kann es oder ein Zwergenungeheuer – die halbblütige Frucht deinesgleichen und der Hexen – oder eine reine Frau von deiner eigenen Art.«

Seine Worte verschlugen mir die Sprache. Eine reine Frau von meiner eigenen Art! Was beschwor das in meiner Phantasie herauf? Eine hochgewachsene Schönheit, hellhäutig und flinkfüßig, mit anmutigen Fingern wie den meinen. Hatte ich mir ein solches Wesen nicht vorgestellt, als ich bei den Huren gelegen hatte? Oder hatte ich geträumt? Ich war plötzlich überwältigt wie von Weihrauch oder Gesang. Aber ich erinnerte mich an meine Mutter. Sie war keine reine Frau gewesen. Sie hatte die Hand ausgestreckt und das Hexenmal gezeigt.

»Du weißt nicht, wie gefährlich es ist«, sagte er, »wenn die unwissenden Bauern dieses oder irgendeines anderen Landes es herausfinden. Warum, glaubst du, haben die Schotten dich so hastig weggeschickt?«

»Du erschreckst mich, und du sollst aufhören damit. Ich lebe ein Leben der Liebe und des Friedens und des Dienstes an anderen. Die Schotten haben mich fortgeschickt, damit ich Priester werde.«

Bei diesen Worten überkam mich Ruhe. Ich glaubte von ganzem Herzen, was ich da gesagt hatte. Ich schaute hinauf zum Himmel, und seine Schönheit schien mir der vollkommene Beweis für Gottes Gnade zu sein.

»Sie haben dich fortgeschickt, damit die Bauern dich nicht

vernichten, wie sie es mit denen, die von deiner Art übriggebliebenen sind, immer getan haben. Dein Anblick, dein Geruch, die Verheißung deines Samens könnte bewirken, daß sie in grausames, heidnisches Treiben zurückfallen.«

»Meine Art . . . Was redest du? Meine Art!« Ich konnte nichts mehr hören. Ich ballte die Fäuste, außerstande, Hand an ihn zu legen, außerstande, ihm etwas anzutun. In meinem ganzen Leben, in zwanzig Jahren oder mehr, hatte ich noch nie jemanden geschlagen. Ich konnte keine Gewalt ausüben. Ich weinte, und ich floh.

»Komm jetzt mit mir!« rief er und hatte Mühe, mit mir Schritt zu halten. »Ich kann alle Vorkehrungen für die Reise treffen. Du hast nichts, was dir ans Herz gewachsen ist, keine persönlichen Besitztümer. Dein Brevier trägst du bei dir. Weiter brauchst du nichts. Komm, wir reisen zusammen nach Amsterdam, und wenn du in Sicherheit bist, werde ich dir die ganze Wahrheit sagen.«

»Das werde ich nicht tun!« rief ich. »Nach Amsterdam! In die Höhle der Häretiker! Du sprichst von der Hölle unter anderem Namen!« Ich fuhr herum. »Was willst du mir sagen? Daß ich kein sterblicher Mensch bin?«

Wieder bekam er es mit der Angst zu tun, als ich mich über ihn beugte, aber er war von kräftiger Gestalt und hielt mir stand.

»Du hast einen Körper, der andere täuschen kann«, sagte er. »Aber niemand kann für deine Seele sprechen. In den ältesten Legenden hieß es, deinesgleichen habe keine Seele, die sich bekehren ließe, keine Seele, die man retten kann. Ihr könntet für alle Zeit unsichtbar im Dunkeln zwischen Himmel und Erde schweben, weil der Himmel euch verschlossen sei, und so könntet ihr nur darauf hoffen, in glaubhafter Gestalt zurückzukehren.«

Ich war wie vom Donner gerührt – aber nicht nur um meinetwillen, und weil jemand so etwas von mir glauben konnte, sondern ob der blanken Möglichkeit, daß solche Kreaturen existieren konnten! Seelenlos. Im Dunkeln, vor verschlossener Himmelstür! Ich fing an zu weinen.

Dann wischte ich mir die Augen und schaute diesen Mann an, der einen so gräßlichen Gedanken in Worte gefaßt hatte.

Seine Worte glühten wie Funken in mir. Wie das Zischen und Knacken von feuchtem Holz. Je länger ich ihn anstarrte, desto deutlicher spürte ich, daß er böse sein mußte, ein Abgesandter des Teufels, der meine Seele in die Hölle schleppen wollte.

»Und du sagst, ich habe keine Seele? Keine Seele, die man retten kann? Wie kannst du es wagen! Wie kannst du wagen, mir zu sagen, ich hätte keine Seele?«

Und in meiner Wut schlug ich ihn tatsächlich, schlug ihn mit einem kräftigen Hieb zu Boden. Ich war von meiner eigenen Kraft überwältigt und über diese Sünde so erschrocken wie über meine anderen.

Ich rannte vom Feld hinunter und nach Hause.

Der Mann folgte mir, aber er kam nicht mehr in meine Nähe. Er schien äußerst beunruhigt zu sein, als ich das Kloster betrat, aber er hielt sich zurück, und ich fragte mich, ob er vor dem Kreuz Angst hatte, vor der Kirche, dem geweihten Boden.

In dieser Nacht überlegte ich mir, was zu tun sei. Ich begab mich unter die Kirche und schlief auf den Steinen vor dem Grab des Hl. Franz. Und ich betete zu ihm. »Franziskus, wie kann es sein, daß ich keine Seele habe? Führe mich, mein Vater. Und hilf mir. Mutter Gottes, ich bin Dein Kind. Ich bin verloren und allein.«

Ich versank in einen tiefen Schlaf, und ich sah Engel, ich sah das Gesicht der Heiligen Jungfrau, und ich schrumpfte zu einem kleinen Kind in ihren Armen. Ich lag an ihrem Busen, eins mit dem Christkind. Und Franziskus sagte zu mir, dies sei mein Weg: nicht, eins zu sein mit dem gekreuzigten Christus – das sollte ich anderen überlassen –, sondern, eins zu sein mit dem unschuldigen Kinde. Ich müsse zurück nach Schottland, dahin zurück, wo alles angefangen habe.

Mir graute davor, Assisi so kurz vor Weihnachten zu verlassen, aber ich wußte, sobald ich die Erlaubnis dazu hätte, würde ich gehen.

Reise nach Norden und suche Donnelaith. Sieh selbst, was dort ist.

Ich ging zu unserem Klostervorsteher, dem Pater Superior, einem weisen und gütigen Mann, der sein Leben lang am Geburtsort des Hl. Franziskus gedient hatte. Er hörte mich ruhig an und sagte dann: »Ashlar, wenn du gehst, dann wirst du den Märtyrertod erleiden. Soeben ist die Nachricht nach Italien gelangt. Die Tochter der Hexe Boleyn wurde zur Königin gekrönt. Es ist Elisabeth, und die Scheiterhaufen für die Katholiken brennen schon wieder.«

Die Hexe Boleyn. Es dauerte einen Augenblick, bis mir einfiel, wer das war . . . ach ja, die Geliebte König Heinrichs, die ihn verzaubert und gegen die Kirche aufgewiegelt hatte. Ja. Elisabeth, die Tochter. Also war die gute Königin Maria, die versucht hatte, das Land zum Glauben zurückzubringen, gestorben.

»Ich kann mich davon nicht aufhalten lassen, Vater«, sagte ich. »Ich kann nicht.« Und dann sprudelte es aus mir hervor, und ich erzählte ihm die ganze Geschichte.

Ich ging in seiner Stube auf und ab. Ich redete und redete. Ich wiederholte alles, was man mir gesagt hatte, und bemühte mich, nicht in einen Singsang zu verfallen. Ich erzählte von dem Fremden aus Holland. Ich erzählte von dem alten Laird und von meinem Vater, und von St. Ashlar im Fenster und von dem Priester, der zu mir gesagt hatte: »Du bist St. Ashlar, der wiedergekommen ist. Du kannst ein Heiliger sein.«

Ich war sicher, er werde lachen, wie es mein Beichtvater schon getan hatte, als ich nur gesagt hatte, ich hätte den Tod der Frauen verursacht.

Aber er war wie vom Donner gerührt. Lange schwieg er. Dann läutete er nach seinem Gehilfen.

Der Mönch kam herein.

»Du kannst dem Schotten sagen, er mag jetzt hereinkommen«, sagte er.

»Dem Schotten?« fragte ich. »Was für einem Schotten?«

»Der Mann ist aus Schottland gekommen, um dich fortzubringen. Wir haben ihn daran gehindert, seine Mission auszuführen. Wir haben ihm nicht geglaubt! Aber du hast seine Behauptungen bestätigt. Er ist dein Bruder. Er kommt von deinem Vater. Jetzt wissen wir, daß es wahr ist, was er sagt.«

Darauf war ich überhaupt nicht vorbereitet. Ich erkannte, daß ich mir gewünscht hatte, der Lüge überführt zu werden; ich hatte hören wollen, daß dies lauter teuflische Hirngespinste seien und daß ich mir solche Gedanken aus dem Kopf schlagen müsse.

»Bring den jungen Sohn des Earl zu mir«, sagte der Pater Superior und schickte den verblüfften Gehilfen hinaus.

Ich war ein in die Enge getriebenes Tier. Unversehens schaute ich zum Fenster und suchte nach einem Fluchtweg.

Ich hatte entsetzliche Angst, daß der Mann, der nun hereinkommen würde, der Holländer sein könnte. Ich schloß die Augen und versuchte meine eigene Seele zu fühlen. Wer wagte es, mir zu sagen, ich hätte keine Seele?

Ein hochgewachsener, rothaariger Mann kam herein, dessen wildes, rauhes Gewand ihn als Schotten zu erkennen gab. Er trug den karierten Tartan, einen struppigen, ungestutzten Pelz und plumpe Lederschuhe, und er sah aus wie ein Wilder aus den Wäldern, verglichen mit den zivilisierten Herren in Italien, die in Kniehosen und hübschen weitärmeligen Hemden herumliefen. Sein Haar hatte braune Strähnen, und seine Augen waren dunkel, und als ich ihn anschaute, wußte ich, daß ich ihn kannte, aber ich konnte mich nicht erinnern, woher.

Dann sah ich in meiner Erinnerung ... die Männer vor dem Kaminfeuer. Das brennende Julscheit. Der Laird von Donnelaith, wie er befahl: »Verbrennt ihn!« Und diese Männer, wie sie sich anschickten, dem Befehl zu folgen. Dieser hier gehörte zum Clan, auch wenn er zu jung war, um damals dabeigewesen zu sein.

»Ashlar!« flüsterte er. »Wir sind gekommen, um dich zu holen. Wir brauchen dich. Unser Vater ist jetzt der Laird, und er will, daß du nach Hause zurückkehrst.«

Und dann sank er auf die Knie und küßte meine Hand.

»Tu das nicht«, sagte ich sanft. »Ich bin nur ein Werkzeug des Herrn. Bitte umarme mich von Mann zu Mann, wenn du willst, und dann sag mir, was du auf dem Herzen hast.«

»Ich bin dein Bruder«, sagte er und umarmte mich gehorsam. »Ashlar, unsere Kathedrale steht noch, und unser Tal existiert durch Gottes Gnade noch immer. Aber vielleicht nicht mehr lange. Die Ketzer haben gedroht, noch vor Weihnachten über uns herzufallen; sie wollen unsere Riten zerstören, denn sie nennen uns Heiden und Hexer und Lügner. Dabei sind sie es, die lügen. Du mußt uns helfen, für den wahren Glauben zu kämpfen. England und Schottland sind von Blut getränkt.«

Lange schaute ich ihn an. Dann schaute ich unseren geistlichen Leiter an, den Pater Superior mit seinem eifrig erregten Gesicht. Ich schaute den Gehilfen an, der von alldem so hingerissen aussah, als wäre ich ein Heiliger. Die Ketzer taten eben dies tatsächlich: Sie schmähten uns mit Begriffen, die besser auf sie selbst gepaßt hätten.

Ich dachte an den Holländer dort draußen, der wartete und mich beobachtete. Vielleicht war das hier ein Schwindel von ihm. Aber ich wußte es besser. Der Mann war ein Sohn meines Vaters. Ich sah die Ähnlichkeit. Und alles übrige war wahr.

»Komm mit mir«, sagte mein Bruder. »Unser Vater wartet. Du bist die Antwort auf unsere Gebete. Du bist der Heilige, den Gott geschickt hat, damit er uns führe. Wir können es nicht länger hinausschieben. Wir müssen gehen.«

Mein Geist spielte eine seltsame Posse mit mir. Er sagte: Ein Teil davon ist wahr und ein Teil nicht. Aber wenn du den Schrecken nimmst, dann mußt du auch die Illusion nehmen. Die Wahrheitstreue des einen hängt vom anderen ab. Ja, die Geburt ist geschehen. Und du weißt, daß deine Mutter eine Hexe war! Du ahnst sogar, wer diese Hexe gewesen sein könnte, ja, du weißt es. Und daher bist du der Heilige, und deine Stunde ist gekommen.

Kurzum, ich wußte genau, daß das, was vor mir lag, wahrscheinlich eine Mischung aus Phantasie und Wahrheit war – ein Gemisch aus Legenden und verwirrenden Tatsachen, und in meiner Verzweiflung, erfüllt vom Grauen vor dem, was ich nicht leugnen konnte, akzeptierte ich alles auf einen Streich. Man könnte sagen, ich schluckte die Phantasie. Und nichts konnte mich mehr hindern, nach Hause zu gehen.

»Ich komme mit dir, Bruder«, sagte ich. Und bevor irgendein Gedanke an das Gegenteil Gestalt annehmen konnte, tauchte ich ein in das Gefühl meiner Mission; ich ließ mich davon verführen und überwältigen.

Die ganze Nacht betete ich nur um Mut: Sollte es in England Verfolgung geben, wollte ich tapfer genug sein, um für den wahren Glauben zu sterben.

Daß mein Tod einen Sinn haben würde, daran zweifelte ich nicht, und als der Morgen graute, hatte ich mich davon überzeugt, daß es mir bestimmt war, Märtyrer zu sein.

Aber früh am Morgen ging ich zum Oberen unserer Klostergemeinde und fragte ihn, ob er wohl zwei Dinge tun wolle, um meinen Mut zu befördern. Erstens solle er mit mir in die Taufkapelle der Kirche gehen und mich taufen auf den Namen Ashlar im Namen des Vaters und des Sohnes und des Heiligen Geistes, als wäre es nie zuvor geschehen. Und dann solle er mir die Hand auflegen und mir die Priesterweihe verabreichen, als geschähe auch dies zum ersten Mal.

»Ja, mein Sohn«, sagte er, »mein geliebter Ashlar. Komm mit. Wenn du diese Zeremonien haben willst und wenn sie dir Kraft geben im Namen des Hl. Franz, dann sollst du sie empfangen. Du hast in all den Jahren um nichts gebeten. Komm, wir werden tun, was du willst.«

Auch wenn es also stimmt, dachte ich, wenn es wahr ist – bin ich gleichwohl ein Kind Gottes, nunmehr geboren aus Wasser und dem Geiste, und ich bin ein gesalbter Priester des Herrn.

»Heiliger Franziskus, steh mir bei«, betete ich.

Man beschloß, daß wir den größten Teil des Weges über Land durch das katholische Frankreich zurücklegen sollten, ehe wir über das Meer nach England übersetzten. Ich wurde von meinem Gelübde, nicht auf einem Pferd zu reiten, entbunden. Die Not verlangte es.

Und so begann unsere weite Reise. Wir waren fünf Männer, allesamt Highlander, und wir ritten so schnell und hart, wie wir konnten. Manchmal lagerten wir im Wald. Alle bis auf mich waren schwerbewaffnet.

In Paris sah ich den Holländer wieder! Wir befanden uns an einem Sonntag morgen im Gedränge vor Notre Dame und wollten mit Tausenden anderen in dieser katholischen Stadt zur Messe gehen; da kam der Holländer in meine Nähe.

»Ashlar«, sagte er, »du bist ein Dummkopf, wenn du ins Glen zurückkehrst.«

»Geh weg von mir!« rief ich.

Aber etwas in seinem Gesicht schlug mich in seinen Bann – eine gewisse Kühle, Resignation, ja, Verachtung. Es war, als sei mein Benehmen vorhersehbar und verrückt, und als sei er darauf vorbereitet gewesen. Mein Bruder und seine Männer funkelten ihn wütend an und schickten sich an, ihm im nächsten Augenblick den Dolch in den Leib zu stoßen.

»Komm mit mir nach Amsterdam«, sagte der Holländer. »Komm mit mir und hör dir meine Geschichte an. Geh zurück ins Glen, und du wirst sterben! Sie töten die Priester in England, und sie halten dich dort für einen solchen. Im Glen wirst du ein Opfertier für diese Leute sein. Laß dich nicht zum Narren halten.«

Ich trat dicht an ihn heran. »Erzähl's mir jetzt, hier in Paris. Setze dich mit mir nieder und erzähl mir deine Geschichte.«

Aber noch bevor ich zu Ende sprechen konnte, hatte mein Bruder den Holländer weggerissen und ihm einen Schlag versetzt, der ihn rückwärts in die Menge schleuderte, daß sich panisches Geschrei erhob, als er über ein paar andere Leute stolperte und zu Boden fiel. »Man hat es dir schon einmal gesagt!« rief mein Bruder. »Finger weg von unserer Sippe und von unserem Tal!« Und er spuckte dem Holländer ins Gesicht.

Der Holländer schaute zu mir auf, und mir war, als sehe ich den Haß in seinem Blick, reinen Haß – oder war es nur die Vereitelung seines Willens?

Mein Bruder und seine Leute zogen mich in die Kirche.

Opfertier! Der Tod für jede gewöhnliche Frau . . .!

Mein Seelenfrieden war dahin. Das Wunder der Reise war dahin. Ich hätte schwören können, daß mehrere Leute in der Kathedrale das kleine Drama mitangesehen und verstanden hatten und daß sie mich wachsam und verschlagen musterten, ja, daß sie fast erheitert waren.

Ich ging zur Kommunion.

»Gehe ein in mich, lieber Gott, und finde mich unschuldig und rein.«

Am nächsten Abend zogen wir unauffällige Kleider an und schifften uns nach England ein. Dichter Nebel lag über dem Meer. Es war jetzt sehr kalt. Ich kam wieder in das Land des Winters, des niedrigen Himmels und des trüben Sonnenscheins, der ewigen Kälte und der Geheimnisse, in das Land der Rätsel und der schrecklichen Wahrheiten.

Vier Nächte später gingen wir in Schottland an Land, heimlich und verstohlen, denn Priester wurden von Elisabeth gejagt und verbrannt. Wir zogen landeinwärts, ins Hochland hinauf, und der Winter senkte sich ringsum auf mich herab wie ein Spinnennetz, das nur auf mich gewartet hatte. Es war, als ob die schrundigen Berge zu mir sagten: »Ah, jetzt haben wir dich. Du hattest deine Chance, und jetzt ist sie dahin.«

Der Mann aus Amsterdam ging mir nicht aus dem Kopf. Aber ich hatte ein Ziel. Ich würde Donnelaith erreichen und von meinem Vater die Wahrheit fordern – nicht Legenden, nicht Gebete, sondern den Grund für die Angst, die ich bei meiner Mutter und bei anderen gesehen hatte. Die ganze Geschichte.

36 Lashers Erzählung wird fortgesetzt

Das Tal wurde belagert. Der Hauptpaß war gesperrt. Wir kamen durch den geheimen Gang, der in diesen zwanzig Jahren enger und tückischer geworden zu sein schien. An manchen Stellen dachte ich, er werde zu steil, zu dunkel, zu überwuchert, und wir müßten ganz sicher umkehren.

Aber ganz plötzlich erreichten wir das Ende – und da lag Donnelaith in all seiner Pracht unter der weihnachtlichen Schneedecke im tapferen Licht einer ersterbenden Wintersonne.

Tausende von Gläubigen hatten Schutz im Tal gesucht. Sie waren vor den Religionskriegen aus den Städten der Umgebung geflüchtet – keine Menschenmasse, wie man sie in Rom oder Paris sehen konnte, aber für dieses einsame, schöne Land eine große Zahl von Menschen. Planlos hatte man Schutzdächer an die Mauern der kleinen Stadt und an die Stützpfeiler der Kathedrale gebaut, und der Talgrund war von Hütten übersät. Barrikaden versperrten den Hauptpaß.

Der Himmel verdunkelte sich, und die Sonne flammte orangegelb in den Wolkenbergen. In der Kathedrale brannten schon die Lichter. Die Luft war winterlich, aber es fror nicht, und die prachtvollen Fenster leuchteten mit wildem, schönem Glanz durch die frühe Dunkelheit. Das Wasser des Sees hielt den letzten Lichtschimmer eifersüchtig fest, und wir sahen bewaffnete Highlander, die in der Dämmerung am Ufer patrouillierten.

»Ich möchte zuerst beten«, sagte ich zu meinem Bruder.

»Nein«, sagte er, »wir müssen jetzt zur Burg hinauf. Ashlar, es ist ein Wunder, daß wir nicht schon niedergebrannt sind. Heute ist Heiliger Abend. Sie haben geschworen, genau heute abend anzugreifen. Es gibt Fraktionen bei uns, die protestantisch werden möchten, weil sie glauben, daß Calvin und Knox recht tun. Es gibt die Alten, die Abergläubischen. Unsere Leute könnten auf der Stelle ihren eigenen Krieg anfangen.«

»Also gut«, sagte ich, aber ich lechzte danach, die Kathedrale zu sehen, lechzte nach der Erinnerung an jenes erste Weihnachtsfest, als ich zur Krippe gegangen war und inmitten von köstlich duftendem Heu und Wintergrün das Kind in der Krippe gesehen hatte, wo Ochse, Kuh und Esel angebunden gewesen waren. Ah, Heiligabend. Das bedeutete, daß das Kind noch nicht in die Krippe gelegt worden war. Ich war rechtzeitig gekommen, um es zu sehen. Und wider Willen dachte ich trotz bitterer Kälte und rauher Dunkelheit: Hier bin ich daheim.

Die Burg war mehr oder weniger so, wie ich sie in Erinnerung hatte: ein großer, gleichförmiger, freudloser Steinhaufen, sicher ebenso häßlich wie nur irgendein Bauwerk der Medici oder sonst eines, das ich auf meiner Reise durch das vom Krieg zerrissene Europa gesehen hatte. Der bloße Anblick erfüllte mich plötzlich mit Angst. Auf der Zugbrücke drehte ich mich um und schaute ins Tal hinunter, auf das Städtchen, das kleiner und ärmlicher war als Assisi. Das alles wirkte plötzlich so roh und beängstigend – ein Land voll zottiger, barscher, hellhäutiger Menschen ohne Zivilisation, ohne irgend etwas von dem, was ich verstehen konnte.

War es blanke Feigheit, was ich da empfand? Ich wollte in Santa Maria dei Fiori in Florenz sein und den Chorälen oder dem Hochamt lauschen. Ich wollte in Assisi sein und die Weihnachtspilger begrüßen. Zum ersten Mal seit über zwanzig Jahren war ich nicht dort!

Je dunkler es wurde, desto bedrohlicher wirkten die Menschen in der Stadt.

Einen kurzen Augenblick lang glaubte ich zwei zwergenhafte Kreaturen zu sehen, winzige Wesen, die viel zu häßlich und mißgestaltet waren, als daß sie Kinder hätten sein können, viel zu flink auch, wie sie über den Burghof huschten, über die Zugbrücke hinaus und davon.

Aber es war so schnell gegangen, daß ich in der Dunkelheit nicht sicher war, ob ich da wirklich etwas gesehen hatte.

Ich warf einen letzten Blick ins Tal. Ah, die schöne Kathedrale! In ihrem großartigen gotischen Hochmut war sie anmutiger noch als die Kirchen von Florenz. Ihre Bögen forderten den Himmel heraus. Ihre Fenster waren Visionen.

Sie, dachte ich, sie allein muß gerettet werden. Und meine Augen füllten sich mit Tränen.

Dann ging ich in die Burg, um die Wahrheit zu erfahren.

Im Palast brannte das tosende Feuer, und viele Leute in dunklen Wollkleidern hatten sich um den Kamin versammelt.

Mein Vater erhob sich sogleich von seinem schweren holzgeschnitzten Stuhl. »Verlaßt die Halle«, befahl er den anderen.

Ich erkannte ihn sofort. Er war ungeheuer beeindruckend und immer noch breitschultrig; ein wenig Ähnlichkeit hatte er mit seinem Vater, aber er wirkte viel robuster und längst nicht so alt, wie jener gewesen war, als ich damals hergekommen war. Sein Haar war von grauen Strähnen durchzogen, aber es glänzte immer noch dunkelbraun, und seine tiefliegenden Augen waren erfüllt von liebevollem Feuer.

»Ashlar!« sagte er. »Gott sei Dank, du bist gekommen.« Er warf mir die Arme um den Hals. Ich dachte an jenen Augenblick, als ich ihn zum ersten Mal gesehen hatte, und fast brach es mir das Herz. »Setz dich da ans Feuer«, sagte er, »und höre mich an.«

Elisabeth, die elende Tochter der Boleyn, saß auf dem englischen Thron, aber sie war nicht die schlimmste Bedrohung für uns. John Knox, der tollwütige Presbyterianer, war aus dem Exil zurückgekehrt, und er führte das Volk in einer bilderstürmerischen Rebellion durch das ganze Land.

»Was ist das für ein Wahnsinn bei diesen Leuten«, fragte mein Vater, »daß sie Statuen der Seligen Mutter Gottes zerschlagen und unsere Bücher verbrennen? Wir sind keine Götzenanbeter! Gottlob haben wir unseren eigenen Ashlar, der jetzt gekommen ist, um uns zu erretten.«

Mich schauderte.

»Vater, wir sind keine Götzenanbeter, und ich bin kein Götze«, erklärte ich. »Ich bin ein Priester Gottes. Was vermag ich im Angesicht des Krieges? All die Jahre in Italien habe ich Berichte von Greueltaten gehört. Aber ich kann nur Kleinigkeiten tun!«

»Kleinigkeiten! Du bist unsere Bestimmung! Wir, die katholischen Highlander, brauchen einen Führer, der für das Recht steht. Jederzeit kann es geschehen, daß die Protestanten und die Engländer den Mut und die Massen aufbringen, um den Paß zu stürmen. Sie haben gesagt, wenn wir es wagen, in der Kathedrale die Mitternachtsmette zu feiern, werden sie die Stadt stürmen. Wir haben Schafe, wir haben Korn. Wenn wir diese Nacht und die zwölf Weihnachtstage überstehen, dann sehen sie darin vielleicht die Hand Gottes und lassen sich vertreiben. Heute nacht mußt du die Prozession anführen, Ashlar, und du mußt die lateinischen Gesänge vorsingen. Du mußt das Jesuskind in die Krippe legen, zwischen die Jungfraumutter und den Hl. Joseph. Du mußt die Tiere zur Krippe führen, damit sie dort vor dem lieben Jesuskind niederknien. Sei unser Priester, Ashlar, wie Priester immer sein sollten. Strecke du für uns die Hände zum Himmel aus und rufe die Gnade Gottes herab, wie es nur ein Priester vermag!«

Natürlich wußte ich, daß es genau diese Vorstellungen waren, die die Protestanten für archaisch hielten: daß wir Priester als geheimnisumwoben und erhöht galten und daß wir in irgendeiner Verbindung zu Gott standen, die das gemeine Volk nicht kannte.

»Vater, das kann ich tun wie jeder andere Priester auch«,

sagte ich. »Aber was ist denn, wenn wir Weihnachten überstehen? Warum sollten sie sich dann zurückziehen? Warum sollten sie sich nicht auf uns stürzen, sobald Hammelfleisch und Getreide aufgezehrt sind?«

»Weihnachten ist die Zeit, in der ihr Haß am größten ist, Ashlar. Es ist die Zeit der üppigsten katholischen Feiern, die Zeit der feinsten Gewänder, des Weihrauchs und der Kerzen. Es ist die Zeit des größten lateinischen Hochamts. Und alter Aberglaube hält Schottland in seinem Griff, Ashlar. Zu heidnischen Zeiten war Weihnachten die Zeit der Hexen, die Zeit, da die unruhigen Toten umgingen. Woanders sagen sie, daß wir hier im Tal Hexen beherbergen, ja, daß wir in Donnelaith die Gabe der Hexerei im Blut haben. Sie sagen, unser Tal sei voll von kleinen Leuten, die in sich die Seelen der ruhelosen Toten tragen!«

»Ich verstehe.« Und innerlich schauderte mich. *Die kleinen Leute, die in sich die Seelen der ruhelosen Toten tragen?*

»Sie sagen, unser Heiliger ist ein Götze! Sie nennen uns Teufelsanbeter! Aber unser Christus ist der lebendige Christus . . .«

»Und ich muß den Menschen Kraft geben . . .«, murmelte ich. »Das bedeutet nicht, daß ich selbst Blut vergießen werde.«

»Nur, daß du deine Stimme für den Sohn Gottes erheben sollst«, sagte mein Vater. »Rufe die Menschen zusammen und bringe die Unzufriedenen zum Schweigen. Denn wir haben sie unter uns – Puritaner, die das Blatt gern wenden möchten, und sogar solche, die behaupten, daß unter uns Hexen sind, die verbrannt werden müssen, wenn wir bestehen wollen. Mach diesem Zank ein Ende. Rufe das ganze Volk im Namen des Hl. Ashlar. Und lies die Mitternachtsmette.«

»Ich verstehe«, sagte ich. »Und du wirst ihnen dann sagen, ich sei der Heilige, der aus dem Fenster herabgekommen ist.«

»Aber der bist du doch!« erklärte er. »Bei der Liebe unseres Herrn, der bist du! Du weißt, daß du es bist. Du bist Ashlar, der wiederkommt. Du bist Ashlar, der wissend geboren wird. Und du weißt, was du bist. Dreiundzwanzig Jahre lang hast du in Heiligkeit in den Armen der Franziskaner gelebt, und du bist ein wahrer Heiliger. Sei nicht so bescheiden, mein Sohn, daß dir am Ende der Mut fehlt. Feige Priester haben wir genug im Tal, die zitternd dort unten in der Sakristei kauern, voller Angst, die Puritaner der Stadt könnten sie vom Altar wegzerren und ins Julfeuer werfen.«

Bei diesen Worten mußte ich an jenes längst vergangene Weihnachstfest denken, an meinen Großvater, der den Befehl gegeben hatte, mich zu töten. Das Julscheit. Würden sie es heute Nacht hereinbringen und anzünden, nach der Mitternachtsmette, wenn das Licht Christi in die Welt gekommen wäre?

Unvermittelt wurde ich aus meinen Gedanken gerissen. Ein schwerer, schwüler Duft drang mir in die Nase, ein stickiges, unbeschreibliches Parfüm. Der Geruch war so stark, daß ich ganz verwirrt war.

»Du bist St. Ashlar«, erklärte mein Vater noch einmal, als ärgere ihn mein Schweigen.

»Vater, ich weiß es nicht«, sagte ich leise.

»Ah, aber du weißt es doch!« rief eine neue Stimme. Es war eine Frauenstimme, und als ich mich umdrehte, sah ich eine junge Frau in meinem Alter, vielleicht ein bißchen jünger, und sehr hellhäutig, mit seidigen, langen roten Zöpfen auf dem Rücken und in einen dicken, bestickten Mantel gehüllt. Von ihr ging dieser Duft aus und ließ eine subtile Veränderung in meinem Körper vor sich gehen; ein Verlangen erwachte, eine leise Glut.

Ich war gebannt von ihrer Schönheit, ihrem gewellten Haar und ihren Augen, die ganz wie die unseres Vaters waren, tiefliegend und hell. Meine eigenen Augen waren schwarz. Die Augen meiner Mutter. Ich erinnerte mich an die Worte des Holländers: eine reine Frau von deiner eigenen Art. Aber das war sie nicht. Das wußte ich. Sie war ein Mensch. Ich sah, daß sie meinem Vater mehr glich als mir. Wenn ich meinesgleichen sähe, würde ich es wissen, so wie ich bestimmte Dinge immer gewußt habe.

Die Frau kam auf mich zu. Ihr Duft war einladend. Ich hatte keine Ahnung, was ich damit anfangen sollte – mir war, als fühlte ich Hunger, Durst und Leidenschaft zugleich.

»Bruder, du bist kein St. Ashlar!« sagte sie. »Du bist der

Taltos! Der Fluch dieses Tales seit den dunklen Zeiten, der Fluch, der sich unvermittelt in unserem Blute erhebt.«

»Schweig, du Luder!« befahl mein Vater. »Ich meine es ernst! Ich werde dich und deine Anhänger mit eigener Hand erschlagen!«

»Aye, wie die guten Protestanten von Rom«, sagte sie und machte sich dabei über ihn lustig; ihre Stimme war klar und klangvoll, und sie reckte das Kinn vor und streckte die Hand aus. »Wie sagt man in Italien, Ashlar? Weißt du's? ›Wäre unser Vater ein Ketzer, wir wollten das Holz zu einem Scheiterhaufen zusammentragen.‹ Zitiere ich richtig?«

»Ich glaube schon, Schwester«, sagte ich leise. »Aber um Gottes willen, sei klug. Sprich geduldig mit mir.«

»Geduldig! Wurdest du wissend geboren? Oder ist auch das eine Lüge? In den Armen einer Königin, nicht wahr? Und deinetwegen hat sie ihren Kopf verloren.«

»Schweig, Emaleth!« rief mein Vater. »Ich habe keine Angst vor dir!«

»Dann bist du der einzige, Vater. Bruder, sieh mich an und höre, was ich dir sage.«

»Ich weiß nicht, was du da sagst; ich verstehe es nicht. Meine Mutter war eine große Königin, aber ihren Namen habe ich nie gewußt.« Ich stotterte bei diesen Worten, denn ich hatte schon vor langer Zeit erraten, wer sie wohl gewesen war. Es war dumm von mir, so zu tun, als wüßte ich es nicht, und das war dieser Frau klar. Sie war raffiniert, und sie durchschaute meine sanftmütige Franziskaner-Art und den verblüfften Ausdruck der Unschuld in meinem Gesicht.

»Es war die Boleyn«, sagte die Frau, Emaleth, meine Schwester. »Königin Anne Boleyn war deine Mutter, und wegen Hexerei und weil sie Ungeheuer erschaffen hatte, wurde sie hingerichtet.«

Ich schüttelte den Kopf. Ich sah nur die arme, verängstigte Frau, die da schrie, man solle mich fortschaffen. »Die Boleyn«, flüsterte ich. Und all die alten Geschichten von den Märtyrern jener Zeit kamen mir in den Sinn – von den Kartäusern und all den Priestern, die der frevelhaften Hochzeit des Königs mit der Boleyn ihr Einverständnis verweigert hatten.

Meine Schwester wurde kühner, als sie sah, daß ich nicht widersprach und überhaupt schwieg.

»Und die Königin von England, die jetzt auf dem Thron sitzt, ist deine Schwester«, fuhr sie fort. »Und solche Angst hat sie vor dem Blute ihrer Mutter, welches Ungeheuer gebiert, daß sie niemals einem Manne erlauben wird, sie anzurühren, und nie geheiratet hat.«

Mein Vater wollte ihr ins Wort fallen, aber sie trieb ihn mit ausgestrecktem Zeigefinger zurück wie mit einer Waffe, die ihn schwächte, dort wo er stand.

»Schweig, alter Mann. Du hast es doch getan. Du hast mit Anne geschlafen, als du wußtest, daß sie den Hexenfinger hat. Du wußtest es – und auch, daß bei ihrer Mißgestalt und deinem Erbe womöglich der Taltos kommen würde!«

»Wer soll beweisen, daß so etwas je geschehen ist?« fragte mein Vater. »Glaubst du denn, irgend jemand aus jenen Tagen ist noch am Leben? Elisabeth, die damals ein kleines Kind war, ist die einzige. Und die kleine Prinzessin war in jener Nacht nicht im Schloß. Wenn sie wüßte, daß sie einen lebenden Bruder hat, der Anspruch auf den Thron von England erheben kann, dann wäre er tot, ob Ungeheuer oder nicht.«

Seine Worte berührten mich wie alles – Musik, Schönheit, Staunen oder Angst. Ich wußte. Ich erinnerte mich. Ich verstand. Ich brauchte nur einen schmerzlichen Augenblick lang auf der alten Geschichte zu verharren. Königin Anne Boleyn unter der Anklage, Seine Majestät behext und im Königlichen Wochenbett ein deformiertes Kind zur Welt gebracht zu haben. Heinrich, erpicht darauf, zu beweisen, daß er es nicht gezeugt hatte, hatte sie des Ehebruchs bezichtigt und fünf Männer – die als liederlich und pervers bekannt gewesen waren – in den Tod geschickt, um Anne den Weg zum Richtblock zu bahnen.

»Doch keiner von ihnen war der Vater des Kindes«, sagte meine Schwester. »Das war unser Vater, und deshalb bin ich eine Hexe, und du bist der Taltos! Und die Hexen im Tal wissen es. Die kleinen Leute wissen es – die trivialen Ungeheuer und Ausgestoßenen, die in die Berge vertrieben wurden. Sie träumen von dem Tag, da ich mit einem Mann ins Bett gehen werde, der den Samen in sich trägt. Und aus meinem Schoß könnte der

Taltos entspringen wie aus dem der armen Königin Anne Boleyn!«

Sie kam immer näher an mich heran und schaute mir in die Augen, und ihre Stimme gellte mir schrill in den Ohren; ich wollte sie mir zuhalten, aber sie packte mich bei den Handgelenken.

»Und dann hätten sie ihn wieder, ihren seelenlosen Dämon, ihr Opfer. Es zu quälen, wie nie ein Mann oder eine Frau je gequält wurde! Ah ja, du riechst den Duft, den ich verströme, und ich wittere den deinen. Ich bin eine Hexe, und du bist der Böse. Wir kennen einander. Deshalb habe ich mein Keuschheitsgelübde abgelegt, ebenso fromm wie Elisabeth. Kein Mann wird ein Ungeheuer in mir säen. Aber hier im Tal gibt es noch andere – ob sie Hexen sein wollen oder nicht –, die den Duft des Starken riechen können, die Witterung des Bösen, und es liegt schon im Wind, daß du gekommen bist. Bald werden die kleinen Leute es wissen.«

Ich dachte an die kleinen Gestalten, die ich für einen Augenblick am Burgtor gesehen hatte. Und zugleich schien mir, als habe irgendein Geräusch meine Schwester erschreckt; sie schaute sich um, und ich hörte das leise Echo von Gelächter in der Dunkelheit der Treppe.

Mein Vater trat vor.

»Ashlar, um der Liebe Gottes und seines himmlischen Sohnes willen, höre nicht auf deine Schwester. Daß sie eine Hexe ist, das ist allerdings nur zu wahr. Sie haßt dich, weil du der Taltos bist, weil du wissend geboren bist und sie nicht. Weil sie ein wimmerndes Kind war wie alle andern. Sie ist nur ein Weib – wie deine Mutter –, und sie könnte ein solches Wunder gebären, aber sie wird es vielleicht nie tun. Man weiß es nicht. Die kleinen Leute sind traurig und leicht zu versöhnen; sie sind uralte, ganz gewöhnliche Ungeheuer, die schon immer in den Bergen und Tälern von Irland und Schottland gelebt haben; sie werden auch noch hier sein, wenn die Menschen nicht mehr da sind. Auf sie kommt es nicht an.«

»Aber was ist der Taltos, Vater?« fragte ich. »Ist er ein uraltes und gewöhnliches Ungeheuer, dieser Taltos? Und woher kommt dieses Ding?«

Er senkte den Kopf und bedeutete mir, zuzuhören.

»Gegen die Römer verteidigten wir dieses Tal, als wir Krieger waren in alten Zeiten und die großen Steine zusammentrugen! Vor den Dänen schützten wir es, den Nordmännern und auch den Engländern.«

»Aye!« rief meine Schwester. »Und einmal schützten wir es auch vor den Taltos, als sie von ihrer Insel flüchteten und sich vor der Armee der Römer in diesem Glen verbergen wollten!«

Mein Vater wandte ihr den Rücken zu und faßte mich bei den Schultern; sie schloß er aus.

»Und jetzt schützen wir Donnelaith vor unseren eigenen schottischen Landsleuten«, sagte er, »und zwar im Namen unserer katholischen Königin, unserer souveränen Herrscherin, und unseres Glaubens. Maria Stuart, die Königin der Schotten, ist unsere einzige Hoffnung. Du mußt dieses Märchen von Zauberei und Hexenwerk beiseite schieben. Es liegt ein Sinn in dem, was du bist, und darin, daß du hergekommen bist. Du wirst Maria, die Königin der Schotten, auf den Thron von England setzen! Du wirst John Knox und seinesgleichen vernichten! Schottland wird nie wieder unter der Knute der Puritaner oder der Engländer schmachten!«

»Er hat keine Antwort auf deine Frage, Bruder!« rief Emaleth.

»Schwester«, sagte ich leise, »was soll ich denn tun?«

»Geh fort aus diesem Tal«, sagte sie, »wie du hergekommen bist. Flieh um dein Leben und um unseretwillen, bevor die Hexen wissen, daß du hier bist, und bevor die kleinen Leute es erfahren! Flieh, damit sie nicht die Protestanten auf uns hetzen! Du, Bruder, bist der lebende Beweis für ihre Behauptungen. Du bist das Kind der Hexe, entstellt, monströs! Wenn du die alten Riten wieder ins Leben rufst, werden uns die Protestanten mit Blut an den Händen ertappen. Du kannst die Augen der Menschen ringsum täuschen. Aber im Kampf für Gott kannst du nicht obsiegen. Du bist zum Untergang verdammt.«

»Warum nicht?« rief ich. »Warum kann ich nicht obsiegen?«

»Lauter Lügen«, sagte mein Vater. »St. Ashlar hat obsiegt. St. Ashlar war ein Taltos, und für Gott hat er die Kathedrale erbaut! An derselben Stelle, an der seine Frau, die heidnische Königin, verbrannt wurde, sprudelte eine heilige Quelle aus dem Boden, und dort taufte er alle, die zwischen dem See und dem Paß wohnten. St. Ashlar erschlug die anderen Taltos! Er erschlug sie alle, so daß der Mensch, der nach dem Bilde Gottes geschaffen ist, die Erde beherrschen konnte. Die Kirche Christi ist auf dem Taltos erbaut! Wenn das Hexerei ist, dann ist die Kirche Christi Hexenwerk. Denn es ist ein und dasselbe.«

»Aye, er erschlug sie!« rief Emaleth. »Im Namen des einen Gottes anstelle des anderen! Er führte das Massaker an seiner Stadt an, um sich selbst davor zu retten. Er erschlug seinen Clan, um sich selbst zu retten! Sogar seine Frau hat er geopfert. Das ist dein großer Heiliger: ein Ungeheuer, das alle in seiner Umgebung täuschte, um selbst die Führung zu übernehmen und sich am Ruhm zu mästen und nicht mit seinem eigenen Volk zu sterben.«

»Um der Liebe Gottes willen, mein Sohn«, sagte mein Vater zu mir, »dieses Wunder gehört jetzt uns. Es geschieht nur einmal in vielen hundert Jahren.«

Meine Schwester funkelte mich an, aber er zog sie zurück.

Und ich sah sie nebeneinander, wie sie mich anschauten, sah sie als Menschen, und wie ähnlich sie einander waren.

»Wartet«, sagte ich leise, so leise, daß es ebensogut ein wilder Schrei hätte sein können. »Ich sehe jetzt klar. Wir alle haben eine Chance vor Gott, wenn wir geboren werden. Das Wort *Taltos* bedeutet an sich überhaupt nichts. Ich bin aus Fleisch und Blut. Ich bin getauft. Ich habe die Priesterweihe empfangen. Ich habe eine Seele. Körperliche Monstrosität kann mir nicht den Himmel verschließen. Es kommt darauf an, was ich tue! Uns ist nichts vorherbestimmt, wie es uns die Lutheraner und die Calvinisten glauben machen wollebn.«

»Das bestreitet hier niemand, Bruder«, sagte Emaleth.

»Dann laß mich die Menschen führen, Emaleth«, sagte ich. »Laß mich durch gute Werke beweisen, daß ich tatsächlich die Gnade Gottes in mir habe. Ich bin kein böses Wesen, *weil ich kein böses Wesen sein will*. Wenn ich anderen unrecht getan habe, so war es ein Irrtum! Wenn ich so geboren wurde, wie du sagst – und ich weiß jetzt, daß es stimmt –, dann hatte es vielleicht den Sinn, die Macht meiner elenden Mutter zu brechen und meine Schwester zu stürzen, damit Maria Stuart den Thron besteigen kann.«

»Wissend geboren!« höhnte sie. »Du bist zum Trottel derer geboren, die dich gefangenhalten! Und das war der Taltos schon immer. ›Finde den Taltos, schaffe den Taltos! Züchte ihn für das Feuer der Götter, auf daß der Regen fällt und die Ernte wächst!‹«

»Das ist alt und gilt nicht mehr!« rief mein Vater. »Unser Herr Jesus Christus ist an die Stelle der alten Götter getreten. Er ist unser Gott, und der Taltos ist nicht mehr unser Opfer, sondern unser Heiliger. Wenn die betrunkenen Männer des Dorfes sich heute mit den Fellen und Hörnern der Tiere schmücken, dann wollen sie in einer Prozession zur Krippe ziehen und nicht mehr wie früher ihrem wilden Treiben nachgehen. Wir sind eins mit den alten Geistern und dem einen wahren Gott. Wir sind im Frieden mit der ganzen Natur, denn wir haben den Taltos zum Hl. Ashlar gemacht! Und in diesem Tal haben wir tausend Jahre lang in Sicherheit und Wohlstand gelebt. Bedenke das, Tochter: tausend Jahre! Die kleinen Leute fürchten uns; sie stören uns nicht. Abends stellen wir ihnen das Milchopfer hinaus, und sie wagen nicht, mehr zu nehmen, als wir ihnen überlassen.«

»Das ist zu Ende«, antwortete sie. »Geh fort, Ashlar, denn sonst gibst du den Protestanten genau das, was sie brauchen. Die Hexen hier im Tal werden dich erkennen. Sie werden dich am Geruch erkennen. Geh, solange noch Zeit ist, und lebe dein Leben in Italien, wo niemand weiß, was du bist.«

»Ich habe eine Seele in mir, Schwester«, sagte ich so laut, wie ich nur wagte. »Schwester, vertraue auf mich. Ich kann die Menschen zusammenbringen. Ich kann uns zumindest beschützen.«

Sie schüttelte den Kopf und wandte sich ab.

»Kannst *du* es?« rief mein Vater ihr vorwurfsvoll nach. »Kannst du es mit deinen Zaubersprüchen und gottlosen Büchern und ekelerregenden Gesängen? Kannst du irgend etwas in der Welt verändern? Unsere Welt steht vor dem Untergang. Was kannst *du* da tun? Ashlar, hör mir zu; wir sind ein kleines Tal, ein kleines Glen, ein winziger Teil des Nordlandes nur. Aber wir haben überdauert, und wir wollen weiterleben. Und mehr ist die ganze Welt letzten Endes nicht: kleine Täler, Gruppen von Menschen, die zusammen beten und arbeiten und lieben, wie wir es tun. Rette uns, mein Sohn, ich beschwöre dich. Rufe den Gott, an den du glaubst, um Hilfe an. Und was du einmal warst – und was dein Vater und deine Mutter getan haben –, darauf kommt es nicht im geringsten an.«

Ich verließ die Halle. Ich war jetzt der Priester, nicht der bescheidene Franziskaner, sondern der Missionar, und ich wußte, was ich zu tun hatte.

Ich überquerte den Burghof, ging über die Brücke und den verschneiten Pfad hinunter zur Kirche. Aus weitem Rund kamen die Leute mit Fackeln heran; sie schauten mich erst argwöhnisch, dann erregt an und tuschelten einander den Namen »Ashlar!« zu, woraufhin ich nickte und die Hände vielsagend ausbreitete.

Wieder erblickte ich eine jener winzigen, verwachsenen Kreaturen, in Schwarz gekleidet und mit einer Kapuze verhüllt; das Wesen rannte sehr schnell über das Feld auf mich zu und gleich wieder davon. Ich glaube, die andern sahen es auch und rückten flüsternd dichter zusammen; aber dann folgten sie mir doch die Straße hinunter.

Draußen im freien Feld sah ich Männer im Fackelschein tanzen; dunkel hoben sie sich vom Himmel ab, und ich sah die Felle und Hörner! Sie hatten mit den alten heidnischen Jultid-Feiern begonnen. Ich mußte die Prozession beginnen und sie zum Jesuskinde führen. Daran bestand kein Zweifel.

Als ich das Stadttor erreichte, war eine große Menschenmenge zusammengeströmt. Ich ging zur Kathedrale und gebot ihnen, zu warten. Ich betrat die Sakristei, wo zwei alte Priester zusammenstanden und mir ängstlich entgegenspähten.

»Gebt mir Gewänder, gebt mir Priesterkleider«, sagte ich. »Ich will das Tal zusammenführen. Ich brauche für den Anfang mindestens eine Soutane und ein weißes Rochett. Tut, was ich euch sage.«

Sofort halfen sie mir hastig beim Ankleiden. Mehrere junge Akolythen erschienen und warfen mir Gewänder und Rochetts über.

»Kommt, ihr beiden«, sagte ich zu den verängstigten Priestern. »Seht doch, die Jungen da sind tapferer als ihr. Wie spät ist es? Wir müssen die Prozession beginnen. Schlag zwölf muß die Mette gelesen werden! Protestanten, Katholiken, Heiden – ich kann sie nicht alle retten oder auch nur zusammenführen. Aber ich kann Christus in der Wandlung auf den Altar herabholen. Und Christus wird heute nacht in diesem Tal geboren werden, wie Er es schon immer wurde!«

Ich trat aus der Sakristei hinaus, und vor der Menge erhob ich meine Stimme.

»Macht euch bereit zur Weihnachtsprozession«, rief ich. »Wer will der Joseph sein, und wer die Gesegnete Mutter, und welches Kind haben wir im Dorf, das ich in die Krippe legen kann, bevor ich zum Altare Gottes schreite und die Christmette lese? Laßt die Heilige Familie heute nacht aus Fleisch und Blut sein, laßt sie aus unserem Tale sein. Und ihr alle, die ihr die Gestalt und das Fell der Tiere annehmen möchtet, geht mit in der Prozession zur Krippe und kniet nieder vor dem Christkind wie der Ochs und das Lamm und der Esel. Kommt herbei, meine Gläubigen. Es ist beinahe Zeit.«

Überall sah ich hingerissene Gesichter; ich sah die Gnade Gottes in jedem Blick. Und nur in einem schemenhaften Huschen sah ich ein kleines, buckliges Weib, das unter einer dicken Hülle von rauhem Tuch zu mir heraufspähte. Ich sah ihr blitzendes Auge, das zahnlose Grinsen – und dann war sie wieder weg, und die Menge schloß sich ringsum, als sei sie unter dem Druck der Großen unsichtbar geworden. Ein gewöhnliches Wesen, dachte ich; und wenn es kleine Leute gibt, so sind sie vom Teufel, und das Licht Christi muß kommen und sie austreiben.

Ich schloß die Augen und faltete die Hände so, daß sie eine eigene kleine Kirche bildeten, sehr schmal und hoch, und mit leiser Stimme begann ich das klagend schöne Adventslied zu singen:

O komm, o komm, Emmanuel,
Mach frei dein armes Israel.
In hartem Elend liegt es hier,
In Tränen seufzt es auf zu Dir . . .

Stimmen fielen ein, der melancholische Klang von Flöten, das Klopfen von Tamburins und sogar sanfter Trommelklang.

Bald kommt dein Heil: Emmanuel;
Frohlock' und jauchze, Israel.

Hoch oben im Turm begann eine Glocke zu läuten, zu schnell für die Teufelsglocke; es war eher eine Fanfare, die die Gläubigen von Berg und Tal und Seeufer herbeirief.

Hier und da erhob sich der Ruf: »Die Protestanten werden die Glocke hören! Sie werden uns vernichten!« Aber andere, lustvollere Rufe waren stärker: »Ashlar, St. Ashlar, Vater Ashlar! Unser Heiliger ist wieder da!«

»Laßt die Teufelsglocke läuten!« befahl ich. »Vertreibt die Hexen und die Bösen aus dem Tal! Und vertreibt die Protestanten, denn sicher werden auch sie die Teufelsglocke hören!«

Beifallsjubel erhob sich.

Und dann stimmten tausend Stimmen das Adventslied an, und ich zog mich in die Sakristei zurück, um alle meine Gewänder anzulegen: das weihnachtliche Meßgewand und die Kleider in strahlendem Grüngold, denn die gab es in der Stadt, jawohl, so schön gestickt und kostbar, wie ich sie im reichen Florenz nur je gesehen hatte, und bald war ich gekleidet, wie es sich für einen Priester geziemte, in feinstes Linnen und golddurchwirkte Roben. Auch die anderen Priester kleideten sich hastig an. Die Akolythen liefen auseinander, um die gesegneten Kerzen für die Prozession zu verteilen. Von überallher, so erfuhr ich, strömten die Gläubigen herbei, und auch die, die es bis dahin nicht gewagt hatten, brachten Weihnachtsgrün her.

»Vater«, sagte ich in meinem Gebete, »wenn ich heute nacht sterbe, dann empfehle ich meinen Geist in Deine Hände.«

Es war fast Mitternacht, aber noch zu früh, um hinauszugehen, und während ich noch, ins Gebet vertieft, dastand und mich zu wappnen versuchte, blickte ich auf und sah, daß meine Schwester in einem dunkelgrünen Kapuzenmantel in der Sakristeitür stand und mich mit einer schmalen weißen Hand in den Nachbarraum winkte.

Hier lag eine dunkel getäfelte Kammer mit schweren Eichenholzmöbeln; Bücherregale waren in die Wände eingebaut. Ich war hier noch nicht gewesen. Ich sah lateinische Texte, die ich kannte, ich sah die Statue unseres Ordensgründers, des Hl. Franz von Assisi, und mein Herz füllte sich mit Glück.

Meine Seele war ruhig. Ich wollte nicht mit meiner Schwester sprechen. Ich wollte nur beten. Ihre Witterung machte mich unruhig.

Sie führte mich hinein. Ein paar Kerzen brannten an der Wand. Durch die winzigen, rautenförmigen Fensterscheiben sah man nichts außer dem fallenden Schnee, und ich war wie vom Donner gerührt, als ich den Holländer aus Amsterdam am Tisch sitzen sah. Er winkte mir, mich zu setzen. Seinen unhandlichen Holländerhut hatte er abgenommen, und mit eifriger Miene schaute er mich an, als ich auf dem Stuhl ihm gegenüber Platz nahm.

Der seltsame, verlockende Duft, den meine Schwester verströmte, war jetzt sehr stark, und wiederum erweckte er eine Art Hunger in mir – aber ich wußte nicht, wonach. Wenn es ein erotischer Hunger war, so gedachte ich nicht, es herauszufinden.

Ich war vollständig für das Hochamt angekleidet. Also setzte ich mich vorsichtig hin und faltete die Hände vor mir auf dem Tisch.

»Was wollt ihr?« Ich schaute von meiner Schwester zu dem Holländer. »Wollt ihr beichten, damit ihr heute nacht den Leib und das Blut Christi empfangen könnt?«

»Rette dich«, sagte meine Schwester. »Geh fort, jetzt gleich.«

»Ich soll diese guten Menschen und diese Sache im Stich lassen? Du bist wahnsinnig.«

»Hör zu, Ashlar«, sagte der Mann aus Amsterdam. »Ich biete dir noch einmal meinen Schutz an. Ich kann dich noch heute nacht heimlich aus dem Tal bringen. Laß die feigen Priester hier doch selbst ihren Mut zusammennehmen.«

»Ich soll in ein protestantisches Land fliehen? Wozu?«

Es war meine Schwester, die antwortete. »Ashlar, in den trüben Zeiten der Legenden, bevor die Römer und die Pikten in dieses Land kamen, da lebte deine Art auf einer Insel, nackt und verrückt wie die Affen der Wildnis – wissend geboren ja, aber bei der Geburt wußten sie alles, was sie *jemals* wissen würden!

Zunächst versuchten die Römer, sich mit ihnen zu kreuzen, wie andere es versucht hatten. Denn was für ein mächtiges Volk könnten sie werden, wenn sie Söhne zeugen könnten, die innerhalb weniger Stunden zu Männern heranwuchsen! Aber sie konnten den Taltos nicht züchten – oder nur einen unter tausend. Und da die Frauen am Samen der männlichen Taltos starben und die weiblichen Taltos die menschlichen Männer zu endlosen und fruchtlosen Ausschweifungen verleiteten, da entschied man, daß man die Taltos vom Angesicht der Erde tilgen müsse.

Aber auf den Inseln und in den Highlands überlebte die Art, denn sie konnten sich vermehren wie die Ratten. Und als schließlich der christliche Glaube in dieses Land gebracht wurde, als im Namen von St. Patrick die irischen Mönche herkamen, da war Ashlar der Führer der Taltos, der vor dem Bild des gekreuzigten Christus kniete und erklärte, daß sein ganzes Volk getötet werden solle, weil es keine Seele habe! Und dafür gab es einen Grund, Ashlar! Denn er wußte, wenn die Taltos mit ihrer kindischen Idiotie und ihrem Hang zur Vermehrung wirklich ein zivilisiertes Leben zu führen lernten, dann würde man ihnen nie mehr Einhalt gebieten können.

Aber Ashlar gehörte nicht mehr zu seinem Volk. Er war Christ. Er war in Rom gewesen. Er hatte mit Gregor dem Großen gesprochen.

Und so verdammte er seine Taltos! Er wandte sich gegen sie. Die Menschen machten es zu einem Ritual, einem Opfer, einem heidnischen Gemetzel, wie man es grausamer nie erlebt hatte.

Aber die Saat wanderte durch die Jahre im Blute herab und läßt diese schlanken Riesen aufsprießen, die wissend geboren werden, seltsame Geschöpfe, denen Gott eine große Gewandtheit in der Kunst der Mimikry und des Gesangs gegeben hat, aber nicht die Fähigkeit, wahrhaft ernst oder entschlossen zu sein.«

»Oh, aber das stimmt doch nicht«, sagte ich. »Vor Gott bin ich der lebende Beweis.«

»Nein«, widersprach meine Schwester. »Du bist ein guter

Anhänger des Hl. Franziskus, ein Bettelmönch und ein Heiliger, weil du ein Einfaltspinsel bist, ein Narr. Mehr war der Hl. Franz auch nie – ein Idiot Gottes, der barfuß umherlief und Güte predigte, ohne im Grunde ein Wort Theologie zu kennen, und der seine Anhänger veranlaßte, alles wegzugeben, was sie besaßen. Es war der beste Ort, an den man dich schicken konnte – das Italien der Franziskaner. Du hast den verwirrten Verstand des Taltos, der am liebsten den lieben langen Tag spielen und singen und tanzen und andere Taltos zeugen möchte, die wiederum spielen und singen und tanzen . . .«

»Ich lebe im Zölibat«, erwiderte ich. »Ich bin Gott geweiht. Ich weiß nichts von diesen Dingen.« Ich war so tief verletzt, daß es ein Wunder war, daß die Worte überhaupt über meine Lippen kamen. Ich war verwundet. »Ich bin keine solche Kreatur. Wie kannst du es wagen . . .?« flüsterte ich, aber dann senkte ich demütig den Kopf. »Hl. Franziskus, hilf mir jetzt«, betete ich.

»Ich kenne diese ganze Geschichte«, erklärte der Holländer, und meine Schwester nickte. Er fuhr fort. »Wir sind ein Orden mit Namen Talamasca. Wir kennen den Taltos. Immer schon. Unser Gründer hat den Taltos seiner Zeit mit eigenen Augen gesehen. Es war sein großer Traum, den männlichen mit dem weiblichen Taltos zusammenzubringen – oder mit der Hexe, deren Blut stark genug ist, den Samen des Taltos aufzunehmen. Das ist seit Jahrhunderten unser Ziel: zu wachen, zu warten und den Taltos zu erretten! Einen männlichen und einen weiblichen in einer Generation, wenn so etwas je zustandekommen sollte! Ashlar, wir wissen, wo ein weiblicher ist! Verstehst du?«

Ich sah, daß meine Schwester darüber verblüfft war. Das hatte sie nicht gewußt, und jetzt sah sie den Holländer mißtrauisch an, aber er sprach so drängend weiter wie zuvor.

»Hast du eine Seele, Pater?« fragte er flüsternd, und sein Verhalten wurde verschlagener. »Und einen Verstand, um zu wissen, was es bedeutet? Ein reiner weiblicher Taltos? Und eine Brut von Kindern, wissend geboren, die schon am ersten Tag stehen und sprechen können? Kinder, die im Handumdrehen weitere Kinder zeugen können?«

»Oh, was für ein Dummkopf du bist«, sagte ich. »Du kommst wie der Satan, der Christus versucht in der Wüste. Du sagst zu mir: ›Ich mache dich zum Beherrscher der ganzen Welt.‹«

»Ja, das sage ich! Und ich bin bereit, dir zu helfen, dein Volk mit seiner ganzen Macht zurückzubringen.«

»Aber du hältst mich für ein unverständiges Ungeheuer. Warum solltest du so großzügig zu mir sein?«

»Bruder, geh mit ihm«, sagte meine Schwester. »Ich weiß nicht, ob dieses Weib existiert. Ich habe nie einen weiblichen Taltos gesehen. Aber sie werden geboren, das stimmt. Wenn du nicht fortgehst, wirst du heute nacht sterben. Du hast von den kleinen Leuten erzählen hören. Weißt du, was sie sind?«

Ich antwortete nicht. Am liebsten hätte ich gesagt, es ist mir gleich.

»Sie sind die Hexenbrut, die es nicht vermag, zum Taltos heranzuwachsen. Sie tragen in sich die Seelen der Verdammten.«

»Die Verdammten sind in der Hölle«, antwortete ich.

»Du weißt, daß das nicht stimmt. Die Verdammten kehren in vielerlei Gestalt zurück. Die Toten können ruhelos sein, gierig, rachsüchtig. Die kleinen Leute tanzen und paaren sich; sie ziehen christliche Männer und Frauen an, die Hexen sein wollen, die tanzen und Unzucht treiben wollen. Sie hoffen, daß Blut zu Blute komme, daß gleich zu gleichem finde und daß der Taltos geboren werde.

Das ist Hexerei, Bruder. Das war es immer – man führt die trunkenen Weiber zusammen, damit sie den Tod in Kauf nehmen, um den Taltos zu machen. Das ist die alte Geschichte der Ausschweifungen in diesen dunklen Hochtälern. Ein Volk von Riesen soll geschaffen werden, das durch seine schiere Übermacht die anderen Sterblichen von der Erde vertreiben soll.«

»Gott würde so etwas nicht zulassen«, sagte ich ruhig.

»Die Menschen im Tal auch nicht«, sagte der Holländer. »Verstehst du denn nicht? Jahrhunderte hindurch haben sie gewartet und gewacht und den Taltos benutzt. Für sie bedeutet es Glück, den männlichen und den weiblichen zusammenzubringen, aber nur für ihre eigenen grausamen Rituale.«

»Ich weiß nicht, wovon du redest. Ich bin kein solches Ding.«

»In meinem Haus in Amsterdam gibt es tausend Bücher, die dir von deiner Art und von vielen anderen wunderbaren Wesen erzählen; dort ist alles Wissen, das wir zusammengetragen haben, während wir warteten. Wenn du kein Einfaltspinsel bist, dann komm mit.«

»Und was bist du?« fuhr ich ihn an. »Der Alchimist, der einen großen Homunkulus schaffen will?«

Meine Schwester ließ den Kopf auf den Tisch sinken und weinte.

»Als Kind habe ich die Legenden gehört«, sagte sie erbittert und wischte sich mit langen Fingern die Tränen ab. »Ich habe gebetet, der Taltos möge niemals kommen. Nie sollte mich ein Mann berühren, auf daß ich niemals eine solche Kreatur zur Welt bringen möge! Und sollte es doch geschehen, Gott behüte, dann wollte ich es erwürgen, ehe es die Milch der Hexe aus meinen Brüsten trinken könnte. Doch dich, Bruder, dich hat man leben lassen, du hast dich an der Hexenmilch sattgetrunken und bist groß geworden. Aber man hat dich fortgeschickt, um dich zu retten. Und jetzt kommst du zurück, um die schlimmsten Prophezeiungen zu erfüllen. Siehst du es denn nicht? Vielleicht verbreiten die Hexen gerade jetzt die Kunde. Das rachsüchtige kleine Volk wird erfahren, daß du hier bist. Die Protestanten haben das Tal umzingelt. Sie warten nur auf eine Gelegenheit, auf uns herabzustoßen, sie warten auf den Funken, der ihr Feuer entfacht.«

»Das sind Lügen. Lügen, die das Licht Christi auslöschen sollen, das heute nacht in die Welt kommen will. Du hörst das Glockenläuten. Ich werde jetzt die Messe lesen. Schwester, komme nicht zum Altar mit deinem heidnischen Aberglauben. Ich werde dir den Leib Christi nicht auf die Zunge legen.«

Als ich mich erhob, um hinauszugehen, wollte der Holländer mich festhalten. Ich stieß ihn mit meiner ganzen Kraft von mir.

»Ich bin ein Priester Gottes«, sagte ich, »ein Jünger des Hl. Franz von Assisi. Ich bin gekommen, um in diesem Tal die Christmette zu lesen. Ich bin Ashlar, und ich stehe in der Hand Gottes.«

Ohne innezuhalten, ging ich zum Portal der Kathedrale. Die

Menge brach in lauten Jubel aus, als ich die Kirche öffnete. In meinem Kopf schwirrten die Satzfetzen, Drohungen, Verdächtigungen herum, die ich gehört hatte – lauter Dämonenwerk, dessen war ich sicher.

Ich trat hinaus unter die Stadtbürger und hob segnend die Hand. *In nomine patris et filii et spiritus sancti. Amen.* Ein schönes junges Mädchen hatte sich gefunden, das mit blauem Schleier in unserem Festzug die Selige Jungfrau Maria abgeben wollte, und ein rosenwangiger Junge wollte den Joseph spielen – gerade erst war ihm der Bart gewachsen, und er mußte ihn mit Kohle schwärzen. Ein Säugling, erst vor wenigen Tagen geboren, rosig, klein und schön, wurde mir in die Arme gelegt.

Ich sah, wie die Männer in ihren Tierfellen und mit brennenden Kerzen in den Händen sich versammelten. Überhaupt strahlte das ganze Tal von brennenden Kerzen. Die Stadt war von Kerzen erfüllt, und bald würde die große, schöne Kirche hinter uns dieses Licht empfangen.

Die Glocke schlug die Mitternachtsstunde. Es war Weihnachten. Christus war geboren. Die Dudelsackpfeifer kamen in ihren weiten Tartanröcken in die Kirche; die kleinen Kinder kamen in Weiß wie die Engel, und das ganze Volk, Reiche wie Arme, in Lumpen und in feinen Gewändern, alle drängten sich durch die Türen.

Unsere Stimmen erhoben sich im Kirchenlied: »Christ ist geboren, Christ ist geboren.« Und wieder hörte ich die Tamburine, die Flöten und den Trommelschlag. Der Rhythmus packte mich so, daß mir alles vor Augen verschwamm, aber ich ging weiter, den Blick starr auf den strahlenden Altar und die Heukrippe gerichtet, die rechts davon vor der marmornen Kommunionbank stand. Das Kind in meinen Armen stieß kraftvolle kleine Schreie aus, als wolle es ebenfalls die frohe Botschaft verkünden, und es strampelte mit den stämmigen, hübschen Beinchen, als ich es hochhielt.

Ich war nie ein solches Kind gewesen. Ich war nie ein solches Wunder gewesen. Ich war etwas Altes, vergessen vielleicht, angebetet in Zeiten der Finsternis. Aber darauf kam es jetzt nicht mehr an. Sicher sah Gott mich! Sicher wußte Gott, wie ich Ihn liebte.

Endlich hatte ich den weiten Chor erreicht. Ich beugte das Knie und legte das Kind in das Bett von Heu. Man hatte Linnen dafür bereitgelegt. Das Kind weinte heftig, als es so alleingelassen wurde – das arme Christkind! Und meine Augen füllten sich mit Tränen, als ich seine alltägliche Vollkommenheit sah, die gewöhnliche Symmetrie, den natürlichen Glanz seiner Augen und seiner Stimme.

Ich trat zurück. Die Jungfrau Maria war neben diesem kleinen Wunder niedergekniet. Zur Rechten der kleinen Krippe kniete der junge Joseph, und jetzt kamen die Hirten herein, unsere eigenen Hirten aus Donnelaith mit warmen Schafen über den Schultern, und auch die Kuh und der Ochse und der Esel wurden zur Krippe geführt. Der Gesang wurde immer lauter und schöner und verflochtener, und darunter klangen Trommeln und Flöten. Schwankend stand ich da. Mein Blick vernebelte sich. Und während ich tief, beinahe unwiederbringlich, in der Musik versank, erkannte ich in meiner Trauer, daß ich meinen Heiligen nicht gesehen hatte. Ich hatte nicht daran gedacht, zum Fenster hinaufzuschauen, als ich den Mittelgang hinuntergegangen war. Aber es war auch nicht wichtig. Er war nichts als Glas und Vergangenheit.

Ich würde nun den lebendigen Christus erschaffen. Meine Altardiener waren bereit. Ich ging bis zum Fuße der Treppe und begann mit den uralten lateinischen Worten.

Zum Altare Gottes will ich treten . . .

Bei der Wandlung, als die kleinen Glöckchen läuteten, um den heiligen Augenblick zu kennzeichnen, hielt ich die Hostie hoch. Das ist mein Leib. Ich nahm den Kelch. Das ist mein Blut. Ich aß den Leib. Ich trank das Blut.

Und schließlich wandte ich mich der Gemeinde zu, um die Kommunion auszuteilen und sie auf mich zuströmen zu sehen, die Jungen und Alten, die Schwachen und Starken und die mit kleinen Kindern auf den Armen, deren Köpfe sie senkten, während sie selbst den Mund öffneten, um die heilige Hostie zu empfangen.

Hoch oben unter den schmal aufragenden Bögen der gewaltigen Kirche lauerten die Schatten, aber das Licht stieg empor, gesegnet und hell, drang in jeden Winkel, um ihn zu beleuchten, und tastete nach dem hintersten kalten Stein, um ihn zu wärmen.

Der Laird selbst, mein Vater, kam zu mir, um die Kommunion zu empfangen, und bei ihm war meine furchtsame Schwester Emaleth, die im letzten Augenblick den Kopf senkte, damit niemand sah, daß ich ihr die Hostie verweigerte.

Das Austeilen der Kommunion schien mehr als eine Stunde zu dauern; immer wieder gingen wir hin und her, um Kelch für Kelch zu holen, bis alle Männer und Frauen des Tales daran teilgehabt hatten. Alle hatten den lebendigen Christus in ihr Herz aufgenommen.

In keiner Kirche in Italien hatte ich je solches Glück erlebt, und auch nie auf freiem Feld unter Gottes gewölbtem Himmel und Seinen makellos hingemalten Sternen. Als ich mich umwandte und die Abschiedsworte sprach – »Gehet hin in Frieden« –, da sah ich Mut und Glück und Frieden in allen Gesichtern.

Die Glocke läutete schneller, ja, irrwitzig im Geist des Frohlockens. Die Dudelsäcke stimmten eine wilde Melodie an, und die Trommeln begannen zu schlagen.

»Zur Burg!« riefen die Leute. »Es ist Zeit für den Schmaus der Lairds.«

Und unversehens fand ich mich hoch oben auf den Schultern der starken Männer des Dorfes.

»Wir werden den Mächten der Hölle Widerstand leisten!« riefen die Leute. »Wir werden kämpfen bis zum Tode, wenn wir müssen.«

Es war gut, daß sie mich trugen, denn die Musik war so fröhlich und so laut geworden, daß ich nicht hätte gehen können. Ich war so verzaubert und von Sinnen, als sie mich durch die Kirche trugen, aber diesmal wandte ich mich doch nach rechts und schaute zu der schwarzen Gestalt meines Heiligen im Fenster hinauf.

Morgen, wenn die Sonne aufgeht, dachte ich, werde ich zu dir kommen. Franziskus, sei mit mir. Sag mir, ob ich meine Sache gut gemacht habe. Dann überwältigte mich die Musik vollends; nur mit Mühe konnte ich aufrecht sitzen, als sie mich zur Kirche hinaus und in die Dunkelheit trugen, wo der Schnee schimmernd auf dem Boden lag und die Fackeln von der Burg herab loderten. Die große Halle der Burg war mit grünen Zweigen ausgestreut wie beim ersten Mal, als ich sie gesehen hatte. Zahllose Kienspäne brannten, und während die Dörfler mich an die Tafel setzten, wurde der mächtige Julbaum in das klaffende Riesenmaul des Kamins geschoben und angezündet.

»Brenne, brenne, brenne die zwölf Nächte der Weihnacht«, sangen die Leute aus dem Dorf. Die Dudelsäcke schrillten, die Trommeln dröhnten. Und die Aufträger kamen herein und brachten Platten mit Fleisch und Krüge voll Wein.

»Jetzt gibt es doch noch einen Weihnachtsfestschmaus«, rief mein Vater. »Wir werden nicht länger in Angst leben.«

Die Knaben mit dem gebratenen Eberkopf auf der großen Platte kamen herein, und auch die gebratenen Tiere selbst wurden auf geschwärzten Spießen hereingeschleppt. Überall sah ich Damen in prächtigen Gewändern und tanzende Kinder in Gruppen und Kreisen. Schließlich erhoben sich alle und stellten sich in der hohen Halle formlos in Kreisen auf, hoben einen Fuß und begannen mit dem Stammestanz.

»Ashlar«, sagte mein Vater, »du hast uns den Herrn zurückgebracht. Gott segne dich.«

Ich saß staunend am Tisch und beobachtete sie alle. In meinem Kopf pochte der Trommelklang. Ich sah, daß die Dudelsackpfeifer jetzt beim Spielen tanzten, was keine Kleinigkeit ist. Und ich sah zu, wie die Kreise zerbrachen und sich zu anderen Kreisen formten. Der Duft des Essens war schwer und berauschend. Und das Feuer loderte machtvoll und grell.

Ich schloß die Augen. Ich weiß nicht, wie lange ich so dasaß, den Kopf an die Stuhllehne gelegt, und dem Lachen und den Liedern und der Musik lauschte. Jemand gab mir Wein zu trinken, und ich nahm ihn. Jemand gab mir Fleisch zu essen, und ich nahm es ebenfalls. Denn es war Weihnachten, und ich durfte Fleisch essen, wenn ich wollte; an diesem Tag der Tage brauchte ich kein armer Franziskaner zu sein.

Ich hörte, wie eine Veränderung über die Halle kam. Ich hielt es erst nur für eine Flaute. Dann war mir klar, daß die Trommeln jetzt langsamer schlugen. Sie klangen ominöser, und die Dudelsäcke spielten ein gedehntes, dunkles Lied.

Ich schlug die Augen auf. Die Gesellschaft hatte sich in Schweigen gehüllt, oder die Musik hatte sie in ihren Bann geschlagen – ich weiß es nicht. Ich spürte, daß mir schwindlig werden würde, wenn ich mich jetzt bewegte. Ich sah die Trommler, sah ihren starren Gesichtsausdruck und auch die ernsten, trunkenen Mienen der Pfeifer.

Das war keine Weihnachtsmusik. Das war insgesamt dunkler, glänzender, irrer. Ich wollte aufstehen, aber die Musik überwältigte mich. Und mir schien, als sei alle Melodie daraus verschwunden, als werde nur noch ein Thema unablässig wiederholt – so, als strecke jemand die Hände aus und mache die gleiche Geste wieder und wieder, und wieder.

Dann kam der Duft. Ah, es ist nur meine Schwester, dachte ich; ich allein kenne ihn und werde jegliches Verlangen erstikken, das er vielleicht hervorrufen möchte.

Doch dann erhob sich ein Aufschrei unter denen, die in der großen Halle verstreut saßen oder auf der Treppe versammelt waren. Ja, einige wandten sich ab und verhüllten ihre Gesichter, und andere drückten sich an die Wand.

»Was ist denn?« rief ich. Mein Vater stand starren Blicks da und schien ganz unerreichbar zu sein. Und ich sah, daß meine Schwester Emaleth sich genauso verhielt, und alle meine Verwandten und die anderen Häuptlinge ebenfalls. Die Trommeln schlugen immer weiter, und die Dudelsäcke wimmerten mahlend.

Der Duft wurde stärker, und ich hatte Mühe, auf den Beinen zu bleiben, als ich eine Gruppe von Leuten, die ganz und gar in Schwarz und Weiß gekleidet waren, in die Halle kommen sah.

Ich kannte diese strenge Kleidung. Ich kannte die steifen weißen Kragen. Es waren die Puritaner. Waren sie gekommen, um Krieg zu führen? Sie verbargen etwas in ihrer Mitte, bewegten sich geschlossen vorwärts, und jetzt schien es, als seien die Pfeifer und Trommler ebenso in den Bann ihrer Musik geraten wie ich.

»Schaut, die Protestanten!« wollte ich rufen, aber meine Worte waren weit fort. Der Geruch wurde immer stärker.

Und endlich brach der Kreis der Schwarzgekleideten auf, und in der Mitte stand ein kleines, verkrümmtes, zwergenhaftes

Weibchen mit großem, grinsenden Mund. Sie hatte einen Bukkel, und ihre Augen glühten.

»Taltos, Taltos, Taltos!« kreischte sie und stürzte auf mich zu, und ich wußte, der Geruch kam von ihr! Ich sah, daß meine Schwester auf mich zustürzte, aber mein Vater packte sie und zwang sie zu Boden. Sie sträubte sich, aber er hielt sie auf den Knien.

Eine vom kleinen Volk, bitter, mit feurigem Blick.

»Aye, aber wir werden Riesen machen miteinander, mein großer Bruder, mein Gemahl!« schrie sie. Und als sie die Arme ausbreitete, klafften die Fetzen ihres Lumpengewandes auseinander, und ich sah ihre Brüste; groß und einladend hingen sie auf den kleinen Bauch herab.

Der Geruch erfüllte meine Nase und meinen Kopf, und als sie vor mir auf den Tisch kletterte, schien sie vor meinen Augen zu wachsen und schön zu werden, eine anmutige Frau mit schlanken Gliedmaßen und langen weißen Fingern, die sich mir entgegenstreckten, um mein Gesicht zu liebkosen. *Eine reine Frau von deiner eigenen Art.*

»Nein, Ashlar!« rief meine Schwester, und ich sah, wie die Faust meines Vaters abwärts sauste, und hörte, wie ihr Körper auf den Steinboden fiel.

Die Frau vor mir strahlte; ich sah, wie ihr rotgoldenes Haar immer länger wurde und über ihren nackten Rücken und zwischen den Brüsten herunterfloß. Sie lüftete diesen Schleier und entblößte sich vor mir; sie hob mir ihre Brüste mit beiden Händen entgegen, ließ sie wieder sinken und spreizte mit den Fingern die verborgenen Lippen des rosig nassen Mundes zwischen ihren Beinen.

Ich kannte keine Vernunft mehr, nur noch Leidenschaft, nur noch Musik, nur noch diese Schönheit, die mich in ihren Bann geschlagen hatte. Man hatte mich auf den Tisch gehoben. Sie legte sich hin, und man hob mich über sie.

»Taltos, Taltos, Taltos! Macht den Taltos!«

Die Trommeln schlugen immer lauter, als gebe es für ihr Dröhnen keine Grenzen. Der Klang der Dudelsäcke war ein einziges, langgezogenes Gellen. Und dort unter mir, in den goldenen Haaren zwischen ihren Beinen, lächelte der Mund zu mir auf, als könne er sprechen! Er war feucht und zart und glänzend von den Säften einer Frau, und ich wollte ihn, ich konnte ihn riechen, ich brauchte ihn – ich mußte ihn haben.

Ich holte mein Organ hervor und trieb es in den Spalt, stieß es wieder und wieder hinein.

Es war die Ekstase, mit der ich an meiner Mutter getrunken hatte. Es waren meine Huren in Florenz, der Klang ihres Lachens, der sanfte Druck ihrer runden Brüste; es waren die haarigen Geheimnisse unter ihren Röcken, es war ihr flammendes Fleisch, das mich straff umschloß und mir ekstatische Schreie entlockte. Aber ich kam nicht zum Ende. Es ging immer weiter und weiter. Ein Leben lang gelebt und so wenig davon genossen zu haben – ein Narr war ich gewesen, ein Narr, ein Narr!

Die Planken des Tisches rumpelten und dröhnten von unserem Liebesakt. Becher waren klirrend zu Boden gefallen. Die Hitze des Feuers wollte uns verzehren; der Schweiß strömte mir aus allen Poren.

Und unter mir – auf dem harten Holz, inmitten von Weinpfützen und Fleischbrocken und zerrissenem Linnen – lag nicht die schöne Frau mit dem schimmernd roten Haar, sondern die winzige Zwergenvettel mit ihrem scheußlichen Grinsen.

»O Gott, es ist mir gleich, es ist mir gleich! Gib es mir!« Vor lauter Leidenschaft brüllte ich fast. Es ging weiter und weiter, bis ich keine Erinnerung mehr hatte, nichts mehr wußte von Sinn, Verstand, Gedanken.

Benommen merkte ich, daß man mich von der Zwergenfrau heruntergezerrt hatte und daß sie sich auf dem Tisch vor mir wellenartig aufbäumte. Aus dem geheimen nassen Ort, in den ich meinen Samen gegossen hatte, kam etwas hervor.

»Nein! Ich will das nicht sehen! Aufhören!« kreischte ich. »O Gott, verzeih mir!« Aber die ganze Halle dröhnte vor Gelächter, wildem Gelächter, das mit den Trommeln und Sackpfeifen wetteiferte, daß ich mir in diesem Getöse die Ohren zuhalten mußte. Ich glaube, ich brüllte. Brüllte wie ein Tier. Aber ich hörte mich nicht.

Aus dem Schoß der Vettel kam der neue Taltos, die langen, glitschigen Arme, die sich noch streckten, als sie hervordrangen, dünn und tastend, die Finger, die immer länger wurden, während sie über den Tisch krochen, und schließlich der Kopf, schmal und schlüpfrig, und die Mutter schrie in ihrer Qual, und es war wissend geboren, zwängte sich aus dem tropfenden Ei im Mutterschoß und richtete seinen wissenden Blick auf mich!

Es glitt aus ihrem Leib und wurde größer und größer. Der Mund stand offen, und die makellose Haut schimmerte vollkommener als die jedes menschlichen Neugeborenen. Und es fiel auf seine Mutter, wie ich es einst getan hatte, und begann an ihr zu trinken; es leerte erst die eine, dann die andere Brust. Und dann stand es auf, und alle Leute ringsum jubelten und schrien.

»Taltos! Taltos! Macht noch einen. Macht ein Weib, macht Taltos, bis die Sonne aufgeht!«

»Nein, hört auf!« rief ich, aber dieses neugeborene Scheusal, dieses ratlose Kind, dieser seltsam schwankende Riese, hatte sich über die Vettel geworfen und vergewaltigte sie, wie ich es getan hatte. Und mir hatte man eine andere Zwergin gebracht und sie vor mich hingelegt, und man drückte mich auf sie, und mein Organ erkannte sie und wußte, was sie wollte, kannte den Geruch.

Wo waren meine Heiligen?

Die Leute in der Halle stampften und sangen zum Klang der Trommeln, einstimmig, monoton, leise und unaufhörlich. Und als man mich zurückriß, verdrehten sich meine Augen in den Höhlen, und ich konnte nichts sehen. Wein spritzte mir ins Gesicht, und das neue Weib, das sie mir gegeben hatten, gebar ein Kind, und wieder riefen die Leute: »Taltos, Taltos, Taltos!« und schließlich: »Es ist ein Weib! Wir haben sie beide!«

Die Halle geriet unter inbrünstigem Geschrei außer Rand und Band. Wieder tanzten die Leute, aber nicht im Kreis, sondern Arm in Arm; sie stiegen auf Tische und Bänke und stürmten die Treppe hinauf, nur um von dort in die Luft zu springen. Ich sah das Gesicht des Lairds, erfüllt von Zorn und Grauen; er schüttelte den Kopf und rief mich, aber seine Worte erreichten mich nicht.

»Macht sie bis zum Weihnachtsmorgen!« johlten die Leute. »Macht sie und verbrennt sie!« Ich richtete mich mühsam auf den Knien auf und sah, wie sie den Erstgeborenen packten, den

Sohn, der jetzt so groß war wie sein Vater, und wie sie ihn ins Weihnachtsfeuer warfen.

»Hört auf, hört auf im Namen Gottes!« Niemand konnte mich hören, nicht einmal ich selbst. Ich hörte seine Schreie nicht, obwohl ich wußte, daß er schrie; ich sah die Qual in seinem glatten Antlitz. Ich senkte kniend den Kopf. »Gott, hilf uns. Dies ist Hexerei. Mach dem ein Ende, o Gott, und hilf uns, sie *haben* uns als Opfertier gezüchtet, wir *sind* die Lämmer, o Gott, bitte nicht mehr, bitte laß nicht noch mehr sterben!«

Die Menge brüllte, schwankte, dröhnte in machtvollem, endlosem Summen. Und plötzlich zerrissen Schreie die Luft, lauter noch und zahlreicher als meine eigenen, unmöglich zu überhören.

Soldaten brachen die Türen auf! Hunderte strömten in die Halle. Auf jeden Mann in Rüstung und mit Schild und Schwert kam ein Hirte oder ein Pflugknecht mit einer Mistgabel oder einer plumpen Pflugschar in der Hand.

»Hexen, Hexen, Hexen!« schrien die Angreifer.

Ich stand auf und verlangte mit lauter Stimme Ruhe. Köpfe rollten von den Schultern. Die erstochen wurden, schrien um Gnade. Männer kämpften, um ihre Frauen zu beschützen. Nicht einmal kleine Kinder wurden verschont.

Die Angreifer packten mich. Ich wurde hinausgetragen, und mit mir die anderen neugeborenen Ungeheuer und die Vetteln, aus denen sie gekrochen waren. Die kalte Nacht tat sich auf, und die Schreie und das Kriegsgebrüll hallten von den Bergen wider.

»Lieber Gott, hilf uns, hilf uns!« rief ich. »Hilf uns, denn dies ist böse, dies ist unrecht, dies ist nicht Deine Gerechtigkeit! Nein. Bestrafe die Schuldigen, aber doch nicht alle! Lieber Gott!«

Sie warfen mich auf den Steinboden der Kathedrale und zerrten mich durch den Gang. Ringsum hörte ich, wie die großen Fenster zerbarsten. Ich sah Flammen. Schwarzer Rauch ließ mich würgen, und die Steine, über die sie mich schleiften, schürften mir die Haut ab. Weit vor mir sah ich, wie das Heu in der Krippe explodierte! Die angebundenen Tiere brüllten in der Glut des Feuers, der sie nicht entrinnen konnten.

Und schließlich schleuderten sie mich vor dem Sarkophag des Hl. Ashlar zu Boden.

»Durch das Fenster, durch das Fenster!« schrien sie.

Mühsam erhob ich mich auf die Knie. Überall in der Kathedrale standen Bänke und Ornamente aus Holz in hellen Flammen. Die Welt bestand nur noch aus Rauch und den Schreien der Massakrierten. Plötzlich packten Hände meine Arme und Füße, sie schwangen mich hin und her, hin und her, und schleuderten mich dann gegen das große Fenster des Heiligen!

Mit Brust und Gesicht prallte ich gegen das Glas. Ich hörte, wie es zerbrach, und dachte, sicher werde ich jetzt sterben. Ich werde auffahren in die friedliche Nacht, zu den Sternen, und Gott wird mir erklären, warum dies alles geschehen ist.

Ich glaube, ich sah das Tal. Ich sah die brennende Stadt. Ich sah jedes Fenster wie ein flammenspeiendes Maul. Ich sah lodernde Hütten. Ich sah Leichen überall, und benommen erkannte ich, daß dies nicht die Visionen einer aufsteigenden Seele waren. Ich lebte noch.

Und dann kam der Mob und packte mich erneut in seiner rasenden Wut. »Schleift ihn in den Kreis!« schrien die Leute. »Schleift sie alle hin, verbrennt sie im Kreis, verbrennt die Hexen und Taltos.«

Alles war Dunkelheit und Panik, ein Ringen nach Luft, das verzweifelte Suchen nach Halt – einen Augenblick lang gab es nichts als animalisches Zappeln, nein, lieber Gott, hilf uns, laß es nicht das Feuer sein.

Als sie mich auf die Füße stellten, sah ich im Zwielicht den alten Steinkreis um uns herum. Die klobigen Umrisse ragten bedrohlich vor dem Himmel und den Flammen der brennenden Stadt hinter uns empor, vor den Flammen, die jetzt die große Kathedrale verschlangen. Die wunderschönen Glasfenster waren nicht mehr da.

Ein Stein traf mich, dann noch einer und noch einer. Der nächste ließ mir das Blut aus dem Auge strömen. Ich hörte die Flammen. Ich fühlte die Hitze. Aber ich starb unter den Steinen. Einer nach dem anderen traf mich am Kopf, schleuderte mich hierhin und dorthin, so daß ich das Feuer kaum noch spürte, als es mich erfaßte . . .

»Lieber Gott, in Deine Hände empfehle ich mich. Dein Diener Ashlar kann nichts mehr tun. Lieber Gott. Jesuskind, nimm mich auf. Heilige Mutter Gottes, nimm mich auf. Franziskus, komm und hilf mir empor. Heilige Maria, Mutter Gottes, jetzt und in der Stunde ... in Deine Hände ...!«

Und dann ...

Und dann.

Da war kein Gott.

Da war kein Jesuskind in meinen Armen.

Da war keine Mutter Gottes, »jetzt und in der Stunde unseres Todes«.

Da war kein Licht.

Da war kein Gericht.

Da war kein Himmel.

Da war keine Hölle.

...

Da war nur Dunkelheit.

...

Und dann kam Suzanne.

Suzanne rief in die Nacht.

Ashlar, St. Ashlar.

Ein strahlend fleischliches Wesen, kaum sichtbar dort im Steinkreis! Und schau doch, der Ring aus Steinen, wie rund! Höre ihre Stimme!

Und durch die langen, langen Jahre herab kam der Ruf, schwach und winzig erst, wie ein feiner Funke, dann lauter und klarer, und ich kam zusammen, um ihn zu hören:

»Komm jetzt, mein Lasher, höre meine Stimme.«

»Wer bin ich, Kind?« War das meine Stimme, die da sprach? War das endlich meine eigene, meine wahre Stimme?

Keine Zeit, keine Vergangenheit, keine Zukunft, keine Erinnerung ...

Nur eine trübe Vision von warmem Fleisch durch den Nebel, ein verschwommenes Wesen, das aus dem Kreis heraufreichte.

Und ihre kindliche Antwort, ihr Lachen, ihre Liebe:

»Mein Lasher, der bist du, du bist mein Rächer, mein Lasher. Komm!«

37

Lasher saß da und schwieg, die Hände flach auf den Tisch gelegt, den Kopf gesenkt.

Michael sagte nichts, aber er hob vorsichtig den Kopf und sah erst Clement Norgan, dann Aaron und schließlich Erich Stolov an. Er sah das Mitgefühl in Aarons Blick. Stolov war sprachlos.

Lashers Gesicht war ruhig, beinahe heiter. Die Tränen waren wieder da, diese Tränen, die er trägt wie Juwelen, dachte Michael, und es schauderte ihn am ganzen Leibe, als wolle er den Bann der Schönheit dieses Wesens brechen, oder den Bann der sanften, gleichförmigen Stimme.

»Ich gehöre euch, meine Herren«, sagte Lasher in seiner sanften Art und schaute Erich Stolov an. »Nach all diesen Jahrhunderten komme ich zu euch und bitte euch um Hilfe. Ihr habt sie mir einmal angeboten; ihr habt mir gesagt, was ihr wollt, und ich habe euch nicht geglaubt. Und jetzt sehe ich mich von neuem gejagt und bedroht.«

Stolov schaute Aaron und Michael voller Unbehagen an. Norgan beobachtete Stolov, als warte er auf eine Art Stichwort.

»Du hast recht getan«, sagte Stolov. »Es war klug von dir. Und wir sind bereit, dich nach Amsterdam mitzunehmen. Darum sind wir hier.«

»O nein. Das werden Sie nicht tun«, sagte Michael leise.

»Michael, was erwarten Sie von uns?« fragte Stolov. »Glauben Sie, wir können abseits stehen und zuschauen, wie Sie dieses Wesen hier vernichten?«

»Michael, du hast meine Geschichte gehört«, sagte Lasher traurig und wischte sich, ganz wie ein Kind, die Tränen ab.

»Sei versichert, daß dir nichts geschehen wird«, sagte Stolov. Dann wandte er sich wieder an Michael. »Wir werden ihn mitnehmen. Wir bringen ihn weit weg, an einen Ort, wo er Ihnen oder den Frauen Ihrer Familie nichts mehr anhaben kann. Es wird sein, als sei er nie hiergewesen . . .«

»Nein, warte«, sagte Lasher. »Michael, du hast mich gehört.« Seine Stimme klang immer noch, als breche ihm das Herz. Er beugte sich vor; sein Blick war glasig, beschwörend. Er sah aus wie der Christus von Dürer.

»Michael, du kannst mir nicht weh tun«, sagte er, und jetzt war seine Stimme unsicher und von sanfter Emotion erfüllt. »Du kannst mich nicht töten. Kann man mir vorwerfen, daß ich bin, was ich bin? Sieh mir in die Augen. Du kannst es nicht, das weißt du.«

»Du wirst nie klug, nicht wahr?« flüsterte Michael.

Aarons Hand spannte sich sofort um Michaels Schulter. »Es wird kein Töten geben«, sagte er. »Wir nehmen ihn mit. Wir fahren nach Amsterdam. Ich werde Erich und Norgan begleiten. Und ihn. Ich werde hundertprozentig sicherstellen, daß er auf direktem Weg ins Mutterhaus gebracht und dort unter –«

»Nein, das werden Sie nicht tun«, sagte Michael.

»Michael«, sagte Stolov, »dieses Geheimnis ist zu groß, als daß ein einzelner Mensch es binnen eines Augenblicks vernichten dürfte.«

»Ist es nicht«, sagte Michael.

»Wir haben gerade erst angefangen zu verstehen«, sagte Aaron. »Mein Gott, begreifen Sie denn nicht, was das bedeutet? Michael, kommen Sie zur Vernunft –«

»Doch, ich begreife es«, sagte Michael. »Und Rowan hat es auch begriffen. Zum Teufel mit diesem Geheimnis.« Er funkelte Stolov an. »Das war immer Ihr Ziel, nicht wahr? Nicht wachen und warten und Wissen sammeln, sondern das, was der Holländer Lasher erzählt hat: zwei Taltos zusammenbringen, einen männlichen und einen weiblichen, und die Brut von neuem züchten.«

Erich Stolov schüttelte den Kopf. »Wir werden nicht zulassen, daß jemandem etwas zustößt«, sagte er. »Vor allem nicht ihm. Wir wollen nur studieren, lernen.«

»Oh, Sie Lügner«, sagte Michael. »Sie alle, und jetzt auch Sie, Aaron, sind davon erfaßt. Am Ende hat er auch Sie verführt.«

»Michael, schau mich an«, sagte Lasher halb flüsternd. »Einem Menschen das Leben zu nehmen, erfordert höchste Willenskraft, äußerste Eitelkeit. Bist du denn wahnsinnig, daß du mich ohne jegliche Prüfung wieder dem Unbekannten überantworten, daß du das Wunder ungeschehen machen willst? O nein, das würdest du nicht tun. So bedenkenlos bist du nicht. So grausam.«

»Warum willst du mich für dich gewinnen?« fragte Michael. »Kannst du dich nicht darauf verlassen, daß diese Männer dich beschützen?«

»Michael, du bist mein Vater. Hilf mir. Komm mit uns nach Amsterdam.« Er wandte sich an Stolov. »Ihr habt die Frau, nicht wahr? Den weiblichen Taltos. Bei all meinen Versuchen bin ich gescheitert. Aber ihr habt ihn.«

Stolov antwortete nicht, aber er hielt seinem Blick mit Gleichmut stand.

»Nein, das sind lauter Phantastereien«, sagte Aaron. »Wir haben keinen weiblichen Taltos. Wir haben keine solchen Geheimnisse. Aber wir werden dir Schutz bieten. Wir werden dir einen Zufluchtsort geben, wo man dich befragen kann, wo du die Geschichte niederschreiben kannst, die du uns erzählt hast, und wo wir dir helfen werden, so gut wir können.«

Lasher lächelte Aaron schmal an, und dann sah er wieder Stolov an. Nachlässig wischte er sich mit seiner langen, anmutigen Hand die Tränen ab. Michael konnte den Blick nicht von der Kreatur wenden.

»Aaron, sie haben Dr. Larkin umgebracht«, sagte Michael. »Sie haben Dr. Flanagan in San Francisco ermordet. Sie würden alles vernichten, was ihnen im Weg steht. Sie wollen den Taltos, und es ist so, wie der Holländer es Ashlar vor fünfhundert Jahren erzählt hat! Sie haben sich von ihnen zum Narren halten lassen, und ich ebenfalls. Das wußten Sie, als wir dieses Zimmer betraten.«

»Das kann ich nicht glauben. Ich kann es nicht. Stolov, sprechen Sie mit mir«, sagte Aaron. »Norgan, gehen Sie und rufen Sie Yuri. Yuri ist bei Mona im anderen Haus. Rufen Sie dort an. Er muß herkommen.«

Norgan rührte sich nicht. Stolov stand langsam auf.

»Michael«, sagte er, »es wird schwierig für Sie werden. Sie wollen sich rächen, Sie wollen zerstören.«

»Sie werden ihn nicht mitnehmen, Freundchen«, sagte Michael. »Versuchen Sie's erst gar nicht.«

»Bleiben Sie ruhig. Warten Sie auf Yuri«, sagte Aaron.

»Wozu – damit Ihre Überzahl noch größer wird? Haben Sie das Gedicht vergessen, das ich Ihnen gegeben habe?«

»Welches Gedicht?« fragte Lasher mit großen, neugierigen Augen. »Du kennst ein Gedicht? Sagst du mir das Gedicht? Ich liebe Gedichte. Ich höre sie gern. Rowan konnte sie so gut aufsagen.«

»Ich kenne tausend Gedichte«, sagte Michael. »Aber du brauchst nur diese Strophe zu hören, dann wirst du schon verstehen:

Laßt den Teufel nur erzählen,
Laßt ihn wecken Engelsmacht,
Laßt die Toten Zeugen werden,
Jagt den Alchimisten fort.«

»Ich weiß nicht, was das bedeutet«, sagte Lasher unschuldig. »Was bedeutet es? Ich sehe es nicht. Es reimt sich nicht.«

Plötzlich schaute Lasher zur Decke hinauf. Stolov ebenfalls – das heißt, er schien die Ohren zu spitzen und ins Leere zu starren, als habe er den Blick vorübergehend abgeschaltet, während er ein Geräusch zu verfolgen suchte.

Es war die dünne Musik, der alte, mahlende, dünne Klang von Musik. Juliens Grammophon.

Michael lachte. »Als ob ich das nötig hätte. Als ob ich es vergessen hätte.«

Er schoß hoch von seinem Stuhl, auf Lasher zu, der zurückwich und seinem Griff knapp entging. Lasher zog sich hinter Stolov und Norgan zurück, die beide von ihren Stühlen aufsprangen.

»Ihr dürft nicht erlauben, daß er mich tötet!« flüsterte Lasher. »Vater, du darfst es nicht tun! Nein, es wird nicht wieder so für mich enden!«

»Den Teufel werde ich«, sagte Michael.

»Vater, du bist wie die Protestanten, die das wunderschöne bunte Glas für alle Zeit zerstören mußten.«

»Dein Pech.«

Die Kreatur machte einen Satz nach links, blieb wie angewurzelt stehen und starrte zur Küchentür.

Einen Wimpernschlag später hatte Michael es auch gesehen. Die Gestalt Juliens stand in der Tür, lebendig, nachdenklich, grauhaarig, blauäugig, mit verschränkten Armen, und versperrte den Weg.

Aber Lasher rannte bereits den Flur hinunter, während die Männer sich immer noch schwerfällig anschickten, seinen behenden, lautlosen Schritten nachzusetzen. Michael stieß Aaron zurück und aus dem Weg, um ihm nachzulaufen. Er schob Stolov hart beiseite und verpaßte Norgan einen wütenden Schwinger, so daß der Mann zusammenklappte und zu Boden ging.

Lasher war stehengeblieben. Wie angewurzelt stand das Wesen da und starrte in den vorderen Teil des Hauses. Und wieder sah Michael die Gestalt Juliens, umrahmt von der großen schlüssellochförmigen Haustür. Ruhig, lächelnd, mit verschränkten Armen wie kurz zuvor.

Michael stürzte sich auf Lasher, aber dieser tänzelte zur Seite, vollführte eine Pirouette und lief dann die Treppe hinauf.

Michael war dicht hinter ihm; keuchend streckte er die Hände aus und verfehlte um Haaresbreite den Saum der schwarzen Soutane, die Ferse des schwarzen Lederschuhs. Er hörte Stolovs Ruf dicht hinter sich, fühlte Stolovs Hand auf seiner Schulter.

Und oben auf der Treppe, auf dem Absatz vor der Tür zum hinteren Teil des Hauses, stand wiederum Julien und versperrte den Weg. Lasher sah ihn und fuhr zurück, daß er fast gestürzt wäre; dann rannte er den Korridor im ersten Stock hinunter zur nächsten Treppe und von dort hinauf in den zweiten.

»Loslassen!« rief Michael und stieß Stolov von sich.

»Nein, Sie werden ihn nicht töten. Sie werden es nicht tun.«

Michael fuhr herum, und sein Arm zuckte in einem sprichwörtlichen linken Haken herauf, seine Knöchel trafen das Kinn des Mannes, und dieser flog rücklings die ganze steile Treppe hinunter.

Eine Sekunde lang starrte er in entsetzlicher Reue zu Stolovs verdrehter Gestalt hinunter, die zerschmettert dort unten auf dem Boden lag.

Aber Lasher hatte sich unterdessen in Sicherheit gebracht; er hatte das Schlafzimmer im zweiten Stock erreicht, und Michael hörte, wie er den Riegel vorschob.

Michael stürzte ihm nach, die Treppe hinauf, und schlug mit beiden Fäusten gegen die Tür. Er rannte mit der Schulter dagegen, einmal, zweimal, und dann wich er zurück und trat mit aller Kraft gegen das Holz, so daß es splitternd aus dem Schloß krachte.

Dünne Musik erklang aus dem kleinen Grammophon. Das Fenster zum Verandadach stand offen.

»Nein, Michael, um der Liebe Gottes willen. Nein. Tu mir nichts«, wisperte Lasher. »Was habe ich denn getan, außer daß ich leben wollte?«

»Du hast mein Kind ermordet, das hast du getan«, antwortete Michael. »Du hast meine Frau am Rande des Todes zurückgelassen. Du hast das lebendige Fleisch meines Kindes genommen und deinem Willen unterjocht, deinem dunklen Willen – das hast du getan. Du hast meine Frau ermordet, du hast sie zerstört, wie du ihre Mutter zerstört hast und die Mutter ihrer Mutter und all die anderen Frauen. Dich töten! Ich werde dich mit Vergnügen töten! Für den Hl. Franziskus werde ich dich töten. Für den Hl. Michael. Für die Selige Jungfrau und für das Christkind, das du so liebst!«

Michael rammte Lasher die rechte Faust ins Gesicht. Lasher fing den Schlag auf, taumelte seitwärts und tanzte plötzlich in weitem Kreis um Michael herum. Blut strömte ihm aus der Nase.

»Gott, nein, tu es nicht, tu es nicht.«

»Fleisch wolltest du sein? Nun, jetzt bist du Fleisch, und jetzt weißt du, was passiert, wenn Fleisch stirbt.«

»Aber das weiß ich doch schon, Gott steh mir bei!« schrie Lasher.

Als Michael sich von neuem auf ihn stürzte, trat Lasher ihm heftig gegen das Bein und schleuderte ihn mit einem Faustschlag gegen die Wand zurück. Michael war verblüfft, denn der Schlag kam von einem langen, schmalen Arm, der so schwächlich aussah und es offenbar nicht war.

Er rappelte sich auf. Ihm war schwindlig. Der Schmerz war wieder da. Nein. Noch nicht. »Verdammt sollst du sein«, murmelte er, »verdammt, daß du solche Kräfte hast, aber diesmal werden sie nicht genügen.«

Er schlug nach der Kreatur, aber sie wich dem Schlag mit ausgreifendem Schritt und anmutiger Verneigung aus. Und wieder ballte sich die fahle Faust und traf krachend gegen Michaels Kiefer, ehe er sich ducken oder schützend den rechten Arm hochreißen konnte.

»Michael, der Hammer!« sagte Julien.

Der Hammer. Auf dem Sims des offenen Fensters. Der Hammer, mit dem er in jener Nacht das Haus nach einem Einbrecher durchsucht hatte, nur um im Dunkeln Julien zu finden! Er stürzte sich darauf, packte ihn beim Griff, drehte ihn um und hielt ihn mit beiden Händen hoch. Er stürmte der Kreatur entgegen und ließ ihr den Hammer mit der scharfen Seite in den Schädel niederfahren.

Durch das Haar, durch die zarte Haut, durch die Fontanelle, durch die Öffnung, die sich nicht geschlossen hatte, bohrte sich die Eisenklaue. Der Mund des Wesens formte sich zu einem makellosen Oval des Erstaunens. Das Blut spritzte in die Höhe wie aus einem Springbrunnen. Lasher riß die Hände hoch, als wolle er den Schwall zurückhalten, und wich zurück, als ihm das Blut in die Augen lief.

Michael hebelte die Hammerklaue aus der Wunde und schlug noch einmal heftig zu, tiefer noch in das Gehirn des Wesens. Ein Mensch wäre jetzt tot gewesen, dahin, erloschen, aber dieses Ding taumelte nur, schwankte, stolperte, und das Blut quoll aus seinem Kopf wie aus einer Quelle.

»O Gott, hilf mir!« rief Lasher, und das Blut floß ihm in Rinnsalen an der Nase vorbei in den Mund. »O Gott im Himmel, warum? Warum?« heulte er. Das Blut rann ihm übers Kinn. Wie Christus mit der Dornenkrone blutete er.

Michael hob den Hammer noch einmal.

Plötzlich erschien Norgan, aufgebracht, mit rotem Gesicht; er wollte sich auf Michael stürzen und geriet zwischen ihn und Lasher. Michaels Hammer sauste herab. Der Mann war auf der Stelle tot, als das Werkzeug in seine Stirn drang, drei Zoll tief durch den Knochen.

Norgan kippte vornüber und hing am Hammer; Michael drehte ihn ruckartig heraus.

Lasher schien zu fallen. Er tänzelte, schwankte, greinte leise;

noch immer floß das Blut und verklebte sein glattes schwarzes Haar. Sein starrer Blick war auf das offene Fenster gerichtet. Eine zierliche junge Frau stand draußen im Dunkeln auf dem Verandadach. Der Smaragd funkelte an einer goldenen Kette an ihrem Hals. Sie trug ein kurzes, geblümtes Kleid, das die Knie freiließ, und dunkles Haar umrahmte ihr Gesicht. Sie winkte.

»Ja, ich komme, meine Liebste«, sagte Lasher benommen; er fiel vornüber und kletterte über das Fenstersims auf das Dach hinaus. »Meine Antha, warte, fall nicht!«

Während er sich noch einmal zu seiner vollen Größe aufraffte und mühsam um sein Gleichgewicht rang, kletterte Michael auf das Teerdach hinaus und kam gleich wieder auf die Füße. Das Mädchen war nicht mehr da. Die Nacht war erfüllt vom Licht des Mondes. Zwei Stockwerke unter ihnen lagen die Steinplatten des Weges. Michael schwang noch einmal den Hammer. Ein vollendeter Schlag traf Lasher seitlich am Kopf und schleuderte ihn über die Dachkante.

Kopfüber flog die Gestalt hinunter; kein Schrei kam aus dem Mund, und der Kopf schlug mit voller Wucht unten auf den Steinplatten auf.

Michael kletterte sofort über das niedrige Geländer. Er stieß sich den Hammer in den Gürtel, packte mit beiden Händen das eiserne Spaliergitter und ließ sich daran hinunter; halb rutschte, halb fiel er zwischen Ranken und dichten Bananenstauden zu Boden, und die Stengel federten seinen Sturz ab, bevor er auf die Erde rollte.

Das Ding lag auf dem Gartenweg, ein hingestreckter Körper mit langen Armen und Beinen und fließendem schwarzem Haar. Es war tot.

Seine blauen Augen blickten starr in den Nachthimmel, und der Mund stand offen.

Michael kniete davor nieder und schlug mit dem Hammer darauf ein, mit dem flachen Ende diesmal, wieder und wieder. Er zermalmte und zerschmetterte die Knochen der Stirn, die Wangenknochen, die Kieferknochen. Immer wieder löste er den Hammer aus dem blutigen Brei, um noch einmal zuzuschlagen.

Schließlich war von dem Gesicht nichts mehr übrig. Die Knochen waren zu Knorpel geworden. Das Ding war zusammengefallen und verdreht, und es lief aus, als sei es ein Gegenstand aus Gummi oder Plastik. Blut sickerte aus der zerfetzten Hauthülle, die einmal ein Gesicht gewesen war.

Trotzdem schlug Michael wiederum zu. Er ließ das Klauenende des Hammers in die Kehle des Wesens fahren und riß sie auf, und er schlug und schlug, bis er den Kopf praktisch vom Halse getrennt hatte.

Schließlich ließ er sich rückwärts gegen den Sockel der Veranda fallen. Atemlos saß er da, den blutigen Hammer in der Hand. Wieder spürte er den Schmerz in seiner Brust, aber er hatte keine Angst dabei. Er starrte den Leichnam an; dann blickte er stumpf in den dunklen Garten hinaus. Er starrte zu dem Lichtschimmer hinauf, der vom dunklen Himmel herunterdrang. Abgebrochene und zerrissene Bananen lagen auf und unter dem Wesen. Schwarze Haare klebten zäh in dem blutigen Brei aus Nase, zersplitterten Zähnen und Knochen.

Michael kam auf die Beine. Der Schmerz in seiner Brust war jetzt groß und heiß und fast unerträglich. Er trat über den Kadaver hinweg auf das weiche grüne Gras des Rasens. Er ging bis in die Mitte und ließ den Blick langsam über die dunkle Fassade des Nachbarhauses wandern. Kein einziges Licht schimmerte dort, und die Fenster waren von Eibenzweigen und Bananenstauden und Magnolien überwuchert, so daß nichts zu sehen war. Sein Blick ging weiter über das dunkle Gebüsch am vorderen Zaun entlang und auf die verlassene Straße hinaus.

Nichts rührte sich im Garten. Nichts regte sich im Haus. Nichts bewegte sich hinter dem Zaun. Es gab keinen Zeugen. In der tiefen Stille im Dunkel des Garden District war wieder getötet worden, und niemand hatte es bemerkt. Niemand würde kommen. Niemand würde rufen.

Was tust du jetzt? Er zitterte am ganzen Körper; seine Hände waren glitschig von Schweiß und Blut. Sein Knöchel tat weh; er hatte sich den Fuß verstaucht, beim Herunterklettern am Spaliergitter, oder als er die letzten anderthalb Meter zu Boden gefallen war. Aber das machte nichts. Er konnte gehen, er konnte sich bewegen. Er konnte den Hammer abwischen. Er spähte nach hinten in den dunklen Garten, vorbei am blauen

Schimmer des Pools und durch das Eisentor ganz nach hinten. Er sah Deirdres Eiche, die ihre mächtigen Arme zum Himmel streckte und die blassen Wolken verdeckte.

Unter der Eiche, dachte er. Wenn ich wieder atmen kann. Wenn ich . . . wenn ich . . . Und er sank ins Gras, fiel auf die Knie und kippte zur Seite.

38

Lange Zeit lag er so da. Er schlief nicht. Der Schmerz kam und ging. Schließlich atmete er ein, und es tat nicht mehr so weh. Er setzte sich auf, und der Schmerz fing an, in ihm zu pochen, aber er blieb klein und schien sich auf die Kammern oder die Ventile seines Herzens zu beschränken; er wußte nicht, was es war, und es war ihm auch egal. Er stand auf und ging zu dem Plattenweg zurück.

Das Haus lag im Dunkeln, still und ruhig wie zuvor. Meine geliebte Rowan. Aaron . . . Aber er konnte den zerschmetterten Leichnam nicht hier liegenlassen.

Er lag da, wie er ihn verlassen hatte; nur, daß er jetzt noch platter wirkte, vielleicht verdrehter. Er wußte es nicht; er bückte sich und nahm den Oberkörper in die Arme. Die Überreste des Kopfes lösten sich und blieben an den Steinplatten kleben; die letzten Muskelfasern rissen wie Hühnerfett.

Na, er würde nachher zurückkommen und den Kopf holen. Er trug den Körper nach hinten und ließ die Beine schleifen; er trug ihn um den Pool herum und in den hinteren Garten.

Es war nicht schwer nach den Anstrengungen des Totschlags. Der Leichnam wog nicht viel, und er ging die Arbeit langsam an. Einmal kam ihm in den Sinn, daß der richtige Platz für das Grab eigentlich unter der Myrte im Vorgarten lag. Dort hatte er »den Mann« als Junge zum ersten Mal gesehen, wie er ihn angestarrt und angelächelt hatte, als er draußen am Zaun vorübergegangen war.

Aber von der Straße aus könnte ihn jemand sehen. Nein, hinten im Garten war es besser. Unter Deirdres Eiche konnte ihn niemand graben sehen. Und da waren ja noch die beiden anderen Leichen – Norgan und Stolov. Er wußte, daß Stolov tot war. Er hatte es gewußt, als er ihn rückwärts die Treppe hatte hinunterfallen sehen. Michael hatte ihm das Genick gebrochen. Und daß Norgan tot war, hatte er auch gesehen.

Im Garten hinten war es dunkel und feucht; die Bananenbäume waren nach dem Weihnachtsfrost schon wieder nachgewachsen, und ihre Wedel streckten sich im Bogen hinaus über die hohe Ziegelmauer. Im Dunklen konnte er die Wurzeln der Eiche kaum erkennen. Er legte den Leichnam auf den Boden und verschränkte ihm die Arme auf der Brust. Wie eine große schlanke Puppe sah er aus mit seinen großen Füßen und den langen Händen, kalt und still.

Er ging zurück zum Plattenweg vor der Veranda und zog erst den Pullover und dann das Hemd aus. Er zog den Pullover wieder an, hob den Kopf behutsam bei den Haaren auf und legte ihn auf das Hemd. Er achtete darauf, sich nicht noch mehr mit Blut zu beschmieren; er war schon bespritzt genug. Der größte Teil von Haut, Knochensplittern und Blut blieb am Kopf hängen, aber den Rest, eine weiche, feuchte, blutige Handvoll, mußte er zusammenkratzen. Er wischte die Masse mit dem Taschentuch von der Hand zum Kopf in das Hemd, und dann faltete er das Hemd zusammen. Ein Bündel. Ein Bündel Kopf.

Er trug den Kopf zum Fuße der Eiche. Dann verschloß er das Eisentor zum hinteren Garten für den Fall, daß irgendwelche Verwandte hier herumspazieren sollten.

Die Schaufel stand im Schuppen. Er hatte sie noch nie benutzt. Hier waren die Gärtner für diese Art von Arbeit zuständig. Und jetzt würde er diesen Leichnam in der pechschwarzen Finsternis begraben.

Die Erde unter dem Baum war vom Frühlingsregen aufgeweicht, und es war nicht schwer, ein ziemlich tiefes Grab auszuheben. Nur die Wurzeln kamen ihm in die Quere. Er mußte weiter weg vom Stamm graben, als er vorgehabt hatte, aber schließlich hatte er eine schmale, ungleichmäßige Grube ausgehoben, die keine Ähnlichkeit mit den rechteckigen Gräbern in Horrorfilmen und bei modernen Beerdigungen hatte. Er ließ den Leichnam hineingleiten, und dann auch das blutgetränkte

Hemdbündel mit dem Kopf. In der feuchten Hitze des kommenden Sommers würde das Zeug im Handumdrehen verwesen. Es hatte schon angefangen zu regnen.

Gesegnet sei der Regen. Er schaute in das dunkle Loch hinunter. Von der Leiche konnte er nur noch eine schlaffe weiße Hand sehen. Sie sah nicht aus wie eine Menschenhand. Die Finger waren zu lang, die Knöchel zu dick. Eher wie aus Wachs.

Er schaute hinauf zu den dunklen Ästen der Bäume. Es regnete jetzt richtig, aber bis jetzt drangen nur ein paar Tropfen durch das dichte Blätterdach.

Im Garten war es kalt und still, und niemand war zu sehen. Hinten im Gästehaus brannte kein Licht, und auch von den Nachbarn hinter der Mauer kam kein Laut.

Noch einmal schaute er in die bröckelnde, formlose Grube. Die Hand war kleiner, dünner geworden. Sie schien an Substanz verloren zu haben; die Finger fielen zusammen, verschmolzen miteinander und verloren ihre eindeutige Form. Es war kaum noch eine Hand.

Aber da glomm etwas im Dunkeln – ein winziges Glühwürmchen aus grünem Licht.

Er fiel auf die Knie und rutschte über den unebenen Rand des Loches nach vorn; seine linke Hand fuhr haltsuchend hinüber zur anderen Seite des Grabes, und mit der rechten langte er hinunter und tastete nach dem grünen, funkelnden Ding.

Fast hätte er das Gleichgewicht verloren, aber dann fühlte er die harten Kanten des Smaragds.

Er riß die Kette aus dem blutig verknüllten Stoff. Sie kam aus der Dunkelheit herauf, ruhte auf seiner erdverschmierten Handfläche.

»Hab' ich dich!« flüsterte er und starrte das Ding an.

Das Wesen hatte es um den Hals getragen, unter seinen Kleidern. Er hielt es hoch, drehte und wendete es, bis das Licht der Sterne es gefunden hatte, das Juwel der Juwelen. Keine große Empfindung regte sich in ihm. Nichts – nur die traurige, grimmige Genugtuung darüber, daß er den Mayfair-Smaragd gefunden und daß er ihn der Vergessenheit entrissen hatte, aus dem verborgenen, ungekennzeichneten Grab des einen, der schließlich verloren hatte.

Verloren.

Er konnte nur verschwommen sehen. Aber es war so göttlich dunkel hier draußen, und so still. Er raffte die goldene Kette zusammen, wie man es wohl mit einem Rosenkranz tut, und schob sie mitsamt dem Edelstein in die Hosentasche.

Er schloß die Augen. Wieder hätte er beinahe das Gleichgewicht verloren und wäre ins Grab gerutscht. Aber dann erschien der Garten vor ihm, glitzernd im Zwielicht. Die Hand da unten war überhaupt nicht mehr zu sehen. Vielleicht hatten die herabfallenden Erdklumpen sie bedeckt, wie sie bald alles bedecken würden.

Von irgendwoher kam ein Geräusch. Ein Tor vielleicht, das sich schloß. War jemand im Haus?

Er mußte sich beeilen, ganz gleich, wie müde er war und wie träge und ruhig er sich fühlte.

Rasch.

Langsam schaufelte er die feuchte Erde in das Loch; es dauerte eine Viertelstunde oder mehr.

Jetzt wisperte der Regen ringsumher und ließ die glänzenden Blätter der Kamelien und die Steinplatten des Weges leuchten.

Er stand vor dem Grab und stützte sich auf die Schaufel, und laut sprach er eine Strophe aus Juliens Gedicht.

Erschlagt das Fleisch, das ist nicht menschlich,
Baut auf Waffen grausam roh,
Denn sterben sie am Rand der Weisheit,
Streben wohl gequälte Seelen nach dem Licht.

Er sackte neben der Eiche zu Boden und schloß die Augen. Der Schmerz pochte dumpf in ihm, als habe er geduldig gewartet und als sei jetzt seine Zeit gekommen. Einen Augenblick lang bekam er keine Luft, doch dann ruhte er sich aus, und schließlich atmete er wieder regelmäßig und mühelos.

So lag er da und schlief vielleicht, wenn man schlafen und zugleich wissen kann, was man getan hat. Träume standen bereit. Und von Augenblick zu Augenblick schien es, als werde er abschwenken und in die selige Finsternis hinuntertauchen, wo andere auf ihn warteten, so viele andere, die ihn befragen, ihn trösten, vielleicht auch anklagen wollten. War die Luft voller Geister? Brauchte man nur zu schlafen, um sie von Angesicht zu Angesicht zu sehen und ihr Rufen zu hören?

Er wußte es nicht. Alte Bilder kehrten zurück, Fetzen und Bruchstücke von Geschichten, andere Träume. Aber er wollte sich nicht verlieren. Er wollte sich nicht ganz versinken lassen...

Er schlief den hauchdünnen Schlaf, in dem er sicher war, in guter Gesellschaft mit dem Regen, dem Seufzen des schwerelosen Regens, der ihn umgab, ohne ihn zu berühren, hier in seinem Garten, unter dem hohen Blätterdach des mächtigen Baumes.

Und plötzlich sah er ein Bild des zerschlagenen weißen Leibes, der dort unter ihm schlief – wenn man für die Toten ein so sanftes Wort wie *schlafen* benutzen konnte.

Die Lebenden schliefen, wie er geschlafen hatte. Was wurde aus denen, die eben gestorben oder die vor langer Zeit gestorben waren, aus denen, die von der Erde verschwunden waren?

Fahl, verrenkt, und nach Jahrhunderten wiederum besiegt, ohne einen Grabstein verscharrt...

Er schrak aus dem Schlaf. Beinahe hätte er aufgeschrien.

39

Als er aufblickte, sah er durch den Zaun, daß das Haupthaus jetzt hell erleuchtet war.

In allen Etagen brannte Licht, oben und unten. Er glaubte oben im Flur jemanden durch eine Tür gehen zu sehen. Anscheinend Eugenia. Die arme alte Seele. Sie mußte es gehört haben. Hatte vielleicht die Toten gefunden. Aber es war nur ein Schatten hinter dem Blickschutz des Rankengitters. Er war nicht sicher, und es war viel zu weit weg, als daß er etwas hätte hören können.

Er war dabei, die Schaufel wieder in den Schuppen zu stellen, als der Regen heftiger wurde.

Donner krachte, einer dieser weißen, gezackten Blitze riß den Himmel auf, und dann klatschten ihm dicke Tropfen auf Kopf, Gesicht und Hände.

Er schloß das Tor auf und ging zum Wasserhahn am Rande des Pools. Er streifte den Pullover ab und wusch sich Arme, Gesicht und Brust. Der Schmerz war noch da, als ob etwas in ihm nage, und er merkte, daß er in der linken Hand kaum noch Gefühl hatte. Aber er konnte sie schließen. Er konnte damit greifen. Er schaute sich nach der dunklen Eiche um, aber in der Dunkelheit darunter konnte er nichts erkennen; der gesamte Garten lag in tiefer Dunkelheit.

Der Regen spülte Lashers Blut von den Steinplatten, auf denen er gestorben war.

Michael stand da und schaute zu; er wurde tropfnaß. Gern hätte er eine Zigarette geraucht, aber er wußte, daß der Regen sie auslöschen würde. Durch das Eßzimmerfenster sah er die nebelhaften Umrisse Aarons, der immer noch am Tisch saß, als habe er sich überhaupt nicht bewegt, und die hohe, dunkle Gestalt Yuris, die beinahe müßig herumstand. Und noch jemanden, den er nicht erkannte.

Alle waren im Haus. Na ja, es war unvermeidlich gewesen. Irgend jemand hatte ja kommen müssen. Beatrice, Mona, irgend jemand . . .

Erst als alles Blut weggeschwemmt war, ging er über die Stelle hinweg und nach vorn zur Haustür.

Zwei Polizeiwagen parkten vor dem Haus, Stoßstange an Stoßstange und mit blitzenden Lichtern. Vor dem Tor stand eine Gruppe von Männern, darunter Ryan und der junge Pierce. Mona war auch da, in Sweatshirt und Jeans. Fast kamen ihm die Tränen, als er sie sah.

Mein Gott, warum verhaften die mich denn nicht? dachte er. Warum sind sie nicht in den Garten gekommen? Gott, wie lange sind sie wohl schon da? Wie lange habe ich gebraucht, um das Grab zu graben?

All das ging ihm verschwommen durch den Kopf.

Er sah wohl – da war kein Krankenwagen. Aber das hatte nichts zu bedeuten. Vielleicht war seine Frau oben gestorben, und sie hatten sie schon fortgebracht. Muß zu ihr, dachte er. Was auch passiert, ich werde mich nicht von hier fortschleifen lassen, ohne ihr einen Abschiedskuß zu geben.

Er ging auf die Haustürtreppe zu.

Kaum hatte Ryan ihn gesehen, als er anfing zu reden.

»Michael, Gott sei Dank, daß du wieder da bist. Etwas Unverzeihliches ist passiert. Ein Mißverständnis. Gleich nachdem du gegangen warst. Ich verspreche dir, daß so etwas nicht noch einmal vorkommen wird.«

»Was denn?« fragte Michael.

Mona schaute ihn an: ihr Gesicht war gleichmütig und unbestreitbar schön auf eine reizende, jugendliche Art. Ihre Augen waren so grün. Es war erstaunlich. Er dachte an das, was Lasher gesagt hatte – über Juwelen.

»Ein komplettes Chaos zwischen Sicherheitspersonal und Krankenschwestern«, sagte Ryan. »Alle sind unerklärlicherweise nach Hause gegangen. Sogar Henri hat man nach Hause geschickt. Nur Aaron war hier, und er hat geschlafen.«

Mona machte eine kleine verneinende Geste und hob eine ihrer zarten, babyhaften Hände. Hübsche Mona.

»Rowan geht es gut?« fragte Michael. Er wußte schon nicht mehr, was Ryan da gesagt hatte – nur, daß er an Ryans Verhalten erkannt hatte, daß Rowan nicht gestorben war.

»Ja, ihr geht's prima«, sagte Ryan. »Aber sie war eine Zeitlang allein im Haus, und die Tür war nicht abgeschlossen. Offenbar hat jemand den Wachmännern gesagt, sie würden nicht mehr gebraucht. Wie es aussieht, war es ein Priester aus der Pfarrkirche, aber bis jetzt haben wir den Mann nicht finden können. Das werden wir aber noch. Aber wie dem auch sei, den Krankenschwestern hat man tatsächlich gesagt, Rowan sei . . . sei . . .«

»Aber Rowan geht es gut?«

»Der springende Punkt ist, nichts ist passiert. Eugenia war die ganze Zeit in ihrem Zimmer – sehr hilfreich. Aber es ist nichts passiert. Mona und Yuri kamen und fanden das Haus verlassen vor. Sie haben Aaron geweckt und mich angerufen.«

»Aha«, sagte Michael.

»Wir wußten nicht, wo du warst. Dann fiel Aaron ein, daß du einen langen Spaziergang machen wolltest. Ich bin hergekommen, so schnell ich konnte. Soweit ich sehen konnte, ist es noch mal gutgegangen. Aber natürlich sind die Leute gefeuert worden. Es sind lauter neue hier.«

»Ja, ich verstehe«, sagte Michael und nickte kurz.

Sie gingen die Treppe hinauf in den vorderen Flur. Alles sah aus, wie es aussehen sollte. Der rote Läufer auf der Treppe. Der Orientteppich vor der Tür. Ein paar gewöhnliche Kratzspuren auf dem Boden, wie man sie in gewachstem Holz immer findet.

Er sah Mona an, die hinter ihrem Onkel stand. Die Jeans hätten enger nicht sein können. Ja die gesamte Geschichte der Mode im zwanzigsten Jahrhundert hätte anders verlaufen können, dachte Michael, wenn der Jeansstoff nicht so strapazierfähig gewesen wäre und wenn er sich nicht derart haltbar um die schmalen Hüften einer Frau hätte spannen können.

»Es wurde nichts angerührt«, sagte Ryan. »Es fehlt nichts. Wir haben noch nicht das ganze Haus durchsucht, aber . . .«

»Das mache ich schon«, sagte Michael. »Es ist okay.«

»Ich habe die Wachen verdoppelt«, sagte Ryan, »und die Schicht der Krankenschwestern ebenfalls. Niemand verläßt dieses Gelände ohne die ausdrückliche Erlaubnis eines Familienmitglieds. Du mußt sicher sein können, daß du einen Spaziergang machen und zurückkommen kannst, ohne daß Rowan etwas passiert.«

»Ja«, sagte Michael. »Ich sollte jetzt mal zu ihr hinaufgehen.«

Rowan hatte ein frisches weißes Seidennachthemd an. Es hatte lange Ärmel mit engschließenden Manschetten. Sie lag so, wie er sie verlassen hatte – mit sanft erstauntem Gesichtsausdruck, die Hände gefaltet auf dem frischen Bettbezug aus besticktem Leinen mit einem hübschen Bortenbesatz. Das Zimmer roch sauber und war erfüllt vom Duft der geweihten Kerzen. Eine große Vase mit gelben Blumen stand auf dem Tisch, an dem die Schwestern immer geschrieben hatten.

»Hübsch, die Blumen«, sagte Michael.

»Ja. Bea hat sie besorgt«, sagte Pierce. »Immer, wenn irgend etwas passiert, holt Bea Blumen. Aber ich glaube, Rowan hat überhaupt nicht gemerkt, daß irgend etwas nicht stimmte.«

»Nein, sicher nicht«, sagte Michael.

Ryan hörte nicht auf, sich zu entschuldigen und zu beteuern, daß so etwas nie wieder passieren würde. Hamilton Mayfair trat aus dem Schatten in der Ecke hervor, nickte kurz zur Begrüßung und verschwand so sacht und lautlos, wie er aufgetaucht war.

Beatrice kam mit leisem Klingeln herein – ihre Armbänder

vielleicht; Michael wußte es nicht. Er spürte ihren Kuß, bevor er sie sah, und roch ihr Jasminparfüm. Es erinnerte ihn an den Garten im Sommer. Sommer. Bis dahin war es nicht mehr weit. Im Schlafzimmer war es halbdunkel wie immer; außer den Kerzen brannte nur eine kleine Lampe. Beatrice nahm ihn in die Arme und hielt ihn fest.

»O Darling«, sagte sie, »du bist ja ganz naß.«

Michael nickte. »Das stimmt.«

»Jetzt reg dich nur nicht auf«, meinte Bea tadelnd. »Es ist ja alles gutgegangen. Mona und Yuri haben sich um alles gekümmert. Wir waren fest entschlossen, alles in Ordnung zu bringen, bevor du zurückkommst.«

»Das war nett von euch«, sagte Michael.

»Du bist erschöpft«, sagte Mona. »Du mußt dich ausruhen.«

»Ja, komm, du mußt raus aus diesem nassen Zeug«, sagte Beatrice. »Du wirst dich erkälten. Sind deine Sachen im vorderen Zimmer?«

Er nickte.

»Ich helfe dir«, sagte Mona.

»Aaron. Wo ist Aaron?« fragte Michael.

»Oh, dem geht es prima«, sagte Beatrice. Sie schenkte ihm ein strahlendes Lächeln. »Mach dir keine Sorgen um Aaron. Er sitzt im Eßzimmer und trinkt seinen Tee. Er ist sofort aktiv geworden, als Mona und Yuri ihn geweckt haben. Ihm geht's gut. Wirklich. Ich gehe jetzt nach unten und besorge dir etwas Heißes zum Trinken.«

Sie musterte ihn aufmerksam von Kopf bis Fuß, und als er an sich hinunterschaute, sah er die dunklen Spritzflecken überall auf seinem Pullover und seiner Hose. Seine Sachen waren so naß und dunkel, daß man keinen Unterschied zwischen Blut und Wasser erkennen konnte. Aber wenn alles getrocknet wäre, würde man es können.

Mona öffnete die Tür zum vorderen Schlafzimmer, und er folgte ihr hinein. Da war das Hochzeitsbett mit dem weißen Himmel. Und noch mehr Blumen. Gelbe Rosen. Die Vorhänge an den vorderen Fenstern waren offen, und die Straßenlaterne leuchtete zwischen den schwankenden Ästen der Eiche. Wie ein Baumhaus, dieses Schlafzimmer, dachte Michael.

Mona half ihm, den Pullover auszuziehen. »Weißt du was? Diese Klamotten sind so alt – ich werde sie verbrennen. Funktioniert der Kamin hier?«

Er nickte. »Was habt ihr mit den beiden Toten gemacht?« fragte er sie.

»Pssst. Nicht so laut«, sagte sie und tat sofort ungeheuer dramatisch. »Yuri und ich haben uns darum gekümmert. Frag nie wieder danach.«

»Du weißt, daß ich es umgebracht habe«, sagte er.

Sie nickte. »Ja. Ich wünschte, ich hätte es sehen können. Nur ein einziges Mal! Es einmal genau angucken können, weißt du!«

»Nein. Wünsche es dir nicht. Und geh es ja nie suchen, und frag mich auch nie, wo ich es hingeschafft habe oder . . .«

Sie gab keine Antwort. Ihr Gesichtsausdruck war still, entschlossen, unerreichbar für seine Zärtlichkeit oder seine Sorge. Ihre einzigartige Mischung aus Unschuld und Wissen machte ihn so ratlos wie immer. An ihrer Frische und Schönheit schien alles spurlos vorübergegangen zu sein, doch zugleich war sie anscheinend tief versunken in irgendeiner gefahrvollen Kammer ihrer eigenen Gedanken.

»Fühlst du dich betrogen?« flüsterte er.

Sie antwortete immer noch nicht. Noch nie hatte sie so reif ausgesehen – so wissend, so fraulich. Und so geheimnisvoll.

Er griff in die Tasche, holte den lehmverschmierten Smaragd heraus und hörte, wie sie nach Luft schnappte; als er aufschaute, sah er die Verblüffung in ihrem Gesicht.

»Nimm ihn mit«, sagte er leise. »Er gehört jetzt dir. Und niemals, niemals darfst du dich umdrehen und zurückschauen. Nie darfst du versuchen, es zu verstehen.«

Wiederum nahm sie seine Worte ernst und stumm zur Kenntnis, ohne ihre wahre Reaktion erkennen zu lassen. Vielleicht war ihr Gesichtsausdruck respektvoll, vielleicht aber auch nur geistesabwesend. Sie schloß die Hand um den Smaragd, als wolle sie ihn verbergen. Dann schob sie die geschlossene Faust in das Bündel aus seinen schmutzigen Kleidern.

»Geh jetzt baden«, sagte sie ruhig. »Und dann ruh dich aus. Aber vorher – die Hose, die Strümpfe und die Schuhe. Die will ich dir auch noch ausziehen.«

40

Das Morgenlicht weckte ihn. Er saß in ihrem Zimmer neben dem Bett, und sie starrte ins Licht, als könne sie es sehen. Er konnte sich nicht erinnern, daß er eingeschlafen war.

Irgendwann im Laufe der Nacht hatte er ihr die ganze Geschichte erzählt. Er hatte ihr auch Lashers Geschichte erzählt, und wie er ihn totgeschlagen, wie er den Hammer in die weiche Stelle in Lashers Schädel getrieben hatte. Er wußte nicht, ob er so laut gesprochen hatte, daß sie es hatte hören können, aber er nahm es an. Mit monotoner Stimme hatte er alles erzählt. Sie würde es wissen wollen, hatte er gedacht. Sie würde wissen wollen, daß es erledigt ist, und wie es dazu gekommen war. Sie hatte dem Lastwagenfahrer gesagt, sie wolle nach Hause.

Dann war er verstummt. Wenn er die Augen schloß, hörte er in seiner Erinnerung Lashers sanfte Stimme, wie sie von Italien sprach und vom wunderbaren Sonnenschein und vom Jesuskind. Wieviel mochte Rowan davon gewußt haben?

Er fragte sich, ob Lashers Seele jetzt dort oben war – wenn es stimmte, daß der Hl. Ashlar wiederkommen würde. Wo würde es das nächste Mal geschehen? In Donnelaith? Oder hier im Haus? Unmöglich zu sagen.

»Ich werde dann jedenfalls tot und dahin sein, das steht fest«, sagte er leise. »Es hat hundert Jahre gebraucht, um zu Suzanne zu kommen. Aber ich glaube, er ist nicht mehr hier. Ich glaube, er hat das Licht gefunden. Ich glaube, daß Julien es gefunden hat. Vielleicht hat Julien ihm geholfen. Vielleicht waren Evelyns Worte wahr.«

Leise sagte er ihr das Gedicht auf. Vor der letzten Strophe hielt er inne, aber dann rezitierte er auch sie:

Zerschmettert die Sprößlinge, die nicht Kinder,
Erbarmt euch nicht derer, die nicht rein,
Denn sonst kennt Eden nie mehr Frühling,
Denn sonst herrscht unsre Art nicht mehr.

Er wartete einen Moment und sagte dann: »Ich hatte Mitleid mit ihm. Ich fühlte das Grauen. Ich fühlte es. Aber ich mußte tun, was ich getan habe. Ich habe es aus unbedeutenden Gründen getan – wenn man die Liebe zu Ehefrau und Kind als unbedeutend bezeichnen kann. Aber es gab auch bedeutsame Gründe, und ich wußte, daß die andern es nicht tun würden; ich wußte, er würde sie alle verführen und besiegen – er mußte. Das war das Grauenvolle. Er war rein.«

Und dann war er wohl eingeschlafen. Ihm war, als habe er von England geträumt, von verschneiten Tälern und großen Kathedralen. Vermutlich würde er solche Träume noch eine ganze Weile haben. Vielleicht immer. Es regnete durch den Sonnenschein. Gut.

»Honey, soll ich dir etwas vorsingen?« fragte er leise. Dann lachte er. »Ich kenne nur ungefähr fünfundzwanzig alte irische Lieder.« Aber dann hatte er keine Lust mehr. Vielleicht dachte er auch an Lashers Gesicht, als er erzählt hatte, wie er den Menschen vorgesungen hatte, und an seine großen, unschuldigen blauen Augen. Er dachte an den glatten schwarzen Vollbart und an seine starke, kindliche Lebhaftigkeit und daran, wie er *sotto voce* gesungen hatte, um ihnen zu zeigen, wie die Melodie geklungen hatte.

Tot. Ich habe es getötet. Er erzitterte am ganzen Körper! Morgen. Keine Sorge. Aufstehen.

Hamilton Mayfair war hereingekommen.

»Möchtest du einen Kaffee? Ich kann eine Weile bei ihr sitzenbleiben. Sie sieht so . . . hübsch aus heute morgen.«

»Sie sieht immer hübsch aus«, sagte Michael. »Danke. Ich gehe ein bißchen hinunter.«

Er ging hinaus und die Treppe hinunter.

Das Haus war lichtdurchflutet, und der Regen funkelte auf den klaren Fensterscheiben.

Er konnte immer noch das Feuer riechen, das Mona letzte Nacht im Schlafzimmerkamin angezündet hatte, um seine Sachen zu verbrennen.

Er bekam Lust, ein richtig großes Feuer im Wohnzimmer anzuzünden und seinen Kaffee dort zu trinken, wo die Sonne und das Feuer ihn wärmen würden.

Er ging durch den Salon zum vorderen Kamin, der ihm von beiden der liebere war mit seinen in Marmor gehauenen Blumen. Er setzte sich hin, zog die Beine nach Indianerart unter sich und lehnte sich mit dem Rücken gegen den Stein. Er hatte nicht genug Energie, um eine Tasse Kaffee zu machen oder Anzünder und Holz zu holen. Er wußte nicht, wer im Hause war. Er wußte nicht, was er anfangen sollte.

Er schloß die Augen. Tot, es ist tot, du hast es getötet. Es ist zu Ende.

Er hörte, wie die Tür auf- und wieder zuging. Aaron kam herein. Er sah Michael nicht gleich, und als er ihn dann erblickte, schrak er zusammen.

Aaron war frisch rasiert. Er trug ein graues Wolljackett mit aufgesetzten Taschen und einem Gürtel, dazu ein sauberes weißes Hemd und eine Krawatte. Sein dichtes weißes Haar war ordentlich gekämmt, und sein Blick war ausgeruht und klar.

»Ich weiß, Sie werden mir nie verzeihen«, sagte Michael. »Aber ich mußte es tun. Ich mußte. Es war der einzige Grund, weshalb ich überhaupt hier war.«

»Oh, ich habe Ihnen nichts zu vergeben«, sagte Aaron in bewußt tröstendem Ton. »Denken Sie das nicht, nicht einmal für einen Augenblick. Verbannen Sie es aus Ihren Gedanken, als wäre es schädlich für Sie, daran zu denken. Schieben Sie es beiseite. Es ist nur – helfen konnte ich Ihnen nicht. Ich selbst hätte es nicht tun können.«

»Warum nicht? War es das Geheimnis dieses Wesens, oder hatten Sie Mitleid mit ihm, oder war es Liebe?«

Aaron überlegte. Er schaute sich um, vielleicht um sich zu vergewissern, daß niemand sonst in der Nähe war. Dann kam er langsam näher und ließ sich auf die Kante eines bestickten Stuhls sinken.

»Ich weiß es ehrlich nicht«, sagte er und sah Michael ernst an. »Ich hätte es nicht töten können.« Seine Stimme wurde so leise, daß Michael ihn kaum noch verstehen konnte. »Ich hätte es nicht gekonnt.«

»Und der Orden? Was ist damit?«

»Ich weiß keine Antwort, was den Orden betrifft. Ich habe

Nachrichten erhalten – ich soll in Amsterdam anrufen, ich soll in London anrufen. Ich soll zurückkommen. Aber ich gehe nicht. Yuri wird die Antwort finden. Er ist heute morgen abgereist. Zehn Pferde waren nötig, um ihn von Mona loszureißen, aber er mußte gehen. Er hat versprochen, uns beide jeden Abend anzurufen. Er ist so verschossen in Mona, daß nur diese Mission ihn von ihr wegbringen konnte. Er muß die Ältesten um eine Audienz bitten. Er will herausfinden, was wirklich geschehen ist, ob Stolov und Norgan den Auftrag hatten, das Wesen nach Amsterdam zu bringen, und – wenn es so ist – ob es die Ältesten waren, die ihnen diese Anweisung erteilt haben.«

»Und Sie? Was ist Ihre Vermutung – oder sollte ich sagen, Verdacht?«

»Ich weiß es nicht. Manchmal glaube ich, ich habe mich mein ganzes Leben lang von anderen zum Narren halten lassen. Ich glaube, sie werden bald kommen, und dann werde ich sterben wie die beiden Ärzte. Sie dürfen nichts unternehmen, wenn das geschehen sollte. Sie können nichts tun. Aber dann wieder glaube ich, daß der Orden nichts anderes ist als ein Haufen alter Gelehrter, die Erkenntnisse sammeln, die andere vernichten möchten. Ich kann nicht glauben, daß er verborgene Ziele verfolgen soll! Ich kann es nicht. Ich glaube, wir werden herausfinden, daß Stolov und Norgan den Entschluß faßten, das Wesen fortzuzüchten. Als ihnen die medizinischen Informationen in die Hände fielen, haben sie etwas gesehen, dem sie nicht widerstehen konnten. Es muß für sie gewesen sein wie für Rowan, als sie dieses medizinische Wunder sah. Was sie empfand, als sie das Wesen aus dem Haus brachte.«

»›Gelehrte nähren nur weiter das Böse, und Forscher helfen ihm weiter hinauf.‹«

»Ja, vielleicht. Sie sind auf eine gefährliche, aber nützliche Entdeckung gestoßen. Sie haben das Vertrauen der andern gebrochen. Sie haben die Ältesten belogen. Ich weiß es nicht. Ich gehöre nicht mehr dazu. Ich bin draußen. Was immer man entdecken wird, man wird es mir nicht mitteilen.«

»Aber Yuri? Können sie ihm etwas tun?«

Aaron seufzte mutlos. »Sie haben ihn wieder aufgenommen. Das sagen sie jedenfalls. Er hat keine Angst vor ihnen, soviel steht fest. Er kehrt nach London zurück, um ihnen gegenüberzutreten. Ich glaube, er denkt, er kann auf sich achtgeben.«

Wenn Michael an Yuri dachte – an ihre kurze Bekanntschaft –, sah er nicht ein einziges Bild vor sich, sondern viele, die insgesamt den Eindruck von Unschuld, Pfiffigkeit und Kraft hinterließen.

»Ich mache mir keine allzu großen Sorgen«, sagte Aaron. »Hauptsächlich Monas wegen. Er will zu ihr zurückkommen. Deshalb wird er um so vorsichtiger sein. Um ihretwillen.«

Michael lächelte und nickte. »Leuchtet ein.«

»Hoffentlich findet er die Antwort. Es ist jetzt bei ihm zu einer Besessenheit geworden: der Orden, das Geheimnis um die Ältesten, ihre Ziele. Aber vielleicht wird Mona ihn retten. Wie Beatrice mich gerettet hat. Seltsam, nicht wahr – die Macht dieser Familie? Die Macht, die sie haben und die nichts zu tun hat mit . . . ihm.«

»Und Stolov und Norgan? Wird niemand sie suchen?«

»Nein. Vergessen Sie auch das. Yuri wird für alles sorgen. Niemand wird kommen, um sie zu suchen oder nach ihnen zu fragen. Sie werden sehen.«

»Sie wirken resigniert, aber nicht glücklich«, stellte Michael fest.

»Nun, ich denke, es ist noch ein bißchen zu früh, um glücklich zu sein«, sagte Aaron leise. »Aber verdammt, ich bin sehr viel glücklicher, als ich war.« Er dachte kurz nach. »Ich bin nicht bereit, einfach wegzuwischen, woran ich mein Leben lang geglaubt habe, nur weil zwei Männer Böses getan haben.«

»Lasher hat es Ihnen gesagt«, wandte Michael ein. »Er hat Ihnen gesagt, es sei das Ziel des Ordens.«

»Ah, das hat er wohl. Aber es ist lange her. Es war eine andere Zeit, in der die Menschen an Dinge glaubten, an die sie heute nicht mehr glauben.«

»Ja, vermutlich.«

Aaron seufzte und hob anmutig die Schultern.

»Yuri wird es herausfinden. Und Yuri wird wiederkommen.«

»Wieso haben Sie wegen Stolov und Norgan nicht die Polizei gerufen?«

Aaron machte ein überraschtes Gesicht. »Das wissen Sie«, sagte er. »Soviel war ich Ihnen wenigstens schuldig, meinen Sie nicht? Ein bißchen heitere Gelassenheit. Außerdem kam diese Entscheidung eigentlich von Mona und Yuri. Ich selbst war viel zu perplex. Wir haben uns für die einfachere Lösung entschieden. Das ist eine Faustregel: Immer die einfachere Lösung nehmen.«

»Die einfachere Lösung.«

»Ja. Was Sie mit Lasher gemacht haben. Die einfachere Lösung.«

Michael antwortete nicht.

»Glauben Sie alles, was er gesagt hat – über die Taltos, über die Legenden und das kleine Volk?«

»Ja. Und nein.« Aaron dachte eine ganze Weile nach, bevor er hinzufügte: »Ich will keine Geheimnisse oder Rätsel mehr.« Er schien über seine eigene Ruhe erstaunt zu sein. »Ich will nur noch bei meiner Familie sein. Deirdre Mayfair soll mir verzeihen, daß ich ihr nicht geholfen habe. Rowan Mayfair soll mir verzeihen, daß ich ihr dies habe zustoßen lassen. Und Sie sollen mir verzeihen, daß ich es habe geschehen lassen, daß Sie verletzt wurden und daß ich Ihnen die Bürde des Tötens überlassen habe. Doch dann will ich, wie man so sagt, vergessen.«

»Die Familie hat gesiegt«, sagte Michael. »Julien hat gesiegt.«

»Sie haben gesiegt«, sagte Aaron. »Und Monas Siege haben gerade erst begonnen«, ergänzte er mit leisem Lächeln. »Eine beachtliche Tochter haben Sie in Mona. Ich denke, ich werde jetzt einen Spaziergang machen und Mona besuchen. Sie sagt, sie ist so verliebt in Yuri, daß sie verrückt wird, wenn er bis Mitternacht nicht anruft. Ich muß Vivian sehen und die uralte Evelyn. Wollen Sie nicht mitkommen? Es ist ein schöner Weg, die Avenue hinauf, gerade weit genug, ungefähr zehn Straßen weit.«

»Jetzt nicht. Ein bißchen später vielleicht. Gehen Sie nur.«

Eine kleine Pause trat ein.

»Sie wollen, daß Sie in die Amelia Street kommen«, sagte Aaron dann. »Mona hofft, daß Sie die Renovierung leiten. Seit vielen Jahren ist an dem Haus nichts mehr gemacht worden.«

»Es ist ein schönes Haus. Ich habe es gesehen.«

»Es braucht Sie.«

»Hört sich an, als ob ich damit fertigwerden könnte. Aber gehen Sie nur.«

Am nächsten Morgen regnete es wieder. Michael saß draußen unter der Eiche bei dem frisch aufgegrabenen Stück Erde und schaute es nur an, betrachtete das aufgebrochene Gras.

Ryan kam heraus, um mit ihm zu reden; er blieb vorsichtig auf dem Plattenweg, um sich die Schuhe nicht mit Lehm zu beschmutzen. Michael sah, daß es nichts Dringendes war. Ryan wirkte ausgeruht; es war, als spüre er, daß alles vorüber war. Ryan sollte es wissen.

Den großen Fleck Erde mit dem Grab würdigte er keines Blickes. Die ganze Stelle sah aus wie die feuchte, kahle Erde an den Wurzeln eines Baumes, wo nie Gras wächst.

»Ich muß dir etwas sagen«, begann Michael.

Er sah, wie Ryan innehielt und plötzlich Müdigkeit und Angst erkennen ließ – aber gleich fing er sich wieder und nickte sehr langsam.

»Es droht keine Gefahr mehr«, sagte Michael. »Von niemandem. Ihr könnt das Sicherheitspersonal abziehen. Eine Krankenschwester für die Nacht. Mehr brauchen wir nicht. Und Henri schaff mir auch aus dem Haus, wenn du so gut sein willst. Pensioniere ihn, oder was weiß ich. Oder schick ihn hinüber zu Mona.«

Ryan schwieg. Er nickte wieder.

»Ich überlasse es dir, wie du es den andern sagst«, fuhr Michael fort. »Aber sie sollten es wissen. Die Gefahr ist vorbei. Keine Frau wird mehr leiden, kein Arzt wird mehr sterben. Nicht im Zusammenhang mit dieser Geschichte. Kann sein, daß ihr noch einmal von der Talamasca hört. Wenn ja, könnt ihr sie zu mir schicken.«

Ryan schien eine Frage stellen zu wollen, aber dann besann er sich offenbar anders und nickte wieder.

»Ich werde mich um alles kümmern«, sagte er. »Mach dir keine Sorgen deshalb. Und was Henri angeht, so ist das ein sehr guter Vorschlag. Ich schicke ihn in die Amelia Street. Patrick wird sich damit abfinden müssen. Ich nehme nicht an, daß er im

Moment zu großen Diskussionen fähig ist. Ich bin herausgekommen, um zu sehen, wie es dir geht. Jetzt weiß ich, daß alles okay ist.«

Jetzt war es an Michael, zu nicken. Er lächelte leise.

Nach dem Mittagessen setzte er sich wieder an Rowans Bett. Er hatte die Krankenschwester weggeschickt; er konnte ihre Anwesenheit nicht mehr ertragen. Er wollte hier allein sein.

Sie war so dankbar gewesen, wollte ihre Mutter im Krankenhaus besuchen. Er stand am Fenster und schaute ihr nach. Sie zündete sich eine Zigarette an, bevor sie an der Ecke war, und dann eilte sie davon, um die Straßenbahn zu erwischen.

Eine junge Frau stand draußen und starrte das Haus an. Sie hatte die Hände auf den Zaun gelegt. Rötlich-goldenes Haar, sehr lang, irgendwie hübsch. Aber sie war, wie viele Frauen heutzutage, mager bis auf die Knochen. Vielleicht eine Cousine, die einen Besuch machen wollte. Hoffentlich nicht. Er trat vom Fenster zurück. Wenn sie klingeln sollte, würde er einfach nicht aufmachen. Es war zu schön, endlich allein zu sein.

Er ging zum Sessel und setzte sich wieder.

Der Revolver lag auf dem Marmortisch, groß und irgendwie häßlich – oder schön, je nachdem, welche Einstellung man zu Waffen hatte. Er stand ihnen nicht feindlich gegenüber. Aber hier gefiel er ihm nicht, denn er hatte die Vision, daß er ihn in die Hand nehmen und sich damit erschießen könnte. Er starrte Rowan an und dachte: »Nein, nicht, solange du mich brauchst, Honey – so lange werde ich es nicht tun. Erst wenn etwas passiert . . .« Er brach ab.

Ob sie etwas spüren konnte, irgend etwas?

Der Arzt hatte heute morgen gesagt, sie sei kräftiger, aber der vegetative Zustand habe sich nicht verändert.

Sie hatten ihr Lipide gegeben. Sie hatten Arme und Beine bewegt. Sie hatten ihr Lippenstift aufgelegt, und das Haar hatten sie ihr auch gebürstet.

Und dann war da noch Mona, dachte er. »Yuri hin oder her, sie braucht mich ebenfalls. Oh, vielleicht auch nicht«, sagte er laut. »Aber mehr würde sie einfach nicht verkraften. Sie alle würden es nicht. Ich muß am St. Patrick's Day hier sein, nicht wahr? Um sie an der Haustür zu begrüßen. Um ihnen die Hände zu schütteln. Ich bin der Hüter des Hauses, bis . . .«

Er lehnte sich zurück und dachte an Mona, deren Küsse so keusch waren, seit Rowan wieder zu Hause war. Die schöne kleine Mona. Und der dunkle, clevere Yuri. Verliebt.

Vielleicht arbeitete Mona bereits an ihrem Plan für Mayfair Medical. Vielleicht waren sie und Pierce in diesem Augenblick damit beschäftigt.

Er saß zurückgelehnt da, streckte die Beine unter das Bett und faltete die Hände auf der Brust. Er betrachtete den Revolver – den silbergrauen Abzug, so einladend, die dicke graue Trommel voller Patronen, und die schwarze Kunststoffschlaufe des Halfters, in dem der Lauf steckte, einer Henkersschlinge seltsam ähnlich.

Nein. Irgendwann später vielleicht, dachte er. Obwohl er nicht glaubte, daß er es überhaupt auf diese Weise tun würde. Vielleicht würde er einfach etwas Starkes trinken, etwas, das durch einen hindurchkroch und einen langsam vergiftete, und dann würde er zu ihr ins Bett kriechen und sie in die Arme nehmen und so einfach einschlafen.

Wenn sie stirbt, dachte er. Ja. Genau so werde ich's machen.

Er nahm sich vor, den Revolver wegzuräumen und an einen sicheren Ort zu bringen. Bei all den Kindern konnte man nie wissen.

Stille.

Der Regen fiel. Das Haus knarrte, als wäre es bevölkert, obwohl es das nicht war. Irgendwo schlug eine Tür, als habe der Wind sie bewegt. Vielleicht eine Autotür draußen, oder eine Tür in einem anderen Haus. Der Schall konnte einem solche Streiche spielen.

Regen trommelte auf die Granitsimse vor den Fenstern – ein Geräusch, das zu diesem achteckigen, verschnörkelten Zimmer gehörte.

»Ich wünschte . . . ich wünschte, es gäbe jemanden, bei dem ich . . . beichten könnte«, sagte er leise. »Die Hauptsache ist, daß du dir nie wieder Sorgen zu machen brauchst. Es ist erledigt, und ich glaube, es ist so erledigt, wie du es wolltest. Ich wünschte nur, es gäbe so etwas wie eine endgültige Absolution.

Es ist merkwürdig. Es war so schlimm, als ich Weihnachten versagte. Und jetzt ist es irgendwie noch schwerer, daß ich gesiegt habe. Es gibt Schlachten, die man nicht schlagen will. Und der Sieg kostet zuviel.«

Rowans Gesicht blieb unverändert.

»Möchtest du Musik hören, Darling?« fragte er. »Willst du das alte Grammophon hören? Offen gesagt, ich finde den Klang beruhigend.«

Er stand auf und beugte sich über sie, um sie zu küssen. Ihr weicher Mund bot keinen Widerstand. Lippenstiftgeschmack. High School. Er lächelte. Vielleicht hatte die Krankenschwester den Lippenstift aufgetragen. Er konnte ihn kaum sehen. Sie schaute an ihm vorbei. Blaß und schön und schlicht.

In der Dachkammer fand er das Grammophon. Er hob es auf, und auch die *La-Traviata*-Platten.

Das Fenster war geschlossen.

Der Fußboden war blank.

Wieder dachte er an Julien, wie er unvermittelt in der Tür gestanden und Lasher den Weg versperrt hatte. »Und seitdem habe ich überhaupt nicht mehr an dich gedacht«, sagte er. »Ich schätze, ich hoffe und bete, daß du nun fort bist.«

Die Augenblicke tickten vorüber. Er fragte sich, ob er dieses Zimmer je wieder würde benutzen können. Er starrte aus dem Fenster auf den Rand des Verandadachs, erinnerte sich an die schimmernd aufscheinende Antha, die dort gestanden und Lasher zu sich hinausgewinkt hatte. »Laßt die Toten Zeugen werden«, wisperte er. »Das hast du allerdings getan.«

Langsam ging er die Treppe hinunter und blieb jäh und erschrocken stehen, ehe er genau wußte, warum. Was war das für ein Geräusch? Er hielt das Grammophon mit den Platten im Arm, aber jetzt stellte er es sorgfältig beiseite.

Da weinte eine Frau oder war es ein Kind? Es war ein leises, verzweifeltes Weinen. Und es war nicht die Krankenschwester, denn die würde noch stundenlang wegbleiben. Nein. Aber das Weinen kam aus Rowans Zimmer.

Er wagte nicht zu hoffen, daß es Rowan sein könnte! Er wagte es nicht, und er wußte außerdem genau, daß es nicht Rowans Stimme war.

»O meine Liebste«, sagte die weinende Stimme, »meine Allerliebste, ich liebe dich so sehr. Ja, trink nur, trink die Milch, nimm sie, oh, arme Mutter, arme allerliebste Mutter.«

Sein Verstand fand keine Erklärung; er war leer und verbraucht vor lautloser Angst. Er ging die Treppe hinunter, vorsichtig, ohne ein Geräusch zu machen, bog um die Ecke und spähte durch die Schlafzimmertür. Ein hochgewachsenes Mädchen saß auf der Bettkante, ein langes, gertenschlankes Ding, groß und schmal, wie Lasher es gewesen war. Rötlichgoldene Locken fielen ihr über den anmutig gestreckten Rükken. Es war das Mädchen, das er unten auf der Straße gesehen hatte! Das Mädchen hielt Rowan in den Armen. Rowan, die aufrecht saß und sich an sie klammerte, tatsächlich an sie klammerte, und an der nackten rechten Brust des Mädchens trank.

»Recht so, liebste Mutter, trink nur, ja«, sagte das Mädchen, und die Tränen tropften ihr aus den großen grünen Augen und rollten über ihre Wangen. »Ja, Mutter, trink, oh, es tut weh, aber trink! Es ist unsere Milch. Unsere starke Milch.« Und das Riesenmädchen lehnte sich zurück, schüttelte ihr Haar und reichte Rowan die linke Brust. Rowan trank in blinder Hast, und ihre linke Hand hob sich tastend, als wolle sie nach dem Kopf des Mädchens fassen.

Das Mädchen sah ihn. Ihre tränennassen Augen öffneten sich weit. Genau wie Lashers Augen, so groß und rund! Ihr Gesicht war ein vollkommenes Oval, ihr Mund ein Engelsmund.

Rowan machte ein ersticktes Geräusch, und plötzlich streckte sich ihr Rücken, und ihre Hand krallte sich in das Haar des Mädchens. Sie löste sich von der Brust, und aus ihrem Mund drang ein lauter, schrecklicher Schrei.

»Michael, Michael, Michael!«

Rowan wich gegen das Kopfende des Bettes zurück, zog die Knie hoch und deutete mit starrem Blick auf das Mädchen, das aufgesprungen war und die Hände an die Ohren drückte.

»Michael!«

Das große, dünne Mädchen weinte. Ihr Gesicht legte sich in Falten wie das eines Säuglings, und sie preßte die großen grünen Augen zu. »Nein, Mutter, nein.« Lange weiße Spinnenfinger bedeckten die bleiche Stirn und den nassen, bebenden Mund. »Mutter, nein!«

»Michael, töte es!« kreischte Rowan. »Töte es. Michael, mach Schluß damit!«

Das Mädchen taumelte schluchzend rückwärts gegen die Wand. »Mutter, Mutter, nein . . .«

»Bring es um!« brüllte Rowan.

»Ich kann nicht!« schrie Michael. »Ich kann es nicht umbringen. Um der Liebe Gottes willen . . .«

»Dann tu ich es.« Sie griff nach dem Revolver auf dem Nachttisch, hielt ihn mit beiden zitternden Händen umklammert und drückte mit zusammengepreßten Augen ab. Drei Kugeln schoß sie dem Mädchen ins Gesicht. Das Zimmer stank nach Rauch und Verbranntem.

Das Gesicht des Mädchens flog auseinander. Blut quoll hervor wie aus zerbrochenem Porzellan – eine blutende, zerschmetterte ovale Maske.

Der lange, schlanke Körper sackte zusammen, fiel schwer und dumpf zu Boden, und das Haar breitete sich auf dem Teppich aus.

Rowan ließ den Revolver fallen. Sie schluchzte, wie das Mädchen geschluchzt hatte, und sie drückte die linke Hand an den Mund, um das Schluchzen zu ersticken, während sie aus dem Bett rutschte, auf zittrigen Beinen dastand und haltsuchend nach dem Bettpfosten griff.

»Mach die Tür zu«, sagte sie mit rauher, erstickter Stimme. Ihre Schultern hoben und senkten sich. Es sah aus, als werde sie gleich zusammenbrechen.

Aber sie stolperte vorwärts; ihr ganzer Körper bebte vor Anstrengung, und dann sank sie neben der Leiche des Mädchens auf die Knie.

»O Emaleth, o mein Baby, meine kleine Emaleth«, schluchzte sie.

Das Mädchen lag tot am Boden, die Arme ausgestreckt, das Hemd offen, das Gesicht eine weiche, blutige Masse. Und wieder klebte das Haar darin, fein und schön, genau wie bei Lasher, und es war kein Gesicht mehr da. Die langen, schmalen Hände waren offen wie die dünnen, zarten Zweige eines Baumes im Winter, und Blut quoll langsam auf den Boden.

»O mein Baby, mein armer Liebling«, sagte Rowan.

Und dann schloß sich ihr Mund wieder um die Brust des Mädchens.

Im Zimmer war es still. Kein Geräusch außer ihrem Saugen. Rowan trank aus der linken Brust, wechselte dann zur rechten und saugte so gierig wie zuvor.

Michael starrte sie sprachlos an.

Endlich sank sie zurück und wischte sich den Mund ab. Ein leises, trauriges Stöhnen drang aus ihrer Brust, und sie schluchzte noch einmal tief auf.

Michael kniete neben ihr nieder. Rowan starrte das tote Mädchen an. Dann klappte sie ein paarmal heftig die Augen auf und zu, als wolle sie ihren Blick klären. Ein winziger Rest Milch glänzte auf der rechten Brustwarze des Mädchens. Rowan streckte die Hand aus, tupfte ihn mit der Fingerspitze auf und strich ihn auf ihre Lippen.

Die Tränen rollten ihr aus den Augen, aber sie schaute Michael entschlossen an, schaute ihn absichtsvoll an, als wolle sie, daß er wußte, daß sie es wußte. Daß sie wußte, was passiert war, und daß sie jetzt hier war. Sie war Rowan. Sie war geheilt.

Und plötzlich, mit tränenüberströmtem Gesicht, nahm sie seine Hände, um ihn zu trösten, obgleich ihre eigenen Hände kalt waren und zitterten.

»Mach dir keine Sorgen mehr, Michael«, sagte sie. »Mach dir keine Sorgen. Ich bringe sie hinaus, unter den Baum. Niemand wird je etwas merken. Ich werde es tun. Ich werde sie zu ihm legen. Du hast genug getan. Meine Tochter überlaß mir.«

Sie lehnte sich zurück und weinte, leise, rauh, gedämpft. Ihre Augen schlossen sich, und ihr Kopf kippte zur Seite. Heftig tätschelte sie Michaels Hände. »Keine Sorge«, sagte sie. »Mein Liebling, mein Baby, meine Emaleth. Ich bringe sie hinunter. Ich lege sie selbst in die Erde.«

22 Uhr
5. August 1992